KB118005

나는 너무 멀리 왔을까

문 학 동 네
한국문학전집

0 2 8

강석경
대표중단편선

나는 너무 멀리 왔을까

문학동네

근根

나른해지는 봄날이다. 노란 개나리가 얼핏 아지랑이처럼 가물거리며 시야에 번지자 그 틈으로 빛이 눈부시게 새어들었다.

전보요.

그때 어디선가 꿈결처럼 아득하게 들리더니 다시 한낮의 정적 속으로 꼬리를 감추었다. 나는 몽롱한 의식을 즐기고 있었고 깨어나지 않기를 바랐다. 철문이 요란하게 삐걱거렸다. 남자의 투박한 목소리가 한낮의 정적을 깨뜨리고 다시 울렸다.

김창기씨 안 계시오. 전보요, 전보. 발밑에 누워 있던 발바리가 슬며시 일어나 뒷간 쪽으로 기어갔다. 나는 방해자를 짜증스럽게 생각하며 떨어진 운동화짝을 끌고 걸어나갔다. 몸이 비틀거렸다.

사람이 안 사는 줄 알았구랴.

눈을 비비고 있는 나에게 우체부는 퉁명스럽게 노란 용지를 내밀었다. 나에게 전보라! 나는 눈곱을 털며 김창기의 전보인가 확인했다.

보면 알 게 아뇨.

그는 이제 째려보며 말했다. 이 좋은 날씨에……

ㅇㅏㄷㅗㅇㅎㅣㄱㅗㅏㄴㄱㅡㅂㅕㄴㄹㅏㄱㅛㅁㅏㅇ

노란 종이의 모음과 자음이 햇살 속에서 번득이며 사방으로 부딪쳐나갔다. 계속 들여다봤으나 그것들은 계속 흩어져나갔고, 나는 계속하기를 포기하고 방으로 가져왔다.

누구 왔수?

안채의 문이 열리고 할머니가 기웃거리며 물었다.

주인집은 언제나 할머니가 지키고 있다. 할머니의 딸은 간호원이라 병원에 나갔고 그녀의 남편은 벌써 열 평짜리 순두붓집 계산대에 앉아 있을 것이다.

결혼한 지 삼 년이 넘었다는데 그 집엔 아직 아이가 없다. 전에 여자가 모처럼 집에 있던 날 어디서 난 건지 아이만한 인형을 앉혀놓고 빗질하고 있는 걸 본 적이 있었다. 그때 여자는 무람하게 내년쯤 낳을 계획이에요, 하고 얼굴을 붉혔다.

저 여자도 아내처럼 병원에 가자고 남편에게 졸랐을까. 나는 병원 자체도 싫었지만 거기서 무슨 해답이 나올 수 있을까. 사실 나 자신도 모르는 일이었다.

내가 성불구가 아닌 다음에야 남들이 가지는 성욕이라는 것, 없을 리 없다. 그러나 아내와 자면서도 그 어둠 속에서 무언가 내게로 불쑥 튀어나오곤 하는 영상을 떨쳐버릴 수 없었고, 그것에 시달리다보면 온몸이 나사 풀리듯 풀려버렸다. 더구나 아내가 아이를 가졌으면 할 때부턴 시도조차 할 수 없었다. 아빠가 되기 위해……

원, 사람도, 쯧쯧. 할머니의 꼬장꼬장한 목청이 얼룩진 도배지를 뚫고 내 방을 울렸다. 몇 개 안 남은 이빨이 부딪칠 때마다 안쓰럽게 느껴진다.

ㅇ ㄷ ㅗ ㅇ ㅎ ㅗ ㅣ ㄱ ㅘ ㄴ ㄱ ㅡ ㅂ ㅕ ㄴ ㄹ ㅏ ㄱ ㅇ ㅛ ㅁ ㅏ ㅇ

나는 서서히 어둠에 눈을 익히며 나열된 모음과 자음을 조립공처럼 끼워맞추어갔다. 아동—회—관—급—연락, 아동회관급연락요망, 나는 꽤나 어렵게 완성된 낱말들을 예술작품을 음미하듯 몇 번인가 되풀이해 보고 있었다. 아동회관……

뚫린 문구멍 사이로 빛이 새어들어왔다. 방바닥과 삼십 도가량의 경사를 이루며 빛 속에서 먼지 같은 작은 입자들이 난무하고 있었다. 그 입자들이 현미경으로나 들여다볼 수 있는 미생물들의 모양으로 엉켜졌다 풀어졌다 환각을 일으켰다. 이 습기 찬 방안에서 살아 있는 거라곤 그 빛의 움직임뿐이었다.

비행기며 기선들이 여기저기서 제멋대로 굴러다닌다. 곰은 이제 태엽을 돌려도 북을 치지 않을 것이다. 그것들은 이미 내가 사랑하고 쓰다듬던 생물들이 아니었다. 발바리와 함께 아내가 남기고 간 유일한 나의 폐물들이었다.

내가 아동회관을 그만둔 지 벌써 일 년, 정확히 말해 일 년 삼 개월 동안 별다른 일을 했던 기억은 없다. 취직을 해야겠다고 생각한 적도 없었고, 새로운 인생을 설계하며 지대한 꿈을 펼쳐볼 야망의 기회를 기다렸던 것도 아니다. 그동안 시골에서 부쳐온 쌀자루나 절절한 호소가 담긴 편지들은 전혀 나를 감동시키지 못했다. 빈둥거리면서도 오히려 이런 게 귀찮게 여겨졌다.

기술자의 실직이란 상상도 할 수 없었던 촌부의 가슴은 그 일 년 동안 꽤나 실망에 지쳤을 거다. 갈라진 논바닥에 밤새워 논물을 대면서도 농사꾼은 시킬 수 없다던 어머니는 얼마만한 꿈을 가지고 나를 서울로 유학시켰을까. 그 작은 마을에서, 겨우 네 학급을 가진 학년에서 일등을 해왔다고 신동이라고 믿다니, 그건 어쩌면 남들이 손가락질하는 인생에 발버둥치는 촌부의 욕망이 아니었을까. 가마니를 짜서 돈깨나 벌었다는 아버지가 술장사하던 장터 아낙네와 사라지고, 두 눈 뻔히 뜨고 생과부가 돼버린 어머니에겐 또 언제나 침을 흘리는 언청이 큰형이 붙어 있었다.

창덕 어멈 팔자두!

동네 우물가에선 아낙네들이 그녀가 지나가면 숙덕였고 그런 날 밤 어머니는 땅이 꺼져라 한숨을 내쉬다 문득 옆에 있는 나를 숨이 막히도록 꽉 껴안았다. 어머니의 메마른 가슴통에 묻혀 그때 나는 무언가 아득해지는 것을 느꼈다. 불쌍한 내 딸년 찾아내라고 장모가 매일처럼 넘나들 그 사립문에 서서 어머니는 지금쯤 또 팔자타령을 하고 있을지 모른다. 그 팔자가 그 팔자지, 에이그, 농사나 짓게 할걸.

정말 그게 더 나았을 거다. 나올 때마다 단발머리 소녀들이 괴성을 지르곤 하던 미남 가수가 부르는 것처럼 봄이면 씨앗 뿌려 여름이면 꽃이 피고 가을이면 풍년 되어 겨울이면 행복하지 않았을까.

모내기 때면 오금을 펼 수 없을 만큼 허리가 아파오던 기억과 비 온 다음날 불어난 방천으로 몰려가 소쿠리로 송사리떼를 쫓던 일, 햇볕 쨍쨍 내리쬐는 후끈한 들판에서 돌아올 때면 강아지풀에 가득 꿰어진 메뚜기들, 이런 것들이 문득 칠판을 두들기는 둔탁한 소리에 밀려나면 딱딱한 나무의자에 앉아 나는 모든 곳으로부터 소원해져 있었다.

하숙비 값도 못하는 놈. 반평균이 떨어질 때마다 담임은 나를 이렇게 불렀다. 그러다 그 둔중한 막대기가 엉덩이를 내리칠 때면 나는 차라리 고꾸라지길 바라며 이를 악물었다. 그때마다 왠지 형의 모습이 떠올랐는데 그것은 지금도 나를 예리한 아픔으로 짓누른다.

형은 나보다 세 살 위였다. 내가 고등학교에 가기 전만 해도 형과 나는 꽤 친했던 걸로 생각된다. 학교에서 돌아올 때쯤이면 형은 동네 입구의 느티나무 밑에서 주변의 돌멩이를 주워모으고 있었고 내가 가까이 가면 너풀거리는 저고리 앞섶에 주워모은 돌멩이를 보이며 히죽이 웃곤 했다. 그것은 웃는다기보다는 실룩인다는 표현이 어울리는 희극적인 모습이었다. 언청이인 탓에 입 주위가 실룩일 때마다 얼굴 전체가 일그러졌는데 그 때문에 울고 있어도 웃는 것처럼 보이기도 했다.

언제나처럼 형은 혼자서 놀고 있었다. 어쩌다 아이들과 있을 땐 광대처럼 둘러싸여 시키는 대로 나쁜 욕을 앵무새처럼 흉내내기도 하고 등에 아이들을 얹고 흙밭을 기어다니기도 했다. 아이들은 내가 가면 달아났다. 형을 향해 돌멩이를 던지며 도망쳤다. 형은 어디서건 돌멩이를 줍곤 하는데 나는 그제야 알았다. 형이 아무리 돌멩이를 주워도 지구의 돌멩이는 수없이 많았고 돌멩이가 있는 이상 아이들은 언제나 형에게 던진다는 것을.

나는 형과 함께 가끔 동산에 갔다. 형에겐 하나의 장기가 있었는데 나무 타기였다. 원숭이처럼 재빠르게 기어올라선 이 나무 저 나무 건너뛰는가 하면 나무 꼭대기에 올라가 가지가 부서져라 흔들어댔다. 그때마다 나는 조바심으로 진땀이 났다.

대보름처럼 달이 유난히 밝았던 날 밤 우리는 동산에 올랐다. 산에는 온통 아카시아 향기가 차 있었고 그 습습한 향내에 코를 킁킁대며 우리는 무서움도 잊고 장승처럼 버티고 있는 수많은 거목을 헤쳐갔다.

아카시아나무가 있는 언덕까지 올라갔을 때 앞의 텅 빈 공간은 달빛으로 가득차 있었다. 사방은 간혹 나뭇잎을 스치는 바람소리뿐 죽은듯이 고요했다. 어둠의 하늘을 지배하듯 달이 여신처럼 우뚝 솟아 있었고 아카시아꽃 초롱은 하얗게 타올랐다. 정적마저 눈부셔 우리는 숨소리를 죽였다.

아름다우나 경이로운 기운은 세속의 것이 아닌 듯했다. 전설의 늑대나 거대한 올빼미가 달을 쫓아올 것 같은 초현실적 시공간이었다. 나는 초대받지 않은 객처럼 서성거리다 형의 괴성을 들었다. 형이 갑자기 나무를 타고 거목의 마들가리에 올라서는 것을 보았다. 아카시아가 너울너울 정령처럼 춤췄다. 양팔로 가지를 잡고 형이 미친듯이 흔들어대면 아카시아도 전율하듯 온 잎새를 떨었다. 형은 뿌리라도 뽑겠다는 듯이 격정적으로 밀어댔고 무수한 꽃잎이 흰나비떼로 풀풀 날렸다.

올려다보아도 형의 모습이 더는 보이지 않고 물결치는 아카시아 사이로 괴상한 웃음소리만 흩어졌다. 서편의 하늘은 아득했다. 오한이라도 난 듯 나는 온몸이 오싹했고 허공을 향해 소리쳤다.

내려와, 사람이라면 내려오란 말이야!

메아리가 되받아 울렸다. 하얀 꽃무리는 달빛 아래서 대지의 귀걸이처럼 일렁였고 형은 신들린 사람처럼 나무만 흔들어댈 기세였다.

나는 순간 돌멩이를 주워모아 힘껏 아카시아나무를 향해 던졌다. 몇 개나 던졌을까. 나는 다만 형이 내려오기를 바랐으나 어디에 명중했는지 알 수 없지만 형은 나무 위에서 떨어져 몇 번인가 뒹굴었다. 다행히 외상은 무릎에 피가 약간 흐른 정도였으나 형은 다리를 심하게 절뚝였다.

그날 밤 산을 내려오면서 형은 한마디도 하지 않았다. 신음소리를 내면서도 내가 잡아끌어 등에 업으면 심한 발버둥으로 벗어났다. 그것은 강요할 성질이 아니었다. 그 저항 앞에서 나는 초라하게 포기했다. 둘이 걸어가며 지켰던 침묵은 숨막히는 무엇을 지니고 있었다. 나는 단지……

급연락요망, 급연락요망.

글자가 뚜렷하게 시야에 파고들자 나는 후줄근한 작업복 바지를 고쳐 입고 밖으로 나왔다.

'아동회관'—내가 공고를 졸업하고 어머니가 바라던 기술이라는 것을 가지고 들어간 곳이 이곳이다. 나는 애당초 기술자가 될 생각은 없었다. 그네의 생각대로 농사꾼이 되기엔 안쓰럽다 치더라도 또 기술자가 될 만큼 실리적인 머리도 못 되었다. 처음 토목이나 화공을 배울 때는 차라리 수레를 끌고 싶다고 생각했으니까.

이론 시간이면 쑤시던 뒷골이 공작 시간이면 좀 나았다. 각자 전공을 선택하면서 나는 전기기계나 만지게 되었고 모형을 만들고 뜯고 할 때면 전혀 시간을 의식하지 않았다. 나는 새로운 취미를 갖게 됐는데 장난감 모형을 만들고 나무토막을 끼워맞춰 집을 짓거나 하는 종류였다.

장난감을 사 모았던 것은 그때부터였다. 이것 때문에 어머니의 꼬깃꼬깃한 손때가 묻은 내 생활비를 쪼개 쓰기도 했지만 주변머리 없는 내가 큰아버지 몰래 새벽에 신문배달을 하기도 했다. 내가 학교 앞 완구점을 기웃거릴 때마다, 학생, 나중에 아주 재미있게 살겠어, 하며 주인은 내 또래의 여점원을 보며 싱긋 웃기도 했다.

제기랄, 아내가 도망간 건 무엇 때문이람.

이따위 재주나 가진 나를 호모라는 소리까지 들어가며 양선생은 월등 귀여워했고 내가 학교를 졸업할 무렵 이곳에 추천해주었다.

내가 처음 그곳에 간 것은 첫눈이 오는 날이었다. 소심증 탓인지 큰아버지의 자전거포와 학교 사이의 왕십리 밖으로 탈선해본 일이 없었던 나는 그날 처음으로 남산에 올랐다. 부대끼는 시가를 벗어나 숲을 낀 검은 아스팔트를 걸어갔을 때, 양선생은 희끗희끗 내리는 눈발 속에 무언가 우뚝 솟아 있는 것을 손으로 가리켰다.

바로 저기야.

백이 넘는 수를 세고 계단을 올라가며 가슴이 설레었던 기억이 난다. 짙은 잿빛 하늘 밑에서 홀로 우뚝 솟아 있는 회관은 신비에 싸인 성 같았다. 눈보라 속에서 텅 빈 야외음악당을 내려다보며 여기가 내가 들어가야 할 성임을 확인했다. 그래, 잘해보세요. 이력서를 훑어가며 금테안경 너머로 힐끗 보는 관장 앞에서 나는 주례 앞에 선 새신랑처럼 설레는 몸짓을 했다. 그뒤 아동회관, 김창기,

과학공작부 근무, 5급 14호봉. 이런 발령장을 주말여행 승차권처럼 받아들었다.

처음 얼마간은 하루 세끼를 다 먹어도 션찮을 봉급의 반이 만능 우주선의 뱃속으로 들어갔다. 두 개의 동전이 딸가닥 떨어지면, 레이더가 지느러미처럼 물결치고 날개는 하늘거리며 움직인다. 투명한 진공관들이 떡방아처럼 올랐다 내렸다 하면 세 개의 돛은 바람개비처럼 윤활하게 돌아간다. 그 은백색의 만능 우주선이 소리없는 합창을 시작한다. 파형 관측기에 앉아 건반을 누르면 음들은 구슬프게 울린다. 오실로스코프의 파란빛은 낡은 필름처럼 그래프를 그리며 음의 파형을 긋고, 내가 진하게 건반을 눌러대면 그것은 내 마음의 파형으로 그래프를 그렸다. 파리의 겹눈, 현미경으로 들여다보면 찬란한 색채는 얼마나 나를 매혹시키는지. 이런 것들과 함께 숨쉬며 어쩌면 나는 꿈으로 성을 지켰는지도 모른다.

회관의 둥근 지붕이 멀리서 관장의 대머리처럼 나타났다.

그래, 그동안 뭐하고 지냈어. 양선생 말을 들으니 직장을 갖지 않았다고. 그 좋은 재주를 왜 썩혀. 돈두 벌어야 할 게 아닌가.

과학부장이 진심으로 염려하는 눈빛으로 내 등을 두드렸다.

쉬고 싶어서요.

정말이다. 양선생은 이 감원 상태에서 내가 빠진 것을 알고 구로동 완구 상사로 가라고 설득했다. 그곳은 우리의 동료들이 많고 능력에 대한 자부심도 가질 수 있고 보다 인간적이라 했다. 내가 그저 쉬겠다고만 했을 때 선생은 평소 말이 없고 소심한 제자가 첫발 디딘 사회에서 타격을 받았다고 생각했다. 사회의 무책임과 비인간성을 지탄했다.

무엇이 인간적인 것일까. 세상이 책임을 지면 어디까지 질 것인가. 핏덩이가 응아 하고 첫울음을 터뜨릴 때 이미 혼자만의 걸음을 내디딘 것 아닌가.

선생의 사회 분석은 나를 귀찮게 했다. 때로는 자신을 생각해볼 기회도 만들어야 하지 않을까.

하긴 그동안 더 보람 있게 보낸지도 모르지. 하여튼 축하하네.

차가워 보이는 그의 입가에 자비스러운 미소가 스며들었다. 나는 의아해했다.

이번 전국기능대회 말이야, 거기 출전하지 않았나. 발표는 아직 며칠 있어야 되지만 어제 심사가 끝났다더군. 나와 절친한 선배님이 심사를 했는데 전에 이곳에도 몇 번 들렀었지. 그날 대회장에서 돌아본 심사위원 중에, 아마 기억날 거야. 자네가 특상이라더군.

심사를 했다는 선배님은커녕 내가 대회에 출전한 것도 잊고 있었다. 그날 대회장에서 나는 빨리 자리를 뜨고 싶어 부지런을 떨었던 것 같다. 심사위원은 그걸 기술로 본 모양이지만 내가 특상을 타다니.

그때 과학공작부가 없어지는 바람에 어쩔 수 없었지만 나는 정말 안타까웠네. 실질적인 면을 고려해서 보다 많은 아동들을 참여

시키기 위해 몇몇 과가 없어지긴 했지만 무엇이건 교육이란 시대에 요청되어야 해.

그는 별로 태우지도 않은 담배 재를 연거푸 털어내고 있었다. 창을 가린 블라인드 커튼 사이로 빛이 새어들었고 그 빛 속에서 하얀 연기가 스멀거리며 사라져갔다.

나는 그런 것은 잘 모른다. 과학공작부가 없어졌다고는 하지만 그건 외면적인 것이었고, 2급 기능사 자격증을 갖고 있는 동창 놈은 그대로 남은 걸 보면 이것이야말로 실질적인 면의 감원이 아닌가 생각된다. 자격증에 사실 나는 관심조차 없었다. 별 필요도 없었지만 굳이 시험을 보면서까지 따야 할 의욕을 갖지 못했다. 대회란 것도 나는 여태까지 나가본 적이 없었다. 이번에 출전했던 건 순전히 다혈질인 양선생의 극성 때문이었고 나는 마다할 뚜렷한 이유를 찾지 못했던 것뿐이다. 그날에야 나를 이 대회에 출전시킨 양선생의 의도를 알았고, 우연히도 내가 우승권에 듦으로써 그의 의도는 잘 맞아들었다.

이것 봐, 넌 재주가 많은 놈이야. 보란듯이 출전해서 그런 상장 하나쯤은 타야 해. 자기의 실력을 평가받는다는 건 어쨌든 중요한 일이야.

양선생은 무엇에건 끈질긴 면이 있다. 그의 뱃심이 조금이라도 뒤틀릴 때는 말이다.

그런데 내가 관장님에게 다시 간청했어. 지금은 사정이 그리 나쁜 것도 아니고, 자네를 다시 불렀으면 하고 말이야. 그는 잠시 머뭇거렸다.

자네, 지금이라도 결정지을 수 있지? 전국기능대회 특상은 우리 과학공작부의 경사가 될 걸세.

ㄱㅡㅂㅇㅕㄴㄹㅏㄱ…… 그 자음과 모음들이 빛 속에서 또르르 소리 내며 튀어나왔다. 나는 미생물처럼 떠다니는 그것들을 현미경 속에서처럼 뚜렷이 볼 수 있었다.

지난 일을 언짢게 생각진 않겠지. 세상엔 그보다 더 나쁜 사정들이 얼마든지 있으니까.

그는 나를 물끄러미 지켜보았다. 정말 이따위 일들이란 세상을 살아간다고 생각하는 사람들에겐 발에 차이는 돌부리쯤으로 생각해야 한다. 나 역시 그들 중의 하나였으며 자신에 배반당하는 일에 비하면 그것은 생각할 건덕지도 없는 일이었다.

별일 없으면 내일부터 나오지.

나의 뒤통수로 부장은 확인하듯 힘주어 말했다.

입구로 내려오자 아이들이 한구석에 놓인 로봇 앞에 모여 서 있었다. 로봇은 스위치를 누르면 다리를 구부리고 팔을 올리고 목을 앞으로 옆으로 돌리며 유연하게 움직였다. 인간들은 로봇을 조정할 때 쾌감을 느끼는 것 같다. 아이들까지도 말이다.

남산의 공기는 시내보다 맑았다. 봄날이라 산보객들이 흥청이고 신혼부부들은 사진사를 향해 미소 짓고 있었다. 나는 봄이 싫다. 이 흐느적거리는 기운이 싫고 되바라진 애들같이 샛노란 개나리가 싫다. 저걸 보면 무언가 일을 저지를 것 같은 느낌이 든다. 아내가 떠난 것도 개나리가 활짝 피었던 그날이다.

나는 결혼 초나 지금이나 아내에 대한 별다른 감정을 가져본 적이 없다. 시골 여자치고 얼굴깨나 반반하여 짝사랑하는 놈도 많았지만 기술자 사위 잡으려는 장모와 빨리 손자나 보고 그야말로 낙을 펼치려는 어머니의 꿈으로 나와 재빨리 혼사가 이루어졌다. 앞뒤 없이 이루어진 결혼이었다. 찢어지게 가난하게 자랐던 아내는 기술자라면 매일 진수성찬을 먹는 줄 생각하고 있었고 나는 수많은 부부들을 바라보면서 아내의 존재를 회의했다. 촌 아낙이 병원이란 건 또 어떻게 알았을까. 우리의 결혼은 애초부터 잘못된 것이었다.

금호동의 개천을 흐르는 산언덕으로 올라가자 한 아낙네가 요강을 들고 나와 쏟고 있었다. 그 옆을 붙어다니며 아이가 칭얼댔다. 이 개천이나 한강이나 더럽긴 매일반이다. 회관의 전망대에서 내려다보면 한강대교는 그림처럼 걸려 있고 세상은 또 그렇게 침묵하고 있지 않던가. 나는 좀더 가파른 길을 올랐다. 이 길은 다른 길보다 더욱 험했고 겨우 한 사람만이 걸어나갈 수 있을 정도인데 어쩌다 누구와 마주치기라도 한다면 영락없이 몸을 옆으로 젖히고 담벽에 붙어 갈 수밖에 없다.

아, 글쎄 연탄장수 같은 시커먼 손목으로 내 목덜미를 잡는데

난 차라리 이이에게 목을 죄어 캭 죽어버렸으면 했단 말이에요.

어느 날 밤 들어와서는 샀바느질감을 내 얼굴에 홱 던지며 아내가 말했다. 하루에도 수십 번 오르락내리락해야 하는 길이 지겹기도 했겠지. 스물다섯이라는 기막힌 젊음에 방구석에 틀어박혀 길다면 긴 세월을 장난감이나 뜯어 만지고 있을 남편을 아내는 증오했을 것이다. 아이고, 내 팔자야, 하며 떠나갔으니 제 길을 제대로 찾은 거다.

내 앞으로 개 한 마리가 달려오고 있었다. 그 뒤로 또 한 마리가 뒤쫓아왔다. 앞서 온 개가 거꾸러지더니 뒤쫓던 개와 엎치락뒤치락했다. 하늘은 구름 한 점 없이 청명했고 봄이 완연해지자 해도 점차 길어지고 있었다.

나는 놈들을 발길로 걷어찼다. 깨갱! 한 놈이 무서운 속도로 나에게 덤빌 자세를 취하더니 저만큼 달아나고 또 한 놈은 계속 쫓아갔다.

붉은 벽돌담이 눈앞에 보이자 몸이 솜처럼 퍼졌다. 거의 판자촌인 이 동네에서 몇 개 안 되는 벽돌집들은 호화주택에 속한다. 이집도 그중의 하나로 비가 오면 벽에 물이 배어나기도 하지만 철문까지 단 겉모양은 멀끔했다. 다른 집처럼 부엌 한옆에 연탄 몇 개 들여놓지 않아도 될 광이 있었고 또 물이 안 나올 땐 공동 우물까지 가지 않아도 펌프로 물을 올려 쓸 수 있었다. 게다가 마당 한구석엔 개나리까지 심어 구색을 갖추었다.

조금 위에서는 한창 공사중이었다. 앞으로 계속 이런 집만 지을 테고 그러다 저 판자촌이 뜯기게 되면 개천이 포장되고 그때 땅값은 저절로 오를 것이라고 주인집 여자가 말하던 것이 생각났다. 아마도 여자는 전셋값을 올려 받고 싶은 눈치다. 그들이 나간 뒤 혼자 밥을 먹는 할머니의 밥상을 보면 언제나 김치와 간혹 단무지만 놓여 있다.

오늘은 웬일이우, 바깥엘 다 나가고.

화투짝이나 만지다 나왔을 할머니를 보자 나는 슬며시 화가 났다.

네 번이나 두들겼습니다.

늙으면 다 그렇게 귀찮아진다우.

그 꼬장꼬장한 목소리, 사는 게 전혀 귀찮은 사람 같지 않다. 딸의 어머니와 어머니의 딸이라……

그날 저녁 주인 남자는 몹시 기분이 좋은 것 같았다. 그들의 열평짜리 순두붓집이 번창하여 이젠 새벽 손님도 끌어들일 작정으로 해장국을 개시했고 그 첫날부터 눈부시게 성과가 좋았다고 나에게까지 와서 말했다.

이거 몇 번은 더 우려낼 수 있지만 발바리 주려고……

그는 약간 쑥스러워하며 신문지에 싼 것을 내밀었다. 흐물떡한 살점이 약간 붙은 걸 보니 손님들이 먹다 만 갈비였다. 발바리는 아마 이런 건 처음 먹는 것 같았다. 열심히 씹고 또 씹었다. 하긴 나도 고기 본 지 오래됐으니까. 나는 그것을 보며 과학 전시실에 진열된 신생대의 화석을 생각했다.

이놈이 뼈다귀라도 먹으면 짖을지 모르죠. 이 집에 온 후 한 번도 짖는 소리를 못 들었어요.

게걸스럽게 먹는 발바리를 보며 주인은 마치 그것이 나의 탓이기나 한 것처럼 말했다. 나도 여태 발바리가 짖는 것을 들은 적이 없다. 장수건 거지건 누가 들어와도 짖는 법이 없었고 애들에게 시달려서인지 밖에도 통 나가지 않았다.

이 집에 오기 전에도 그랬을 거다. 주인에게 쫓겨났는지 밤낮 동네를 어슬렁거리며 쓰레기통이나 기웃거리던 놈을 내가 집에 데려왔을 때, 아니, 저걸 개라고 데리고 와요, 하며 아내는 짜증을 냈다. 그후 아내는 양지쪽에 앉아 눈만 껌벅거리는 발바리에게 새로운 재미를 붙였는데, 아이고, 이것아 밥값이나 좀 해라, 하고 발로 톡톡 치는 일이었다. 발바리는 아내에게서 빌빌이라고 불렸고 그때마다 나는 저것이 아내에게 달려들어 팔뚝이라도 물어버렸으면 하고 생각했다. 왜 그랬을까. 몇 번 낑낑거리며 뒷간 쪽으로 슬며시 기어가는 발바리는 나의 기대를 여지없이 깨뜨렸다.

오늘밤은 도둑 잘 지키겠구나.

언제 들어왔는지 주인 여자가 도둑 같은 소리를 하고 방으로 들어갔다. 그래, 짖어라. 몇 개의 뼈다귀를 먹여준 인간을 위해 힘껏 짖어라. 불면에 시달리게 밤새도록 짖어라.

그날 밤 나는 거짓말처럼 발바리가 짖는 소리를 들었다. 빌빌거리던 못난 똥개로서는 상상도 할 수 없는 울부짖음을 듣고 그와 동시에 나는 이상한 전율에 몸을 떨었다. 어둠 속에서도 노랗게 타오르는 개나리를 보고 나는 기어이 일을 저지르고 말았다.

내가 서울로 가고부터 형은 나에게서 멀어져갔다. 그뿐 아니라 피하기까지 했다. 방학 때 한 번씩 내려오면 어머니가 붙어앉아 있는 내 방을 침 칠해 뚫은 구멍으로 들여다보다 나와 눈이 마주치곤 덤벙거리며 일어나 어디론가 숨어버렸다.

어쩌다 형과 마주볼 기회가 있었는데 그건 어머니가 차려준 밥상을 나를 때라든가 따뜻한 물을 데워놓고 잠자는 나를 흔들어 깨울 때였다. 내가 밥을 먹을 때 형은 항상 내 옆에 앉아 있었다. 그러곤 보리가 드문드문 섞인 하얀 쌀밥을 들여다보기도 하고 버섯국이나 노란 밀가루로 부친 고추전을 들여다보기도 했다. 내가 같이 먹자고 숟가락을 내밀면 절레절레 고개만 흔들었는데 어느 날 아침 부엌에 앉아 깡보리밥 누룽지를 먹고 있는 형을 본 후 나는 혼자서 밥상을 받지 않았다.

시원한 여름 냇가를 두고 굳이 싫다는 더운물로 어머니가 나를 씻기고 있을 때 형은 맨드라미 붉게 핀 장독대에 앉아 나를 지켜보곤 했다. 어머니가 등물을 끼얹으며 내 사타구니를 씻을 때 나는 지켜보는 형에게 수치심을 느꼈다.

나는 방학 이외에도 가끔 시골에 내려왔다. 농번기 때가 그랬고 추수 때가 그랬다. 항상 이쪽으로만 마음이 쏠리고 있던 나는 특히 마을 행사 때만 되면 참을 수 없을 만큼 향수를 앓았다. 한 번씩 내가 발작적으로 책상을 비우고 시골에 내려오면 양념 넣을 융통성도 없다는 물찌개 담임이 자꾸만 내 목덜미를 잡아채는 것 같은 착각을 일으켰고 그럴수록 나의 상경은 더욱 늦어졌다.

추수가 다 끝났을 때다. 밤새 달래던 어머니에게 내일은 꼭 가마고 약속해놓고 씨름대회가 있다는 바람에 나는 또 한번 미루었다. 이것만 보게 해준다면 다시는 안 내려올 것이며 방학 때도 공장 견습으로 어쩌면 내려오지 않을 것이라고 거짓말을 둘러대면서 말이다. 씨름대회는 언제부터인가 끊겼던 것이나 이번 풍년 덕에 다시 열리게 되었고 변변치는 못하나마 양돼지가 상품으로 걸려 있어 마을 사람 모두가 기다리고 있었다.

씨름판은 우리의 기대에 어긋나지 않았다. 동네에서 제일 힘이 세다는 만득이가 몇 번 맞잡고 뒹굴고 넘어뜨리면 상대방은 모래밭에 힘없이 픽픽 쓰러졌다. 상대가 만득이인지라 도전해오는 사람도 별로 없었고 만족스럽게 추수를 끝낸 마을 사람들은 관조의 미덕으로 별 이의를 가지지 않았다.

이제 없습니까? 최만득군에게 일등이 돌아갑니다.

사회자가 늠름한 만득의 한 팔을 올려 들고 사방으로 둘러 보였다. 여기저기서 박수 소리가 요란했다. 만득이가 당당히 일등을 했다. 사회자가 만득의 두 손을 번쩍 들었다.

최만득군이……

그때 문득 나는 내 맞은편 쪽에서 땡볕에 앉아 구경하고 있던 형과 눈이 마주쳤다. 무엇이 번쩍하고 빛났던 걸로 기억한다. 형이 사람들을 헤치고 앞으로 걸어나오는 것도 보았다.

저 병신이, 왜 저래, 미쳤구나. 여기저기서 웅얼거리고 키득거리며 형을 향해 온 시선이 집중되었다. 다리를 떡하니 벌리고 양팔을 힘주어 허리에 얹은 만득의 얼굴에는 순간 야비한 웃음이 떠올랐다.

형, 이겨야 돼! 어떻게 된 건지 모르겠다. 나는 그만 크게 소리 지르고 말았다. 사람들은 또 한번 놀랐고 계속 연출되는 희극에 폭소를 터뜨리고 있었다. 옆에서 어머니는 사색이 다 되었다.

저놈이야 그렇지만 너까지 왜.

어머니는 말도 제대로 못하고 내 손을 끌고 씨름장 밖으로 나가려 했다. 나는 그걸 지켜봐야 했다. 형이 나를 보고 있었다. 내가 없는 마당에서 형의 싸움은 무의미할 것이다. 형은 전에 돌멩이를 주워모았던 너풀거리는 저고리 깃을 불끈 묶고 만득이를 향해 사나운 짐승처럼 덤벼들었다.

어디서 그 힘이 나왔을까. 누군들 그런 형을 상상이나 해보았겠는가. 나는 그 옛날 아카시아나무에서 떨어진 형을 기억한다. 왠지 떨치고 싶었던 그날 밤 하산의 침묵으로 나는 벌써부터 형을 두려워하고 있었다. 깡보리밥 누룽지를 씹으며, 어머니의 손안에 힘없이 늘어져 있는 나의 그것을 지켜보며 형은 무언의 힘을 쌓았던 거다.

다시 맞붙는 만득이를 향한 형의 눈빛은 늦가을의 태양처럼 타들어가고 있었다. 그것은 만득이에게 향하는 것이 아니었으며 나에게, 구경꾼 모두에게, 세상 전부에게 향하는 노기였다. 이 괴이한 장면을 지켜보며 마을 사람들은 완전히 넋이 빠졌다. 사방은 죽은듯이 고요했고 아이들도 찍소리 없었다. 으르렁거리는 형의 괴성과 성난 사자를 피할 길 없는 초라한 만득이의 신음소리만 맑은 가을하늘 아래 울리고 있었다.

저것은 결코 씨름이 아니다. 저것은……

나는 눈을 감았다. 아무것도 보이지 않았으며, 이대로 봉사가, 귀머거리가 되었으면. 나는 무언가 픽 하고 저만큼 떨어지는 소리를 들었고 흥분한 마을 사람들이 돼지를 몰고 씨름장을 돌고 있는 것을 보았다. 비정이에게 몰렸구나. 패거리들이 와자지껄 떠드는 소리가 들려왔다.

형의 모습은 보이지 않았다. 비가 유난히 온 그날 밤 애타게 기다린 어머니 앞에도 형은 나타나지 않았다. 맑게 갠 다음날, 추수가 끝난 누런 논바닥에서 형은 빗물에 말갛게 씻긴 상처를 지닌 채 잠자는 것처럼 누워 있었다.

그날 밤 산에서 돌아오는 길에 만득이 패에 당한 모양이었다.

그 어둠 속에서 어떻게 알고 기어갔는지 형은 우리의 논바닥 경계선에 쓰러져 있었다. 형의 관 앞에 돼지머리가 놓였고 나는 그것을 둘러엎고 말았다.

밖의 불이 켜지고 드르륵 안채의 마루문이 요란스럽게 열렸다.

이게 무슨 소리야. 웃옷을 걸치며 나오던 남자가 나를 보고 조심스럽게 물었다.

아니, 어떻게 된 겁니까?

비수에 찔린 발바리가 숨을 헐떡이며 신음했고 붉은 피가 목 언저리에서부터 찐득하게 풀어져내려 개나리밭을 물들이고 있었다.

아니……

주인 남자는 의협심이 강한 사내처럼 헐떡이는 발바리 앞으로 다가가 목에 꽂힌 비수를 뽑으려 했다.

놔두십시오!

나는 비정하게 소리쳤다. 남자는 순간 공포에 찬 눈으로 나를 바라보았다.

아마도 도둑이 들어온 모양입니다. 짖으니까……

그때 부스스한 머리를 한 여자가 밖으로 나오며 신경질적으로 소리쳤다.

정말이지 이런 동네에선 못 살겠어요. 형편없이 무식한 것들이 또 도둑질까지 하려고. 참 내일이라도 당장 이살 가든지 해야지 이

거 어디 살겠어요.

여자는 단잠을 깨뜨린 발바리를 못마땅하게 쏘아보고 있었다. 옆집에서 인기척이 났다. 건넛집도 불을 켰다. 모두 대문 앞으로 몰려올 기세였다. 그들은 다 무고한 사람들이다.

자, 들어가 주무십시오. 현관 불을 끄세요. 내일 아침 처리하고 제가 떠나겠습니다.

나는 범인답지 않게 태연히 말했다. 현관 불이 꺼지고 불구경을 즐기려던 사람들이 미련을 남기고 잠자리로 들어가자 나는 동체가 뜯긴 쥐꼬리를 쓰레기통으로 밀어넣었다. 발바리는 도둑을 지키다 죽어간 것이다. 갈비를 먹은 대가를 충분히 치렀다고 영웅처럼 사람들 입에 오르내려야 한다.

쥐약 먹은 쥐를 갈비에 붙은 고기나 되는 줄 알고 처먹다니. 나는 경멸의 눈으로 비수를 지켜보았다.

그날 밤 늦게부터 비가 오기 시작했다. 형이 돌아오지 않았던 그 늦가을의 비처럼 스산한 비가 내렸다. 피투성이가 된 형의 상처를 씻어내리듯 비는 발바리의 목에 꽂힌 비수의 상처를 씻어내릴 것이다. 빗물은 하수도를 흘러 금호동 개천을 흘러 한강으로 넘실 대며 흘러갈 것이다. 내일 아침 다시 해가 떠오를 때 나는 너의 울음을 지워버리고 인간들이 핥다 만 갈비뼈를 힘껏 모아 너와 함께 묻어줄 것이다.

개나리처럼 노란 전보용지가 어둠 속에서 굴러다녔다. 그 자음과 모음들이 낄낄거리며 허공으로 떠다녔다.

(1974)

동백꽃

어슴푸레 들려오던 다듬이질 소리가 맥박처럼 귓속으로 달음질쳐온다. 방망이를 다독거릴 때마다 질기고 맑은 섬유의 마찰음이 팽팽하게 공간에 울린다. 햇빛이 어느새 머리맡까지 다가서 있다. 다듬이질 소리만 일정하게 울릴 뿐 주위엔 아무런 기척도 없다.

혜배가 나간 뒤 이불을 뒤집어쓰고 누웠는데 잠시 잠이 들었나 보다. 좀전만 해도 이불이 어지럽게 쌓여 있었으나 방이 깨끗이 치워져 있다. 어머니는 어느새 방을 치우고 다듬이질을 하고 있다. 집에 오면 언제나 귓전에 맴도는 다듬이질 소리. 건넌방에서 울려오는 다듬이질 소리가 오늘따라 무겁다.

혜인은 누운 채 꼼짝 않고 허공을 지켜본다. 창으로 쏟아지는 햇빛 때문인지 방이 더 넓어 보인다. 담요의 꽃무늬가 햇빛 속에 엉클어져 시야를 어지럽힌다. 혜배의 얼굴이 언뜻 시야를 스친다.

날카로운 콧날에 입술까지 굳게 다물고 집을 나서던 혜배를 생각하자 싸늘한 물줄기가 전신을 훑고 지나간다. 혜배가 밉다.

혜배는 조금 전에 제 혼숫감 이불을 들고 나갔다. 십여 년 전부터 어머니가 곱게 다락에 넣어둔 그 양단 이불을 친구에게 가져갔다. 혼자 자취하는 친구가 따뜻한 겨울을 맞게 하기 위해서다. 그것은 아름다운 일이라 할 만하다. 혼숫감 이불을 줄 수 있는 정도가 아니라 이렇다 할 만한 친구도 없는 혜인에 비하면 훨씬 인간적일 수 있다. 혜배의 그런 모습까지도 혜인은 부럽지만 이날은 무언가가 잘못되었다.

어제저녁 혜배는 어머니에게 불쑥 이불 한 채를 내달라고 말했다. 다락에 쌓여 있는 새 이불이라고 덧붙였을 때도 어머니는 무심히 고개를 끄덕였다. 혜배와 마찬가지로 물욕이 없는 어머니였다. 그것이 그들의 유일한 닮은 점이지만.

어머니는 혜배의 독촉으로 아침부터 다락에서 이불을 꺼내는 법석을 피워야 했다. 이불 채가 다락 깊숙이 놓여 있어서 신문지에서부터 낡은 선풍기까지 모두 끌어내야 했다. 어머니는 처음 이불 한 보퉁이만 꺼냈다가 무슨 생각에선지 세 개의 큰 보퉁이를 모두 내려놓았다.

좁은 두 칸의 방엔 발 디딜 틈도 없이 이내 이불 채로 가득찼다. 오랜 세월에도 빛바래지 않은 원색의 양단 이불 채는 그들의 옛 시대처럼 찬란했다. 거지조차도 아버지 이름을 들먹이며 동냥을 요

구했다던 그 전성시대. 그러고 보면 칠 벗겨진 캐비닛과 돌아가지 않는 구식 전축이 파산의 잔재처럼 놓여 있는 방에서 그것은 마지막 남은 색채였으며 꿈이었다.

어머니는 이불을 여기저기 쌓아둔 채 물끄러미 방바닥을 바라보고 있었다. 침묵 속에서 방안의 미세한 입자들이 앙금처럼 가라앉았다. 어떤 일에도 내색하지 않는 어머니지만 눈꺼풀이 가늘게 떨리고 있었다.

혜인은 어머니를 바라보곤 트랜지스터를 세게 틀었다. 칙칙거리는 소음이 뇌 속에서 오실로스코프의 파형을 그렸다. 혜배의 날카로운 시선이 얼굴에 와닿았다. 혜배도 어머니 마음을 헤아렸음이 틀림없다.

입술을 다물고 있던 혜배는 이불 한 채를 골라내어 재빨리 보자기에 쌌다. 어머니가 "얘" 하고 혜배 앞으로 손을 내밀었다.

"두어 번 쓰긴 했지만 지난해 만들어놓은 혜인이 이불을 주는 게 어떨까? 저건 혼자 쓰기에도 너무 크고……"

부드러우면서도 호소하는 듯한 말이었다. 어머니가 그 이불을 다시 거두어들이려 했던 것은 귀한 양단 이불이어서가 아니었다. 혜배도 그것을 알면서 이불을 싸서 나가버렸다.

"내가 돈 벌면 더 좋은 걸로 해놓을게요. 미련 같은 건 우습다구요."

자신의 약한 모습을 내보이려 하지 않고, 그런 만큼 누군가 약한 모습을 드러낼 때 잔인해진다는 혜배. 한때 대학신문을 휩쓸고 재학시 이미 신춘문예로 문단에 등단했던 혜배는 지금 스물아홉의 나이에 집에서 원고지만 끼적이고 있는 시인이다.

그녀는 그동안 몇 번 직장생활을 했지만 일 년을 못 채우고 사표를 썼다. 권태로워서, 조직이 싫어서, 일상인이 되어서는 시를 쓸 수 없다는 이유에서다. 그것은 오빠가 결혼한 후 사글세 방값을 포함한 생활비를 떠맡지 않으면 안 되었던 상황에서도 가차없이 행해졌지만 혜인이 교사로 나가게 되면서 혜배는 기다렸다는 듯 의무감을 떨치고 다시는 직장에 나가려 하지 않았다.

용돈이 없어서 만나고 싶은 친구들도 만나지 못하는 혜배였다. 자존심 때문에 가족 누구에게도 손을 내밀지 못하면서 빈손으로 직장을 나서는 혜배를 혜인은 얼마나 부러워했는지 모른다. 사표를 내리라 생각하고서도 어머니와 푸른 원복을 입은 혜련이를 떠올리곤 또다시 교무실로 들어섰던 혜인에 비하면 혜배는 철저한 개인주의자였다.

학교를 졸업하고 큰 기업체에서 사보 편집을 맡게 되자, 혜배는 그날로 트렁크를 챙겨들고 집을 나섰다. 산허리를 깎아 들어선 영세민 주택단지에서, 다듬이질 소리가 울리는 사글셋방에서, 혜련의 핏발 선 눈매에서 혼자 벗어나기 위해 입버릇처럼 집에서 도망하리라 했던 혜배였다.

그후 혜배는 열네 달 동안 한 번도 집에 오지 않았다. 세 번인가 혜인의 학교로 찾아온 적은 있었지만 그때마다 혜배는 약간의 용돈을 손에 쥐어주곤 황급히 가버렸다. 잊을 수 있다면 잊고 싶다는 듯. 이런 혜배에게 혜인은 침통한 얼굴로 한마디 묻곤 했다. "시 많이 써?" 그러면 혜배는 "외로우면 쓰게 돼" 하고 짤막하게 답했다.

졸업을 앞둔 가을이었나보다. 혜인은 혜련이가 또다시 발작을 일으켰다는 소식을 무표정하게 듣기만 하는 혜배에게 불쑥 말했다. "나 취직하면 우리 함께 있을까?"

그날 혜인은 울먹이며 헤어졌다. 눈물을 글썽이는 혜인을 보고 바람처럼 돌아섰지만 혜배도 고개를 떨군 채 걸어갔다. 어느 날은 새벽에 문득 잠을 깨고 그리움 때문에 울었다는 혜배. "글을 쓰기 위해 많은 것을 희생시킬지 몰라"라고 말했던 것은 오만이 아니었을까. 오빠의 결혼을 하루 앞두고 일 년 하고도 두 달 만에 집에 돌아온 혜배에게 어머니는 배반이라고 말했다.

혜배의 모든 것, 핏줄까지도 잊고 싶어하는 극단의 자유조차 받아들인다 하더라도 이날 그녀의 행동에 대해 혜인은 반발심을 느꼈다. 차라리 비웃고 싶지만 생각할수록 화나는 일이었다.

바람이 부는지 마른 가지 스치는 소리가 난다. 햇빛이 화장대에 반사되어 물방울 유희를 한다. 다듬이질 소리에 귀를 모으다가 혜인은 햇빛을 등지고 돌아눕는다. 이사올 때부터 고장난 채 놓여 있던 전축이 문득 정답게 느껴진다. 전축 위엔 언제나처럼 석죽란이 놓여 있다. 장식이라곤 없는 가난한 살림이지만 방엔 아직 훈훈한 기운이 서려 있다. 어머니가 매일 잎을 쓰다듬는 화초 때문이 아닐까.

이 집으로 이사오기 오 년 전만 해도 어머니는 용설란과 소철, 고무나무, 꽃기린 등 수십 가지의 화분을 가꾸었다. 전에 살았던 한옥의 정원엔 나무가 숲을 이룰 만큼 많았지만 어머니가 가꾸는 화초도 그 못지않아서 남향 거실은 수십 가지의 화초로 가득찼다. 어머니는 오전 대부분의 시간을 화초를 돌보는 데 쏟았는데 거름을 주고 잎을 닦는 신성한 노동이 몰입의 희열을 주는 듯했다. 혜인은 지금까지 그보다 더 평화로운 정경을 기억하지 못한다.

하긴 그때엔 모두가 꿈이라 할 만한 것을 키우고 있었다. 혁명가를 동경하는 수재였지만 오빠는 늘 머리를 한 갈래로 땋아 다니는 한 여자의 가난을 사랑하고 있었다. 혜배는 아버지를 소유하려는 한 여자를 증오하고 있었지만 원고지 앞에선 모든 것을 밀쳐버리는 시인 지망생이었다. 혜련이도 그때는 비 오는 날 레너드 코언의 노래를 온 집이 울리도록 틀어대는 사춘기 소녀였을 뿐이다. 등록금을 대느라 발이 아프도록 과외수업에 뛰어다녔던 혜인도 그때는 지금처럼 사람을 싫어하지 않았다. 아버지가 집을 비우는 날이면 남몰래 괴로워했지만 어머니도 그때는 수도자처럼 앉아 다듬이질을 하진 않았다.

어머니는 정말 아버지를 사랑했던 것일까. 혜련이가 뱃속에서 태동을 했던 때부터 다방 마담이었던 이북 여자와 서울서 이중생활을 시작한 아버지다. 중학교까지 적적할 정도로 조용한 충청도의 소도시에서 자란 혜인에겐 아버지 모습이 선명치 않다. 그때 아버지는 손님처럼 이따금 집을 찾아왔고 온 식구가 서울로 이사온 뒤에도 아버지 얼굴은 여전히 보기 힘들었다.

식구 중 아버지와 가장 많은 시간을 보낸 사람은 혜배다. 아버지는 집에 와서도 대개 낚시 도구를 손질하거나 사냥으로 시간을 보냈는데 곧잘 혜배를 데리고 야외로 나갔다. 그래선지 혜인의 눈앞에 떠오르는 아버지는 총을 멘 포수이거나 긴 장화를 신은 거인의 모습이었다.

아버지의 방랑을 겸한 그 취미는 거의 광적이다시피 했는데 비가 우박처럼 쏟아지던 날 새벽, 아버지는 만류하는 어머니에게 이렇게 말하며 집을 나섰다.

"물속엔 비가 오지 않는다니까."

그것이 혜인이 기억하는 아버지의 전부다.

혜인은 아버지가 정말 다방 마담을 사랑했을까, 하고 생각해본 적이 있다. 선이 결여된 인간을 사랑할 수 있다니 믿을 수 없는 일이었다. 책가방에 과도를 넣은 혜배를 따라 여자의 집에 간 적도 있지만 혜인은 한때 아버지까지 경멸했다. 어쩌다 아버지가 집에서 며칠 묵을라치면 여자는 한밤에 전화를 걸었다. 어머니는 여자의 전화를 참담한 얼굴로 아버지에게 건네주었고 아버지는 대청

건너 혜인의 방에 들릴 정도로 큰 소리로 말했다.

"형님 댁에 인사하러 한번 와야지, 하하."

그러고 보면 아버지의 파산은 예정된 비극과도 같다. 아버지의 사업이란 장안의 난봉꾼이었으나 소문나게 인색했던 할아버지에게 물려받은 유산을 보다 체계적으로 낭비하는 작업에 불과했고 그저 무언가에 집착하려 했지만 그는 결코 돈을 존경할 수 없었다. 파산은 이런 결과로 스스로 부른 불운 같았지만, 어차피 터뜨려야 했던 곪은 상처였다. 은행에서 나온 집달리가 반들거리는 마루를 구둣발로 밀고 올라섰을 때 혜인은 냉정하게 그것을 확인했다. 짐을 쌓아둔 골방에서 죽은듯 엎드려 있던 어머니를 보고 현기증을 일으켰지만 아버지가 여자를 따라 아주 떠나버렸을 때도 그다지 놀라지 않았다. 이젠 육중한 향나무 가구 대신 금속성으로 신경을 긁는 캐비닛에도 익숙해졌다. 혜련이가 병원에서 도망쳐 온다 하더라도 놀라지 않을 거다.

어머니가 다듬이질을 그쳤는지 정적이 일순 꿈처럼 찾아든다. 혜인은 손을 느슨하게 펴고 벽을 응시한다. 상앗빛 갈포벽지가 방을 아늑하게 만들었다. 한 달 전만 해도 벽엔 혜련이 크레용으로 그린 황금박쥐가 구석구석 눈을 반뜩이고 있었는데 어머니가 손을 댔나보다. 머리맡으로 인기척이 들려 혜인은 자리에서 일어난다.

"엄마, 요즘 누가 다듬이질을 한대. 팔 아프지 않우?"

"그래야 홑청이 실하지."

어머니는 옷매무새를 고치곤 창을 열었다. 하늘이 눈부시게 푸르르다. 찬 공기가 상쾌하게 얼굴에 닿아온다.

"날씨가 차구나. 내일 병원에 내복을 갖다주어야겠다. 내복을 원래 안 입지만—"

"병원이 춥진 않잖아요."

"그래도."

어머니는 화장대 옆에 놓인 가방을 보더니 서랍장으로 다가간다. 혜련에게 면회 가기 전날엔 늘 저 파란 가방을 내놓았다. 갈아입힐 옷가지와 간식을 넣기 위해서다. 그 가방은 혜련이 중학교 때 피겨 스케이팅 연습을 하는 날 들고 다니던 가방이었다. 그때 혜련은 체육 선생이 꼽은 유망주로서 선수 훈련을 받았는데, 피겨 스케이팅을 계속했더라면 지금쯤 건강한 선수가 됐을지도 모른다..

사 년 전 봄날이었던가. 혼자 다락에서 옷감 조각이 든 상자를 꺼내보거나 묵은 책을 닥치는 대로 읽곤 하던 혜련이가 어느 날 놋 식기들을 모조리 꺼내 집어던졌다. 여고를 갓 졸업하고 스스로 진학을 포기한 채 외출도 하지 않던 혜련이었다. 전해 가을부터 혜련은 시름시름 앓는 듯했지만 누구도 혜련의 우울증을 눈여겨보지 않았다. 어머니는 환경이 갑자기 바뀐 탓이려니 하고 아픈 마음으로 지켜보기만 했고 혜배나 혜인은 극도로 자신에게 긴장해 있어서 혜련에게 손을 건넬 여유가 없었다.

혜련의 발작은 며칠 뒤 연이어 일어났다. 혜련은 뉴똥이나 새틴

조각들을 가위로 싹둑 잘라 온 방에 어질러놓았고 낡은 찬장에 몇 개 남아 있던 값비싼 유리그릇들을 마당으로 집어던졌다. 혜련의 눈은 괭이처럼 반뜩였고 만류하는 어머니를 무서운 힘으로 밀어냈다. 혜련에게 잡혔던 어머니 손목엔 며칠째 시커먼 멍이 지워지지 않았다.

그즈음의 어느 날 아침인가. 혜인은 잠결에 어렴풋이 아롱이의 울음소리를 들었다. 낮으면서도 공포에 찬 신음이었다. 긴장해서 귀를 모으자 키득거리는 웃음소리가 들렸다. 혜인은 반사적으로 몸을 일으켜 창밖을 내다보았다. 입꼬리를 올린 채 아롱이를 내려다보고 있는 혜련의 얼굴이 눈에 들어왔다. 혜련은 아롱이를 구석으로 몰아넣고 발로 짓누르고 있었고 입가엔 잔인한 웃음이 흘렀다.

어머니가 주인집 여자를 불러내고 얼마 되지 않아서 병원 구급차가 문 앞에 대기했다. 어머니는 의사를 불러달라고 부탁했으나 이모 친구인 주인집 여자가 정신병원에 의뢰했다. 어머니는 남자 간호사에게 붙들려가는 혜련을 보며 몸을 떨었다. 혜련은 무표정한 두 남자 사이에서 울부짖었다.

혜련은 그간 네 번 병원에 입원했다. 병동 창살을 움켜쥐고 제발 데려가라고 애원했던 혜련은 집에만 오면 남자 간호사가 부르곤 했다는 가요를 흥얼거리며 쾌활하게 굴었고 또 일주일이 가지 않아 무섭게 눈을 부릅떴다.

작년 이맘때쯤엔 성경을 보며 스스로 회복을 기다리는 듯했으나 퇴원한 지 한 달을 못 넘기고 병원으로 들어갔다. 전날 오빠가 집에 오지 않았더라면 어머니는 혜련에게 목을 졸린 채, 그래, 죽자꾸나, 하고 손을 움켜쥐었을 것이다. 어머니는 남자 간호사들에게 다시 끌려가는 혜련을 외면하고 다락에 올라가 소리 죽여 울었다.

어디선가 소방차의 사이렌 소리가 들려오더니 점점 커진다. 멀지 않은 곳에서 불이 났나보다. 여학생일 때만 해도 사이렌이 울리면 밖으로 뛰어나가 거리를 달리는 소방차를 구경하곤 했다. 멀리서 검은 연기가 뭉글뭉글 솟아오르는 것을 보면 붉은 화염이 허공을 비집고 치솟지 않을까 가슴 조이며 지켜보곤 했다.

언젠가 텔레비전을 켜다 트랜스 전압이 높아져 합선으로 불이 날 뻔한 적이 있었지만, 그후로 혜인의 잠재의식 속에 늘 불길이 숨을 죽이고 있는 것 같았다. 트랜스만 보면 폭발하는 상상을 하면서 스스로 놀란 일인데 그때마다 집이 불길에 휩싸이는 정경이 눈앞에 떠올랐다. 불길 속에 아버지와 혜련의 얼굴이 언뜻 나타났고, 원고지가 삐라처럼 너울거렸다. 한동안은 캔버스에서도 이 불길이 혀를 날름거렸는데, 초록이나 검정으로 모든 공간을 짓이겨도 화폭 속에서 이내 되살아나 시야를 어지럽혔다.

그것도 배반이었을까. 텔레비전 밑에 놓인 트랜스로 눈길이 가자 혜인은 몸을 움찔한다. 창가에 서 있는 어머니의 작은 등이 일순 죄책감을 불러일으킨다. 집을 한 번도 떠난 적 없는 혜인이 기꺼이 낯선 소읍에 교사로 부임한 것도 그 불길을 떨쳐버리기 위해서였는지 모른다. 어머니가 창문을 닫고 그제야 몸을 돌린다.

"웬 불이 이리 자주 날까. 며칠 전에도 소방차가 달려가던데─"

"겨울이라서 그런가."

혜인은 말꼬리를 흐리다 아까 혜배가 스웨터만 걸쳐 입고 나간 것을 떠올린다.

"그래도 오늘은 덜 추워요. 혜배 언니는 이불에 정신이 팔려서 코트도 안 입고 나갔어. 택시 타겠지만. 엄마, 언니는 누굴 닮았어?"

"글쎄, 나눠 가지는 건 좋은 점이지. 나눌 게 있으니 다행이야. 우리 혜인이가 혜배보단 깍쟁이지."

"아뇨, 주는 게 어쨌다는 게 아니라─"

혜인을 말끄러미 바라보며 어머니가 웃었다. 그늘이 깃들어 있지만 웃을 때면 가물거리는 눈이 아직도 아름다웠다. 혜인은 제 무릎을 손으로 가리켰다.

"엄마, 흰머리 뽑게 여기 누우세요."

"뽑으면 뭘 하누. 늙으면서 생기는 건데."

어머니는 굳이 마다하지 않고 혜인의 무릎을 베고 눕는다. 혜인은 핀으로 올린 어머니의 머리를 풀어 손으로 빗어내린다. 사진첩 속에 있는 누렇게 빛바랜 사진이 문득 생각난다. 어머니는 옛날에 숱 많은 머리를 양옆으로 땋아 띠처럼 곱게 두르고 있었다. 일제 때 정신대에 공포를 느껴서 혼인을 승낙했다지만 아버지는 첫눈에 어머니의 단아한 모습에 매혹됐다고 했다. 그 머리카락이 지금은 흰머리가 희끗희끗 뒤섞여 은발이 되고 있었다. 어머니가 머리카락을 한 올 한 올 만지는 혜인을 흘긋 올려다본다.

"혜인이도 결혼해야지, 좋은 사람이 있으면."

"혜배 언니도 있는데요, 뭘."

"혜배가 언제 누구 말 들었니. 저 하고 싶은 대로 하는 애니까. 난 말이다." 어머니가 덧붙여 말했다. "혜배가 글쓰지 말았으면 좋겠다. 그애가 남자였다면 제 식구들은 굶을 거야."

혜인은 피식 웃었다. 그럴지도 모른다. 아버지가 어느 날 말없이 집을 나섰던 것처럼 트렁크 하나 들고 훌쩍 나가버렸던 혜배. 그것은 어린아이의 맹목성과 같아서 비난할 여지조차 없었다.

"엄마, 아버지 정말 좋아했수?"

혜인이 불쑥 묻자 어머니가 혜인을 올려다봤다.

"갑자기 무슨 소리냐, 엉뚱하게."

"엄만, 왜 아버질 찾지 않았을까. 벌써 오 년이 넘었지만 우리가 처음부터 찾아 나섰더라면 말이우."

"네 아버진 항상 마음이 먼 곳에 있는 사람이야. 혼자 외로워하고."

가물거리는 눈 속으로 얼핏 그림자가 스쳤다. 침울한 목소리였으나 어머니는 마치 오래전에 죽은 아들에 대해 말하듯 무심한 표정으로 창을 올려다봤다. 무섭도록 차분한 모습이었다. 아버지의 배반에도 흐트러진 모습을 보이지 않았던 어머니.

아버지를 외롭게 만든 것은 바로 저 의연함이 아니었을까. 보호색처럼 눈에 띄지 않는 무심한 자존심 말이다. 아버지는 어머니가 좀더 그를 구속하기를 원했는지 모른다. 외로운 자유인이었으니까. 파산 후 아버지가 여자를 따라가버린 것은 그러한 이유에서였는지 모른다. 천박했지만 여자는 적어도 아버지를 맹렬하게 독점하려 했다.

"애, 정월이 지났구나."

어머니는 누운 채 벽에 걸린 달력을 손으로 가리킨다. 시간이 너무 빠르다고 혜인은 손을 꼽아본다.

"학교 나간 지 벌써 사 년이 됐어요."

"첫 출근 하는 날 입는다고 투피스 사 와서 입어보던 게 얼마 전 같더니―"

"투피스 입으니까 정말 여선생 같았어. 애들 가르치는 건 좋은데, 교사 체질은 아닌가봐요."

"살아가야 하니까 다들 견디는 거지."

혜인은 잠자코 있다. 그동안 혜인도 관념의 노예가 되지 않을 만큼 생활인으로 변모했다. 교직이 이상은 아니었으나 스읍의 중학교에 부임하여 처음 연단에 섰을 때 교사가 자신에게 적임인 것처럼 느껴졌다. 그림을 그리면서 아이들을 가르친다는 것이 뜻밖에도 기쁨으로 생각되었다. 아이들의 티 없는 얼굴 앞에선 가슴을 열어도 될 것 같았다.

수업을 무성의하게 맞는 학생들에겐 가차없이 벌을 주며 엄격하게 대했으나 혜인은 아이들의 꿈을 키워주는 선생이 되고자 했다. 아이들의 경우 없는 행동에 화를 삭일 때도 있지만 눈 오는 날이면 아이들을 모두 운동장으로 내보내고 창밖을 지켜보며 흐뭇해했다. 혜인은 아이들에게 들려주기 위해 끊임없이 책을 읽었고, 걸핏하면 준비물을 빠뜨리고 와선 혜인의 꾸중을 듣고 훌쩍이는 고아원생을 며칠 뒤 집으로 초대하여 함께 저녁을 먹기도 했다. 누구에게 틈 하나 보이기 싫어하면서 순정 영화를 보며 눈물을 쏟는 혜인. 지극히 이성적이면서 누구보다 감정적인 혜인은 이 양극단에서 평행을 이루며 아이들의 신망을 받는 교사가 되었다. 책임감만큼은 강해서 지난 금요일처럼 교무주임에게 책망을 들을 땐 얼굴로 피가 몰렸다.

"나 입 까다롭다고 엄마가 늘 반찬을 해줘서 점심은 거의 집에 가서 먹잖아요. 그저께는 집에 들르니까 연탄불이 꺼져 있어서 불을 붙이느라 좀 늦었어요. 교무실에 들어서니까 오 분이 늦어서 출석부 챙겨들고 막 나서려는데, 교무주임이 이러잖아요. 무슨 진수성찬을 들기에 수업까지 늦게 들어가느냐고. 내가 어떻게 점심을 해먹건 그 사람이 할 말은 아닌데. 그저 늦었다고만 해도 될 텐데. 여태 그런 적이 없었거든요."

"그래, 속상해서 올라왔구나."

어머니가 눈을 감은 채 슬밋 웃음 짓는다.

"지난주는 일직이었고—"

"서울까지 버스로 한 시간 반 거리니 가깝다고 할 수는 없지."

경기도의 ㅅ읍에서 자취를 시작했을 때 일주일이 멀다 하고 서울로 갔지만 학교생활에 적응하면서 차츰 발길도 줄어들었다. 학교에서 돌아오면 휑하니 비어 있는 방이 이내 혜인의 휴식처가 되었다. 그것은 이 거대한 지구 한 모퉁이에서 혜인에게 주어진 선물 같은 공간이었다. 혜인도 세상으로부터 비켜나 오롯이 혼자 누울 방이 필요했다. 지난겨울엔 불현듯 학교생활을 정리하겠다고 내려가선 추운 방을 방학 내내 수녀처럼 지키고 있었다. 혜인은 창으로 모과나무가 보이는 제 고즈넉한 방과 자전거포가 많은 ㅅ읍을 어느새 사랑하고 있었다.

주민들 옷소매엔 어설프게 도시의 타산이 묻어 있지만 회칠을 한 흰 교회당이나 포장되지 않은 넓은 길들이 그대로 시골 냄새를 지니고 있는 소읍. 무성한 가로수와 맑은 햇빛, 시가를 조금만 벗어나도 이내 펼쳐지는 들판, 자전거를 타고 돌아오는 도랑길. 들판에 붉은 감처럼 떨어지는 일몰의 해는 얼마나 아름다운지. 밤이면 집집마다 새어나오는 흐릿한 불빛, 인적 드문 거리도 혜인을 매료시킨 것들이다. 또 그 속에서 이따금 자신을 돌아보는 외로움까지도.

"혜인인 정말 사귀는 사람 없니?"

"그럴 시간도 없어요."

"하긴 학교만 왔다갔다하니."

어머니는 더 묻지도 못하고 돌아눕는다. 순간 김용제 선생이 풍금 치던 모습과 정전된 시가지의 밤하늘이 떠오른다. 지난해 초겨울 혜인이 일직을 맡은 일요일에 김용제 선생은 수학 시험문제를 낸다고 학교에 나와 일하다가 혜인과 함께 교정을 나섰다. 그는 저녁을 먹자고 제의했고, 혜인은 거절하지 못했다. 사범대학을 수석 졸업하고 서울서 교사생활을 하다가 부인과의 불화로 일부러 시골 학교에 내려와 있다는 말을 다른 여선생으로부터 들었던 터였다.

그들이 밖으로 나서자 온 시가지가 갑자기 캄캄해졌다. 정전이었다. 그날따라 우울해 보이던 그는 "좋군요. 인간은 존재도 없고 온 천지 별만 보이니" 하며 하늘을 보고 걸었다. 별이 청량한 소리를 내며 머리 위로 쏟아질 듯했다. 그 자연의 제전에 모든 것이 어둠 속에 숨을 죽이고 있었고 혜인은 행복하여 눈시울이 짠했다. 우주의 품에 안긴 듯한 밤이었다. 그가 고교 때 독어 공부를 위해 외웠다는 〈겨울 나그네〉의 'Gute Nacht'를 골목이 울리도록 부르지 않았다면 아무도 그들을 알아보지 못했을 것이다.

"작년 겨울방학 때 서울서 취직하겠다고 내려갔었잖아요. 사실 그때 턱없는 소문이 나서 화가 나서 그랬어요. 우리 학교 수학 선생과 내가 좋아하는 사이라고— 우연히 저녁 한 번 먹고 함께 걸어갔을 뿐인데. 집이 같은 방향이니까."

"결혼 안 한 여선생인데 동료 선생을 좋아할 수도 있지."

모처럼 혜인이 속얘기를 하자 어머니는 짐짓 담담하게 대꾸한다.

"그 선생은 결혼한 사람이에요. 가정에 문제가 있어서 일부러 지방을 자청해 근무한다는 말이 들려요. 그래서 늘 관심을 끄나봐요. 시골이라 다방에서 차 한 잔만 마셔도 손잡고 가더란 소문이 난다더니 맞아요. 턱없는 소문 때문에 다른 지방으로 전근하기도 한대요. 사랑은 없고, 남에게 쓸데없는 관심들만 많아요."

"난 널 믿어. 넌 네 앞가림을 하는 아이니까."

혜인은 한숨을 가만 삭인다. 가르치는 일은 힘들지 않다. 힘든 건 사람 관계이다. 그 일로 혜인을 불렀던 교무주임의 성마른 얼굴이 아직도 생생하다. 나는 잘 모르지만 소위 예술을 한다는 사람들은 자유주의자라죠. 그러나 여긴 보수적인 한국의 소도시이고 또 이선생은 교사— 혜인은 제가 풀어뜨린 어머니의 머리를 다시 땋아서 틀어올린다.

"사는 게 업을 닦는 건가봐."

"그래, 사는 날까지—"

어머니의 목소리가 잠기는 듯하여, 혜인은 어머니의 좁은 어깨를 가만 감싼다. 아버지는 죄인이야, 이 말이 목구멍까지 올라왔으나 삼킨다.

"엄마는 참 강해요."

"나도 그때그때마다 힘들었지만 여기까지 왔구나. 네 아이의 어미라는 것이 내게 큰 힘을 준 것 같아."

정적을 깨고 갑자기 철문 흔드는 소리가 들린다. 좀전에 택시가 서는 것 같더니 혜배가 벌써 돌아왔나. 혜인이 일어서기 전에 어머니가 나서는데 혜배의 맑은 목소리가 문밖에서 울린다.

"엄마 계시지?"

"왜 이리 빨리 왔어?"

혜인은 창가로 가서 밖을 내다본다. 자주색 목도리를 두른 혜배가 문에 서서 활짝 웃고 있다. "날씨도 찬데 코트도 안 입고." 어머니가 혜배의 스웨터 차림을 보고 나무란다. 대문 너머로 눈 덮인 인왕산이 시야에 들어오고 혜인은 어깨를 편 채 한껏 숨을 들이마신다.

"엄마, 이거."

어느새 혜배가 양손에 화분을 들고 대문으로 들어선다. 상체를 가릴 만큼 큰 화분이다. 윤기나는 초록잎 속에 붉은 꽃송이가 드문드문 피어 있다. 꽃술을 감싼 오목한 홑꽃잎과 선명한 색채가 고혹적이다. 혜인은 창으로 얼굴을 내민다.

"이쁘다. 동백꽃이야."

"엄마, 이거 내 친구 집에 있던 화분인데 엄마한테 드리고 싶대. 이불 감사하다고."

어머니는 혜배가 들고 있는 동백을 물끄러미 바라본다. 표현할 수 없는 감정이 어머니 눈 속에 안타깝게 맴도는 것 같다. 혜배가 무거운 화분을 들고 있다는 것을 그제야 깨닫고 어머니는 화분을 받아들려 한다. 혜배는 고개를 저으며 어머니를 재촉하고, 어머니는 앞장서 뜨락으로 걸어온다. 애잔한 웃음이 어머니 입가를 스쳐 간다. 어머니 얼굴 위로 나무 그림자가 흔들리더니 선명한 한 점 붉은 꽃이 각혈처럼 번진다.

(1978)

엘리께여 안녕

벌써 해가 스름스름 진다. 시작조차 없었던 하루가 말이다. 아침에 경찰서에서 나와 온종일 잠을 잤으니 이제야 시작인가. 빌딩 창에는 금색 빛살이 쏟아져내리고 사람들은 일몰의 풍경 속으로 분주하게 걸어간다. 서로가 긴밀한 약속이나 한 듯 도시 전체가 술렁인다. 동석은 텅 빈 공항버스에 앉아 침입자처럼 커튼 틈으로 시가를 바라본다.

어제 술을 많이 마시긴 했다. 아직도 머리가 무겁다. 놈들을 만날 땐 항상 그렇지만 어제는 기분까지 좋지 않아 폭음을 했다. 교수를 만나러 학교에 가서 또다시 배반감을 맛보았다. 아니, 처음부터 기대 같은 건 하지 않았다. 그저 물에 빠진 사람 지푸라기라도 잡는 심정으로 교수를 찾아갔다. 교수 한 사람의 힘으로 복학이 되리라곤 믿지 않았다. 또 복학할 제적생은 수없이 많았다.

영문과 주임교수를 우연히 만난 일을 생각하자 동석의 입가에 쓴웃음이 떠올랐다. 며칠 전 공항 대합실에서였다. 동석이 자리를 지키고 있는 여행사 안내계 앞으로 낯익은 사람이 왔다갔다했다. 그는 동석을 알아보지 못했지만 동석이 제2전공으로 강의를 들었던 영문학 교수가 분명했다. 동석은 그의 뒤를 따라갔다. 학교를 떠난 후 처음 만나는 터여서 몹시 반가웠다. 동석은 "교수님" 하고 부르며 꾸벅 인사했다. 동석이 학번을 대자 교수도 기억난다는 듯 고개를 끄덕였다.

"교수님, 여기 웬일이십니까?"

"아, 나 지금 일본서 올 사람 마중나왔어. 그런데 자네는 웬일인가?"

"저 여기 근무해요."

"그래, 언제부터?"

"일 년이 채 못 됐어요. 제가 뭐 도와드릴 일은 없습니까? 아까부터 일이 잘 안 되는 것 같던데요."

교수는 고개를 끄덕였다.

"응, 내가 일본인을 만나기로 했는데 아직 안 나왔어. 비행기는 삼십 분 전에 도착했는데."

"그럼 제가 알아보겠습니다. 지금 아마 세관에 있을 것 같은데요."

동석은 입국자 명단에서 교수가 만날 일본인의 이름을 확인했다. 동석은 곧장 게이트 안에서 근무하는 선배와 통화해 일본인이 세관에 있는지 알아봐달라고 부탁했다. 일본인은 십 분도 안 돼서 대합실로 나왔다. 교수는 고맙다는 말과 함께 그제야 동석에게 과를 물어보았다.

"자네 영문과는 아니지?"

"네, 러시아어괍니다."

"졸업은 언제 했나?"

"졸업은 못했어요."

"아니, 왜?"

동석은 겸연쩍게 웃었다.

"제적을 당했어요."

"저런, 언젠가? 그게."

"사 년 됐죠. 그동안 군대에 갔다 오고 여기서 여행사 일을 보고 있어요. 군에 갔다 오면 복학이 될 것처럼 말하더니 학교에선 다시 복학할 수 없다는 겁니다."

"아니, 그런 일을 왜 상의도 하지 않았어. 학생 일이야 교수밖에 통할 데가 있나."

동석은 약간 어리둥절했다. 대낮이었고 또 술이 들어간 것도 아닌데 교수님은 대포알 쏘듯 '상의'라는 말을 했다. 교수는 동석의 가슴에 달린 이름표를 보며 서둘렀다.

"이름이 뭔가? 최동석. 그래, 내가 학교 가면 알아보지. 시간

있을 때 학교로 한번 연락하게. 내 제자 중에도 제적생이 있어
서……"

"시간 있을 때가 아니라 시간을 내서 가 뵙죠. 그러잖아도 학교
에 다시 가볼 생각이었으니까요."

그때 동석은 교수의 순간적인 발상과는 상관없이 진지했다. 학
교 문제에 있어선 항상 절실했다. 스물여섯이란 나이 때문에 더욱
그런지도 몰랐다.

얼마나 갈망해서 택했던 러시아문학인가. 다른 입시생들이 머
리를 싸매고 방정식을 풀 때도 푸시킨의 생애에 심취해 있었던 동
석이었다. 다시 레르몬토프의 시를 읽고 싶었고 혼자 손을 댄 체호
프 번역을 마치고 싶었다. 취침나팔 소리를 들으며 암담한 하루를
시작할 때면 〈이태리 기상곡〉을 방송했던 대학 시절이 까마득한
옛일같이 느껴져 눈시울이 뜨거워진 날도 있었다. 순수란 말이 그
때처럼 아름답게 느껴진 적도 없었고 왜 이런 것들을 더이상 추구
할 수 없는지, 주먹을 움켜쥐기도 했다.

그렇다고 동석이 자신의 행동을 후회한 것은 결코 아니다. 동석
이 제적을 당했을 때 아버지도 허탈한 표정을 지었지만 동석은 의
연했다. 어떠한 것에도 그것을 획득하기 위해선 투쟁이 필요하다.
아니, 투쟁이라고 과격하게 말하지 않더라도 자신이 사랑하는 것
을 스스로 이끌지 않으면 영원히 놓친다는 법칙을 동석은 알고 있
었다.

중학교 들어간 해였던가. 집에 흰 개가 한 마리 있었다. 털이 희고 눈매가 약간 붉어 순해 보이는 그 개를 동석은 몹시 좋아했다. 학교만 갔다 오면 개장 앞에서 살다시피 할 정도였다.

비 오는 어느 날 학교에서 돌아오는데 개가 골목에 서 있었다. 비가 와서 노는 아이들도 없었고 흰둥이 혼자 쇠사슬을 끌며 텅 빈 골목을 어슬렁거리고 있었다. 동석은 쇠사슬을 잡으려다 그냥 손짓했다. 쇠사슬엔 진흙이 묻어 있었다. "흰둥아, 들어와." 동석은 대문에 들어설 때까지 손짓만 했고 흰둥이는 이내 따라올 것처럼 동석을 바라보다 어디론가 가버렸다. 흰둥이는 그후 다시 집에 들어오지 않았다.

그때의 후회 비슷한 감정은 십 년이 지난 지금까지 의식 깊숙이 박혀 있다. 손에 흙이 묻더라도 쇠사슬을 쥐었어야 했다는 자각. 이것은 동석이 성장하면서 사랑의 법칙으로 계시되었다. 사랑을 소유하려면 자신을 그 사랑에 던져야 한다는 것. 그러지 않으면 그것을 잃는다는 진리 말이다.

"공부를 계속하고 싶은 사람이라면 왜 좀더 조심하지 않았는가."

공항에서 만났던 교수가 학교로 찾아온 동석에게 탓하듯 말했을 때 동석은 흰둥이 얘기를 했다. 단지 은유법이었다. 교수는 그 말을 듣고 웃었다.

"이상이 흰둥이란 말인가?"

물론 이상이 흰둥이와 같은 애완물일 수는 없겠지. 그렇다고 전연 알아듣지 못하는 것처럼 딴소리를 하시다니. 동석의 복학 건이 고려될 수 없는 딱한 것이라 하더라도 냉소적으로 나올 건 없지 않은가. 동석이 학교에 갔던 것은 함께 제적당했던 학우들에게 무엇이건 학교 소식을 들려주고 싶었기 때문이다.

그날 '구·일칠' 모임이 있었다. 같은 시기에 제적되어 함께 군에 갔던 열네 명이 모임을 가진 것도 벌써 사 년째였다. 그동안 지방으로 서너 명이 내려갔고 그날은 일곱 명이 모였다. 그중에서도 동석처럼 직장을 가진 제적생은 네 명이었다. 취직에 필요한 졸업장도 없었고 그럴 신분이 못 되었다. 그중 동석은 항공사와 동계 회사인 여행사의 안내인 모집 공고를 보고 응모했는데 다행히도 외국어 실력이 합격권에 들었다. 이력서엔 물론 고졸이라고 썼다. 여행사측에선 동석의 이력에 더욱 만족한 듯했다. 여행사에서는 안내인으로 값비싼 대학 졸업생을 원치 않았다.

실업자에다 간첩처럼 제 신분도 감춰야 하는 '구·일칠' 놈들은 그날따라 암담한 얼굴을 하고 있었다. 동석의 기분에 재빨리 감염되었다. 안주를 씹는지 생각을 씹는지 놈들은 고개를 숙인 채 입만 우물거리고 마주 보이는 얼굴들은 자조적이었다. 그러다 누군가의 목소리가 튀었다.

"야, 나는 요즘 유리만 보면 깨고 싶어."

그 말이 떨어짐과 동시에 동석은 소주병을 집어들고 창으로 던

56

졌다. 왜 그랬는지 자신도 알 수 없었다. 유리창 깨지는 소리가 귀를 아프게 울려왔을 때도 동석은 자신이 유리를 깬 장본인이라는 것을 의식하지 못했다. 지나가던 한 연인이 뛰어들어와 미친놈이라고 소리칠 때도 무감각했다. 정말이지 무슨 일을 저지른 것일까. 그들이 다치지 않은 것은 무엇보다 다행이었지만 주인 남자는 동석을 불량배로 점찍었다. 다혈질인 주인 남자는 유리값을 물겠다는 젊은 놈들을 밀치고 고발하러 밖으로 나갔다. 동석은 주인 남자가 돌아오기 전에 다른 놈들을 돌려보냈다. 남자의 노기 띤 얼굴을 보면 경찰관을 데려올 것이 분명했다. 그렇다면 적어도 신분 조사를 받게 될 것이고 '구·일칠' 패들을 곱게 보아줄 리가 없었다. 동석의 판단은 틀리지 않아서 직장이 있는 또 한 놈만 남고 모두 뿔뿔이 헤어졌다.

동석은 어젯밤 경찰서 보호실에서 뜬눈으로 보냈다. 맨발로 들어온 술주정뱅이에다 불량배들, 무언가 위반해 들어온 사람들인데 그중에서 좀 말끔하게 차려입은 두 남자는 통금 전에 빠져나갔다. 동석도 마음만 먹으면 집에서 편히 잘 수 있었지만 그래도 보호실에 처박혀 있었다. 자기 잘못을 인정했다기보다 작은 것에나마 힘을 부리고 싶지 않았기 때문이다.

차가 어느새 공항 안으로 들어선다. 일본인 단체관광단이 깃발을 든 안내인을 선두로 초등학생들처럼 줄지어 서 있다. 키가 작달막하고 나이가 든 남자들이 대부분인 걸 보면 뻔한 관광이다. 더구나 오늘은 토요일이 아닌가. 빌어먹을, 저 꼴이 보기 싫어서라도 빨리 여길 그만두어야겠는데. 동석은 메스껍다는 듯 담배에 불을 붙여 문다.

그래도 처음 공항에 나왔을 때보다는 저런 장면을 보는 데도 익숙해졌다. 동석이 맡고 있는 안내는 거의가 한국 항공편을 이용하는 통과여객이어서 일본인 그룹을 상대하지 않아도 좋았다. 그런 중에서도 승객들이 한국에 하룻밤 체류할 경우, 지정해준 호텔로 가지 않고 중간에 빠지는 일본 사람이 있긴 했다. 공항에 깔려 있는 핌프를 따라갔거나 미리 한국 여자의 연락처를 알고 있는 일본인이었다. 그뿐 아니라 그날 오전에 한국에 와서 오후에 목적지로 가는 비행기를 갈아타야 하면서도 그사이 여자를 찾아 나서는 사람도 있었다. 그것을 보고 동석은 남자라는 것에 처음으로 혐오감을 가졌다. 인간이 저토록 쾌락에 주려 있다면 동물과 다를 것이 무엇인가. 동석이 공항에 근무한 지 열흘잰가. 기생 파티를 없애야 한다고 격분했는데 같이 근무하는 오정식씨가 퉁명스레 대꾸했다.

"없애긴 왜 없애. 그걸 없애면 한국에 뭐가 볼 게 있다고 와."

사 년째 관광 안내를 해온 직장 선배는 자조적으로 내뱉었지만 동석은 충격을 받았다. 안내인의 기본은 무엇보다 친절과 봉사에 있지만 일본인에게만은, 돈 안 드는 웃음조차 짓지 못하는 동석이었다. 무의식적인 반발심이었다. 초등학생 때부터 십여 년이 넘게 왜적이란 말을 얼마나 많이 들어왔던가. 해마다 삼일절 행사를 해왔으며 단체로 유관순 영화도 보았다. 거기다 머리가 커서는 어머니에게 정신대 얘기를 들었다. 태평양전쟁 때 내막도 모른 채 끌려가 난도질당한 한국 여자들. 과거의 역사지만 젊은 탓인지 감정이 앞서는 건 어쩔 수 없다.

언젠가 일본인 승객을 실은 관광버스가 미도파 앞으로 지나간 적이 있는데 동석은 말이 목구멍으로 치미는 것을 눌렀다. 바로 사십 년 전 저곳에서 우리의 꽃다운 누이들이 동물처럼 진열장 속에 갇혀 두려움에 밤을 지새웠다. 당신 선조들의 성욕을 위해 채집된 약자의 나라 여자들 말이다.

이런 감정을 돋우기나 하듯 한 일본인이 대합실로 들어서는 동석과 부딪쳤다. 잡지에서 본 것 같은 깔끔한 인상의 일본 청년이었다. 동석과 비슷한 또래였다. 놈은 골프채를 휘두르고 있었고 그것이 동석의 다리를 쳤다. 놈은 일본인 특유의 상냥한 웃음을 지었다.

"스미마센."

동석은 웃지 않았다. 이 좁은 바닥에서 무슨 여유로 골프채를 휘두른단 말인가. 여행사 안내인들은 상황에 따라 잘 응해주고 싹싹한 일본인들을 가장 편한 관광객이라고 말하지만 동석에겐 그것조차 그들의 우월감으로 느껴졌다. 동석은 날카롭게 영어로 대꾸했다.

"골프채를 휘두를 만큼 넓은 공항은 어디에도 없다."

사람들이 무더기로 모여 있는 걸 보면 오늘 오후 늦게 떠날 중동 노선이 있나보다. 중동 노선이 생긴 후부터 김포공항이 고속버스 터미널같이 시끄럽다. 노무자 한 사람에 가족이 일고여덟 명씩 따라 배웅 나오니 무리가 아니다. 그들이 공항을 드나들고부터 공항 바닥에 신문지를 깔고 앉는 사람들을 예사로 보게 되었다. 무전여행을 하는 외국인들도 간혹 바닥에 주저앉아 있지만, 그들 모습과 중동행 노무자의 가족들과는 확실히 차이가 있었다. 가난도 즐길 수 있는 사람과 가난에 찌든 사람의 차이였다. 어느 날은 이런 생각을 하는 자신을 나무라며 "가난은 부끄러운 것이 아니다" 혼잣말을 했지만 가난은 자랑스러운 것도 아니었다. 더 넓은 땅으로 나아가 돈을 벌겠다고 나서는 저 사람들 중엔 다시 고국에 돌아오지 못하는 사람도 있다.

동석은 대합실을 거쳐 곧장 여행사 안내계로 들어섰다. 오정식 씨와 얘기하고 있던 두 일본인이 손을 흔들며 지나갔다. 동석이 가방을 내려놓자 오정식씨는 네모난 상자를 뜯었다. 일본인이 주고 간 선물인 듯했다.

"오늘은 아침부터 영구차를 봤더니 재수가 과연 나쁘지 않군."

오씨가 포장을 뜯어 말보로를 권했다. 동석이 덤덤하게 그것을 집자 오씨가 라이터를 켜주었다.

"뭐 좋은 일 있었나보죠."

"이거 관광객이 주고 간 거야. 말보로 한 갑에다 라이터. 요새 하도 좋은 일이 없으니까 누가 냉수 한 컵 갖다줘도 황홀하다구."

"그런데 영구차는 어디서 봤어요?"

"카고. 미검화물. 또 중동서 날아온 거지 뭐."

동석은 카고란 말에 이마를 찌푸렸다. 유해가 항공화물로 온다는 말을 들은 후 카고란 말만 들어도 기분이 좋지 않았다. 언젠가 어떤 아주머니가 '유해를 어디서 찾느냐'고 동석에게 물은 적이 있는데 안내계를 지키면서 가장 괴로운 순간이었다. 그날 함께 근무한 오씨는 화물취급소로 가라고 일러주었지만 동석은 아주머니를 택시 승차장까지 바래다주었다. 황망하게 주검을 바라볼 가족의 슬픔이 피부로 닿아왔다. 대학 2학년 때 치렀던 누나의 주검이 떠올랐다. 이런 사정도 모르고 오씨는 우울하게 돌아오는 동석에게 말했다.

"아까 외국 여자한테서 두 번이나 전화가 왔어. 한 번은 내가 받고 뒤에는 미스터 진이 대신 받았어. 뭐라고 길게 얘기하던데. 미세스 엘리께라던가?"

"아, 네." 동석은 그제야 생각이 나서 사무실로 들어갔다. 오늘 파리행 출국자 명단을 보기 위해서다. 이틀 전 출발하려던 파리행 비행기가 고장나서 승객들이 묶여 있었다. 미세스 엘리께가 전화했다면 분명히 오늘 떠나게 해달라는 부탁 때문이리라. 어제 특별기로 삼백여 명이 떠났지만 아직 삼십여 명이 남아 있었고 미세스 엘리께도 그 속에 끼어 있었다. 남은 대부분의 사람들이 그러하듯 미세스 엘리께도 가난한 동남아 국가의 국민이라 뒷전으로 밀려났다. 값싼 한국 항공편을 이용하려고 여기까지 왔던 엘리께는 어제부터 발을 동동 굴렀다.

자그마한 체구에 두 아이의 어머니 같지 않게 귀엽고 활달한 필리핀 여자. 미세스 엘리께가 한국에 온 날 여자의 청으로 함께 술을 마신 것을 떠올리며 동석은 희미하게 웃었다. 엘리께는 동료들이 있는 데서 대담하게 말했다. "나는 당신이 좋다. 당신이 원하는 것은 무엇이든 주겠다." 남편을 사랑하는 것과 동석을 좋아하는 것은 별개라고 당돌하게 덧붙이던 여자. 그런 여자가 사무적인 일로는 바보같이 쩔쩔매다니.

파리행 출국자 명단엔 엘리께의 이름이 없었다. 오늘 만약 떠나지 못하면 미세스 엘리께는 앞으로 이틀 더 한국에 머무르게 된다. 파리행 비행기는 이틀에 한 번씩 뜨니까. 동석은 출국자 명단을 넘겨주고 한숨을 쉬었다. 이럴 경우 사리가 분명한 서양인이라면 벌써 큰 소동이 났을 거다. 그 여자를 오늘 꼭 보내주어야지. 동석은 오씨에게 진규화의 행방을 물었다.

"글쎄, 금방 있었는데 어딜 갔나? 커피숍에 가봐."

아래층 대합실을 휘둘러보는데 청소부 배씨가 눈에 띄었다. 배씨는 대합실 기둥에 기대앉아 담배를 태우고 있었다. 전에 두 번이나 파리행 비행기 시간을 물어왔던 배씨여서 피차 낯익은 사이였다. 동석은 그 앞을 스치며 인사말로 물었다.

"아주머니, 미스터 진 못 봤어요?"

"이층 휴게실에서 커피 마시고 있겠지 뭐."

"제가 담배 드릴까요."

동석은 그냥 가려다 담배를 꺼내 권했다. 꽁초가 여자의 마른 손가락 사이로 타들어가고 있었다. 배씨가 담배를 받아 불을 댕겼다.

"저놈의 중동 노선이 생기고부터 쉴 시간이 없어. 신발 신고 변기 위에 올라가는 할머니는 변기 위에 앉혀드려야지, 화장실 바닥에 그냥 싸는 노인네 따라다니면서 걸레질해야지."

"그래도 봐주세요. 돈 벌러 가는 아들 한번 더 보려고 나온 노인네들인데."

"그래, 나도 자식 낳고 산 사람인데 왜 그걸 모르겠어. 냄새나는 화장실 구석에서 우는 노인네를 보면 아직도 가슴이 짠해. 늙으나 젊으나 새끼 생각은 절절하다니까."

깡마른 체격에 눈이 움푹 꺼졌지만 감기 한 번 앓은 적이 없다는 배씨였다. 짧은 머리를 고무줄로 묶고 휘적휘적 대합실을 걸어다니는 모습도 오십 줄의 나이라고 생각되지 않았다. 그런 배씨가 지친 표정으로 대합실 기둥에 기대앉아 담배를 피울 때는 지나온 인생에 대한 회한 같은 것이 스며나왔다.

배씨는 아직도 어릴 때 집을 나간 아들을 생각하는 걸까? 배씨는 몇 달 전만 해도 파리행 비행기가 뜨는 날엔 이층 대합실을 기웃거렸다. 파리행 비행기엔 양자로 가는 고아들이 이따금씩 있었다. 배씨의 아이가 지금 살아 있더라도 동석보다 위이겠지만 배씨는 고아들을 바라보며 이십 년 전의 아이를 생각하곤 했다.

이층 대합실로 막 올라서려는데 한 여자가 동석 앞에 서서 머뭇했다. 어깨 위로 흘러내린 생머리와 큼직한 눈이 맑은 인상을 주는 젊은 여자였다.

여자는 동석의 가슴에 달린 이름표를 흘긋 보았다. 공항 직원인 줄 알고 무엇을 물어보려나보다. 여자의 옷깃에 달린 교표가 동석의 눈에 들어왔다. 여자대학의 대학원 교표였다. 여자는 수줍은 웃음을 띠며 물었다.

"저 여기 근무하시나요?"

"네. 여행사에서 파견 나와 있습니다."

"실례지만 뭘 좀 부탁을 해도 될는지…… 급해서요."

"무슨 일인데요?"

동석은 자리에 멈춰 섰다. 여자의 눈이 순간 초조하게 빛났다.

"오늘 저희 교수님이 일본에서 돌아오세요. 연락을 받고 마중나왔는데 대합실에서 기다릴 수 없는 사정이 생겼어요. 곧 비행기가 도착할 텐데 교수님께 제 편지를 좀 전해드리려구요. 일반 사람은 안에 못 들어가잖아요."

"기다릴 수 없는 사정이라뇨?"

남의 일을 캐물으려는 것은 아니었다. 단지 여자의 말이 납득이 가지 않아 동석은 불쑥 물었다. 여자가 말없이 동석을 바라보다 대합실 바닥에 눈길을 떨구었다.

"사실은 사모님이 나와 계세요."

"……"

"사정을 말하려면 길어져요. 사모님은 제가 공항에 나와 있는 걸 보면 틀림없이 오해하실 거예요."

동석은 입을 떼려다 잠자코 여자를 바라보기만 했다.

"휴게실에서라도 기다리고 싶은데…… 죄송하지만 편지를 전해주세요. 오늘 교수님을 꼭 만날 일이 있어요."

"할 수 있으면 해보죠."

여자가 진지하게 얘기했으므로 동석은 사정을 미처 파악하지 못한 채 이상한 일에 끼어들기로 작정했다. 세관으로 사람을 보내 교수에게 편지를 전하는 것은 어렵지 않을 것이다. 여자는 그 자리에서 수첩을 꺼내들고 무언가를 갈겨썼다. 너무 급했던 나머지 여자는 볼펜을 두 번이나 떨어뜨렸고 수첩을 북 뜯어 그대로 동석에게 내밀었다. 동석이 그것을 조그맣게 접자 여자는 그제야 크게 숨을 내쉬었다.

"이층 휴게실에 가 있겠어요. 바쁘지 않으시면 제가 차를 샀으면 좋겠네요. 너무 신세 지는 것 같아서요."

"괜찮습니다. 저도 지금 휴게실에 올라가려던 참인데 거길 먼저 들렀다가 편지를 전해드리죠. 비행기가 이내 도착하진 않으니까 시간은 충분해요."

동석은 여자와 함께 이층 휴게실로 올라갔다. 뜻밖이었고 이상한 일이지만 낯모르는 여자의 부탁이 귀찮지는 않았다. 자신과 비슷한 또래의 여자여서일까? 여자도 밝은 얼굴로 동석을 뒤따랐고 동석은 보호자처럼 앞장섰다.

동석은 휴게실에 들어서서 실내를 휘둘러보았다. 예상대로 규화는 이내 발견되었다. 입구에서 가까운 테이블에 항공사 여직원과 함께 앉아 있었다. 동석은 실내 맨 끝 쪽의 빈자리를 발견하고 여자에게 가리켰다. "잠깐 앉아 계세요. 직원에게 부탁 좀 하고 교수님께 편지를 전하고 오죠." 동석이 여자를 안쪽으로 보내고 규화 앞에 앉자 규화가 여자의 뒷모습을 흘긋 보았다.

"누구? 미인인데."

"응, 잘 모르는 사람인데 뭐 부탁할 게 있나봐."

"이 자식 바람난 거 아냐."

"인마, 너나 잘 관리해."

동석은 항공사 여직원에게 눈인사를 하고 자리에 앉았다. 규화는 동석보다 한 달 뒤 들어온 입사 후배지만 대학 졸업생을 쓰지 않는 회사 원칙에 따라 시간제로 나와 일하는 대학생이었다. 군에도 갔다 오고 나이 차도 한 살이어서 서로 막친구처럼 굴었다. 동석은 커피를 시키라는 말에 고개를 흔들고 용건부터 말했다.

"아까 나한테 전화 왔었다며."

"아 참, 미세스 엘리께, 필리핀 여자 있잖아."

"뭐래?"

"오늘 못 떠나면 병이 날 것 같대. 화물로라도 보내달라고 사정이야."

"그래, 오늘 파리행 비행기 있잖아. 자리를 내줘야지."

"어떻게 하다보니까 꽉 찬걸."

"한 사람 정도는 손쓸 수가 있잖아. 꼭 태워줘. 네가 힘써봐."

"한 사람 사정 봐주면 또 한 사람이 밀리게 돼."

"그 여잔 그럼 계속 밀려나야 되나? 자리가 되면 알려줘. 내가 연락해주기로 했으니까."

"저 자식은 여자한테 너무 약해. 지가 무슨 페미니스트라구."

"너같이 젊은 여자 사정만 봐주는 건 아냐. 미세스야 미세스."

동석은 자리에서 일어서면서 여자가 앉은 구석자리를 흘긋 보았다. 여자 앞에 어떤 중년 부인과 또 한 여자가 앉아 있었다. 합석한 것인가? 자세히 보니 서로 이야기를 하는 것 같았다. 아는 사람을 만난 건지도 모르지. 동석은 편지 전하는 일을 게이트 내에 근무하는 선배에게 부탁할 생각으로 휴게실에서 나섰다.

몇 발자국 걸어가는데 "최동석씨" 부르는 소리가 들렸다. 여자였다. 동석이 나올 때 곧장 뒤따라 나온 듯했다. 여자는 하얗게 질린 얼굴로 동석 앞으로 다가섰다.

"저, 아까 그 메모지 아직 안 전하셨죠."

"네, 지금 막 부탁하러 가는 길입니다."

"아녜요. 전하지 마세요. 정말 죄송해요."

"……"

여자는 울음이라도 터뜨릴 것 같은 얼굴로 휴게실 쪽을 바라보았다.

"휴게실에서 사모님을 만났어요. 저를 의심하시고 왜 나왔느냐고 물어서 얼결에 둘러댔어요. 약혼자와 함께 작은아버지 마중나왔다구요. 죄송하지만 저와 함께 그 자리로 가줄 수 있으세요? 그냥 약혼자라고 인사만 하시면 돼요."

동석은 어리둥절했으나 이내 사태를 파악했다. 빼도 박도 못할 어떤 일이 골치 아프게 진행되어가고 있었다. 내가 약혼자라니. 동석은 여자의 당황한 모습을 언짢은 기색으로 바라보았다. 여자는 꼭 철부지 누이동생 같았다. 일을 벌여놓고 낯모르는 남자를 붙들고 사정하다니. 동석이 마음을 정하고 돌아서자 여자가 바싹 옆으로 다가섰다.

"아직 제 이름 모르시죠? 저 신혜정이에요. 불문과 대학원 지금 2학기구요. 집은 신당동이에요. 작은아버지는 이민 간 아들 만나고 오늘 미국서 돌아오신다고 했어요. 아버지는 작은 철강회사를 갖고 있고요. 전 외딸이에요. 위로 오빠 둘, 아래로 남동생 하나. 아무튼 눈치껏 해주세요."

여자가 한꺼번에 너무 많은 말을 쏟아내서 동석은 멍한 상태로 자리에 앉았다. "사모님이에요. 이쪽은 올해 저희 학교 들어온 따님이구요." 여자가 교수 부인을 소개할 때도 동석의 눈에는 두 여자가 제대로 보이지 않았다. "최동석입니다." 기계적으로 인사하면서 동석은 자연스럽게, 라고 스스로 일깨웠다. 교수 부인이 안경을 치켜올리며 동석을 관찰하고 있었다. 머리를 단정하게 올리고 남빛 비로드 한복을 입은 모습이 품위 있었으나 가는 금테안경으로 인상이 차가워 보였다. 교수 부인은 여자와 동석을 번갈아 보며 야릇한 표정을 지었다.

"혜정이에게 약혼자가 있다는 말은 처음 들었네. 실례지만 언제부터 사귀셨어요?"

동석은 경계심 없이 웃었다.

"한 이 년 되네요."

"전공은 뭘로 하구?"

"러시아문학입니다."

"멋진 전공을 하셨네요. 나도 결혼하기 전엔 러시아문학에 빠져 있었는데. 근데 직장이 여기세요?"

교수 부인은 동석의 이름표를 흘긋 보았다. 동석은 가시방석에서 빨리 벗어나고 싶었으므로 얘기를 자신이 이끌어야겠다고 생각했다.

"네, 그래서 여기서 데이트를 잘 합니다. 오늘은 작은아버님도 뵙고 겸사겸사죠."

"가족들도 잘 아시나보죠."

"신당동 저희 집과 한동네여서 혜정씨 집 벽장 속까지 환히 알죠."

교수 부인의 표정이 약간 누그러졌다. 그래도 안심할 수 없다는 듯 "결혼을 빨리 하셔야 했네" 떠보았다.

그때 여자가 발로 동석의 구두를 쳤다. 동석은 공연히 겸연쩍은 표정을 지으며 여자에게 웃어 보였다. 여자의 표정으론 결혼을 빨리 해선 안 될 것 같았다. 동석은 길게 이 년을 잡았다.

"혜정씨 대학원 졸업하고 진로를 정한 뒤에 하려면 이 년 뒤나 될 것 같아요. 결혼하면 아무래도 시간을 뺏길 테니까 여자도 자기 세계를 확고히 해놓고 결혼하는 게 좋죠. 저도 그동안 할 일이 있구요."

"아주 민주적이네요. 결혼하기 전이라도 저희 집에 놀러오세요. 혜정이야 대학 2학년 때부터 드나들어서 식구들도 다 알아요."

어머니 옆에 앉아 꿈쩍도 하지 않던 대학생이 커피잔을 접시에 부딪치듯 내려놓았다. 솜털이 가시지 않은 얼굴인데 교수 딸은 신경질적으로 양미간을 찌푸리고 있었다. 여자에 대한 비난이 분명했다.

동석은 일부러 쾌활하게 웃었다.

"네, 얘길 들었어요. 교수님을 굉장히 좋아했다더군요. 그맘때면 한번은 다 그러나봐요. 제 누나도 그랬거든요. 교수님에 대한 연정은 일종의 부성애 같은 건데 그것이 굉장한 사랑이나 되는 줄 착각하죠. 여자들의 특기죠. 스스로 비극의 주인공이 되는 것 말입니다."

"혜정인 저렇게 좋은 애인을 왜 여태 숨겼지?"

"나에 대한 확신이 없었던 거겠죠. 이 자리에서 고백을 해보시지."

여자는 안도의 표정으로 웃었고 동석은 시계를 들여다보았다. "그런데, 지금 나가봐야겠는데." 더이상 앉아 있을 필요가 없었다. 심문하듯 캐묻던 말투가 부드럽게 바뀐 것을 보면 교수 부인도 어느 정도 의심을 거둔 듯했다. 동석은 여자를 바라보며 서둘렀다.

"로스앤젤레스발 비행기는 벌써 도착했을걸. 사모님, 저희들은 먼저 나가보겠어요. 교수님이 타신 도쿄발 비행기는 십 분 뒤면 도착하겠는데요."

"그럼 함께 먼저 나가요. 교수님께도 말해놓을 테니 집에 꼭 놀러오세요."

여자는 동석을 뒤따라 나섰다. 교수를 만날 계획은 완전히 어긋났지만 발등의 불은 끈 셈이다. 여자는 너무 긴장해 있어서 얼굴이 해쓱했고 눈이 퀭해 보였다. 동석은 아래층으로 내려와 여자와 헤어질 채비를 했다.

"그럼 교수님은 안 보고 그냥 가시는 거죠."

"그냥 가겠어요. 오늘 고마웠어요. 정말이에요."

"괜찮습니다. 이것도 인연이 닿아서 그런 거겠죠."

"시간이 나면 꼭 한번 연락을 주세요. 사실은 지금 함께 나가서 저녁을 사고 싶은데 근무하셔야 되죠?"

"지금부터 바빠질 것 같아요."

여자는 머뭇거리다 수첩을 꺼내 집 전화번호를 적어주었다. 다시 쓸 것 같진 않았지만 동석은 그것을 주머니에 밀어넣었다. 동석은 어이없이 휩쓸린 인연에 마침표를 찍기 위해 웃었다.

"그런데 어떻게 저한테 그런 부탁을 하게 됐습니까? 이름표를 달고 있는 여행사 직원이 많잖습니까."

"아까 청소부 아주머니에게 담배 권하는 것을 봤어요."

여자들이란 참. 여자가 동석을 바라보다 등을 돌렸다. 여자의 눈에 눈물이 괴었다. 여자는 그것을 보이지 않으려고 사람들 사이로 빠져나갔다. 초록과 남빛의 환상적인 옷 색깔이 여자의 가는 몸매를 위태로워 보이게 했다. 동석은 여자의 뒷모습을 안쓰러운 마음으로 지켜보았다.

알 수 없군. 젊고 영리한 여자가 왜 저런 아픔을 스스로 불러들인단 말인가. 사랑을 위해선 그런 것조차 감수하겠다는 것인가. 하긴 연극 대사처럼 사랑은 맹목인지도 모르지. 교수님 아니라 살인자라도 사랑할 수 있겠지. 옛날에 누나가 이상한 놈팡이와 사랑에 빠져 있을 때 그런 소리를 했다. 충분해서 사랑하는 것이 아니라 불충분해서 사랑한다고.

외딸이었던 누나 정연의 모습이 떠오르자 동석은 울적해졌다. 차장에게 실랑이를 하는 술주정뱅이도 그대로 앉아 보아 넘기지 못하는 정의파였다. 주위 사람이 감당할 수 없을 정도로 격정적이라는 것이 비극이었다. 지금도 그러하지만 누나 정연과 동석이 자랄 때 집안 분위기는 엄격하고 어두웠다. 전쟁 때 통역장교로 우연히 군에 발을 디딘 아버지가 칠 년간 달고 있었던 소령 계급을 떼고 완전히 군에서 퇴역하면서부터였다.

책을 보는 일 외에 아버지가 하는 일이란 박열이 일본 형무소에서 석방되었던 날 조촐한 제사상을 차리는 것과 4·19 날 누나 정연에게 검은 한복을 입혀 묘지 참배를 하러 가는 정도였다.

동석과 누나 정연은 외로움과 청빈을 고집하는 아버지 밑에서 사춘기의 감각도 억누르고 성장했다. 제복을 입은 시기였고 또 대학이라는 목표가 있어서 다른 데로 눈을 팔 여지도 없었다.

그런 누나가 대학생이 되면서 연극에 미쳤다. 아버지처럼 살기에는 피가 뜨거웠다. 누나 정연은 연극판을 뛰어다니며 여태 억눌렀던 젊음을 발산했고 한 놈팡이의 추적을 받았다. 일정한 직업도 없이 연극판을 기웃거리는 한량이었을 뿐만 아니라 생활이 문란한 기혼자였다. 누나가 어떻게 그 놈팡이를 사랑하게 되었는지 동석은 지금까지 이해하지 못한다. 한동안 악몽에 시달릴 정도로 놈팡이를 증오했던 누나가 말이다.

일종의 자폭이 아니었을까. 누나는 어느 날 그와 결혼하겠다고 선언했고 아버지에게 삭발을 당한 채 감금됐다. 그러다 일 년도 채 못 돼 평범하나 착한 남자가 누나의 짝으로 골라졌다. 중신어미가 끼어든 맞선을 보고 누나가 순순히 응했다. 그때 집안 식구 모두 누나가 마음을 돌렸다고 생각했다. 결혼을 앞두고 누나는 다시 명랑해졌고, 결혼식도 무사히 치렀다.

누나는 성실한 남편과 일 년을 채 살지 못한 채 이혼을 요청하고 무직의 놈팡이를 따라갔다. 이 년 전 앞날이 창창한 젊음에 유방암으로 죽음을 앞두고서야 시립병원에서 동석에게 연락했다. 자신의 실책을 인정하면서 다시 가족 앞에 나서기에는 자아가 너무 강했다. 가난은 자아마저 소진시켰으리라. 사랑에 전부를 던지는 여자들. 알 수 없는 여자들.

오늘은 명순을 만나야겠다. 동석은 텔렉스를 치며 명순을 떠올렸다. 군에서 갓 제대했을 땐 거의 매일 만났으나 이것도 직장이라고 갖고 보니 사나흘에 한 번 정도나 만날 수 있었다. 동석이 바쁠 때는 명순이 공항으로 온 적도 있지만 동석은 더이상 오지 못하게 했다. 관광객을 숙박시킬 호텔로 함께 가서 우아하게 양주를 마시고 스테이크를 썰기도 했지만 옛날을 생각하면 그런 것이 문득 허황되게 느껴졌다. 원컨 원치 않건 손에 쥐여지는 팁. 성이 개방된 노골적인 이국 여자들. 하루의 피곤을 덜어주는 폭신한 호텔 침실의 융단. 아니, 이런 것들이 허황되기보다 그런 것에 자신이 젖어드는 것이 아닌가, 두려웠던 거다. 팁으로 살아가는 호텔 종업원들도 호텔 나이트클럽에서 값비싼 술을 마시는 법이다.

명순과 처음 만날 때를 생각하면 지금 생활은 사실 쑥스럽기까지 하다. 그때는 가난도, 의식도, 만남도 모든 것이 신선했다. 동석이 방송국장을 맡아 의욕적으로 방송일을 이끌어가고 있을 때 명순은 아나운서로 들어온 양순한 아가씨였다. 그린 듯 가지런한 눈썹과 부드러운 갈색 머리가 그런 느낌을 주었는데 명순은 보기보다 활동적이었다. 어려운 불어 원서 강독 모임을 만들고 합창반에도 가입했다. 건강해서 보기 좋았지만 방송일에 지장이 생길 정도였다. 그런 명순에게 충고를 한다는 것이 "연애는 언제 하려구?"로 표현되었다.

두 사람이 급격히 가까워진 것은 동석이 제적당한 후다. 시립도서관 앞에서 새벽부터 줄을 서서 문이 열리길 기다리지 않으면 갈데가 없었다. 돈도 없었다. 두 사람 다 가정교사 일로 등록금을 마련한 가난한 학생이어서 저녁은 주로 포장집에서 때웠다. 그러다가 갑작스레 군에 입대하게 됐고 첫 휴가를 나온 어느 날 목구멍에서 피를 쏟아냈다. 젊은 사내의 가슴에 맺힌 응어리였다. 그날 쏟은 피가 두 사람을 결합시켰다. 명순은 집에 들어가지 않았다.

"여이, 최동석씨."

사무실 안에서 누군가 동석을 부른다. 전화가 왔나보다. 명순인가? 두 사람의 텔레파시가 맞아떨어지는 일이 한두 번이 아니어서 동석은 명순이라고 단정했다. 수화기를 들자 "헬로"가 연발되고 있었다. 쉰 듯한 목소리의 주인공은 미세스 엘리께가 분명했다.

"여보세요, 저 미스터 칩니다. 말씀하세요."

"오, 미스터 최. 나 엘리께예요. 아까 전화를 두 번이나 했는데 당신이 없더군요. 한 시간 뒤면 파리행 비행기가 떠나요."

"물론 오늘 파리행 비행기를 타셔야죠."

동석은 여자의 말을 가로막고 대꾸했다.

"지금, 십 분 안으로 나오세요. 준비는 다 됐죠."

"고마워요. 지금 문만 박차고 나가면 돼요. 곧 보게 되겠군요. 고마워요."

규화가 사무실에 앉아 있는 것을 보고 동석은 수화기를 올려두었다. 규화는 전화 내용을 들었을 터이고 미세스 엘리께가 곧 공항으로 달려온다는 것도 알 것이다. 규화는 약간 짜증 섞인 말투로 내뱉었다.

"글쎄, 그쪽 애들한텐 너무 친절을 베풀어도 안 된다니까. 찰떡같이 달라붙어 귀찮게 하잖아. 식민지 근성이야."

"우리도 식민지였어. 그런 말 쓰지 말자구. 우리도 외국에 나가면 다른 동남아 국가 국민처럼 비행기에서도 뒷전으로 밀려날 거야. 그러니 괄시하면 안 돼. 같은 처지야."

"동병상련인가."

동석은 일단 마음을 놓았다. 규화가 심통을 부리는 걸 보면 일을 다 꾸며놓은 것이 분명했다. 놈은 막판에 가서 항상 그런 식으로 뻐개곤 했다. 오늘은 여자 일로만 뛰어다닌 것 같다. 두통도 사라졌지만 피곤이 다른 날보다 더 빨리 온다. 아마도 교수 부인 앞에서 생판 모르는 여자의 애인 노릇을 하느라 힘들었던 게지.

동석은 안내계로 나와 담배를 피워 물었다. 파리행 비행기로 승객을 태워 보내는 일과 일본서 도착하는 A300 승객들을 픽업하기만 하면 끝난다. 적어도 아홉시면 일이 마무리될 테고 명순을 그후에 만난다? 너무 늦겠지? 동석은 내일이 오전근무라는 것을 떠올리고 명순에게 전화하는 것을 연기했다.

무심히 출구 쪽을 바라보다 동석은 눈을 치떴다. 긴 머리를 어깨 위로 풀어뜨리고 청바지를 입은 여자가 출구 쪽에 서서 두리번거리고 있었다. 화장을 하진 않았지만 몸에 꼭 붙는 청바지 차림 때문인지 이내 눈에 띄었다. 동석은 순간 표정이 굳어졌다. 서늘하게 찢어진 눈매와 갸름한 얼굴이 낯익은 여자가 분명했다. 낯익은 정도가 아니다. 동석은 여자의 왼쪽 손등에 사마귀가 있다는 것도 떠올렸다. 고등학교 때 같은 성당에 다녔던 교우였고 동석이 혼자 가슴을 앓으며 사춘기의 연정을 삭혔던 상대였다. 주미, 그래, 요정을 운영한다는 어머니 때문에 항상 아이들의 시선을 받았고 무표정으로 자신의 괴로움을 감추던 주미였다.

동석의 가슴이 갑자기 뛰기 시작했다. 여자는 대합실을 휘둘러보다 승객이 나오는 출구 쪽으로 걸어갔다. 동석은 담배를 비벼 끄고 여자의 뒤를 눈으로 쫓았다. 여자의 긴 머리가 이내 시야에서 사라지자 동석은 안내계에서 나와 여자가 사라진 대합실로 걸어갔다. 어쩌자는 생각은 없었다. 십 년 만의 해후, 그것이 동석의 가슴을 뛰게 한 것뿐이다. 여자의 긴 머리가 이내 시야에 잡혔다. 맹목적으로 뒤쫓았으므로 동석은 먼발치에서 걸음을 멈추었다. 순간적으로 여자를 만나볼까, 하는 충동이 생겼으나 수줍은 추억이 제어했다.

흘러간 시간을 어쩌자고. 주미는 남편을 기다리는지 모른다. 이젠 행복해지. 남편이 아닌 누구일지라도 굳이 확인하고 싶지는 않다. 주미가 행복하다고 믿고 싶다. 여자의 뒷모습을 바라보며 동석은 진심으로 그러길 바랐다. 슬픔이여 안녕. 어서 오늘 일을 마무리하자고 동석은 손바닥으로 충혈된 눈을 씻었다.

파리행 승객들이 하나둘 밀려들었다. 동석은 기계적으로 웃음 짓곤 그들에게 눈인사를 했다. 머리 한구석이 텅 빈 듯해서 동석은 다리에 힘을 주고 서 있었다. 어쨌든 일을 마쳐야 했다. 그때 누군가 동석의 팔을 잡았다. 지분 냄새가 끼쳐왔다. 여자는 어느새 동석 앞으로 와 섰다. 미세스 엘리게, 그 여자였다.

"고마워요, 미스터 최. 당신이 아니었더라면 나는 또 못 떠날 뻔 했어요. 당신은 정말 좋은 남자예요. 잊지 않겠어요."

눈 밑의 잔주름살에 눈물이 맺혀 있었다. 여자가 울고 있다니. 왜? 여자는 당연하게 떠나는 것이 아닌가. 갑자기 더운 기운이 온몸으로 밀려왔다. 동석은 여자의 어깨를 잡았다. 작고 단단한 뼈가 손끝으로 느껴졌다. 동석은 움켜쥐었던 여자의 어깨에서 손을 스르르 풀었다.

"왜 고마워하는 겁니까? 당신은 진작에 떠나야 했어요. 왜 당신은 우리에게 항의하지 않는 겁니까? 미세스 엘리께, 잘 가요. 당신이 뒤늦게 한국을 떠난 것을 항상 기억해요. 잊지 말아야 해요."

동석은 여자를 떠밀다시피 층계로 올려보냈다. 여자는 영문도 모른 채 울고 있었고 계속 동석을 돌아보았다. 아직 또 한 대의 비행기 승객을 픽업해야 했지만 동석은 대합실 밖으로 나섰다. 그 많은 사람들이 어느새 줄어들고 어둠 속으로 더러운 휴짓조각만 뒹굴고 있었다.

(1980)

저무는 강

시내에서 조그맣게 돌리던 공장을 사택이 있는 침산동으로 옮긴 것은 지난봄이다. 집 앞의 신작로에서 구슬치기를 하거나 기껏 달성공원의 개천을 따라가며 뱀 장수들의 짓거리를 듣는 것이 놀이의 전부였던 내게 운동장처럼 넓은 공장 사택은 황홀하기까지 했다. 침산동은 시내에서 훨씬 벗어나 수십 개의 굴뚝이 높이 솟은 공장지대였다. 우리 공장은 그 공단 맨 끝에 자리잡고 있었다. 공장 위로는 들판과 방천이 펼쳐져 있었는데 염색 공장에서 흘러나오는 색색 가지의 고운 물감이 방천을 물들이곤 했다.

나는 들판을 헤매며 곤충을 잡고 옷을 흠뻑 적시며 방천에서 뛰놀기도 했다. 무엇보다 좋았던 것은 내 놀이터가 드넓어서 나를 찾는 금순의 손아귀로부터 용케도 빠져나갈 수 있다는 점이었다. 시내에서 살 땐 어림도 없었다. 나는 숙제할 시간만 되면 어김없이 금순에게 목덜미를 잡혀 끌려왔다. 그뿐인가. 금순은 다 큰 사내아이의 엉덩이를 사정없이 때리며 바지를 까내렸고 거인의 밥솥 같은 놋쇠 목욕탕에 나를 집어던졌다. 우악스러운 금순의 손아귀에서 해방되다니.

내가 처음부터 공장 사택을 좋아했던 것은 아니다. 동네에서 막대기를 휘두르며 골목대장을 했던 나는 처음 이곳에 와서 어울릴 아이들이 없어 몹시 심심했다. 길 건너편엔 두 개의 선술집과 다 쓰러져가는 점방만 있었다. 인가는 거의 방천 위쪽에 있었다. 아침이나 퇴근시간엔 팔십여 명의 사람들이 길을 메우지만 직공들은 전부 어른들이었다. 거기다 절반이 비누를 포장하는 여자들이어서 장난을 걸 상대는 없었다.

내가 그나마 누나와 가까워진 것은 이런 낯선 풍경 때문이다. 중학생인 형은 나와 놀기엔 너무 크고 막내 여동생 우애는 집에 없었다. 침을 맞으러 여기저기 다녔으므로 보기 힘들었다.

누나는 나보다 두 살 위다. 우리는 침산동으로 이사오기 전엔 함께 논 적이 없다. 놀이 방식이 달랐다. 내가 밖에 나가서 옷을 시커멓게 굴리고 있을 동안 누나는 뜰 앞에 유리병을 늘어놓고 채송화 꽃잎을 색깔대로 따 넣곤 했다. 찍고 남은 비누 조각을 유리컵에 풀어 비눗방울을 뿜어올리기도 했다.

이런 누나를 나는 전에 상대도 하지 않았다. 상대하지 않았을 뿐 아니라 밖에서 심통이 나서 들어올 땐 유리병을 걷어차기도 하고 누나가 만든 십자매 무덤을 발로 뭉개버리기도 했다. 이런 나를 누나는 도톰한 입술을 꽁하니 다물고 째려보기만 했다. 어머니와 형에게 일러주지 않은 걸 보면 누나는 나를 미워하지 않는 것이 틀림없다. 내가 말썽을 부리면 금순이는 심성 사나운 형을 불러 내 머리를 쥐어박게 했는데 말이다.

공장 안에서 살게 된 것을 누구보다 좋아한 사람은 누나였다. 숨이 차도록 달릴 수 있는 넓은 공장에는 분수대가 뿜어지며 메기와 금붕어가 사는 연못이 있었다. 복사꽃에서부터 수십 가지의 꽃들이 다섯 군데의 화단에서 다투어 피고 있었다. 화단엔 꽃뿐 아니라 앵두와 살구, 석류와 모과나무가 있어서 철마다 열매를 따는 즐거움도 가질 것이었다.

누나가 화단에서 노는 동안 나는 나무에 올라가곤 했다. 창고에 놓인 사다리를 타고 지붕 위에 올라가기도 했다. 지붕 위에선 하늘로 치솟은 굴뚝들이 선명하게 보였다. 내가 그것을 휘둘러보면 수많은 굴뚝 중에서도 우리 공장 굴뚝이 가장 높게 보였다. 나는 우쭐했다.

"아부지, 우리 굴뚝이 일등이다."

나는 어느 날 창고 옆으로 지나가는 아버지에게 손을 올려 들었다. 아버지도 내 말에 기분이 좋아서 웃었다. 내가 사다리를 타고 내려오자 다시 올라가지 말라며 돈을 주었다.

공장에는 내가 기어오를 나무나 창고뿐 아니라 전쟁놀이를 할

공터도 있었다. 양잿물 탱크가 있는 공장 뒤뜰이다. 잡초 속에 녹슨 기계가 뒹구는 이 공터를 우연히 발견하고 나는 몹시 좋아했다. 그곳엔 내가 본 드라큘라 영화의 한 장면같이 어딘지 으스스한 데가 있었다. 한낮에도 괴괴할 정도로 고요했다. 양잿물이 깊이도 알 수 없이 차 있는 탱크에 빠지면 죽느냐고 누나에게 물었다. 누나는 무섭다는 듯 얼굴을 찌푸렸다. 그후로 나는 탱크 속을 들여다보지 않았다. 누나가 나비를 잡거나 토끼풀로 시계를 만들 동안 잡초를 쓰러뜨리며 전쟁놀이를 했다.

공장을 헤매며 노는 우리 모습이 사람들의 눈에 익어갈 때 우리도 직공들과 낯이 익었다. 특히 누나는 학교서 돌아오면 직공들 틈에 끼어 비누 포장을 거들곤 했다. 포장부엔 흰머리가 섞인 아주머니들부터 형과 동갑인 숙자에 이르기까지 삼십여 명의 여자가 있었다. 여자들은 누나가 공장 안에 들어가면 서로 옆에 앉히려고 누나 이름을 불러댔다. 누나는 이들의 환대에 어쩔 줄 몰라했다.

부끄러움을 유난히 타는 누나는 제일 크게 소리 나는 곳으로 도망치듯 달려갔다. 그런 누나를 옆에 앉힌 사람은 왕의 마음을 빼앗기 위해 끝없이 얘기하는 셰에라자드처럼 옛날이야기를 해주었다. 누나를 따라 두어 번 포장실에 들어간 나도 여직공이 들려준 이야기를 들었다. 빨갛고 노란 달걀귀신이 뒷간에서 사람들의 바지를 잡아당긴다거나 죽은 엄마가 머리 풀고 나타나 원수를 갚아달라고 애원한다는 얘기 등이었다. 한번은 누나가 정말 귀신이 있느냐고 물었다. 그것은 내게도 궁금한 것이었다. 작은아버지의 딸 정숙이 누나와 민철이 엄마가 이렇게 주고받았다.

"있고말고. 사램이 포한이 지픈 저승에 못 가고 이승에 떠도는 기라. 나는 죽으믄 포목점 귀신 될 기다. 너거 엄마겉이 본견 속치마가 입고 싶어서."

"야이야, 인조 치마라도 입으믄 다행이라 생각해라. 가난도 원수지만 부자는 부자대로 액이 있을 기다. 세상은 다 공평한 기라."

사내아이여선지 나는 여직공들을 그다지 좋아하진 않았다. 한번은 누나를 찾으러 포장실에 갔다. 여직공들 틈에 끼어 있는 누나를 불러내려는데 재식이 형 엄마가 내게 손짓했다. 싱글벙글 웃고 있었는데 눈이 부은 것처럼 보였다. 다래끼였다. 재식이 형 엄마는 내가 가까이 다가가자 허리를 덥석 잡았다.

"눈에 다래끼 났을 때는 머시마 꼬추를 눈 우에 얹으믄 대번 낫는단다. 너거들 다래끼 안 옮을라믄 이쪽에 온나."

재식이 형 엄마는 사방으로 손짓했다. 대여섯 명의 여자들이 킬킬거리며 내 옆으로 몰려왔다. 내 바지는 재식이 형 엄마 손에 어느새 벗겨졌다. 나는 갑자기 당한 일이라 얼이 빠져 서 있었다. 재식이 형 엄마가 내 고추 끝을 쥐어 눈두덩에 비볐다. 옆으로 몰려온 여직공들도 차례로 내 고추를 잡았다. 고추가 아팠으나 나는 소리도 못 지르고 뻣뻣하게 서 있었다. 여자들의 키들거리는 웃음소리가 구석구석 들려왔다.

나는 차츰 정신을 차렸다. 내가 놀림을 받고 있다는 것도 그제야 깨달았다. 수치심으로 얼굴이 화끈했다. 한 여자가 배급을 타려는 것처럼 내 고추를 잡으려는 순간 나는 그 손을 내리치고 바지를 올렸다. 머리가 멍해질 정도로 놀라서 울음조차 나오지 않았다. 나는 분해서 포장실을 나서며 소리질렀다.

"재식이 성 고추는 달걀귀신이 띠 갔나."

"큰 고추는 쓸 데가 따로 있제. 준호겉이 작은 고추는 다래끼밖에 못 고친다."

그후로 나는 다시 포장실에 가지 않았다. 여자들관 상대하지 않기로 했다. 어머니 친구들에게도 이런 일을 당한 적이 있었다. 어머니 친구들은 집에 오면 "미제 자지 좀 보자" 하며 내 바지에 손을 넣곤 했다. 우리집 물건들이 온통 미제여서 "내 자지도 미제가?" 물은 적이 있는데 이 말이 퍼져서 나는 곤란을 당했던 거다.

그뒤 나는 될 수 있는 대로 공장 밖으로 나다녔다. 동네 아이들과도 자연히 낯이 익게 되었다. 이곳 아이들은 거의가 머리에 부스럼 딱지가 앉아 있었다. 아이들이 입던 러닝은 우리집 행주보다 검고 너덜거렸다. 그래도 나는 아이들과 잘 어울렸다. 우리의 놀이터는 방천이었으나 나는 아이들을 공장으로 자주 데려갔다. 자갈밭과 가꾸어진 화단과 기계 소리가 울리는 공장을 아이들은 무척 좋아했다. 아이들을 공장에 데리고 오는 정직한 이유도 있다. 내가 대장 노릇을 하려는 속셈에서다. 나보다 큰 아이들도 공장에선 나를 대장으로 인정해주었다.

대장 노릇도 그다지 오래가지 못했다. 큰 아이 둘이 몰래 비누를 훔쳐가려다 수위에게 들켜버렸다. 공장 안을 돌아다닐 때 나는 그것을 조금도 눈치채지 못했다. 내게 비누를 달라고 했더라면 나는 얼마든지 집어주었을 것이다. 공장 구석구석 널려 있는 것이 비누이니까. 아이들이 비누를 훔친 일은 제때에 어머니의 귀에 들어갔다. 나는 걸뱅이 같은 동네 아이들과 다시는 놀지 말라는 훈계를 받았다. 아이들과 노는 데 재미를 들인 내게 그 말이 귀에 들어올 리 없다. 나는 다시 공장 밖으로 나가 큰 아이들을 졸병으로 만들 궁리를 했다.

공장에서 내쫓긴 우리는 이내 새 놀이를 찾아냈다. 공장에서 공단 입구 쪽으로 십여 분만 걸어가면 칠성극장이 있었다. 극장 간판엔 여러 얼굴들이 심심치 않게 바뀌어 걸렸다. 그것은 우리의 흥미를 돋우기에 충분했다. 권총을 든 카우보이나 불길 속에서 뛰어오르는 흰말, 금발의 여자 앞에 무릎을 꺾고 앉은 카이저수염의 배우. 또 이민의 얼굴이 그려진 〈구름은 흘러도〉와 〈장마루촌의 이발사〉 포스터도 우리는 외면하지 못했다.

우리는 돈이 없었으므로 거지떼같이 극장 앞에 서 있었다. 영화가 끝날 때를 무조건 기다리는 것이다. 극장 문이 열릴 때 잽싸게 들어가 마지막 장면이라도 보기 위해서다. 몇 번 그 짓을 하다가 우리는 기도에게 잡혀서 욕을 먹기도 했다. 그때 마침 우리 공장에서 비누를 찍는 삼수가 나를 발견하고 위기에서 구해주었다.

"비누 공장 막내아들이다."

삼수의 말에 여드름투성이인 기도는 능글맞게 웃었다. "비누만 가온나. 영화 시작할 때 넣어주께." 아이들은 일제히 나를 쳐다보았다. 내가 다시 대장이 될 수 있는 기회였다. 나는 집으로 달려갔다. 어머니께 비누를 싸달라고 조를 생각이었다. 그것은 정말 바보짓이었다. 나는 어머니에게 다시는 그러지 않기로 약속해야 했다. 나쁜 짓이라는 말엔 할말이 없었다. 어머니는 이사를 잘못 왔다고까지 말했다. 맹자 어머니는 이사를 세 번 갔다. 맹자를 훌륭한 사람으로 만들기 위해서이다. 맹자 이야기를 도덕책에서 읽고 나는 찔끔했다. 사실 나는 침산동으로 오고부터 거의 공부를 하지 않았다. 차가 다니는 신작로가 아니라 뒹굴어도 끝이 없는 벌판이 내 놀이터였다. 거기다 나는 학교에 다니지 않는 직공들을 몹시 부러워했다. 공장에 다니면 숙제 같은 건 하지 않아도 된다. 나도 빈 벤또를 달그락 흔들며 퇴근 후 영화를 보러 간다면 얼마나 신날까. 직공이라면 내가 번 돈으로 영화를 볼 수 있다. 첫 장면부터 말이다.

어머니는 이사하는 대신 가정교사를 택한 것일까. 그간 우리집엔 세 명의 가정교사가 갈렸다. 지난겨울엔 서울서 대학을 졸업한 선생이 왔다. 처음엔 라디오서나 듣던 서울 말씨에 호기심이 나서 가정교사 옆을 떠나지 않았지만 여태 있었던 가정교사 중 가장 나를 풀어주는 셈이어서 싫진 않았다. 이 점을 달가워하지 않았던 만큼 어머니는 가정교사를 불렀다.

"선생님, 우리 준호가 너무 공부 안 하는 것 같아예. 나쁜 아들하고 어불리 댕기고."

뜻밖에도 가정교사는 뾰족한 송곳니를 드러내며 웃었다.

"그래도 제 할일은 다 하잖습니까. 공부도 못하진 않고."

"나는 우리 준호가 공부를 잘해서 선생님같이 법대에 들어갔으면 싶어예. 준호가 판사가 된다믄 내가 걸뱅이가 돼도 좋겠심더. 그런데 저래 놀기만 하이…… 영화를 안 보러 댕기나."

"공상이 많아서 그런 거죠. 이제 초등학교 3학년인데 어릴 땐 그렇게 자라야 됩니다. 교과서에서 인생을 배우는 건 아니거든요."

가정교사는 하하하, 큰 소리로 웃었다. 동굴에서 울리는 듯한 웃음소리였다. 우리집에 처음 온 날도 내가 『청춘극장』을 읽고 있는 것을 보고 그렇게 큰 소리로 웃었다. 그 웃음소리가 서울 가정교사의 특징이었다. 나는 가정교사가 내 편을 들고 있다고 생각했다. 그것은 다른 가정교사들과 다른 점이었다. 겁을 먹고 있던 나는 어리광을 피웠다. 어제 학교서 가정환경을 조사한 얘기를 했다. 가정교사 있는 사람은 손을 들라고 했는데 나와 또 한 명만 손을 들었다. 나는 창피했다. 함께 손을 든 아이는 내가 싫어하는 기생오라비였다. 가르마를 탄 머리에 기름칠을 하고 보이같이 나비넥타이를 매고 다니는 아이였다.

"창피하기는. 남들은 없어서 못하는데. 선생님은 고시 공부도 해야 되는데 아들 셋이나 가르치기 힘들지예. 야들 아부지한테도 말했는데 앞으로는 종호 혼자만 맡으이소. 명애하고 준호 가르칠 선생은 따로 구하지예."

"그럴 필욘 없을 것 같습니다. 외람된 말이지만 그럴 여유가 있다면 공장에 직공 한 사람을 더 쓰는 게 생산적이지 않을까요. 실업자가 삼십만 명이 넘는다는데 가정교사를 둘씩이나 두겠어요?"

가정교사는 웃고 있었으나 어머니는 어색한 표정을 지었다. 내게도 가정교사의 말이 이해되지 않았다. 어머니는 할말을 잃고 있다 가정교사가 돌아가자 가만 고개를 저었다. "사람이 너무 똑똑해서……"

가정교사는 큰 키에 헐렁한 바지를 입고 다닌다. 큰 소리로 잘 웃는다. 금순이에게도 금순씨라고 부른다. 우리에게 억지로 공부시키지도 않고 회초리를 든 일도 없다. 토요일에 숙제를 마치면 일요일엔 『지킬 박사와 하이드씨』 같은 책을 내게 빌려준다. 누나에겐 그림을 그리라고 한다. 이렇게 우리를 자유롭게 놔두지만 우리가 가정교사를 만만하게 생각한 건 결코 아니다. 오히려 다른 가정교사보다 어려웠다. 숙제를 하다 말고 동네 아이들 떠드는 소리에 슬쩍 나가지도 못했다. 이른 아침에 뛰어가 숙제를 해달라, 공책을 내미는 짓도 서울 가정교사에겐 할 수 없었다. 뚝심 센 금순이도 가정교사 앞에선 말을 더듬거렸다. 공부하다 말고 곧잘 안방으로 건너오는 형조차도 새 가정교사가 온 뒤론 꼼짝하지 않았다. 그것을 봐도 가정교사는 지붕처럼 우리 위에 군림하는 것이 틀림없다.

우리집 식구 중에서 가정교사와 가장 친한 사람은 누나다. 누나는 가정교사가 부르기도 전에 가서 숙제를 했다. 그뿐 아니라 혼자 그린 그림을 보여주기도 했다. 누나는 그림 솜씨가 뛰어났다. 내 미술 점수를 항상 '수'로 올려놓는 것은 누나 솜씨였다. 가정교사도 누나의 그림을 벽에 붙여두곤 했다.

누나가 이번에 그린 것은 별이 드문드문 빛나는 밤의 숲이었다. 짙은 남빛 하늘과 나무의 초록이 동화처럼 아름다웠다. 크고 작은 나무들은 마치 초록색 달을 품은 듯 둥글게 잎을 피우고 있었다. 누나는 그것을 선생에게 가리켰다.

"선생님, 이기 뭔지 알아예?"

"뭘까?"

누나는 비밀을 가진 것이 즐거운 듯했다. 후후 웃으며 책을 읽는 것처럼 말했다. "꿈, 나무가 꿈을 꿉니다."

나무에게 꿈이 있다니. 누나는 정말 뚱딴지같은 소리를 잘한다. 그렇게 느낀 적이 한두 번이 아니다. 어느 날 누나는 성냥팔이 소녀가 왜 죽느냐고 가정교사에게 물었다. 안데르센의 동화는 나도 보았지만 나는 소녀가 왜 죽을까, 생각해본 적은 없다. 그것이 과연 질문할 만한 것인가? 나는 그 이상한 질문에 가정교사가 어떻게 답하는가, 호기심이 생겼다. 가정교사는 누나를 물끄러미 바라보며 되물었다.

"성냥팔이 소녀가 죽는 것이 왜 이상하지? 사람은 누구나 한 번 죽는 거야."

"성냥팔이 소녀는 착한데?"

표현이 잘 안 되는지 누나는 더이상 말하지 못했다. 가정교사는 안경을 추켜올리며 희미한 웃음을 띠었다.

"그래, 성냥팔이 소녀같이 착한 아이가 왜 죽느냔 말이지?"

누나가 고개를 끄덕였다. "그건 착하고 가난하니까 빨리 죽는 거야. 부자는 가진 것이 너무 많아서 쉽게 하늘나라로 갈 수가 없어. 죽는다는 것은 다시 볼 수 없다는 것이고 그것은 슬픈 일이지만 하늘나라로 가는 것은 좋은 것이야. 거기엔 가난도 추운 겨울도 없고 나쁜 사람도 들어갈 수 없는 아름다운 곳이거든."

가정교사는 이어 나사로라는 거지 이야기를 해주었다. 온몸에 헌데가 난 나사로는 어느 부잣집 대문간에 누워 부자의 상에서 떨어지는 부스러기로 배를 채우며 살았다. 부잣집 개가 나사로의 헌데를 핥기도 했는데 나사로는 얼마 뒤 죽었고 하느님 품에 안기게 된다. 반면 부자는 땅에 묻힌 뒤 지옥에 간다는 얘기였다. 가정교사는 두 사람을 비교하며 우리에게 되물었다.

"왜 하느님은 나사로만 품에 안았을까? 부자는 살았을 때 좋은 것을 다 누렸지만 나사로는 불행만 겪었기 때문이야. 부자가 된 것은 그만큼 욕심이 많았기 때문인데 욕심쟁이가 하늘나라로 갈 수 있을까?"

누나는 무언가를 물으려고 입술을 움직였으나 잠자코 있었다. 가정교사가 한 말 뜻을 생각하는 것이 틀림없다. 나도 가정교사의 말을 잘 알지 못했다. 나는 왜 선생님은 판사가 되려 하느냐 물어보았다. 불쑥 튀어나온 말이었다. "왜냐구?" 가정교사는 뾰족한 송곳니를 드러내며 큰 소리로 웃었다. "심판해야 할 미운 사람들이 많아서야."

외할머니가 우애를 데리고 침산동에 오신 것은 우리가 이사온 지 한 달이 지나서다. 그날 내가 학교에서 돌아오니 닭고기 냄새가 집안에 풍겼다. 나는 그것으로 우애가 집에 온 것을 알았다. 닭곰탕은 우애가 약처럼 먹는 음식이었다. 다리를 살찌우게 하기 위해서다.

"오빠야 왔다."

내가 방에 들어서자 우애가 제일 먼저 소리쳤다. "우리 손주 왔구나." 외할머니가 웃었다. 우애는 외할머니 무릎 위에 앉아 있었다. 양 갈래로 머리를 땋아 공처럼 부푼 리본을 달고 있었고 까만 눈을 굴리며 손뼉을 쳤다. 내가 어깨에서 가방을 내리자 우애는 절름거리며 내 앞으로 다가왔다.

우애는 한쪽 다리가 짧고 가늘다. 두 살 때 소아마비에 걸렸다. 그때부터 용하다는 의사를 찾아 사방으로 치료받으러 다녔다. 고사리처럼 휘청거리는 우애의 다리엔 쑥뜸 뜬 자국이 우두처럼 나 있다. 닭만 보아도 얼굴을 찡그릴 정도로 매일 닭 국물을 마신다. 그렇게 사 년이 지났는데도 걸을 때마다 우애의 어깨가 저울처럼 기울어진다. 별로 다리가 나아진 것 같지 않다. 우애를 바라보며 어머니가 가만 숨을 내쉬는 걸 봐도 알 수 있다. 꼬마 우애는 그것도 모르고 내 가방을 멘 채 까르륵 웃어댔다.

금순이는 공장 앞의 선술집에 가서 막걸리를 받아왔다. 외할머니가 오신 날은 항상 그랬다. 외할머니는 막걸리를 무척 좋아한다. 외할머니는 그것을 때도 없이 숭늉처럼 마셨고 옆의 사람이 싫지 않을 정도로 술냄새를 풍겼다. 이런 날은 금순이도 정지에서 막걸리를 홀짝 마셔댔다. 전에도 내게 그것을 들킨 적이 있는데 이날은 뱃심 좋게 말했다.

"너거 할매는 가마 타고 시집간 날도 주막집 앞에 내리서 막걸리 마셨단다. 나는 그래도 설탕 타서 안 묵나. 가마 타고 막걸리 마시지는 않을 기다."

외할머니는 예쁜 딸을 둔 엄마답지 않게 뚱뚱하고 목소리가 남자처럼 걸걸하다. 어머니와 닮은 것이 있다면 큰 눈이다. 그나마 한쪽 눈이 약간 짜부라졌지만 외할머니는 내가 본 어느 할머니보다 젊고 건강했다. 방천가에 나와 긴 담뱃대를 빠는 동네 할머니들은 대개 주름투성이에 말린 생선 껍질처럼 살갗이 비들비들했다. 거기 비하면 외할머니는 기름이 끓듯 피둥피둥했고 얼굴빛이 좋았다. 항상 막걸리를 마시기 때문인지도 모른다.

이런 외할머니지만 내가 신기하게 생각하는 것이 하나 있다. 외할머니가 거울을 세워놓고 참빗으로 머리를 빗을 때다. 나는 외할머니처럼 머리가 긴 사람을 본 적이 없다. 외할머니 머리는 엉덩이까지 닿는다. 외할머니는 긴 머리에 기름을 이겨 바르고 앞으로 넘겨 땋았다. 그 많은 머리를 틀어 백금 비녀로 찌르는데 마치 새색시처럼 열중해서 거울을 들여다보았다. 내가 넋을 빼고 바라보자 외할머니가 내게로 몸을 돌렸다.

"옛날에는 내보고 전부 기생겉이 이뻤다 캤다. 그래서 창극단 여배우가 될라꼬 창도 몰래 안 배웠나. 이래 사나 저래 사나 한세상인데 내 하고 싶은 대로 하고 살걸. 시집은 말라꼬 갔는지 몰라."

기생같이 예뻤던 시절이 외할머니에게 있었다니. 그건 믿기지 않지만 외할머니가 춘향과 이도령의 상봉 장면을 창으로 하는 것을 들은 적이 있었다. 국악단이 들어오면 첫날부터 구경 가는 것을 보아도 그렇다.

우리집에 온 사흘째 날이다. 외할머니는 임춘앵 국악단이 들어왔다는 소식을 금순에게 전해들었다. 마음이 급한 외할머니는 일요일 아침 우리를 데리고 시민극장으로 갔다. 내겐 연극 구경이 처음이었다. 그런 만큼 호기심을 잔뜩 가지고 있었다. 우애는 침을 맞으러 여기저기 다니면서 연극을 많이 본 것 같았다. 임춘앵이란 이름을 이미 알고 있었다. 그뿐 아니라 다리가 나으면 임춘앵 국악단에 들어가고 싶다고 말해 누나와 나를 놀라게 했다.

첫날이어서 자리가 꽉 차 있었다. 할머니는 우리를 끌고 이층 앞자리로 갔다. 겨우 두 자리를 찾을 수 있었지만 그것도 서로 떨어져 있었다. 할 수 없이 누나와 나는 한자리에 앉고 할머니는 우애를 업고 뒷자리로 갔다. 우리가 앉은 자리는 입구에서 곧장 밑으로 내려가는 구석자리였다. 기분좋게도 맨 앞자리였다. 나란히 놓인 두 좌석 중 하나를 차지한 셈이다.

극장 실내엔 퀴퀴한 냄새가 났다. 어린아이긴 하지만 두 사람이 앉기엔 의자도 너무 좁았다. 나는 두어 번 엉덩이를 들썩이다가 집으로 가겠다고 심술을 부렸다. 내게 자리를 많이 주려고 엉덩이만 겨우 걸치고 있던 누나가 슬며시 일어났다.

"호야, 니 혼자 앉을래? 집에 간다 카지 말고."

내가 대꾸하기도 전에 옆자리의 남자가 누나에게 손을 내밀었다.

"아가야, 아저씨한테 오너라." 불빛이 어두워서 자세히 보진 못했지만 아버지 같은 어른이었다. 그는 우리의 행동을 모두 보고 말하는 것 같았다. 누나는 내게 도움을 청하듯 나를 바라보았다. 일부러라도 심술을 부릴 수밖에 없었다. 나는 엉덩이를 의자에 쑥 묻고 완전히 의자를 차지해버렸다. 남자가 나긋한 목소리로 다시 말했다. "아가야, 아저씨 앞에 와서 앉아라."

연극은 구성진 창과 화려한 비단옷으로 이끌어졌다. 이따금 고

기비늘 같은 철갑옷을 입은 사내가 칼을 쥐고 나타나기도 했지만 머리에 너울을 쓴 공주가 자주 나왔다. 여자들은 계속 창을 했다. 그 통에 나는 몇 번 하품을 하고 말았다. 내가 상상했던 연극이란 실제로 무대 위의 마을이 불타고 흰말이 뛰어나와야 하는 그런 것이었다. 얼마나 시간이 지났을까. 내 옆에 앉은 남자의 목소리가 나지막하게 들려왔다.

"아가야, 저기 뭔지 아나?"

나는 남자를 흘끗 보았다. 내게 묻는 줄 알았다. 남자는 나를 보고 있지 않았다. 어둠 속에서 무대를 가리키는 남자의 손가락이 그제야 눈에 들어왔다. 무대 위엔 공주와 왕자가 탑돌이를 하며 창을 하고 있었다. 남자는 누나 얼굴을 들여다보며 히죽 웃었다.

"저기 연애라는 기다. 니도 이담에 크믄 알 기다."

갑자기 숨이 막히는 듯 답답했다. 어둠 속에서 남자의 눈빛이 번들거리는 것처럼 보였고 누나는 꼼짝 않고 무대를 바라보고 있었다. 누나의 얼굴이 돌처럼 굳어 있었다. 고개를 돌리자 무대는 수십 개의 조명으로 하얗게 타올랐다. 그것은 너무나 눈부셔서 촛불이 끓어넘치는 것 같았다. 내가 앉은 자리의 깜깜한 어둠과 무대의 흰빛. 그것은 크레용보다 더 선명해서 내 머릿속에 인두처럼 찍혔다.

누나는 그날 밤 경기를 일으켰다. 밥은 입에도 대지 않았다. 핼쑥한 얼굴로 일찍 잠자리에 들었지만 십 분도 채 못 되어 얼굴빛이 까맣게 질렸다. 어머니는 안절부절못했지만 외할머니가 옆에 있어서 다행이었다. 외할머니는 바늘로 손가락을 따고 누나의 몸을 주물렀다. 의사가 오고 한바탕 법석을 치른 뒤에야 누나는 다시 잠에 빠졌다.

우리는 모두 안방에 앉아 누나를 지켜보았다. 나도 그 틈에 있었는데 언제인지 모르게 잠이 들었다. 꿈결에서처럼 흐드득 울음소리가 들려왔고 눈썹 끝으로 보랏빛이 아른거렸다. 어머니가 수국 무늬 손수건으로 얼굴을 가리고 있었다.

"우애는 그 노래만 나오믄 저 어미 보고 싶다고 운데이. 〈가는 봄 오는 봄〉 그 영화 보고 나서 나도 울었다. 니 생각이 나서. 문정숙이가 니캉 우예 그리 닮았겠노."

"나도 그 영화 보고 울었소. 괜히 지 설움이 복받쳐서……"

"우애야, 엄마 앞에서 니 노래 한번 불러봐라. 엄마 생각나믄 그 노래 안 불렀나."

우애는 외할머니의 무릎 위에 앉아 초롱한 눈을 굴렸다. 외할머니는 치마를 걷어 콧물을 닦았다. 그리고 재촉하듯 우애의 등을 토닥거렸다. 우애는 침을 한 번 삼키고 카나리아처럼 입을 벌렸다. 박자 하나 틀리지 않고 가수같이 가락도 멋지게 뽑았다. 많이 불러본 솜씨가 분명했다. 여섯 살의 계집아이가 부르기엔 너무 구슬픈 노래였지만 우애는 내 기분이 이상해질 정도로 어른 흉내를 냈다. 벽을 멍하니 바라보던 어머니가 또다시 손수건으로 얼굴을 가렸다. 엄마 입에서 서울 이모 이름이 나왔다.

"어무이, 서울 계실 때 야 아부지 기매 집에 한 번도 안 왔던교?"

"부끄러버서 지가 우예 내 앞에 얼굴을 내밀 기고. 서울서 말이다."

"서방은 기생년한테 미쳐서 저래 있지. 아 하나는 다리가 저렇고 이년이 무신 죄가 많아서 이러노. 돈 많아도 소용없소. 어떤 때는 공장에서 비누 찍는 소리가 밑 없는 절구에 방아 찧는 것같이 들리요. 돈도 비누 거품이제. 콩나물죽을 묵어도 마음이 팬해야지."

"니가 내 앞에서 그래야 되겠나. 우리 우애 다리 다 낫는 거 보고 내 죽을 긴데."

"어무이 앞이끼네 이라지. 괘안심더. 자식이 넷인데 내가 우짜겠어예."

큰 눈에 눈물이 그렁그렁할 때 보면 어머니는 정말 문정숙과 닮았다. 비누 포장하는 여직공들이 어머니가 지나갈 때 그런 소리를 했다. 서글서글하면서 어딘지 슬퍼 보이는 표정이나 이마로 흘러진 앞머리와 어깨 위로 파도처럼 솟구친 머리모양까지 같다. 다른 점이 있다면 입가에 점이 없고 눈 아래 조그만 점이 나 있다는 정도다. 금순이는 그것을 눈물점이라고 했다. 그 점을 빼지 않으면 어머니가 만날 울어야 된단다. 눈물 사마귀는 눈물을 먹어야 크기 때문에 사람을 울린다는 것이다. 어머니가 손수건이 젖도록 자꾸

우는 걸 보면 금순이 말이 거짓말은 아닌 모양이다. 어머니는 외할머니 무릎 위에서 잠들려는 우애를 내 옆에 나란히 뉘었다.

"명애가 예민해서 큰일이네. 명애가 너무 말을 안 한다꼬 담임도 걱정하던데. 우애 다리 저는 것도 가슴에 맺히는데 명애까지 이래 약해서 우짜노."

"명애 뱄을 때 어마이 심사가 안 좋아서 아가 저래 약하다."

"그때 둘째 머시마 인호가 병 걸리서 안 죽었소. 그때는 아들 죽었다고 집에 며칠 안 들어오디만 명애 낳고 나서는 딸이라고 또 횟집 나갔제. 인자 생각하믄 그것도 다 핑계라. 그때 사업한다고 한창 기생집 들락거릴 때요. 나는 그때 죽은 인호 생각나고 심사가 안 좋아서 스라나 없이는 잠도 못 잤소. 전번에는 하도 부아가 나서 퍼부었지. 아들 다 서울 딜꼬 가라고. 이서방은 뭐라 캤는 줄 아요. 너거 아부지도 첩 얻었는데 나는 와 못 그라노 캅디더."

"도둑놈 겉은 사나들. 니는 어마이같이 살아서는 안 되는데. 이서방 땜에 큰일이다. 전생 업장이 남자보다 많아서 여자로 태어난다 카든디 그기 맞는 말이다. 이 업을 우예 닦을고. 관세음보살 관세음보살……"

그날 밤 일은 꼭 꿈만 같다. 파리한 형광등 아래 얼룩져 보이는 자개농과 불란서 인형. 아버지가 계시지 않는 방에서 외할머니와 앉아 있는 어머니. 또 누나는 입술을 약간 벌린 채 죽은 것처럼 잠에 빠져 있었다. 다시는 누나에게 심통을 부리지 않겠다. 나는 완전히 잠을 깼으나 일어나지 않았다. 어쩐지 그래서는 안 될 것 같았다. 어머니의 비밀을 엿들은 기분이었고 꿈을 꾸고 있는 것 같기도 했다. 어머니의 보랏빛 수국 손수건과 우애가 부른 〈가는 봄 오는 봄〉, 기생, 첩, 그런 말들이 낯설면서도 무섭게 울려왔다.

그러고 보니 우리는 아버지 얼굴을 매일 보지 못한다. 한 달에 두어 번씩 출장을 가기 때문이다. 아버지의 출장은 공장 사택으로 오기 전부터 보아와서 우리는 이상하게 생각한 적이 없다. 흰 모자를 쓰고 가방을 든 아버지 모습은 우리 눈에 익숙했다. 또 아버지의 출장이 우리에게 불편을 준 점도 없다. 우리가 학교에서 돌아오면 언제나 어머니가 맞아주었다. 아버지가 집에 있는 날도 거의 공장 사무실에 근무해서 저녁에나 볼 수 있을 뿐이었다.

그렇다고 우리가 아버지에게 무관심하다는 것은 아니다. 아버지가 서울서 돌아오는 날 우리가 개선장군을 맞듯 아버지를 맞이하는 것을 봐도 알 수 있다. 물론 우리는 과자나 장난감 같은 선물을 기다렸다. 기분대로 쥐여줄 용돈도. 그러나 이 정도로 아버지를 좋아하는 것은 아니다. 아버지가 공장에서 독일 기술자와 얘기할 때, 여러 학부형들을 둘러보며 사친회 사회를 볼 때, 우리는 아버지를 얼마나 자랑스럽게 여겼는지 모른다.

아버지가 돌아오신 것은 누나가 경기를 일으킨 다음날이다. 이날 오후 나는 아버지 책상에 앉아 숙제를 하고 있었다. 내 앉은뱅이책상보다 침대처럼 넓은 사무실 책상이 좋았다. 신문을 보던 전무 아저씨도 퇴근하고 사무실엔 아무도 없었다. 한참 자연 숙제를 하고 있는데 햇빛이 책장 위로 펼쳐졌다. 눈이 부셨다. 이내 발소리를 들었고 낯익은 흰 모자를 보았다. 책상에서 마주 보이는 출입구로 아버지가 햇빛을 몰고 들어서고 있었다.

"준호 뭐하노." 아버지는 활짝 웃으며 모자를 벗었다. 숱 많은 머리와 짙은 눈썹이 드러났다. "아부지." 나는 회전의자에서 뛰어내려 아버지 앞으로 달려갔다. 나는 가방부터 받아들었다. 가방엔 선물이 들었을 테니까. 선물이 무엇이냐고 묻지는 않았다. 이날은 선물 말이 입 밖에 나오지 않았다. 나는 사택과 통하는 문을 열고 응접실을 거쳐 안방으로 들어갔다.

"엄마, 아부지 오싰다." 나는 크게 소리쳤다. 안방엔 아무도 없었다. 할머니는 우애를 데리고 친척집에 가셨고 집은 텅 빈 것처럼 조용했다. 아버지가 나를 뒤따라 방으로 들어왔다. 나는 마루로 나서서 다시 소리쳤다.

아버지가 마루로 나서자 식당방 문이 열렸다. 어머니는 여태 정지에 있었나보다. 미닫이문이 스르르 열리면서 어머니가 그림자처럼 나타났다. 어머니는 하늘색 머릿수건을 풀며 눈을 내리뜬 채 말했다.

"오늘 오싰소?"

"날이 벌써 이래 덥노."

"인자 초여름인데. 목욕하실라요."

어머니는 조금도 웃지 않았다. 먼 친척에게 말하듯 하고 아버지 옆을 스쳐 안방으로 들어갔다. 다른 때보다 쌀쌀하게 느껴졌지만 나는 이상하게 생각지 않았다. 어머니는 아버지가 출장 갔다 오실 땐 항상 그랬다. 아버지는 어른이다. 우리에게 하듯 어른에게 입을 맞추며 야단스럽게 맞을 수도 없지 않은가.

어머니는 말도 거의 하지 않았지만 나는 그것이 아버지를 반기지 않는 것이라곤 생각지 않았다. 어머니는 기쁠 때 오히려 표정을 감춘다. 지난겨울 내가 처음으로 '수'를 네 개 받아왔을 때도 그랬다. 나는 어머니가 나를 천장에 닿도록 번쩍 안아올려주거나 숨겨놓은 양과자를 통째로 줄 줄 알았다. 이런 기대와는 달리 어머니는 "더 잘해야지" 한마디만 했다. 나는 그때 어머니가 계모라고 생각했다. 그 의심이 풀린 것은 밤이 되어서다. 저녁상에는 내가 좋아하는 탕수육과 잡채가 놓여 있었다. 나는 그날 밤 레일 위를 달리는 기차도 선물로 받았다. 나는 잠자리에 들면서 생각했다. 어머니는 내가 거드름을 피울까봐 일부러 좋아하는 표시를 하지 않은 것이라고. 그렇다면 아버지에게도 마찬가지가 아닐까. 아버지가 출장 갔다 돌아오신 날이면 밥상이 무너지게 반찬이 많다. 그걸 봐도 내 생각이 틀리진 않는다.

아버지는 쌈을 좋아한다. "내가 농촌서 자라서" 하며 미나리나 상추, 찐 호박잎을 한입에 가득 넣는 아버지의 모습은 식구들에게 낯익은 것이었다. 오늘 저녁상에는 배추가 올려져 있다. "드시이

소." 아버지는 외할머니에게 말하고 배추부터 손에 들었다. 배춧잎 위로 밥과 된장이 수북이 얹혔고 아버지는 그것을 허겁지겁 입에 넣었다. 몹시 배가 고팠나보다. 저녁상엔 외할머니까지 여섯 명이 둘러앉았다. 형은 가정교사와 먹기 때문에 빠졌지만 이렇게 많이 모여 앉은 것도 오랜만이다. 직공들이 다 퇴근해서 공장엔 기계 소리도 들리지 않았다. 고요한 여름 저녁에 우리의 숟가락 소리와 아버지가 배추쌈을 삼키는 소리만 우물우물 들렸다. 누나는 저녁을 거의 먹지 않았다. 달걀을 푼 노란 죽 그릇을 숟가락으로 휘젓기만 했다.

"명애야, 와 안 묵노. 오늘 온종일 물만 마시고."

어머니의 말에 아버지는 그제야 누나의 죽그릇을 보았다. "와 아프나? 명애 죽 묵네." 한마디도 않던 외할머니가 숟가락을 내려놓았다. "어젯밤에 경기 일으켜서 혼을 쑥 뺐네. 내가 있어서 다행이제. 얼라 때부터 경기 잘했지만 그것도 꼭 저거 아부지 없을 때만 그라네. 자네도 없는데 한밤중에 그라믄 인자 우짤 기고. 명애 어마이가 뭐 할 줄을 알아야지."

"음, 흠." 아버지의 헛기침 소리가 들렸다. 아버지는 젓가락으로 이 반찬 저 반찬을 집었다 놓았다. 때마침 금순이가 숭늉을 들고 들어왔다. 아버지는 뺏다시피 그릇을 받아 숭늉을 들이켰다. 한 그릇을 다 비우자 아버지는 누나 등을 두드렸다. "명애야, 내일 아부지캉 병원 가보자."

저녁을 먹은 후, 아버지는 우리에게 선물을 나눠주었다. 형은 승마 모자를, 나는 비행기를, 누나는 나비 모양의 색색 가지 머리핀을 받았다. 아버지는 우애가 온 것을 몰랐으므로 우애 선물은 없었다. "우애는 내일 아버지캉 나가서 이쁜 옷 사자." 아버지가 머리를 쓰다듬어주었지만 우애는 시무룩했다. 누나는 제 머리핀을 우애에게 모두 주었다. 우애 얼굴이 금세 환해졌다. 우애는 그중 흰 나비 핀 한 쌍을 누나에게 빼주었다. 누나가 흰색을 좋아하기 때문이다.

아버지가 서울서 돌아오신 날은 집이 좀 떠들썩하다. 우리는 선물을 받고 들떠서 모두 마당으로 나갔다. 우애와 누나는 그네에 마주앉아 손뼉치기를 했다. 아버지가 다가가 그네를 옆으로 흔들었고 우애는 까르르 웃으며 한 발을 굴러댔다.

형과 나는 아버지의 구령에 맞춰 보건체조를 했다. 우리는 무궁화나무 옆에 나란히 서서 손발을 맞추었다. 발을 올렸다 내렸다 하면 자갈이 튕겨져나갔다. 숨은 가쁘면서도 그것이 재미나서 신발이 닳도록 땅을 세차게 내디뎠다. 하나 둘 셋 넷. 아버지 목소리가 우렁차게 뜰 안으로 울려퍼지고 초여름 햇살이 무궁화나무를 비켜가고 있었다.

형이 가정교사에게 불려간 뒤 아버지는 나와 누나를 데리고 공장을 산책했다. 매미 소리가 불규칙적으로 들려올 뿐 공장엔 사람 그림자도 보이지 않았다. 화단엔 장미와 작약이 다투어 피어 있고 화단 선을 따라 심긴 석양꽃이 황금빛으로 타올랐다. 하늘 한쪽이 장밋빛으로 물들었다. 내가 하늘을 올려다보느라 발돋움을 하자 아버지는 나를 목에 태워주었다. 나는 목말을 타고 장군처럼 소리쳤다. 아— 아— 직공들이 썰물처럼 빠져나간 공장에 내 목소리가 메아리쳤다. 붉은 노을이 공장의 판자 울타리 너머 들판 쪽으로부터 파도치듯 밀려왔다. 나비 한 마리가 화단에서 우리 쪽으로 날아왔다. "나비가 아직 있다." 누나는 나비를 향해 뛰어갔다. 나비는 손에 닿을 듯 하다 다시 위로 날아갔고 누나는 우리를 향해 돌아섰다.

"아부지, 와 자꾸 서울 가예. 인자 가지 마예."

우리가 다가가자 누나는 아버지 손을 잡았다. 아버지를 올려다보며 누나는 쥔 손을 흔들었다. 대답을 재촉하듯. 나는 아버지 목 위에서 엉덩이를 들썩했다. 나도 누나를 따라 소리쳤다. "아부지, 서울 가지 마라. 비행기 안 사줘도 된다." 아버지가 나를 등에서 내려 팔에 안았다. 그리고 한 손으로 누나를 번쩍 올려 안았다. "아부지 돈 많이 벌어야지 맛있는 거 사주지. 차도 태야주고, 쪼끔만 기다리라."

공장의 자갈밭을 헤치며 지프차가 들어선 것은 그로부터 사흘 뒤다. 두꺼비처럼 두 눈이 튀어나오고 은빛이 섞인 파란 지프차였다. 군인 지프차에 비하면 물고기처럼 날씬했다. 차엔 '자 303'이란 번호판이 달려 있었다. 동네 아이들이 와서 차를 에워싸고 구경

했다. 고작 버스만 보아온 아이들이 그것을 신기하게 생각하는 것도 당연하다. 나도 그랬으니까.

어머니는 그날 누나와 함께 차를 타고 외출했다. 보통 때도 "우리 똘똘이"라 부르며 흙이 묻은 내 얼굴에 마구 입을 맞추는 어머니인데 그날은 내가 눈에 보이지도 않는 모양이었다. 나는 헤드라이트를 만져보고 차 위에 올라앉았기도 했다. 그런 내게도 어머니는 함께 타자는 소리를 하지 않았다. 그저 지프차를 바라보며 소녀처럼 미소 짓고 있었다. 오히려 옆에 앉은 누나가 더 의젓했다. 어머니가 즐거움을 그렇게 드러내는 것을 그전에는 본 적이 없다. 다음날 우애가 떠났지만 어머니는 울지 않았다. 우애가 잠시 집에 왔다가 침을 맞으러 다시 떠나고 나면 어머니의 눈이 붉어지는데 말이다.

차가 생긴 후 어머니는 이틀에 한 번꼴로 외출을 했다. 그때마다 어머니는 누나를 데리고 나갔고 무언가를 한아름 들고 왔다. 군침을 흘리며 내가 뒤따라가 보면 꾸러미 속엔 거의 누나의 옷이 들어 있었다. 눌러도 공처럼 튀어오르는 페티코트와 보라색 헝겊 꽃이 달린 원피스, 리본 등이 펼쳐졌다. 그뿐 아니라 누나의 모습도 변해 있었다. 하루는 누나의 머리가 볶은 오징어처럼 말려 있었다. 누나의 가는 목에 진주 목걸이가 늘어져 있기도 하고 반짝이가 달린 중국 구두를 신고 들어온 날도 있었다. "엄마가 이런 재미나 있으이 살지." 투덜거리는 내게 어머니는 이렇게 말했지만 누나는 그것들을 다시 꺼내 쓰지 않았다.

차가 생겼으므로 우리는 지프차를 타고 학교에 갔다. 무척 편리했다. 지각도 하지 않았고 만원 버스에서처럼 발을 밟힐 염려도 없었다. 우리처럼 자가용을 타고 학교에 오는 아이들은 거의 없었다. 가끔 '관' 자가 쓰인 차를 타고 학교에 오는 아이들이 있을 뿐이었다. 아이들은 우리가 차에서 내리면 모두 쳐다봤다. 기분이 나쁘진 않았다.

형도 나처럼 자가용을 좋아했다. 학교를 마칠 때도 지프차를 타고 돌아왔으니까. 누나는 별로 그런 것 같지 않았다. 지프차를 타기 시작한 나흘째 날부터 누나는 학교 정문까지 가지 않고 입구에서 내렸다. 나는 누나가 문방구에 들르는 줄 알았다. 누나는 다음날도 그다음날도 계속 입구에서 내렸다. 차를 돌리려면 어차피 교문 쪽으로 들어가야 하는데도 그랬다. 하루는 나도 누나와 함께 내렸다. 나는 옆으로 바짝 붙어 물었다. "와 만날 교문 앞에서 안 내리노?" 누나는 우물 같은 눈으로 나를 바라보았다. "아들이 쳐다보는 기 싫어서."

내가 누나를 이상하게 생각한 점은 그것만이 아니다. 누나는 학교 갈 때마다 교복을 껴입는다. 어머니는 아침마다 옷을 바꿔 입혔지만 누나는 차에 오르면 새 옷 위에 교복을 껴입었다. 어머니 몰래 들고 나온 교복이었다. 원피스 위에 다시 세라복을 껴입는 것은 어린 내 눈에도 우스꽝스러웠다. 무더워지기 시작한 여름날에 말이다. 형도 나와 같은 생각을 했나보다. 하루는 형이 "명애는 학질 걸렸나?" 하고 인상을 썼다. 누나는 눈을 내리뜬 채 말했다.

"새 옷 입는 거 창피하다."

"그기 뭐가 창피하노."

"내만 새 옷 입었는데?"

지프차가 공장에 들어선 뒤 아버지는 또 한번 출장을 다녀왔다. 누나와 나는 이번엔 차를 타고 기차역으로 아버지를 마중나갔다. 어머니가 우리를 내보냈다. 우리는 개찰구로 들어서는 아버지를 쉽게 찾았다. 낯익은 모자 때문이다. 나는 뛰어가서 가방을 받을 자세로 서 있었다. 아버지는 두 손으로 우리의 어깨를 감쌌고 우리는 아버지 양쪽에 서서 대합실을 나섰다. 손을 잡고 걸어가다가 나는 뒤를 돌아보았다. 아버지 가방이 보이지 않았던 거다. "아부지, 가방은?" "아, 그거." 내 말에 아버지가 뒤를 돌아보았다. 바로 우리 뒤에 붙어 오던 한 사람이 내게 웃어 보였다.

"야가 준호 아입니꺼? 저쪽에는 명애고."

검고 긴 얼굴이 그제야 눈에 들어왔다. 길쭉한 코와 코 아래 검은 잔디처럼 덮인 애기수염. 거기다 이마를 덮은 머리카락은 가늘고 젖은 듯 보였다. 손을 잡아도 축축할 것 같은…… 낯선 사람은 양손에 짐을 들고 있었다. 한 손엔 아버지 가방이, 한 손엔 유리 상자 같은 큰 소쿠리가 들려 있었다. 나는 그 사람에게 아버지 가방을 달라고 했다. 아버지가 출장에서 돌아올 때마다 가방을 받아드는 건 나였다. 앞서가던 아버지가 내게 손짓을 했다.

"호야, 니는 무거버서 못 든다. 놔둬라. 정택이가 들 기다."

그날 아버지가 데려온 사람이 정택이다. 아버지는 차에 오르자 운전사 아저씨에게 정택이를 인사시켰다. 정택이는 아버지 고향에서 데려왔고 이제부턴 여기서 아버지 일을 도와줄 것이니 잘 봐주라는 얘기였다. 아버지는 내게 정택이를 형이라 부르라고 했다. 나보다 어른이니까 그렇게 부르는 것이 당연하지만 정택이의 애기수염을 보면 웃음이 자꾸 나왔다. 정택이가 바로 내 옆자리에 앉았기 때문에 나는 검은 솜털을 뽑고 싶은 충동까지 느꼈다.

차에서 내릴 때다. 정택이가 든 소쿠리 뚜껑이 자갈밭에 굴렀다. 소쿠리 안에 물건이 잔뜩 들어서 뚜껑이 벗겨진 것 같았다. 정택이는 맨 위에 놓인 망태기를 꺼내고 뚜껑을 다시 닫았다. 그물로 엮은 것이었다. 내가 들여다보자 정택이는 낚시 도구라고 일러주었다. 정택이는 그것을 들어올려 내게 더 잘 보이도록 해주었다.

"잡은 고기를 이 안에 넣는 기다."

"그래도 미꾸라지는 빠져나가겠다."

차 안에서 한마디도 않던 누나가 망태기 앞으로 다가섰다. 그것을 들여다보며 이마를 약간 찡그렸다. 누나는 혼잣말을 했다.

"물도 못 담는데 고기들 죽겠다."

"잡히믄 끝이다. 명애도 망태기에 잡아갈까?"

정택이가 망태기를 누나 앞으로 올려 들었다. 그물 사이로 햇빛이 반짝였고 정택이는 히죽 웃었다. 그 자리에 꼼짝 않고 서서 누나는 정택이를 올려다보았다. 무서운 것이라도 본 듯 누나의 얼굴에 핏기가 가셨다. 누나는 뒷걸음질쳤다. 그리고 하얗게 질린 얼굴로 집을 향해 뛰어갔다.

그날부터 정택이는 우리집 식구가 되었다. 쌀가마를 재워둔 골방 앞에 정택이의 신발이 놓였고 형과 가정교사의 밥상엔 정택의 밥그릇이 함께 올려졌다. 정택이는 아버지의 낚시 도구나 엽총을 소제하고 집안일도 많이 했다. 무거운 물건을 금순이 대신 들어준다든가, 어머니 심부름으로 양키 시장의 포목점에 돈을 갖다주곤 했다. 또 목욕탕에 장작을 때느라 산에 가서 나무를 해왔다. 정택이는 그 나무들을 도끼로 쪼개 광에 쌓아놓았는데 나무를 쪼개는 솜씨는 나를 감탄케 했다. 정택이는 한 번도 나무를 헛 찍은 일이 없다. 도끼를 내리칠 때마다 나무가 석류처럼 벌어졌다. 정택이를 공연히 미워하는 금순이도 이것만은 신통하게 생각했다. 금순이가 우러러보는 가정교사도 도장에 나가는 형도 결코 정택이처럼 도끼질하진 못했다.

정택이는 중학교 2학년생인 형보다 나이가 두 살 위다. 우리는 정택이를 형이라고 부르지 않았다. 누나도 오빠라 부르지 않았다. 정택이가 있는 자리엔 좀체 가려고도 하지 않는 누나였다. 엄마 심부름으로 정택이를 불러야 할 땐 "엄마가 찾으시는데" 하곤 뛰어가버렸다. 우리가 정택이를 형이나 오빠로 부르지 않는 특별한 이유는 없다. 그렇게 불러지지가 않았다.

정택이는 우리가 이름 부르는 것을 싫어하진 않았다. 아니, 당연한 듯 받아들였다. 정택이가 우리를 친구처럼 대해주는 걸 봐도 알 수 있다. 정택이는 내게 비눗갑으로 알록달록한 딱지를 만들어주었다. 누나에겐 메추리알처럼 둥근 공깃돌을 주워다 주었다. 이것은 물론 내가 전해주었다. 누나는 쳐다만 볼 뿐 공깃돌을 만지지도 않았다. 나는 정택이에게 누나가 좋아했다고 거짓말을 했다. 정택이는 나와 잘 놀아주었고 누나와도 친해지고 싶어했기 때문이다.

하루는 아버지가 정택이를 데리고 사냥을 갔다. 아버지가 방천 다리 위로 엽총을 메고 나타난 것은 해가 질 무렵이었다. 정택이는 큰 새 한 마리를 어깨에 올려 메고 아버지 뒤에 따라왔다. 주둥이가 갈고리처럼 생긴 매였다. 눈 아래로 피가 흐르고 있었으나 죽지는 않았다. 이따금 날개를 퍼덕이려 했고 그러면 정택이는 더욱 날개를 움켜쥐었다. 나는 방천에서 놀다가 정택이 옆에 바짝 붙었다. 아이들이 "독수리다" 외치며 우리 뒤를 따라붙었다. 검은 줄무늬가 있는 새 가슴을 쓰다듬으며 나는 뽐냈다. 그때 정택이가 허리를 굽히고 내게 소곤거렸다.

"매가 누구 물게 하꼬."

생각지도 않던 일이어서 나는 놀랐다. 한편 재밌기도 했다. 나와 눈이 마주치자 정택이가 희미하게 웃었다. 나는 마술에 걸린 것처럼 아이들을 휘둘러보았다. 일고여덟은 되는 아이들 중에 두 명의 계집아이가 있었다. 그중에서도 영미가 눈에 들어왔다. 영미는 방천 위쪽에 사는 기생 딸이었다. 영미는 정택이 옆으로 따라붙어 피가 흐르는 새를 신기한 듯 들여다보고 있었다.

정택이는 영미 앞으로 매를 디밀었다. 내가 눈짓할 사이도 없었다. 내가 매의 날개 한쪽을 잡고 있어서 내 손까지 끌려갔다. 영미는 소리를 지르며 뒤로 물러났다. 아버지가 뒤돌아섰다. 모두가 우리를 바라보았다. 나는 그제야 새 날개에서 손을 뗐다.

영미의 콧등에서 피가 흐르고 있었다. 매의 발톱에 긁혔다. "와 이래 됐노. 보자." 아버지는 놀란 눈으로 영미 얼굴을 들여다봤다. 영미가 갑자기 얼굴을 가리며 돌아섰다. "울 엄마한테 일러줄 기다." 영미는 울음 섞인 소리를 지르고 다리 끝으로 뛰어갔다.

그날 우리집에는 무궁화 열차가 왔다. 왜 그런지 모르지만 동네 사람들은 영미 엄마를 무궁화 열차라 불렀다. 영미는 방에 들어서자 나를 손가락으로 가리켰다. "준호가 그랬다." 영미 엄마는 나를 쳐다보지도 않고 방바닥에 주저앉았다. 뽀얗게 분을 발랐는데도 이마엔 긴 주름이 무궁화 열차처럼 달렸다.

"사장님이나 사모님이나 다 자식 키와봐서 알겠지만 야가 무남독녀 아입니꺼. 내한테 이 가시나밖에 없는데 만날 놀림받고 이래 상채기까지 내오이 내 쏙이 안 뒤집히겠심니꺼. 치료비 문제가 아입니더. 가시나 얼굴에 평생 승이 지믄 우짤 깁니꺼."

영미 엄마는 방바닥까지 치며 말했다. 어머니는 계속 미안하다는 말만 했다. 과일을 권하면서도 고개를 못 들었다. 나는 어머니의 명령대로 무릎을 꿇고 앉았지만 억울했다. 내가 그러지 않았다고 말하려 했으나 말이 쉽게 나오지 않았다. 정택이가…… 정택이의 이름도 입 밖으로 나오려다 쑥 들어갔다. 어머니는 영미 엄마 앞으로 봉투를 내밀었다. "정말 미안합니다. 다시는 그런 짓 못하게 하겠심더." "이래 크게 숭이 졌는데 언제 없어지나 하여튼 보입시다." 영미 엄마는 잠시 후 봉투를 받아 넣고 일어섰다.

일이 그것으로 끝난 것은 아니다. 무궁화 열차가 가고 나자 어머니와 아버지가 말다툼을 했다. 어머니는 문 옆에 서 있는 나를 보지 못했나보다. 나는 그러지 않겠다 말하려고 서 있었다.

"사냥철도 아인데 매는 와 잡아옵니꺼."

"빌껄 다 간섭한다."

"매 때문에 난리를 떨어서 하는 말이지. 하여튼 무궁화 열차하고 인연이 많네예."

"그기 무슨 소리고."

"내 말 모르겠어예? 서울 갈 때 무궁화 열차 타고 안 가예. 그쪽은 또 무슨 열찬고."

고개를 내밀고 바라보는데 아버지와 눈이 마주쳤다. 나는 숨듯이 농 옆으로 비켜섰다. 아버지가 목소리를 낮추었다. "시끄럽다. 아 듣는 데서."

나는 이따금 정택이와 어울렸지만 형은 정택이를 몹시 싫어했다. 학교에서 돌아올 때 정택이와 마주치면 모자를 벗어던졌다. 내가 옆에 있을 때 형은 이죽거렸다. "저 새끼 보믄 재수없어서." 형은 신발까지 벗어던졌다. 그것을 정택이에게 가져오라 했다. 또 가방을 던졌다. 정택이는 이것을 잘 받아야 했다.

가방 속의 책과 잡동사니들이 자갈밭에 쏟아지면 그것을 주워 담아야 하기 때문이다.

정택이는 이런 일들을 낯빛 한 번 변하지 않고도 잘해냈다. 오히려 재미있어했다. 정택이는 형이 내던진 신발을 축구선수처럼 다시 맞받아 찼다. 그것은 대개 형을 지나치거나 형보다 정택이에게 가까이 떨어졌다. 그러면 정택이는 "내가 골인 못했다" 하고 신발을 형 발 앞에 갖다놓았다.

정택이는 신발을 형에게 골인시키지 못했다. 가방도 잘 받지 못해 쏟았다. 그러나 고무총 솜씨는 도끼질처럼 정확했다. 정택이는 자갈밭에 흩어진 책과 공책을 담고 고무총을 맨 나중에 집어들었다. 이어 자갈을 골라 집어들었다. 정택이는 그것을 고무총에 끼우고 사방을 휘둘러보았다.

정택이는 형을 향해 웃었다. 형 옆에 서 있던 나는 한 발 물러섰다. 정택이가 형을 쏘려는 줄 알았다. 정택이는 우리를 향해 새총을 들었다가 나침반처럼 방향을 돌렸다. 돌멩이가 모과나무를 향해 날아갔다. 화단으로 나는 달려갔다. 나무 아래 갓 열매를 맺은 파란 모과가 떨어져 있었다. 나는 감탄하면서 그것을 심판처럼 들어올렸다.

그 이틀 뒤다. 토요일이어서 모두 빨리 집에 돌아왔다. 어머니는 그날도 누나를 데리고 나갔다. 나는 형과 함께 점심을 먹을 수밖에 없었다. 가정교사와 정택이까지 네 명이 함께 앉았다. 밥을 한 숟가락 뜨자 형이 금순이에게 소리를 질렀다. "숭늉 가온나." 정지에선 아무 대답이 없었다. 또 한 숟가락을 뜨고 형이 다시 소리쳤다. 아마도 금순이는 광에 갔나보다. 여전히 대답이 들려오지 않았다. 형은 밥상을 들어엎을 듯 험악하게 얼굴을 일그러뜨렸다. 가정교사가 형을 똑바로 쳐다보았다.

"물 정도는 제 손으로 떠먹어. 금순씨가 네 종은 아니잖아."

"이 가시나가 정말."

형은 가정교사 말을 들은 체하지 않았다. 금순이가 옆에 있기나 한 듯 이를 가는 시늉을 더했을 뿐이다. 그것만으로도 직성이 풀리지 않았다. 형은 얼핏 정택이를 보았다. 정택이는 숟가락을 입으로 가져가고 있었다. 형은 명령하듯 말했다.

"니가 가서 숭늉 떠 온나. 금순이 가시나 있으믄 한 대 쥐박아뿌라."

"정택인 그냥 밥 먹어. 제 일은 제가 해야 돼. 누가 몸종 노릇을 한단 말이야."

가정교사와 형의 눈이 부딪쳤다. 제 마음대로 안 될 땐 문짝이라도 부수는 형이었다. 나는 가슴이 조마조마했다. 드디어 시작하나보다, 생각했다. 우리집의 가정교사가 잘 바뀌는 이유는 순전히 형 때문이었다.

정택이는 밥을 씹으면서 두 사람을 번갈아 보았다. 선생은 침착하나 확신에 찬 눈으로 정택이를 보고 있었다. 형은 숟가락을 놓고 기다렸지만 정택이는 일어나지 않을 것이다. 나는 그렇게 생각했다. 정택의 입가에 야릇한 웃음이 스쳐갔다.

정택이는 밥을 삼키고 자리에서 일어났다. 정택이의 발걸음이 다시 식당방으로 향했을 때 나는 뭐가 뭔지 알 수가 없었다. 정택이 형을 무서워한다고는 생각지 않았다. 정택이는 아무도 무서워하지 않는다. 눈 하나 깜짝하지 않고 영미에게 매를 들이대던 정택이 아닌가. 형은 정택이 들고 온 숭늉을 기분좋게 마셨다. 그러곤 누룽지가 고여 있는 사발을 정택이 앞에 내밀었다. "수고했다. 누룽지는 니 묵어라."

그날 형이 말을 타고 공장에 나타난 것은 전에 없던 일이다. 형은 지난가을부터 승마를 시작했다. 나도 그것을 듣기만 해서 말을 탄 형의 모습은 처음 보는 셈이다. 다른 때의 형과는 다르게 보였다. 형은 키가 크고 어른처럼 어깨가 벌어졌다. 그런 체격에다 짧은 머리를 승마 모자로 가려서 중학생으로 보이지 않았다. 흰 얼굴과 아버지를 빼다박은 듯 닮은 움푹한 눈 때문에 서양 영화에 나오는 기사 같았다. 윤나고 단단한 흑갈색 말은 그런 주인을 태운 것에 만족한 듯 보였다. 엉덩이를 추켜올리며 의젓하게 나아갔던 거다. 말이 발굽을 옮길 때마다 계집아이 머리칼같이 탐스러운 말 꼬리가 보기 좋게 나풀거렸다.

동네 아이들은 방천에서부터 말 꽁무니를 따라 공장 안으로 들어왔다. 가죽장화를 신고 말고삐를 쥐고 있는 형의 모습을 넋을 잃고 바라보았다. 나도 놀랄 정도였다. 그러자 말을 타고 싶다는 생각이 들었다. 나도 중학생이 되면 말을 탈 수 있겠지. 마음이 급해졌다. 나는 아버지에게 약속을 받고 싶었다. 형은 이 약속을 받아내기 위해 사흘을 학교에 가지 않았다. 어머니 애를 태우느라 밥 한끼도 먹지 않았다. 나는 그러지 않겠다. 중학생이 되려면 아직 시간이 많으니까.

나는 단숨에 사무실로 달려갔다. 아버지는 공장장과 마주앉아 이야기를 하고 있었다. 손을 입에 댄 채 고개를 끄덕이는 걸 보면 중요한 얘기 같았다. "아부지." 옆으로 다가선 내게 아버지는 앉으라고 손짓만 했다.

"일손이 모자라믄 임시 직공을 좀 뽑아야 되겠네."

"예, 정식으로 사람 늘릴 형편은 못 됩니더. 군납한 비누는 원가 계산도 안 되고."

"이왕 벌이논 일, 사채를 쓰더라도 해봐야지. 작은 공장은 빽 없어 은행신용 길도 맥히고 요새 임금 밀린 회사가 수두룩하다 카는데 우리 공장은 그런 데 대믄 용이라. 밀양 모직 사건도 아직 안 끝났지요?"

"이 정권이 다 썩었는데 국회의원이 사장으로 앉아 있으이 뭐가 지대로 되겠심니꺼."

"세상이 희한해서 김형덕이 일도 남의 일 안 같구나. 골치 아픈데 서울이나 가야겠다. 공장 좀 키와노이 기자들 와서 손 내밀고, 국회의원은 정치자금 대라고 손 내밀고."

어른들 이야기가 재미없어서 나는 자리에서 일어섰다. 창으로 분수대가 있는 둥근 화단이 보였다. 형이 아직 말 위에 앉아 있고 사람들이 형 주위에 모여 있었다. 나는 창 앞으로 다가가며 소리쳤다.

"성아 말 타는 거 봐라. 근사하다."

"종호는 와 공부 안 하고 말 타고 공장 돌아댕기노."

"나도 중학생 되믄 성같이 말 탈래."

내가 아버지를 돌아보며 말하는데 갑자기 말 울음소리가 들렸다. 나는 창밖으로 고개를 디밀었다. 순간 형의 몸이 허공으로 치솟았고 사람들의 외침이 들렸다. 말이 공장 입구를 향해 뛰기 시작했다. 말발굽에 자갈 흩어지는 소리가 가까이 들려왔다. '아부지, 성 봐라!' 나는 더이상 말하지 못하고 사무실 밖으로 뛰어나갔다. 말이 태풍같이 눈앞을 스쳐갔다. 말은 공장 밖으로 사라졌고 몇 사람이 뒤쫓아가고 있었다.

형은 자갈밭에 엎드려 있었다. 삼수와 또 한 사람이 형을 일으키려 하고 있었다. 형이 한쪽 다리를 부여잡은 채 몸을 옆으로 돌렸다. 자갈밭에 긁힌 얼굴엔 핏자국이 여기저기 스며 있었다. 입술로는 붉은 피가 흐르고 있었다. 여직공이 손수건을 꺼내 피를 닦아주었다. 아버지가 공장장과 함께 뛰어왔다.

"우짜다가 이래 됐노, 참."

"말 타고 화단을 도는데 갑작시리 말이 뛰어오릅디더. 말이 뭐에 놀랬는지."

"차 불러라. 운전사보고 빨리 병원 가자 캐라."

아버지는 형을 안아 일으켜 삼수 등에 업히게 했다. 그때 수위 아저씨가 뛰어왔다.

"이것 보이소. 말 궁디에 이기 백히 있네예. 동네 사람들이 말고삐는 잡아놨는데."

쇠못이었다. 피가 묻어 있었고 자세히 보니 끝이 뾰족하게 갈려 있었다. "누가 장난했나?" 공장장의 말을 받아 아버지가 낮게 소리쳤다. "사람 직이는 장난도 있나." 아버지는 눈을 부라리며 우리를 에워싸고 있는 동네 아이들을 훑어보았다. 아이들은 주춤해서 물러났다. 앞서가던 삼수가 소리쳤다.

"사장님예, 차는 사모님이 타고 나갔답니더."

"하필 이런 때 차 타고 나가노. 준호야, 정택이 어데 있노?"

나는 고개를 흔들었다. 정신이 멍해서 아무 생각도 나지 않았다.

"니는 집에 있어라. 아부지 병원 가서 연락하께." 아이들도 아버지를 뒤따라 우르르 몰려갔다. 나는 자갈밭에 혼자 서서 아버지의 뒷모습을 지켜보았다. 사방이 고요해졌다. 문득 나무 흔들리는 소리가 귀에 스쳤다. 바람인가? 갑자기 무서운 생각이 들었다. 나는 어깨를 움츠리며 나무 위를 쳐다보았다. 화단 맨 가에 심어진 느티나무는 한쪽만 약하게 흔들리더니 바람이 스쳐간 듯 다시 움직이지 않았다. 집에 있는 가정교사와 금순이가 생각났다. 집에 가야지, 하고 나는 뒤돌아섰다. 순간 무언가가 나무 사이로 움직인 것 같은 생각이 들었다. 나무가 다시 흔들렸다. 새인가? 아니, 새처럼 작지도 가볍지도 않았다. 나는 사택을 향해 걷기 시작했다. 뒤돌아보고 싶었지만 목이 굳은 것처럼 움직이지 않았다. 뛸 수조차 없었다.

형은 식구들이 놀란 것만큼 심하게 다치진 않았다. 어긋난 뼈가 제자리에 돌아올 때까지만 깁스를 하는 정도였다. 보름 정도면 나을 것이라 했다. 형은 그동안 목발을 짚고 다녔다. 이틀간은 자리에 누워 발작적으로 소리를 질렀다. 쇠못을 던진 놈을 죽이겠다고 했다. 말에서 떨어진 것을 분하게 생각했다. 사람들이 보아서 더욱 그럴 것이다.

"말타기를 배울 때 낙마법을 배우잖아. 의사도, 출두하는 암행어사도 실패할 때의 상황을 미리 생각해놓는 거야. 그런데 넌 말에서 떨어지리란 생각을 한 번도 안 해봤어?"

가정교사는 우리집에서 유일하게 형을 윽박질렀다. 그뿐 아니라 다시는 승마를 시키지 않도록 아버지에게 약속받았다. "중학생의 취미로는 너무 사칩니다." 아버지는 언짢은 기색을 했다. "아가 철이 없어서 그렇지, 승마야 스포츠 아닌가." 나는 웃을 뻔했다. '스포츠'에 너무 힘을 주어서 아버지가 말할 때 침이 튀어나왔다. "아이들을 그렇게 키우는 건 좋지 않다고 생각합니다. 울타리 안에서만 키우면 시야가 좁아져요. 물질만 풍족하면 정신이 부패하기 쉽고." 아버지는 가정교사를 뚫어질 듯 바라보았으나 더이상 말은 하지 않았다.

형에게 승마를 금지시킨 사람은 어머니다. 어머니는 형이 목발을 짚고 학교 간 날 눈물까지 글썽였다. 키가 커서 목발을 짚은 형의 뒷모습은 상이군인 같았다. 어머니는 우애 생각을 했는지도 모른다. 나도 그랬으니까. 잠시 다리를 못 쓰지만 형은 그것도 못 견디어한다. 다리가 영영 낫지 않는다면 우애는 얼마나 불편할까.

어머니의 기분이 좋지 않아선지 누나도 통 말이 없었다. 학교에서 돌아오면 밖에 나가려 하지 않았다. 동네 아이들이 공깃돌을 들고 오면 누나는 초콜릿이나 젤리를 주며 다음에 놀자고 약속했다. 집안에서도 가정교사와 함께 공부하는 시간 외엔 누나를 잘 볼 수 없었다. 누나는 제 방에서 책만 보고 있었다. 나도 지난해엔 『삼국지』에서부터 『마인』 『마농 레스코』 등을 읽었다. 아버지 서재엔 책이 많았다. 나는 뜻도 모르고 읽었지만 누나는 그런 것 같지 않았다. 『삼국지』를 읽고선 누나는 나를 방통이라고 불렀다. 성냥팔이 소녀가 왜 죽는가? 묻는 걸 봐도 알 수 있었다.

하루는 누나가 『지킬 박사와 하이드씨』를 읽고 있었다. 가정교사에게 다시 빌려온 것이었다. 나는 하이드씨처럼 변신할 수 있으면 좋겠다고 말했다. 누나는 책장을 덮으며 고개를 흔들었다. "무섭다. 보지 말걸."

형이 다리를 다친 지 일주일 뒤다. 학교에서 돌아온 누나는 내게 공장 뒤뜰로 가지 않겠느냐고 물었다. 나는 좋아했다. 그동안 가보지 않았고 전쟁놀이가 하고 싶었다. 잡초는 그동안 우리 키를 가릴 만큼 자라 있었다. 잡초밭에 들어가 위를 올려다보면 하늘이 호수처럼 파랗게 고여 있었다. 누나는 가끔 탄성을 내며 뱀딸기 같은 열매를 땄다. 나는 전쟁놀이에 쓸 칼을 구하러 잡초밭을 헤쳐나갔다. 군데군데 놓여 있는 녹슨 기계들이 마치 적군처럼 나타났다. 나는 숨을 죽인 채 그것들을 들여다보았다. 혹시 폭발 장치가 돼 있지 않는가 하고. 그런 일은 없었다. 나는 허름한 나사 하나를 포획물로 주머니에 넣었다.

뒤뜰엔 기계 소리도 들려오지 않았다. 이따금씩 직공들이 공 치는 소리가 희미하게 들려올 뿐 외딴 들판 같았다. 잡초밭을 헤쳐나가자 양잿물 탱크가 눈앞에 나타났다. 그것은 마치 땅에 가라앉은 감옥처럼 보였다. 원통 주위로 뱀풀이 무성했다. 나는 작대기를 하늘로 치켜들고 탱크 위로 올라갔다. 탱크가 언덕처럼 높지 않아서 사방이 한눈에 내려다보이진 않았다. 공장 건물의 뒤편과 엉성한 탱자 울타리 사이로 방천이 언뜻 보일 뿐 누나의 모습도 보이지 않았다.

나는 두 손을 입에 모았다. 누나에게 신호를 보내려고 나팔을 불려고 했다. 탱자 울타리 쪽에서 몸을 돌리려는 순간 무언가 내 눈에 걸려들었다. 자세히 보니 사람의 머리였다. 두 사람이었다. 탱크 아래로 몇 발자국만 걸어가면 방공호처럼 큰 구덩이가 파여 있었다. 잡초가 그 구덩이를 가리고 있었는데 잡초 사이로 사람이 보였던 거다.

나는 탱크 밑으로 내려갔다. 호기심에 발소리를 죽였다. 사람이 있는 곳에 잡초가 흔들렸다. 그때 흐흐 웃는 소리가 낮게 들렸다. 누나가 탱크 위에 서 있었다. 나를 놀래주려고 얼굴을 가리고 있었다. 나는 누나에게 오라는 손짓을 했다. 조용히 하란 뜻으로 손가락을 입에 댔다. 누나는 신발을 손에 든 채로 내 쪽으로 살금살금 걸어왔다. 우리가 함께 나아가려는데 여자의 목소리가 들려왔다.

"점심시간에 이래 빠져나올라믄 얼마나 애묵는지 아요. 어떤 때는 딴 직공들이 눈치챌까 싶어 집에 가는 척 안 하요. 그래, 사택 뒤를 삥 돌아서 또랑 따라 가다가 이쪽 탱자 울타리 뚫고 오는 기라. 누가 벌써 개구녕을 뚫어놨네."

"만날 밤에 만나는 거보다는 이기 덜 눈에 띈다 아이가."

"그라요. 봉이 아배한테도 야근한다꼬 우예 만날 거짓말할 끼요. 집이 바로 공장 앞인데."

"먼젓번에 빼내준 비누는 팔았나?"

"야, 큰돈 되는 거는 아이지만 가시나들 고무신은 사주요. 봉이
아배가 몇 년째 저래 누버 있으이 우짜요. 이년 팔자가 더러버서."

"시끄럽다. 내 앞에서 팔자 소리 하지 마라."

낮은 목소리였으나 또렷하게 들렸다. 나는 누나를 쳐다보았다.
"봉이 엄마다." 봉이는 바로 공장 앞의 판잣집에 사는 계집아이였
다. 내가 소곤거리자 누나가 내 손을 끌었다. 이번엔 누나가 조용
히 하라는 뜻으로 손가락을 입에 댔다. 우리는 기다시피 한 발 한
발 옮겼다. 탱크로 올라가 다시 잡초밭으로 들어서자 누나는 그제
야 신발을 신었다. 입비뚤이 공장장의 얼굴이 떠올랐다. 아버지와
마주앉아 어물거리며 얘기하던 공장장의 목소리를 나는 기억해냈
다. "공장장 아이가?" 누나는 나를 쳐다보지도 않고 앞장섰다.

"모르겠다."

"봉이 엄마는 와 저런 데 있노."

"할말이 있는갑지."

"우리는 와 도망가노."

누나가 돌아서며 얼굴을 살짝 찌푸렸다. "도망가기는. 우리집
에 가는 거지." 누나는 내 눈을 똑바로 들여다보았다. "엄마한테
양잿물 탱크 있는 데 간 얘기 하믄 안 된다. 봉이한테도. 알았제?"
나는 들고 있던 작대기를 집어던졌다. "누부야는 순 비밀쟁이다."

나는 그날로 약속을 어겨버렸다. 일부러 그런 것은 아니다. 봉

이를 보았기 때문이다. 정택이를 따라 산으로 가던 도중이었다. 누나와 집으로 들어오는데 나무를 하러 가던 정택이가 따라오라고 했다. "선생님한테 일러준다." 누나는 협박하듯 쏘아보았지만 나는 뒤도 돌아보지 않았다. 토요일에 아이들이 뛰노는 소리를 담 너머로 들으며 공부를 해야 한다니. 교과서에서 배울 것이 무엇이냐. 가정교사도 이런 뜻의 말을 어머니에게 하지 않았는가.

우리는 방천 쪽으로 올라가지 않고 공장 건너편의 들판으로 갔다. 한쪽으론 보리밭과 콩밭이 이어져 있고 또 한쪽은 공터였다. 밭에는 마을 사람이 김을 매고 계집아이 둘이 쑥갓밭에서 노란 꽃을 따고 있었다. 공터엔 아이들이 한 무리로 모여 있었다. 한 아이가 때죽나무 아래서 허리를 굽히고 서 있고 몇 아이들이 차례로 달려가 말타기를 했다. 그 옆에 계집아이 하나가 서 있었다. 얼굴에 허연 버짐이 피어 있고 다리가 수수깡처럼 길고 깡마른 봉이였다. 봉이는 바보같이 웃음을 흘리며 사내아이들의 말타기를 구경하고 있었다. 막대기가 있었으면 나는 봉이의 치마를 들췄을 것이다. 머리에 서캐가 하얗게 깔려 있고 깨 같은 이를 어깨에 뚝뚝 흘리고 다니는 봉이는 우리의 놀림감이었다. 내가 옆으로 지나가자 봉이가 뻐드렁니를 드러내고 웃었다.

"호야, 명애 언니 어데 갔노? 아까 찾아갔는데 없더라."

"너거 엄마나 찾아라."

나는 거드름을 피우며 봉이를 지나쳤다. 옆에 가던 정택이가 내 팔을 쳤다.

"그기 무슨 말이고?"

"봉이 엄마가 공장장하고 공장 뒷밭에 있는 거 봤다."

"언제?"

정택이가 내 옆으로 다가섰다. "아까." 무심코 말하고 나서 아차, 했다. 누나와의 약속이 생각났다. 나는 후회하는 빛으로 정택이를 올려다봤다. "아무한테도 말하믄 안 된다. 누부야가 그랬다." 정택이 눈이 생쥐처럼 반짝였다. "명애가 말하지 말라 카더나? 맞다. 그런 거는 말 안 하는 기다."

산어귀로 들어서자 더워지기 시작했다. 머리 위에서 방울 같은 새 울음소리가 들렸다. 괜히 따라왔다는 생각이 들었다. 집에 가고 싶었다. 배도 고팠고 목이 말랐다. 나는 혼자 돌아가겠다고 했다. 가정교사에게 꾸중듣는다고 핑계를 댔다. 정택이가 바지 주머니에서 무언가를 꺼냈다. 정택이는 고무총을 내 앞으로 들었다. "새 잡아주께."

정택이는 지게를 풀숲에 내려놓고 나무 위를 쳐다보았다. 상수리나무 잎 사이로 작고 어두운 빛깔의 새 한 마리가 얼핏 보였다. 정택이는 바위 옆에서 돌을 주웠다. 그것을 고무총에 끼우고 한 눈으로 새를 노려봤다. 정택이는 그림자처럼 조용히 줄을 당겼다. 또르또르, 방울새가 울다 말고 날개를 푸드덕 떨었다.

새 가슴이 뛰고 있었다. 참새처럼 작은 새였다. 나는 황홀한 눈으로 정택이를 바라보았다. 정택이는 팔베개를 하고 풀숲에 드러누웠다. "저런 거는 문제도 아이다. 꿩 잡아주까? 쇠못만 있으믄 된다."

바람이 부는지 나뭇잎이 흔들렸다. 콧등으로 솟았던 땀이 가셨다. 나는 고무총을 만지작거렸다. 침을 꿀꺽 삼키며 나는 불쑥 물었다. "이거 우리 성 꺼 아이가?" "맞다." 정택이는 누운 채 애기수염이 덮인 윗입술을 세워 휘파람을 불었다. "그 새하고 고무총 종호 갖다줘라."

정택이가 형의 방을 드나든 것은 그날 이후부터다. 내가 죽은 새와 고무총을 갖다주자 형은 떨리는 손으로 받곤 나를 무섭게 노려봤다. 내가 악당이기나 한 듯. 내가 방에서 나오자 형은 후딱 불을 껐다. 마루에서 내려서는데 누가 형을 부르는 소리가 들렸다. 나는 귀를 기울였다. 형의 방 뒷문이 열리는 소리가 났다. "자나?" 묻는 것은 정택이 목소리였다.

형은 그로부터 일주일 뒤 깁스를 풀었다. 얼굴의 상처도 거의 나았다. 움푹 꺼진 눈은 더욱 그늘지고 얼굴은 창백해 보였다. 그뿐 아니라 말수가 적어졌다. 식구들에게 트집잡고 고함치는 일도 없어졌다. 정택에게 가방을 들게 하지도 않았다. 오히려 뒤바뀐 듯했다. 한번은 형이 저녁을 먹은 후 나가자고 말했다. 정택이는 "가서 공부해라" 한마디만 했다. 형은 로봇처럼 공부방으로 갔다.

형이 온순해졌다는 것은 아니다. 말이 없어진 만큼 폭발가스를 가슴에 채우고 있는 것처럼 보였다. 내가 형과 함께 공부할 때다. 낮에 숙제도 하지 않고 놀러 나간 내게 가정교사는 자습을 시켰다. 모르는 문제가 나오면 묻도록 했고 형을 가르치는 데 정신을 쏟았다. 내가 산수 문제를 풀고 있을 때다. 가정교사가 형에게 병균에 대해 설명했다.

"대장균이란 강한 것이어서 종이 이천 장의 두께 정도가 아니면 뚫고 살아나지. 대변을 본 후 비누로 손을 씻어야 하는 것은 그 때문이야."

"손 씻을 거 없이 종이 이천 장 쓰지."

나는 숙제를 하다 말고 형을 바라보았다. 형은 눈을 밑으로 뜨고 있었다. 공부하기 싫은 것이 틀림없다. 내가 듣기에도 형의 말은 순 억지였다. 가정교사도 양미간을 찌푸리고 형을 쏘아보았다.

"비눗집 아들이 그런 소릴 하면 어떡해. 비누 팔아서 승마도 하고 호강하면서 말이야."

형이 고개를 쳐들었다. 나는 슬그머니 연필을 놓았다. 무얼 삼키기라도 하듯 형의 목젖이 계속 솟았고 방안엔 침 삼키는 소리밖에 들리지 않았다. "씨발" 하고 형은 벌떡 일어나 문을 열어젖히고 나가버렸다. 가정교사가 코웃음쳤다. "형편없는 새끼 부르주아군." 나는 부르주아가 무엇이냐고 물었다. 모르는 것은 지나쳐버리지 못했다.

"부르주아가 뭐냐고? 형편없이 배가 부른 인간들이지. 너도 배우지, 나누기 말이야. 나누기를 제대로 못하는 인간들이란 말이야. 뱃속을 청소하지 않으니 기생충이 생길 수밖에. 정택이 그 자식은 뭐야."

그날 가정교사가 한 말은 내가 이해하기엔 어렵다. 뜻이 깊은 말이라고 짐작할 뿐이다. 나누기와 기생충, 또 정택이는…… 가정교사의 입에서 정택이에 대한 말이 나온 것은 처음이다. 나는 어리둥절했다. 가정교사와 정택이는 식사시간 외엔 마주치는 때가 거의 없다. 뿐더러 말도 잘 하지 않으면서 가정교사는 정택이를 관찰하고 있었던 것일까? 나는 그날 처음으로 가정교사가 무서운 사람이라고 생각했다.

그즈음 나는 형과 함께 공부하는 날이 많았다. 학교에서 온종일 웅변 연습을 하고 저녁에야 집에 오기 때문이다. 육이오 기념행사로 반공 웅변대회가 열릴 예정이었다. 3학년에선 나와 영식이가 예선에서 뽑혔다. 나는 작년에도 웅변대회에서 이등을 했다. 처음 나오는 영식이보다는 자신이 있었지만 목이 아플 정도로 연습을 했다. 담임선생이 일등을 해야 한다고 거듭 말했다. 어머니와 금순이는 매일 번갈아가며 김밥 도시락을 가져왔다. 이런 것이 재미가 나서 웅변 연습이 싫지 않았다. 웅변 연습을 시작한 지 닷새째 되는 날이다. 나는 그날도 가정교사 옆에서 자습을 했다. 가정교사는 내게 고개 한 번 돌리지 않고 형에게 역사를 가르쳤다. 동학운동을 일으킨 녹두장군 전봉준과 을미사변 후 의병을 일으킨 신돌석 장군에 대한 얘기가 이어졌다. 하루에 사오백 리를 달리는 장사였고 일본군도 무서워했다는 태백산 호랑이 신돌석 장군의 얘기는 내 졸음을 깨울 정도로 재미있었다. "천민이었기에 신돌석 장군의 항쟁은 더욱 빛나는 거야. 그런데 종호." 가정교사가 갑자기 형에게 되물었다.

"동학운동이 왜 일어났다구?"

형은 책상만 쳐다보고 있었다. 처음부터 그런 자세를 취하고 있었다. 다른 생각을 하고 있는 것이다. 잠시 후 형은 내뱉듯 말했다. "흥, 책에 다 있는데 뭐." 가정교사가 안경을 치켜올렸다.

"그래? 그럼 책에 안 나와 있는 걸 얘기해주지. 신돌석 장군은 열다섯 살에, 네 나이 때 동지를 구하러 사방으로 다녔어. 넌 너무 호강해서 너저분한 생각만 하는 거야. 김구 선생은 열일곱 살 때 거울을 보고 깨달았어. 자기 관상이 나쁜 것을 알고 마음 좋은 사람이 되기로 맹세했지. 얼굴 좋음이 몸 좋음만 못하고 몸 좋음이 마음 좋음만 못하다는 글이 있거든. 너도 거울을 좀 봐. 부끄러움을 알아야 사람이지."

그때였다. 담 밖에서 웅성거리는 소리가 들려왔다. 여러 사람이 떼를 지어 가는 발소리와 엄마를 부르는 아이들의 목소리가 들렸다. "호야, 준호 있나?" 누가 담 밖에서 내 이름을 불렀다. "누고?" 나는 벌떡 일어나 뒷문을 열고 소리쳤다. "퍼뜩 나온나. 삼한 방직에서 스트라이크 일이킷다. 구경하러 가자, 퍼뜩."

짱구 정수 목소리였다. "나가게." 나는 소리치고 가정교사를 향해 말했다. "선생님, 숙제는." 내 말이 끝나기도 전에 가정교사가 일어섰다. "데모를 한대? 나랑 함께 가보자."

나는 가정교사 손을 잡고 네거리로 뛰어나갔다. 방천 쪽에서 사람들이 밀려왔고 우리 앞으로도 떼 지어 몰려가고 있었다. 수천 발자국 소리가 먼지처럼 저벅저벅 일어나는 틈으로 멀리서 한 무리의 사람들이 외치는 소리가 들렸다. 방직공장 쪽이었다. 하늘 한쪽이 훤했다. 나는 몸이 달아서 빨리 앞으로 나서려 했고 가정교사 손을 몇 번이나 끌어당겼다.

어느 정도 나아가자 길이 꽉 막혔다. 거리는 구경꾼으로 메워져 비집고 들어갈 틈도 없었다. 나는 어른들 틈에 끼여 숨도 못 쉴 지경이었다. 아무것도 볼 수 없었고 발끝으로 키를 올리려 애썼다. 방직공장 쪽을 바라보며 석고처럼 서 있던 가정교사가 잠시 후 나를 올려 안았다. "자, 봐라. 배고픈 사람들은 저렇게 싸울 수밖에 없는 거다."

멀리서 횃불이 보였다. 머리에 흰 띠를 두른 사람들과 플래카드가 어둠 속에서 밀려왔다. 말을 탄 순경이 방직공장 사람들과 군중들 사이를 막고 서 있는 것도 보였다. 순경 한 사람이 군중들을 향해 소리쳤다.

"모든 것은 법에 의해 결정됩니다. 군중들은 빨리 해산하기 바랍니다. 질서를 위해 돌아가주시기 바랍니다."

"내 아들이 뼈빠지게 일했는데 와 임금을 안 주노. 사장 박근열이 잡아와라."

사람들 속에서 한 여자가 손을 쳐들며 소리쳤다. 몇 사람이 따라 소리치고 거리는 다시 고함소리들로 소란해졌다. 군중들이 움직일 듯하자 순경이 공포를 쏘았고 방직공장 옆길로 기마대가 달려나왔다. 사람들이 아우성을 내며 뒤돌아섰다. 가정교사가 나를 급히 땅에 내려놓았다. 우리는 사람들에게 떠밀리다시피 앞으로 나아갔다. 꼭 전쟁 후퇴 같았다. 나는 가정교사의 손을 꼭 쥐었다. 말발굽 소리가 바로 등뒤에서 울리는 듯했고 뛰어가는 사람들의 발소리에 귀가 멀 것 같았다.

어느 순간엔가 가정교사가 내 손을 놓았다. 칼날로 끊는 것처럼 짧은 순간이었다. 가정교사가 보이지 않았다. 내가 엉거주춤 서 있는데 사람들이 나를 밀치며 뛰어갔다. 나는 돌부리에 걸려 넘어졌다. 손바닥으로 박하가 퍼지는 듯했고 온몸이 얼얼했다. 기마대에 잡힌다, 이 생각이 머리로 스치자 눈앞이 캄캄했다.

"일나거라, 뛰라." 누군가 내 옆으로 스치며 소리쳤다. 또 여자의 목소리도 들렸다. "아가 와 혼자 자빠져 있노. 너거 엄마는 어데 갔노." 아무도 일으켜주지 않았다. 세상에 나 혼자 내버려진 것 같았다. 나는 무릎을 싸안고 일어났다. 피가 흥건했다. 땅에 갈린 손바닥에 피가 배어 있었다. 나는 다리를 절룩이며 집 쪽으로 뛰었다.

웅변대회를 앞두고 내 기분은 그다지 좋지 않았다. 무릎 위로 사 센티미터 정도가 찢어졌고 또 한 다리엔 살점이 떨어져나갔다. 날이 더워지고 상처가 쉬 아물지 않았다. 어머니는 얼굴에 상처가 나지 않아 다행이라고 했지만 내겐 그렇지도 않았다. 다리에 약을 바를 때면 쓰라렸고 그때마다 가정교사가 내 손을 놓던 순간이 떠올라 움찔했다. 나는 이것을 아무에게도 말하지 않았다. 누나처럼 나도 비밀쟁이가 된 건지 모른다.

웅변대회 날 하늘이 몹시 흐렸다. 비가 쏟아질 듯 사방이 컴컴했고 어머니는 내게 우산을 주었다. "장마가 질라나. 우리 도련님이 오늘 웅변대회에 나가는데." 어머니는 내게 입을 맞추며 학교엔 오후에 가겠다고 했다. 나는 방을 한 번 둘러보았다. 아버지는 어제 갑자기 서울로 가셨다. 회사일이겠지만 나는 섭섭했다. 어머니와 아버지가 나란히 앉아서 내 웅변을 듣는다면 한결 기분이 좋을 것이다. "엄마 혼자?" 나는 머뭇거리며 다시 물었다. "와. 명애하고 선생님하고 같이 가야. 너거 성은 학교 늦게 끝나서 못 온다." 가정교사까지 오길 바라진 않았지만 아무 말도 하지 않았다.

웅변대회가 열릴 시각부터 비가 쏟아지기 시작했다. 그뿐 아니라 갑자기 정전이었다. 강당엔 수십 개의 촛불이 켜졌다. 3학년생부터 6학년생까지 모여 있었는데 모두 환호성을 질렀다. 반공 영화를 돌릴 계획으로 까만 커튼까지 내려져 있었으므로 촛불이 더욱 근사하게 보였던 거다.

어머니는 오랜만에 한복을 입으셨다. 하늘색 목수 저고리에 은

은하게 반짝이는 구슬 백을 든 모습은 배우처럼 고왔다. 촛불 아래서 어머니의 구슬 백이 더욱 반짝거렸다. 아이들이 모두 어머니를 바라보았고 나는 학부형석으로 앞장서 갔다. "꼭 연극 보러 온 것 같다." 누나도 즐거운 듯 소곤거렸다. 내 자리로 돌아가려는데 가정교사가 물었다. "어때? 안 떨리나?" 나 대신 어머니가 답했다. "선생님이 원고 써줬는데 일등 할 겁니다."

단상에 올라설 때도 자신이 넘쳤다. 머릿속에 글자가 새겨질 정도로 외우고 연습했다. 출전자 중 제일 아래 학년이어선지 내가 단상에 오르자 박수 소리가 요란했다. 단상엔 몇 개의 촛불이 타오르고 있었다. 나는 원고지를 펴놓고 꾸벅 인사했다. 고개를 드는 순간 나는 자석에 끌린 듯 단상의 촛불을 바라보았다. 시야는 온통 흰색이었다. 촛불도, 종이도, 생각마저 하얗게 타오르는 듯했다.

흰빛이 나를 삼킬 듯했다. 나는 흰빛에 지지 않으려고 눈을 부릅떴다. 강당을 내려다보았다. 어둠 속에 한 무리의 군중이 눈에 들어왔다. 단상 아래 심사석에 켜놓은 촛불이 흔들흔들 춤추며 다가왔다. 횃불이었다. 방직공장 사람들이 어둠 속에서 횃불을 들고 내게 몰려오고 있었다. 나는 입을 뗐으나 벙어리가 된 듯 소리가 들려오지 않았다. 물속에서 허우적거리듯 소리가 나오지 않는 것이다. 눈이 하얗게 뒤집어지는 것 같았다. 입에 거품을 물고 넘어질 것 같은 기분이 들었다. 그런 일이 일어나지 않은 것은 다행이다. 나는 어느새 단상에서 걸어내려왔다. 어머니가 걱정스러운 얼굴로 와 있었고 나는 어머니 품에 풀썩 안겼다.

그날 오후 내내 나는 안방에 누워 있었다. 열이 나서 약을 먹고 잠들었으나 선잠이었다. 밖에는 비가 오고 있었다. 비바람이 창을 두들겼고 낙수통으로 빗물이 세차게 쏟아져내렸다. 나는 진땀을 흘리며 깨고 다시 잠들고 했다. 꿈인지 뭔지 모를 상태에서 깨어나고 싶지 않았다. 눈을 뜨기가 두려웠다. 저녁이었나보다. 어머니가 밥을 먹자고 깨웠는데 이건 꿈이다, 생각하며 눈을 감고 있었다.

다시 잠들었다. 어렴풋이 말소리가 들려왔다. 어머니가 내 이마의 땀을 닦아주고 있었다. "많이 아픕니꺼?" 누군가의 목소리도 울려왔다.

"웅변대회에서 일등 한다고 며칠을 연습했는데 너무 긴장한 거 같아예. 단 위에 올라가서 아가 갑자기 사색이 안 됩니꺼. 집에 올 때까지 한마디도 안 하디만 열이 나서 눕힐라 카이 울음보를 터뜨리예."

"아한테 뭐, 너무 시키지 마이소. 가만 놔둬도 똑똑해서 잘 클 긴데. 눈 큰 거는 엄마 닮았는데 입매 야무진 거는 저거 아부지 뺐다."

"웅변은 지가 좋아서 한 거라예. 저거 아부지가 옛날에 웅변 잘했다 카이 그 재주 물리받은 거 같아예."

"형님이 팔방미인입니더. 농사꾼 아들이 손 딱 털고 맨손으로 사업 일으킨 거 보이소. 사램이 판단이 빨라야 되는데 나는 손바닥만한 땅뙈기 붙들고 있다가 지금 이 꼴이 안 됐심니꺼. 쎄가 빠지게 농사지어도 쌀값은 자꾸 떨어지고 비료값만 오르는데 우짭니꺼. 작년에는 미국서 쌀 수입해서 이백만 석이 남아돌았다 안 캅니꺼. 그래놓고 농림부 장관만 갈아치우믄 무슨 소용이고. 내사 늙었으이 할 수 없지만 농사 못 짓고 도회지 올라와서 실업자 된 사람이 수도 없어예."

"우리 공장도 힘듭니더. 야 저거 아부지가 오기로 끌고 가는데 군납 비누 때문에 원가계산이 안 맞어예. 그래서 비누 질이 떨어졌는지 머리 빠진다는 말이 들립니더. 얼마 전에 기자가 와서 그라데예. 걱정입니더."

"그거 돈 쫌 받아갈라고 하는 소리겠지."

작은아버지였으므로 나는 일어나려 했다. 완전히 잠을 깼고 목이 몹시 말랐다. 눈두덩도 아팠다. 그때 어머니가 일어나 자개농을 열었다. 두툼하게 보자기에 싼 것을 꺼내 작은아버지 앞에 갖다놓았다.

"야들 아부지한테 적은 옷이 많아서 내가 챙기났어예. 전부 마카오 기집니더. 몇 번 입지도 안 했어예. 갖고 가이소."

"올 때마다 만날 이거. 사실 오늘 내가 온 거는……"

"무슨 일이 있어예?"

"저…… 정택이 누부가 서울 집에서 일해주고 있는 거 아십니꺼?"

정택이 이름이 나와서 나는 눈을 번쩍 떴다. 어머니의 목소리도 높아졌다.

"몰랐어예. 하나는 서울 딜꼬 가고 하나는 우리집에 딜꼬 왔단 말이지예?"

"정택이 친척이 서울 갔다가 오늘 우리집에 왔어예. 같은 고향 사람이라 친한데 그 사람이 캅디더. 개성집이 아들 봤답디더. 야들 아부지, 갑작시리 서울 올라갔지예?"

"맞아예. 개성 여자가…… 아들을 낳아예?"

작은아버지가 돌아가신 뒤, 어머니는 꼼짝 않고 앉아 있었다. 옷 스치는 소리가 이따금 들릴 뿐 바위처럼 움직이지 않았다. 어머니 등을 지켜보다가 나는 자리에서 일어났다. 까닭도 알 수 없이 가슴 한쪽이 빠져나간 듯 허전했다. 어머니가 그제야 내 쪽으로 얼굴을 돌렸다.

"인자 깼나?" 어머니의 눈시울이 붉었다. 가만히 울었나보다. 어머니의 손에 손수건이 쥐어져 있었다. "어데 가노. 배고프제?" 나는 물을 마시러 간다고 했다. "그래, 물 좀 가온나. 나도 목이 탄다." 방문을 열자 어둠 속에서 빗소리가 더 세차게 들렸다.

금순이 방 시계가 아홉시 이십분을 가리키고 있었다. 저녁잠이 많은 금순이가 그날은 눈을 말똥말똥 뜨고 앉아 있었다. 온 방에 옷을 널어놓은 채 두 다리를 팔자로 뻗고 있었다. 가방이 바로 앞에 놓여 있었다. 전에도 금순이가 가방 싸는 것을 본 적이 있다. 형이 말싸움을 하다가 금순이 얼굴에 고무신을 던진 날이었다. 금순이는 담 너머 들릴 정도로 서럽게 울었다. 외할머니가 밤새 달래지 않았더라면 그때 집에 가버렸을 것이다. 모두들 황소고집이라고 부르는 금순이니까.

"어데 가나?"

나는 문 앞에 버티고 섰다. 금순이는 나를 훑어보고 가방을 옆으로 밀었다. "그냥 잠이 안 와서." 금순이는 장난스럽게 입술을 오므렸다. 나는 안심하고 그제야 물주전자를 찾았다. "물주전자, 종호 방에 있는데." 금순이가 갑자기 내 팔을 잡아끌었다. "니 물주전자 가지러 내캉 종호 방 안 가볼래. 지금 종호는 정택이 방에 있을 기다."

무슨 꿍꿍이속인가. 나는 금순이 얼굴을 살폈다. 금순이가 목소리를 낮추었다. "어제 밥 묵을 때 너거 성이 정택이한테 아부지 사냥총 빌리달라 카더라. 가정교사 직인단다."

나는 입을 벌린 채 서 있었다. 나를 죽인다는 소리도 한 적 있지만 총으로 쏘려 하다니. "거짓말이다!" 나는 되레 금순이에게 소리쳤다. "빙신아, 조용히 해라." 금순이는 나를 윽박지르며 자리에서 일어났다. "정택이가 새벽에 종호 방에서 나오더라. 암만캐도 총 갖다줬지 싶으다. 독사 겉은 새끼. 종호 방에 총 있는지 보자. 큰일난다."

금순이는 벽장 속에서 야전용 전지를 꺼냈다. 나는 몸이 후들후

138

들 떨렸다. 무서운 만큼 호기심이 나를 끌었다. 우리는 정지를 통해 뒷마당으로 나갔다. 뒷마당 모퉁이에 있는 정택이 방에 불이 켜져 있었다. 형 방엔 불이 꺼져 있었다. 금순이가 속삭였다. "그것 봐라. 종호는 지금 정택이 방에 있다. 진딧물하고 개미맨쿠로 붙어 댕긴다."

정지 옆의 헛간과 나란히 붙은 방이 형의 방이다. 방 앞의 섬돌에 형의 신발이 놓여 있었다. 방에 불은 꺼져 있었지만 우리는 발소리를 죽였다. 빗소리가 차츰 흐려졌다. 우리는 가만 한 발씩 올려놓고 신을 벗었다. 금순이는 방문 앞에서 전지를 켰다. 그리고 대담하게 방문을 밀어붙였다. 나는 뒤로 나자빠질 뻔했다. 형은 무릎을 꿇은 채 전짓불 속에서 얼굴을 찌푸리고 있었다. 금순이는 얼결에 전지를 아래로 비추었다. 형은 사타구니 사이로 무언가를 손에 잡고 있었다. 음지의 버섯처럼 검붉고 긴 물건이었다. 나는 그것을 똑바로 쳐다보고도 무엇인지 이내 깨닫지 못했다. 억, 금순이는 토할 것처럼 입을 막더니 전지를 집어던지고 맨발로 뛰쳐나갔다.

그날 너무나 많은 일이 한꺼번에 터졌다. 금순이 말이 맞았다. 형은 아버지 엽총을 가지고 있었다. 형은 총을 들고 금순이를 뒤쫓아 나왔다. 금순이는 비명을 지르며 정지 문에 얼굴을 박았다. 어머니와 가정교사가 뛰쳐나왔다. 누나는 맨발로 나와 벌써부터 훌쩍거리기 시작했다. "총 내놔." 가정교사가 금순이를 가로막고 형을 향해 손을 내밀었다. 형은 짐승처럼 눈을 번뜩이고 입술 끝을 올리며 시큰둥하게 웃었다. 야릇한 웃음, 내 이빨이 부딪쳤다. 그건 바로 피 흘리는 매를 올려 들고 정택이가 짓던 웃음이었다.

"잘됐다. 철가면부터 직이자."

형은 음울하게 내뱉었다. 가정교사는 빗속에서 무표정하게 서 있었다. 안경을 쓰지 않은 눈이 다른 때보다 작아 보였다. 헐렁한 바지도 허수아비 옷 같았다. 형이 방아쇠를 만졌다. 어둠 속에서 그것은 조롱하듯 빛났고 총구는 어둠의 눈처럼 반들거렸다. "종호야, 니 미쳤나! 니 지정신이가!" 어머니가 팔을 허우적거리며 형 앞으로 뛰어갔다. 머리가 풀어헤쳐져서 어머니는 물에 빠진 사람 같았다. 형은 움찔하며 옆으로 비켜섰다. 순간 귀청 떨어져나갈 듯한 총소리가 울렸다. 화약 냄새가 속을 뒤집었다. 나는 말처럼 뛰어오르며 울음소리를 마구 질렀다. 가정교사가 한쪽 팔을 부여잡은 채 비틀거렸다.

이런 일들이 꿈이 아니라면, 꿈이 아니어서 영원히 날이 새지 않는다면 우리는 어떻게 되었을까. 다음날 아침 거짓말처럼 날이 맑았다. 파란 하늘엔 한가하게 구름이 떠 있고 사택의 자갈밭은 비에 말갛게 씻겨 반짝였다. 새벽녘에 돌아와서 어머니는 잠시 내 옆에 누웠다. 긴 숨만 내쉬었고 이따금씩 어깨를 움칠했다. 어머니는 아침에 다시 경찰서와 병원을 다녀왔다. 그리고 가벼운 차림으로 금순이와 함께 떠났다. 금순이는 고향에 내려간다. 어머니는 우애가 침을 맞고 있는 무등산에 간다. 외할머니를 모셔 오기 위해서다. 나는 어느 때보다 외할머니가 보고 싶었다. 벌겋게 술이 오른 외할머니 얼굴과 임춘앵 국악단원이 되겠다던 우애가 보고 싶었다. 숨넘어갈 듯한 우애의 웃음소리가 듣고 싶었다. "내일 전부 같이 오는 거제." 내가 손을 내밀자 어머니가 나를 번쩍 올려 안았다. 어머니는 핏발이 선 눈으로 내 눈을 들여다보았다. "엄마가 없을 때는 인자 니가 집 지키라. 무슨 일 생기믄 말하고." 집에 아무도 없다. 집을 지킬 남자가 나밖에 없다고 생각하자 눈물이 솟으려 했다. 나는 엄마 품에서 뛰어내렸다. "내일 올 때 까자 사 오믄 된다."

누나는 두시가 지나 학교에서 돌아왔다. 학교에도 가지 않고 혼자 집에 있었기 때문에 나는 누나가 몹시 반가웠다. 누나는 억지로 웃고 빈방 문을 열어보았다. "엄마, 내일 오신다. 할매하고 우애하고 같이." 누나는 고개를 끄덕이며 마루끝에 가만 앉았다. 여름 햇살이 투명한 양철지붕처럼 화단에 내려앉았다. 화단 한구석에서 달리아가 막 봉오리를 맺고 있었다. 화단을 바라보던 누나가 두 손으로 머리를 싸안았다.

"호야, 쇠모자 쓴 거겉이 머리가 아프다."

"약 사 오까."

누나는 머리를 내저었다. "엄마 경대에 약 있더라. 스리나 있잖아."

누나는 어제 내가 그랬던 것처럼 온종일 잠을 잤다. 머리맡에 빵과 파인애플을 갖다놓았으나 해가 지도록 그대로 놓여 있었다. 누나는 밤이 깊어서도 깨어나지 않았다. 나는 할 수 없이 안방으로 가서 자리를 깔았다. 집은 외딴곳처럼 고요했다. 작은아버지가 금순이 방에서 자고 있었으나 기척도 없었다. 앞마당에서 풀벌레 소리가 들려왔다. 문득 낯선 곳에 와 있는 느낌이 들었다. 어머니 얼굴조차 아득했고 밤의 어둠이 수렁처럼 나를 잡아끄는 것 같았다.

괘종이 한 번 울렸다. 어둠 속에서 울려오는 소리에 나는 분명히 꿈을 꾸었다. 금순이가 막대기로 뱀을 쫓는 꿈이었다. 금순이는 튼튼한 팔을 걷어붙이고 휘이휘이 소리를 냈다. 마당 한구석에 똬리를 틀고 있던 뱀이 한줄기 빛처럼 화단 속으로 사라졌다.

문득 밖에서 발소리가 들리는 듯했다. 바람소리일까. 귀를 기울이는데 머리카락이 곤두서는 것 같았다. 바스락 소리가 다시 들렸다. 나는 귀를 틀어막았다. 가슴이 터질 듯 방망이질을 했고 머릿속으로 아라비아숫자를 외었다. 언뜻 창에 눈이 갔다. 방문의 손수건만한 창으로 희미한 빛이 새어들고 있었다. 나는 가만 일어섰다. 엄마가 없을 땐 내가 집을 지켜야 한다. 나는 발소리를 죽이고 문으로 한 발 한 발 다가갔다. 문밖에서 자갈 소리가 다시 들렸다. 나는 발돋움을 하고 창을 들여다보았다.

시커먼 그림자가 뜰에 서 있었다. 나는 귀신이라고 생각했다. 여직공들이 얘기해주던 귀신이 저런 것일 거라고. 귀신이 자갈밭을 스쳐 섬돌 앞에 섰다. 섬돌을 밟고 마루로 한 발을 올려놓았다. 또 한 발을. 이제 창으로 검은 물체가 또렷이 보였다. 나는 손으로 입을 틀어막았다.

정택이가 그림자를 끌고 누나 방 앞에 섰다. 나는 침을 꿀꺽 삼켰다. 정택이는 오늘 온종일 보이지 않았다. 어디 있었을까. 방문을 열고 정택이를 부르자. 마음은 급했으나 벙어리처럼 입이 떼어지지 않았다. 동상이라도 된 듯 다리도 움직여지지 않았다.

그림자가 뱀 꼬리처럼 방문 틈으로 미끄러져 사라졌다. 풀벌레 울음소리가 그쳤다. 아무 기척도 흔적도 없다. 꿈을 꾸고 있는지도 모른다. 꿈일 거야. 꿈이다. 후들거리는 다리로 뒤돌아서는데 창밖에서 나뭇잎 흔들리는 소리가 들려왔다. 바람이 부나? 우수수 잎 흔들리는 소리가 밀물이 밀려오는 소리 같았다.

(1982)

날궂이

물에 손을 담그니 손끝이 시리다. 벌써 가을이 깊었나보다. 며칠 전에야 여름옷을 정리해 장롱 속에 넣었는데 벌써 날이 추워질 듯하다. 겨울이, 또 한 해가…… 문득 시간이라는 것이 인숙의 뒤통수를 친다.

인숙은 세수를 하고 들어와 거울 앞에 앉는다. 얼굴이 푸석푸석하다. 직업이 직업인지라 매일 얼굴 마사지를 하는데도 살갗이 탄력이 없다. 삼사 년 전만 하더라도 까무딱지 하나 없이 피부가 고왔다. 사람들이 인숙의 나이를 알아맞히지 못할 정도였다.

바람에 뉜 풀잎처럼 가지런한 눈썹, 흰 피부에 사과처럼 발그레한 뺨과 보조개, 미인은 아니지만 이런 부분들이 인물을 돋보이게 했다. 며칠 전 우연히 여고 동창을 만났는데 대뜸 "너 사과 아냐?" 했다. 인숙의 애칭이었다. "그래, 이젠 쪼그라든 사과지만." 인숙은 이십 년 전의 제 별명을 듣고 동창에게 차를 샀다. 여태 동창을 피해오던 인숙이었다.

인숙은 로션을 바르고 망설이다 파운데이션을 바른다. 화장이 귀찮지만 기분이 좋지 않은 날일수록 화장을 한다. 일종의 위장이다. 인숙의 우울도 감춰지고 우선 고객들이 좋아한다. 지압사가 활기 없이 보인다면 손님도 그 기분에 감염된다. 그들이 인숙의 밥줄이니 그 점을 생각지 않을 수 없다.

인숙은 옷까지 챙겨 입고 경대 옆에 놓인 위스키를 잔에 따른다. 새벽에 일하러 나갈 땐 항상 위스키를 조금씩 마신다. 술 힘을 빌려 지압을 한다. 죽기보다 하기 싫다 싶을 땐 그렇게 할 수밖에 없다. 이렇게 지겨운 것인 줄 알았더라면 시작이나 했을까. 하긴 이번은 그럴 처지도 못 된다. 끈기 없는 성격이지만 가정부를 해서라도 돈을 벌어야 할 입장이니까.

이른 아침이라 집이 조용하다. 보기에는 별로 커 보이지 않는데 주인집까지 합쳐 일곱 세대가 산다. 일곱 세대라면 늘 어수선할 것 같지만 의외로 집이 조용하다. 떠들 나이의 아이들이 없기 때문이다.

이 집엔 방이 모두 여덟 개다. 주인집만 방을 두 개 쓰고 방 하나에 한 세대가 산다. 대문 오른쪽에 있는 아랫방엔 부부, 왼편의 문간방엔 할머니와 아들 둘, 그들과 부엌을 함께 쓰는 옆방의 미스 박. 장독대 뒤에 있는 구석방엔 부부와 아이 둘, 주인집도 늙은 부부와 여고생인 막내딸밖에 없다. 이 집에서 제일 식구가 많은 세대는 운전수네다. 부부에다 아이가 셋인데 크지도 않은 방에서 다섯 식구가 산다.

운전수 안씨는 새벽에 나간 것 같은데 그 방엔 아직 인기척이 없다. 어젯밤 운전수 안씨가 밥상을 둘러엎고 한바탕 난리를 피웠다. 다른 때는 안씨 마누라가 제일 빨리 일어나지만 고되어서 자나보다. 동네 사람들과 싸울 때면 팔을 걷고 입에 거품을 무는 안씨 마누라가 남편에게만은 고양이 앞의 쥐처럼 쩔쩔맨다.

안씨는 이 집안의 남자들 중 가장 허우대가 멀끔하다. 결혼한 첫날밤에 색시를 재워놓고 바람피우러 나갔다는 한량이다. 안씨 마누라는 이 얘기를 은근히 자랑삼아 하곤 한다. 그런 남자가 여편네에겐 싫증도 내지 않고 꼬박 조강지처 대우를 해준다는 것이 결론이다.

대문으로 걸어가는데 누가 문을 흔든다. 손으로 탕탕 친다. "누구세요?" 인숙이 문을 열자 연탄집 아저씨가 서 있다.

"연탄 갖고 왔어요. 아랫방 색시 자요?"

"잠깐만요." 인숙은 아랫방 문 앞으로 다시 간다. 부엌문이 활짝 열려 있다. 한겨울에도 아랫방 부엌문은 열려 있다. 몇 년 전 연탄가스를 맡아 임신 구 개월에 아이까지 유산했다는데 그후로 자꾸 유산해서 연탄가스 노이로제에 걸렸다. 인숙은 부엌으로 고개를 디밀며 "재롱이 엄마 자?" 기척을 살핀다. 방안에서 졸린 여자

146

목소리가 울린다.

"아유, 지금이 몇신데 벌써 연탄을 가져와요. 아직 일어나지도 않았는데."

"일곱시예요. 잘 때가 아닙니다요."

연탄집 식구들이 우르르 대문 안으로 들어선다. 아들 둘과 며느리까지 왔다. 모두 까만 작업복을 입고 있고 며느리는 몸빼를 입었다. 며느리 얼굴엔 어느새 시커먼 연탄이 묻어 있다. 그렇건만 남편 옆에 서 있는 젊은 그네의 모습이 아름답다고 인숙은 문득 생각한다. "벌써 나가세요?" 인숙이 자기를 바라보자 연탄집 며느리가 말을 건넨다. "아, 네." 인숙은 공연히 쭈뼛거리다 급히 대문을 나선다.

이른 아침이라 버스는 한산하다. 인숙은 맨 앞자리로 가서 창가에 앉는다. 출입구가 있어 썩 마음이 내키지 않지만 다른 창가 자리에는 전부 사람이 있다. 인숙은 창을 좋아한다. 버스뿐 아니라 어쩌다 기차를 탈 때도 꼭 창가 자리에 앉았다. 지금은 '창' '안'으로 분명하게 표시돼 있지만 예전엔 '안' '밖'으로 표시돼 있어 혼돈이 생겼다. 그럴 때도 인숙은 무조건 창가에 앉으려 했고 그 일로 옆자리 사람과 다투기까지 했다. 철딱서니 없는 아가씨였어……

창밖으로 거리의 풍경이 스쳐간다. 지하철 공사로 거리가 어수선하다. 누렇게 시든 플라타너스 잎은 구겨진 휴지처럼 뒹굴고 헐벗은 가로수 아래 사람들이 무표정하게 서 있다. 조금도 새로울 것이 없는 풍경이건만 인숙은 창에서 눈을 떼지 않는다.

벽보 하나가 눈에 스쳐간다. 영화 광고 포스턴가? '유리 동물원'
이란 제목이 붙어 있다. 포스터 속에는 요즘 많이 나오는 젊은 남
자 탤런트가 불만스러운 표정으로 박혀 있다. 유리로 들여다보이
는 동물원? 장난감 유리 동물인가?

인숙은 그걸 보리라 마음먹는다. 다음엔 포스터를 똑똑히 보아
극장을 알아두리라. 제목이 마음에 들었다. 유리는 들여다보여서
좋다. 유리는 보여줄 뿐만 아니라 몰랐던 것을 깨닫게도 해준다.
언제던가, 늦은 밤 창경원 담 아래서 몸부림치듯 키스하던 연인들
을 보았지. 인숙은 창으로 그것을 바라보며 자신이 키스란 말을 오
랫동안 잊고 있었음을 깨달았다.

차가 어느새 안암동 로터리를 지나 정차한다. 사람들이 꽤 많
이 차에 오른다. 통로도 듬성듬성하게나마 메워졌다. 답답한 정도
는 아니지만 인숙은 창을 연다. 정류소에 한 아이가 서 있는 것이
눈에 들어온다. 흰 스웨터에 분홍 바지를 입고 긴 머리를 늘어뜨
린 소녀다. 여섯 살 정도 됐을까. 아이는 바지 뒷주머니에 손을 찌
른 채 울고 있다. 이른 아침에 웬일일까. 옷도 말끔한데 아이는 누
굴 찾는 것 같지도 않다. 길을 잃은 건 아냐. 부모에게 꾸중을 들
은 걸까?

버스가 떠나는데 인숙은 아이에게 눈을 떼지 못한다. 햇빛이 나
지 않은 스산한 거리에서 아이는 깃대처럼 움직이지 않는다. 인숙

은 아이의 분홍색 바지가 점으로 보일 때까지 지켜본다. 훈이 녀석
도 저만큼 컸겠네. 분홍 바지가 더이상 보이지 않자 인숙은 고개를
돌리며 가볍게 한숨짓는다.

그 녀석은 지금 어떻게 자라고 있을까. 삼 년 전 이혼하고 집을
나온 후 다시 보지 못했다. 시어머니가 그날 아이를 데리고 나갔는
데 "못난아, 잘 다녀와" 이렇게 말한 것이 마지막이었다.

못난이 삼형제와 정말 닮은 아이였다. 눈이 위로 찢어지고 웃
으면 눈동자가 보이지 않았다. 납작한 코며 머리모양까지 같았다.
배우는 것이 늦어서 말도 제대로 못했지만 둔한 아이는 아니었다.
엄마나 할머니가 야단을 치면 절대 눈을 마주치지 않는 눈치쟁이
였다.

인숙 앞에 서 있던 사람이 갑자기 주저앉는 시늉을 한다. "아이
유." 인숙은 그제야 시선을 그쪽으로 돌린다. 할머니라 부르기엔
젊었지만 나이든 아낙네였다. 인숙은 자리에서 일어선다. "여기
앉으세요." 아낙네는 인숙이 서기 무섭게 그 자리에 들어앉는다.
"아이구, 발에 쥐가 났어." 아낙네는 한 발을 무릎 위에 올리고 주
무른다.

자리를 양보받고 싶은 어른인가 했더니 그건 아닌 모양이다. 쥐
가 나? 앞을 바라보며 인숙은 슬며시 웃는다. 끊겼던 생각이 그 말
에 이어진다. 언젠가 훈이가 마루에서 갑자기 주저앉던 모습이 떠
오른다. 한 발을 움츠린 채 "엄마 발에서 별이 반짝반짝해" 울상

을 지었다. 그 말뜻을 잠시 후에야 알아채고 인숙은 훈이 옆에 주저앉아 죽순 같은 발에 입맞추었다. "엄만 너 때문에 살아." 이혼하기 몇 달 전, 그때만 해도 눈을 질끈 감고 살려 했다.

종로에서 내려 화신백화점 쪽으로 돌아서는데 누가 앞에서 우뚝 멈춰 선다. 무심히 걷던 터라 인숙은 어깨까지 흠칠하며 놀랐다. "벌써 가?" 작은 키에 바바리코트를 입은 수의사였다. 헌팅 모자도 어김없이 쓰고 있다. 작년에 수의사를 처음 보았을 때도 저런 옷차림이었다. 헌팅 모자 때문인지 인숙은 일제시대의 앞잡이를 떠올렸다. 그런 영화를 많이 봤거든. 인숙은 그 생각을 하며 인사인 양 웃는다.

"아줌마 계시죠?"

"그럼, 여편네가 아침부터 어딜 나가."

"왜요, 여편네는 아침부터 볼일 없나요?"

"미스 김이야 나같이 좋은 남자 못 만나서 그 고생이지. 그 볼일 빤하잖아."

"별말씀을 다 하시네요. 빨리 가서 쫑쫑이들 돌보세요."

아침부터 실없이 얘길 주고받았다. 먹고사는 볼일이 빤하다고? 인숙은 아침에 위스키까지 마시고 집을 나서는데. 배부른 자의 수작이다. 수의사는 전에 인숙에게 지압받은 적이 있는데 손을 지압할 때 인숙의 손을 꽉 움켜쥐었다. 인숙은 그걸 새삼 떠올리며 새침하게 돌아선다. 수의사가 "말야" 부른다.

"오늘 저녁 사줄까? 일만 할 게 아니라 좀 놀러 다녀야지."

"제 걱정 해줄 남자는 아저씨가 아니에요. 아줌마하고 함께 사주면 물론 나가죠."

수의사댁은 마당을 쓸다가 인숙을 맞는다. 꽃이 질 때가 지났건만 마당 한 귀퉁이에 핀 과꽃은 시들지도 않는다. 흐린 하늘 아래 분홍, 보라 꽃 빛깔이 창백해 보인다. "예뻐라. 겨울까지 지지 말지." 인숙이 손으로 분홍색 과꽃을 흔드는데 수의사댁이 꽃을 물끄러미 바라본다.

"꼭 내 마음 같아. 가을꽃이어서 처연해."

"난 해바라길 봐도 그렇데요."

안으로 들어서자 합창이 울린다. 성가인 걸 보면 카세트를 틀어놓은 것이 틀림없다. 수의사댁이 교회에 나간 지는 두어 달밖에 되지 않는다. 그래서 더 열중해 있는지 몰라도 인숙이 거부감을 느낄 정도로 하나님을 말한다. 믿음 때문인가 전보다 얼굴이 밝아지긴 했다. 호적에도 오르지 못한 둘째 부인인데 남편이 바람까지 피워서 늘 신경질적이었다. 수의사댁은 담요 위에 누우며 입속으로 성가를 따라 부른다.

"저 성가 좋지? 맹인 합창단이야. 저 사람들이야말로 믿음의 눈으로 하나님을 찬송하니 얼마나 진실해."

"잘 부르네요."

인숙은 감정 없이 대꾸하고 수의사댁 오른팔의 곡지曲池를 찾는다. 혈을 짚어 누른다. 술기가 오르는지 얼굴이 더워진다. 가슴이 뛴다. 내게 강과 같은 평화, 내게 강과 같은 평화…… 수의사댁이 인숙을 올려다본다.

"하나님 알고 나면 정말 마음이 평화로워. 요새 같아선 다시 영감이 속을 썩여두 관심 안 가질 것 같아. 한번 둘러엎었으니까 속도 후련하구."

"이제 그 아가씬 떨어졌어요?"

"그런 눈치야. 젊은 년이 뭐가 답답해서 늙은이한테 붙어 있겠어. 인물이 있나, 돈이나 많나. 그래두 뭐가 있나보지. 잠시라도 젊은 년이 혹했으니까."

"음양이라는 거죠 뭐."

수의사댁이 피식 웃는다.

"나도 철없었어. 스물넷이면 한창 꿈 많을 땐데 처가 있는 남자 꾐에 빠져 살림까지 차렸으니. 본처가 와서 살림을 때려부수고 난리를 피웠다구. 그때가 이십 년 전인데 내가 똑같은 짓을 젊은 것한테 했으니 이젠 본마누라를 이해할 것도 같아. 글쎄, 밥은 굶어도 그건 해야 되는 남자니 옆에서 보기에 얼마나 지긋지긋해. 그래서 남처럼 고개 돌렸지만 이혼은 안 해주잖아. 골탕을 먹이려고. 그 골탕을 누가 먹겠어. 나지."

수의사댁이 천장을 올려다본다. 아직도 옛 모습이 남아 얼굴은 곱상하건만 머리는 할머니처럼 세어버렸다. 인숙은 수의사댁 손톱 끝을 앞뒤로, 양옆으로 누른다.

"그래도 용하세요. 여태 잘 꾸려오셨잖아요."

"내가 미스 김같이 생활 능력이 있어야 나가든지 말든지 하지."

"발등에 불이 떨어지니까 하게 되데요. 친척집에 가서 우연히 지압 선생을 만나 시작했는데 내 형편이 그렇지 않았으면 벌써 때려치웠을 거예요."

"근데 인숙이도 결혼해야지. 인숙이가 말하는 음양이라는 거 있잖아. 여자가 여자를 지압하면 기운을 뺏기고 남자를 지압하면 가뜬해진다며."

"사람 있으면 결혼해야죠. 음양이구 뭐구 늙어서 혼자 사는 건 상상도 하기 싫어요."

인숙이 힘을 많이 주었는지 수의사댁이 어깨까지 움츠린다. 인숙은 허벅지 안쪽을 누르며 "중매하세요" 허물없이 말한다.

"좋은 남자가 하나 있긴 한데 고지식해서 어떨는지."

"뭐하는 사람인데요?"

"비닐하우스 해. 우리 동생 친구 하나가 구파발서 비닐하우스를 하는데 옆집에 사는 노총각이야. 나도 놀러가서 한 번 봤어. 말도 없고 괜찮아. 나이가 마흔둘이라나. 동생 친구한테 인숙이 얘길 했더니 둘이 선보이자는 거야. 당분간 인숙이가 이혼한 얘긴 안 하기로 하고."

갑자기 둔기로 맞은 것처럼 횡 돈다. 인숙은 족삼리足三里를 누르다 말고 수의사댁 다리에서 손을 후딱 뗀다. 지압할 때 간혹 그런 일이 있다. 사람마다 조심해서 다뤄야 할 곳이 있는데 그것이 인숙의 손에 잡힌 것이다. 이야기에 정신을 팔았다. 인숙은 뜰에 나가서 한참 거닐다 들어온다. 맑은 공기를 쐬고 수의사댁이 내온 주스를 마시고야 제 상태로 돌아왔다. 다시 지압에 들어가자 인숙은 중단된 얘기를 잇는다.

"내가 중매결혼 잘못해서 이 모양이 된 거예요. 고등학교 나왔다더니 학교라곤 어릴 때 초등학교 4학년밖에 안 다녔더라구요. 장단점 뜻도 몰라요. 학벌이 문제가 아니라……"

"성격이 이상했나보지?"

"텔레비전을 본다고 쳐요. 사도세자극을 하는데 세자가 쌀뒤주 안에 들어가요. 그것 모르는 사람이 누가 있어요. 텔레비전을 보면서 내가 한마디했어요. 정말 우리가 배운 거랑 똑같구나, 영조가 미쳤어. 이랬더니 그 남자가 대뜸 말해요. 니가 영조에 대해서 뭘 얼마나 알아? 아주 거만하게 나를 내려다보면서요. 매사가 이렇다고 생각해보세요."

"콤플렉스가 심한가봐."

"꼭 열등감 때문이라고 말할 수도 없어요. 쇼 시간에 팝송이 나오길래 입속으로 따라 불렀더니 텔레비전을 확 꺼버려요. 내가 참다못해 그날 말했어요. 다른 것은 다 모른다, 아는 척만 한다, 그래도 내 장단점에 대해선 정확히 안다. 당신은 당신의 장단점을 아느냐? 그랬더니 남자가 뭐래는 줄 알아요. 장점은 나쁜 점이고 단점은 좋은 점이다. 그래요. 둔기로 맞은 것처럼 충격을 받았어요."

"결혼할 때 인숙이도 경솔했어. 겨우 두 번 만나고 결혼을 승낙했다며?"

"나도 잘못이 있죠. 그때 좋아하던 남자가 따로 있었는데 결혼하잔 말도 안 하고 애를 먹여서 홧김에 결혼했어요. 그래도 어쩌면 그런 인간을 만날까. 눈감고 아무나 붙들어도 그렇게 지랄스럽진 않을 거야."

"그게 다 시련이야. 그런 시련이 있어야 인간은 자기 한계를 알고 하나님을 알게 돼. 감사할 줄도 알게 되고."

"몸이 많이 풀렸어요." 굳어 있었던 근육이 전보다 훨씬 부드러워졌다. 이런 때는 지압사로서 기분이 좋다. 인숙은 수의사댁 머리맡으로 자리를 옮기며 잊을세라 한마디한다. "하나님을 알게 하려고 시련을 준다면 하나님은 자비로운 분이 아니네요."

인숙은 이날도 두시경에 집에 돌아왔다. 오전에 두 군데 지압을 하고 나니 맥이 빠졌다. 지친 얼굴로 마당으로 걸어들어오는데 인숙의 방 앞에 한 여자가 앉아 있다. 얼굴이 온통 주름투성이인데 여자는 팔짱을 낀 채 마당을 쏘아보고 있다. 인숙은 툇마루에 가방을 내려놓고 방문 걸쇠를 연다. 모르는 사람인데 누굴 찾아왔나? 인숙이 마루로 올라서자 여자가 말을 건다.

"혹시 신아 엄마 어디 갔는지 몰라요? 오늘 만나기로 했는데 안 나와서 전화를 했더니 이사를 갔다나 참."

"신아 엄마 지난 토요일 날 이사갔어요. 이사가는 것도 전날 알
았어요. 짐이나 싸니까 알았지……"

"그년이 아주 돈 떼먹기로 작정을 했어. 아무에게도 어디 간단
말 안 한 걸 보니."

여자는 이마를 찡그리며 한쪽 다리를 툇마루에 올려놓는다. 고
생을 많이 한 얼굴인데 빚쟁이가 분명하다. 인숙은 방문도 못 닫고
반쯤 열어놓은 채 옷을 갈아입는다. 사람 속 모른다더니. 신아 엄
마는 장독대 뒤 구석방에 살던 여자다. 아이가 넷이라는데 모두 대
전에 있고 부부만 서울에 와 있었다. '신아 엄마'라는 것도 주인집
으로 신아 엄마를 찾는 전화가 자주 와서 알았지, 예전엔 그저 '구
석방'이라고만 불렀다. 매일 부엌바닥을 하이타이로 썻고 걸레도
삶아 쓰는 깔끔한 여자였다. 통 말이 없어서 이 집 식구 누구와도
친하지 않았고 돈 한 번 꾸어달란 소리 하지 않았다. 그런 신아 엄
마가 이사가고 나자 빚쟁이들이 몰려왔다. 인숙이 알기로 오늘 온
여자가 네번째 빚쟁이였다.

"미스 김 왔어?"

집 안쪽에서 누가 인숙을 부른다. 인숙이 고개를 내미니 운전수
안씨 마누라가 부엌에서 인숙의 방을 보고 있다 "아버지가 뭐 맡
겨놓고 가셨어. 줄게." 안씨 마누라는 이내 인숙의 방 앞으로 와서
종이 뭉텅이를 내민다.

종이를 펴니 아버지의 달필이 눈에 들어온다. 일본 지압 책 번역이다. 요즘 들어온 지압 책으로 공부하느라고 인숙이 아버지에게 부탁해둔 것이었다. "고마워요." 인숙의 인사를 받고 자리를 뜨려던 안씨 마누라가 툇마루에 앉은 여자를 힐긋 본다.

"아줌마, 왜 아직 안 가요? 여기서 기다리면 뭘 해. 우리가 숨겨둔 것도 아닌데."

"그년을 어디 가서 잡지? 십 년간 배추 장사 해서 모은 돈을 지가 먹어? 깜방에 처넣어도 속이 안 풀릴 거야."

"혹시라도 신아 엄마 거처를 알면, 연락해드릴게 가요. 구석방 것들은 모두 구석지단 말야. 새로 들어온 건 글쎄 밤에 빨래하면서 남의 하이타이 쓰더라구. 오늘 아침에 보니까 내 하이타이가 쑥 내려갔잖아."

안씨 마누라는 빨래통을 들고 펌프대 앞으로 간다. 언제 나왔는지 구석방 여자도 걸어나와 장독대에 올라가고 있다. 딱딱 껌 씹는 소리가 인숙의 방에까지 들릴 정도로 요란하다. 구석방 여자는 이사 온 첫날부터 하루도 빠지 않고 껌을 씹는다.

"여기 무슨 껌 대회를 하나?"

인숙이 방을 닦는데 안씨 마누라 목소리가 크게 들린다. 인숙은 흘끗 장독대를 쳐다본다. 구석방 여자는 빨래를 만져보며 걷고 있다. 장독대 아래에 펌프대가 있어서 안씨 마누라 말을 들은 성도 싶지만 껌만 소리 내어 씹는다. 인숙의 눈이 안씨 마누라와 마주쳤다. 인숙은 못 들은 척하라는 눈짓을 한다. 구석방 여자가 이사온 다음날부터 여자의 껌소리를 흉보던 안씨 마누라였다.

"미스 김, 껌 한 통 있어? 한 통 다 씹으면 저런 소리가 날까? 방범대원이 밤에 짝짝이 치는 소리 같다."

인숙의 눈짓이 역효과를 냈나보다. 구석방 여자가 장독대에서 내려오는데 안씨 마누라가 인숙의 방을 향해 큰 소리로 말했다. 구석방 여자가 층계에 우뚝 서서 안씨 마누라를 쏘아본다. 얼굴에 광대뼈가 두드러진데다가 좁쌀 같은 것이 나 있어서 드세 보인다. 여자는 다시 층계로 내려서며 질세라 큰 소리로 대꾸한다.

"나 원. 껌 하나 내 마음대로 못 씹어? 별꼴 다 보네."

"니 마음대로 씹는 건 좋지만 듣는 사람 생각 좀 해."

거품을 부걱부걱 내며 빨래하는 시늉을 하던 안씨 마누라가 번쩍 고개를 쳐든다. 일거리가 없어 벽을 긁던 참이었다. 구석방 여자가 험악하게 얼굴을 찌푸리고 어느새 펌프대 앞으로 다가섰다.

"니?"

"니지 그럼. 내 동생뻘이 돼도 한참 동생뻘이다."

"나이 많은 게 무슨 벼슬이가? 그러면 나잇값이나 좀 하지."

"나잇값 하느라 입바른 소리 한다. 왜. 남의 하이타이는 왜 써? 엉큼하게 밤에 나와 빨래하면서 그 짓 해?"

"저 여자가 못하는 말이 없네. 하나님 믿는다면서 저 모양이야. 교회에서 남 헐뜯으라고 가르쳤나?"

"닥쳐 이년아. 주둥아릴 찢어놓기 전에."

온종일 날이 흐리더니 밤부터 비가 내리기 시작했다. 주인 방에서 텔레비전 소리가 희미하게 들려올 뿐 집은 조용하다. 낮에 손찌검까지 하고 싸우던 여자들도 모두 제 방으로 들어갔다. 펌프를 잣는 사람도 없고 마당은 텅 비었다.

설거지를 끝내고 들어온 인숙은 서랍에서 담배를 꺼낸다. 오늘 벌써 다섯 개비를 피웠다. 담배를 배운 지 일 년도 채 못 되는데 이젠 제법 늘었다. 남동생이 권한 담배였다. 친정집에 얹혀살면서 레이스나 뜨는 누나가 딱해 보였나보다.

여자들이 욕을 하며 싸우는 통에도 선을 하듯 오후에 팔 한쪽을 다 짰다. 날씨가 선들선들해지면서 스웨터를 뜨기 시작했다. 드문드문 해서 한 달이 넘게 걸렸다. 각 부분들을 잇기만 하면 완성된다. 그런데 누구 걸로 하지?

인숙은 제가 입는다곤 생각도 않고 스웨터를 떴다. 베이지색 털실로 헐렁하게 떠서 아무나 입을 수 있도록 했다. 아버지를 드린다? 인숙은 책상 위에 있는 지압 책 번역을 흘긋 본다. 중소기업의 부장으로 퇴직을 하고 집에서 소일하는 아버지에게 요즘 들어 더 마음이 간다. 답답할 정도로 고지식한 사람인데 직장을 그만둔 뒤로는 집에 굴러다니는 나무 밑동 세 개를 약간 비탈진 장독대 앞에 박아 디딤대를 만드는 등 폐물 이용에 고심했다. 자신의 쓸모를 확인이나 하듯. 인숙이 지압 책 번역을 부탁하면 무슨 일거리나 되듯 밤잠까지 설치며 정성 들여 해준다.

엄마를 드려도 좋을 텐데. 인숙은 몇 년째 수입 없는 집안을 꾸려가느라 폭삭 늙은 어머니를 생각한다. 지금은 생활비도 내놓지만 인숙은 예전에 속을 무척 썩였다. 부츠를 사주지 않는다고 사흘간 밥도 먹지 않았다. 철은 늘 너무 늦게 든다.

노인네라도 살빛이 희어서 베이지색이 잘 받을 거야. 엄마를 스웨터의 주인으로 정하려다 인숙은 고개를 내젓는다. 엄마는 분명 아버지나 남동생에게 그걸 넘길 것이다. 가족밖에 모르는 여자니까. 자기는 없이 가족을 위해 살려는 헌신— 나도 그런 평범한 여자라고 생각했는데…… 인숙은 담배 연기로 가득찬 방을 바라보며 평범치 않은 자기 생활에 새삼스레 놀란다.

시계가 열시 사십분을 가리키고 있다. 인숙은 발딱 일어선다. 갑자기 혼자라는 것이 견딜 수 없다. 인숙은 옷장을 연다. 밖에서 곧바로 들어오는 것처럼 집에 가자. 아버지에게 지압 책 번역을 달라고 하자. 안 받은 것처럼. 그러면 엄마가 자고 가라고 하겠지. 동생 보기 민망해서 따로 나가 있겠다고 했을 때도 반대한 엄마였다. 집에서 오 분밖에 걸리지 않는 거리에 방을 얻었지만 엄마는 인숙이 혼자 돌아가는 것을 늘 애처롭게 생각했다.

옷을 꺼내려는데 밖이 어수선하다. 방문을 여니 마당에 불이 켜 있고 안씨네 방에 사람이 모여 있는지 웅성거린다. 갓난아이 울음소리도 들려온다. 인숙은 마당으로 내려서며 고개를 갸웃한다. 이 집에는 갓난아이가 없는데. 안씨 방에서 누가 나오고 있다. 주인아줌마와 딸 미옥이다.

"웬 애기 울음소리예요?"

"택시에서 아이를 주웠대. 아주 잘생겼어. 들어가서 봐."

인숙은 호기심에 끌려 안씨네 방 앞으로 걸어간다. 여러 켤레의 신발들이 무질서하게 놓여 있고 앓는 것 같은 아이 울음소리가 들린다. "불쌍해라. 뭐 좋은 세상이라고 나와." 인숙이 혼잣말을 하며 마루로 올라선다.

방에는 발 디딜 틈도 없다. 운전수네 다섯 식구와 재롱이 엄마, 미스 박까지 와 있다. 아이는 아랫목에 뉘어 있고 모두 아이를 에워싸고 앉아 있다. "도대체 어디서 난 아이예요?" 인숙은 재롱이 엄마 뒤로 가서 아이를 들여다본다.

"글쎄, 아홉시가 넘어 어떤 여자를 차에 태웠어. 서른이나 될까? 젊은 여자야. 이문동에 간대. 그래서 실어다줬지. 그다음에 신설동에서 남자 손님을 태웠는데 웬 애를 차에 태우고 다녀요? 하잖아. 난 그때까지 몰랐지. 애가 잤으니 알게 뭐야. 돌아보니 애가 뒷자리에 뉘어 있는데 기저귀 가방을 세워서 가려놨더라구."

"애 엄마가 찾으러 올까 싶어 이이가 이문동에 다시 갔대. 이삼십 분 기다려도 안 나타난 거야. 가난해 버린 아인데 찾아가겠어?"

안씨 마누라가 남편 말을 이으며 아이 옷을 들친다. 누렇게 바랜 낡은 면이다. 기저귀도 귀퉁이가 너덜거린다. 옷이 누추하지만 아이 인물은 조금도 깎이지 않는다. 입술 선이 또렷하고 이마가 넓은데 귀티가 있다. 아이는 잠을 자는 듯하다가 간헐적으로 울어댄다. 인숙은 기저귀 밑으로 손을 넣어본다. 사내아이다. 안씨 마누라가 혀를 찬다.

"아이 버릴 때 생년월일시를 적어서 끼워넣는데 이애는 생일도 없어. 찢어지게 가난한 집 앤가봐. 젖만 먹었는지 우유도 안 먹어."

"우리가 키워볼까. 인물 아깝잖아."

안씨가 마누라 뜻을 알아보려는 듯 넌지시 묻는다. 인정은 있는 안씨여서 농담을 하는 것 같지는 않다. 막내아들까지 덩달아 엄마 팔을 흔든다. 막내라서 동생이 갖고 싶은 거다. 안씨 마누라가 말도 안 된다는 표정으로 남편을 흘겨본다. 아이를 들여다보던 재롱이 엄마가 "잘났어" 아이 뺨을 두드린다. 안씨 마누라가 재롱이 엄마 무릎을 친다.

"재롱이 엄마가 애 맡아라. 하나님이 보내신 애 같잖아."

"그러게, 내가 애가 없으니. 올해 안으로 애가 안 생기면 밖에서 낳아 오라고 했다구요. 결혼한 지 육 년짼데……"

"가짜 재롱이 엄마 그만하고 진짜 재롱이 엄마 해. 헝겊 강아지는 그만 들고 다니구."

안씨네 아이들까지 웃는다. 아이가 없어선지 아랫방네는 인형을 좋아한다. 그중에서 헝겊으로 만든 강아지를 좋아해서 그걸 들고 이 방 저 방 다녔다. 그 강아지 이름이 재롱이다.

"근데 오늘 그 사람 야근이야. 하필 이런 때에. 내일 밤에나 들어올 텐데 어떡하지?"

"지금 사무실로 전화해보면 안 돼? 하루 더 기다리든지."

"그 얘긴 재롱이 아빠가 와야 하지."

재롱이 엄마가 망설이는 기색을 보이자 안씨가 결단을 내린다.

"내일 아침 〈가로수를 누비며〉 시간에 방송을 해야겠어. 우리가 안 키울 바에야 빨리 임자를 만나게 해줘야지. 애 기를 사람이 나타날 거야."

말귀나 알아들은 것처럼 아이가 다시 울기 시작한다. 훈이를 떠올리며 인숙은 슬며시 일어나 방을 나선다. 한마디도 않던 미스 박이 뒤따라 나선다. 그러고 보니 미스 박도 오랜만이다. 다방에 나가는 아가씨여서 늘 밤늦게 들어오는데 한집에서도 서로 얼굴 보기 힘들다. "오늘 일찍 왔네." 인숙이 마당으로 걸어가며 웃어 보이자 미스 박이 주춤 선다.

"나, 언니 방에서 잠깐 놀다 가도 돼?"

"그럼, 내 특별히 재스민차를 대접하지."

제 방으로 돌아가는 발걸음이 영 무거웠는데 미스 박의 제의가 그럴 수 없이 반갑다. 인숙은 방에 들어와서 커피포트 코드부터 꽂는다. 새 찻잔을 꺼내 닦고 재스민을 담는다. 지압을 받는 단골손

님이 준 거다. 특별히 차맛도 모르면서 밤에 한 잔씩 마시며 이 생
각 저 생각에 젖곤 했다. 접대를 한다고 이파리 속에 섞인 꽃을 골
라내 찻잔에 담는다. "물을 부으면 꽃이 확 핀다." 미스 박은 벽에
기댄 채 희미하게 웃는다.

"피곤하면 누워."

"비가 와서 그런가. 머리가 아파."

"어디, 내가 지압해줄게."

미스 박이 인숙 앞으로 머리를 향하고 순순히 눕는다. 내려다보
니 더 야위어 보인다. 부드러운 생머리하며 상큼한 인상을 주는 아
가씬데 뺨에 살이 쪽 빠졌다. 인숙은 관자놀이부터 누른다. 둘은
한집에 살면서 이름도 서로 모른다. 특별한 말을 나눈 적도 없지만
인숙보다 열 살 아래이고 또 혼자여서 동생처럼 마음이 간다. 인당
을 누르고 머리의 상성上星을 짚는데 미스 박이 허공을 보며 입을
뗀다.

"언니, 죽고 싶을 때 없어?"

"왜 없어. 미스 박보다 더 많이 살았으니까 그럴 때가 더 많겠
지."

"언닌 나 몰라." 인숙이 전정前頂으로 엄지를 옮기자 미스 박이
중얼거리듯 말을 잇는다. "나두 많이 살았다구요. 애도 있는걸. 낳
자마자 애를 데려가서 얼굴도 기억하기 힘들지만."

"누가 데려갔는데."

"남자 누나가. 나랑 그러기로 약속한걸."

"애는 지금 어디 있어."

"캐나다 있대. 홀트 양자회에서 입양시켰나봐. 재작년에 내가 애 낳은 병원에 가봤더니 간호원이 그대로 있잖아. 간호원한테 들었어."

인숙은 머리꼭지 부근으로 손을 옮긴다. 두 엄지를 백회百會에 대고 힘을 다해 깊이 누른다. 커피포트 끓는 소리가 침묵을 지운다. 미스 박이 두 손으로 눈두덩이를 가린다.

"나 형광등 싫어. 병원 생각이 나서. 애를 10월 말에 낳았으니까 이맘때야. 비가 오니까 생각난다. 애 낳기 전에 남자 집을 찾아갔어. 그 남자가 인터폰으로만 말하고 안 만나줘. 한 시간쯤 대문 앞에 서 있다가 혼자 돌아왔지. 걸어서 영등포쯤 왔는데 길가에 풀빵 장사가 눈에 띄어. 하얗게 부푼 빵이 자꾸 눈에 들어와. 주머니를 뒤지니 오십원이 있어. 나 밀가루 음식 안 먹는데, 너무 배가 고파서. 근데 생전 안 먹던 걸 먹으려니까 솜 삼키는 것 같아. 눈을 질끈 감고 빵을 삼키는데 누가 뒤에서 어깨를 쳐. 그렇게 배가 고프니? 돌아다보니 그 남자야. 뒤따라왔나봐. 그 남자도 내가 밀가루 음식 안 먹는 거 아니까…… 비 오는 날이었다구."

인숙은 코드를 빼고 찻잔에 물을 따른다. 마른 꽃이 뜨거운 자기 속에 꽃잎을 편다. 무슨 놈의 인생들이, 속으로 중얼대며 인숙은 꽃잎이 든 찻잔을 내민다. 미스 박은 찻잔을 받아들고 잔 속을 멀거니 바라본다. 위스키를 내올까 하다가 인숙은 "담배 피울래?"
묻는다. 미스 박은 고개를 내젓고 한 모금 마신 찻잔을 땅바닥에
내려놓는다.

"언니, 내겐 사람이 떨어져나가는 파가 끼었나봐. 내가 처음 결
혼하려 했던 남자는 결혼 전날 죽었어. 전기회사 전공이었는데 회
사에서 정전이라는 연락을 받고 밤에 나가 그길로 영 돌아오지 않
았어. 전깃줄 손보다가 감전돼서 죽은 거야. 그런 일이 왜 내 운명
이야."

"그걸 알면 우리가 왜 이러고 있겠어."

"그렇지?"

미스 박은 벽을 바라보며 혼자 중얼거린다. 눈엔 초점이 없다.
생각에 너무 빠진 듯하여 "오늘은 좀 빨리 들어왔네?" 하고 아까
한 말을 인숙이 되풀이한다.

"몸이 안 좋다고 집에 좀 빨리 왔어."

미스 박은 차를 두어 모금 더 마시고 입속에 들어온 꽃잎을 푸
뱉어낸다. 그리고 무슨 생각이나 난 듯 갑자기 일어선다.

"언니, 나 내 방에 갈래. 잠이 오려 해."

미스 박이 그림자처럼 방을 나선다. 인숙은 뭐라고 말할 틈도
없이 엉거주춤 선 채 여자의 등을 지켜본다. 밑도 끝도 없이 원 얘
두. 미스 박이 툇마루에서 마당으로 내려서자 긴 머리가 이내 어둠
에 묻힌다.

인숙은 채 식지 않은 찻잔을 구석으로 옮겨놓고 문 쪽으로 다가
간다. 그때 삐걱, 대문 열리는 소리가 들려온다. 인숙은 방문을 닫
으려다 말고 문틈으로 고개를 내민다. 모두 자는지 밖은 캄캄하다.
미스 박이 나갔나? 추적거리는 빗소리만 들릴 뿐 더이상 아무 소
리도 들려오지 않는다. 인숙은 방문 앞에 선 채 마당을 내려다본
다. 방에서 새어나간 빛 속에서 비가 은피라미떼처럼 춤추고 있다.
　문득, 좀전에 밖으로 나간 것은 미스 박이 아니라 인숙 자신이
고 몸과 따로 제 넋이 마당을 내려다보고 있는 것만 같다.

(1982)

밤과 요람

    드문드문 떨어지던 진눈깨비가 질척거리며 내리기 시작했다. 선희는 하늘을 올려다보며 혀를 내밀었다. 먹구름 같은 어둠 속에서 진눈깨비가 춤추며 흩날렸다. 진눈깨비의 싸늘한 감촉이 콧등으로 스치자 선희는 목을 움츠렸다.

    3월인데 날씨가 초겨울처럼 쌀쌀했다. 사람들이 어깨를 움츠린 탓인지 가로등이 을씨년스러워 보였다. 털옷을 껴입은 거구의 흑인이 드럼통처럼 앞으로 다가왔다.

    거리는 다른 날보다 더 흥청대는 것 같았다. 여기저기 사람들이 무리 지어 다니고 클럽의 음악이 한길까지 울렸다. 요즘 날씨가 계속 포근했던 탓에 진눈깨비를 즐기는지도 모른다.

    선희는 약방 앞을 지나치다 다시 되돌아갔다. 신문을 들여다보던 약방 주인이 선희가 들어서자 알은체를 했다.

"그것 줘?"

"옷 열 개."

시간이 아직 이른 편이었다. 클럽은 미군들이 드문드문 자리를 차지하고 있을 뿐 한산했다. 여자들은 입구에서 가까운 뒷자리에 모여 앉아 이야기하고 있었다. 선희도 그쪽으로 다가가 빈자리에 앉았다. 럼코크를 시키고 담배를 꺼내 무는데 옆자리에 두 여자가 앉아 DDY에 대해 떠들었다.

DDY란 비상 교육훈련으로, 다른 나라 주둔 미군이 가끔씩 한국에 들어왔다. 여자들은 이번에 꽝 해군이 왔다고 좋아했다. "해군들은 기분파니까 한몫 잡아야지." 여자들은 이날의 수입을 미리 예상하며 들떠 있었다.

선희가 주문한 술이 나왔다. 선희는 옵타리돈 다섯 알을 빼내 입에 털어 넣었다.

일곱시가 지나자 미군들이 한 무리씩 몰려왔다. 여자들은 테이블 사이로 걸어 다니며 미군들과 농담을 주고받기도 하고 먹이를 찾듯 연신 실내를 살폈다. 손님이 계속 밀려오고 여자들 얼굴이 상기되기 시작했다.

떠들썩한 한패가 입구로 들어섰다. 콧수염을 기른 한 남자가 거대한 몸집을 흔들며 괴성을 질렀다. 검은 안경에 가죽조끼를 걸친 한 미군은 뒤따라 들어오며 서부극의 무법자처럼 실내를 향해 총 쏘는 시늉을 했다.

탕탕탕.

그 앞으로 지나가던 여자가 총소리에 쓰러졌다. 무법자는 재빨리 무릎을 꿇고 여자를 안아 일으켰다. 죽은 시늉을 하던 여자가 슬며시 두 팔을 들어 남자의 목을 껴안았다. 입구 쪽의 자리에서 휘파람이 울리고 환호성이 터졌다.

선희는 술을 비우고 자리에서 일어섰다. 구름 위에 뜬 듯 몸이 가벼웠다. 헤드폰을 꼈을 때처럼 하드 록이 머리에 울렸다. 정신없이 걸어가다 선희는 무엇엔가 걸려 넘어질 뻔했다. 테이블 밖으로 미군이 한 발을 내놓고 앉아 있었다. 발을 밟혔는지 그는 우 소리를 지르며 얼굴을 찡그렸다.

"미안."

웃는 선희를 보며 남자가 어깨를 으쓱 올렸다. 보기 싫지 않을 정도로 살이 오른 얼굴에 턱수염을 기른 해군이었다. 선희가 스쳐 가려 하자 그가 빈 의자를 가리켰다.

"앉아요."

자리엔 이미 다른 여자가 앉아 있었다. 선희가 두 사람을 번갈아 보자 해군은 "괜찮다" 하고 의자를 빼냈다. 여자도 마지못해 앉으라는 고갯짓을 했다.

여자 앞에 앉자 지분 냄새가 끼쳐왔다. 클럽에서 몇 번 본 적이 있는 여자였다. 양배추처럼 얼굴이 동그랗고 머리가 노란 것이 특징이었다. 탈색해서 흑인처럼 부풀린 머리가 가는 몸에 비해 늘 너무 커 보였다. 해군이 선희에게 무엇을 주문하겠느냐고 물었다. "비싼 것 시켜." 옆의 여자가 선희 발을 찼다.

여자의 맥주잔이 비어 있었다. 그것을 보고 선희는 맥주를 시켰다. 여자는 할일이 없다는 듯 테이블에 손을 올려놓고 매니큐어를 긁어댔다. 자주색 매니큐어가 생쥐가 갉은 것처럼 희끗희끗 손톱에서 떨어져나갔고 해군은 야릇한 눈으로 그것을 바라보았다.

종업원이 맥주 두 병을 가져왔다. 해군이 선희의 잔에 맥주를 따랐다. 선희는 여자의 빈 잔을 손으로 가리켰다.

"머리가 긴 걸 보니까 해군 같아. 어디서 왔어?"

"괌."

"전에 한국에 와본 적이 있어?"

"한국엔 처음이지만 한국 여자들은 많이 보았지. 괌에 한국 술집이 있어. 한국 여자들은 예쁘지만 게으른 것 같았어."

"흥, 한국 애인이 당신 빨래를 안 해준 모양이지?"

여자가 불쑥 끼어들면서 천연덕스럽게 말을 이었다.

"내 친구 중 미군과 결혼해서 미국 간 애가 있어. 그런데 남자가 변심해서 혼자 괌에 가서 술집을 차렸어. 우리는 이 년째 편지했어. 난 그동안 계속 그 친구에게 피임약을 부쳐주었어. 한국 여자가 얼마나 부지런해."

선희는 키득 웃으며 어느새 비어 있는 여자의 잔에 맥주를 부어주었다. "난 하룻저녁에 맥주 서른 병을 비운 적이 있어." 여자는 뽐내듯 말했고, 선희는 거짓말 같다는 생각을 하면서도 "나이스다" 하고 외쳤다. 선희는 여자를 위해 해군에게 술을 더 마시고 싶다고 했다. 맥주 세 병이 이내 그 자리에 놓였다.

선희와 여자는 해군과 교대로 춤을 추고 '레드 선 클럽'을 나섰다. 해군이 다른 클럽에서 술을 사겠다고 해서 두 여자 다 따라나섰다. 여자는 클럽을 옮기면서부터 마구 술을 마셨다. 혼자 떠들어댔고, 해군의 턱수염을 잡아당겼다.

해군은 어깨를 들썩이며 웃어댈 뿐 여자에게 개의치 않았다. 두 여자에게 담뱃불을 붙여주면서도 하드 록에 손장단을 맞추었다. 양배추 얼굴의 여자에게 더이상 흥미가 가지 않아서 선희도 홀짝 술만 마셨다. 그날 세 군데의 클럽을 다니면서 세 사람 다 각기 취하고 열한시까지 어울렸다.

진눈깨비는 그사이 그쳐 있었다. 문을 닫은 상점도 많았고 거리 여기저기 쌍쌍이 걸어갔다. 선희는 찬 공기에 숨을 깊이 들이마셨다. 몸은 여전히 구름 위에 뜬 듯하지만 머리가 맑아지는 기분이었다.

해군은 거리를 내다보며 휘파람을 불었다. 그러곤 두 여자에게 손 흔드는 시늉을 했다. 잘 가라는 인사였다. 해군이 두어 발짝 걸어갔을 때 여자가 뒤쫓아가 해군의 팔을 잡았다.

"털보, 돈을 줘야 하잖아."

여자는 제 머리를 손으로 헝클며 털보를 노려보았다. 털보는 여자가 미개인이나 되듯 바라보다 그녀 앞으로 얼굴을 디밀었다.

"무슨 소리야? 나는 당신들에게 술을 사주었다. 함께 즐거운 시간을 가졌다."

여자가 얼굴을 일그러뜨리며 소리쳤다.

"우리는 비즈니스 걸이야. 너 때문에 시간을 낭비했어. 네가 물어줘야 돼."

털보는 여자를 향해 어깨를 으쓱 올렸다. 순간 여자의 손이 매처럼 털보의 콧등을 할퀴었다. 너무나 재빠른 동작이어서 털보가 피할 겨를도 없었다.

여자의 손톱이 깊이 박혔던지 털보의 콧등으로 핏자국이 번졌다. 털보는 손으로 제 콧등을 쓰다듬고는 손에 묻은 피를 들여다봤다. "미쳤어." 털보는 그 손을 여자 앞으로 쳐든 채 "국스!" 음울하게 내뱉었다.

"호스 딕, 좆같은 놈이다. 털보 너는."

여자가 욕을 계속 퍼부으며 돌아섰다. 선희는 여자의 등을 지켜보다 반대편으로 걸음을 옮겼다. 술을 많이 마시진 않았지만 다리 감각이 둔했다. 선희는 〈로빈슨 부인〉을 콧노래로 흥얼거렸다. 그때 무엇인가 선희의 어깨를 스쳤다. 뒤돌아보니 뜻밖에도 털보가 서 있었다.

"당신 뒤를 따라왔어. 가진 돈이 모두 십오 불인데 당신 집에 가고 싶다. 아까 그 여자는 자신이 먼저 내 테이블로 와서 앉았어."

"좋아. 그러나 십 불 더 내야 돼."

"난 장교가 아냐."

미친 여자처럼 털보를 따라 이 클럽 저 클럽 다녔건만 잠을 자려 하자 머릿속이 점점 또렷해졌다. 약기운 때문이었다. 이따금 남자의 코 고는 소리가 들릴 뿐 시간이 정지된 것처럼 고요했다. 제 몸속에서 아메바 같은 움직임을 느끼지만 머릿속은 텅 비었다. 좀 전에 함께 일을 치렀건만 남자의 몸뚱어리도 실감이 없었다.

샌디 방에서 땡땡 괘종 치는 소리가 들려왔다. 두시. 아랫집 마당에 켜진 수은등으로 창이 희끄무레했다. 언뜻 창 아래 있는 탁자가 눈에 들어왔다. 탁자엔 주전자가 놓여 있었다. 갑자기 목이 말랐다.

선희는 가만히 몸을 일으켜 창가로 걸어갔다. 찬물을 잔에 따라 숨가쁘게 마시고 여름천의 낡은 커튼을 젖혔다. 술병이 뒹구는 거리도 어린아이처럼 어둠 속에 누워 있다. 자부심을 지닌 백인과 그 빛의 어둠인 흑인, 거대한 체구의 아메리칸에게 달러와 사랑을 뺏는 여자들, 그들 모두가 밤의 요람에 잠들어 있었다. 발 딛고 내릴 제 땅을 찾지 못하고 욕망의 허공에서 허우적거리는 색색의 인종들이. 그러고 보면 이 기지촌은 하나의 요람과도 같다. 국명 없는 또하나의 요람 나라. 선희의 눈앞으로 순간 거리 전체가 거대한 요람처럼 흔들렸다.

부대의 서치라이트 한줄기가 땅과 하늘을 터널처럼 잇고 지나갔다. 선희는 커튼을 제자리에 당겨놓고 잠자리로 더듬어 갔다. 발에 뻣뻣한 것이 걸렸다. 그것을 치우려고 손으로 만져보니 가죽잠바였다. 잠바를 들어 방 한구석에 놓으려는데 무언가 바닥에 떨어졌다. 네모난 것이 손에 잡혔다.

선희는 침대 머리맡으로 가서 라이터를 찾았다. 남자로부터 등을 돌리고 라이터를 켜자 지갑이 눈에 들어왔다. 선희는 지갑을 들춰 그 속의 돈을 다 꺼냈다. 빳빳한 십 불짜리 지폐 여섯 장이 나왔고, 오 불짜리도 네 장 있었다.

선희는 돈을 방바닥에 펼쳤다. 순간 털보가 숨을 길게 몰아쉬곤 몸을 뒤척였다. 선희는 가만 고개를 돌려 무표정하게 털보를 바라보았다. 곤히 잠이 들어서 쉬 깰 것 같진 않았다. 라이터 불빛으로 콧등의 생채기가 얼핏 드러났다.

털보와 싸우던 여자의 얼굴이 떠올랐다. "호스 딕!" 선희는 그 여자처럼 내뱉으며 십 불짜리 지폐 여섯 장을 집어들었다. 어둠 속을 살피다 순간 베개에 눈이 갔고 선희는 베갯잇 속에 즉흥적으로 돈을 밀어넣었다.

각오는 했지만 선희는 아침 일곱시에 경찰서로 붙들려 갔다. 털보가 경찰차를 불러와서 연행되었다. "어제 난 팔십 불을 가지고 있었어. 그런데 지갑에 이십 불밖에 없어." 털보는 차가운 눈초리로 거듭 말했다. 선희가 경찰차에 오르기 전 장마담은 "무조건 잡아떼라" 귓속말을 했다. 선희는 그 말대로 했고 별다른 일은 없었다. 경찰서에서도 다그치지 않고 형식적인 취조만 했다. 경찰서를 나온 것은 오후 다섯시가 넘어서다. 장마담이 와서 경찰과 알은체하며 몇 마디 주고받았고, 선희는 순순히 풀려났다. 장마담과 함께 경찰서를 나서는데 경찰이 말했다.

"나라를 위해 외화를 벌어들이는 사람인데 잘 봐줘야죠."

"정말이에요. 얘들이 큰일 하는 거예요."

밖으로 나서니 찬바람이 뺨을 얼얼하게 했다. 그것이 오히려 상쾌했다. 열 시간이나 경찰서에 앉아 있어서 주리가 틀릴 지경이었다. 온종일 굶었으나 감각이 없었다. 신호대 앞에서 장마담이 "배 주렸겠구나" 해서 그제야 아무것도 먹지 않은 것을 알았다.

하늘엔 어느새 어스름이 깔리고 있었다. 갑자기 거리가 환해지더니 하늘이 점점 놀로 물들어갔다. 놀은 하늘 한끝에서 장밋빛으로 밀려오다 갑자기 숯불처럼 빨갛게 타올랐다. 눈이 아프도록 선명한 노을빛이 처절한 느낌을 주었다.

문득 미라가 머리에 떠올랐다. 얇게 쌍꺼풀진 눈으로 가물가물 웃는 모습이 스러져가는 화롯불 같아, 그 눈을 떠올리는데 오늘이 미라 생일인 것이 퍼뜩 생각났다. 미라는 미리 장마담 집 여자들에게 아침을 함께 먹자고 했다. 선희는 시장 어귀에 있는 정육점에 들러 불고기 세 근을 샀다.

"불고기 파티 하려구요."

선희가 정육점에서 달러를 내자 장마담이 흥, 코웃음쳤다.

"경찰서에서도 돈 만원 날렸다. 본전도 안 남는 거 아냐?"

선희는 주머니에서 사십 불을 꺼내 보였다. 그중 십 불과 정육점에서 내주는 거스름돈 중 오천원을 장마담에게 주었다.

"엄마가 잘 말해서 나왔으니까 담배 몇 갑 사드릴게."

선희가 미라 방에 들어섰을 때 막 음식상이 차려지고 있었다. 애니와 미라는 그릇을 나르고 샌디는 방바닥에 퍼질러앉아 화투패를 떼고 있었다. 미라가 선희를 보고 손뼉을 쳤다.

"언니 왔구나. 언니 오면 파티하려고 지금 상 차리는 거야."

"고마워. 이거 불고깃감."

"이렇게 비싼 걸? 오랜만에 포식하겠네."

애니도 따라 "아유!" 하다가 샌디 앞으로 다가갔다. 샌디는 수선에도 아랑곳없이 화투 두 장을 들고 중얼거렸다.

"난초에 공산이라, 오입을 하니 돈이 들어온다는 것이렸다."

"씨팔, 이놈의 화투짝은 좆같이 붙어다니네. 상 차린 것 안 보여?"

애니가 샌디 앞에 펼쳐진 화투를 발로 헤집었다.

"끝내주는 패가 나왔는데 저년 봐라." 샌디는 애니를 흘겨보면서도 화투를 방 한구석으로 쓸어모았다. 상 앞에 와 냉큼 앉고선 그제야 선희에게 호들갑을 떨었다.

"유, 언제 나왔어. 피라민 줄 알았더니 제법이네. 경찰서엔 장마담이 갔지? 돈 썼다고 안 그래?"

"장마담한테 만원 줬어."

"그중 반은 장마담이 먹었어. 아무튼 수고했다. 이건 출옥 환영 파티야."

샌디가 상에 놓인 샴페인 병을 올려 드는데 애니가 들창코를 쳐들고 선희를 향해 말했다.

"역시 장마담 집 여자야."

상엔 음식이 제법 푸짐하게 차려져 있다. 잡채와 약과, 떡이 있고, 미역국에 햄샐러드와 샴페인이 놓여 있다. 식탁 한옆에선 고기까지 끓고 있다. 각자 앞에 놓인 옥색 꽃무늬 접시는 처음 보는 것인데 미라가 또 빚을 지고 새 그릇을 사들인 것이 틀림없다. 두 달 전 애니 생일에도 장마담에게 빚을 내서 유리잔 세트를 선물한 미라다.

미라는 주인공답게 화려하게 나타났다. 검고 긴 머리에 붉은 띠를 매고 같은 색의 한복을 입었다. 번질거리는 다홍색 양단이 불빛에 타들어갈 듯하다. 막 들어온 데이브를 옆에 앉히고 미라가 샴페인을 터뜨렸다.

병마개가 천장으로 치솟자 여자들이 환호성을 올렸다. 데이브가 샴페인 병을 받아들고 미라 잔에 술을 부었다. 술이 넘칠 듯 잔에 가득 채워졌다. 미라가 탄성을 지르며 술잔에 입술을 적셨다. 여섯 개의 유리잔이 모두 복숭앗빛으로 물들었다. 달큰한 과일 향기가 코끝으로 끼쳐왔다.

"해피 버스데이 투 유."

"해피 버스데이 미라."

모두 노래하며 잔을 요란하게 부딪쳤다. 복숭앗빛 샴페인이 잔 속에서 출렁였다. 미라가 목소리를 한 옥타브 높였다.

"우리 신랑이 돈이 없어서 많이 못 차렸어. 써니 언니가 고기 사 왔으니까 그거나 많이 먹어."

"일주일 살고 사십 불 줬다고? 불알을 떼버려."

샌디가 데이브를 향해 이죽거리자 미라가 데이브의 곱슬머리를 손으로 문질렀다.

"그래도 애 착해. 생일이라고 시계 사줬어."

"병신, 시계 사줄 돈 있으면서 살림 돈은 왜 더 못 줘? 데이브 새끼 제 실속은 다 차려."

"아이 엠 병신."

애니 말이 끝나자마자 데이브가 껴들었다. 제가 도마 위에 오른 것을 안 모양이다. 여자들은 깔깔대며 웃었다. 동그란 얼굴에 턱이 내려앉아서 희극배우 같아 보이는 데이브.

미라는 입가에 묻은 샐러드를 혓바닥으로 핥고 있었다. 보조개를 지으며 웃고 있는 미라의 얼굴 위로 상처 같은 금이 그어져 있었다. 거울 속의 미라를 보고 선희는 가슴이 섬뜩했다. 자세히 보니 거울에 간 금이었다.

주린 배를 채우려 했으나 음식이 많이 먹히지 않았다. 아스크만

두 잔 거푸 마셨는데 빈속이어선지 얼굴이 달아오르는 듯했다. 벽에 과녁처럼 걸린 레코드판만 자꾸 눈에 들어왔다.

애니가 자리에서 일어나 전축 앞으로 걸어갔다. 애니는 벽에 걸린 레코드판 중 하나를 빼서 턴테이블에 올려놓았다. 어깨가 절로 움직이는 하드 록이 쿵쿵 울리고 애니는 한 손으로 엉덩이를 치며 그 앞에서 혼자 춤추었다. 긴 곱슬머리가 허리까지 굽이치고 꼭 끼는 청바지를 입은 몸매가 물고기처럼 유연했다.

미라와 데이브는 앉은 채 어깨춤을 추기 시작했다. 샌디는 담배를 입에 물고 젓가락을 두들겼다. 방안에 담배 연기가 자욱했다. 매일 맡는 냄새지만 이날따라 메스꺼웠다.

선희는 슬그머니 밖으로 나섰다. 찬 공기를 마시고 싶었다. 하늘에선 별이 드문드문 빛을 내고 바람이 시멘트 바닥 위로 쇳소리를 내며 휩쓸려 다녔다. 찬바람에 목을 움츠리며 선희는 방 뒤꼍으로 다가갔다. 무심히 뒷집 마당을 내려다보니 수은등 아래 대추나무가 있었다. 채 잎을 피우지 못한 가지가 바람에 건들거렸다.

저 나무엔 밤송이처럼 큰 열매가 맺힐지도 몰라. 아니면 이곳 여자들의 머리카락처럼 노랗게 탈색한 대추가 맺히든지. 선희가 써니로 불리듯이 이곳에선 모든 것이 변하니까.

외화를 벌어들이는 사람…… 문득 경찰서에서 들은 말이 떠올랐다. 나라를 위해? 선희는 코웃음치곤 가만 주먹을 움켜쥐었다. 뼈만 드러난 주먹을 시멘트 난간에다 콩콩 찧었다.

방으로 걸음을 옮기려는데 다투는 소리가 희미하게 들려왔다. 선희는 귀를 기울이다 층계 앞으로 다가갔다. 장마담의 쉰 목소리가 아래층에서 울려왔다. 선희는 자석에 끌린 듯 층계로 내려섰다.

"이봐. 네가 나한테 이럴 수가 있어? 무릎 꿇고 사정해도 시원찮을 텐데 깡패 놈 데려와 방문을 부숴? 꼼짝 말고 거기 있어라. 네년을 고소하겠다."

숨도 쉬지 않고 내뱉는 장마담 말소리를 들으며 선희는 마지막 층계까지 내려섰다. 층계 바로 앞의 미장원 쪽 통로와 이어진 수돗가였다.

흐릿한 전깃불 아래 한 여자가 서 있었다. 여자는 짧은 머리를 흩뜨린 채 검은 파카에 손을 찌르고 있었다. 누런빛을 띤 얼굴엔 피로한 기색이 역력했지만 눈만은 생기로 번뜩였다. 여자 앞으로 한 남자가 전축 같은 물건을 들고 나갔다. 장마담이 허둥지둥 뒤따르자 여자가 장마담 앞을 가로막았다.

"흥, 고소하려면 하소. 벌 능력이 있어야 벌지. 이 바닥서 이판사판 다 겪은 년이 보이는 게 있나? 내가 살아야 빚을 갚든지 말든지 하지."

"그래, 네년이 내 돈 떼먹고 잘도 살겠다. 이마에 진짜 훈장 달고 싶어?"

"두고 보슈. 잘살면 빚만 갚을까."

푸른 반점이 드리운 장마담 눈은 살기마저 띠고 있었다. 여자는 눈 한 번 깜박하지 않고 빈정거리며 돌아섰다. 층계 앞을 스치며 여자는 선희를 홀끗 보았다. 아까부터 저를 지켜보던 선희를 그제 야 의식한 듯했다. 쏘아보는 눈이었으나 악의는 없었다. 여자가 대 문으로 나가자 장마담이 수돗가에 침을 내뱉었다.

"흥, 그 몸으로 무슨 영업을 해? 애비 없는 깜둥이 새끼 배고 와 서 어디다 싸지르려고."

누구일까, 뒤돌아서면서야 선희는 여자가 누구인지를 생각해냈 다. 장마담 집 여자들이 늘 입에 올리던 기순 언니라는 흑인 색시. 미군에게 살림 돈을 받고도 마음에 들지 않으면 사흘 만에 차버린 다는 여자. 기순은 선희가 이 집에 온 바로 그날 이른 아침 갑자기 들이닥친 보건소 직원에게 마리화나를 들켜서 잡혀갔다. 그것이 지난겨울 일이다. 검은 파카를 입은 여자의 모습을 떠올리자 선희 는 구원병이라도 얻은 듯한 기분이 들었다.

봄의 호루라기를 불며 노랗게 흐드러진 개나리가 어느새 지고 있었다. 대추나무에도 연둣빛 물이 오르고, 공터엔 잡초들이 여기 저기서 고개를 드밀었다. 야산이 깎이고 논두렁에 포장도로가 깔 리면서 기지촌이 들어선 지 이십 년이 넘었다지만 생물의 뿌리는 깊어서 어디든 틈만 있으면 풀포기가 비집고 나온다.

공터 앞의 블록 집이 병아리색으로 단장돼 있었다. 산뜻하긴 하 나 경박스러웠다. '방 있음'이라고 써놓았지만 저 집에도 간이무 대처럼 어수선한 방이 몇 개 들어차 있겠지. 시멘트 바닥이 그대로 드러난 방. 이곳에 살려면 무엇보다 비닐 장판을 깔아야 한다. 정성 들여 도배된 장판방이란 이 바닥에서 찾아볼 수 없다. 상인들과 여자들이 각처에서 흘러들어온 붐 타운이므로, 지물포와 이삿짐센터가 어느 곳보다 많은 것이 토박이가 없는 기지촌의 정경이었다.

선희가 이곳으로 흘러들어온 것이 언제였던가. 이제 네 달이 돼가지만 그전 일이 아득하게 생각되었다. 이 년 전 봄만 해도 모델 대 위에서 자세를 취하고 있었다. 물오른 나무처럼 청순한 몸을 부끄럼 없이 내보이며 나름대로 보람을 찾았다. 허황된 생각이지만 자신이 예술가 지망생들에게 영감의 샘이 되기를 바랐다. 모딜리아니의 연인, 숱한 명화 속의 연인들처럼.

이런 것은 선희의 비현실성을 보여주는 단면이다. 여고를 졸업하고 선희는 이삼 년간 책과 망상으로 시간을 보냈다. 동네 일대에 이천여 평의 땅을 가진 큰언니가 선희의 재정보증을 서주지 않아서 취직을 하지 못했다. 동기라곤 딸 셋뿐이어서 선희는 이 일로 돈에 경멸감을 갖게 됐다.

친척의 소개로 곧 피혁 회사에 취직했지만 일 년도 못 되어 그만두었다. '미스 지'라고 불릴 때마다 까닭 모를 반발심이 생겼고 사무적인 일에 집중이 되지 않았다. 선희는 '돈만을 위해 살 수는 없다'라는 결론을 성급하게 내렸다.

선희가 모델을 서기로 마음먹은 것은 둘째 언니 선자가 친정으로 돌아오고서였다. 공사장 감독이었던 남편이 사고로 죽고 나서 보니 호적에 선자가 올려져 있지 않았다. 시집의 몰인정에 못 견디고 친정에 온 언니는 아이를 안고 눈물을 헤프게 쏟아냈다. 그즈음 선희의 눈에 띈 것이 한 미술대학에서 낸 모델 모집 광고였다. 그것은 탈출구 같았다.

막 꽃피기 시작한 나이 스물두 살에 나신으로 모델대 위에 섰을 때 선희도 처음엔 수치감에 휩싸였다. 그것은 아무에게도 보이지 않은 성역이었다. 은밀한 꿈과 미소가 둥근 어깨에서부터 허리로 휘돌고 순수의 음표들이 숨어 있는 미지의 악기였다. 선희는 너무 성급했는지도 모른다. 낯선 세계 속에 알몸으로 마주선 선희는 한순간 아이처럼 두려움을 느꼈다. 그 두려움을 씻어준 것은 조소실에서 들려오던 한 조각가의 나지막한 목소리였다.

나무를 자세히 관찰해봐. 가지가 밋밋한 법이 없이 어디에선가 꼭 마디가 져 있어. 그 마디를 보면 거기서 또다른 가지가 뻗어 있지. 운동이 있는 곳에 생명이 있어. 이것이 생명의 법칙이야. 우리의 인체도 이와 같아. 자연의 신비지.

환상의 가지를 틔우는 나무가 되어 선희가 모델대 위에 선 지두어 달이 되어서였다. 수요일마다 선희가 모델을 서는 4학년 조소실에서 이상한 일이 일어났다. 그 조소실은 2학년 조소실과 젖빛 유리창을 사이에 두고 붙어 있었는데 선희가 모델을 서는 시간이면 누런 작업복의 그림자가 비치다 사라졌다. 그 작업복은 교수에서부터 조소실의 잔일을 맡아 하는 권씨에 이르기까지 과 직원이 입는 옷이었다.

처음엔 창에 비치는 그림자가 누구인지 아무도 짐작하지 못했다. 교수라고는 물론 생각지 않았지만 권씨라고도 생각하지 못했다. 어깨를 힘없이 내려뜨리고 안짱걸음으로 걸어 다니는 권씨에겐 내시라는 별명이 소리 없이 붙어다녔다. 남성적인 것이 거세된 듯 보이는 사람이었다.

창에 어른거린 주인공은 권씨임이 얼마 뒤 밝혀졌다. 실제로 그 장면을 보았다는 학생에 의해 말이 번져나갔지만 선희도 그것을 확인했다.

한 학기가 끝나고 기말고사를 치르는 여름이었다. 선희는 한산한 미대 복도에서 제 구두 소리를 들으며 걸어 다니다 조소실 맨 끝의 창고 문이 열려 있는 것을 보았다. 조교를 찾던 중이어서 선희는 별생각 없이 그곳까지 갔다. 안을 기웃하니 못 쓰는 조소대 등 폐품이 쌓여 있는 창고 한 모퉁이에 권씨가 앉아 있었다.

권씨 앞에는 오십 센티 정도 길이의 토르소 나뭇조각이 놓여 있었다. 강처럼 길고 유연한 허리 곡선이 나뭇결 따라 휘돌고 있었고 거의 다듬어진 상태였다. 선희와 눈이 마주치자 권씨는 얼굴까지 붉히며 당황했다. 선희는 "대단한 솜씬데요" 하고 티 없이 웃어 보였다. 권씨가 창에 비치는 그림자인 줄을 누구보다 먼저 알고 있었지만 그 일로 권씨를 미워하진 않았다. 선희는 미의 분배법칙을 알고 있었다.

선희의 균형이 깨어진 것은 모델대 위에 서기 시작한 그해 가을이다. 미대 강사의 소개로 그의 친구인 고교 미술 선생 화실에 나갔다. 그는 누드화에 몰두해 있었는데 부처 같은 웃음으로 선희를 맞았다.

작업에 들어간 지 사흘째 되던 날 미술 선생이 술을 사겠다고 했다. 술을 경이로운 것으로 생각할 때라 선희는 쾌히 응했다. 한 잔을 마시니 가슴이 뛰었고 취하는 것 같았다. 그것이 재미있어서 선희는 두서없는 말을 해댔다.

선희는 그날 밤 낯선 곳으로 이끌려 갔다. 몸이 나른하고 자꾸만 가무러졌지만 남자가 제 몸을 압박할 땐 눈을 홉뜨고 밀어냈다. 힘싸움엔 이내 지쳤고, 선희는 "남자와 이런 일 처음이야" 애원하듯 말했다.

남자의 손이 선희의 뺨으로 날아들었다. "거짓말 집어치워!" 선희는 충격으로 인해 얼굴뿐 아니라 머리까지 얼얼해졌다. 선희는 백치처럼 멍하니 누워 남자를 받아들였다. 사 년 전이었다.

생각에 몰두해 걸어가는데 기적 소리가 울렸다. 몇 발짝 앞에서 차단기가 내려지고 있었다. 알파벳이 널려 있는 이곳에 가난하게 엎드려 있는 철길을 보노라니 기적 소리가 점점 가까워졌다. 불현 듯 선희가 처음 이곳에 온 날이 떠올랐다. 그때 선희는 빨갛게 언 손으로 가방을 들고 이렇게 차단기 앞에 서 있었지. 달려가는 기차만이 현실이었다. 선희가 서 있는 곳은 과거이며 기차가 가로막은 부대 쪽 길은 미래였다. 갈보가 되려는 미래, 자신을 내동댕이치려는……

기차가 지나가자 차단기가 다시 올려지고 선희는 강물에 밀리듯 여자들 속으로 걸어나갔다. 애니가 철로 왼쪽에 있는 골목길을 손으로 가리켰다.

"기순 언니 집, 저 골목에 있어."

철길을 끼고 걸어가다 샛골목으로 빠지니 논길 같은 길 양편으로 집들이 다닥다닥 붙어 있었다. 애니는 골목 끝에 있는 이층집으로 들어갔다. 층계가 집 바깥에 있어서 아래채와 독립돼 있었다. 가파르고 좁은 층계를 거쳐 이층에 올라서자 마루가 있는 방이 눈에 들어왔다. 문 두 개가 닫혀 있는데 그중 하나에는 자물쇠가 채워져 있었다.

"기순 언니 있어?"

애니는 대답도 기다리지 않고 마루로 올라섰다. 선희도 신발을 벗는데 "들어와" 안에서 말소리가 울렸다.

단조롭게 밝은 방이 한눈에 들어왔다. 놓인 물건이라곤 구식 전축과 상앗빛 새 옷장뿐이었다. 전축 위의 유리병엔 장미가 한아름 꽂혀 있고 철길이 내려다보이는 창으론 햇빛이 쏟아졌다. 장식이 없어서 더 편안하게 느껴지는 방이었다.

기순은 잠옷을 입고 누워 있었다. 얼굴이 부스스했지만 앓아선지 눈빛이 맑았다.

"심심한데 잘 왔다. 수술한 지 일주일 됐지만 아직 누워 있어야 돼."

"그래두 이건 호강이야. 장미까지 있잖아." 애니는 방을 둘러보다가 창으로 다가갔다. "철길도 보이고 신혼살림 기분 나겠네."

"애 많이 낳게 생겼어. 기차 소리에 밤잠 설치면 그 일밖에 할 게 더 있어."

"흥, 바쁘겠어. 떼자 생기자." 애니가 비실비실 웃으며 "살림하는 신랑이 그렇게 좋대며?" 물었다.

"나 교도소서 나올 때 영치금에서 간수 천원 주고 나니까 천원밖에 안 남아. 집에 와봤더니 장마담이 내 냉장고와 새 담요까지 팔아버렸어. 전축은 숨겨놓고 빚 갚으라고 오리발 내밀데. 거기다 일곱 달이 돼서 배는 부르지, 영업할 처지도 못 되지. 화류계 친구가 범 친구라 내가 없으니 밥 한 숟갈 얻어먹을 생각 못하지. 그런데 하느님은 있어. 그때 한쪼가 나타난 거야. 국화란 친구가 소개해준 거지만 한쪼가 내 하느님이 됐어. 나를 구원해주었으니까. 살림하기로 하고 날 병원에 데려갔어. 하혈한 것도 다 받아내. 냄새가 날 텐데 옆에 누워서도 싫은 내색도 하지 않아. 흑인들이 한국 사람같이 연민이 많긴 하지만. 어젠 내가 물었어. 당신 천사 아니냐고."

"샘은 언니가 잡혀가고 나서 같이 미국 갈 차비 마련하느라 도둑질했어. 부대 텔레비전 두 대와 타이프 일곱 대를 훔쳤대. 들키는 바람에 본국으로 송환됐지만."

"갑자기 면회가 끊겨서 무슨 일이 있는 줄 알았어. 교도소 나와서 그 말 듣고 부대로 면회 갔어. 나 보고 막 울어. 아이도 낳으래. 미국 가면 부르겠다고. 샘이 이젠 본국 갔으니 나를 잊겠지."

"그래도 언니는 얼굴도 상하지 않았어. 멍키 하우스에 갔다 온 것치고 너무 유들거린다구."

"호, 이유가 있지. 교도소에서 사식으로 마가린을 사서 얼굴에 발랐어. 그 안에서 바를 게 있나. 깜방도 한번 있어볼 만해. 구더기 뜬 된장국을 먹지만 거기대로 재미가 있어. 샤워는 눈 깜짝할 사이에 마쳐야 돼. 하루 삼십 분의 일광 시간이 있는데 그 시간이 얼마나 기다려지던지. 깜방이 아니면 할 수 없는 경험이야."

다소 어색하게 앉아 있었지만 선희는 친근하게 기순을 바라보았다. 기순은 고통스러웠을 지난날을 담담하게 일축했다. 웃음까지 보였는데 그것은 여유였다. 운명과 악수하는 여유. 선희가 담배를 집어들자 그제야 애니가 소개했다.

"참, 써니 언니가 언니 보고 싶다고 해서 함께 온 거야. 장마담 집에 같이 있어. 언니 잡혀간 날 왔다구."

"전에 본 적이 있어요."

선희 말에 기순이 "알아, 나두" 손가락을 까닥했다. 기순은 선희의 나이를 가늠하듯 "스물넷? 다섯?" 물었다.

"스물여섯요."

"난 서른. 우린 그런 거 안 속여. 그런데 재미는 어때? 네 달 돼 가면 알 만한 건 다 알 텐데."

선희는 아무 말도 하지 못했다. 꿰뚫어보듯 선희를 바라보던 기순이 애니에게 시선을 돌렸다.

"애니와 미라 힛파리 때문에 장마담 집 여자들이 유명해졌지만 힛파리는 하지 마라. 난 이 바닥에 나온 지 십 년이 넘었지만 한 번 도 힛파리 한 적이 없어. 흑인들이 힛파리 싫어해. 서른이 돼가는 여자가 배꼽 나오는 옷을 입고 클럽을 누볐지만 자존심은 지켰어."

"씨팔, 이왕 돈 벌려고 나선 거, 아무려면 어때. 힛파리 싫어해 도 캐치하면 잘도 따라붙더라."

애니가 시큰둥하게 내뱉자 기순이 웃었다.

"애니 정도면 아무도 말 못하지. 자기 철학이 있으면 돼. 고등학 교 2학년 때 집을 나와 이 생활을 하게 됐지만 나도 시작부터 철 저했어. 낮에는 팝송으로 영어를 공부하고 클럽에 사전을 들고 나 갔어. 미군 말을 못 알아들으면 단어 찾아달라고 사전을 내밀었 지. 열심이었어. 잔다나 스피츠도 피워대고 약기운에 오층에서 뛰 어내리다 엉덩이뼈를 부러뜨리기도 했고. 그동안 이판사판 다 겪 었는데 뒤늦게 마리화나가 단속에 걸려서 교도소까지 갔네. 지금 은 집행유예 이 년이야. 그래도 이 생활을 불행하다고 생각하지 않 아. 돈만 좀 있었으면 좋겠어."

"나도 이 생활을 한 번도 후회해본 적이 없어. 씨팔, 짧은 한세상 이래 사나 저래 사나 내 멋이야."

"써니는 약 같은 것 안 먹지?"

기순이 선희에게 불쑥 물었다.

"맨정신으로 클럽 나가기 싫을 때 가끔요."

"철없이 휩쓸리지 마. 그러려고 이 바닥에 나왔다면 큰 오산이야."

두 여자는 다섯시가 다 되어 기순의 집에서 나왔다. 애니는 살림하는 톰슨이 돌아올 시간이라 서둘렀고 선희는 기순이 피로할 것 같아 일어섰다. 세 시간 동안 거의 혼자 얘기한 기순은 미안하다는 듯 선희에게 한마디 던졌다.

"다음엔 유한테 인생 강의할 기회를 주겠어. 아마도 할 얘기 많을걸."

선희는 대답 대신 웃음 짓고 그대로 뒤돌아섰다.

낯선 골목길로 앞장서 가던 애니가 하늘색 대문이 있는 집 앞에서 멈춰 섰다. 대문이 반쯤 열려 있어 애니는 집안을 들여다보았다. 마당 입구에 아치가 둘러져 있었다. 안엔 목련 두 그루가 눈송이같이 피어 작은 뜰이 온통 환했다. 테라스 앞에 작은 연못도 보였다. 애니가 선희 손을 끌고 대문 안으로 성큼 들어섰다.

"이 집에 방 없어요?"

영업할 집이 아닌 것이 분명했지만 선희는 잠자코 있었다. 가게 진열장에서 마음에 드는 것을 보면 그냥 지나치지 못하는 애니였다. 집이 마음에 드나보다.

연못 앞에 젊은 여자가 갓난아기를 안고 서 있었다. 붕어 먹이를 던지다 말고 여자는 애니를 훑어보았다. 양미간을 살짝 찌푸리며 여자가 이내 새침하게 말했다.

"여긴 그런 데 아녜요."

여자의 경멸하는 듯한 말투가 애니의 성깔을 건드린 것이 틀림없다. "그런 데?" 애니는 거만하게 긴 머리를 뒤로 젖히며 대뜸 말을 맞받았다. 애니가 쏘아보자 여자는 아이를 추켜 안고 현관 쪽으로 돌아섰다. 더이상 볼일 없다는 표시였다. 선희는 애니 손을 잡아끌어 대문으로 나섰다.

"방 있다고 써놓지도 않았는데 왜 들어가니? 니 잘못이야."

"씨팔, 이 바닥이야 다 색시 사는 덴데 그런 것도 못 물어봐? 양색시를 똥같이 보는 그년도 미제라면 환장을 한단 말이야. 옷 벗으면 제 년이나 나나 다를 게 뭐가 있어."

"맞아, 맞아. 넌 톰슨이 오기 전에 집에 가서 기다리기나 하면 돼."

선희가 애니를 다독이며 골목을 나서려는데 계집아이가 옆으로 지나갔다. 계집아이는 양팔로 새끼 강아지를 안고 있었다. 갈색 얼룩무늬의 귀여운 강아지였다. 애니는 어느새 돌아서 계집아이에게 다가갔다.

"얘, 강아지 한번 만져보자. 니네 거니?"

"아뇨. 막내 이모 집 거예요. 데리고 놀다가 갖다주려구요."

강아지는 애니가 쓰다듬는 대로 온순하게 눈만 껌벅였다. 아이는 그것이 좋은지 묻지 않은 말까지 했다. 애니는 강아지를 아이에게서 빼내 제 품에 안았다. 애니도 아이처럼 즐거워했다.

"얘, 니네 이모가 나한테 강아지 안 팔까? 너 따라가서 말해볼까."

"이모도 친구한테서 새끼 하나 얻은 거래요. 나 달래도 안 줘요."

"이모 집이 어딘데?"

아이는 두 여자가 지나온 골목 쪽을 손가락으로 가리켰다.

"여기서 세번째 집 말이야?"

애니가 눈을 치켜뜨자 아이는 고개를 끄덕였다. 애니는 강아지를 다시 쓰다듬고 아이 품에 들려주었다. 그러고는 돌아서는 아이를 향해 큰 소리로 말했다.

"난 그 강아지와 똑같은 것 살 거야. 두고 봐라."

피곤하여 클럽에 늦게 나가니 자리가 거의 차 있었다. 머리를 말 꼬리처럼 올려 묶고 짧은 주름치마를 입은 샌디는 어느새 보이지 않았다. 선희와 함께 클럽에 들어섰던 샌디는 곧장 플로어에 나가 춤추었다. 좀전에 한 미군과 마주서서 몸을 흔들더니 함께 자리에 앉았나보다.

선희는 줄곧 스탠드바에 앉아 있었다. 맥주를 시켜놓고 마시는 둥 마는 둥 잔만 잡고 있었고, 이따금씩 몸을 돌려 샌디가 춤추고 있는 무대 쪽을 바라보았다. 세 개비째의 담배에 불을 붙이는데 누가 선희 등을 쳤다. 종업원 제복을 입은 단발머리 여자였다. 종업원은 누가 찾는다며 손가락을 들었다. 종업원이 가리키는 홀 가운데 자리에서 한 남자가 손을 들고 있었다. 언뜻 보기에도 젊은 미군은 아닌 것 같았다.

선희는 별생각 없이 그의 자리로 걸어갔다. 탁자 사이사이로 빠져나가는데 한 여자가 선희 앞을 막아섰다. 여자는 턱으로 선희가 가려는 자리를 가리켰다.

"저 자리에 가는 거지?"

"왜 그래요."

"가지 마."

여자는 한쪽 어깨가 드러난 검은 옷을 입고 붉은 장미를 가슴에 꽂고 있었다. 눈가엔 온통 검은 아이라인이 칠해져 있고 눈만 강조한 화장 때문에 괭이처럼 보였다. 여자는 선희를 놓치지 않고 바라보았다.

"나랑 살던 남자야. 저기 앉지 마."

선희는 여자에게서 비켜나 그 자리로 갔다. 남자가 의자를 내어주며 물었다.

"무슨 일이야. 모나가 뭐라고 해?"

"여기 앉지 말라고."

"아무 관계도 없어. 전에 한 달 산 일은 있지만 지금은 끝났어. 당신은 그냥 앉아 있어요."

다갈색 곱슬머리의 중년 남자였다. 매부리코가 냉정해 보였고, 또 능란할 것 같은 인상을 풍겼다. 남자는 주머니에서 초콜릿을 꺼내 선희 손에 올려놓았다.

"나, 척이야. 당신은?"

"써니."

"무슨 술을 마시고 싶어?"

"마티니."

남자는 지나가는 종업원에게 술을 주문했다. 아까 선희에게 남자의 말을 전해준 여종업원이었다. 척이 담배 한 개비를 선희 앞으로 내밀었다.

"아까부터 지켜봤지. 당신 뒷모습이 꼭 고갱의 그림에 나오는 여자 같았어. 긴 머리와 스탠드바 벽면 장식 때문일 거야."

스탠드바의 벽면엔 붉은 색조의 바탕에 나무들이 그려져 있었다. 남자 말대로 강렬한 원색이 고갱을 생각나게 했다. 선희는 담배를 한 손에 든 채 턱을 괴었다.

"앞모습은 어때? 뒷모습과 어떻게 다르죠?"

"좀전에 걸어왔을 때 젤리피시 같았어. 바닷가에 떠다니는 젤리피시. 뼈가 없어. 투명하고, 그리고…… 다른 생물이 모습을 감추는 밤에 실체가 더 빛나지. 물결 위에서 외롭게 반짝반짝……"

"오늘 난 시인을 만났어. 젤리피시란 비유는 정말 재미있어."

종업원이 마티니를 가져왔다. 투명한 유리잔을 테이블에 내려놓고 붉은 장미를 가운데 꽂았다. 헝겊 꽃이었다. 선희가 그것을 집어들자 단발머리 여자가 선희의 발을 건드렸다.

"이 남자 그만두는 게 좋아. 저 여자의 정부란 말이야."

단발머리가 가버리자 선희는 유심히 실내를 살폈다. 이내 스탠드바로 눈이 갔고, 서서 선희 쪽을 바라보는 모나를 발견했다. 모나는 입에 담배를 문 채 드러난 어깨에 한 손을 얹고 있었다. 모나의 가슴엔 장미가 꽂혀 있지 않았다. 선희는 척의 잔에 술을 채웠다.

"모나가 당신을 아주 좋아하는군."

"나는 당신이 좋아."

선희는 아홉시가 조금 넘어 클럽을 나섰다. 척에겐 아무 말도 않고 슬그머니 빠져나왔다. 모나의 질투를 부채질하면서까지 그 남자와 함께 있을 필요를 느끼지 못했다.

아까는 배가 아프더니 배에서 주린 소리가 났다. 클럽에 오기 전 우유를 마셨을 뿐 저녁을 먹지 않았다. 막 햄버거집 앞을 지나가는데 군침이 돌았다. 선희는 멈춰 서려다 그냥 스쳐갔다. 무언가 특별한 것이 먹고 싶었다. 무엇을 먹을까 궁리하는데 골목 어귀에 피자집이 눈에 들어왔다.

선희는 그 앞으로 걸어가며 생각난 듯 바바리 속에 손을 넣었다.

손에 잡히는 돈을 모두 꺼내니 삼천오백원이었다. 피자를 살 수는 있었다. 선희는 망설이지 않고 피자집 지하 층계로 내려섰다.

피자집엔 세 군데 테이블에 손님이 앉아 있고 한가했다. 한 쌍의 남녀가 텔레비전을 보며 피자를 먹고 튀긴 닭이 놓여 있는 자리에선 두 미군 장교가 열심히 얘기하고 있었다.

선희는 구석자리로 갔다. 맞은편에 한 미군이 앉아 있었으나 그의 얼굴은 신문으로 가려졌다. 선희는 피자를 시키고 무심히 벽을 바라보았다. 메릴린 먼로의 패널이 걸려 있었다.

먼로는 연두색 가운을 여미며 천진하게 웃고 있었다. 흐트러진 금발과 볼에 팬 보조개가 망나니 소녀같이 귀여웠다. 저 여자가 섹스의 상징으로 불리다니, 아이의 혼을 가진 여자가 아닌가. 할리우드 향락주의의 속죄양이 된 거다. 순간 먼로의 머리 위에 가시관이 얹혀 있는 듯한 환각이 왔고 먼로의 웃음이 고통스럽게 일그러졌다.

선희는 자신도 의식하지 못한 채 얼굴을 일그러뜨렸다. 반쯤 감았던 눈을 뜨자 이번에는 광물질 같은 눈과 마주쳤다. 남자가 신문을 거두고 선희를 바라보고 있었다. 표정 없는 눈의 빛깔처럼 남자의 머리도 검었다. 검은 머리의 앞가르마가 한줄기 빛처럼 선희의 눈에 꽂혔다.

피자가 나오자 선희는 그것을 한 조각 떼어놓곤 물부터 마셨다. 목이 말랐는지 잔을 비웠다. 선희는 접시를 앞으로 당겨놓고 먹기 시작했다. 허기가 져서 제대로 씹지도 않고 삼켰다.

정신없이 세 조각을 먹고서 잠시 숨을 내쉬는데 맞은편에 앉은 남자와 눈이 마주쳤다. 선희는 반사적으로 접시에 눈을 떨어뜨렸다. 피자를 집어들어 입에 넣었으나 남자를 의식해서인지 음식맛이 느껴지지 않았다.

집으로 돌아가는 골목길에서였다. 긴 골목에서 왼편 샛골목으로 꺾어드는데 누가 뒤에서 불렀다. 선희는 별생각 없이 뒤돌아보았다. 전등이 높이 달린 담 아래 미군이 서 있었다. 검은 머리의 앞가르마가 먼저 눈에 들어왔다. 남자는 까만 섀미 잠바를 입고 한 손을 바지 주머니에 찌르고 있었다.

"실례가 안 된다면 당신과 함께 가고 싶다."

"난 피곤해서 혼자 있고 싶어."

남자는 피자집에서부터 선희를 뒤따라온 것이 틀림없다. 선희도 호기심이 없지 않았으나 그냥 돌아섰다. 선희가 걸음을 떼기도 전에 남자의 목소리가 울렸다.

"사실은 나도 피곤해. 귀찮게 하지 않겠어. 그냥 당신 옆에 있고 싶어."

선희는 물끄러미 남자를 바라보다 "좋아" 하고 고개를 끄덕였다.

치우지 않고 나가서 방이 어질러져 있었다. 아무렇게나 벗어놓은 옷이 침대 위에 걸쳐져 있고 재떨이엔 꽁초가 수북했다. 꽁초

냄새를 싫어해서 재떨이는 습관적으로 비우지만 이날은 샌디가 빨리 나가자고 재촉하는 바람에 그것마저 잊었다.

선희는 방에 들어서자마자 재떨이부터 비웠다. 재 묻은 재떨이를 밖에 내놓고 새 재떨이 두 개를 꺼냈다. 침대 위의 옷을 옷장 속에 밀어넣고 방바닥에 놓인 책을 탁자 위에 올려놓았다. 잠자코 앉아 있던 남자가 불쑥 말했다.

"왜 방을 치워? 그대로 놔둬도 상관없어."

"어질러진 게 좋아?"

"너무 깔끔한 것보다는 나아."

묘한 남자야, 생각하며 선희는 술을 마시겠느냐고 물었다. 남자가 한 손을 들었다.

"안 돼. 난 지금 술을 마실 수 없어. 치료를 하고 있어."

"어디가 아픈데?"

남자가 주먹을 쥐며 "비너스" 했다.

"난 여자에게 병을 옮았어. 심해. 벌써 일주일째 치료받고 있지만 앞으로 이 주일이 더 걸릴 것 같아 고통스러워."

"심하게 걸렸군. 병을 옮긴 여자를 원망하겠네."

"아니, GI가 나빠. 여자는 GI에게 옮았을 테니까. 자기에게 병이 있으면 여자와 자지 말아야 해."

"당신은 신사야. 신사를 만났으니 오늘 운이 좋아."

남자에게서 다른 면을 발견하자 선희는 부드럽게 웃었다. 술 대

신 차를 끓이겠다고 커피포트의 플러그를 꽂았다. 남자가 그제야
잠바를 벗었다.

"나는 마크 트랜서. 당신은?"

"써니."

"오우, 내 친구 한국 애인 이름도 써니다."

"나는 써니 지."

마크는 빙긋 웃다 "생일이 언제냐?" 불쑥 물었다.

"이십육 년 전 1월 17일."

"나와 나이가 같군. 당신은 산양좌야."

마크는 옆에 벗어둔 잠바 안주머니에서 수첩을 꺼냈다. 그것을
펼쳐 만년필로 선을 긋기 시작했다. 선희는 마크 옆에 나란히 앉
았다.

수첩엔 뿔 달린 산양이 벼랑을 기어오르는 그림이 그려졌다. 마
크는 그 옆 장에 또 한 마리의 동물을 그렸다. 새털구름 같은 곱슬
한 털로 싸인 양이 풀밭에 누워 있는 그림이 이내 완성됐다. 마크
는 산양과 양을 번갈아 가리키며 선희가 알아듣기 쉽도록 천천히
말했다.

"양은 들판을 다닌다. 평화롭게 풀을 뜯는다. 산양은 험한 바위
를 헤매야 한다. 뿔을 바위에 갈아 적을 물리쳐야 하고, 힘들게 먹
이를 찾아야 한다. 고난이 많고 외롭다." 남자는 선희를 빤히 바라
보곤 덧붙여 말했다. "나는 산양보다 양이 더 불행하다고 생각해.

배부른 양은 권태롭다."

물이 끓기 시작했다. 선희는 커피를 잔에 옮겨 담고, 담배를 꺼내 물었다. 마크가 라이터를 켜 내밀었다. 선희는 담배에 불을 붙이며 마크를 가까이 바라봤다. 반듯한 이마와 앞가르마가 견고했고, 광물질처럼 고정돼 있는 눈동자엔 여전히 표정이 없었다.

배부른 양이야, 저 남자는. 선희는 혼자 생각하며 벽에 등을 기댔다.

"물 끓는 소리가 좋아."

선희는 중얼거리듯 말하고 마크는 갑갑한지 양말을 벗었다.

"정적보다는 낫지."

모처럼 편안한 밤을 보냈다 했더니 다음날 아침 남자는 선희의 단잠을 깨웠다. 남자는 벌써 잠바를 입고 나갈 채비를 하고 있었다.

"써니, 사실 내겐 돈이 한푼도 없어."

선희는 눈을 감은 채 남자 쪽으로 돌아누웠다.

"어쨌든 당신은 내 집에서 잤어. 잠바를 놔두고 가. 돈을 가져와서 찾아가."

애니가 이날 아침부터 이층에 올라와 선희는 완전히 잠을 깨고 말았다. 강아지를 얻었으니 가만있지 못하는 것도 무리가 아니었다. 애니는 그것을 보여주기 위해 누가 자든 말든 깨워야 했다. 제기분이 좋을 땐 늘 그랬다. 애니는 갈색 얼룩무늬의 새끼 강아지를 연신 쓰다듬으며 선희에게 경과보고를 했다.

어제 톰슨이 퇴근하고 왔을 때 강아지를 사달라고 졸랐다는 것이다. 한번 점을 찍으면 빨리 끝장을 봐야 해서 톰슨을 그 집까지 데려갔다. 톰슨은 애니를 집에 먼저 보내고 삼십 분 뒤에 다시 나타났다. 주인과 흥정을 시도했는지 어쨌는지 모르지만 강아지를 잠바 속에 감춰 왔다. 이런 얘기를 다 듣고 선희는 "네가 그렇게 시켰지?" 눈을 흘겼다. 애니는 펄쩍 뛰는 시늉을 했다.

"난 꼭 그 강아지를 가지고 싶다고만 했어. 톰슨도 무엇이든 한 번 점찍으면 안 놓쳐."

애니는 그 오기에 강아지를 뺏은 것도 그렇지만 톰슨이 훔쳐다 준 것이 여간 좋지 않은 듯했다. 이 집 여자들과 마주쳐도 별나게 알은체하지 않지만 사탕이나 과자를 이따금 이층으로 올려보내곤 하는 톰슨, 말없이 정을 보이는 흑인인데 손재주가 많아서 애니의 장식장을 짜주기도 했다. 이런 톰슨을 애니는 은근히 자랑하곤 했다. 전엔 이중 살림까지 차렸던 바람둥이가 톰슨과 살림을 살고부터 눈 한 번 돌리지 않았다. 이걸 봐도 애니가 얼마나 톰슨을 좋아하는지 알 수 있다.

강아지 끙끙대는 소리가 아침부터 이층에서 떠나질 않더니 오후엔 잠잠해졌다. 애니가 강아지를 자랑하러 다른 여자들 집에 간 것이 틀림없었다. 건방지고 이기적인 아이지만 그럴 땐 순진해 보였다. 도둑질로 바친 남자의 사랑 표시에 그토록 행복해하다니. 쉽게 행복할 수 있는 애니는 행복한 사람이다.

선희는 온종일 방에서 꼼짝 않고 누워 있었다. 책을 들여다보다가 생각에 젖다가 영어 단어를 외우기도 했다. 오전부터 서머싯 몸의 영어 소설 「비」를 들고 있었는데 한나절이 지나도록 겨우 두 장 읽었다. 여학교 때부터 영어를 좋아해서 사전을 들추며 보는 것이 싫진 않았지만 집중이 되지 않았다.

옆방에선 김추자의 노래가 울렸다. 〈월남에서 돌아온 김상사〉에 이어 〈봄비〉가 들려왔다. 샌디는 이 시간이면 대개 고물 전축을 틀어댔다. 낮엔 화투패나 떼며 신세타령을 하고 클럽에 가기 전 남는 시간엔 유행가를 들었다. 〈번지 없는 주막〉이나 〈목포의 눈물〉이 나오면 크게 따라 불렀다. 그러다 해가 지면 누구보다 먼저 세수를 하고 살짝 얽은 콧등에 정성 들여 지분을 발랐다. 화장할 때 한 시간씩 거울 앞에 앉아 있는 걸 보면 선희는 주리가 틀릴 정도였다. 샌디는 얼마나 열심히 사는가.

선희가 이곳에 처음 와서 달거리를 치를 때마다, 나흘간 클럽에 나가지 않고 책을 읽으며 빈둥대는 것을 보고 샌디는 "아직 굶어보지 않았지?" 했다. 샌디는 영업이 되지 않아 일주일간 수제비만 끓여먹었던 적도 있었노라고 말했다. 몇 년 전 8·18 판문점 도끼 만행 사건 땐 전 미군부대에 비상이 내려 색시들이 거의 굶었다는 얘기도 했다. "그럴 땐 내일 애를 낳더라도 영업을 해야 한단 말이야." 샌디는 선희를 철없다는 듯 쳐다보며 이 말을 덧붙였다.

샌디 말이 틀리진 않았다. 오늘도 선희 주머니엔 동전밖에 없었다. 그것이 선희가 가진 전부였다. 이런 날은 아무래도 긴장하기 마련이지만 선희는 머리를 빗고 루주만 칠한 채 습관처럼 밖으로 나섰다.

온종일 방에만 틀어박혀 있었더니 스름스름 지는 햇살에도 눈이 어지러웠다. 퇴근시간이 지나서 미군들이 연이어 옆으로 스쳐 가고 선희 앞에는 한 여자가 미군의 손을 잡고 걸어갔다. 미군의 다른 손엔 시장바구니가 들려 있었다. 여자가 미군에게 얘기하느라 고개를 옆으로 돌리는데 선희가 아는 얼굴이었다.

미미, 여섯 살짜리 제 이복동생까지 데리고 사는 여자였다. 열여섯에 이곳으로 흘러들어와 지난해에야 겨우 정식 패스를 냈는데 여섯 살의 사내아이는 누가 누나를 찾으면 "미군 받으러 갔어" 말했다. 미미는 아버지의 세번째 여자 밑에서 구박받는 아이가 불쌍하다고 이곳까지 데려왔다. 훗날 그 아이는 미군을 받으며 저를 키운 누나에게 감사할까?

미미와 미군이 시장 어귀로 빠지는데 선희 앞으로 낯익은 흑인이 걸어오고 있었다. 흰 치아가 순간 반짝였고, 선희도 마주 웃었다. 톰슨이었다. 애니에게 돌아가는 길이다. 강아지를 갖다주어서 애니가 얼마나 좋아하는지 말해주고 싶었다. 톰슨도 좋아할 테니까.

서로 어깨를 칠 수 있을 정도로 간격이 가까워졌을 때 시장 어귀에 서 있던 두 사내아이가 톰슨을 향해 소리쳤다.

"헤이, 껌둥이, 껌, 껌 좀 줘."

열 살이 갓 넘을 듯한, 옷차림이 꾀죄죄한 아이들이었다. 아이들은 겁없이 톰슨을 빤히 바라보았고, 톰슨은 얼굴을 굳히고 아이들을 향해 우뚝 섰다. 선희는 톰슨을 지켜보며 어쩔 줄 몰라했다. 이곳에선 누구도 흑인을 그렇게 부르지 않았다. 흑인 색시들도 흑인을 욕할 때 보리쌀, 먹통이라고 부르는 것이 고작이었다. 톰슨의 얼굴이 험악하게 일그러지자 아이들은 슬슬 뒷걸음질했다. 한 아이는 재빠르게 달아나고 어정쩡하게 서 있던 아이는 톰슨에게 멱살을 잡힌 채 발버둥쳤다. 숨이 막히는지 아이의 얼굴이 검붉게 물들었다. 선희가 낮게 소리쳤다.

"톰슨, 아이를 용서해줘. 그는 아직 어려."

손아귀에서 풀린 아이가 비틀거리며 달아나자 톰슨은 번들거리는 눈으로 선희에게 돌아섰다.

"물론 아이들은 죄가 없어. 아이들은 어른들을 따라 하는 거다."

톰슨이 뒤돌아서자 짙은 체취가 코끝을 스쳤다. 그들의 피부색처럼 체취가 짙어서 아이들이나 어른들이나 그들을 '검은 사람'이라 부른다. 요란한 옷차림이며 화려한 색채의 기호뿐 아니라 그들의 글씨도 목소리도 백인들과 다르다. 어딘지 신경질적인 글씨와 그림자가 달린 듯한 어두운 목소리. 문명의 제물이었던 검은 사람들.

아프리카의 행복한 태양족을 짐승처럼 끌어오면서 미국 남부의 노예 지지자들은 이렇게 말했다지.

흑인은 열등하며, 그들의 종속적인 지위는 숙명적이다. 우리는 노예제도를 통해 야만족을 기독교 문명으로 발전시킨다.

백인들은 행복한 야만인들을 목화밭으로 끌고 가 채찍을 휘둘렀다. 검둥이들은 건강한 육체를 바쳤고, 고향을 잃었으며, 이것은 누가 말한 대로 전혀 희망 없는 가장 지독한 제도였다.

흑인들은 피를 흘렸고, 그 피의 대가로 해방되었으며, 이제는 아메리칸이다. 그러나 여전히 흑인, 배타적인 흰색에 섞이지 못해 '블랙 이즈 뷰티풀'을 외치는 흑인. 이것이야말로 그들의 분열성이며 또한 슬픔이다. 설움이 많은 민족이어서 연민도 많은 그들.

약자를 인간답게 살아가도록 하는 것은 바로 이 연민이란 샘이 있기 때문이 아닐까. 막다른 길에 선 기순에게 손을 내민 흑인 한 쪼, 이복동생을 데려온 미미……

겨우 일곱시인데 이날따라 클럽이 붐볐다. 빈자리를 찾으려고 안쪽으로 들어서자 통로에 서 있던 여종업원이 알은체를 했다. 단발머리 여자였다. "오늘은 꽤 사람이 많은데?"

선희 말에 단발머리는 "페이데이"라고 대뜸 궁금증을 풀어주었다.

"그래도 공군들은 돈도 잘 안 쓰고 재미가 없어. 약골이라 월급 받으면 은행부터 먼저 간다구. 정말 괜찮은 건 육군 애들이야. 걔

들은 월급날 왕창 쓰고 기분을 낼 줄 알아. 육군 쪽에 있다가 이리로 오니 심심해."

"심심한 건 안 좋은 건데."

선희는 단발머리와 농담하다가 빈자리를 찾아 앉았다. 맥주 한 병을 시켜 첫잔을 막 비우는데 한 남자가 선희 옆으로 다가왔다. 갸름한 얼굴에 동그란 금테안경을 쓴 젊은 남자였다. 깔끔한 인상이었으나 안경 때문인지 얌체같이 보였다. 남자는 선희 옆자리에 앉아 담배를 하나 달라고 했다. 선희는 갑째 담배를 내밀었다.

"고맙다."

남자는 깍듯하게 인사하곤 말을 시키기 시작했다. 호감이 가지 않았으므로 선희는 마지못해 대꾸했다. 몇 마디 오가자 남자는 "마마상 있느냐?" 물었다. 이럴 땐 어떻게 말해야 한다는 것쯤은 선희도 알고 있었다. 빚 없이 독립해 있는 여자들에겐 오히려 신세지려는 얌체가 있기 때문이다.

"물론 마마상이 있어." 선희는 이어 "당신, 한국 나온 지 얼마나 돼?" 물었다.

"사흘째야."

"흥, 당신은 사흘 동안 너무 많은 것을 배웠어."

선희는 약속이 있다고 말하곤 더이상 남자를 상대하지 않았다. 남자가 가버리고 나자 선희는 또 한 잔을 단숨에 비웠다. 한 달에 두 번 있는 미군들의 월급날엔 거리까지 흥청대고 축제 분위기이지만 선희는 오히려 이런 날 기분이 가라앉았다. 명절이나 크리스마스 같은 공휴일, 또 일요일이 그렇듯이.

통로를 사이에 두고 옆 테이블에 흑인 두 명이 막 앉았다. 선희는 그들을 보곤 혀끝에 성냥 끝을 살짝 대어 테이블 위에 눌러 세웠다. 성냥 네 개비를 기둥처럼 간신히 세우고 그 위에 성냥 쌓기를 시작하는데 누군가 선희 앞에 우뚝 섰다. 초록색 와이셔츠와 검은 손이 먼저 눈에 들어왔다. 선희는 눈을 치뜨고 흑인을 올려다보았다. 주먹만한 얼굴에 유난히 퍼진 콧방울이 한눈에 들어왔다. 선희 옆자리에 앉은 흑인 중 한 사람이었다. 그가 성냥 하나를 집어 들었다.

"호우, 혼자 성냥 놀이 하니까 심심하게 보여. 괜찮다면 우리 자리에 함께 앉자."

"아니, 고맙지만 난 누구를 기다리고 있어."

선희는 당황해서 말을 더듬거렸다. 흑인은 쥐고 있던 성냥개비를 허공에 놓았고, 그 바람에 사각으로 세워놓은 성냥이 휘청 쓰러졌다.

"약속이 있다면 할 수 없지. 좋은 시간을 가지길."

붉은 입술을 이죽거리며 흑인이 제자리로 돌아가자 선희는 출입구 쪽을 초조하게 바라보았다. 선희는 누구를 기다린다고 말했으나 얼마 뒤면 그것이 거짓임이 드러날 것이다. 선희로서는 최선의 방법이었으나 일진이 나쁘면 흑인이 트집잡을지도 모른다.

전에 한번 어떤 여자가 흑인과 함께 앉기를 거절해서 클럽 문이 일주일간 닫힌 적이 있었다. 백인 색시로서는 당연한 거절이었지만 형식적으로는 인종차별 범주에 드는 일이었다. 흑인들도 그들의 전용 클럽에 가거나 일반 클럽에서도 결코 백인 색시를 상대하려 하지 않는데 그날 여자의, 클럽의 운이 나빴던 거다.

초록색 와이셔츠를 입은 흑인은 맞은편 자리에서 줄곧 선희를 지켜보았다. 짓궂음이 지나쳐 야비한 느낌을 주었고, 선희는 화를 삭이며 입구를 계속 쏘아보았다. 벌써 이십 분이 흘렀다. 처음 선희 자리에 왔던 얌체 백인도 보이지 않았다. 백까지 세고 자리에서 일어나리라. 그때 흑인이 부른다면?

초침처럼 숫자가 머릿속으로 지나가는데 이십을 채 못 넘기고 멈췄다. 선희를 향해 한 남자가 다가오고 있었다. 표정 없는, 그러나 낯설지 않은 눈이. 남자가 선희 앞에 서자 선희는 먼저 "마크" 낮게 소리쳤다. "집에 갔더니 문이 잠겨 있었어. 그래서 클럽으로 왔지."

마크는 자리에 털썩 앉으며 넥타이를 느슨하게 풀었다. 까만색 정장 차림이었고 희고 견고한 얼굴이 어제완 달리 19세기의 사내 같았다.

"이렇게 빨리 보게 될 줄 몰랐어. 내가 당신 옷을 맡고 있지만."

"오늘이 월급날이야. 당신에게 한 달 살림 돈을 주겠어. 다른 남자를 캐치하지 않기를 바라."

선희는 기쁨을 숨기지 않고 두 개비 담배에 불을 붙여 하나를 마크에게 내밀었다.

"당신과 만날 줄 알았으면 화장을 좀 하고 나올걸."

초록색 와이셔츠의 흑인은 요란하게 울리는 하드 록에 손장단을 맞추고 있었다. 그의 행동이 선희의 미감美感에 맞지 않았지만 마크가 옴으로써 부담감도 덜었다. 흑인의 자의식을 건드렸다는 부담감.

마크가 세븐업을 주문하느라 주위를 살피는데 하늘색 옷을 입은 한 여자가 다가오고 있었다. 종업원 제복을 입지 않았으므로 마크는 들었던 손을 내렸다. 여자가 그들 옆으로 스쳐가려는데 초록색 와이셔츠의 흑인이 손짓했다.

"여기 소주와 아스크를 갖다줘."

"난 웨이트리스가 아냐. 웨이트리스한테 시켜."

미인은 아니지만 갸름한 얼굴에 하나로 묶은 머리가 단정해 보이는 여자였다. 여자가 새침한 표정을 하자 남자는 짓궂게 웃었다.

"여기 앉아서 함께 술을 마시자."

"미안해. 나는 앉을 자리가 따로 있어."

여자는 선희도 느낄 정도의 경멸의 눈초리로 흑인을 내려다보았다. 맞은편에 앉은 흰옷의 흑인이 초록색 와이셔츠 남자에게 못마땅한 표정을 지었다. "짐, 다른 여자도 많아."

여자는 흑인이 앉은 테이블 다음다음 자리에 가 선희와 마주 보이는 위치에 앉았다. 그쪽에는 백인 세 명과 또 한 여자가 앉아 있었다. 그들이 여자를 부른 것에 틀림없었다.

초록색 와이셔츠의 남자는 여자의 뒷모습을 지켜보았으므로 여자가 그곳에 앉는 것도 보았다. 남자의 좁은 이마에 주름이 지층처럼 물결쳤다. 종업원이 흑인의 테이블에 소주와 아스크를 놓고 곧 선희 자리로 와서 마크가 시킨 세븐업을 내려놓았다. 옆에서 샴페인을 터뜨리는 소리가 들렸다. 선희가 그들에게서 고개를 돌리고 담배를 집어드는데 흑인 특유의 목소리가 귀에 들려왔다.

"어느 연구가에 의하면 흑인의 평균 페니스 길이가 십이 센티라는데 이건 유럽인도 같대. 그런데도 흰둥이들은 우리의 힘을 두려워하는 것 같아. 검은 섹스를 말이야. 우리의 그것이 여자를 때려눕힐 만큼 굉장한 것이라고 상상하고 있는 것 같아. 저 여자도 흑인의 검은 섹스를 두려워하고 있는 것이 틀림없어. 사실은 검은 페니스에 강간되기를 바라는 부류란 말이야."

초록색 와이셔츠의 남자는 아예 여자 쪽으로 돌아앉아 큰 소리로 떠들었다. 그들 사이의 테이블이 비어 있었으므로 여자와 함께 앉은 백인들도 고개를 돌리고 흑인을 바라보았다.

"닥쳐, 이 먹통아." 여자가 싸늘하게 내뱉는데 옆에 앉은 백인은 여유만만하게 웃어 보였다. 잠시 사이를 두고 그 백인이 나섰다.

"미국 역사학과 교수들이 역대 가장 위대한 대통령을 뽑았는데 팔십 프로 이상의 득표로 링컨이 일 위였어. 그러나 나는 그렇게 생각지 않아. 링컨이 노예해방을 했다는 점에서야. 흑인노예는 해방시키는 것이 아냐. 니거들을 잘 봐. 그들의 팔은 무릎까지 내려와. 팔이 이렇게 긴 것은 고릴라나 원숭이지 사람이 아냐."

백인은 어느새 자리에서 일어나 어깨를 늘어뜨리고 원숭이 흉내를 냈다. 그들 사이로 웃음소리가 들렸다. 선희가 굳은 얼굴로 양쪽을 바라보는데 눈앞에서 무언가 번쩍하는 것이 날아갔다. 흑인이 던진 소주병이 박살나면서 맥주병들이 요란하게 굴러떨어졌다. 흰옷의 흑인이 빈 테이블을 밀치고 백인을 덮쳤고 여자들의 비명소리가 울렸다.

마크는 선희 손을 잡고 재빨리 클럽을 나섰다. 뛰어가던 헌병과 세차게 부딪쳐서 선희는 한길까지 나와서도 몸이 얼얼했다. 마크는 한 팔로 선희의 어깨를 두르며 "미국의 추태야" 낮게 내뱉었다.

"우월감이란 건 무서운 거야. 가장 비인간적인 것 같아. 남자들의 여자에 대한 우월감, 백인들의 유색인종에 대한 우월감. 당신의 나라는 인종차별로 그 극단을 보여주고 있어. 월남 난민이 십칠 일간 바다를 헤매다 미국에 들어왔을 때도 국스는 물러가라고 외쳤지."

"개척시의 아메리카 대륙은 그 자체로써 하나의 신화였어. 당시엔 호두를 따기 위해 몇 그루의 호두나무를 통째로 잘랐지. 나무에 오르는 노력을 하지 않아도 될 만큼 호두나무가 많았던 거야. 또 비둘기를 잡기 위해 하늘에 대포를 쏘았고 단번에 물고기를 잡기 위해 큰 그물을 끌고 호수를 돌아다녔어. 자유에 대한 갈망이 그들에게 풍부한 자원의 아메리카를 주었는지도 몰라. 그들은 항상 감사의 기도를 드렸지. 그러나 동시에 오만했어. 아메리카의 소수민족이었던 인디언을 고귀한 야만인이라 부르면서 제거했어. 또 보다 큰 수확을 얻기 위해 흑인을 노예로 끌어와 짓밟았어. 어느 역사가는 미국을 이렇게 말하지. 성공적으로 불건전하게 된 나라라고. 미국은 지금 흑인문제로 골치를 앓고 있지만 그건 미국의 업이야. 자기가 한 만큼 받는다는 법칙이지."

인과응보라는 거지. 선희는 이 말을 떠올리곤 흠칫했다.

"자기가 한 만큼 받는다는 법칙, 그건 무서운 거야. 신도 도울 수 없어."

연록이 짙어지려는지 비가 내리기 시작했다. 이틀째 내리는 비로 라일락이 지고 헤뜨러진 봄 공기가 잿빛으로 가라앉았다. 집들이 빼곡히 들어찬 골목엔 인적이 드물었고, 누가 레코드를 틀었는지 들창으론 색소폰 소리가 은은하게 울렸다.

장마담 집 여자들은 이날 샌디 방에 모였다. 사팔통으로 돈내기를 하고 오전부터 화투를 쳤다.

애니는 모처럼 화투를 잡자 잡기가 썰물처럼 싸악 가시면서 눈을 반짝였다. 애니는 처음부터 돈을 따기 시작했고 미라는 갖고 있는 돈을 다 잃고 애니에게 천원 빚졌다. 애니는 단 한 번 선희에게 사백원을 잃었으나 그 돈을 미라에게 갚으라고 미루었다. 애니 앞에는 돈이 쌓여 있었다. 입바른 샌디는 그중 사백원을 빼서 선희 앞에 놓았다.

"그렇게 하기 없어. 계산 똑바루 하라야."

두시가 조금 지나서 선희는 자리에서 일어났다. 앉아 있기가 지루해서 목욕을 갈 생각이었다. 선희가 일어서자 애니는 화투를 챙기다 말고 뒤로 물러나 앉았다.

"이제 그만해. 배도 고프고 뭣 좀 먹었음 좋겠어."

애니 앞에는 천원짜리와 오백원짜리가 대여섯 장 쌓여 있었다. 선희도 미라도 잃고 샌디는 본전에서 이백원을 땄다.

"씨팔, 어제 꿈에서 횡재를 했는데 개꿈이잖아. 꿈에서 말이야, 천 불을 손에 쥐었어. 꿈에서도 가슴이 두근두근하데. 그 돈으로 하얀 옷장 사고 가구들을 몽땅 갈아치웠어. 나머지로 장마담 빚도 갚고. 신나더라. 개꿈이지만 한번 더 꿨으면 좋겠다."

샌디는 방바닥에 벌렁 드러눕고 애니는 생글거리며 돈을 세었다.

"할아버지가 내 앞에만 모였네. 삼천구백원 땄어. 한턱낼게. 뭐 먹고 싶어?"

"비 오니까 걸쭉한 것 먹고 싶다. 순대지짐 같은 거."

미라 말에 샌디가 "소주도 껴라" 하고 덧붙였다.

비가 와서 시장도 한산했다. 정육점의 붉은 형광등이 더욱 침침하게 보이고, 하늘을 가린 천막지 아래로 채소들이 그림처럼 진열

돼 있었다. 무료하게 담배를 피우던 생선가게 아줌마는 여자들이 지나가자 게 한 마리를 집어들어 보였다.

"색시들, 싱싱한 게 먹어봐. 오늘 새벽에 잡아온 거야. 미군 신랑도 좋아해."

"미군 신랑이 겟값 따로 안 줘요."

애니 말에 웃으며 몇 발짝 더 가자 순대집과 튀김집이 나왔다. 막 잠을 깬 듯 머리가 부스스한 여자들이 그 앞에 진을 치고 있었다. 그들 앞에 놓인 소주잔이 쓸쓸하면서도 정겹게 느껴졌다.

애니는 부추지짐과 순대, 튀김을 한아름 샀다. 앞장서서 시장을 빠져나가다 오뎅가게 앞에 멈춰 섰다. 그 옆에 포장마차가 있었다. 애니가 포장마차 안을 기웃하고 선희에게 손짓했다. 해물을 파는 집이었다.

애니는 멍게, 해삼과 소주 반병을 시켰다. 홍합이 담긴 양동이에서 김이 오르는 것을 보고 그것을 미라와 선희에게 하나씩 집어주었다.

해삼을 먹는데 한 흑인이 포장 속으로 얼굴을 디밀었다. 근육이 드러날 정도로 몸에 달라붙는 분홍색 셔츠를 입은 흑인이었다. 비를 맞았는지 흑인의 땅갈색 얼굴이 번들거렸다. 흑인은 애니 옆으로 비집고 들어섰다. 그는 해삼을 먹는 애니를 야릇한 얼굴로 바라보다 해삼을 손으로 가리켰다.

"이게 뭐냐?"

"해삼이야."

"핸섬?"

애니는 흑인을 빤히 쳐다봤다. 흑인은 포장마차 주인이 멍게 똥을 씻어내는 것을 보며 얼굴을 찌푸렸다. 애니는 짓궂게 포크를 흑인에게 내밀었다.

"이거 핸섬한 거니까 먹어봐."

"이게 핸섬해? 그럼 내가 이걸 닮았어? 사람들은 내게 핸섬하다고 말해."

애니와 미라가 머리를 맞대고 웃었다. 애니는 까맣게 번들거리는 해삼을 집어들고 그 앞으로 내밀었다.

"정말 당신과 닮았어."

흑인은 몸을 흔들며 웃었다. 그의 손엔 어느새 애니의 우산이 쥐어져 있었다. 애니는 입가에 비웃음을 흘렸다.

"저렇게 못생긴 건 난생처음 보네."

선희는 그들을 남겨두고 혼자 나섰다. 애니와 흑인이 주고받는 수작이 이내 끝날 것 같지 않았다. 시장을 빠져나와 한길로 나서려는데 한 여자가 선희의 시야로 들어왔다. 여자는 아이만한 인형을 가슴에 안고 진창길로 치마를 끌며 가고 있었다. 머리는 비에 젖어 실타래처럼 엉켜 있었다. 입술로는 경련을 일으키듯 미소 짓고 있으나 눈엔 초점이 없었다.

선희는 여자를 직감적으로 알아보았다. 어두운 불빛 아래서 본 것과는 전혀 다른 모습이었으나 모나였다. 선희와 앉아 있는 남자에게 헝겊 장미를 보낸 모나, 골목 입구에서 보셋집의 두 여자가 예사롭게 모나를 바라보았다.

"비가 오는구나. 모나가 인형을 안고 돌아다니는 걸 보니."

"소문난 갈보였는데 갓난아기를 양자로 보낸 후 비만 오면 저러지……"

모나가 선희 옆으로 지나갔다. 선희와 정면으로 마주쳤으나 모나는 전혀 알아보지 못했다. 모나의 가슴에 안긴 인형만 허공으로 파란 눈을 치뜨고 있을 뿐. 선희는 돌아서서 우두커니 모나의 뒷모습을 지켜보았다.

모나는 우산도 없이 비 오는 거리를 헤매 다닌다. 난 그걸 알아. 소낙비를 맞고 나면 우산이 필요 없어지지…… 더이상 자기를 보호할 데가 없으니까. 인생의 비, 비…… 레인, 레인, 소낙비, 소낙비에 젖어본 사람만이 인생을 말할 수 있다.

혼과 육체가 분리되는 아픔은 소낙비였다. 혼의 부정, 그것은 거대한 벽이었다. 파랑새는 찢긴 날개를 접고 상처를 치유해줄 진실을 찾아 서투른 걸음으로 방을 헤매었다.

……

백금 반지를 낀 남자가 있었지.

좋아하던 여자가 이별하면서 준 반지였다.

기혼자였기에 그 반지는 더욱 순수했다.

죽을 때까지 끼라고 선희는 북돋았다.

그 반지 얘기를 한 날,

그는 길을 가다 말고 조용히 술을 한잔 마시자고 했다.

그가 간 곳이 숲속의 방갈로였으나 선희는 그가 영혼의 남자임을 믿었다. 얼마나 순진한가.

선희는 코를 고는 남자 옆에서 뜬눈으로 밤을 새우고 이른 새벽에 혼자 일어났다.

어렴풋이 잠을 깬 남자는 눈도 제대로 뜨지 않고 벽에 걸린 제 양복을 손으로 가리켰다. "돈 좀 가져가요."

……

한때

선희가 모델을 섰던

아마추어 화가들의 모임에 나오는 사람 중

가장 행복한 순간에 죽고 싶다

는 남자가 있었다.

청년 시절에 여자 옆에서 자살기도를 한 적도 있었던 남자였다.

그는 일 년 만에 선희와 대면하곤

널 찾았어, 여자는 그런 것 모르지,

나무라듯

말했다.

그날 그는

너무나

자연스럽게

너와 자고 싶어,

라고 말했다.

그후로도 만나면 그렇게 되었다.

아이처럼 보챘으니까.

어느 날 선희는 그의 회사로 낙엽을 동봉한 편지를 보냈다.

지금은 10월이고 11월이 곧 올 것이므로

그나마 행복하다는

그렇고 그런

내용 없는 편지였다.

그뒤 두 사람이 만났을 때

남자는 난색을 하며 말했다.

비서가 편지를 뜯어봤다고.

그날 그의 화제는

'여자의 값싼 감상'이었다.

비가 더 세차게 온다. 우산을 너무 앞으로 기울이고 걸었는지 바지가 척척하다. 비에 젖었다. 따뜻한 아랫목에 앉고 싶어. 기순 언니한테 가볼까. 선희는 불현듯 기순을 떠올리고 걸음을 늦추었다. 그동안 문득문득 기순이 생각났다. 기순에게 가지 못했던 것은…… 기순 앞에서 인생 강의를 할 자신이 없기 때문이겠지. 생각에 몰두해 손을 놓았는지 목욕 주머니가 발 앞에 떨어졌다.

선희가 젖은 머리로 집에 들어와 방문을 여는데 샌디 방문이 빼꼼 열렸다. 미라가 고개를 내밀며 밖으로 나서자 뒤이어 샌디가 얼굴을 내밀었다. 무슨 일이 있나? 선희가 방에서 옷을 벗는데 샌디가 들어왔다.

"너 아까 애니랑 같이 나갔지."

선희는 담배를 집어들고 방바닥에 주저앉았다.

"무슨 일이야."

"애니가 아까 어떤 먹통을 데리고 왔잖아. 그년 일만 해치우고 빨리 보내질 않고 돈을 적게 준다고 멱살 잡고 늘어졌단 말이야. 문제는 그게 아냐. 톰슨이 오늘따라 빨리 집에 왔어."

"애니는 지금 어디 있어?"

"제 방에 갇혀 있어. 아래층에 뚝 떨어져 있으니 동정을 살필 수가 있나. 톰슨 성미에 가만 놔두지 않을 텐데."

"그래도 애니는 그동안 얌전했어. 톰슨을 좋아하니까."

그때 미라가 이마를 찌푸리며 들어왔다.

"그 앞에 있어도 아무 소리 안 들려. 얻어맞으면 애니가 소리라도 칠 텐데."

"내버려둬. 걔는 한번 당해야 돼. 톰슨이 강아지까지 훔쳐다줬잖아. 그렇게 좋은 남자 만났는데 바람피울 생각을 해?"

미라와 말을 주고받다 샌디는 담배를 피워 물었다. 홈통으로 물

쏟아지는 소리가 세차게 들려왔다. 샌디는 발을 뻗어 방문을 밀어 찼다. 낙숫물이 슬레이트 지붕 끝에서 방문 앞으로 떨어지고 있었다.

"추적추적 내리는 것이 비가 금방 그칠 것 같지 않다."

모든 외로운 사람들을 보라
결혼식을 올렸던 교회에서
엘리너 릭비는 쌀알을 줍는다
문 옆의 항아리 같은 표정으로
창가에서 기다리며 꿈속에 산다
그건 누구를 위해서일까
모든 외로운 사람들은 어디서 오는가
모든 외로운 사람들은 어디로 가는가
매킨지 목사는 아무도 듣지 못할
아무도 가까이 오지 않을
설교문을 쓰고 있다
……

마크가 비틀스의 레코드를 가져왔다. 선희는 마크와 나란히 벽에 등을 기대고 말없이 레코드를 들었다.

"미국의 내 방엔 아직 비틀스 사진이 걸려 있을 거야." 마크는 레코드 재킷을 들여다보며 혼잣말을 했다. "비틀스 노래엔 현대의 우수 같은 것이 있어."

……엘리너 릭비는 그 교회에서 죽었다. 그녀의 영원한 이름과 함께 매장되었지. 장례식엔 아무도 와주지 않고……

마크는 입속으로 노래 가사를 읊었다. 마크의 검은 눈이 이날은 우울해 보였다. 선희는 마크의 흰 발등에 우울해, 라고 손가락으로 썼다. 추적거리는 빗소리가 반주곡처럼 간간이 들려왔다.

"써니, 오늘은 무얼 했어?"

"이 집 여자들과 화투를 했어. 목욕을 했고 또…… 당신을 기다렸어."

마크가 선희의 뺨을 가볍게 두드렸다.

"난 지난겨울에 한국에 나왔어. 이곳에 와서 여자와 사는 것은 처음이야."

"나도 그때 여기에 왔어."

"당신은 여기 오기 전에 어디 있었지? 말하기 싫으면 하지 않아도 좋아."

"기지촌엔 처음이야. 여기 오기 전 나는 서울 내 집에서 살았어."

"당신 얘기를 듣고 싶어. 알고 싶어."

선희는 마크를 바라보기만 했다.

"이해 못할 거야. 나도 설명할 수가 없어."

"당신은 다른 여자들과 좀 달라. 난 그걸 알아."

선희는 생각을 정리하듯 이곳에 처음 온 일을 떠올렸다.

"지난해 여름에 나는 이종사촌을 만나러 이곳에 왔어. 그애는 고등학교를 졸업한 해 집을 나갔어. 영리한 친구였는데 돈밖에 모르는 엄마를 증오했어. 삼 년 동안 소식이 없었지. 그애는 지난해 봄에야 가족 앞에 나타났어. GI와 결혼해서 겨울에 미국으로 간다는 얘기를 했어. 나는 그애를 다시 만나게 되어 기뻤어. 우리는 어릴 때부터 친구였으니까. 내가 그애를 만나러 처음 이곳에 왔을 땐 그저 보고 싶다는 생각뿐이었어. 그러나 두번째 갔을 땐 다른 생각을 갖고 있었어. 마크, 이런 때를 생각해봐. 비가 오는데 나만 우산이 없어. 비를 조금 맞을 땐 피할 곳을 찾지만 옷이 흠뻑 젖고 나면 차라리 소나기가 편하게 생각돼. 우산을 준비하지 않은 건 물론 나의 무지 탓이야."

"써니, 소나기의 의미가 뭐지."

"절망 같은 것."

선희의 입에서 무심히 '절망'이 튀어나왔고 마크는 선희를 물끄러미 바라보았다.

"그러면 사촌이 미국으로 들어갈 때 여기에 온 거야?"

"저 전축은 그애가 준 거야. 내 방에 있는 가구 모두 다. 덕분에 나는 빚 없이 이 집에 들어왔어. 첫 달 방세까지 그애가 내주었으니까. 물론 그애는 내가 여기 오는 것을 좋아하지 않았어. 여긴 기지촌이야. 그애는 미국인과 결혼했지만 미국인을 싫어해. 내게 미국인의 자만심과 비정함을 말해주었어. 내가 사는 현실을 견디지 못한다면 이곳도 못 견딜 거라고 했어. 나는 미국인에 대해 아무런 기대도 갖고 있지 않다고 말했지. 그건 사실이야. 난 아무에게도 기대하지 않아. 내 결정은 벌써 이루어졌고 나 자신도 어쩔 수 없었어."

나흘째 내리던 비가 그날 오후 늦게야 그쳤다. 땅은 질척거렸으나 흐린 하늘 한 틈으로 햇살이 비쳤다. 선희가 장을 보아 집으로 들어오는데 미라가 대문 앞에 서 있었다. 미라는 잠옷을 입은 채 긴 머리를 풀어뜨리고 있었다. 늘 헤실헤실 웃음을 흘리지만 흰 잠옷을 입어서인지 몽유병 환자 같았다. 선희는 미라 앞에 멈춰 섰다.

"미라야, 왜 대문 앞에 서 있어?"

"으응, 에브리바디 컴 인이야."

미라는 늘 약을 먹는다. 옵타리돈을 열 개, 스무 개씩 삼킨다. 샌디와 선희가 먹지 말라고 충고해도 중독되다시피 하여 소용없다. 선희는 미라 팔을 잡고 층계를 오르려다 애니 방을 흘끗 보았다.

"애니는 아직?"

"응, 조용해. 한번 더 불러볼까?"

수돗가 앞에 있는 애니 방엔 자물쇠가 채워져 있다. 팔랑개비처럼 돌아다니는 애니여서 나갔는지도 모르지만 이틀째 얼굴을 못 보았다. 아래층에 혼자 떨어져 있어 뻔질나게 이층으로 놀러오는 애니인데.

미라가 애니 이름을 부르며 콩콩 문을 두드렸다. 아무 소리도 들리지 않았다. 미라는 이번엔 톰슨 이름을 불렀다. 혹시 애니가 갇혀 있는 건 아닐까? 분노로 꿈틀거리던 톰슨의 얼굴이 얼핏 떠올랐다.

미라는 더이상 두드리기를 포기하고 불안하게 서 있는 선희에게 손을 내저었다.

"없어. 톰슨이 이따 오면 물어봐야지. 만약 안 오면 문을 부숴. 이상해."

선희가 애니의 상태를 안 것은 마크가 막 들어오고 나서다. 저녁을 준비하는데 누가 문을 두드렸다. "써니 언니." 문을 여니 미라였다. "애니가 있잖아." 선희가 방에서 나서자 미라는 다급하게 말을 이었다.

"애니가 병원에 갔대. 톰슨이 안고 데려갔나봐. 톰슨이 여태 애니를 침대에 묶어놓고 오늘 돌아와선 주먹으로 사타구니를 내려쳐 피가 펑펑 쏟아졌대."

"뭐라구?"

선희는 더 물으려다 말았다. 입을 다물지 못하고 서 있는데 미라는 샌디 방으로 들어가버렸다. 선희는 입술을 깨물고 한동안 밖에 서 있었다. 선희가 들어서자 마크가 무슨 일이냐고 물었다. "끔찍해." 선희는 얼굴을 찌푸렸다.

"애니가 방금 병원으로 갔어. 일이 생겼어. 살림하는 흑인이 있는데 애니가 바람을 피우다가 그에게 들켰거든. 그가 애니의 몸에 복서처럼 타격을 가해서 하혈이 심하대."

선희의 목소리가 높아졌으나 마크는 가만 바라보기만 했다. 선희는 동의를 구하듯 말을 덧붙였다.

"애니는 고소할 거야. 남자의 폭력을 그냥 받아들이면 안 돼. 나쁜 남자잖아."

"써니, 내가 생각하기에 그건 단순한 폭력이 아니라 폭력으로 가려진 톰슨식 사랑의 표현이야."

"광기가 아니고? 어떤 폭력도 미화할 수는 없어."

선희가 화를 내니 마크는 진정하라는 듯 한 손을 내리는 시늉을 했다.

"폭력은 분명 범죄이지만 내 눈으로 보면 그 흑인은 여자를 사랑할 줄 아는 것 같아. 내가 그 일을 당했다면 아무 일도 없었을 거야. 나도 폭력을 싫어하고 기피하지만 그의 열정만은 놀라워. 사랑을 소유하려는 왜곡된 욕망이라 하더라도. 내가 갖지 못한 것이니까."

말하다 말고 마크는 주머니에서 손지갑만한 빨간 상자를 내놓았다. 선희는 무심히 그것을 바라보았다. "당신에게 나를 표현할 수 있는 건 이런 정도야." 눈이 마주치자 마크는 선희 앞으로 상자를 디밀었다. 상자를 열어보니 시계가 들어 있었다.

시계 알엔 인조보석이 박혀 있고 시곗줄은 몇 개의 금실이 엮인 것처럼 섬세하게 달려 있었다. 장식적이어서 시계라기보다 팔찌 같았다.

"마크, 고마워. 남자에게서 이런 선물 처음 받아봐. 기분이 아주 좋은걸."

선희는 환히 웃으며 시계를 손목에 찼다. "좋은 여자에게 선물을 한 남자가 없었다니 믿기지가 않는군." 마크가 고개를 내젓는데 문득 남백 선생이 떠올랐다. 선희가 모델을 할 때 그녀를 따라다녔던 화가. 선희에게 빨간 구두를 사주었던 아버지 같은 사람이었다. 육순의 나이였으며 키가 작고 볼품이 없었으나 선희의 값어치를 알아준 예술가였다.

그가 그린 선희의 누드화는 포장된 채 아직도 선희 방 다락에 올려져 있을 것이다. 풍만한 나신이 갈대밭에 구름처럼 누워 있는 그림이었다. 호기심이 가득한 눈은 아이의 그것이었으나 젖꽃판은 팬지꽃같이 붉었고 음부에 검은 모자가 덮여 있었다. 마치 상장喪章처럼.

그 노화가는 지난봄 프랑스로 떠났다. 그가 떠나기 며칠 전 선희는 병원에서 나오며 울었다. 그는 그날 마지막 여생은 선희 옆에서 보내겠다고 다짐했다. 이국의 도시에서 빨간 차를 타고 다시 만날 것을 약속했다. 선희는 희망을 가졌으나 겨울이 되도록 그는 엽서 한 장 보내지 않았다. 두려웠는지도 모른다. 선희의 미래가 그의 어깨에 얹히는 것이. 무엇보다 화가에겐 그림이 생이었다.

마크가 저녁식사를 끝내고 나자 선희는 약을 먹으라고 환기시켜주었다. 마크는 십여 일째 항생제를 먹고 있었다. 처음엔 요도에서 고름이 나왔으나 이제는 그친 듯했다. 마크는 약을 먹고 나서 길쭉한 성기를 꺼내 들여다봤다.

"이따금 통증이 와. 하지만 일주일 뒤면 완쾌될 거야. 당신에게 미안해."

선희는 마크의 늘어진 성기를 바지 속에 넣어주었다. 지퍼를 올리며 마크 뺨에 입을 맞추었다.

"난 상관없어. 그래서 시계를 사 온 거야?"

"시계는 훔친 거야. 내 명예를 걸고. 내가 들키면 주인이 부대에 고발할 수 있으니까."

선희는 마크에게서 한 발 물러섰다. 농담인 줄 알았으나 마크의 표정엔 움직임이 없었다.

"난 슬래키 보이였어. 입대하고부터는 더이상 그런 충동을 느끼지 않았지만."

"농담하는 거지?"

마크는 담배를 피워 물곤 침대에 걸터누웠다.

"하이스쿨에 들어가던 해야. 그저 인생을 알고 싶었고, 혼자 살고 싶었어. 주유소나 창고에서 일을 하고 돈을 벌었지만 지칠 때는 도둑질을 했지. 길에 세워둔 자동차 부속품을 떼내기도 했고, 레스토랑에서 고급 식기를 훔치기도 했어. 일 년 뒤엔 다시 집에 들어 갔지만 한동안 도둑질을 계속했어. 학교 다닐 때는 책만 훔쳤지."

"들킨 적은 없어?"

마크가 누운 채 어깨를 으쓱했다.

"내가 무엇을 훔치는 건 그것이 필요해서가 아냐. 들키지 않기 위해서지."

"무슨 뜻이야?"

"중요한 것은 훔칠 때의 순간이야. 스릴을 즐기는 거지. 그것이 권태에서 벗어나는 하나의 방법이야."

선희는 마크를 물끄러미 바라보다 두 손을 깍지 끼었다.

"난 도둑이 철학을 가지고 있다곤 생각지 않았어. 마크, 시계를 훔쳐온 당신 마음을 알았으니 우리 이제 저 시계를 주인에게 돌려 주면 좋겠어."

"그럴 필요 없어. 난 내일 당신과 함께 가서 시곗값 백오십 불을 지불할 거야. 당신이 떳떳이 가지도록. 훔친 뒤 그럴 생각을 했어. 난 이제 더이상 슬래키 보이가 아니거든. 여자의 아름다운 마음은 훔치고 싶지만."

마크는 조용히 몸을 일으키곤 선희 가슴을 손가락으로 가리켰다.

애니는 입원한 지 이틀 뒤에야 의식을 회복했다. 한 달 넘게 치료해야 한다니 중상이었다. 선희와 여자들이 문병 갔을 때 톰슨과 기순이 와 있었다. 애니는 문병 온 여자들을 힘없이 바라보기만 했고, 옆에 서 있는 톰슨을 보고도 아무 말 하지 않았다. 톰슨은 애니 손을 잡고 눈물을 글썽거렸다. 무슨 말을 할 듯 입술을 움직였으나 제 손으로 입을 막았다.

"야, 톰슨이 네 남편이냐 뭐냐. 그렇게 널 구속하고 싶으면 이 혼하고 결혼을 해주든지. 너 치료 끝나고 나면 당장 이 자식 고소 해."

샌디는 흥분해서 얼굴까지 붉어졌다. 살짝 얽은 콧등을 찡그려 마맛자국이 두드러져 보였고, 올려 묶은 머리가 흔들렸다. 미라는 옆에서 공연히 울기 시작했다. 애니는 그제야 입을 뗐다.

"난 톰슨을 고소 안 해. 난 톰슨 미워하지 않아."

톰슨은 울음을 삼키고, 애니 가슴에 얼굴을 파묻었다. 선희가 조용히 자리에서 물러나자 여자들도 뒤따라 병실을 나섰다. 흥, 춘 향이 났구나, 났어. 애니를 윽박지르던 샌디도 병원 밖으로 나서자 잠잠했다. 제멋대로이고 기가 센 애니가 핼쑥한 얼굴로 누워 있는 것을 보니 가여운 생각이 드나보다. 보통 때 애니였다면 링거병이 라도 뽑아 톰슨에게 던졌을 것이다. 앞서가던 샌디가 말없이 걸어 오는 기순을 향해 돌아섰다.

"언니가 애니라면 어떨 것 같아."

"글쎄, 원수가 될 수도 있지만 그 입장이 돼봐야 알겠지?"

"나도 애니처럼 톰슨 같은 남자를 고소 안 할지 몰라. 우리 다 알잖아. 톰슨은 애니를 사랑해. 눈이 뒤집혀서 폭행을 하긴 했지만

이 바닥에서 그런 남자가 아니면 누가 우릴 사랑하겠어. 가족들도 색시를 찾아와서 미제 깡통까지 들고 가는데."

"애니도 속은 외로워서 톰슨 같은 남자를 사랑하는 거겠지."

선희 말을 들으며 기순은 신호등 앞에 섰다.

"왜 놀러 안 와? 재미있나보지?"

"재미있어질 때 놀러갈 거예요. 언니 앞에 있으면 내가 초라해 져요."

"어려운 말이야."

파란불이 켜져서 길을 건너려는데 미라가 선희 팔을 잡았다.

"우리 오랜만에 파라다이스 가볼까? 날이 좋으니까 집에 들어 가기 싫어."

파라다이스는 기지촌에서 조금 벗어나 들판 쪽에 있는 유원지 다. 기순만 돌아가고 여자들은 파라다이스로 향했다. 들판에서 인 분 냄새가 뒤섞인 훈풍이 불어왔다. 막 자라기 시작한 보리가 초록 의 물결로 일렁였고, 늦봄의 햇살이 따갑게 콧등으로 내리쬐었다. 길 한옆으로 노란 장다리꽃이 한 무리로 피어 있었다. 좁은 황톳길 로 짧은 티셔츠를 입은 공군들이 자전거를 타고 달려갔다.

평일이어서 파라다이스는 그다지 붐비지 않았다. 탁구장과 당 구장에 서너 명이 있을 뿐 다른 오락장은 거의 비어 있었다. 미라 는 그네를 보자 뛰어가 올라섰고 샌디는 그 옆에 있는 사격장으로 갔다. 선희는 등뒤로 햇살을 받으며 못가로 걸어갔다. 귀에 익은 팝송이 스피커에서 울려 나왔다.

……나의 서머 와인은 양딸기, 버찌, 그리고 봄 천사의 키스가 합쳐져 만들어졌지……

옆으로 두 명의 미군이 자전거를 타고 스쳐갔다. 페달을 햇빛에 번쩍이며 허리를 굽히고 제비처럼 달려가는 모습이 경쾌했다. 뒤에서 여자 말소리가 들려왔다.

"앞에 간 애, 며칠 전 내가 캐치했던 애 친구야. 이쁘게 생겼지? 빨리 따라가 붙자."

"둘 다 어려 보여. 난 저렇게 젊은 애들이 좋아."

두 여자가 자전거를 타고 선희 옆으로 스쳐갔다. 둘 다 얼굴이 상기되었고 반들거렸다. 한 여자는 몸에 꼭 붙는 티셔츠를 입었는데 양딸기 같은 젖꼭지가 그대로 드러났다. 여자의 흰 바지 뒷주머니에는 '키스 마이 애스'라고 쓰여 있었다. 내 엉덩이에 입맞춰라. 선희는 속력을 내어 미군들을 뒤쫓아가는 여자들을 한참 지켜보았다. 긴 머리가 허공에서 물결쳤다.

선희가 못가에 서 있으려니 샌디가 부르는 소리가 났다. 못이 마주 보이는 풀밭에 몇 개의 야외 테이블이 놓여 있고, 샌디는 그중 한 자리를 차지하고 있었다. 여태 그네를 탔는지 미라는 보트장을 스쳐 샌디 쪽으로 뛰어왔다.

샌디는 벌써 아스크와 소주를 시켜놓았다. 미라는 자리에 앉자마자 막 샌디가 따른 술부터 맛보았다. 입술에 묻은 술을 혀로 핥곤 잔에 소주를 더 부었다.

미라의 손이 코앞에서 어른거려서 선희는 무심히 그것을 봤다. 뼈만 드러난 손등엔 세 개의 흉터가 마맛자국같이 찍혀 있었다. 그 것은 눈에 띌 정도로 이지러졌고 손등은 격전지처럼 황폐하게 보 였다. 선희는 미라의 손등을 가만 만졌다. 미라는 스스럼없이 손을 내밀었다.

"약 먹고 한창 깡패 짓 할 때 담뱃불로 그랬어. 몇 년 전만 해도 통신 부대가 있는 오정리에서 칠공주단이라면 알아줬다구. 내가 그중의 셋째였어. 그때 늘 칼을 갖고 다녔는데."

"흥, 그 칼로 지 손목이나 그었겠지. 니가 하는 짓은 다 그래."

샌디에게 퉁을 듣고도 미라는 웃기만 했다. 동생같이 마음이 쓰 이는 미라에게 선희가 한마디했다.

"자기 몸은 자기가 아껴야 돼. 자기가 자기를 버리면 누가 널 아 껴주겠어."

"알아, 언니. 약 먹는다고 모르지 않아. 모르는 것 같아도 다 안 단 말이야."

그들은 술을 비우고 자리에서 일어섰다. 보트장도 탁구장도 있 었지만 더 있다 가자는 말은 아무도 하지 않았다. 애니가 병실에 누워 있는 모습을 보아선지 기분이 가라앉았다.

미라는 혼자 백 미터쯤 앞서가고 있었다. 바람을 타듯 걸음이 가벼웠고, 뱀 무늬 옷 때문에 미라의 몸이 더욱 유연해 보였다. 미

라의 옷처럼 하늘거리는 나비가 미라의 머리 위로 날아갔다. 흰나
비였다.

미라는 흰나비를 따라 한길에서 숲 오솔길로 들어섰다. 숲 입구
에 큰 무덤 하나와 작은 무덤 두 개가 나란히 있었다. 어느 가난한
집 식구 무덤은 아무도 돌보지 않아 풀이 무성했고, 미라는 어느새
맨발로 풀밭에 섰다.

흰나비가 아기 무덤 위로 날아갔다. 미라는 흰나비를 따라 아기
무덤 위로 뛰어올라갔다. 팔을 뻗고 허공을 휘저었으나 흰나비는
영 잡힐 것 같지 않았다. 미라는 환호성을 내며 아이같이 무덤 위
에서 뛰었다. 샌디가 미라를 기다리다 지쳐 풀밭에 주저앉았다.

"봄에 흰나비를 처음 보면 엄마가 죽는다고 하잖아. 어릴 때 흰
나비를 보고 울면서 집에 뛰어가던 생각 나네."

선희는 그날 오랜만에 밤 외출을 했다. 부대에서 가져온 통조림
으로 저녁을 먹고 나자 마크가 클럽에 가자고 제의했다.

"술을 마실 수 없잖아." 선희의 말이 끝나기도 전에 마크는 한
손을 들어올렸다.

"난 이제 술을 마셔도 돼. 오늘 검진받았어. 치료는 끝났어."

선희는 루주만 바르고 나갈 채비를 했다. 청바지를 입으려 했으
나 마크가 치마 입기를 원했다. 선희는 스스럼없이 응했다. 집에서
는 늘 바지만 입었다. 마크는 선희의 다른 모습을 보고 싶은 것이
틀림없었다.

해는 아직 기울지 않았다. 선희는 더위를 조금 느꼈다. 밤에 쌀쌀할 것을 예상하고 긴팔 목수 원피스를 입었기 때문이다. 어깨까지 오는 머리도 거추장스러워 손수건으로 묶는데 가게 앞에 붙은 아이스크림 광고가 눈에 띄었다. 선희는 가게 앞에 서서 아이스크림을 달라고 했다. "두 개요?" 주인이 묻자 마크가 손을 내저었다.

"써니, 아이스크림 먹지 마."

"난 찬 것이 먹고 싶어."

"먹지 마."

말소리는 부드러웠지만 마크는 양미간을 세우고 있었다. 선희는 별생각 없이 주인으로부터 아이스크림을 받아들었다. 마크가 고개를 흔들었다. "플리즈"가 새어나왔다. 선희는 의아했지만 아이스크림을 무를 수도 없었다. 선희는 모른 체하고 아이스크림 껍질을 벗겨버렸다. 이어 손지갑을 열자 마크가 재빨리 돈을 냈다.

가게에서 나오자 마크는 선희 손에 들린 아이스크림을 빼앗아 쓰레기통에 던졌다. 먹을 마음은 벌써 가셨지만 선희는 약이 바짝 올랐다. 선희는 마크 등뒤로 소리쳤다.

"마크, 왜 그러는 거야?"

마크가 돌아서며 잠시 침묵을 지켰다.

"써니, 당신은 자신의 몸에 너무 무관심해. 난 당신이 살찌고 둔해지기를 원치 않아."

"그래도 아이스크림을 뺏는 건 지나쳐. 난 당신 마누라가 아냐."

골목에서 한길로 막 나서려는데 두 여자가 연이어 골목으로 뛰어갔다. 한길은 다른 때보다 번잡한 것 같았고, 긴장된 공기가 감돌았다. 몇 발짝 앞에 한 남자가 보도를 바라보고 서 있었다. 선희는 그제야 오늘이 토벌 날인 줄 깨달았다. 이곳에 있는 수백 명의 여자들 중 패스가 없거나 검진을 받지 않은 여자들을 추려내는 일이었다. 보건소 직원이 선희 앞으로 손을 내밀었다.

"아가씨, 패스 좀 봐요."

선희는 패스를 가지고 나오지 않았다. 화가 난 선희를 뒤따라오던 마크가 옆에 다가와 섰다.

"이 여자는 나의 여보다. 지금 산보중이어서 패스를 가지고 나오지 않았다."

"패스 없이 왜 다녀. 패스가 있으면 가져오라구. 그럼 놓아줄 테니."

젊은 남자는 일부러 심술궂게 맞섰다. 선희를 잡기로 작정한 듯했다. 실랑이를 하기 싫어서 선희는 마크에게 패스를 갖다달라고 부탁했다.

마이크로버스엔 십여 명의 여자들이 잡혀와 있었다. 거의가 짙은 화장을 했고, 흐린 전등 아래 서로 얼굴을 외면하고 있었다. 뒷자리에 앉은 여자는 큰 소리로 울어댔다. 두 여자가 창으로 목을 빼고 미군과 이야기했다.

"걱정하지 마. 일주일 안으로 멍키 하우스에서 나올 수 있을 거야."

그중 한 여자는 미군을 보내고 가방에서 머리빗을 꺼내 빗었다. 뒷자리에서 울음소리가 더욱 크게 들려왔다. 여자는 친구를 따라와 미군과 합석했을 뿐이라고 울먹였다. 머리를 빗던 여자가 뒤돌아보며 소리쳤다.

"듣기 싫어. 여기가 니네 안방이야?"

선희가 창밖을 보고 있을 때 한 여자가 부대 앞에서 잡혀왔다. 여자는 약간 둔해 보이는 체격에 안경을 쓰고 있었다. 세련되지 않은 대학 신입생처럼 보여서 선희는 잘못 잡혀왔구나, 생각했다. 여자는 선희 옆에 앉아서 보건소 직원에게 항의했다.

"부대에 영어회화 배우러 다니는데 패스는 무슨 패스를 내놓아요."

"검진해보면 다 아니까 가만있어."

"그럼 벌써 한 달째 사귀었는데 아무 일 없어요?"

"그럴 줄 알고 데려왔어."

어린애처럼 통통거리며 말하던 여자는 안경을 벗어 손수건으로 닦았다. 여자의 펑퍼짐한 얼굴이 비곗덩어리 같았다. 선희는 혐오감을 느끼며 창 쪽으로 고개를 돌렸다. 마크가 유리창을 손가락으로 치고 있었다.

선희가 차에서 내리자 마이크로버스가 움직이려 했다. 다른 곳으로 이동하는 모양이었다. 한 여자가 창밖으로 얼굴을 내밀고 소리쳤다.

"제니, 톡 투 미스터 유. 오케이?"

선희 바로 뒤에 서 있던 여자가 차를 향해 손짓을 했다. 부탁을 받은 제니였다. 선희는 순간 주춤했다. 여자들 입에서 거침없이 나오는 영어가 갑자기 생경하게 들렸다. 차가 선희의 시야에서 미끄러져나갔다. 얼핏 어두운 불빛 아래 모여 있던 여자들이 나방이떼처럼 떠올랐다.

"마크, 클럽엔 가지 않겠어. 자전거를 타고 강에 나갈까."

봄밤의 쾌적한 공기가 얼굴에 휘감겨왔다. 민가의 불빛이 멀리서 가물거릴 뿐 사방은 어두웠다. 나무들은 어둠 속에 장승처럼 버티고 있고 좁은 길이 자전거의 불빛으로 희미하게 드러났다.

길이 고르지 않아서 몸이 가볍게 진동했다. 바람에 부푼 마크의 흰 운동복이 선희의 시야를 막았다. 선희는 발에 힘을 주고 서서히 속력을 늦추었다. 아산만의 강줄기가 아교질처럼 괴어 있었다.

강을 보면 언제나 낯익은 느낌이 든다. 어둠 속에서도 강냄새를 맡을 수 있다. 어느 곳에서 만나든 그것은 고향처럼 아늑하다. 엄마 가슴처럼 부드러워서 산 자는 발을 씻어주고 죽은 자는 뼛가루를 받아주지……

송림 사이로 수면이 번뜩였다. 마치 한 마리의 새가 수면을 스쳐간 듯했다. 문득 선희는 전생에 새였는지 모른다는 생각이 들었다. 예전에 강물을 따라 흰 날개를 펼치고 날아다닌 것 같았다. 떠돌이처럼 헤매는 자신이 새의 분신인 듯 느껴졌다. 옛날 옛적의 한 마리 새가 오늘은 갈보가 되어 강가를 달려간다.

강물이 이따금 출렁거릴 뿐 사방은 고요했다. 하늘엔 별이 총총해서 그 빛이 땅으로 쏟아질 듯했다. 선희는 마크와 나란히 소나무에 몸을 기댔다. 강물은 그들 발아래로 긴 허리를 누이고 있었다. 강 건넛마을에서 몇 개의 불빛이 가물거렸다. 선희는 눈을 빛내며 나직하게 말했다.

"불빛이 있어서 밤이 좋아. 어떤 고통의 집도 밤엔 아름답게 보이거든."

"그건 눈을 가리는 환상이야. 제기랄, 타임 스퀘어도 할렘가도 밤엔 아름답게 보여. 허상의 아름다움이야. 아름다움이란 거리에서 오는 것이 아닐까. 저 강 건너 등불이 아름다운 것은 그 거리가 그리움을 주기 때문이야."

"그 말도 맞아. 기지촌의 야경도 아름답지. 그러나 이곳은……"

환락의 손바닥일 뿐, 오만한 아메리칸이 달러를 뿌리는 붐 타운이며 된장 냄새와 레이션 냄새가 뒤섞인 난장일 뿐. 선희도 그것을 잘 알고 있다. 선희는 불을 쫓는 나방이처럼 이곳에 오진 않았다. 허영도 가난 때문도 아니고 방종도 아니었다. 이곳에 온 행위에 의지가 따랐다면 막다른 벽에 부딪친 자가 전쟁터에 자원하듯 허무의 의지이리라. 마크가 선희 어깨에 팔을 두른 채 눈을 가만히 들여다보았다.

"써니, 당신은 여기서 인생을 즐기지 않아. 그렇지?"

"그런지도 몰라. 시간이 헛되이 지나가는 것을 자주 느껴."

"당신은 책을 보고 멋을 부리지도 않아. 남자에게 매달릴 마음도 없어. 다른 여자들관 다르지. 정신은 움직이나 육체는 굳어 있어. 그리고 그 정신도 그다지 건강한 것은 아니야. 자의식에 묶여 있어. 그것이 당신의 특성이며 매력이기도 해. 배부른 양보다는 고난의 산양이 매력 있듯이."

선희의 입가에 웃음이 떠오르다 사라졌다. 선희는 마크, 하고 망설이듯 말을 꺼냈다.

"내게 이 생활이 맞기도 하고 안 맞기도 해."

마크의 시선을 의식했으나 선희는 앞만 바라보았다. 잠시 후 마크가 선희의 손을 잡았다. 손바닥을 펴게 하고 마크는 손가락으로 글씨를 썼다. 입으로 알파벳을 또박또박 발음하며.

"에스…… 에이…… 아이…… 엔…… 티, 세인트군, 당신은."

선희의 시야로 순간 불빛이 흔들렸다. 강물이 바람에 일렁였는지도 모른다. 이번엔 선희가 마크를 바라보았다. 세인트…… 성녀라구? 마크의 얼굴에 비웃음 같은 건 없고 조각처럼 움직임이 없었다.

"마크, 기분이 묘해. 나도 자신이 싫어. 나는 뛰어나지도 못하면서 평범하지도 못해. 순간순간은 취해 살지만 끝에 맛보는 것은 공허감뿐이야. 난 오픈 게임만 수없이 치르고 나가떨어진 권투선수와 같아. 처음엔 세상이 나를 받아주지 않았지만 이제는 내가 그 속에 끼어들 수가 없어. 난 응시자가 된 거야."

그때 하늘 한쪽에서 별똥별이 길게 꼬리를 그리며 떨어졌다.

마크가 그것을 가리켰다.

"써니, 유성을 보면 소원을 말하는 거지. 당신 소원을 말해봐."

마크가 가리킨 하늘에 별똥별은 이미 사라졌다. 모르겠어, 하고 선희는 말했다. 마크의 손이 선희의 얼굴을 스쳤다.

"당신은 이상한 여자야. 그래서 좋아. 써니, 난 흥분할 것 같아."

어디로 가는 것일까.

선희 앞에 한 남자가 걸어가고 있다. 미술대학의 교학과장……또 선희 옆에 세 사람이 걸어간다. 선희가 살던 동네의 구멍가게 주인아저씨, 두 사람은 기억이 날 듯 말 듯 한데 아무튼 아는 사람이다. 모두 시골길로 가는 걸 보면 소풍을 가는 거다. 날씨도 맑다.

얼마를 가다 주위를 휘둘러보니 혼자 낯선 거리에 있다. 사람들은 어디로 갔을까? 다시 앞을 바라보니 로마의 원형극장 같은 건물이 우뚝 서 있다. 선희는 자석에 끌린 듯 그 건물 안으로 들어선다. 어둡다. 천장으로 물이 새고 그것이 벽에도 번져 흐른다. 희미한 불빛을 따라 더듬거리며 터널을 빠져나오자 저만치 앞에서 전등불이 화려하게 빛나고 있다.

시장이다. 유리문을 밀고 들어서니 색색 가지의 옷감들이 각 점포마다 쌓이고 펼쳐져 있다. 전등불 아래 펼쳐진 옷감들이 눈이 아프도록 현란하다. 그 포목점들을 지나 미로를 빠져 걸어나오자 다시 원형극장 같은 건물 밖이었다.

눈앞에 세 갈래 길이 있다. 큰 신작로가 앞으로 뻗어 있고 양편으로 골목이 있다. 선희는 신작로로 가지 않고 왼쪽 샛골목으로 건너간다. 좁고 언덕진 골목이다. 몇 걸음 걸어가 언뜻 앞을 보니 골목 한 모퉁이에 연탄이 쌓여 있고 얼굴이 시커먼 거구의 연탄장수가 선희를 쏘아보며 길을 가로막고 서 있다. 연탄집게를 손에 쥔 채.

막다른 골목이었다.

선희는 자동인형처럼 벌떡 일어났다. 땀에 젖었는지 목덜미가 끈끈했고 한참 눈을 뜨고 있으니 희끄무레한 어둠이 다가왔다. 주위를 두리번거리자 탁자 위에 놓인 주전자가 눈에 들어왔다. 목이 말랐으므로 선희는 일어나 주전자를 집어들었다.

낡은 커튼이 드리운 창에도 옅은 잿빛이 밀려와 있었다. 가만 창을 바라보노라니 땅이 젖어드는 소리가 들리는 듯했다. 비가 오나? 몇시나 됐을까? 시계를 보려다가 선희는 방문을 열어젖혔다.

밖으로 고개를 내미는데 층계 앞에 서 있는 사람이 눈에 들어왔다. 미라가 층계 앞에서 신발을 고쳐신고 있었다. 미라는 어느새 곱게 화장하고 번들거리는 흰 비옷을 입었다. 선희는 멈칫하며 두 팔로 몸을 감았다. "미라야." 선희가 나직이 부르자, 미라는 놀란 듯 선희 방 쪽을 흘끗 보았다.

"쉿! 다 자는 줄 알았는데 언니가 깼구나."

미라는 눈웃음을 흘리며 입술에 검지를 댔다. 화장에도 핼쑥하게 보였다. 약을 먹고 밤새 잠을 자지 않았나보다. 미라는 잠옷 차림으로 서 있는 선희에게 간다는 손짓 하고 층계로 내려갔다. 이 새벽에 어디로 가는 걸까. 비가 오는데 우산도 없이. 넋 빠진 사람처럼 방문 앞에 서 있던 선희는 잠시 후 급히 신발을 신었다.

뛰듯 층계를 내려가 대문 밖으로 나서니 미라는 벌써 골목 끝으로 걸어가고 있었다. 흰 비옷을 입은 미라가 나비처럼 이내 눈앞에서 사라졌고, 선희는 미라가 빠져나간 골목길을 한참 동안 뚫어지게 지켜보았다. 언젠가 선희가 떠나야 할 길이었다.

(1983)

거미의 집

어젠 온종일 숙모가 보이지 않더니 이날은 학교에서 돌아오자 숙모가 문을 열어주었다. 친정에 다녀왔나보다. 숙모는 한 달에 두어 번은 집을 비운다. 삼촌이 며칠씩 집에 오지 않아서일까.

나는 그 이유를 자세히 알진 못한다. 내게 그것을 말해줄 사람이 없다. 그렇다고 숙모에게 물을 수도 없다. 나들이를 나선 전날 숙모의 얼굴이 슬프게 보였다는 것만 기억할 뿐이다.

숙모는 보라색 꽃무늬가 구름처럼 피어 있는 옷을 입고 있다. 뜰에 서 있는 숙모의 모습이 꽃나무처럼 어우러져 있다.

숙모는 옷이 많다. 거의가 꽃무늬 옷이다. 그 옷이 바뀔 때마다 숙모의 모습도 바뀌는 것 같다. 남색 튤립 무늬 블라우스를 입으면 튤립 같고 찔레꽃이 있는 긴치마를 입으면 찔레꽃 같다. 그것이 신기해서 한번은 숙모 옷엔 전부 꽃이 있어요, 하고 옷깃을 만져보았다. 숙모는 사내아이가 옷에 관심을 갖는 것이 재미있다는 듯 나를 바라보았다. 내가 관심을 두는 건 옷이 아니라 숙모라는 걸 모를까.

숙모가 이 집에 온 일을 이따금씩 생각하지만 아직도 꿈만 같다. 눈발이 휘날리는 정월, 흰 얼굴이 더욱 창백해 보이는 가지색 두루마기를 입고 삼촌 뒤에 숨듯 서 있던 숙모의 모습은 잊히지 않는다. 크지도 작지도 않은 키였으나 가는 몸이 비단옷 속에서 휘청거리듯 옷 스치는 소리가 유난했고 고무신도 힘에 겨운 듯 끌다시피 현관으로 들어섰다. 마루에 서 있던 나는 숙모와 눈이 마주치자 방으로 돌아섰다. 여자가 없는 이 집에 숙모가 들어온다는 것이 내겐 가슴 벅차도록 설레는 일이었다.

숙모가 할아버지 방으로 들어간 지 십여 분쯤 되었을까. 할아버지가 나를 불렀다. 나는 발소리를 죽이고 할아버지 방으로 갔다. 가슴이 마구 뛰었고, 이것을 들키지 않기 위해 삼촌과 눈이 마주치지 않도록 애썼다.

"수영아, 숙모님께 인사드려라."

할아버지 말이 채 끝나기도 전에 숙모가 내 앞으로 주먹만한 잿빛 돌을 내밀었다.

"수영이 선물이야. 돌하르방. 제주도의 수호신이래."

내가 수호신이란 말을 들은 것은 그때가 처음이다. 나는 기어들어가는 소리로 수호신이 무엇이냐고 물었다.

"응, 사람을 지켜주는 신령 말이야."

숙모는 믿음을 주려는 듯 내 눈을 들여다보며 말했다.

숙모는 내 기대에 조금도 어긋나지 않았다. 지금도 나는 숙모 얼굴을 똑바로 보지 못하지만 숙모의 거동을 항상 눈으로 좇는다. 노란 저고리에 빨간 치마를 입고 마루를 왔다갔다하는 모습은 얼마나 눈부셨던가. 마른풀 냄새가 나는 찻잔을 들고 할아버지 방으로 들어서는 모습을 훔쳐보며 나도 크면 저런 신부와 살 거야, 생각했다. 돈을 벌어서 한복을 해주고 연탄불 정도는 문제없이 갈아주리라. 숙모에게 해주듯 말이다.

숙모가 없었던 탓으로 어제는 집이 어질러져 있었다. 나는 어제 수수깡을 마루로 갖고 나와 군함과 사람을 만들고 그대로 내던져두었다. 오늘 아침에도 마루가 수수깡들로 어지럽혀져 있었는데 어느새 말끔히 치워졌다.

숙모는 발 딛기가 조심스러울 정도로 집을 깨끗이 치운다. 설거지는 그릇을 몇 번이나 씻고도 끓는 물에 헹궈낸다. 청소할 때도 머릿수건과 마스크까지 쓰고 먼지떨이로 집안 구석구석을 털어낸다. 먼지 쌓인 궤 위에 올려져 있던 신라 토기가 그 때문에 깨질 뻔한 적도 있다.

숙모가 그뒤 다시 먼지떨이를 쓰지 않은 것은 할아버지가 원치 않았기 때문이다. 사람 사는 집이니 먼지도 있겠지, 라고 할아버지는 넌지시 일러주었다. 삼촌이 쑥밭 드나들듯 하는 이 집을 먼지떨이로 청소한 사람은 여태 아무도 없었다. 먼지떨이는 우리집 식구에게 낯선 물건일 수밖에 없었다.

"할아버지, 학교 다녀왔습니다."

책가방을 마루에 내던지고 큰 소리로 말했으나 대답이 없다. 나는 할아버지 방 문을 열어젖힌다. 물감 접시들이 한쪽에 밀려 있고 화선지도 얌전히 개켜져 있다. 숙모의 목소리가 등뒤에서 울린다.

"할아버진 약속이 있어서 나가셨어. 저기 가서 약과 먹어라. 유자차도 끓여줄게. 여름에 뜨거운 차 먹으면 더 좋아."

"어디서 난 거예요?"

"집에서 가져온 거야."

나는 쭈뼛거리며 탁자 위에 놓인 소반을 흘긋 바라본다. 좀전에 문을 열어줄 때도 나는 숙모에게 웃기만 했다. 하루 저녁을 보지 않았다는 것이 이렇게 서먹하게 만드는 걸까. 고소한 참기름 냄새에 침을 삼키는데 숙모가 약과 하나를 내 앞으로 내민다.

"어젠 수영이가 밥했겠구나. 미안해."

"아녜요. 할아버지가 쌀 씻어놓아서 전기밥솥에 넣기만 했는데요 뭘."

"할아버지가 정말 그런 걸 잘하시나봐. 내가 쌀을 씻어놓으려 했는데 말리시잖아."

"전부터 그래왔는걸요."

"많이 해오셨나보지?"

전화가 울린다. 숙모가 일어서려다 말고 내게 눈짓한다. 전화를 받는 일은 숙모 일이 아니다. 내가 할아버지 방으로 들어가 전화를 받자 목쉰 남자 목소리가 다급하게 울린다.

"거기 장명환이 집이오?"

"네, 지금 안 계신데요."

"빌어먹을. 도대체 있으면서 안 바꿔주는지 알 수가 있나, 밤낮 없대니. 거 전화받는 사람은 누구야?"

"조카예요."

"어른 없어?"

"아무도 안 계시는데요."

숙모가 있지만 없다고 한다. 숙모는 이런 전화를 받으면 늘 쩔쩔맨다. 상대편은 혼자 궁리를 하다가 내가 아이임을 깨닫고 더이상 화를 내지 않는다. 삼촌이 언제 들어오는지, 지금 어디 있는지 모르느냐 캐묻다가 뾰족한 대답이 나오지 않자 투덜대며 전화를 끊어버린다.

삼촌을 찾는 전화는 대부분 거칠다. 돈을 갚으라고 소리치기도 한다. 삼촌 전화는 할아버지밖에 상대할 사람이 없다. 할아버지는 그들의 말을 일일이 들어주고 삼촌 대신 만날 약속까지 하니까.

숙모는 내게 아무것도 묻지 않는다. 삼촌을 찾는 전화라는 것을 알면서. 이 집에 처음 왔을 때 숙모는 전화만 울리면 바람처럼 달려가 받았다. 기쁜 소식 대신 낯선 목소리들이 울려와도 숙모는 그 말을 이해하려고 웃음을 잃지 않았다. 고개를 갸웃하면서도 꼭 상대편의 이름을 적어두었다. 지금은 더이상 관심이 없다.

삼촌은 정말 이해할 수 없는 사람이다. 삼촌은 우리 식구 어느 누구도 행복하게 해주지 않는다. 나는 벌써부터 그런 것에 길들여졌다. 할아버지는 삼촌을 고소하겠다는 사람들을 만나 돈을 갖다주기도 하면서 삼촌에겐 큰소리 한 번 치지 않는다. 삼촌 전화나 엿들을 뿐이다.

삼촌은 일주일에 한 번 정도 얼굴을 보일까 하지만 집에만 오면 자정이 지나서까지 전화기를 붙들고 있다. 마치 집에 전화를 걸려고 오는 것처럼. 삼촌이 전화를 할 때면 나는 할아버지 옆에서 얼마나 가슴을 죄었는지 모른다.

나는 잠결에 몇 번인가 할아버지가 삼촌 전화를 엿듣는 것을 보았다. 삼촌이 수화기를 놓는 딸각 소리까지 들었다. 그럴 때마다 나는 아, 수화기를 동시에 놓아야 할아버지가 들키지 않을 텐데, 하고 생각했다. 할아버지에게 그 말을 해주고 싶기도 했다. 내가 잠을 자고 있다고 할아버지가 생각하지만 않는다면 나는 그것을 말해주었으리라.

이따금씩 불어오는 바람에 등꽃이 일렁인다. 산동네여선지 여름 같지 않게 서늘하다. 유자차를 입으로 불며 마시는데 숙모가 흐릿한 신음소리를 내며 이마를 짚는다.

"어지러워. 감기가 들려나."

"여름에 감기가 들어요?"

나는 약과를 손에 든 채 자리에서 일어선다.

"약 사 올까요."

잠자코 있던 숙모가 그래, 고개를 끄덕인다.

"더운데 미안해."

"아뇨. 나밖에 심부름할 사람이 없잖아요. 그래서 좋아요."

나는 구급차처럼 약방으로 달려간다. 어찌나 빨리 달렸던지 헉헉거리며 약방에 들어선다. 나는 숙모의 증세를 알려야 한다. "어지럽고 감기가 들려는 것 같대요." 약방 아저씨는 안경 너머로 나를 흘긋 보고 내 이름을 다시 묻는다.

"수영이요." 약방 아저씨는 약봉지에다 수영이 엄마라고 적는다. "안녕히 계세요." 나는 어느 때보다 큰 소리로 인사하고 약방을 나선다.

숙모는 정말 어지러운지 베개를 베고 누워 있다. 나는 문을 그대로 열어놓은 채 주방으로 가서 냉장고에서 우유를 꺼낸다. 빈속에는 우유로 약을 먹는다는 것을 할아버지에게 배웠다.

내가 방으로 들어서자 숙모는 일어나 힘없이 웃는다. "고마워." 숙모는 내가 내미는 약봉지에서 약을 꺼내려다 약봉지를 살펴본다. 내 귓불이 갑자기 달아오른다. 숙모는 웃을 듯 말 듯 입술을 옴츠리다 아무 말도 하지 않는다.

"수영아, 너 사진 있니?"

숙모는 무슨 생각을 했는지 사진을 보여달라고 한다. "좋아요." 나는 쾌히 응낙하고 내 방에서 앨범을 들고 온다. 사진은 그리 많지 않다. 그것도 전부 최근에 찍은 것뿐이다. 지난봄 소풍 때 아이들이 찍어준 것과 사진사에게 찍은 독사진이 전부다.

앨범에는 우리집 식구로선 유일하게 삼촌 사진이 있다. 풀밭에 앉아 각기 다른 자세를 취한 세 장의 사진을 한 면에 다 붙여두었다. 언젠가 삼촌이 술에 취해 들어온 날 주머니에서 꺼내놓은 것이었다. 삼촌은 그것을 아예 잊었는지 찾지도 않았다.

"어릴 때 사진은 없니?"

"우리집에 사진기가 없었나봐요."

숙모는 절반도 채워지지 않은 앨범을 찬찬히 들여다보다 마지막 장을 넘긴다. "삼촌이 있구나." 숙모는 그것이 놀라운 일이나 되듯 눈을 크게 뜬다.

"삼촌 좋으니?"

"그럼요. 괜찮아요."

"괜찮아?"

되물으니 뭐라고 해야 할지 모르겠다. 삼촌에 대한 내 감정은 한마디로 표현할 수 없는 것이다. 나는 숙모 눈길을 피하며 "삼촌은 내가 계집애 같아서 싫대요" 말한다. 사실 삼촌은 "저 자식은 눈치만 살펴서 싫단 말이야" 했다.

"삼촌은 어째서 그렇게 생각할까? 수영이가 얼마나 예쁜데."

"나는 삼촌이 사 온 사과 한 쪽도 허락 없이는 손을 안 대요. 삼촌이 싫어하거든요. 그러면서도 삼촌은 내가 서슴없이 사과를 집어가는 것이 사내애답다고 생각하는 모양이에요. 사과 하나 갖고 갈까요, 묻는다면 묻는다는 이유로 싫어할 거예요."

"그러면 이렇게도 저렇게도 할 수가 없잖아. 네가 불편하겠구나."

"예를 들면 그렇다는 거지 불편하게 느낄 정도는 아니에요. 삼촌이 밉지는 않아요. 인물도 잘생겼잖아요."

"그래." 숙모는 앨범을 덮어버리고 혼잣말을 하듯 벽을 바라본다.

"그때가 초등학교 5학년 때니 지금 너만할 때구나. 봄에 소풍을 갔는데 시골길에서 소를 보았지 뭐니. 나는 소를 보자 그 자리에 서서 꾸벅 절을 했단다. 선생님이 한 말이 생각났거든. 소는 우리를 위해 농사도 지어주고 죽을 땐 제 몸을 다 내어주고 가니 감사해야 한다고 하셨어. 그때 소에게 절하는 바람에 그후로 나는 아이들에게 얼마나 놀림받았는지 몰라. 바보 같지?"

"아뇨."

숙모가 처음 이 집에 온 날 연탄집게를 손에 든 채 내 방 문을 두드리던 일이 떠올라서 나는 후후 웃는다. 숙모는 그날 "불이 무서워" 하며 내게 도움을 청했던 거다.

"난 옛날이나 지금이나 바보야. 그래도 옛날이 제일 좋았던 것 같아. 어른이 되는 건 재미없어. 어른이 되면 자기 일을 자기가 감당해야 하거든. 어머니도 이젠 내 일을 도와줄 수가 없잖아."

"나도 내 일은 다 혼자 하는걸요."

"그러니?"

숙모는 물끄러미 나를 지켜보다 자리에 눕는다.

책상 앞에서 뜰을 바라보니 은빛 거미줄이 끊어질 듯 이어져 있다. 그늘이 지는 오전엔 보이지 않지만 햇빛이 쏟아지는 늦은 오후엔 거미줄이 은백색의 명주실처럼 허공에서 반짝인다. 베를 짜놓고 거미는 어디로 갔을까. 바람이 일어와 줄넘기를 한다면 이내 망가질 텐데 말이다.

나는 숙제장을 밀어놓고 창 앞으로 다가간다. 거미줄의 시작과 끝은 어디일까. 무심히 그것을 생각하다 창밖으로 몸을 내민다. 드넓은 허공에서 거미줄의 마침표를 찾기는 힘들다. 테라스엔 벌써 햇빛이 물러났다. 그쪽까지 이어져 있는 듯한데 더이상 거미줄이 보이지 않는다. 그늘에서 거미줄은 보호색을 띠고 숨어 있다.

나는 창에서 뜰로 뛰어내린다. 잔디 위에서 한참 하늘을 올려다보니 담 가까이 목련나무에 거미줄이 걸쳐 있는 것이 보인다. 마침표를 찾았다. 나는 목련나무에서 내 방을 스쳐 테라스까지 맨발로 간다. 또하나의 정점을 찾기 위해서다. 거미줄은 그늘 속에 어느새 꼬리를 감추었다. 손을 마구 휘저었으나 거미줄이 걸리는 기색은 없다. 그러기에는 내 키가 작다.

내 방과 테라스의 중간 위치에 서서 나는 목련나무까지의 거리를 눈으로 재어본다. 사 미터는 넘을 것 같다. 거미는 어떻게 줄을 뿜으며 허공을 달렸을까. 더구나 사 미터가 넘는 거리를.

나는 서 있던 곳에서 거미줄을 올려다보며 성큼성큼 걸어간다. 목련나무까지 열 발자국이다. 긴 거미줄이 허공에 늘어져 있는 것이 신기해서 나는 다시 목련나무를 올려다본다. 그러자 맨 꼭대기의 가지와 가지 사이에 거미 한 마리가 걸려 있는 것이 눈에 들어온다.

자세히 보니 거미는 눈에 보이지 않는 사다리를 타듯 허공을 기어오르고 있다. 화살빛처럼 한 올의 줄이 순간 햇빛 속에 반짝 빛나다 사라진다. 잠시 눈을 감고 다시 나무를 올려다보자 거미는 나는 듯 눈앞에서 자취를 감추었다. 바람에 실려간 것일까.

서늘한 바람이 얼굴을 스친다. 저녁 무렵이면 산 쪽에서부터 바람이 불어온다. 아직 대낮같이 햇볕이 이마를 끈끈하게 하지는 않는다. 그늘을 품은 저녁볕이다.

홍시같이 붉은 해가 창을 물들이면 잠시 후 으스름 빛이 마루에 스며든다. 나는 하루 중 이 시각이 제일 좋다. 무엇보다 학교에서 돌아와 있을 때이고 숙모가 그릇을 달그락거리며 저녁을 준비하는 시간이다. 곧 땅거미가 지고 집집마다 대문이 닫히면 꽃망울이 터지듯 전등이 켜질 것이다.

이맘때면 공연히 엉덩이가 들썩거린다. 밖으로 쏘다니고 싶다.

갈 데도 없지만 대문 밖으로 나선다.

하나, 둘, 세며 걷는데 "철호야, 철호야" 이름 부르는 소리가 들린다. 어떤 젊은 아줌마가 이름을 부르며 골목길을 헤매고 다닌다. 철호가 어디 가서 들어오지 않았나보다.

어두운 오렌지빛 햇살이 골목에 스며든다. 산엔 벌써 땅거미가 내린다. 철호 엄마는 나를 스쳐 산 쪽으로 올라간다. 저녁을 해놓고 철호를 찾아다니는 건가보다. 철호는 나만한 아이일까. 작은 말썽꾸러기일 것 같다. 철호는 숨바꼭질하려고 숨어 있는지도 모른다.

그때가 몇 살이었는지 모르겠다. 엄마 얼굴만 기억난다. 까맣고 반짝거리던 툇마루도 생각난다. 펌프가 있었고 펌프대 앞 화단에 봉숭아가 심겨 있던 것도.

낡고 어두운 한옥이었다. 엄마가 저녁을 지어놓고 나를 불렀다. 나는 손이 씻기 싫어서 대문 옆에 있는 감나무에 숨어 있었다. 엄마는 내 이름을 계속 불렀지만 나는 숨을 죽인 채 감나무 뒤에 붙어 있었다. 엄마를 놀래줄 생각이었다. 엄마가 다시 대문으로 들어서자 나는 꽉! 소리지르며 엄마 등을 밀었다.

엄마는 몹시 놀랐나보다. 엄마는 봉숭아씨가 터지듯 화를 냈다. "왜 엄마를 놀리는 거야." 한 손으로 가슴을 누르고 새빨개진 얼굴로 화를 내던 엄마의 모습이 생생하게 떠오른다. 그것 외엔 생각나는 일이 없다. 엄마는 내가 놀려서 가버린 것일까.

내가 가게 옆으로 지나가는데 콩나물을 팔고 있던 가게 아줌마가 참, 하고 손짓한다. 아줌마는 대뜸 "새댁 집에 있어?" 묻는다. 내가 고개를 끄덕이자 아줌마가 혀를 찬다.

"젊은 사람이 무슨 정신이 그러누. 글쎄 점심나절에 와서 주스 세 병 달라더니 돈만 내고 갔어. 받아오란 소리 안 하던?"

"그런 말 안 하던데요."

"저런." 가게 아줌마는 혀를 끌끌 차고 주스를 봉투에 담는다.

"그런데 새댁이 임신을 했나. 귤이 먹고 싶단 소릴 하더니."

나는 봉투를 안은 채 뛴다. 더웠으나 발은 가볍다. 나는 숨가쁘게 현관에서 숙모 방으로 들어가 주스 병을 숙모 앞에 내민다.

"아, 내가 돈을 냈대? 살 물건이 가게에 없어서 그냥 온 것 같은데 이 정신 좀 봐."

숙모는 자신도 어이가 없는지 입을 다물지 못한다. 나는 숙모 얼굴을 찬찬히 뜯어본다. "이젠 좀 나았어요?" 숙모는 하얀 이를 드러내며 웃는다.

"여름이어서 그런가봐. 몸이 뒤처지니 정신까지 빠뜨리고 다니는구나. 네가 약을 잘 지어다 주어서 이젠 거뜬해. 그건 심부름값이야."

숙모는 내 손에 쥐인 돈을 가리킨다. 주스를 사고 나머지돈 사백원을 가게 아줌마가 돌려준 것이다. 나는 고개를 꾸벅하고 인사한다. "고맙습니다. 저금할래요." 숙모가 장난스럽게 눈을 반짝인다.

"저금해서 장난감 살 거지?"

"어떻게 알아요?"

"넌 장난감을 제일 좋아하잖아. 네 방에도 한가득이야. 수영인 이제 다 큰 사람인데 장난감을 계속 모았나봐."

"나중에 숙모가 아이 낳으면 물려주죠 뭐."

숙모 얼굴이 붉어진다. 나는 모른 체하고 할아버지 방으로 들어간다. 가게 아줌마가 한 말이 맞나보다.

저녁에는 밥그릇이 두 개 올려져 있다. 할아버지가 밖에 나가신 날은 숙모와 둘이서 저녁을 먹지만 이날따라 밥상이 허전해 보인다. "아가, 네 밥은 왜 차리지 않았냐." 할아버지가 한 발 물러서는 숙모를 올려다본다.

"네, 먼저 드세요. 속이 좀 안 좋아서요."

"많이 언짢냐? 안색이 안 좋은 것 같다. 들어가 쉬어라. 그릇은 수영이가 담가놓을 테니. 그리고 명환인 아직 안 들어왔지?"

"네……"

"그애가 요즘 몹시 바쁜가보더라. 공사를 하나 맡아서."

숙모가 조용히 밖으로 나간다. 할아버지는 마치 삼촌이 곧 들어올 것처럼 "아직 안 들어왔지?" 한다. 삼촌 얼굴을 못 본 것이 보름이 넘는데도.

공사를 맡든 안 맡든 삼촌은 항상 바쁘다. 삼촌의 직업이 건축가라지만 공사를 맡았다는 말조차 믿기지 않는다. 삼촌이 일을 한다면 왜 할아버지에게서 돈을 가져가는 것일까. 나와 눈이 마주치자 할아버지가 눈을 감는 시늉을 한다.

"수영아, 밥 먹기 전에 기도하자."

나는 눈을 감는 척한다. 교회에 나가지 않으면서 할아버지는 밥먹을 때면 잊지 않고 기도하자고 하신다. 할아버지는 어떤 기도를 할까? 나는 주일학교에도 나가지만 기도할 것을 번번이 잊어버린다. 기도는 하나님께 마음으로 하는 거라는데 하나님은 하늘에 계셔서 내겐 너무 멀게 느껴진다.

"숙모가 아픈 것 같다고 해서 감기약을 지어다줬는데 아직 안 나았나봐요."

할아버지가 눈을 뜨자마자 나는 숙모 얘기를 꺼낸다.

"이 여름에 감기가 걸려? 며늘애가 몸이 약해 보여."

"그것보다도 몸이 좀 이상한가봐요."

할아버지가 나를 흘긋 본다. 나는 무표정하게 젓가락질을 했으나 할아버지는 내가 무언가 알고 있다는 것을 눈치챈 것 같다. 잠시 후 할아버지는 생각났다는 듯 내 얘기를 묻는다.

"수영인 학교 갔다 와서 숙제 다 했니? 어제 할아버지가 아홉시도 못 돼서 들어왔는데 수영이는 자고 있더라."

"오늘요, 아주 신기한 걸 봤어요. 거미가 날아가요. 허공에서 사다리 타는 것처럼 오르내리기도 하구요. 거미는 먼지도 아니고 날개도 없잖아요."

"하나님이 만드신 것은 다 신기하다. 뜰 앞에 포도나무를 봐. 대를 세워주면 가지를 뻗고 자라 잎으로 그늘을 만들고 탐스러운 과일까지 주렁주렁 열리잖니. 밤에 뒤뜰로 가봐라. 낮엔 움츠리고 있던 박꽃이 소담하게 피어 달맞이를 하잖냐. 나뭇잎을 일렁이는 바람도, 새도 무엇 하나 신기하지 않은 것이 없다."

"그럼 사람이 제일 시시하네요."

할아버지가 넌지시 나를 본다. 나는 문득 오늘 담임선생님이 내게 한 말을 떠올린다.

"오늘 무슨 일로 교무실에 갔는데 선생님이 묻데요. 부모님이 언제 미국서 오시냐구요. 예전에 가정 조사란 보고 부모님이 안 계시냐고 물은 적이 있어요. 그때 미국에 있다고 했거든요. 선생님이 나한테 관심이 많나봐요."

"그런가보다. 고마워해야지."

"어떤 땐 귀찮아요."

할아버지는 내 얼굴을 보지 않고 식사한다. 내가 말을 너무 많이 한 것일까. 내가 못마땅할 땐 눈을 주지 않는다. 할아버지가 숟가락을 내려놓자 나는 밥상을 부엌에 갖다놓는다. 그릇은 설거지통에 담가두고 반찬은 냉장고에 넣는다.

그릇 소리를 듣고 숙모가 방에서 나온다. 설거지를 할 모양이지만 숙모를 부르는 할아버지 목소리가 이내 울린다.

숙모는 내게 고개를 갸웃하고 할아버지 방으로 간다. 내가 마루로 나와 귀를 기울이니 열렸던 방문이 살그머니 닫힌다. 할아버지는 숙모에게 무슨 말을 하는 것일까. 내게 들리지 않도록 방문을 닫고. 숙모는 잠시 후 밖으로 나선다.

"아버님, 괜찮아요. 걱정하지 마세요."

숙모는 손으로 머리를 쓸어넘기며 부엌으로 간다. 밝은 얼굴은 아니다. 생각에 잠겨서 방문 옆에 내가 서 있는 것도 보지 못한다. 숙모는 아이를 가진 것이 기쁘지 않은가?

곧 동생이 생긴다니 웃음이 벙싯 떠오른다. 마음 한구석이 허전하면서도 든든하다. 숙모가 아이를 낳으면 예전처럼 친정에 쉬이 가지 않을 것이다. 나도 아이와 함께 놀 수 있다.

나는 형제가 없어서 늘 장난감과 놀았다. 그래서 내 방엔 장난감이 많다. 코가 빨간 토끼에서부터 챙 달린 모자를 쓴 원숭이, 코끼리 등 그림책에서 볼 수 있는 동물은 모두 내 방에 있다. 또 몇 척의 군함과 병정들, 내가 나무로 깎아 만든 지하대장군도 방을 지킨다. 숙모가 준 수호신 돌하르방까지 끼어서.

이것들은 내가 울 땐 아무 힘이 되지 못하고 가만 지켜보기만 한다. 그래도 나는 소중히 아낀다. 말없이 내 뜻을 다 받아주는 것은 이것들뿐이다. 세상에서 '내 것'으로 가질 수 있는 내 수호신들.

할아버지는 요즘 밖에 자주 나가신다. 이날은 아침부터 서둘러 나가셨다. 옛날 가정교사였던 손선생의 전화를 받고서다. 두 주일 전에도 손선생의 전화를 내가 받았는데 이날 손선생은 "오랜만이

구나. 나 안 보고 싶어?" 했다.

손선생은 숙모가 이 집에 오기 전 매일같이 집을 드나들었다. 처음엔 할아버지의 그림 모델로 왔으나 내 공부까지 가르치게 되었다. 머릿속이 하얗게 보일 정도로 숱이 적고 뻐드렁니지만 마음이 착해서 나도 따랐다. 삼촌이 지방 가고 없을 땐 자고 가기도 했고 아침에 김밥 도시락을 싸주었다. 정이 꽤 들었는데 오래가진 못했다.

어느 날 우연히 할아버지 방 창을 들여다보고서다. 그날 학교에서 돌아오니 대문이 잠겨 있지 않았다. 손선생이 모델을 서는 것을 한 번도 본 적이 없기 때문에 나는 소리 내지 않고 할아버지 창 앞으로 다가갔다. 손선생은 벌거벗은 채 사과를 먹고 있었다.

할아버지 방으로 햇살이 폭포수처럼 쏟아진다. 급히 나서선지 물감 접시들이 그대로 어질러진 채 놓여 있다. 햇빛 속에 알록달록한 물감 접시들이 피튜니아 꽃밭처럼 아름답다. 노을이 타는 듯한 주황색 단청, 초록색 단청을 한참 들여다보니 바닷속으로 빠져드는 것 같다.

가지고 싶다는 생각을 하다가 그 자리에 내려놓는다. 할아버지는 그림 도구들을 가리키며 입버릇처럼 이건 다 네 거다, 말한다. 화가가 되라는 얘기지만 이 생각은 나 혼자 가슴속에 품어두고 싶다. 내게 마지막으로 남을 것인지도 모르니 아껴야 한다.

할아버지가 벗은 바지가 허물처럼 방 한구석에 놓여 있다. 나는 밖으로 귀를 기울이다가 바지를 가만 집어든다. 주머니에 손을 밀어넣으니 작은 딱지 같은 것이 잡힌다. 돈을 접어두었다. 천원짜리 두 장이다. 할아버지는 동전지갑 속에 돈을 꼬깃꼬깃 넣어두지만 이젠 그것이 버릇이 됐나보다.

아니, 내가 돈을 꺼내 가기 힘들도록 해놓은 건지도 모르겠다. 꼬깃꼬깃하게 돈을 집어넣는 것은 그냥 막 넣어둔 것과는 다르다. 표시를 한 거다. 나는 천원짜리 한 장만 딱지처럼 접어 도로 주머니 속에 넣는다.

아침엔 어제 하지 않은 숙제를 했다. 오전반이 하루만 갑자기 오후반으로 바뀌어 점심을 먹고 학교에 가도 된다. 오랜만에 아침을 집에서 보내니 집이 천국 같다.

숙제를 해놓고 슬그머니 밖으로 나선다. 돈이 있으니 무엇이든 살 생각이다. 다른 때 생긴 돈은 저금통에 넣지만 이런 돈은 쓰고 싶다. 지금 저금하고 있는 돈으론 자전거를 살 생각인데 몰래 꺼낸 돈은 거기에 보태고 싶지 않다.

숙모 대신 장을 봐 올 자전거를 살 거니까. 집에서 시장까진 꽤 멀다. 버스를 타고 두 정류장 가야 한다. "종이에 살 것 적어주세요." 내가 시장바구니를 자전거 뒤에 싣고 나선다면 숙모는 무척 좋아할 거다.

나는 시장 입구에 있는 슈퍼마켓까지 단숨에 달려간다. 오전이라 슈퍼마켓은 한산하다. 한 줄엔 그릇과 가정용품, 또 한 줄엔 과자 상자, 음식들이 층층이 쌓여 있다. 환한 불빛 아래 반듯하게 늘어서 있는 진열대를 바라보면 훔치고 싶은 충동이 문득 생긴다. 물감 접시들이 피튜니아 꽃처럼 널려 있는 할아버지 방에서 돈을 훔치고 싶듯이.

여름이어서 귤 같은 건 없다. 한참 이것저것 살피다가 황도 통조림 두 개를 꺼낸다. 귤 대신 숙모에게 황도를 주자. 황도는 아플 때 먹은 적이 있다. 삼촌도 그때 내 방을 들여다보았다. 그 기억이 달콤하게 떠올라서 황도를 집어든다. 복숭아 같은 아이를 낳으면 좋겠다.

집으로 들어가려는데 낯선 사람이 대문 앞에 서성이고 있다. 후줄근한 한복을 입은 아줌마다. 눈이 위로 찢어지고 양미간의 주름이 깊어서 무섭게 보이기도 한다. 나는 호기심으로 "누구 찾으세요?" 물어본다. 아줌마가 나를 찬찬히 살펴보더니 목쉰 소리로 말한다.

"어른 좀 뵈어야겠다. 드릴 말이 있어."

나는 집으로 들어가 숙모를 큰 소리로 부른다. 숙모가 안방에서 나오면서 "수영이 밖에 나갔어?" 묻는다. 나는 황도를 줄 생각도 않고 낯선 사람을 손으로 가리킨다. "누구신데?" 숙모가 마루에서 뜰을 내다보자 나를 따라 들어온 아줌마가 고개를 끄덕이며 말을 쏟아낸다.

"흰 개떼들이 달려들어요. 이 청명한 날에 마귀가 내 앞길을 가로막으니 이게 웬일이냐. 집터가 세. 벽돌을 쌓아도 한 장 한 장 빠져 무너지고 앉은 방석이 들썩인다. 산 사람이 못 견디니 객지로 떠돌아야 하고 집을 지키자니 급사할 운이네."

숙모는 기습을 당한 것처럼 얼이 빠져 서 있다. 나까지 홀린 듯 머릿속으로 막냇삼촌 얼굴이 스쳐간다. 지지난해 막냇삼촌은 밖에서 메밀국수를 먹고 들어와 갑자기 숨을 거두었다. 숙모의 목소리가 날카롭게 울린다.

"남의 집에 와서 무슨 말씀이세요."

"흰 개떼들이 달려든다니까. 당신도 지금 온몸이 아프지. 등이 무거워서 아파, 아프구말구."

"터가 세서…… 그렇단 말이에요?"

"굿을 해서 달래야 돼."

"어떻게 굿 같은 걸……"

낯선 아줌마는 떠돌이 무당이 분명하다. 처음에 화를 냈던 숙모는 어느새 아이처럼 울상을 짓고 있다. 무당은 숙모의 핼쑥한 얼굴을 바라보며 이죽거리듯 말한다.

"그냥 있으면 당신이 화를 당하리다. 굿을 할 형편이 못 되면 부적을 지녀요."

무당은 검은 가죽가방 속에서 접은 종이를 꺼낸다. 손바닥만한 화선지 한 장이다. 종이엔 고대의 상형문자 같은 것이 붉게 찍혀 있고 숙모는 망설이다 그것을 조심스럽게 집어든다.

"내가 가지고 다니는 부적을 드리리다. 당신 운이 내게 닿아서 나를 만났으니 내, 좋게 해드리지. 이걸 몸에 지녀요."

"지금 난……"

"우리 그런 거 필요 없어요. 할아버지한테 혼나요. 할아버지는 교회 나가요."

숙모 말을 가로막고 그제야 나는 마루로 올라선다.

할아버지 말이 나오자 숙모가 주춤하는 기색을 보인다. 숙모는 잡았던 부적을 무당 앞으로 가만 내민다.

"미안해요. 집에 어른이 안 계세요. 제 마음대로 할 수가 없어요."

"예수쟁이나 우리나 신을 모시는 건 똑같아. 예수쟁이 집에 마귀가 득시글한 걸 보면 예수도 공밥 자시고 있구먼그래."

떠돌이 무당은 부스럼만 뿌려놓고 갔다. 내가 공연한 짓을 했나보다. 인상이 무서운 사람을 집에 들어오게 했으니. 숙모는 황도를 받고도 아무 말 하지 않았다. 오후에 내가 학교 다녀오겠습니다, 인사할 때도 간신히 웃어 보였다. 그 가짜 무당이야말로 마귀다. 마귀 말이 숙모뿐 아니라 내 마음에도 걸렸다.

오후반 미술수업은 실기 시간이어서 우리는 교실 밖으로 나갔다. 학교 뒷산으로 올라가 마을 풍경을 그렸다. 나는 아이들이 없는 곳에 자리잡았다. 바위가 지붕처럼 그늘을 만드는 장소라 아이들이 앉아 있는 모습이 다 내려다보였다. 나를 따라온 승호는 빨치산이 숨는 장소 같다고 좋아했다.

동산에서 내려다보니 마을의 집들이 조가비들처럼 붙어 있다. 승호는 집 사이로 길을 내고 동네 사람들이 노는 것을 그린다. 푸른 하늘에 해님이 빛나게 한다.

나는 하늘을 남색으로 칠한다. 엄마 눈썹 같은 그믐달을 그린다. 어둠 속에 노랗게 타오르는 창들을 별처럼 점점이 찍는다. 지붕 위로 빨래처럼 희뿌옇게 떠오른 귀신도 그린다. 승호는 연신 내 그림을 들여다본다.

"야, 멋지다. 그런데 넌 왜 밤을 그리니? 지금 낮이잖아."

"난 밤이 좋아. 밤은 모든 걸 가려주잖아."

"이건 뭐야? 꼭 귀신 같아. 무섭지 않아?"

승호는 갈색 통자루 옷을 입은 귀신을 가리킨다. 나는 승호를 놀라게 하느라 빤히 쳐다본다.

"난 귀신하고 친구야. 동화책에서 봤는데 신라 때 비형이는 밤마다 귀신하고 놀았어. 귀신들이 다리도 놓아줘. 귀신은 외로워서 귀신이 된 거니까 무서워하면 해치고 겁내지 않으면 사이좋게 놀 수 있어. 제사 지낼 때도 귀신 상을 따로 차리잖아."

하루 중 나는 아침이 제일 싫다. 달콤한 잠에서 깨어야 하고 학교에 가야 하기 때문이다. 잠을 잘 땐 숙제도 슬픈 일도 다 잊는다. 재미있는 꿈을 꾸기도 하고 또 나쁜 꿈을 꾸더라도 꿈이니까 괜찮다. 학교에 가는 일은 꿈처럼 사라지는 게 아니다. 꿈이 좋은 건 사라지기 때문인지도 모른다.

간밤의 꿈은 정말 이상하다. 장면이 선명하게 떠오른다. 시골길이었다. 숙모가 들판이 펼쳐진 길을 혼자 걸어가고 있었다. 유령처럼 가벼운 걸음으로.

얼마를 걸어가자 길 한옆으로 딸기밭이 나왔다. 밭에서 딸기를 따는 할아버지 모습도 보였다. 할아버지는 딸기가 한가득 든 소쿠리를 안고 숙모를 향해 웃었다. 숙모도 웃으며 할아버지가 서 있는 딸기밭으로 들어섰다.

할아버지는 숙모에게 주려고 딸기를 딴 모양이다. 숙모가 다가오자 소쿠리를 안겨주었다. 그것이 어째서 한복으로 변했을까. 숙모가 딸기를 받고 두 손을 허공으로 뻗치자 흰 한복이 깃발처럼 펼쳐졌다.

6월 22일, 용순 누나 장 보러 가서 다시는 돌아오지 않는다.

엄마가 보고 싶다.

10월 18일, 순자 누나가 집에 갔다. 모두 거짓말쟁이.

벽으로 돌아눕자 낙서가 한눈에 들어온다. 삐뚤삐뚤 연필로 쓴 글씨가 내 글씨 같지 않게 낯설다. 손으로 문지르려 해도 흑연만 묻을 뿐 지워지지 않는다. 6월…… 10월, 아주 오래전 일 같은데 순자 누나가 간 것은 작년 일이다. 엄마, 용순 누나, 순자 누나, 그러고 보니 모두 여자다. 여자들은 왜 모두 가버리는 걸까.

눈이 작아서 단추 누나라고 불렸던 순자 누나는 시골집에서 온 편지를 받고 가버렸다. 순자 누나 집은 속초에 있다. 나는 순자 누나에게 오징어잡이 밤배 얘기 듣는 것을 좋아했다. 밤바다로 불꽃 등걸을 내걸고 나선다는 오징어잡이 배. 궁궐같이 눈부시다고 순자 누나는 몇 번이나 말했다.

나는 순자 누나에게 속초로 데려가달라고 졸랐다. 순자 누나는 마음이 좋다. 삼촌이 나를 미워한다는 것을 알고 함께 데려간다고 손을 걸어주었다. 톰 소여같이 나는 집에서 도망가고 싶었다. 삼촌의 번들거리는 얼굴…… 용순 누나의 울음소리…… 용순 누나가 가버린 뒤로는 부엌 앞을 지날 때면 그 소리가 들려오는 듯했다.

배우가 되고 싶다면서 소처럼 큰 눈에 반짝 가루를 바르던 용순 누나. 한밤에 문득 잠을 깨면 발자국 소리가 들려오지나 않을까 귀를 기울이곤 했다. 삼촌이 용순 누나 방에서 마루로 걸어나오는 발소리.

이 년 전 용순 누나는 수국꽃이 피기 시작한 여름 아침, 장바구니를 들고 나가 다시는 돌아오지 않았다. 그 며칠 전에 수박이 먹고 싶다고 해서 내 돈으로 수박을 사주었는데 가난한 용순 누나는 삼촌의 시계를 가지고 갔다.

내게 말했더라면 할아버지 시계까지 훔쳐서 주었을 텐데. 할아버지는 삼촌의 시계가 없어진 것을 알고도 아무 말을 하지 않았다. 할아버지도 용순 누나에게 잘못이 없다고 생각했는지 모른다. 그렇다면 할아버지도 나쁜 사람이다. 용순 누나에게 한 것처럼 할아버지는 엄마가 나갈 때도 잠자코 내버려둔 것이 아닐까.

"수영아, 일어나. 학교 가야지."

숙모의 목소리가 문틈으로 울려온다. 숙모의 옷 스치는 소리가 머리맡으로 가까워오고 "수영아" 부드러운 목소리가 귓가에 울린다.

숙모는 가지 않을 거야. 갑자기 눈시울이 뜨거워진다. 나는 벽을 향해 누운 채 꼼짝하지 않는다. 숙모의 손이 흐트러진 내 머리카락을 쓰다듬는다. 잠자코 숨을 죽이다가 나는 이불을 뒤집어쓴다.

눈물이 마구 흘러내린다. 어제 저금통을 깨서 부적을 살 걸 그랬다. "수영아, 왜 그래." 숙모의 목소리가 꿈속에서처럼 아득하게 들린다. 숙모가 살그머니 이불을 들친다. 나는 요에 얼굴을 묻고 찡찡한 콧소리로 중얼댄다.

"학교 가기 싫어서 그래요."

"그렇다고 울어? 다 큰 애가 우습다."

나는 주먹으로 눈물을 닦는다. 창피했지만 아무 말도 하지 않는다. 숙모가 내 얼굴을 서로 마주보도록 돌린다. 눈썹 끝으로 숙모의 고른 이가 생옥수수같이 보인다.

"이따 학교 갔다 오면 내가 어디 데리고 갈게."

"어디요?"

"응, 우리 아버지가 오늘 미국에서 오셔. 네가 학교서 돌아오면 공항에 함께 가자. 할아버지께 내가 허락 맡아놓을게."

"난 두시 지나야 오는데 괜찮아요?"

"응, 비행기가 다섯시 도착이거든."

숙모와의 약속이 있어서 수업시간은 조금도 지루하지 않게 지나갔다. 미술 외에 좋아하는 과목이 자연인데 이날 자연 시간은 어느 때보다 재미있었다. 민들레꽃 등을 예로 들어서 식물의 번식에 대해 가르쳐주었다. 한 송이의 꽃이 피기까지의 신비한 과정을 설명하다가 선생님은 뜻밖에도 거미 이야기를 했다.

"곤충도 그래요. 새끼 거미는 적당한 때가 되면 민들레씨처럼 뿔뿔이 흩어져요. 새끼 거미들은 높은 가지에 오르내리며 날줄을 짜내고 그것이 바람에 날릴 때 함께 묻어 떠나갑니다. 다른 이웃에게 폐를 끼치지 않고 자신이 살아갈 곳을 차지하기 위해서죠. 또 거미는 아무것도 배우지 않고도 스스로 줄을 쳐서 집을 짓고 삽니다. 거미줄을 자세히 한번 보세요. 얼마나 복잡한지. 거미는 곡예사이면서 건축하는 기술자예요."

생물 이야기는 재미있다. 지난번에 우연히 거미줄을 들여다보았는데 거미가 좋아진다. 개미처럼 모여 살지도 않고 용감하게 엄마 품을 떠나 혼자 집을 짓고 살다니.

숙모는 어느 때보다 곱게 차리고 아버지를 마중하러 나선다. 팔이 비치는 흰옷엔 보랏빛 헝겊 꽃이 꽂혀 있다. 어린 기생같이 이마에서부터 양 갈래로 머리를 땋아올렸고 흰옷으로 인해 얼굴은 투명하리만큼 맑아 보인다. "이쁜데요." 나는 찬탄의 눈으로 숙모를 바라본다. 할아버지도 대문까지 나와서 고개를 끄덕인다.

"흰색이 아주 곱구나. 그렇지만 더러움을 쉬 타니, 깨끗해서 불편하지 않을까."

우리는 시내로 나가 공항버스를 탔다. 비행기 도착 시간 십 분 전에야 도착했다. 그 시간에 도착하는 비행기가 많은지 마중나온 사람들로 대합실이 붐볐다.

숙모는 잠시 두리번거리다 한숨을 내쉬었다. 손수건으로 이마의 땀을 닦곤 "수영아, 네가 윤구 찾아볼래?" 부탁했다. 나는 보호자처럼 숙모 손을 잡고 사람들 틈을 비집고 걸어나갔다. 겨우 몇 발자국 옮겼는데 숙모 엄마가 우리를 먼저 발견하고 다가왔다. 윤구도 뒤에 따라오고 있었다.

"왜 이렇게 늦었니. 네 집에 전화했더니 세시 조금 넘어 나갔다던데."

"집이 워낙 멀잖아요. 차를 두 번 갈아타구요."

"택시를 타지. 몸도 그런데."

"괜찮아요."

"쯧쯧, 장서방 돈도 벌고 구실을 해야지 원."

숙모 엄마가 혀를 차다가 나를 보자 내 어깨를 끌어당긴다.

"수영이도 왔구나, 그래."

"안녕하세요."

나는 겸연쩍게 인사한다. 갸름한 얼굴이 숙모와 닮았지만 숙모 엄마가 웃거나 표정을 쓸 땐 다른 사람처럼 보인다. 숨어 있던 잔

주름이 거미줄처럼 얼굴에 퍼지기 때문이다. 그럴 땐 할아버지보다 더 늙어 보인다. 멋쟁이 영감 뒷바라지하느라 마음고생이 심했겠어. 결혼식 날 우리 쪽 친척이 그렇게 수군대는 것을 들은 기억이 난다.

윤구는 제 엄마 뒤에서 눈만 반짝거리며 나를 바라본다. 무척 수줍어하는 아이다. 숙모를 외딸로 키우다 뒤늦게 낳은 아들이라는데 몇 년간 불공까지 들였단다. 그래서 윤구는 나와 나이가 같다.

"누나와 나이 차가 많아서 데려온 자식 아니냐 그래요."

언젠가 숙모 엄마가 우리집에 왔을 때 윤구 등을 토닥이며 그런 소리를 했다. 여태 세 번 보았지만 생쥐처럼 반짝이는 눈과 뾰족한 얼굴이 내겐 슬프게 보인다. 윤구도 혼자여서 외로운 것일까.

"숙희야, 수영이가 너랑 손잡고 오니까 네 아들 같더라."

"정말 그랬으면 좋겠어. 수영이가 지금 열둘이지? 앞으로 십이 년이 지나야 수영이만한 아이가 생긴다니. 빨리 늙고 싶은데."

숙모가 늙는다니 상상이 되지 않는다. 내가 고개를 흔드니 숙모 엄마도 혀를 찬다.

"남들이 부러워하는 한창때에 별소리 다 한다."

비행기가 도착한 모양이다. 로스앤젤레스발 보잉 ○○○……
실내 방송이 울리고 마중나온 사람들이 출구로 나오는 사람들을 잘 보도록 목을 뺀 채 발돋움한다. 잠시 후 숙모가 환호성을 낸다.

숙모는 내 손을 잡은 채 사람들을 헤치며 나간다.

숙모 아버지는 하얀 모자를 쓰고 있다. 내게는 낯익은 것이어서 이내 눈에 띄었다. 숙모 아버지는 텔레비전에서 본 것처럼 나비넥타이를 매고 있다. 바지 주름이 칼날 같다. 까만 안경을 벗지 않는다면 아무도 그가 숙모만한 딸을 둔 노신사인 줄 모를 거다.

숙모 아버지가 우리를 알아보고 손을 번쩍 든다. 숙모가 윤구를 앞세우고 앞으로 다가간다.

"우리 윤구, 잘 있었니? 그리고 숙희도. 오랜만이니까 아빠랑 악수할까."

숙모 아버지가 손을 내미는데 숙모는 웃다 말고 콧등을 찡그린다.

"싫어요. 다른 사람들과 악수한 손이잖아요."

숙모 아버지가 손을 내민 채 그대로 서서 고개를 갸웃거린다. 두 주일 전인가, 숙모 아버지의 사진이 신문에 나왔던 것이 생각난다. 재미교포 위문 연예인단 단장인 숙모 아버지가 가슴을 드러낸 미국 여배우와 악수하는 장면이었다. 숙모 엄마가 남편의 가방을 받아들며 "원, 얘두" 하고 혀를 찬다.

"숙희 때문에 일부러 하루 앞당겨 입국했는데 악수도 안 해줘? 위문단은 내일 입국이야. 저애는 사람이 많은 데선 숨도 제대로 못 쉬니까."

숙모 아버지는 기분이 상한 듯하다. 아니, 걱정스러운 표정이다. 나는 숙모 아버지와 눈이 마주쳐서 인사한다.

"아, 사돈댁 도련님까지 나와주셨네. 고마워요. 가만있자, 귀한 손님도 있고 우리 저녁이나 근사하게 먹을까."

우리가 공항 구내식당으로 들어서니 사람들이 숙모 아버지를 보느라 우리 쪽으로 고개를 돌린다. 숙모 아버지는 유명한 가수다. 〈상처의 부르스〉 하면 민정구란 이름이 나올 정도로 그 노래로 날렸단다. 옛날 가수이긴 하지만 지금까지 인기가 있어서 상을 몇 번인가 받았다. 텔레비전의 흘러간 노래 프로에서 사회를 맡고 있기도 한데 나는 일부러 그 시간에 텔레비전을 켜놓기도 했다.

숙모는 텔레비전을 좋아하지 않는 것 같았다. 내가 민정구씨의 노래를 크게 들리도록 해놓으면 숙모는 마루로 나와 스위치를 꺼버렸다.

숙모는 아버지가 벗어놓은 까만 안경을 끼고 있다. 까만 안경을 쓴 숙모의 모습은 악마의 나라에서 탈출한 발레리나처럼 보인다. 언젠가 만화에서 본 것같이. 안경은 숙모가 쓰기엔 크지만 조금도 흉하지 않다. 오히려 신비해 보인다. 사람들이 숙모까지 쳐다보는 걸 봐도 알 수 있다. 숙모는 사람들의 눈길을 피하느라 안경을 쓴 것 같은데.

숙모 아버지는 자리에 앉자마자 숙모에게 이것저것 묻는다.

"네 남편은 잘 있느냐." "요샌 일이 잘되느냐." "사돈어른께선 별일 없으시고."

숙모는 계속 "네"라고만 답한다. 짙은 유리알 때문에 숙모의 표정을 알 수 없다. 이따금 웃음을 짓지 않았더라면 나까지 답답함을 느꼈을 것이다. 숙모 어머니가 숙모 팔을 잡는다.

"애, 내가 말해서 아빠도 알고 계신다. 세 달째잖아."

숙모 아버지가 고개를 끄덕인다.

"첫애니까 조심해야 한다. 어려운 일이 있으면 엄마한테 상의하고."

"아무것도 실감이 안 나요. 아직도 결혼한 것이 실감나지 않는걸요."

"아무래도 네 엄마가 널 잘못 키운 것 같다. 그 나이 되도록 공동탕 한 번 보내지 않았으니."

"아뇨, 아빠. 제가 부족해서 그래요. 그걸 아니까 이러고 있는 거예요."

숙모는 웃음을 거두고 커피잔을 만지작거린다. 숙모의 말은 무슨 뜻일까. 까만 안경알이 숙모의 표정을 가리니 나는 그것을 벗기고 싶다.

밤에 나는 숙제장을 펼쳐놓은 채 공항에 간 일을 얘기한다. 할아버지에게 하루 일을 보고하는 것은 오래된 습관이다. 내가 이해할 수 없는 점도 물어보아야 한다.

"정말 이상해요. 숙모 아버지가 악수를 하자고 손을 내미는데 숙모가 하지 않았어요. 다른 사람과 했다구요."

"그게 무슨 말이냐?"

"그러니까 다른 사람과 악수한 손이어서 숙모가 악수할 수 없다는 건가봐요."

"음…… 그 아이 결벽증이 상당히 심하구나."

"결벽증이 뭔데요?"

할아버지는 벽을 바라보며 큰 숨을 내쉰다.

"너무 깨끗해서 가지는 증상, 그것도 병이지. 수영아, 이번 일요일에 기도원 삼촌한테 가볼까? 봄에 가고 여태 못 갔지."

병이란 말이 작은삼촌을 떠올리게 한 것일까. 할아버지는 화선지를 펴놓은 채 멍하니 앉아 있다.

일요일엔 일찍 일어났다. 학교에 가지 않는 날은 오히려 일찍 눈이 떠진다. 거기다 이날은 할아버지와 나갈 일이 있어서 잠을 설쳤다. 기도원에 가기로 했으니까.

나는 눈을 뜨자마자 창을 열어젖혔다. 날이 좋은지 보고 싶었다. 뜰엔 그늘이 깔려 있지만 하늘은 맑다. 나는 기분이 좋아 후후 소리 내어 웃었다.

숙모가 빨래가 담긴 대야를 들고 뜰로 나오고 있다. 빨래를 널려나보다. 숙모가 향나무를 스쳐가다 갑자기 주춤한다. "어머." 숙모는 한 손으로 허공을 내젓는다. 한 발 물러선 채 얼굴을 돌리고 있다.

무슨 일일까. 나는 창턱에 올라가 뜰로 뛰어내린다. 황금박쥐처럼 두 팔을 펼쳤건만 하마터면 엉덩방아를 찧을 뻔했다. 나는 맨발로 이슬을 밟으며 숙모에게 다가간다.

"어머. 거미줄 봐. 빗자루로 거둬야겠네."

숙모가 두 그루의 향나무 사이에 걸쳐 있는 거미줄을 손으로 가리킨다. 거미그물 위에서 거미가 광대같이 뒤뚱거리며 달아나고 있다. 거미의 무게로 이내 망가질 듯했지만 그물은 흔들거리기만 한다.

그것을 한참 살펴보니 그물은 다각형이다. 십여 개의 방사형 선과 날줄이 쳐져 있어서 다각형 안에 수십 개의 칸이 있다. 거미는 무슨 방법으로 복잡한 구조의 그물을 이었을까. 배우지도 않고.

숙모가 대문 쪽에서 되돌아오고 있다. 숙모 손에 쥐어진 대빗자루가 눈에 들어온다. 나는 두 팔을 벌려 향나무 앞을 막는다.

"거미줄은 더러운 게 아니에요. 그냥 놔두세요."

숙모는 나와 몇 발자국의 거리를 두고 가만 서 있다. 어떻게 생각해야 할지 모르겠다는 표정이다. 나는 목소리를 낮춘다.

"거미가 불쌍하잖아요."

"응, 미안해. 난 그 생각을 못했어."

기도원이 있는 용문사에 도착한 것은 정오가 가까워서다. 일요일이어서 시외버스는 만원이었다. 함께 내린 사람들은 절반이 배낭을 멘 등산객들이었다. 등산객들은 절이 있는 공원 쪽으로 걸어 갔고 할아버지는 버스 종점에 있는 가게로 들어갔다.

할아버지는 카스텔라 다섯 개와 건빵, 삶은 달걀 열 개를 샀다. 또 비스킷 두 개를 들었다가 놓고는 알록달록한 사탕을 집는다. 꽃분홍색과 연두색이 눈이 아프도록 화려하다. 혓바닥에 그대로 묻어날 듯한 빛깔이다. 나는 내가 잘 사 먹는 과자 회사 것을 가리킨다.

"할아버지, 땅콩사탕 사요. 그건 나쁜 사탕 같은데요."

"아니, 이게 빛깔이 곱잖냐. 삼촌은 어릴 때 이런 사탕 먹었어."

군인 초소를 지나 작은 계곡을 끼고 이십여 분 걸어들어가자 평평한 산언덕이 한눈에 들어온다. 쓰러질 듯한 초가가 중턱에 자리잡고 있다. 누군가 나뭇단을 들고 광으로 가는 것이 보인다. 구름 한 점 없는 하늘 아래 풍경은 평화롭기만 하다.

"수영아, 삼촌 같지 않니?"

할아버지가 나뭇단을 들고 가는 사람을 가리킨다. 내가 큰 소리로 삼촌을 부르니 삼촌은 우리를 흘긋 보곤 그 자리에 우뚝 선다. 내가 마당 입구로 들어서는데 기도원 원장이 밖으로 나서고 있다. 원장은 우리를 보고 삼촌을 향해 손을 들어올린다.

"젊은 양반, 아버님이 오셨어."

우리가 들어간 원장의 방은 흙이 곧 무너질 듯 허름하다. 천장도 굴처럼 휘어지고 벽엔 찢긴 도배지 사이로 흙이 언뜻 보인다. 삼촌은 메주 냄새가 나는 가마니 옆에 짐승처럼 웅크리고 있다. 삼촌은 나를 모르는 양 웃음 짓지도 않는다. 할아버지에게도 꾸벅 인사하는 시늉만 하곤 벽만 바라보고 있다.

"그래, 그간 별고 없으시고."

"네, 편지는 잘 받았습니다. 명선인 여전합니까?"

"며칠 전부터 밤에 춥다고 해서 우리가 방에 불을 때어주었어요. 삼 년 전 똥오줌을 못 가리던 한 아가씨도 이제 제 방 불 정도는 때는데, 저 총각은 아직도 못해요. 아궁이에 깨진 그릇과 헌 고무신을 던져놓기만 하고."

"그래도 일을 자꾸 시켜보세요. 여름엔 기력이 떨어지잖습니까. 수영아, 그 봉투 내려놓아라."

나는 그제야 두 팔에 안고 있던 봉투를 쏟는다. 할아버지가 원장과 삼촌 앞으로 빵을 하나씩 내민다. 삼촌은 빵을 받자마자 비닐 포장을 입으로 물어뜯는다. 허겁지겁 먹기 시작하자 목이 멜까 나까지 걱정스럽다. "선아, 천천히 먹어라." 할아버지는 내게도 빵을 내밀었으나 나는 먹고 싶은 생각이 없다.

삼촌의 흰 속옷이 허리께로 삐죽 나와 있다. 카스텔라를 쥔 삼촌의 손에 새까맣게 손때가 끼어 있다. 아무리 가까이 보아도 삼촌 같지 않다. 몇 년 전이었던가, 겨울날 찬방에서 그림처럼 앉아 있던 것이.

언제나 까만 옷을 입었고 말이 없던 작은삼촌은 정말 영화에서 본 17세기의 수도원을 거니는 사람 같았다. 범처럼 번쩍이는 눈으로 새벽마다 아카시아 숲길을 헤매다 들어오곤 했다. 오줌이 마려워 일찍 깨는 날은 젖은 머리로 대문을 들어서는 삼촌을 볼 수 있었다.

"삼촌, 목욕하고 왔어요?" 한번은 내가 정색을 하고 묻자 삼촌은 꿈꾸듯 웃었다. "산의 정기를 받은 거야." 나는 이 말뜻을 할아버지에게 물었다. 할아버지는 한참 뒤 입을 뗐다.

"골짜기 물로 머리를 감았단 말이겠지. 네 삼촌은 산신령이 되고 싶은가보다."

삼촌이 우리처럼 사탕을 먹으며 자랐다니 이상하다. 작은삼촌은 군에 들어가서 다시 집에 오지 못했다. 탈영을 했다고 헌병이 몇 번 집으로 찾아왔고 잡혀선 기도원에 들어갔다.

삼촌은 왜 군대에서 도망했을까. 지금은 왜 저런 모습으로 기도원에 있는 것일까. 그때는 아무도 삼촌이 이렇게 변할지 몰랐겠지. 나는 삼촌 나이에 어떤 어른이 돼 있을까. 지금 이외엔 아무것도 알 수 없다는 생각을 하니 답답하다.

"우리 애가 성경은 보려고 합니까?"

"성경도 마구 찢어서 종이공을 만들었던걸요. 성경은 안 보더라도 기도할 마음은 가지면 좋으련만 저 양반은 기도할 줄도 몰라요. 이 병은 하나님께 감사하는 마음만 생기면 쉽게 낫는데 말이에요."

"저 아인 그것도 타협으로 생각하지요."

"내가 옆에서 보기에도 안타까운데 부모 마음이야 오죽하겠습니까. 선생님도 기도를 열심히 올리세요."

"해야죠. 다 내 업인걸요."

할아버지는 산을 내려오면서 한마디도 하지 않았다. 바위에 걸터앉아 잠시 쉴 때도 흐르는 물을 바라보기만 했다. 아픈 삼촌을 보아서 기분이 우울한지 보통 땐 피우지 않는 담배까지 피웠다.

마을로 나서자 여기저기 아이들이 뛰노는 소리가 들려온다. 닭들이 푸드득거리고 개도 어슬렁댄다. 우람하게 솟은 산과 드넓은 들판 때문인지 마을 풍경이 한가하게 보인다.

우리가 지나가는 돌담집 앞에 평상이 놓여 있다. 평상엔 갓 뽑은 듯한 열무가 쌓여 있고 한옆엔 옛날 놋화로가 놓여 있다. 나는 평상 모서리에 걸터앉는다. 평상에 앉아본 것이 얼마 만인가. 밤에 누워 별을 헤어본 기억도 날 듯하다. "벌써 다리가 아프니?" 할아버지 말에 나는 고개를 흔든다.

"아뇨. 옛날 같아서요."

"그래, 여기 화로도 있구나. 닦으려고 내놓은 건가?"

할아버지는 뒷짐을 진 채 놋화로를 물끄러미 바라본다. 오랫동안 쓰지 않았는지 거무스레하게 빛이 변해 있고 긴 부젓가락도 9월의 햇살 아래 쓸쓸히 빛난다. 할아버지가 불쑥 "수영아, 이 부젓가락 생각 안 나니?" 묻는다.

나는 영문을 몰라서 잠자코 있다. 할아버지가 눈을 가늘게 뜨고 혼잣말을 한다.

"정말 젓가락 같았지. 좋은 아이였는데."

내가 할아버지를 지켜보았으므로 눈이 마주친다. 할아버지 눈빛이 슬프게 보인다. 아니, 나를 슬프게 바라보았다는 표현이 정확하다. 누가요? 나는 물으려다 입을 다문다. "내 업이다, 업." 하늘을 올려다보며 혼잣말을 하던 할아버지가 이내 걸음을 재촉한다.

나는 부젓가락을 가만 만져보고 할아버지 뒤를 따른다. 젓가락…… 엄마…… 내 두 팔에 잡히는 엄마 허리…… 할아버지는 부젓가락을 보며 내 엄마를 생각한 것이 아닐까.

아침저녁으로 제법 선들선들한 것이 여름이 가려나보다. 숙모는 내 타월 이불을 얇은 솜이불로 바꿔놓았다. 뜨락의 봉숭아도 지고 샐비어가 초가을 하늘 아래 붉게 타올랐다. 그사이, 삼촌은 한 번도 얼굴을 내밀지 않았다. 무슨 일이 있는 것일까. 이따금씩 할아버지에게 전화하는 듯하지만 집에 들르진 않는다.

어젯밤에도 삼촌에게서 전화가 왔다. 여보세요, 하고 내가 전화 받자마자 할아버지 바뀌, 퉁명스레 말했다. "거기 어디냐? 전화가 잘 안 들려. 그래, 일은 잘돼가느냐?" 할아버지가 묻는 걸 보면 삼촌은 먼 곳에 있는 것 같다.

이번엔 정말 공사를 맡은 것일까. 그렇더라도 집에 들르지 못할 정도로 바쁘다니. 하긴 전에도 두 달 만에 집에 온 적이 있다. "삼촌, 왜 한 번도 집에 안 들르세요?" 나는 그때 삼촌 얼굴도 쳐다보지 못하고 물었는데 삼촌이 던지듯 책가방을 내밀었다. 손에 드는 새 가방이었다.

삼촌은 그것이 내게 필요한 것인 줄 어떻게 알았을까. 내가 메고 다니던 란도셀은 낡았고 그것을 메기엔 내 키가 너무 자랐다. 그날 나는 일기장에다 피는 아름다운 것이다, 라고 적었다. 그 일이 생각나자 삼촌이 보고 싶어진다.

숙모는 요즘 들어 얼굴이 더 야위었다. 숙모는 밥을 통 먹지 않는다. 저녁도 항상 할아버지와 내 것만 차려온다. 할아버지가 함께 먹자고 하면 생각이 없다고 할 뿐이다. 하루는 할아버지가 주방에 가서 손수 숙모 밥을 들고 왔다. 숙모는 할 수 없이 우리와 함께 밥을 먹었으나 몇 숟갈 뜨다가 갑자기 숟가락을 놓았다. 숙모는 입을 손으로 막은 채 밖으로 나갔다. 할아버지가 고개를 끄덕였다. 입덧이 심하구나, 하고.

그저께 할아버지는 밖에서 돌아오면서 벌꿀을 사 왔다. 숙모는 얼굴을 붉힌 채 그것을 받았다. 마음이 편하면 입덧도 덜하다던데. 할아버지는 숙모가 들으라고 혼잣말을 했다.

그 말대로라면 숙모의 마음이 불편한가보다. 숙모는 오늘 내가 학교에서 돌아오자 함께 차를 마시자고 했다. 나는 쓴맛이 도는 홍차도 거뜬하게 마셨으나 숙모는 차를 마시다 말고 뛰어나갔다. 나는 그제야 입덧이 심하구나, 하던 할아버지 말뜻을 알았다.

숙모가 부엌에서 나와 소리 없이 방으로 들어가자 나는 잠시 후 숙모 방 문을 두드린다.

"수영이? 들어와."

힘없는 목소리다. 내가 방으로 고개를 들이미니 숙모가 방 한가운데 종이꽃같이 앉아 있다. 얼굴은 핏기가 없고 눈은 허공을 향해 열린 채.

"심부름시킬 것 있으면 시키세요. 아무것도 못 먹으니까 힘이 없죠."

"못 먹어서 힘이 없는 게 아냐. 힘이 없으니 안 먹히는 거야."

숙모는 나를 말끄러미 보다가 불쑥 기도원 삼촌 얘기를 꺼낸다.

"지난 일요일에 기도원 가서 아버지 뵀었니?"

"네."

"건강은 어떠신데? 너를 알아봐?"

"알아보지만 감정이 없어요."

"아버지는 언제부터 기도원에 계셨니?"

"삼 년 됐을 거예요."

"그동안 아버지 안 보고 싶었어?"

"보고 싶어도 할 수 없죠 뭐. 병 나으면 볼 텐데요."

"……엄마는 생각 안 나?"

"잘 모르겠어요."

"난 네가 우리 아이였으면 좋겠어. 우리 아이 같아. 넌 안 그래?"

갑자기 얼굴이 달아오른다. 숙모는 티 없이 웃고 있으나 나는 달아나고 싶다. 숙모의 눈길을 피하다 나는 간신히 웃는 시늉을 한다.

"숙모는 이제 곧 아이를 낳을 거잖아요."

나는 숙제를 핑계 대고 곧 일어난다. 문손잡이를 트는 순간 어떤 생각이 칼날같이 스쳐간다. 내가 입만 벙긋하면 이 집안은 콩가루가 된다.

9월 26일은 내 생일이다. 기대하지 않았지만 내 열두번째 생일은 여태 보냈던 여느 생일보다 근사했다. 아니, 이런 생일은 처음이다. 나는 이날 아침 눈뜨자마자 장미 냄새를 맡았다. 코끝으로 스며든 향기가 너무나 감미로워서 나는 꿈속일까 하고 생각했다.

분명 아침이었다. 햇살이 창호지로 쏟아지고 있었다. 발소리가 마루에서 들려왔다. 나는 일어나면서 눈을 치떴다. 문갑 위에 놓인 백자에 붉은 장미가 한아름 꽂혀 있었다.

웬 장미일까? 입을 다물지 못하고 있다가 나는 오늘이 내 생일이라는 것을 떠올렸다. 혹시 숙모가? 나는 이불을 박차고 일어나 마루로 나갔다. 나는 다시 햐, 소리쳤다. 깨끗하게 청소한 마루 한가운데에도 한아름의 붉은 장미가 항아리에 담겨 놓여 있었다. 부엌문을 열자 갈비찜 냄새가 풍겼다.

"잘 잤니? 오늘은 생일이니까 늦잠 자도록 내버려두려고 했는데 빨리 깼네."

"어떻게 내 생일을 알았어요?"

"숙모는 모르는 게 없단다."

"굉장히 기뻐요."

"요만한 걸루? 진짜 선물이 있는데? 뜰에 나가보렴. 뭐가 있는지."

나는 뜰로 달려나간다. 장미만으로도 충분히 행복하다. 여태 나는 다른 날보다 좀더 풍성한 밥상과 할아버지가 주는 용돈으로 생일을 만족해했다. 그런데 또 선물이라니.

나는 테라스 앞에서 우뚝 선다. 가슴이 쿵쿵 뛰기 시작한다. 날렵한 은빛 자전거가 목련나무 아래 세워져 있다. 나는 자전거 옆으로 가지도 못하고 얼이 빠져 서 있다. 내가 사려고 마음먹고 있던 것을 생일선물로 받다니. 내가 저금통을 털어 자전거를 샀다면 이토록 기쁘진 않으리라. 나는 부엌으로 달려가 큰 소리로 외친다.

"오늘 나는 세상에서 제일 행복해요."

"네가 좋아하는 걸 보니 나도 좋아." 숙모는 눈을 반짝이며 더욱 나를 놀라게 한다. "이따 학교 끝나면 친구들 데리고 와. 생일 파티를 해야지."

"정말요?"

"넌 여태 생일에 그렇게 하지 않았어?"

"숙모 같은 사람이 아무도 없었어요. 숙모가 와서 잠자던 사자가 깼어요."

숙모가 내 머리카락을 손가락으로 흩뜨린다.

"그러다 내가 가면 어떡하니."

나는 네 아이를 집에 초대했다. 나와 가장 친한 승호와 우일이,

또 반 아이들의 생일에 한 번도 초대받은 적이 없는 두 아이였다.

승호와 우일이도 놀랐지만 다른 두 아이는 믿기지 않는다는 듯 눈을 껌벅였다. 한 아이는 꼴찌를 맡아놓고 하는 사팔눈 희조였고 한 아이는 엄마가 술집을 한다는 정수였다. 몸이 여자아이처럼 가는 정수는 더듬거리며 기쁨을 나타냈다.

"네가 진작 말했으면 생, 생일선물을 준비했을 텐데."

아이들의 놀라움이 그것으로 끝난 것은 아니다. 내가 대문을 열고 뜰로 들어서며 다녀왔습니다. 큰 소리로 알리자 숙모의 모습이 이내 우리 앞에 나타났다. 숙모는 연분홍색 한복을 입고 꽃이 수놓인 앞치마를 걸치고 있다. 앞치마만 걸치지 않았다면 선녀가 내려온 것이라 생각했을 거다.

아이들은 숙모의 아름다움에 놀란 듯했다. 전에 집에 놀러온 적이 있는 승호도 숙모를 처음 보는 것처럼 멍하니 서 있다. 나는 엄마라고 말하고 싶은 것을 꾹 참는다.

"얘들아, 숙모님께 인사해."

"안녕하세요."

"안녕하세요."

"그래, 승호와 우일이가 왔구나. 두 친구는 처음 보구. 그런데 네 명밖에 안 돼? 난 많이 올 줄 알고 음식을 잔뜩 해놓았는데."

"염려 마세요. 우리가 다 먹어치울 거니까요."

내 방엔 벌써 음식상이 차려져 있었다. 유라시아의 궁전처럼 호화로운 케이크와 투명한 그릇에 담긴 색색 가지의 음식들은 우리를 황홀하게 했다. 뿐만 아니라 유리잔마다 포도줏빛 음료수가 담겨 있어서 우리는 어른이 된 것 같은 기분이다.

숙모가 케이크에 꽂힌 초에 불을 댕긴다. 내가 주인공이 되어 케이크를 자르다니. 여태 제과점 진열장 앞을 지나면서 내가 받을 케이크가 있으리라곤 생각지도 않았다. 나는 마치 왕자나 된 듯 우쭐한다. 아이들에게 자전거는 맨 마지막에 보여주리라. 숙모가 나가자 나는 아이들을 둘러보며 말한다.

"우리 엄마가 여기 있다고 해도 이렇게 멋진 생일 파티는 하지 못했을 거야. 나중에 나는 숙모 같은 여자와 결혼하고 싶어."

그날 밤 나는 숙모가 온 뒤 처음으로 설거지를 도왔다. 숙모는 계속 말렸으나 나는 손에 쥔 그릇을 놓지 않았다. "공부보다는 설거지가 더 좋은걸요." 이 말에는 숙모도 웃고 만다. 나는 숙모가 만족하도록 깨끗이 그릇들을 씻는다. 숙모는 재미있다는 듯 지켜보며 말을 시킨다.

"승호 아버지는 공사장에서 일하신다고 했지?"

"네, 한방에 여섯 식구가 살아요. 그래도 걔네 식구들은 재미있게 사는걸요. 승호 아버지는 술을 굉장히 좋아해요. 내가 가면 수영이가 왔으니 술을 마셔야겠다, 하시면서 소주를 사 오라고 시켜요."

"정말 재미있는 분이구나. 눈이 약간 이상한 애 있잖아, 그애는 어머니가 안 계시니? 옷이 터졌던데 꿰매줄 사람이 없나봐."

"엄마가 생선 장사를 하느라 그럴 시간이 없나봐요."

"수영이 친구는 모두 착하고 가난한 애들이더라. 수영이가 착하니까."

"난 부잣집 애들은 싫어요. 공부 잘하는 애들도요. 그런 애들은 대개 잘난 척해서 정이 안 가거든요."

"수영인 어쩌면 그렇게 어른스럽지? 근데, 여자 친구는 없니? 네 명 중 한 명 정도는 여자여야 하잖아."

"여자에겐 관심을 안 가져요."

숙모는 눈을 크게 뜬다.

"여자를 싫어해?"

나는 고개를 흔든다. 숙모가 대답을 기다리는 눈으로 나를 바라보았으므로 말하지 않을 수 없다.

"여자는 모두 바람 같거든요."

내 생일에 삼촌이 집에 온 것은 예기치 않았던 일이다. 정말 뜻밖이었다. 삼촌이 내 생일을 모르고 있었다 할지라도.

온종일 흥분으로 들떠 있었기 때문에 나는 그날 아홉시가 겨우 넘은 시각에 잠이 들었다. 할아버지 방에서 책을 보고 있는데 괘종이 아홉 번 울렸고 나는 엎드린 채 잠이 들었다. 삼촌의 목소리에 어슴푸레 잠을 깼을 때도 꿈을 꾸고 있는 줄 알았다.

"그래, 갑자기 웬일이냐. 저녁은?"

"먹었습니다. 숙희는 자고 있습니까?"

"시계가 열두시가 다 되어가잖냐. 오늘 잘 왔다. 수영이 생일이야."

"그래요? 알았더라면 선물이라도 사 왔을 텐데."

"며늘아기가 잘해주었다. 음식을 장만해서 친구들을 부르게 하고 또 자전거까지 사주었어. 좋은 여자다."

"……"

"그동안 왜 그렇게 안 들렀느냐. 일은 잘되고?"

"처음 시작하는 사업이라 힘들어요. 적은 자금으로 시작한데다 건축자잿값이 갑자기 올라서요. 워낙에 큰 공사라 모험이긴 해요."

"절대 무리하지 말랬는데. 요새 신문 보니까 입주자에게 돈만 받아놓고 도망가는 사기 건축업자들이 많다더라. 그런 건 아니겠지?"

"차도 팔았어요. 저…… 아버지가 좀더 도와주셔야겠어요."

"그동안 네 밑으로 들어간 돈이 모두 얼만지 셀 수도 없다. 그리기 싫은 산수화도 미인화도 팔려고 그렸고 또 이 집까지 은행에 담보로 넣어주었지. 내가 칠순을 바라보는데 앞으로 살면 얼마를 더 살까 싶다. 마지막 여생은 내가 그리고 싶은 그림만 그리며 보내고 싶다. 더이상 네게 내줄 게 없어. 애비 노릇 할 기력도 이젠 없구."

"못난 아들 두었으니 어쩝니까."

"네 나이가 서른넷 아니냐. 그만큼 떠돌이 생활 했으면 됐지, 자중하거라. 아이 아버지가 곧 될 텐데."

"그게 무슨 말입니까?"

"며늘아기가 입덧을 심하게 하더라. 몸이 약해서 애를 먹는 것 같다. 나는 네 엄마가 아이를 가졌을 때 새벽마다 어물 시장에 갔다. 네 엄마가 해산물을 먹고 싶어해서 싱싱한 걸 고르느라고. 마음고생이야 시켰지만 남편 도리는 다 했다."

"아버지 같은 남편을 만난 건 어머니 팔자가 좋아서겠죠."

삼촌 말투엔 빈정거리는 데가 있다. 할아버지는 무슨 잘못이나 인정하듯 목소리를 낮춘다.

"남의 집 귀한 여식 데려왔으면 예우를 해야지. 그게 인간의 도리 아니냐. 나 때문에 다른 사람이 불행해진다면 큰 죄를 짓는 거다."

"나는 이러고 싶어 이러는 줄 아십니까. 정이 안 가니 어쩝니까."

"그 아이가 어째서? 차가운 아이도 아니고 여자로서 무어 하나 나무랄 데가 없다. 화초처럼 귀하게 자란 사람에게 넉넉지 못한 이 집 살림을 꾸리게 하는 게 미안할 뿐이다."

"바로 그 화초 같다는 것이 전 싫습니다. 너무 고상해서요."

삼촌의 목소리가 높아졌다. 쉰 듯한 목소리에 쇳소리까지 울렸다. 꿈결에서인 듯 누워 있었으나 나는 완전히 잠을 깨고 말았다. 눈썹 끝으로 빛바랜 형광색이 쏟아져 들어오고 삼촌의 두툼한 손이 얼핏 내 얼굴을 스쳐갔다.

"이번 여름에 해수욕이라도 보낼걸. 사내자식 얼굴이 왜 이렇게 희지."

"그앤 제 엄마를 빼낸 것처럼 닮았어. 너무 영리해서 걱정이다."

"흥, 나 닮는 것보다야 낫지."

"넌 여복은 많은 놈이야. 네 복을 네가 차지 마라."

"인연이 안 맞으면 별수없죠."

삼촌은 벌떡 일어나 마루로 나간다. 삼촌 방 문 닫히는 소리가 들리자 할아버지가 혼잣말로 중얼거린다.

"철없는 것. 어릴 때부터 사고만 일으키더니 이날까지 부모 마음고생을 시켜. 또 돈 말을 꺼냈으니 메워 넣어야 하게 생겼어. 일이나 저지르지 말아야 할 텐데. 부모란 이렇게 어리석은 거라니까……"

삼촌이 온 그날 밤도 다음날도 적어도 외관상으론 별다른 일이 일어나지 않았다. 숙모는 언제나처럼 아침 일찍 일어나 집안을 청소하고 활짝 웃는 얼굴로 내 도시락을 건네준다.

나는 그런 숙모를 찬찬히 뜯어본다. 나와 눈이 마주치자 숙모는 "왜?" 고개를 갸웃한다. "아니에요." 나는 얼버무렸으나 대문을 나서면서도 몇 번인가 숙모를 뒤돌아본다. 그러다가 하마터면 전신주에 부딪힐 뻔했다. 숙모는 어이없다는 표정을 짓는다.

"그러다 다치지. 학교에서 곧장 집으로 와야 해."

내가 집에 돌아왔을 때 삼촌은 나가고 없었다. 아침에는 삼촌이 자고 있었으므로 보지 못했다. 나는 현관으로 들어서며 신발장부터 본다. 아침에 놓여 있었던 갈색 구두가 보이지 않는다.

"삼촌 나가셨어요?"

"응, 오늘밤엔 수영이가 좋아하는 카스텔라 사 오실 거야. 생일에 오려면 선물도 사 왔어야 되잖아."

내 물음에 숙모는 장난기 띤 얼굴로 말한다. 나는 엉거주춤 서서 고개를 가로젓는다.

"아녜요. 삼촌은 내 생일도 모르고 오신 거예요."

숙모는 이어 내게 자전거를 타고 놀러가라고 한다. 물론 그럴 생각이다. 자전거를 타기 위해 허둥대며 집으로 돌아오지 않았던가.

가방을 던져두고 나는 뜰로 나간다. 햇빛 아래서 날렵한 자전거가 거대한 은빛 제비처럼 번쩍이고 있다. 나는 걸레를 갖고 와 조심스레 닦는다. 몇 발자국 떨어져 그것을 바라보며 숙모에게 소리친다.

"내가 자전거 타고 장 봐 올게요. 살 것을 적어주시면 돼요."

"어떡하지. 장은 벌써 봐놨는데. 이삼 일은 시장 안 가도 되도록 잔뜩 사 왔는데."

마루에서 뜰로 걸어나오며 숙모가 덧붙여 말한다. "이제부터 장보기는 꼭 수영이 시킬게. 오늘은 첫날이니까 그냥 동네를 한 바퀴 돌고 오렴."

"그만두겠어요. 장 보러 갈 때 탈래요."

"아니, 왜? 자전거 타고 싶어했잖아."

숙모는 뜻밖이라는 듯 눈을 치뜬다. 나는 다소 뽐내며 답한다.

"원래 그러려고 마음먹고 있었는걸요."

그날 밤 삼촌은 카스텔라 상자를 들고 집에 왔다. 물론 내 몫이다. 숙모가 시킨 일인지도 모른다.

"옜다." 삼촌은 나를 쳐다보지도 않고 상자를 내밀고 삼촌 방으로 가버린다. 삼촌의 무뚝뚝한 말투와 불친절에 익숙해 있는 터여서 기분이 나쁘지는 않다.

포장을 뜯자 윤나는 갈색의 카스텔라가 담겨 있었다. 침이 꿀꺽 넘어갔으나 나는 참기로 한다. 할아버지가 목욕을 하고 오면 함께 먹을 생각이다.

국어 숙제를 마치고 막 책을 넣는데 전화가 울린다. 열시가 넘어 웬 전화일까. 수화기를 들자 카랑한 여자의 목소리가 귀에 따갑게 울린다.

"여보세요. 장명환씨 댁이죠?"

"그런데요."

"좀 바꿔주세요."

"저, 누구신데요?"

"바꿔주면 돼요."

여자가 짜증스럽게 대구한다. 잠시 수화기를 들고 있다가 나는

294

방문을 열고 소리친다.

"삼촌, 전화예요."

이어 나는 재빨리 방문을 닫고 수화기를 든다. 숙모가 삼촌 옆에 있으리라는 것이 그제야 생각났다. 그렇다고 다시 이 방에서 전화받으세요, 할 수도 없다. "여보세요." 삼촌의 목소리가 들려서 나는 숨을 죽인다.

"여보, 나야."

"누구?"

"그저께까지 옆에 있어놓고 몰라? 정순이라니까."

"나 원. 웬일이야?"

"웬일은 무슨 웬일. 보고 싶으니까 그러지."

"이봐, 전화로 농담할 거야? 용건을 말해."

"빨리 돈 갖고 오라고, 그거지. 집에서 난리야. 오늘 남씨가 집에 와서 하루종일 기다리다 갔어. 내일도 안 오면 고소한대. 나도 빨리 병원 가야지. 하루라도 늦으면 위험하대. 지금 수술 못하면 애 낳는 수밖에."

"미친 소리 작작해. 이봐, 하여튼 내가 이삼 일 안으로 내려갈 테니 그때 다 처리하자구. 전화 끊어."

"흥, 옆에 그 가수 따님 있는 거 아냐? 안부 전해요."

"니미럴, 한밤에 무슨 수작이야. 끊어."

삼촌의 거친 숨결이 끊기자 나는 재빨리 수화기를 놓는다.

할아버지처럼 태연하게 할 수는 없었다. 가슴이 마구 뛰고 손에 땀이 묻어난다. 삼촌이 밖으로 나서는 소리가 들린다. 나는 화들짝 놀란다. 삼촌이 내가 있는 할아버지 방 문을 열어젖힌 것 같다. 숨을 죽이고 있으려니 삼촌 발소리가 부엌 쪽으로 멀어져간다.

나는 안도의 숨을 쉬고 벽 모서리에 앉는다. 숙모는 아무것도 눈치채지 못했을까? 적어도 여자의 전화인 것만은 알고 있겠지. "여보, 나야." 여자의 뻔뻔스러운 목소리가 자꾸만 맴돌아 나는 귀를 털어낸다. 삼촌이 싫다. 큰삼촌은 결코 내 아버지가 아니다.

다음날은 토요일이어서 수업이 일찍 끝났다. 아이들이 야구를 하자고 했으나 나는 곧장 집으로 왔다. 자전거가 보고 싶었던 거다.

이날은 숙모 혼자 집을 지키고 있다. 할아버지도 삼촌도 각기 나가고 없다. 나는 뜰로 뛰어간다. 자전거는 여전히 충실한 하인처럼 목련나무 아래서 나를 기다리고 있다. 나는 또 걸레로 그것을 닦는다. 숙모가 주스잔을 들고 내게로 걸어온다.

"그렇게도 좋아?"

"내 다리, 날개, 내 자식 같아요."

"자식?" 숙모가 함빡 웃는다. "자식이 어떤 건지 수영이가 알아?"

"너무 좋아서 그렇게 말하는 거예요."

"수영아." 숙모가 잠시 사이를 두고 말한다. "내가 니네 학교 가서 담임선생님 만난 것 알아?"

"그건 몰랐는데요." 나는 아무렇지도 않게 대답한다.

"선생님이 수영이 칭찬하시더구나. 수영인 약한 아이들을 좋아한다고 말이야. 그건 나도 알아. 그런데 선생님께 부모님이 미국 계시다고 했니?"

"네."

"왜?"

나는 자전거 닦는 것을 멈춘다. 숙모는 내 대답을 기다리고 있다.

"아버지가 기도원에 있다고 해봐요. 모두 나를 정신병자 아들이라고 이상하게 볼 것 아녜요."

"정말 그분이 네 아버지야?"

"……"

"난 말이야, 진실을 알고 싶은 거란다. 넌 영리하니까 내 말을 알아들을 거야. 난 이 집에서 꼭 바보가 된 것 같아. 모두 내게 무언가를 숨기고 있어. 사실을 알아야겠다는 건 사실 자체가 중요해서가 아니라 그 사실에 맞추어서 내가 살아가려 하기 때문이야. 무슨 말인지 알겠니?"

"조금은요."

나는 시무룩하게 대꾸한다.

"내게 모든 걸 얘기해주면 안 되겠니? 난 네가 좋아. 네가 남 같지가 않아. 너랑 살고 싶어. 큰삼촌이 네가 자기 아들이라고 말하면 난 기꺼이 사실을 받아들일 거야. 너도 삼촌을 아버지라고 부르고 싶지?"

그때 문밖에서 차 소리가 들리고 이어 벨이 울린다. 나는 새빨개진 얼굴을 숙모로부터 돌리고 대문으로 뛰어간다. 대문이 흔들리고 삼촌의 목소리가 다급하게 울린다.

"나야, 빨리 문 열어 빨리."

삼촌은 대문을 밀치고 들어온다. 넥타이는 느슨하게 풀어져 있고 큰 눈이 번뜩인다. 삼촌은 숙모를 흘긋 보곤 곧장 마루로 들어간다. 대문 밖엔 까만 세단이 대기하고 있다. 대문을 그대로 열어둔 걸 봐도 다시 나가려는 것이 분명하다.

삼촌의 발소리가 쿵쿵 마루를 울리자 뜰에 서 있던 숙모가 얼굴을 일그러뜨린다. 숙모는 한 손을 이마에 대고 서 있다가 테라스 앞으로 걸어간다. 삼촌이 어느새 긴 액자를 둘러메어 나오고 있다.

그것은 할아버지가 숙모에게 물려준 고화였다. 「적벽가」란 시가 쓰여 있고 물안개에 잠긴 듯한 숲이 아득하고 적막하게 펼쳐져 있는 청전의 산수화다. 할아버지가 늘 바라보며 좋아하던 그림이어서 나까지도 이따금씩 들여다보는 그림이다. 숙모가 삼촌 앞을 가로막는다.

"도대체 왜 이러시는 거예요. 이건 아버님이 아껴 보시는 거예요. 함부로 손대지 마요."

"그래, 내 아버지 건데 어때."

삼촌은 숙모에게서 홱 비켜나서 대문 밖으로 액자를 들고 나간다. 액자는 차 속으로 들어갔고 숙모는 어쩔 줄 몰라서 손만 움켜쥐고 있다. 나도 무엇을 도와주어야 할지 모르겠다.

삼촌은 다시 방안으로 들어간다. 숙모는 정신이 없는 나머지 신을 신은 채 마루로 뒤따라 올라선다. 이번에 삼촌은 더 큰 것을 메고 나온다. 사철의 꽃이 그려진 여섯 폭짜리 병풍이다. 할아버지가 숙모의 결혼선물로 손수 그려준 것이다. 숙모는 삼촌의 팔을 잡아 흔들며 낮게 외친다.

"미쳤어요? 그것도 팔겠단 말이에요? 당신 제정신이에요?"

"미치긴 내가 왜 미쳐. 이까짓 물건이 무슨 보물이라고 넣어둬. 고상한 사람은 그림 보고 사시나?"

숙모의 얼굴이 무서울 정도로 창백해졌다. 숙모는 고개를 설레설레 내젓는다.

"당신은 내게 아무 말도 할 자격이 없어요. 거짓말쟁이. 수영이가 당신 아들이라는 걸 나는 벌써부터 알고 있었어요. 아버지 노릇도 못하면서 천박한 여자들과 한밤에 전화질이나 하죠. 파렴치하고 불결해요."

"그래, 나는 천박한 여자를 좋아해. 너같이 고상한 여자는 싫어. 나더러 불결하다고? 흥, 넌 깨끗한지 모르지만 네 아버지와 나와 다를 게 뭐야. 윤구는 어디서 데려온 자식이야?"

삼촌은 병풍을 멘 채 한 손으로 숙모를 밀친다. 삼촌의 팔을 잡고 있었으나 숙모는 허수아비처럼 마루끝에서 테라스로 굴러 쓰러졌다. 삼촌은 놀라서 흠칫 그 자리에 선다. 그것도 순간이고 번들거리는 얼굴을 손으로 씻곤 대문 밖으로 급히 사라진다.

모든 것이 너무나 순식간에 일어난 일이라 아무것도 실감나지 않았다. 나는 할아버지에게 그 장면들을 설명하다가 한밤에 울음을 터뜨릴 뻔했다. 그제야 무서움이 되살아났다. "숙모는 나 때문에……" 내가 눈물을 쏟고 말을 잇지 못하자 할아버지는 일어나서 불을 끈다.

"자라. 네가 잘못한 건 하나도 없다."

나는 어둠 속에서 숨을 죽인 채 자리에 눕는다. 고아가 된 것처럼 외롭다. 불현듯 기도원 삼촌 얼굴이 떠오른다. 초가을 햇살 아래 짚단처럼 서 있던 삼촌. 기도원 삼촌이 정말 내 아버지인지 모른다.

집은 괴괴할 정도로 고요하다. 숙모의 엄마가 숙모를 데려갔고 삼촌은 집에 오지 않았다. 나는 내 방에 가고 싶지만 텅 빈 마루를 지나갈 용기가 없다. 오늘만 할아버지 방에서 자고 내일부턴 혼자 잘 것이다. "내 업이다. 업." 할아버지의 중얼거림이 한숨과 함께 허공에 흩어진다.

전에도 할아버지는 업이란 말을 했다. 혹시 무거운 짐이란 뜻이 아닐까. 내가 할아버지의 짐이라면 슬프다. 나는 거미줄처럼 줄을 타고 날아갈 곳도 없다. 자꾸만 흐르는 눈물을 이불깃으로 씻고 나는 이불을 뒤집어쓴다.

숙모는 그로부터 일주일 뒤에 나타났다. 그동안 병원에 입원해 있었고 숙모가 퇴원하던 날 숙모 엄마가 할아버지에게 전화했다. 숙모는 유산을 했다. 할아버지는 그 소식을 전해들으며 고개를 숙였다.

"면목없습니다. 못난 자식 둔 애비를 용서하세요."

다음날 내가 학교에서 돌아오자 타이탄에 낯익은 숙모 옷장과 짐이 실려 있었다. 나는 그것을 먼발치에서 바라보다 대문 앞에 서 있는 숙모 엄마에게 꾸벅 인사한다. "그래, 수영이." 숙모 엄마는 말하다 말고 집 앞의 빈터를 멍하니 바라본다.

숙모 방은 텅 비어 있었다. 깨끗이 치워진 빈방을 기웃거리다 나는 할아버지 방으로 간다. 숙모가 할아버지와 마주앉아 있다가 내게 얼굴을 돌린다. "수영아." 숙모는 반가워 손짓했으나 나는 멋쩍어하며 할아버지 옆에 앉는다. 할아버지는 눈을 내려뜬 채 연두색 단청 물감을 접시에 담는다.

"아버님, 저는 무슨 일이든 잘해내고 싶어했어요. 제가 부족한 걸 알기 때문이에요. 그런데……"

"인생에 공약이 있을까. 그런 것 같기도 하고 그런 것 같지 않기도 하고…… 자기가 한 만큼 보상받아야 하겠지만 그렇게 되지만도 않아. 그러니 완벽하려고 하면 할수록 인생이 힘들지."

"전 아직 잘 모르겠어요. 사는 일이 때때로 벅차게 느껴져요. 아버님이 부러워요. 저도 그림을 그릴 줄 안다면……"

"그래, 사는 일이 고달파도 그림을 그릴 땐 행복해. 버러지같이 소리 없이 살면서 그림을 그리고, 그러다가 죽겠지. 그땐 어지러운 세상에서 이 나비처럼 혼만 가지고 저승으로 떠나겠지."

할아버지 앞에 그리다 만 화선지가 펼쳐져 있다. 쪽빛 단청 문살에 금박의 나비 한 마리가 내려앉아 있다. 찢긴 창호지 사이로는 알 수 없는 저편의 세상이 옷자락을 보여주는 듯하고.

할아버지는 화선지를 들여다보다 다시 붓을 든다. 숙모가 소리 없이 일어난다.

"아버님, 제발 나오지 마세요. 그대로 그림 그리고 계세요. 아무 일 없는 것처럼요."

할아버지는 숙모를 물끄러미 바라보고 잠시 후 고개를 끄덕인다. 숙모는 급히 몸을 돌려 문밖으로 나간다. 할아버지는 눈을 감은 채 내게 말한다.

"수영아, 나가서 숙모님께 마지막 인사 드려라."

숙모는 대문 앞에 서서 뜰을 둘러보고 있다. 뜰 한구석에 늘어서 있는 흰 국화가 봉오리를 맺은 채 바람에 일렁인다. 어느새 국화가 피었을까.

숙모는 손으로 눈끝을 훔치다 나와 눈이 마주치자 고개를 끄덕인다.

"수영이 공부 잘해야 돼."

나는 숙모로부터 등을 돌리고 자전거를 끌어낸다. 그것을 밀면서 숙모 앞을 스쳐간다. 숙모의 눈에 맺힌 눈물이 반짝 빛나는 것을 본다.

나는 대문 밖으로 나와서 자전거에 올라탄다. 짐을 실은 타이탄은 벌써 사라지고 숙모 엄마가 숙모를 기다리고 있다. "안녕히 가세요." 숙모 엄마는 내 인사에도 넋 나간 듯 서 있다.

페달을 밟으려는데 "수영아" 숙모의 울먹이는 소리가 등뒤로 들려온다. 나는 주춤하다 그대로 페달을 밟는다. 콧등으로 전류가 흐르는 듯했지만 아무 일도 없는 것처럼 콧등을 살짝 찡그린다.

숙모의 목소리가 등뒤로 희미하게 멀어져간다. 나를 부르는 소리가 환청처럼 다시 귀에 울렸지만 나는 뒤돌아보지 않는다. 페달을 멈추고도 싶었으나 자전거는 골목길로 뱀처럼 미끄러져만 간다.

(1983)

낮과 꿈

페치카가 타는 산장 풍경이 개나리가 흐드러진 고궁으로 바뀌었다. 겨울이 찢겨나가고 봄 풍경이 벽 한 모퉁이에 자리잡은 지 일주일 만에 나는 검진에 걸렸다. 그 정도는 이 바닥에서 예삿일이지만 나는 몹시 약이 올랐다.

영업중에 병이 걸리는 수는 있지만 살림을 하면서 검진에 걸렸다는 말은 어디에서도 들어보지 못했다. 나는 오버턴과 두 달째 살림을 하고 있었다. 그사이에 오버턴은 몇 번이나 바람을 피워 내 속을 썩였다. 이번에 다른 여자에게서 병을 옮겨와 내게 안겨주었다.

신랑 덕분에 호강은 못할망정 병을 옮아 멍키 하우스로 가야 하다니. 더구나 이 초봄에.

보건소에서 나서자 나는 곧장 소방 부대로 전화했다. 오버턴이 나오자마자 지겨운 바람둥이라고 욕부터 했다. 능청맞게도 오버턴은 "배기, 남자에겐 누구나 일시적인 바람기가 있어. 당신은 이해할 수 있잖아" 했다. 나는 코웃음을 쳤다.

"바람기란 것이 남자에게만 있다고 생각해? 여자도 같아. 그러나 내가 당신과 살면서 다른 남자에게 눈을 돌리면 당신은 이해를 잘하겠어?"

나는 곧이어 검진 결과를 알려주었다. 오버턴도 검진을 했는지 그제야 실토했다. 병을 옮긴 여자를 콘택트하겠다고 시무룩한 어조로 말했다. 거듭 미안하다, 했으나 나는 끝장이다, 으름장을 놓고 전화를 끊었다.

생각할수록 부아가 치밀었다. 오버턴은 한 달 뒤면 임기를 마치고 본국으로 간다. 나와의 살림이 한국에서의 마지막이라 생각하면 충실할 수도 있으련만 거꾸로 바람이나 실컷 피우자, 식이었다. 두 달 전 처음 만났을 땐 천생배필인 것처럼 굴지 않았는가. 너를 이제야 만난 것은 신의 장난이다, 등등 떠벌리며 침대에 누운 채 스프링을 마구 굴렸다.

나는 집으로 들어가는 길에 옵타리돈 서른 알과 소주 한 병을 샀다. 소주에 옥순이 스무 알을 삼키곤 침대에서 뻗어버렸다.

내가 눈을 떴을 땐 서향 창으로 햇살이 비쳐든 다음날 오후였다. 투명한 링거병이 허공에 매달려 있고 내 팔엔 바늘이 꽂혀 있었다. 오버턴의 금발이 내 눈썹 끝으로 스치자 나는 주삿바늘을 잡아 빼버렸다. 오버턴이 내 팔을 붙들고 우는소리를 냈다.

"허니, 내가 잘못했어. 다시는 바람피우지 않을 거야. 이젠 화를 풀어, 허니."

나는 웃음이 나오려는 것을 참았다. 두 달째 살면서 허니 소리를 듣기는 처음이었다. 엔간히 놀란 것 같았다. 이왕 놀래준 김에 혼쭐을 빼놓자는 생각이 들었다.

나는 눈을 감은 채 물을 달라고 했다. 오버턴이 물잔을 앞으로 내밀자 나는 자리에서 벌떡 일어나 침대 서랍을 열었다. 서랍 속엔 남은 옵타리돈 열 알이 들어 있었다. 오버턴이 손을 뻗었으나 나는 그것을 재빨리 이불 밑에 밀어넣었다.

"말리지 마. 난 맨정신으로 멍키 하우스에 갈 수 없어."

나는 밤 열시에 멍키 하우스로 출발했다. 이런 기분으로 대낮에 멍키 하우스로 걸어갈 수는 없었다. 약기운으로 걸음은 가벼웠다. 마치 집으로 돌아가는 휴가병처럼 콧노래까지 흥얼거렸다. 넓고 조용한 골목으로 들어서서 담들을 지나가자 수용소의 이층 건물이 나왔다. 이층 창에 불이 켜져 있다는 것 외엔 여느 공공건물처럼 밋밋했다.

수용소 문은 굳게 닫혀 있었다. 시계가 열한시 가까이 되니 잠겨 있는 것이 당연하다. 나는 먼저 소지품을 넣어온 가방을 담 너머로 던졌다. 가방이 어둠 속에서 혹성처럼 떠오르다 사라졌다. 작은 철문에 사자 머리 장식의 손잡이가 달려 있었다. 나는 그 위에 한 발을 딛고 올라서 간신히 담 위의 철책을 잡았다. 몸도 가벼웠으므로 담 위에 올라가 뛰어내리는 건 어렵지 않았다.

잠자던 관리소 소사가 투덜거리며 현관문을 열어주었지만 그날 소란이 그것으로 끝난 것은 아니다. 나는 국화반에 배정되었다. 국화반 여자들이 나를 에워싸고 킬킬 웃어대는데 밖에서 웅성거리는 소리가 들려왔다. "씨팔, 또 무슨 일이야?" 영자가 문을 열어젖히자 맞은편의 난초반에서 사감 격인 쥐치와 경찰 두 사람이 나오고 있었다. 세 사람은 다시 옆방의 장미반으로 들어갔고 장미반 여자들 이름을 하나하나 부르면서 확인하고 있었다.

난초반에서 두 여자가 복도로 나오자 영자가 큰 소리로 물었다.

"씨팔, 이 밤중에 왜 그래?"

"누가 탈주했대. 방범대원이 누가 수용소 담 타넘고 도망가는 걸 봤대."

조사 결과 어느 반에서도 탈주한 사람은 발견되지 않았다. 맨 마지막으로 인원 점검을 한 국화반에도 이상이 없었다. 이 야밤에 탈주라니. 이불 홑청을 찢어 창밖에 늘어뜨리고 타잔처럼 빠져나간 여자도 있었다지만 그건 이미 전설이 되었다. 지금은 창마다 창살이 둘러져 있었다.

인원을 확인하고 나서도 경찰은 머뭇거렸다. 미련이 남은 모양이었다. 얼굴이 쥐같이 뾰족해서 쥐치란 별명이 붙은 여사감이 고개를 갸웃하다 나를 가리켰다.

"혹시 쟤가 담 타넘고 들어온 걸 도망가는 걸로 잘못 생각하신 건 아니에요? 밤이니까 잘못 봤을 수도 있어요."

"색시가 담 타넘고 왔어?"

경찰 한 사람이 어이없다는 표정을 지었다. 확신이 들었는지 쥐 치가 자리를 뜨며 한마디했다.

"맨정신으로 오기 싫으니까 약 먹고 그 짓 하지."

여자들이 다시 키득대고 토마가 쥐치 등뒤로 소리쳤다.

"담 타넘고 들어오는 사람이 있으니 멍키 하우스도 사람 사는 데 같네."

수용소에 들어올 땐 끔찍해서 이런 굿까지 벌이지만 일단 들어 오고 나면 그런대로 재미를 찾기 마련이다. 아침 일곱시에 하루가 시작된다. 집에선 오전 내내 이불 속에서 비비적대지만 여기선 모 두 일어나 대청소를 하고 식사 당번은 주방에서 식사 준비를 한 다. 그것이 끝나면 떼를 지어 아래층으로 내려간다. 콩나물 정도의 식물성 반찬만 차려져 있지만 여자들은 아침부터 왕성한 식욕으 로 밥을 먹는다.

식사시간이나 청소 시간, 페니실린 주사 투약 시간 외엔 거의 자유시간이다. 묵은 주간지나 텔레비전을 보기도 하지만 우리는 주로 화투와 잡담으로 시간을 보냈다. 그러다보면 서로가 자연 드 러나기 마련인데 국화반엔 이런 여자들이 모였다.

욕으로 시작해서 욕으로 끝나는 영자, 첫사랑 얘기가 몇 개씩 준비된 토마, 빗자루 같은 속눈썹을 늘 붙이고 다니면서 한 번도 세수하지 않는 추자, 잠시도 가만있지 못해서 방울뱀이란 별명을 가진 막내 티나, 첫 순정도 팔아야 했던 더러운 팔자지만 결혼식은 산에서 하고 싶다는 써니, 서른 살의 써니 얼굴엔 벌써 납독으로 푸른 기가 돌았다.

이 방에서 제일 나이가 많은 사람은 서른넷인 순자 언니. 길 쭉한 얼굴에 처진 눈초리가 순해 보이는 여자였다. 특징 없는 외모에다 말이 없어서 순자 언니는 처음에 거의 눈에 띄지 않았다.

순자 언니는 온종일 뜨개질을 했다. 그림자처럼 벽에 기대앉아 기계처럼 재빠른 손놀림만 했다. 그런 순자 언니의 모습은 이 방 여자들에게 낯익은 것인 듯했다. 화투를 치거나 얘기를 할 때 아무도 순자 언니를 끼워 들이려 하지 않았다. 덕분에 순자 언니의 무릎 위론 레이스가 온종일 물거품처럼 흘러내렸다.

나는 첫날엔 그것을 무심히 보아넘겼다. 순자 언니는 이튿날도 식당에서 돌아오자마자 뜨개질을 시작했다. 나는 그제야 호기심을 느꼈다. 나는 담배에 불을 붙이고 슬그머니 옆으로 다가갔다.

순자 언니는 나를 의식하지 않았다. 눈을 내리깐 채 정확한 손놀림만 했다. 얼굴엔 아무 표정도 없었고 숱 많은 머리가 양쪽으로 쏟아내려져서 시야를 거의 가릴 지경이었다. 순한 얼굴과는 어울리지 않는 드센 머리카락이었다. 나는 지렁이를 건드려보듯 한마디 던졌다.

"보기만 해도 몸살 나네. 그걸 무슨 재미로 하누."

순자 언니는 이내 반응을 나타내지 않았다. 원을 한 바퀴 다 두른 뒤에야 나를 올려다보았다. 순자 언니 얼굴에 얼핏 웃음이 떠올랐다. 나를 안다는 표시 같았다.

"뜨개질이 좋아서 하는 건 아냐. 그저 숙제하듯이 해."

"누구한테 부탁받았수?"

"그런 건 아냐. 염주알 세는 기분으로 한달까."

내가 그대로 자리를 지키고 서 있자 순자 언니가 불쑥 물었다.

"나이가 몇이야?"

"스물여섯."

"좋은 나이네. 난 그때 둘째 아이를 낳았어. 무얼 조금만 알았어도 애를 낳지 않는 건데. 지금은 어떻게 됐을지……"

여자는 잠시 주춤하더니 다시 뜨개질을 시작했다. 나는 레이스를 어디다 쓸 것인지 물었다. 레이스를 짜는 모습이 마치 쇠꼬챙이로 땅을 파는 것처럼 답답해 보였던 거다.

"이건 침대보야. 식탁보, 커튼, 방석덮개, 많이 짜놨어. 결혼하면 다 쓰이잖아."

"결혼…… 해요?"

"언젠가 하겠지."

나는 피식 웃었다. 순자 언니가 갑자기 고개를 쳐들었다. 물고기가 수면 위로 치솟는 듯한 빠른 동작이었다. 순자 언니는 정색을 하고 말했다.

"꼭 할 거야. 먹통 아니라 먹통 할아버지하고라도."

세상에서 가장 흥미 있는 것은 역시 사람이 아닌가 싶다. 어떤 평범한 인간도 가까이 들여다보면 그만이 지닌 반점이 있다. 그 반점은 타고날 때부터 주어진 것이기도 하고 환경에 의해 생긴 것일 수도 있다. 이것으로 인생 혹은 운명이 이루어지는 게 아닐까.

기지촌 같은 곳에 살다보면 별의별 사람을 다 만난다. 이것을 인생공부라 생각해서인지 나는 다른 사람보다 유별난 일을 많이 겪었다. 덕분에 이야깃거리가 풍부하다. 거기다 입심이 좋아선지 사람이 모이는 곳에선 인기가 좋은 편이다. 이빨 까는 일로 하루를 보내니만치 멍키 하우스에서도 예외는 아니다.

이곳에 온 지 나흘째 되는 날이다. 우리 반에서 또 한번 재미있는 이야기가 터졌다. 재미로 치자면 음담패설처럼 재미있는 것도 없는데 화투를 치다가 영자가 말문을 열었다.

"씨팔, 조막손으로 할아버지만 긁어가네. 작은 고추가 맵다더라만."

추자더러 하는 얘기였다. 추자 앞엔 벌써 천원짜리 두 장이 모여 있었다. 추자가 작은 발을 꼼지락거리며 씩 웃었다.

"어떤 미군이 나더러 너는 전부 작다 그래. 키도 작고 손도 작고 입도 작다고. 나도 맞장구쳤지. 맞다, 나는 전부 작다, 그런데 딱 하나 큰 게 있다, 그건 침대에 올라가보면 안다."

토마가 빨간 싸리 쭉자를 내놓으며 양미간을 찌푸렸다.

"크니 작니 하니까 똥구멍이 아프다. 수용소 오기 전날 미군에 잘못 걸려서 항문 섹스를 했잖아. 수도 구멍으로 방망이가 들어갔으니 병원 가야 한다고 떼를 써서 십 불 더 받아냈어."

"호모 아냐? 동성애를 그렇게 한다는데 우리야 그 맛을 알 수가 없지. 여기 색시들도 공치고 빈둥거리는데 같은 남자끼리 뭐야."

"나도 얼마 전 레즈비언을 만나게 됐어. 같은 여자끼리도 반할 만큼 미인인데 막상 내 몸에 손이 닿으니 기분이 괴상해."

"같이 자봤단 말이야?"

토마는 화투가 들린 손을 내리며 눈을 치떴다. 나는 태연히 화투를 쳤다.

"결혼 신청까지 받았어."

"여자가 여자한테?"

모두 화투를 들고 있던 손을 내렸다. 영자는 화투를 아예 내던지고 담배를 집어들었다. 나는 비장의 카드를 꺼내듯 바버라 얘기를 꺼냈다.

내가 바버라를 만난 것은 수용소에 들어오기 열흘 전이었다. 그날 오버턴은 야근이었고 나는 모처럼 저녁 시간을 혼자서 빈둥거리며 지냈다. 여덟시쯤 되었을까. 누가 방문을 두드렸다. 내가 나가는 클럽 주인 안씨 마누라였다.

안씨 마누라 옆엔 젊은 흑인 여자가 서 있었다. 안씨 마누라는 오버턴이 야근임을 확인하고 용건을 말했다.

이 손님은 일본에서 비상 교육훈련을 받으러 한국에 온 여군인데 한국 여자를 소개받고 싶어한다는 것이다. 한국 안내도 해주고 친할 사람을 찾는 모양이라고 했다. 내가 채 대답하기 전에 흑인 여자가 웃으며 자기소개를 했다. 그 여자가 바버라였다. 바버라의 고르게 드러나는 치아를 보다가 나도 얼결에 반갑다는 인사를 했다.

처음엔 나도 바버라의 정체를 몰랐다. 바버라는 코냑을 한 병 가져왔고 우리는 그것을 나누어 마시며 열두시까지 얘기했다.

바버라는 내게 이것저것 물었다. 수입과 생활의 어려움에 대해 듣고자 했고 얘기를 하다보니 내 지난날 얘기까지 나왔다. 가난과 가정불화로 집을 뛰쳐나왔던 여고 시절이며 그동안의 억척스러운 삶에 대해.

바버라는 진지하게 내 이야기를 들었다. 내용에 따라 얼굴 표정도 달라졌다. 얘기 끝에 "이 생활에 만족하느냐?" 묻기도 했다. "내 직업에 충실한다." 나는 한마디로 답했다.

"바버라는 스물두 살이야. 나이는 나보다 어리지만 같은 여자끼리니까 말이 좀 잘 통해? 서로 마음이 맞았어. 바버라 옷을 걸어주려고 옷장을 열어놓고는 치사한 남자들에 대해 한바탕 성토도 했지. 옷장을 여니까 가죽잠바와 남자 양복 두 개가 보여. 내가 살림하고 있는 남자 옷이야. 나는 지금 살림하고 있다는 소리를 안 했어. 바버라가 누구 옷이냐 물어. 나는 나오는 대로 말했지. 자고 가면서 돈을 제대로 안 주는 미군들 옷을 뺏어놓은 거라고. 사실 그런 일이 종종 있잖아. 바버라가 얇은 입술을 셰퍼드처럼 세우고 야멸치게 내뱉어. 쩨쩨한 자식들이라고. 나도 신나게 합세했지. 그런데 잠자리에 들 때야. 나는 원래 털털이지만 잠자리는 가려. 영업할 때 외엔 낯선 사람과 잠을 못 자. 늘 벗고 자는 습관이 있으니 더 그렇지. 내가 머뭇거리고 앉아 있으니 바버라가 거침없이 옷을 벗어. 살이 다 비치는 속치마만 걸쳤는데 물개처럼 미끈해. 바버라는 내게 왜 옷을 벗지 않느냐 묻더라구. 나는 습관이 그러니 신경쓰지 말라고 했지. 누운 지 십 분쯤 됐을까. 술을 많이 마셔서 몸이 가라앉는 것 같아. 다행히 옆에 낯선 사람이 있다는 것도 의식하지 못할 정도야. 그런데 내 이불이 들쳐지는 소리를 들었어. 잘못 들었나 귀를 기울이는데 손이 내 허리께에 슬그머니 닿아. 내가 잠자는지 알아보려고 그러는 줄 알았어. 내가 미처 대꾸하기도 전에 손이 내 옷을 살그머니 들쳐. 이상한 느낌이 들어서 나는 숨죽이고 있었지. 여자의 손이 허리에서 가슴 쪽으로 더듬어가. 따뜻한 손인데 뱀처럼 매끄러워서 온몸이 오싹해. 나는 옆으로 홱 돌아누웠어. 그걸로 끝난 게 아냐. 오 분도 안 돼서 손이 다시 내 몸을 더듬으려 하는 거야. 성질대로라면 소리를 지르고 일어나 불을 켰을 테지만 술이 취해서 꿈쩍하기도 싫었어. 나는 잠꼬대하듯 말했어. 잠을 푹 자기를 원한다고."

"여자 손이다 생각하니까 이상한 거 아냐?"

"흑인 여자라면 섹시하지 않아?"

내가 담배를 무는 사이에 추자와 써니가 연이어 물었다. "선입견일지도 모르지. 미인이지만 유감스럽게도 전혀 안 당겨." 모두 킬킬 웃고 영자가 말을 재촉했다.

"씨팔, 못난 놈들한테 눌려 사느니 레즈비언과 살겠다. 어떻게 결혼하재?"

모두의 눈이 호기심으로 빛났다. 나는 다시 말을 이었다.

"바버라는 다음날 다시 왔어. 간밤에 편히 잠을 못 잔데다가 바버라가 가자마자 오버턴이 와서 쉴 틈도 없었어. 저녁을 해먹고 오버턴을 출근시키고 나니 다시 손님이 방문을 두드린 거야. 바버라는 방에 들어오지도 않고 클럽에 가자고 제의했어. 피곤했지만 나는 아직 여자에게 호기심을 가지고 있어서 응했어. 흑인 클럽이 모여 있는 곳으로 갔어. 이 년 전만 해도 나는 흑인 클럽 골목을 누볐던 흑인 색시였잖아. 그래서 바버라를 안내하기가 쉬웠지. 클럽 블랙잭에서 우리는 술을 꽤 마셨어. 바버라가 블루스 추기를 원해서 함께 추기도 하고. 두 여자가 맞잡고 블루스를 추니 시선이 쏠리잖아. 강심장인 내가 창피하게 느낄 정도야. 바버라는 아랑곳하지 않아. 내 허리에 팔을 두르고 미끄러지듯 스텝을 밟는 모습은 당돌하기까지 해. 우리가 자리에 앉자마자 한 흑인이 다가와. 담배 필터를 씹으면서. 걸어오는 모양이 벌써 밥맛이야. 흑인이 깐죽거려.

시스터, 외로우면 내가 상대해드릴까? 바버라가 한마디로 깔아뭉 개더군. 내가 왜 너의 시스터냐고. 바버라는 흑인을 싫어하는 거 야. 우리도 같은 한국 사람을 싫어할 때가 많잖아."

"그래서 레즈비언 된 거 아냐? 흑인 여자가 백인 남자와 결혼하 기도 힘드니까."

토마가 성급하게 나서길래 내가 수정해주었다.

"되고 싶어서 레즈비언이 되는 게 아냐. Rh-형으로 태어나듯이 동성애자의 운명으로 태어난다더라. 남성 호르몬이 과다한 건지 는 모르겠지만."

"팔자가 그렇다면 이해하지만 어떻게 여자끼리 잔단 말이야."

"거기에 대해 얘기해줄게." 나는 써니에게 기다리라는 손짓을 하고 그날 밤 일을 다시 떠올려나갔다.

"클럽에서 나올 때야. 두 흑인이 입구에 서 있다가 우리가 나오 니 휘파람을 불어. 그중 한 흑인이 등뒤로 소리쳐. 톨 걸, 네 혓바 닥이 얼마나 긴지 좀 보여줘. 나도 그때는 그게 무슨 말인지 몰랐 어. 집에 돌아와서 바버라는 사십 불부터 내게 주었어. 자기와 함 께 시간을 보냈다는 거지. 그러곤 불쑥 나는 너를 좋아한다, 결혼 하자는 거야. 나도 놀랐어. 바버라가 약간 돈 줄 알았어. 어떻게 여 자끼리 결혼한단 말이야. 바버라는 눈 한 번 깜짝하지 않고 말해. 남자 이상으로 너를 만족시켜줄 수 있다. 지금은 표현할 수 없지만 나는 너를 미쳐버리게 할 수 있다, 남자 따윈 필요 없어진다. 그때야 흑인 말이 떠올랐어. 바버라는 더 흥미진진한 얘기를 해. 자기의 결혼 신청을 받아들인다면 여기서 먼저 남자를 구하라는 거야. 호적상 결혼할 남자지. 미국에 들어가면 이혼하는 조건으로 천 불을 걸래. 어리석은 남자는 오히려 백인 속에 있으니 그들 속에서 찾으라고. 그 돈은 자기가 주겠대. 그뿐 아냐. 결혼할 남자를 찾을 때까지 달마다 생활비로 이백 불씩 부쳐주겠대."

영자가 "씨팔, 그건 사기다" 하고 나섰다. 막내 티나도 덩달아 "정말 그걸 누가 믿어" 입술을 삐쭉 내밀었다. 나는 대범하게 웃었다.

"바버라는 여러분의 의심까지 미리 예상하고 답변을 해놨어. 나는 결코 너를 배반하지 않는다, 같은 여자끼리니까 믿으라고."

"여자끼리니까 믿는다 치더라도 난 같이는 못 살겠다. 밉네 싫네 해도 여자는 역시 남자와 살아야 돼."

써니 말에 토마가 나섰다.

"마음이 맞으면 여자끼리 못 살란 법도 없어. 레즈비언이면 어때, 지 좋은 대로 사는 거야. 갈보면 어때, 돈 걱정만 없으면 이 바닥만한 데도 없어. 남편이 구박을 하나, 새끼가 속을 썩이나, 누가 간섭하나."

"그건 그래."

바버라 얘기가 우리의 삶을 긍정하는 방향으로 흘렀다. 몸 하나를 밑천으로 세상을 부딪쳐가지만 이런 재미도 없이 어찌 살랴. 잡초는 잡초의 생명과 자유를 터득하고 있는 법이다. 우리가 모두 한 마음이 되어 담배를 나눠 피우는데 뜻밖에도 순자 언니 말소리가 울렸다.

"그럼 바버라하고 그후로 어떻게 됐어?"

순자 언니는 레이스를 손에 쥔 채 나를 바라보고 있었다. 여태 얘기를 듣고 있었던 것이 틀림없다.

"또다른 여자를 찾겠지. 난 레즈비언에게 흥미 없어. 관심 있는 분은 내게 말해. 바버라는 보름 동안 한국에 있을 거니까 만나보시지."

별별 일을 다 겪은 여자들에게도 바버라 얘기는 기이했나보다. 실제로 겪은 나도 황당하게 느꼈으니까. 그것은 얘깃거리일 뿐이다. 나는 레즈비언의 파트너가 되기를 원치 않는다. 나는 자연의 법칙대로 남자를 사랑하고 원하는 이성애자일 뿐. 나는 바버라에게도 말했다. 너를 이해는 하지만 받아들일 수는 없다고.

순자 언니가 바버라에게 흥미를 나타낸 것은 뜻밖이었다. 수용소에서 나온 첫날이다. 나는 일찌감치 화장하고 여섯시에 클럽에 나갔다. 어쩌면 오버턴이 집에 올지도 몰랐다. 오버턴은 어제 집에 들렀다. 옆방의 애자 언니가 알려줬지만 나는 일부러라도 집을 비워야 했다.

휑 빈 클럽에서 마티니를 마시며 앉아 있는데 "백이요?" 하는 소리가 뒤에서 들렸다. 흘긋 돌아보니 몇 발자국 거리에서 두 여자가 나를 보고 있었다. "백이 찾아." 클럽의 수진이 나를 가리키자 흰옷 입은 여자가 다가왔다. 흰옷이 사이키 조명으로 허공에 둥둥 떠 있는 듯 보였다. 흰옷과 함께 표정 없는 얼굴이 가면처럼 다가 왔다. 여자가 내 앞에 서자 나는 상체를 뒤로 젖혔다.

"귀신이 오는 것 같아, 아이구."

"집에 갔더니 클럽에 갔다더라. 클럽에 빨리 나왔네."

"닷새 갇혀 있었더니 엉덩이가 들썩거려서. 언니가 어제 나가는데 하루도 못 참겠다 싶더라구." 순자 언니가 자리에 앉았고 나는 그제야 물었다.

"웬일이야. 나를 찾아오게."

"응, 나 말이야." 순자 언니는 잠시 사이를 두고 말을 이었다.

"너한테 좀 물어보려고. 바버라를 어떻게 만날 수 있을까."

순자 언니 입에서 바버라의 이름이 나왔을 때 나는 그 의도를 전혀 눈치채지 못했다. "왜요? 갑자기 바버라를 찾고" 별생각 없이 물었을 뿐이다.

"바버라에게 나를 소개해줘. 친구 될 만한 좋은 여자가 있다고 해줘."

"무슨 소리야?"

나는 의아한 낯을 했다. 순자 언니는 차분하게, 결의에 찬 얼굴로 말했다.

"나를 도와줘."

"무얼?"

"난 미국엘 가야 돼. 내가 왜 뒤늦게 이 바닥에 들어왔겠어. 난 한국에서 안 살 거야. 무슨 수를 쓰든 떠나고 싶어."

"그래서 바버라와 결혼하려고?" 나는 머리를 흔들었다. "그런 일이 어디 그리 쉬운가?"

"미군이랑 진짜 결혼을 한다는 건 더 어려워. 예쁜 애들도 많은 데 나 같은 여자한테 누가 결혼하잘 거야. 거기다 철군까지 한다니 여자 수만 늘어나. 난 일단 일을 벌여놓아야 돼. 바버라를 소개만 해줘. 그다음은 내가 다 알아서 할게."

순자 언니의 손이 어느새 내 손목을 잡고 있었다. 뜨거우면서도 끈끈해서 나는 반사적으로 손을 빼내려 했다. 손목은 이내 빠지지 않았다. 나는 목소리를 낮추었다.

"레즈비언처럼 살 각오도 한 거야?"

"흥, 난 남자와 섹스하는 것도 지겨워. 국제결혼 못한다면 하루 하루가 지옥 같을 거야. 여자끼리 친구처럼 살면 더 좋지 뭘."

나는 더이상 말하기를 포기했다. 순자 언니는 무엇에 씐 사람 처럼 열에 들떠 있었다. 나는 그 맹목에 질려 내 손목을 세게 잡아 뺐다.

"바버라를 소개하더라도 나는 여기 안 끼겠어. 난 뚜쟁이도 아 니고 또 내가 끼어드는 건 언니를 위해서도 안 좋아. 생각해봐. 꼭 결혼 매매를 하는 것 같잖아."

"그럼 바버라 연락처만 알려줘. 내가 해볼게."

나는 이마라도 치고 싶었다. 대신 "서두르지 마" 하고 한숨부터 쉬었다.

"내 생각엔 중간에 나설 사람은 안씨 마누라 같아. 바버라를 내게 데려온 사람이 안씨 마누라거든. 내가 안씨 마누라에게 순자 언니 얘기를 할게. 자기한테 해될 것도 없으니까 들어줄 거야."

"그럼…… 지금 함께 가봐. 클럽에 아직 미군도 없잖아. 바버라가 가기 전에 연락하려면 지금도 늦을지 몰라."

쇠뿔은 단김에 빼랬다고 그 일은 즉시 이루어졌다. 안씨 마누라에게 순자 언니를 소개하는 것도 우습지만 그것마저 모른다 할 수는 없었다. 순자 언니가 무작정 가서 말한다면 안씨 마누라도 순자 언니를 성한 사람으로 볼 리가 없다.

일이 되려고 했는지 안씨 마누라는 내 말을 순순히 들어주었다. 바버라가 레즈비언이란 소리를 듣고도 놀라지 않았다. 처음부터 그 사실을 알고 있었는지 모른다.

순자 언니에 관한 얘기를 할 때도 안씨 마누라는 별 내색 하지 않았다. "남자들한테 넌더리 날 때도 됐어." 내가 농담하듯 말하자 순자 언니를 한번 찬찬히 보았을 뿐이다. 얘기를 다 듣고 나선 "그래, 바버라와 만나게만 해주면 되는 거야? 성사가 되면 중매비 낼 거야?" 쿰쿰하게 웃었다. 이삼 년 전만 해도 장부계산도 제대로 못하는 촌티 나는 여편네였는데 이젠 벌써 노련한 마담뚜가 되어가고 있었다.

순자 언니의 출현은 나를 당혹하게 했으나, 클럽으로 다시 돌아오면서 이내 그 일을 잊어버렸다. 나는 화장실에 가서 루주를 진하게 발랐다. 오랜만에 화장했더니 녹슨 그릇을 닦은 것처럼 제법 쓸만했다. 청바지만 입고 다니다 가슴이 드러난 옷을 걸치니 다른 여자 같았다.

나는 한가운데 자리에 앉아 있다 곧 미군과 합석하게 되었다. 주근깨가 많은 금발 남자였다. 남자가 처음 내게 다가왔을 때 낯이 화끈했다. 오버턴인 줄 착각했던 거다. 전혀 닮지 않았지만 오버턴도 금발이었다.

주근깨씨는 내가 하품할 정도로 말이 없었다. 못났지만 귀염성은 있는 얼굴인데 춤추는 사람들을 바라보며 손장단만 맞추었다. 내가 담배를 집어들 때마다 황급히 성냥을 켜며 씨죽 웃어 보일 뿐이었다. 나사 빠진 사람 같았다.

계속 담배 연기를 내뿜으며 무심히 앞을 바라보는데 금발이 내 눈에 들어왔다. 갑자기 가슴이 뛰기 시작했다. 나는 즉흥적으로 잔을 들었다. 주근깨씨에게 술을 따라달라고 했다. 주근깨씨는 히죽 웃으며 내 잔에 맥주를 따랐다. 거품이 넘쳤고 나는 환호성을 내며 거품을 들이마셨다.

주근깨씨의 잔에도 맥주가 채워지자 나는 잔을 들어 부딪쳤다. "브라보." 나는 고개를 젖히고 거의 교태에 가까운 몸짓을 했다.

순간 큰 손이 내 왼 손목을 덥석 잡았다. 억센 남자의 손이었다. 주근깨씨는 놀라 눈을 동그랗게 뜨고 있었다. 나는 잡힌 손을 빼려고 흔들었고 오버턴을 노려보았다. 오버턴은 나를 아예 보지 않고 주근깨씨 앞으로 얼굴을 디밀었다.

"친구, 너도 나처럼 금발이군. 이 여자는 금발을 좋아해. 약혼자가 금발이야. 할말이 없다면 이제 내 여자를 모셔가야겠어."

내 여자라니. 나는 코웃음쳤으나 오버턴에게 손목을 잡힌 채 끌려 나오고 말았다. 하기야 지겹기만 하다면 손목이 아니라 목을 잡아끌어도 못 살 것이다. 사실 나는 오버턴을 좋아하고 있었다. 제 멋대로이지만 경쾌한 남자였다. 내 손목을 잡아채는 박력이 있었다. 바람둥이라고 욕을 해대지만 그런 면도 싫어하는 것만은 아니었다. 내가 처음 오버턴을 본 것은 오버턴이 다른 여자에게 넋을 빼고 있을 때였다. 무대 앞자리에 혼자 앉아서 춤추는 미나를 아이처럼 정신을 빼앗기고 바라보는 모습이 이상하게 내 마음을 끌었다.

나는 그날 짓궂도록 오버턴 주위를 맴돌아 내 집으로 데려가는 데 성공했다. 미나는 클럽 힐톱에서 제일 잘빠진 여자였다. 나는 오기를 부린 것이다. 오버턴이 몇 번인가 "미나를 기다린다" 해서 "미나가 니 마누라나 돼?" 빈정거렸다. 내 힛파리를 귀찮아하던 오버턴이 폭소를 터뜨렸다. "너는 내 마누라나 돼?"

다시 살림에 들어가면서 오버턴은 전에 없이 정답게 굴었다. 퇴근 뒤에 곧장 집으로 왔고 통조림이며 군것질거리를 떨어지지 않게 갖다주었다. 바람을 피울 마음도 잠시 접어둔 듯 전처럼 친구 핑계를 대고 나가려는 일도 없었다.

야근 날엔 부대로 전화를 하라고 두 번씩 당부했다. 어린아이처럼 야단 떠는 것이 우스워 전화하면 "따라오는 놈 없어? 시비를 걸진 않아?" 책상을 치며 즐거워했다.

다시 살림을 한 지 일주일째 되는 날이다. 오버턴을 출근시키고 자리에 누웠는데 옆방의 애자 언니 목소리가 들렸다. "백이 자?" 내가 뭐라 말하기도 전에 문이 열렸다. 애자 언니는 들어서자마자 "미라 죽은 것 알아?" 했다. 나는 어리둥절했다.

"왜 진희한테 가끔 놀러오던 애 있잖아. 배실배실 잘 웃고."

"키도 크지? 옷을 히피같이 헐렁하게 잘 입고. 귀엽던데 왜 갑자기 죽었어?"

"어제 새벽에 살해됐어. 한국 남자가 죽였어. 기둥서방이야. 연탄집게로 거길 찔렀대. 한국 놈들도 지독해."

애자 언니는 이마를 찌푸렸으나 나는 눈을 질끈 감았다. 자살이나 살인 같은 큰 사건은 이 바닥에서 종종 일어났다. 그래서 우리는 웬만한 일엔 무감각한 편인데 미라의 죽음은 너무 잔인해서 가슴이 아팠다. 미라는 내가 아는 아이였다. 내가 한동안 입을 다물고 있자 애자 언니도 무겁게 입을 뗐다.

"그 새끼 곧 잡힐 거야. 뛰어봤자 벼룩이지. 대영극장 기돈데 상습 마약, 집단폭행으로 전과 2범이래. 미라와 사귄 지 이 년째 된다는데 주변에서도 많이들 말렸나봐. 남자관계는 말려도 안 돼. 기둥서방이 어떤 건지 알면서도 색시들이 헤어나질 못하잖아."

"외로우니까 그러겠지. 미군하곤 말도 잘 안 통하고."

애자 언니는 나를 흘긋 보았다. 내가 별난 말이나 한 듯. 제기랄, 겉으로 표를 내지 않아서 그렇지 난들 왜 외로움을 모르겠는가. 신세타령을 밥 먹듯 하는 애자 언니는 또 한바탕 진리를 늘어놓았다.

"우리가 외로운 걸 누가 알아줘. 씨팔, 전부 이용할 생각만 하는데. 덜렁이네 집에 중학 동창이라는 여중 선생이 자주 오는데 올 때마다 미제 물건 부탁한대. 내가 덜렁이라면 그년 머리채를 잡고 쫓아버리겠다. 하긴 어떤 색시들은 지네 집 식구한테도 뜯기더라. 불쌍하게는 생각 못할망정 가랑이 찢어지게 번 돈을 학비로 가져가야 되겠어? 핏줄이고 뭐고 웬수야 웬수."

살인범이 잡혔다는 소식을 들은 것은 그로부터 사흘 뒤다. 미라와 꽤 친하게 지냈던 진희가 미라가 살던 집에 갔다 와서 우리에게 알려주었다. 대영극장 기도는 미라를 죽인 이유를 순순히 말했다는데 '찌꺼기를 주었기 때문'이었단다.

"미군하고 실컷 놀다가 섹스도 찌꺼기로 주었다, 미군들 입던 옷이며 달러를 잘 주었지만 그것도 찌꺼기다, 그년은 양놈 찌꺼기만 내게 갖다주었다, 이랬대."

"악질이지만 자존심은 있네."

"자존심이 아니라 콤플렉스 아냐?"

나는 시큰둥하게 말했지만 살인범 말에 충격을 받았다. 애자 언니의 말도 옳았다. 나는 어릴 때 어머니에게서 미군정 시절 혓바닥이 빨개지도록 구호물자 캔디를 먹었다는 얘기를 들었다. 그래선지 어머니는 내가 입안이 물드는 눈깔사탕을 먹으면 그까짓 사탕 먹어 배부르냐? 하고 뱉어내게 했다. 지금 생각하면 가난에게 화를 낸 것이다.

다섯 식구가 이불 한 채로 밀고 당기며 자야 했던 어린 시절, 나도 구호물자 찌꺼기를 먹고 자랐다. 집에 먹을 것이 없어서 나는 점심시간이면 언니가 다니는 학교로 갔다. 소사실 옆 창고 같은 식당에 노란 강냉이 빵이 집채만큼씩 쩌 있었다. 나는 그 옆을 기웃거리며 마음 좋은 소사 마누라에게 강냉이 빵과 죽을 얻어먹곤 했다.

이 바닥에서 영어는 누구에게도 꿀리지 않지만 나는 여학교 때부터 영어를 잘했다. 다른 과목엔 흥미가 없었으나 영어를 잘한다는 것 하나로 자부심을 가졌다. 그것은 가난에 대한 일종의 보상심리가 아니었을까. 동네에 있는 교회 옆을 지나가면 이따금 미국 선교사를 보는데 흰 얼굴에 성경을 들고 있는 그들의 모습은 평화 그 자체 같았다. 영어는 내게 평화와 부의 상징이었다.

내가 집을 나온 것은 미군부대에 취직했다는 중학 동창을 우연히 만나고서다. 십 년 전 여고 2학년 때였다. 그 몇 달 뒤 내가 처음으로 미군에게 달러를 받았을 때 어렴풋하게나마 원점으로 돌아온 것을 알았다.

이날 진희에게 순자 언니 얘기까지 듣게 된 것은 기이한 우연이다. 아니, 이 바닥이 그만큼 좁았다. 미라 얘기를 하던 중 미라와 한집에 사는 여자들까지 화제에 올랐다. 여자들이 심리적 타격을 크게 받았다는 얘기였다.

"그 집에 미라까지 합쳐서 다섯 명이 살았는데 오늘 순자라는 여자가 이사갔어. 미라 화장하는 날 가서 그렇게 서럽게 울었다는데 그 여자는 미라 방에서 자꾸 웃음소리가 들리는 것 같아 못 있겠대. 나이도 꽤 많아."

진희는 말하다 말고 "참, 순자라고 혹시 알아?" 내게 물었다.

"어떤 순자?" 흔해빠진 이름이 순자거니와 수용소에서 만난 순자 언니도 나는 까마득히 잊고 있었다. 그만큼 무심한 데가 있었다. 그래, 진희가 레즈비언 얘기를 했을 땐 누구보다 더 놀랐다.

"오늘 그 집 가서 들은 얘긴데 순자라는 여자가 레즈비언과 사귄다나봐. 착해 보이지만 어딘지 침침한 데가 있잖아. 며칠 전까지 DDY로 온 흑인 여자가 들락거리더니 앞으로 서로 의지해 살기로 했대. 언니, 생각나는 것 없어? 혹시 그 흑인 여자."

"바버라구나."

나는 낮게 소리쳤다. 한집에 사는 터라 진희와 애자 언니는 바버라 사건을 알고 있었다. 진희가 말을 계속했다.

"순자는 그 집 여자들에게 바버라 얘기를 자세히 하진 않았나
봐. 보여주고 싶은 것만 자랑한대. 바버라가 일본 가기 전날 둘이
서울 갔다는데 백화점에서 물건을 한아름 사 왔더래. 같은 여자여
서 필요한 물건을 족집게처럼 집어내 사줬다고 감탄해. 그뿐 아
냐. 한 달 생활비 하라고 이백 불 주고 갔대." 진희는 말하다 고개
를 갸웃했다. "그런데 어떻게 바버라가 순자한테 갔는지 모르겠
어. 언니 혹시 봉 놓친 것 아냐?"

농담을 들은 것이지만 나는 고개를 흔들었다. "나는 봉 같은 것
안 믿어. 나비야 잡지."

그 순간부터 순자 언니의 일이 까닭 없이 마음에 걸리기 시작했
다. 안씨 마누라에게 말할 때만 해도 '그토록 원한다면' 하는 정도
였다. 그 엉뚱한 생각이 뜻대로 이루어졌다니 어안이 벙벙했다. 너
무나 돌발적으로 너무나 쉽게.

안씨 마누라는 벌써 그 일을 알고 있는 것 같았다. 내가 순자 언
니 소식을 아느냐 묻자 "우리 클럽에 나오잖아" 대뜸 말했다.

"힐톱에요?" 나는 더이상 놀란 표정을 하지 않았다. 안씨 마누
라 손엔 전에 보지 못했던 금가락지가 끼워져 있었다. 두 사람 사
이에서 나는 벌써부터 빠져 있었다.

다음다음 날 나는 순자 언니가 나온 것을 직접 보았다. 궁금증
때문에 일부러 클럽에 나간 것은 아니다. 그날이 소방 부대 패거리

328

중의 하나인 해리슨 생일이었다. 우리는 축하 파티를 힐톱에서 하기로 했다.

나는 여섯시도 못 되어 집에서 나왔다. 선물 살 시간을 넉넉히 잡았지만 그 일은 생각보다 훨씬 쉽게 됐다. 첫걸음을 한 민예품 가게에서 나는 이내 긴 담뱃대를 골랐다. 한국을 기념할 좋은 선물 같았다.

오버턴과 약속한 시간은 일곱시였다. 시간이 남았으나 다시 집에 돌아가기도 번거로웠다. 나는 일찌감치 클럽에 갔다. 여섯시가 조금 넘은 시각이라 클럽엔 아직 미군이 없었다. 입구 쪽의 자리에서 여자들이 한 무리로 앉아 있었다. 대여섯 명이 둘러앉아 얘기하고 있었는데 내가 뒤로 다가가자 한 여자의 목소리가 똑똑하게 들렸다.

"그나저나 제일 불쌍한 건 미라야. 미군한테도 정을 다 못 주고 한국 남자한테는 실컷 이용당하고 죽기까지 해. 죽어도 너무 끔찍하게 죽었어."

"씨팔, 죽는 마당에 이래 죽으나 저래 죽으나."

"이게 다 남의 일이 아냐. 이쪽도 아니고 저쪽도 못 되고. 우리가 백번 달러 벌어 바쳐도 양색시로만 남는 거야. 도마 위의 생선처럼 여기저기 치이면서. 살자니 고달프고 죽자니 억울하고."

어딜 가나 미라가 화제였다. 그것은 또 여자들의 신세타령으로 이어졌다. 순자 언니는 여자들을 바라보며 그 옆 탁자에 앉아 있었다. 까만 옷을 입고 줄담배를 피웠는데 엉킨 철사 같은 머리 양쪽에 흰 핀이 꽂혀 있었다. 상복 차림이었지만 이상하게도 그 모습이 생기를 발했다. 여자들 속에서 다시 목쉰 소리가 울렸다.

"색시들부터 정신 차려야 돼. 좆 자루 같은 한국 놈이 뭐가 좋다고 돈 바쳐 마음 바쳐. 미군은 돌아서면 냉정하지만 지가 좋으면 결혼하자고 하잖아. 기본적으로 여자를 위해주고. 어느 한국 남자가 우리 같은 색시들한테 결혼하자고 하겠어?"

"마음이 머리를 따라가야 말이지. 기둥서방 둔 색시들 보믄 답답하지만 이해도 간다. 딱 깨놓고 말해서 한국 남자 안 사귀고 싶은 색시 있겠나. 말 통하는 남자친구도 있었으믄 좋겠제. 나는 한 달에 한 번 정도 만나서 여행이나 가고 대화할 남자 있었으면 싶으더라. 마음은 그렇다."

정순이 그 특유의 여유로 투박하게 말하자 모두 잠잠해졌다. 쉰 목소리가 한 말도 맞고 정순의 말도 솔직했다.

나는 자리에 앉으려 했다. 실내를 휘둘러보는데 입구로 막 한 남자가 걸어들어왔다. 얼핏 보았으므로 나는 다시 한번 남자를 쳐다보았다. 한국 남자였다.

키가 작고 별 특징 없는 얼굴을 가진 젊은 남자였다. 남자는 실내를 휘둘러보고 입구 쪽에 있는 가운데 자리에 앉았다. 아무런 망설임도 없었고 여자들이 앉은 쪽을 흘끗 보고도 태연했다. 모두의 시선이 남자에게 향했다.

"한국 남자 아냐?"

"저 남자 미쳤나봐. 여길 왜 왔어?"

이곳의 클럽엔 한국인의 출입이 금지돼 있었다. 아직 이른 시간이어서 기도가 잠시 자리를 비운 듯했다. 남자는 손짓으로 종업원을 불렀다. 종업원은 시큰둥한 표정으로 다가가 주문을 받았고, 잠시 후 맥주 한 병을 남자의 탁자 위에 내던지듯 올려놓고 갔다. 여자들의 시선을 받으면서도 남자는 아랑곳하지 않고 맥주를 잔에 따랐다.

여드름 자국이 많은 여자가 먼저 남자에게 다가갔다. 쉰 목소리를 가진 여자였다. 여자들은 키들거리며 그쪽을 지켜보았다. 여자는 남자 앞에 서서 허리에 한 손을 얹었다.

"이봐요. 여기가 어딘데 들어와?"

남자는 멀뚱히 여자를 바라보며 눈을 껌벅거렸다. 그다지 당황하는 것 같지 않았다. 남자는 잔을 단숨에 비우고 맥주를 또 한 잔 따랐다. 이번엔 두 여자가 남자 곁으로 다가갔다. 정순이 먼저 이죽거렸다.

"어쭈, 심장이 튼튼하신데. 혼자 마시지 말고 잔 좀 돌리시지."

"저기가 출입구야. 겟 아웃."

"한국 남자가 여긴 뭣 하러 왔어? 밖에선 우릴 사람같이 보지도 않으면서."

높고 불안정한 목소리가 내 귀에 들려왔다. 나는 눈을 치떴다.

순자 언니가 어느새 남자 앞을 가로막고 서 있었다. 온통 검고 치렁치렁한 옷자락이며 머리카락이 마녀의 모습 같았다. "겟 아웃." 순자 언니는 소리치며 출입구를 가리켰다.

서너 명의 여자들이 또다시 남자 옆으로 몰려갔다. 여자들은 각자 한마디씩 내던지며 짓궂게 남자를 놀려댔다. 남자는 돌부처처럼 앉아 있다 술병을 다 비운 뒤 자리에서 일어났다.

남자는 바짝 앞에 선 순자 언니를 무표정하게 바라보고 출입구로 걸어나갔다. 남자의 등뒤로 여자들의 웃음소리가 터졌다. 남자는 내 앞을 스쳐가며 낮게 내뱉었다. "퍼킹 비치." 갈보라는 욕이다.

생각하건대 기지촌이란 한국과 미국 사이에 떠 있는 섬과도 같다. 뭍도 아니고 바다도 아닌 섬. 섬이 섬일 뿐이듯 이곳 여자들은 양갈보일 뿐이다. 미군들의 일시적인 '허니'면서 조국에서도 외면당하고 있으므로 그 이름으로만 불린다.

미군이 '의무가 아닌 권리'로써 주둔하므로 기지촌이란 섬은 순수한 한국이 아니다. 그러다가 철군이란 정치 해일이 밀려오면 순식간에 불모지가 되는 섬. 내가 처음 발을 디뎠던 운천이 그랬다. 미군 철수 제1호로 캠프 카이저가 떠나자 운천은 하루아침에 폐허가 되었다. 여기저기 휴업 표지가 나붙고 클럽엔 널빤지가 X 자로 못질됐다. 몇백 명의 여자들이 민들레 씨처럼 흩어져갔다.

뿌리가 없는 섬이므로 여기 사는 여자들도 뿌리를 내리지 못한다. 여자들이 기둥서방을 두거나 미국행을 열망하는 것은 섬의 허망됨을 잘 알고 있기 때문이다. 극단적인 예지만 미라는 전자요, 순자 언니는 그 후자이다.

순자 언니에 대해 말하기 위해서 먼저 지난날을 더듬어 봐야 할 필요가 있다. 어려서부터 남의 집에서 품팔이를 하며 살았고 커서는 식모살이를 하다 주인에게 강간당했던 여자였다. 흔한 얘기 같지만 순자 언니가 그 집에서 받은 대우는 인간 이하였다. 주인 남자는 양기가 오를 때마다 도둑같이 방에 들어왔고 순자 언니는 그집 식구들과 한 울타리에 살며 두 아이까지 낳았다. 주인마누라가 그것을 묵인한 것은 순자 언니를 묶어두고 노예처럼 부려먹기 위해서였다. 순자 언니는 대학생인 그 집 딸 속옷까지 빨아주면서 정미소 일도 도맡아 했다. 큰아이는 정미소에서 놀다가 손가락이 두 개 잘렸다.

순자 언니가 헛되리만큼 미국행을 꿈꾼 것은 자신의 무지스러운 삶 때문이었으리라. 그 꿈은 이 땅에 대한 애정에 반비례하여 무한대로 부풀었다. 우둔한 맹목성은 급기야 죽음으로까지 치달았다.

그날 힐톱에서 마주친 것이 순자 언니와의 마지막이었다. 그로부터 십여 일 뒤 순자 언니의 죽음을 전해들었으니까. 순자 언니는 힐톱 이층 층계에서 굴러떨어져 뇌 파열로 죽었다. 수술을 하기 위해 부모를 불렀으나 가난하고 무지한 부모는 슬그머니 사라졌다.

클럽측에선 약간의 치료비를 내고 발뺌했다. 살아도 정상인이 못 된다지만 이리하여 순자 언니는 허망하게 세상을 떴다. 영원한 아메리카로.

여자들이 순자 언니에 대해 알고 있었던 것은 두 가지 면이다. 온종일 꼼짝 않고 앉아 뜨개질하는 모습과 술에 취한 모습. 순자 언니는 한번 술을 들면 진탕 마셨다고 한다. "머리끝까지 마셨다"고 클럽의 한 여자는 표현했다. 미군들 자리를 여기저기 찾아다니며 술을 사달라는 시비도 잦았다는 거다. "미군들을 캐치하는 게 아니라 내쫓아, 가만 보면." 혼자 비틀거리다 계단에서 구른 것도 이런 상황이었을 것이다.

순자 언니가 죽었다는 소문이 나돌면서 클럽엔 손님이 들지 않았다. 이것 외엔 순자 언니의 죽음을 실감할 만한 어떤 흔적도 보이지 않았다. 나는 순자 언니의 화장 날 화장터까지 따라갔다. 뼛가루를 손수 강에 흘려보냈다. 주인의 얼굴을 떠올리기도 전에 뼛가루는 손가락 사이로 흔적없이 새어나갔다.

그날 일본서 바버라의 편지가 날아왔다. 너의 고통을 사랑한다, 내가 너의 구원이 되었으면 한다, 우리의 만남을 축복으로 생각하고 우리의 계획을 꾸준히 추진해나가기 바란다, 이런 내용이 사진과 함께 봉해져 있었다.

바버라는 순자 언니의 죽음과는 무관하게 고른 치아를 드러내고 웃고 있었다. 그 모습은 흑진주같이 아름다웠다. 기적과도 같은 진주를 가지려 하다니. 신이 이 진주를 보냈을지라도 순자 언니는 너무 성급했다. 아니, 꿈을 믿었으므로 한순간이나마 행복했을지도 모른다.

또다시 모든 것이 예전처럼 돌아갔다. 안씨 마누라는 "재수없다"라는 말을 연거푸 했지만 손엔 여전히 금가락지가 끼워져 있었다. 클럽은 다시 경기를 회복하겠지. 시간이 지나면 모두가 잊기 마련이니.

순자 언니가 전에 살던 집에선 액땜을 했다고 안도의 숨을 쉬었다. 한집에서 두 여자가 죽었다면 흉가가 되었을 것이다. 순자 언니가 새로 이사한 집 대문에는 '방 있음'이란 광고문이 써붙여졌다. 봄은 한결 무르익어 그 집 담 너머로는 진분홍 꽃이 하루마다 물감처럼 번져갔다.

오버턴이 본국으로 돌아갈 날도 머지않았다. 귀국 날짜를 나흘 앞둔 금요일, 오버턴은 부대에서 돌아오자 맡겨둔 카메라를 달라고 했다. 친구와 함께 사진 찍으러 간다고 했다.

나는 오버턴을 빤히 보다 "카메라를 내 친구에게 맡겨두었다" 했다. 물론 거짓말이었다. 굳이 그럴 마음은 아니었지만 순순히 내주고 싶지 않았다. 오버턴이 머리를 흔들었다.

"오, 배기 그러지 마. 난 지금 약속을 했어."

"밤에 카메라를 갖고 다니는 사람은 누드를 찍는 사람이다. 누드를 찍으려고 해?"

"도대체 왜 이러는 거야."

"그런 약속은 미리 말해줘야 해. 내 친구는 오늘이 주말이라 놀러갔어."

"붓싯."

오버턴의 얼굴이 갑자기 일그러졌다. 나는 태연하게 아스크 병을 들고 침대에 걸터앉았다. 오버턴이 내 쪽으로 성큼 다가왔다. 입술을 악다물고 있었고 눈초리마저 빳빳하게 섰다. 나는 오버턴을 흘겨보다 침대 머리맡에 바짝 다가앉았다. 오버턴이 내 앞으로 손을 내밀었다.

"카메라를 줘. 다시 부탁이야."

"없다고 분명히 말했어. 카메라는 전당포에 잡혔어. 카메라를 찾고 싶으면 돈을 내놔."

순간 오버턴의 몸이 내 앞으로 기울어지는 듯했다. 나는 들고 있던 아스크 병을 돌발적으로 오버턴 쪽으로 던졌다. 오버턴이 재빨리 몸을 옆으로 피했고 아스크 병은 화장대 거울로 날아갔다. 날카롭고 요란한 소리가 울리면서 유리의 파편들이 오버턴의 등뒤로 번쩍였다.

내가 피할 겨를도 없이 오버턴의 몸이 내 위로 덮쳤다. 오버턴은 침대 위에 풀어헤쳐진 내 머리를 한 손으로 누르고 한 손으론 내 목을 눌렀다. 머리를 움직일 수 없었으므로 나는 다리를 버둥거렸다. 이번엔 오버턴의 두 무릎이 내 둔부를 조였다.

나는 완전히 결박당한 꼴이었다. "개새끼." 내가 소리치자 오버턴 손이 내 목을 세게 조였다. 눈앞으로 별똥이 떨어졌다. 숨이 막혀 창자가 쏟아질 듯했다. 내가 부들부들 떨자 오버턴 손이 약간 느슨해졌다. 나는 그 순간 고개를 옆으로 돌려 오버턴의 왼쪽 팔뚝을 필사적으로 깨물었다.

오버턴이 소리를 지르며 내 옆으로 굴렀다. 나는 벌떡 일어나 오버턴의 몸을 타넘고 침대 아래로 뛰어내렸다. 은빛 거울의 파편이 눈앞으로 흔들렸다. 방문을 박차고 나서려는데 무언가 다리 옆으로 스쳐 날아갔다. 유릿조각이 몇 발자국 앞에서 박살이 났다. 오버턴이 던진 것이었다. 나는 그것을 건너뛰어 대문 밖으로 달아났다.

파출소로 뛰어가는데 한쪽 무릎이 허전하게 느껴졌다. 잠시 멈춰 서서 다리를 내려다보니 오른쪽 청바지 무릎이 찢겨 있었다. 하마터면 다리를 베일 뻔했다.

파출소에 들어서자 나는 거울부터 보았다. 목엔 벌써 시커먼 멍이 들어 있었다. 검은 꽃잎이 찍혀 있는 것 같았다. 나는 SP 앞으로 가서 내 목을 가리켰다.

"이 목을 봐라. 나쁜 남자가 나를 죽이려고 목을 눌렀다. 그 GI를 고발하겠어."

SP는 목을 들여다보곤 슬며시 웃었다.

"몸에 흉기를 댔으면 배상금을 받아낼 수 있지만 그 정도 흉터는 곧 나을 수 있다. 배상금을 받아낼 수 없다."

"감방에 넣을 수 없나?"

"당신이 만약 고발한다면 그는 본국으로 송환된다."

SP가 자꾸 웃어서 나는 그냥 파출소를 나왔다. 파출소에서 정순이 집으로 직행했고 그 집 대문 앞에서 오버턴과 부딪쳤다. 살림하는 동안 나는 오버턴과 싸울 때마다 친구인 정순에게 피신 갔다. 그것을 알고 있는 오버턴이 미리 집 앞에서 기다린 듯했다. 나는 오버턴을 보자마자 소리쳤다.

"널 고발했어. 감방에 들어가게 될 거야. 당분간 푹 썩어봐."

"배기, 난 정말 널 좋아했어. 결코 비즈니스 걸로 생각하지 않았어. 그런데 넌 비즈니스 걸처럼 거짓말을 하고 카메라를 돌려주려 하지 않았어. 난 배신감을 느낀 거야. 이제 카메라를 돌려주지 않아도 돼."

오버턴은 거의 울상이었고 탈진했다는 듯 팔을 늘어뜨렸다. 나는 회심의 미소를 지었다. 요 며칠 공연히 투정을 부렸는데 이날 싸움을 벌인 것도 그것의 연장일 뿐이었다. 오버턴의 출국 날짜가 가까워져서 내가 더 유난을 떠는지도 모른다. 그것은 나만의 사랑 방법이었다.

떠나기 전날이다. 오버턴은 내게 주소를 알려달라고 했다. 결혼하고 두 달 만에 한국에 와서 마누라가 있다는 실감이 안 난다, 지금이 바로 마누라 옆에서 떠나는 기분이다, 미국 가면 편지를 하겠다고 했다.

나는 키들키들 웃으며 화답했다. 편지는 필요 없다, 단돈 십 불이라도 주면 꿈에서도 네 이름을 부르겠다고. 주소는 물론 가르쳐 주지 않았다.

다음날 오버턴은 비행기를 타기 전 내게 전화했다. 돈을 주겠다고 오라 했다. 나는 바람처럼 달려갔고 오버턴은 이백 불을 쥐여주었다. "마마상 빚을 갚으라" 했다. 나는 그제야 오버턴에게 격렬하게 키스했다. 마마상 빚은 벌써 갚았지만 돈을 쓸 곳은 세상에 널려 있다.

(1983)

지상에 없는 집

 수옥이 그 집에 들어가게 된 것은 순전히 정원 때문이었다. 골목에서 공터로 들어서면서 복덕방 주인이 그 앞으로 난 언덕진 오솔길 어귀의 철대문을 가리켰을 때 입주를 결정했다. 쇠파이프가 창살처럼 이어진 철문 사이로 정원이 보였지만 언덕 지대라서 밖에서도 정원의 돌층계와 폭포처럼 깎아지른 정원석까지 보였다.

 경치에 관한 한 복덕방 주인의 말은 조금도 수옥을 실망시키지 않았다. 처음 복덕방에 들어갔을 때 수옥은 집이 허름해도 좋으니 창 앞에 나무 한 그루라도 심어져 있고 조용한 곳을 보여달라고 했다. 이에 복덕방 주인은 좀 비싸지만 방도 크고 조용할뿐더러 정원 경치가 기막히게 좋은 집이 있는데, 대뜸 말했다.

 그 집 방값은 오백만원이라고 했다. 수옥의 예산은 사백이었으나 경치가 좋다기에 일단 보기로 했다. 지난 이 년간 삼청동 이층 화실에서 살았는데 그림을 배우는 학생들에서부터 동료 화가들, 거기다 성국이 제 집처럼 드나들어 저만의 은밀한 공간을 가질 수 없었다. 모이면 열띤 토론도 했고 그것은 수옥을 자극했으나 사람들 뒤치다꺼리하는 일이 한계점을 넘어섰다. 술을 마시고 토해내기도 하고 소주병을 던져 화구를 부순 사람도 있었다.

수옥이 그 화실을 떠나는 것은 무엇보다 성국과의 관계를 매듭 짓기 위해서다. 삼청동에 이사온 그해 가을에 성국을 만났으니 이년 동안 성국과의 온갖 갈등이 화실에 얼룩져 있었다.

복덕방 주인이 두말없이 추천한 그 집은 회복을 하려는 수옥에게 적절한 처소 같았다. 위치도 공터 뒤쪽에 외따로 있었고 나무들 사이로 언뜻 보이는 붉은 지붕이 비세속계의 풍경이었다. 그런 곳에서라면 수옥의 지친 몸과 마음을 치유할 수 있을 것 같았다.

대문으로 들어서니 돌폭포처럼 쌓인 정원석이 한눈에 들어왔다. 이단으로 쌓을 만큼 지대가 높았는데 기역자 모양으로 굽어진 층계 끝도 보이지 않았다.

대문 바로 앞 층계 왼편은 넓은 빈터였다. 잡초를 뽑은 듯 빈 뜰 한가운데 쌓인 두 군데의 잡초 더미가 애기 무덤 같았다. 처음부터 가꾸지 않은 풀밭이었던 듯한데 수옥은 그것이 더 마음에 들었다.

돌층계를 가로질러 앞마당에 올라서자 붉은 기와를 얹은 조촐한 집이 나타났다. 현관이 있는 정면은 일본식 집처럼 큰 유리로 둘러져 있었다. 자연채광과 바람막이를 위해 증축한 것 같았다.

마당 오른쪽에도 나무들이 꽤 많이 심어져 있었다. 벚나무, 단풍, 소나무가 뒤섞인 뜰 한 모퉁이엔 연보랏빛 쑥부쟁이가 무리로 피어 있었다.

수옥은 응달에 숨듯 피어 있는 야생화를 보며 가만 긴 숨을 내쉬었다. 여태 방을 보러 언덕을 몇 번 오르내렸지만 피로가 씻은 듯 가셨다. 은둔자같이 피어 있는 꽃을 찾으려고 우이동 골짜기까지 들어온지도 모른다.

세를 내놓은 방은 뜰 바로 앞에 있었다. 부엌을 통해 들어가게 된 출입구가 뒷담 쪽에 면해 있어 독채나 다를 바 없었다.

세 평이 채 못 되는 방은 생각보다 컸다. 남향과 서향 창으로 뜰이 보였고 햇빛이 넘쳤다. 수옥은 방안의 수수한 가구들을 둘러보곤 언제 이 방에 들어올 수 있느냐 대뜸 물었다.

얼굴이 흰 편이고 하관이 발달하여 후덕한 인상을 주는 주인집 여자는 내일이라도 당장 비울 수 있다고 했다. 큰 장롱이며 화장대 등을 보면 그들이 쓰는 안방인 듯한데 절약하려고 내놓은 것이라고 느리면서도 또박또박한 말씨로 덧붙였다.

교양 있어 보이는 여주인까지 마음에 들어서 수옥은 당장 계약하기로 했다. 모자라는 돈은 동생 미옥에게 돌려쓰리라고 순간적으로 생각했다. 여태 돈을 꾸어본 적이 없으나 수옥과 달리 사 년째 착실하게 직장에 다니는 미옥에게 백만원 정도의 비상금은 있을 듯했다.

"서로 좋은 분을 만났어요. 아주머닌 조용한 사람만 찾더니 혼자 사는 아가씨가 들어오니 잘됐죠."

"그래요." 주인 여자가 흡족한 표정으로 웃음 지으며 수옥에게 물었다.

"아직 미슨가본데 나이는 어떻게 돼요."

"서른셋이에요."

"그럼 직장엘?"

"그림 그려요. 여기서 좋은 그림이 나올 것 같은데."

"화가로군. 어쩐지 경치부터 찾더라."

복덕방 주인의 말에 주인 여자도 따라 웃었다.

"그런 멋이 있으니까 결혼을 미루겠지. 나도 늦게 결혼해서 올드미스 생활을 안다구. 난 서른일곱에 했어요. 나를 보고 희망을 가져요. 서른셋이면 한창인데 뭘."

수옥은 동료라도 만난 듯해서 활짝 웃었다.

"정말 올 곳에 왔네요. 혼자 있다고 하면 사람들이 호기심을 가져서 불편해요."

화실에 새로 들어올 사람도 결정되어 수옥은 열흘 뒤 이사했다. 이사하기 이틀 전에 미옥과 함께 가서 도배했는데 천장만 빼고 사방을 창호지로 하얗게 발랐다. 집에 대해 한마디도 않고 풀칠만 하던 미옥은 도배가 끝나자 방을 둘러보곤 "관 같네" 한마디했다.

매사가 무계획해서 이사만 다니는 언니가 못마땅했던 거다. 수옥은 태연하게 "매일 죽고 매일 사는 거 아냐?" 했다.

아침부터 서둘렀으나 이사는 오후 두시에야 끝났다. 이삿짐센터 사람들이 간 뒤 혼자 짐을 풀기 시작했다. 이번에 짐을 싸면서 마지막 정리나 하듯 최소한의 필요량만 갖고 다 버렸다. 몇 벌이나 되는 수저도 두 벌만, 찻잔까지 두 개만 챙겼다.

여덟번째의 이사라 이력이 날 만도 하지만 짐을 풀어놓으니 막막했다. 한숨을 내쉬다 수옥은 가방에서 옷부터 꺼냈다. 일 년에 서너 번 입을까 말까 한 정장 외투와 바바리, 혼방 상의 들을 차례로 들어내자 가방 안에서 철렁거리는 쇳소리가 났다. 가방 밑에 손을 넣으니 비닐 감촉의 둥근 물체가 손에 잡혔다.

그것을 꺼내놓고 수옥은 시큰둥하게 웃었다. 돼지저금통이 무슨 보물이라고 옷가방에 넣어두었을까. 흔드니 반쯤 차서 꽤 무거웠다.

오백원짜리 동전이 새로 나온 후부터 손에 들어오는 대로 그것을 돼지저금통에 넣었다. 새 동전이어서 쓰지 않았고 또 그것을 모으면 비상금이 되리라는 생각에서다.

그림을 팔지 않더라도 당분간 굶지는 않겠어. 수옥은 대견하다는 듯 돼지저금통을 바라보다 한쪽으로 밀어놓았다. 이제 학생들을 가르치지 않겠다. 미대를 나와 한 해 동안 지방 여학교에서 근무했을 뿐 직장생활을 못 견디고 이날까지 화실만 운영했다.

학생들이 많을 땐 열 명까지 가르쳤지만 수옥은 여태 저금을 해본 적이 없었다. 사글세에서 전세로 몇 번 옮기다보니 사백이란 돈도 쥐고 있을 뿐이다. 있는 대로 쓰다보니 동전 한푼 없을 때도 많아서 걸어다니기도 했고 이틀을 굶어본 적도 있었다.

이런 수옥이 화왕禾王이란 호를 가진 것은 얼마나 기묘한가. 화왕은 육조 때 성제의 총애를 받은 여자의 이름이지만 한글로 그대로 풀이하면 벼왕이다. 굶어죽진 않을 터인데 빼어난 옥이란 뜻의 이름보단 훨씬 시적이다.

화왕은 일추逸秋 선생이 지어준 호다. 작은 체구에 칼같이 얼굴이 뾰족한 전각가였다. 통 누구와도 어울리지 않고 시간 중에도 말없이 교실만 지키는, 한국화과 강사였는데 수옥이 졸업반 때부터 학교에 나오지 않았다. 사교적이 못 되는데다 아이들에게도 인기가 없어서 밀려난 듯했다.

일추 선생이 지어준 화왕은 수옥秀玉의 한자에서 각을 뺀 글자다. 화왕은 황제의 총애가 다른 여자에게 옮겨지자 머리를 깎고 비구니가 됐다는데 일추 선생은 화왕이 읊은 시까지 가르쳐주었다.

피어나거나 시들거나 모두 다 가을의 운명. 서리 내리기까지는 모두가 시드는 것을.

일추 선생이 별 뜻 없이 그 호를 주었는지 모르지만 수옥은 그때도 제게 꼭 맞는 옷을 입은 것같이 느꼈다.

방을 정리한 다음날부터 수옥은 곧장 작업에 들어갔다. 근 한 달간 뒤숭숭해서 작업을 전혀 하지 못했다. 이사를 결정한 뒤 아예 덮어둔 백 호 크기의 종이 한 모퉁이엔 남아메리카 지형 같은 파란 종이가 붙여져 있다. 잡지에서 찢은 인쇄물인데 그 위에 흰색, 노란색 물감이 스쳐간 듯 발라져 있다. 그 윗부분엔 색 물방울을 뿌린 듯 여러 물감이 점점이 흩어져 있다.

텅 빈 화면 한가운데 화살 또는 로켓 같은 작은 물체가 연필로 그려져 있다. 그 중심의 윗부분에도 연필 흔적이 있고 수옥은 그곳을 한참 바라본다. 연두, 보라 물감을 붓 굵기대로 문지른다. 문득 하늘 한쪽에 무지개가 떠오르듯.

왼쪽 화면 아래에도 콜라주 수법으로 주황, 초록 종이가 붙여져 있다. 그 위엔 괴이한 새 부리가 세필로 그려져 있다. 수옥은 바로 그 아래에 살코기 조각 같은 모양을 연필로 그려나간다.

그림을 그릴 때마다 느끼지만 부분 부분을 몇 날 며칠씩 고심해 그려도 흰 화면에서 그것들은 극히 작은 부분에 지나지 않는다. 덧붙이기 된 색종이와 색채들은 그 흰 공간을 무한대로 보이도록 만드는 소도구 같다. 고속촬영한 것 같은 의식의 파편들이 구름처럼 화면에 떠오르고 명멸한다.

화면 자체가 하나의 창이다. 내면의 창, 수옥이 살아온 만큼의 시간과 공간이 만나는 창. 기억 조각들의 집합체. 무한대의 공간에서 의식이라는 자기 색채를 빛내는 생명들이 아름답지만 안쓰러워.

그날 오후 주인 여자가 "있수?" 하고 방안으로 고개를 디밀었을 때 수옥은 놀라서 물감을 엎지를 뻔했다. 화면만 들여다보다 주인 여자가 부르는 소리도 못 들었다. 주인 여자는 방부터 휘둘러보며 "화가 방이라 다르네. 물감 접시들을 늘어놓으니 꽃밭 같구" 했다. 수옥이 웃어 보이자 "나 좀 상의할 일이 있어서 그러는데" 하며 수옥의 말을 기다렸다.

"제가 나가죠."

수옥은 화구들을 그대로 놔두고 일어섰다. 이젠 누구에게도 방을 개방하지 않을 작정이었다. 밖으로 나서니 해는 어느새 뒷담 너머로 기울고 있었고 산 아래 동네에 그늘이 드리웠다.

주인집 여자는 층계를 내려서 빈 뜰로 앞서갔다. 벽돌담 옆에 소나무 한 그루가 있고 그 아래 바둑판같이 크고 평평한 돌이 놓여 있었다. "아직은 차지 않을 거야" 하고 여자는 돌 위에 앉았다.

"어때요. 방도 정리하고 피곤하겠어."

"아뇨. 내 집같이 편해요. 나무가 많아서 살 것 같아요."

수옥은 주인 여자와 나란히 앉으면서 동산의 나무들을 올려다보았다.

"여기가 좋기는 좋은 것 같아. 공기도 맑고. 우리집이 세검정에 또하나 있는데 그건 세를 주고 여기서만 살아요. 나중에 집을 새로 지으면 괜찮을 거야."

"이 집이 어때서 다시 지어요. 정원만 봐도 행복할 텐데."

"글쎄, 살림살이가 어디 그래야지." 주인 여자는 혼잣말을 하고, "참, 부탁이란 건 뭔가 하니" 운을 뗐다.

"처음 본 날부터 이런 것 상의해도 될 것 같아서 이사오면 말하려 했어요. 우리집 아이가 둘인데 중3짜리 남학생 영기가 요새 영공부를 안 해. 예전엔 곧잘 하더니 아버지가 사업한다고 왔다갔다하니 애들까지 성적이 떨어져요. 그래서 영어, 수학만 가르칠 선생을 구해볼까 하는데 요즘 과외가 금지돼서 아무나 하지도 못하잖아요. 어때요. 애들 좀 가르쳐볼 여유는 없을까. 애들이 화가가 왔다고 좋아하는데. 영기는 손재주가 좋아서 조립 같은 것 잘해요. 공작대회에서 상도 받은 적이 있구. 지가 관심 있는 분야의 선생님이면 아주 따를 것 같은데. 시간은 일주일에 두 번만 내도 괜찮아요."

"제가요?" 수옥은 뜻밖의 말을 듣고 웃음을 터뜨릴 뻔했다. "영어, 수학도 벌써 잊어버렸지만 전 한 가지밖에 못해요."

"그럼 주변에 혹시 아르바이트하고 싶어하는 좋은 학생이 있으면 소개해줘요. 가난한 학생이면 방학 때까지 해서 등록금 벌 수도 있고."

"금지돼서 힘들겠지만 그런 학생 있으면 말해드릴게요. 나도 옛날에 등록금 때문에 걱정 많이 했어요."

주인집 식구는 네 명이다. 수옥이 이사온 날 주인 남자와 영기 학생이 짐을 들어주어서 서로 인사는 한 셈이다.

영기는 갸름한 얼굴에 안경을 썼고 변성기인지 목소리가 유난히 굵었다. 수옥이 짐 나를 필요가 없다, 말해도 식구가 없잖아요,

하곤 계속 짐을 날랐다. 심성은 착한 듯한데 웃을 땐 유난히 뾰족한 송곳니가 드러나 악동같이 보였다.

영기의 여동생 경미는 주인 여자를 빼다박은 듯 닮았다. 중1년생이지만 제 엄마만큼 몸집이 크다. 다소 심술도 있어 보이고 낯을 가리는지 수옥과 마주쳐도 웃지 않았다.

수옥이 이 집에 온 지 사흘째 되던 날, 또 한 사람을 보았다. 걸레를 빨러 수돗가에 가니 낯선 여자가 빨래를 하고 있었다. 수돗가가 꽉 차게 내복이며 청바지 등이 쌓여 있고 여자는 윗옷이 짧은지 허리를 드러낸 채 일하고 있었다. 수옥이 다가가자 그제야 뒤돌아보며 "이사온 아가씨예요?" 먼저 말을 건넸다. 눈이 서글서글하고 튼튼한 인상을 주는 젊은 여자였다. 수옥은 빨래부터 눈으로 가리켰다.

"웬 빨래가 그렇게 많아요?"

"식구도 적은데 올 때마다 빨래가 이렇게 나와요. 일주일에 두 번 오지만 온종일 일해도 끝이 없어요."

여자는 파출부였다. 수옥에게 자리를 내주며 수옥이 걸레를 담아온 대야에 호스를 대주었다. "집이 크니까 더 힘드시겠네요." 수옥의 말에 여자는 콧등을 살짝 찡그렸다.

"정원만 크지 이 집에서 쓰는 방은 두 개밖에 안 돼요. 거기다 부엌뿐인데 청소할 것도 많아요."

"저기는 누가 써요?"

수옥은 수돗가에서 마주 보이는 독채를 가리켰다. 주인집 현관을 중심으로 하면 수옥의 방은 뒷담 쪽 오른편에, 독채는 화장실로 가는 왼편에 있는데 낮에도 인기척이 없었다.

　"젊은 신랑, 각시가 세 들어 살아요. 색시는 한 달 전에 애가 아파서 시골 시댁에 갔어요. 올 때가 됐는데 안 오네. 신랑이 어찌나 듬직한지 혼자 있어도 군소리 안 하고 밥도 잘 해먹어요."

　"아, 밤에 보니 불은 켜져 있데요."

　"아가씨도 그런 신랑 얻어 결혼해요. 너무 늦으면 안 좋아요. 주인아줌마도 늦게 결혼했다는데 살림 못해서 아저씨가 힘드실 거야."

　수옥이 마지막으로 걸레를 헹구고 일어서자 파출부가 목소리를 낮추며 물었다.

　"아가씨, 방 얼마에 들어왔어요?"

　"오백요."

　"오백이나?" 여자는 눈을 휘둥그레 떴고 수옥도 아닌 게 아니라 비싸다는 생각이 들어 "정원이 좋아서 그냥 들어왔어요" 했다.

　그리다 만 것을 이사오고 곧바로 손을 대어 일주일 만에 완성시켰다. 그림을 마무리지은 날 오후, 수옥은 이사와서 채 챙기지 못한 스크랩북 묶음을 꺼냈다. 그때그때 떠오른 단상을 메모하고 스케치한 것과 미술에 관계되는 신문기사, 잡지에서 뜯어낸 것 등이 몇 권으로 모였다.

그것들을 묶은 비닐 끈을 칼로 잘라 맨 위에 것을 집어드는데 그 속에 끼워둔 것이 떨어졌다. 꽤 오래전 『라이프』지에서 뜯어낸 마티스 조각 사진이 실린 화보 석 장, 또 엽서 하나도 있었다.

요즘도 흰 화폭의 강에 투신할 듯 얼굴을 박고 그림을 그리니? 화폭에 닿는 네 청색 머리카락이 눈에 어른거린다. 날 좀 찾아다오. 난 오늘도 당연한 듯이 술을 퍼마셨어.

지난겨울에 명현이 보낸 것이었다. 원래 화학도였으나 미술교육과 대학원을 나와 지난해까지 무슨 신학대학에 미술사 강사로 나가던 친구였다. 매사에 너무 진지하여 조금만 오래 얘기해도 목이 쉴 정도인데 한 시간 떠들고 육천오백원의 품삯을 받고 있었다. 맡은 시간이라는 것도 겨우 일주일에 세 번이라 주머니엔 늘 토큰 몇 개밖에 없었다.

명현을 못 본 지도 일 년이 다 돼간다. 만나고 싶다고 생각하다 수옥은 퍼뜩 주인 여자의 부탁을 떠올렸다. 명현에게 가정교사를 권하면 어떨까. 시간을 많이 뺏기는 것도 아니어서 나쁠 것 같진 않았다.

밖으로 나가 공중전화를 걸었으나 명현은 집에 없었다. 부산 이모 집에 간 지 일주일째 되고 그만큼 더 있어야 돌아올 거라고 가족이 전해주었다. "수옥이라고 전해주세요." 명현의 방 책상 밑에 쌓여 있던 빈 소주병을 떠올리며 수옥은 수화기를 놓았다.

주인 여자가 다음날 가정교사 부탁을 취소했으므로 명현과 통화하지 못한 것이 결과적으로 잘된 셈이었다. 주인 여자는 수옥을 찾아와 남편과 의논한 후의 결정이라고 사정을 얘기했다.

당분간 학습 고사를 받아보면서 애들 성적을 올리기로 했다. 주인의 사업에 돈이 자꾸 들어가서 그 외의 일은 잠시 미루어야 한다고 했다.

"사는 게 왜 이리 어려운지 모르겠어. 요즘같이 어려운 때는 결혼하지 말걸, 싶다니까. 주인 양반은 옛날에 여학교 교장이었어요. 제자 가르치던 때가 좋았지. 대우도 받고. 뒤늦게 괜히 사업을 벌여 돈만 들어가니까 내 고통이 심해요."

"집 없이 사는 사람들도 많은데 집을 두 채나 가지고 사는 게 힘들다 하면 어떡해요."

수옥은 여자의 푸념에 욕심이 너무 많은 것이 아니냐는 듯 대꾸했다.

"세검정은 집값이 오를 거라 해서 안 팔려고 해요. 부동산은 비상금처럼 넣어둬야 돼. 하긴 그나마 있으니 감사해야겠지만 넉넉하진 않단 말이지. 사업을 하다보니 돈 빌릴 일도 생기구. 노처녀 자존심에 돈 한 번 꾸어보지 않았는데 지금 와서 돈을 꾸나? 친정에도 그런 부탁 안 하고 사는걸."

"사업이 그렇게 안 되나보죠."

주인 여자가 돈 꾸는 얘기까지 해서 수옥은 다소 퉁명스레 말했다. 여자는 너무 속사정을 얘기했다 싶은지 겸연쩍은 표정을 지었다. 수옥은 빨리 이야기를 끝내려고 "넉넉할 때보다 모자란 듯한 때 긴장도 되고 더 정신 차리잖아요" 마음에 없는 말을 했다. 주인 여자는 고개까지 끄덕이며 맞장구쳤다.

"그래요, 그것도 사는 묘미지. 한집에선 작은 돈 정도는 돌려쓰고 그럽시다."

십여 일이 지나자 이 집에서의 생활도 어느 정도 틀이 잡혀갔다. 세면장이 따로 없어서 한데나 다름없는 부엌 뒤쪽의 수돗가에서 빨래를 하는 것도, 쓰레기와 연탄재를 들고 정원 층계를 내려가 대문 옆의 쓰레기통에 버리는 일도 번거롭게 느껴지 않았다.

파출부는 살기 불편한 집이라 했지만 수옥에게 아직 큰 문제는 없었다. 몇 년 전엔 방문만 열면 야산이 보이는 성북동 골짜기에 살았는데 한겨울에도 펌프질을 해서 물을 썼다. 날이 풀리면 먹을 물은 따로 약수터에 가서 떠 왔지만 수옥은 그런 것을 즐겼다.

불편은 참을 수 있지만 쓰레기통이 차서 더이상 버릴 데가 없게 되자 짜증이 났다. 대문 밖에도 연탄이 쌓일 대로 쌓였다. 동네 아이들이 그것을 발로 쳐서 으깨놓기도 했고 비닐에 싼 쓰레기는 동네 개가 물어뜯어 어질러놓았다.

하루는 아침에 연탄재를 버리러 나가다 주인 여자와 부딪쳤다. 수옥은 주저 없이 불평했다.

"아주머니, 청소부들이 왜 쓰레기를 치워가지 않아요? 버릴 데가 없으니 쓰레기 모이는 것도 미안할 지경이에요."

"글쎄 말야. 사람들 참 나쁘지. 지난 추석 때 떡값 좀 달라길래 지금 형편이 안 좋으니 크리스마스 때나 보자고 했지. 저 방 색시도 시골 가서 나 혼자 부담할 수가 없었어요. 그랬더니 얼마 뒤부터 저러네. 사람들 나빠. 이젠 돈을 주려 해도 안 오잖아."

"정말 너무했네요."

"이제부터 연탄은 동산의 담 옆에다 버려요. 저기가 패어서 안 그래도 메워야 되거든. 사실 우리 식구만 살면 쓰레기값 들 것도 없어요. 연탄재는 땅에 묻고 쓰레기는 구덩이에다 태우면 되거든."

주인 여자는 앞집 땅과 경계선이 된 동산 벽돌담 쪽을 가리켰다. 수옥은 머뭇거리다 층계를 다시 올라가 화장실 뒤쪽의 동산으로 갔다. 아카시아나무가 몇 그루 있는데 대문에서 보이는 중심부는 정원석으로 다듬고 그쪽은 채 눈이 가지 않는 구석이라 내버려두었다.

주인 여자의 말대로 담 옆이 패어 있었다. 연탄재가 모여 있는 것을 보면 주인집은 벌써부터 거기다 버린 듯했다.

수옥은 연탄재 하나를 발아래 팬 구덩이에 놓고 또하나를 내려놓으려다 한 발이 미끄러졌다. 그 바람에 집게에서 떨어져나간 흰 연탄은 비탈로 굴러 빈터 바로 앞에 팬 구덩이에 박혔다. 수옥은 못할 짓이나 한 것 같아서 얼른 자리를 떴다.

청소부 떡값도 못 줄 정도로 어려운 살림살이인 듯했으나 수옥은 옆에서 그것을 실감하지 못했다. 후미진 곳에 연탄재가 쌓여가도 정원은 여전히 아름다웠고 파출부는 일주일에 두 번씩 왔다.

파출부가 온 어느 수요일. 수옥은 그 집 부엌 앞을 지나다가 힐끗 안을 들여다보았다. 부엌문이 열려 있었고 콩장 졸이는 냄새가 났다. 수옥은 인사 겸 요리법을 물었다. 밑반찬만 두어 가지 있어도 끼니 해결하기가 편하지만 수옥은 여태 신경쓰지 않았다.

"쉬워요. 콩을 볶다가 물 붓고 간장, 설탕 넣고 물컹하지 않을 정도로 끓이면 돼요."

"말로는 쉬운데 하려면 안 돼요."

수옥이 제 부엌으로 돌아와 쌀을 씻으니 파출부가 잠시 후 부엌 안으로 머리를 디밀었다. 손에 냄비를 들고 다가와 그릇 내봐요, 콩장 좀 담게, 했다.

냄비엔 휜깨를 뿌린 까만 콩장이 담겨 있었다. 아까 만들던 것을 남겨 온 것이었다. "이거 주인집 거잖아요" 하며 수옥은 난처한 빛을 띠었다. 파출부는 스스럼없이 수옥의 찬장 문을 열고 그릇 하나를 꺼냈다. 거기에 콩장을 쏟아부으며 뜻밖의 말을 했다.

"괜찮아요. 나는 이 집에서 세 달 치 돈을 못 받았어요."

"뭘 말예요."

"일당이 십만원 넘게 밀려 있어요. 딴 돈은 떼먹어도 머슴 돈은 안 떼먹는다는데."

수옥은 눈을 휘둥그레 뜨고 목소리를 높였다.

"그럼 달라고 재촉하지 그래요. 내가 이사온 날 애들 가정교사 구해달라고 하던데. 취소하긴 했지만 능력이 있으니 그런 부탁을 한 거 아녜요."

파출부가 수돗물을 틀어 콩장이 묻은 냄비를 씻었다.

"이 집 아줌마는 도대체 종잡을 수가 없어. 아저씨가 집에 돈을 못 들여온 지가 얼마나 되는데. 빚은 또 얼마구. 아가씨 방도 빚 갚으려고 내놓은 거예요. 나한테 사백오십 받았다고 하더니 나머지는 생활비로 흐지부지 쓰려나. 그러면서 내 돈은 안 줘요."

"돈도 못 받으면서 나오면 받을 돈만 올라가잖아요."

수옥은 딱하다는 표정을 지었다.

"지금 그만둔다고 해봐요. 돈을 아주 못 받지. 얼마나 질긴 사람인데. 이 동네 시장바닥에도 외상이 수두룩 깔렸어요. 채소가게 아줌마는 나만 보면 돈 좀 받아달라고 해요. 오만원 외상이라나."

파출부의 말은 놀랍기까지 했으나 수옥도 자연히 주인 여자의 성격을 파악하게 되었다. 파출부의 말을 들은 바로 다음날 아침이다. 간밤에 늦게 잠자리에 들어 혼곤히 자고 있는데 누군가 부엌문 두드리는 소리가 들렸다. 눈을 뜨니 커튼의 연록 나뭇잎 무늬가 남향 창의 창호지 위로 비쳤다.

"누구세요?" 수옥이 소리치자 주인 여자의 목소리가 들렸다.

"나예요." 수옥은 잠옷을 입은 채로 나가 부엌문을 열었다. 정장을 하고 주인집 여자가 서 있었다.

"응, 잤나본데 미안해요. 오늘 어디 나가요?"

"아뇨."

"그럼 집 잘 봐줘요. 애들이 두시나 되면 와요. 인터폰 누르면 문 좀 열어줘요."

수옥이 알았다는 표시를 하고 들어가려는데 "참, 그리고" 말을 이었다.

"잔돈 좀 있어요? 차 타려면 잔돈이 있어야 될 것 같은데 수중에 없어."

아침 단잠을 깬 것이 짜증스럽기도 했지만 수옥은 내색을 하지 않고 기다리라고 했다. 방으로 들어서자 곧장 옷 주머니에 손을 집어넣었다. 동전이 손에 잡혔으나 양이 많지 않았다.

수옥은 옆 주머니에서 천원짜리가 하나 나오자 그것을 들고 나갔다. 천원이면 충분할 것이라 생각했다. 수옥이 내미는 돈을 보자 주인 여자가 당황했다.

"나한테 이거 주는 거야? 천원? 한 돈 만원은 있어야 되는데. 아니, 됐어요. 어떻게 해보지 뭐. 그래요."

주인 여자는 황급히 나서며 부엌문을 닫았고 수옥은 멀뚱하니 서 있다 방으로 들어왔다. 주인 여자는 천원짜리를 받고 자존심이 상한 것일까. 수옥은 여자가 꾸어달라는 잔돈이 적어도 만원이었다는 것을 눈치채지 못했다. 처음엔 동전을 찾지 않았던가. 수옥은 근래의 여러 가지 일들을 떠올리며 주인 여자의 허세를 감지했다.

그나마 주인집과 접촉하는 시간이 없어서 수옥은 이내 무관심해졌다. 시간이 갈수록 주인 여자의 첫인상이 떨떠름하게 바뀌어 갔지만 수옥이 이렇다 할 피해를 입은 것은 아니었다. 아니, 다른 사람들이 당한 것에 비교하면 수옥은 대접을 받고 있는 셈이었다.

하루는 수돗가에 빨래를 하러 나갔는데 복덕방 주인이 모녀인 듯한 두 여자에게 방을 보여주고 있었다. 젊은 부부가 세 들어 사는 감나무 앞 독채였다.

"원래 동네가 좋지만 이런 경치는 어디서도 못 볼 겁니다. 방을 바로 어제 내놓았는데 금방 나갈 거예요."

"별장 같네요. 신혼부부가 살기엔 좋겠어. 방 크기도 이 정도면 됐구."

"마음에 들면 빨리 계약하세요. 이런 독채가 잘 안 나와요."

그들이 마당으로 걸어나가자 아이를 업은 젊은 여자가 부엌에서 나왔다. 이마를 덮은 머리며 호리호리한 몸매가 앳된 인상을 주었다. 수옥은 여자가 이틀 전 멍석 위에 쌀을 말리는 것을 보았다. 시골에서 그날 돌아온 듯했다.

눈이 마주치자 여자와 수옥은 동시에 웃었다.

"방을 내놨어요?"

"네, 여름부터 옮겼으면 했는데 이사하기가 끔찍해서 여태 밍기적거렸어요. 주인집에서도 나갔으면 하는 눈치여서 잘됐어요."

"왜요?"

의아해하며 수옥은 여자의 말을 기다렸다. 여자는 주인 여자가 나갔는데도 그 집 부엌문을 흘긋 보았다.

"셋방은 주인 보고 가야 돼요. 내가 시댁에 있는 동안 우리 시누이가 이 집에 온 적이 있는데 그날 주인집에서 은수저를 도적맞았대요. 그것이 여자 소행 같다고 못박으니 우리 시누이가 도적이라는 얘기지 뭐예요."

"너무하네."

"그런 것뿐 아녜요. 작년 겨울에 나 임신해 있었는데 자기들 김장한다고 불러서 일 시켜요. 수도가 터지면 애아빠보고 고쳐보라고 해요. 옛날에 잘살았다던데 남을 부리는 습관이 있나봐요."

"그래도 그렇지. 세 든 사람이 종인가요."

"아까 집 보러 온 사람들이 집 좋다고 하니까 민망하던데요. 우리 방엔 습기가 차서 벽에 곰팡이가 슬었어요. 외풍도 어찌나 센지 아직 겨울도 아닌데 애기 코가 빨갛게 얼어요. 집 보러 온 사람들 금방 계약할 것 같은데 이렇게 살아도 되는지 모르겠어요."

"여기 들어올 때도 그렇게 들어왔잖아요."

수옥은 있는지 없는지 모를 정도로 방에만 틀어박혔다. 새 전화도 나왔으나 미옥과 한 번 통화하고 수화기를 빼놓았다. 전화번호를 바꾸려고 일부러 우이동까지 들어왔는데 잘못 걸려온 전화도 받고 싶지 않았다. 기척도 없는 그 방을 점검이나 하듯 주인 여자는 이따금씩 방문을 두드려 집을 봐달라는 부탁을 했다.

그럴 때 여자는 물감이 얼룩진 카페트며 수옥의 작업 광경을 경이롭다는 듯 휘둘러보고 "추상화는 무엇을 어떻게 표현했는지 얘기를 듣고 싶은데 서로가 바빠" 아쉽다는 표시를 했다. 또 한번은 "조용히 자기 일 하는 것도 보기 좋지만 조물주가 결혼하라고 만든걸" 한마디 던져보기도 했다. 수옥이 아무 대꾸 하지 않자 "노처녀 자존심은 알지" 하고 더이상 말하지 않았다.

늦가을 햇살이 투명하리만큼 맑고 선연하게 타든 단풍잎들은 땅 가까이 내려앉았다. 돌층계엔 붉고 노란, 갈색 낙엽들이 현란한 무늬를 이루었고 신부처럼 사뿐히 층계를 밟으면 잎들이 수옥의 머리 위로 마지막 빛을 떨치며 흩날렸다. 밤이면 뒷동산을 스쳐가는 바람소리가 파도치듯 하고 가랑잎들은 마당 모퉁이로 유랑민처럼 휘몰려 다녔다.

오전에 일어나 부엌문을 열면 부엌 앞까지 낙엽이 깔려 있었다. 수옥은 매일 탄성을 지르며 맨발로 낙엽을 밟아보곤 했다.

주인 여자는 이틀에 한 번꼴로 낙엽을 쓸어냈다. 그것이 겉보기에 좋다고 생각하는지 수옥에게도 방 입구의 낙엽은 쓸라고 했다. 낙엽을 쓸어 나무 밑에 덮어주는 일도 싫진 않았으나 발끝에 차이는 마른잎 소리가 좋아서 쌓이는 대로 내버려두었다.

감나무 앞 셋방 부부는 마지막 감이 떨어진 11월 중순에 이사갔다. 이십여 일간 한집에 살았으나 연탄불을 두 번 댕기고 거의 말을 나누지 않았다. 또 빨래를 널러 뒷동산에 올라가거나 연탄재를 버리러 갈 때 그 방 창을 무심히 들여다본 일밖에 없지만 집이 비니 허전했다.

여자는 햇살이 따스한 한낮엔 이따금씩 아이를 업고 수옥의 방에서 마주 보이는 배나무 밑을 서성거렸다. 그때마다 여자는 가는 목소리로 자장가를 불렀는데 노랫소리가 들려오면 수옥은 창가로 가서 소녀같이 이마를 덮은 앞머리와 꽃분홍색 누비포대기를 눈여겨 바라보았다.

한때 수옥도 그런 여자가 되고 싶었다. 착하고 단순하게, 풀잎처럼 사는 여자. 꼼지락거리는 아기 손가락을 만지며 햇살 아래서 행복해하는 여자. 그것을 생각하며 여자의 자장가를 들은 어느 날은 화면을 손톱으로 긁어버리고 싶은 충동을 느꼈다.

행복한 여자가 되었더라면 수옥은 그토록 힘겹게 화면과 대결하지 않을 것이다. 이상하게도 갈등 속에 있을 때면 은하 같은 직관이 머릿속으로 우수수 떨어져내렸다. 그러다가 한순간 영감의 별이 떠오르고 그때 화면은 세상에서 수옥에게 주어진 가장 확실한 공간이 되었다.

그것은 구원이면서 동시에 또하나의 벽이었다. 찬란한 예감을 지니고 미지의 항해를 떠나지만 번번이 암초에 부딪치고 좌절하는 것이다. 그때마다 수옥은 패배감을 느꼈고 그림을 못 그리면 죽을 거야, 생각했다.

죽음이란 말은 묘하게도 아편처럼 힘을 준다. 자살을 생각하면 아직은 삶이어서 낭떠러지 끝에서 되돌아올 수 있었는데 화폭 속에서 수옥은 매일 죽고 매일 살아났다.

채색의 돌파구를 찾기 위해 염색에 몰두했던 삼 년 전 여름, 아나가 죽은 일이 떠오른다. 수옥이 일 년 넘게 제 살붙이처럼 키운 고양이였다. 새끼 때부터 키워 여간 정이 들지 않았는데 염색을 하면서 온종일 묶어두었으나 6월 초 어느 새벽에 물감을 마시곤 수옥의 방문을 긁으며 몸을 뒤틀었다.

그날 새벽 수옥은 같은 건물에 세 들어 사는 선배 화가를 깨워 밖으로 나섰다. 어둑한 거리에선 소독약 냄새가 끼쳐왔고 수옥은 숨을 할딱이는 고양이를 품에 안고 울면서 거리를 헤맸다. 수옥이 돌아오면 꼬리를 세우고 발밑에 앉던 아나였다. 서로 상처 한 번 준 일 없는 수옥의 가장 좋은 벗이었으나 새벽잠을 깬 의사도 아나를 살릴 수 없었다.

그날 아침 부은 눈으로 화실로 돌아오며 수옥은 자신이 운명처럼 그림과 결속되어 있다고 느꼈다. 예전엔 인생을 위해 그림도 포기할 수 있다고 믿었다. 이제는 그림 때문에 인생을, 사랑을 희생시킬 것 같은 예감이 들었다.

가만 생각해보면 수옥은 화가가 되기 전까지 어떤 것이든 집요하게 원한 적이 없었다. 이렇다 할 꿈도 갖지 않았던 수옥이 그림을 그리게 된 것은 저만의 언어를 갖기 위해서였다. 땅 뺌 재기를 하며 제 땅을 늘이듯 붓으로 제 공간을 만들어갔다.

어릴 때도 수옥은 어느 누구와 정말 가깝다고 느낀 적이 없었다. 아이들과 함께 뛰놀았으나 마음은 늘 아이들 뒤에서 머뭇거렸다. 수옥의 기억에 남아 있는 것이란 한적한 신작로에서 햇빛에 반짝이던 사금파리. 늦잠을 자다 허겁지겁 달려가면 굳게 잠긴 교문 사이로 다가오던 텅 빈 운동장······

본질적인 것이라 할 만한데 수옥은 늘 고립감을 느꼈다. 사람은 벽이었고 그들 앞에선 늘 말문이 막혔다.

셋방 부부가 나간 빈집의 창 앞에 기대서 볕바라기를 하는데 감나무 옆의 소나무가 눈에 들어왔다. 똬리를 튼 뱀같이 꼬인 몸체가 한쪽으로 기울었으나 푸른 솔가지를 허공에 걸치고 용케 균형을 잡고 있다.

청춘의 빛이 종마와 같이 탄탄한 수옥의 전신을 휘돌 땐 자기를 좀더 이해시키기 위해 처녀의 옷을 벗기 시작했다. 그러나 육체의 벽은 더 단단했고 그때마다 수옥은 이별 실습이란 용트림을 하면서 진실 찾기를 계속했다.

청춘의 긴 방황 끝에 지금 수옥은 무엇을 찾았는가? 그림에 대한 성국의 열정을 누이처럼 받아들였으나 수옥의 화실을 당연한 듯 제 작업장으로 점령했던 성국의 이기에 넌더리를 낸 지금은 다시 자기에게로 돌아왔다. 그림을 위해 유산 많은 상속녀를 물색할 거라고 늘 농담처럼 말해왔던 성국은 인내를 시험하듯 뒤늦게 결혼을 제의했지만 수옥은 눈 한 번 주지 않고 고개를 내저었다. 결국은 혼자라고 스스로에게 언도한 터였다.

서로를 빛낸 사랑도 했으나 운명이라 할 만한 것이 그것을 갈라놓았지. 세상에서 말하는 행복이란 수옥에겐 진열장 속의 케이크 같은 것이 아니었는지.

스스로 신의 버려진 아이라고 생각했다. 그 반항이 수옥을 저 소나무처럼 지탱하게 했을지 모른다. 쓰러질 듯 서 있는 소나무가 이날까지 외롭게 뒤틀린 채 고집스레 살아온 자신의 모습 같았다.

그즈음은 집이 여느 때보다 조용했다. 아침이면 아이들이 학교에 가느라 안방을 드나드는 소리, 텔레비전, 전화 소리가 수옥의 방에 들려와서 수옥은 선잠을 자곤 했다.

요 며칠은 콧등을 서늘하게 하는 차가운 방 공기에 눈을 뜨고 멀리서 연이어 들려오는 차 소리에 시간이 꽤 됐다고 느끼며 자리에서 일어났다. 연탄을 갈고 마당에 나서면 새들만 한가롭게 지저귀고 있어서, 그 넓은 집을 수옥이 혼자 지키는 듯했다.

하루는 꿈결인 듯 울리는 전자음악 소리에 잠을 깼다. 멜로디가 울리다 끊어지고 또 이어지고 끊기고 했다. 누가 온 것 같은데 주인집에 사람이 없는지 인터폰을 받지 않았다. 얼마 전부터 주인 여자는 집 봐달라는 소리를 하지 않고 나갔다.

수옥은 머리를 손으로 빗어 넘기며 밖으로 나섰다. 햇살이 따스

했고 도봉산 봉우리가 선명하게 보였다. 수옥은 층계에 서서 "누구세요" 소리쳤다. 대답이 없었다.

수옥은 고개를 갸웃하며 층계를 내려갔다. 다시 멜로디가 울렸고 이번엔 "누구시죠?" 물었다. 철장 사이로 작은 형체가 어른거렸으나 이내 뛰어가는 발소리가 들렸다.

문을 열고 밖을 내다보니 집 앞의 방공호 입구에서 사내아이가 고개를 빼꼼 내밀다 숨었다. 아이의 장난이었다. "장난치면 안 돼." 수옥은 큰 소리를 치고 문을 닫았다.

층계를 향해 걸어가다 수옥은 우뚝 서서 빈 뜰을 보았다. 애기무덤 같던 잡초 더미는 거뭇하게 썩어 퇴비가 되어가고 있었고 정원석 사이에 심어진 동백과 회양목도 윤기를 잃어 겨울색이 완연했다.

빈 뜰 한구석에 쌓인 희끗한 것이 눈에 들어왔다. 연탄재였다. 동산 위에서 버린 연탄이 아카시아가 있는 비탈로 굴러 뜰 위에 내동댕이쳐져 있었다. 으깨지고 구멍난 이물질은 겨울 정원 풍경을 더욱 황량하게 만들었다. 폐허의 한 풍경 같았고 섬뜩하기까지 했다.

층계로 오르는데 층계 바로 아래에 엽서가 떨어져 있었다. 우편함이 열려 있는 것을 보면 바람에 날린 모양이었다. 봉함엽서 앞면엔 주인 이름이 적혀 있었다. 서대문구 현저동 XX번지 1121호, 수옥은 그것을 보다, 양미간을 세웠다.

수옥이 알기로는 그것은 구치소 주소였다. 삼 년 전인가 수옥이 세 든 할머니 집에 손녀딸이 있었는데 손녀딸 앞으로 그 주소가 적힌 엽서가 온 적이 있다. 싸움을 하다 구치소로 간 애인이 보낸 엽서였다. 수옥은 번호가 적힌 엽서를 층계 아래에 다시 놓았다.

그날 오후 수돗가에서 빨래를 하는데 주인 여자가 들여다보았다. 밖에서 막 들어온 듯 비로드 한복 차림이었다. "나갔다 오셨나 보죠." 수옥의 인사말에 주인 여자는 환히 웃었다.

"아휴, 나갔다 오면 그렇게 피곤할 수가 없어. 오늘 곗날이라 밤골 갈빗집에 갔는데 먹은 것도 없이 이십만원 나와. 원래 우리집에서 할 차렌데 요즘 아저씨도 시골 가시고 사업 때문에 뒤숭숭해서 밖으로 나간 거라. 계도 자기가 안정됐을 때 해야 재미가 나지 다음엔 안 나가야겠어. 지금 형편이 과도기니까 굳이 말할 필요 없구."

얼굴은 핼쑥해 보이는데 주인 여자의 표정은 과장되다 싶을 정도로 쾌활했다. 수옥은 엽서 생각이 나서 주인 여자의 손을 흘긋 보았다. 가방에 넣었는지 손엔 들고 있지 않았다. 여자는 옷을 털고 부엌으로 들어가려다 다시 수옥에게로 왔다.

"참, 내일 연탄을 들여놓으려는데 백 장 함께 넣지 뭐. 연탄 아저씨가 편하게."

"스무 장 정도밖에 안 남았으니 들여놓아야 돼요."

다음날 아침 그것도 아홉시 전이니 수옥으로선 꽤 일찍 잠을 깼다. 누가 부엌문을 두드렸다. 수옥은 눈도 채 뜨지 못하고 창을 열었다. 주인집 딸 여중생이었다. 수옥을 보자 곧 연탄을 가져오니 연탄값 달래요, 했다. 수옥은 눈을 비비며 한참 돈을 찾았다.

매일 아침의 버릇대로 잠자리에 누운 채 한 시간 정도 책을 읽고 방을 청소했다. 걸레를 쓰려고 보니 물감이 묻은 채 그대로 통에 담겨 있었다.

걸레를 들고 뒤꼍으로 가는데 수옥의 자리에 놓인 연탄 세 줄이 눈에 들어왔다. 쓰던 그대로였다. 주인집에선 곧 연탄이 올 것처럼 자는 사람을 깨워 돈을 받아갔으나 연탄은 다음날에도 배달되지 않았다.

주인 여자가 연탄 말을 꺼낸 것은 이틀 뒤다. 연탄은 월말이나 12월 초에 갖고 올 것이라 했다. 전에 쓰던 연탄이 좋아서 그 상표로 갖다달라 부탁했기 때문이라 덧붙였다.

"연탄 떨어지면 당분간 우리 것 갖다 써요."

그러고 보니 주인집 연탄은 아직 오십 장쯤 있었다. 연탄이 급한 건 아니다. 아마도 여자는 돈을 급히 쓸 일이 있었나보다. 수옥은 그렇게 추측했다.

수옥이 밖에 잘 나가지 않아서 일주일에 두 번씩 오는 파출부도 보지 못할 때가 있었다. 11월 마지막 수요일, 수돗가에서 부딪쳤을 땐 서로가, "보기 힘드네요" 인사말을 했다. 이내 수옥은 주위에 쌓인 빨랫감을 보고 눈살을 찌푸렸다. 스테인리스 대야엔 서답을 넣었는지 시뻘건 물이 담겨 있었다. 파출부도 그것을 가리켰다.

"요새 이런 빨래 나오는 집 없어요. 지독해."

"패드 쓰라고 하세요. 돈도 못 받으면서 그런 일까지 왜 해요."

"그만두려고 해도 사정이 또 그렇게 안 돼요. 주인아줌마는 요즘 일이 생겨서 매일 나가지, 누가 일해요. 아저씨는 아저씨대로 고생하시겠어. 천식이 심한데 솜옷이나 넣었는지 모르겠네."

파출부를 답답하다는 듯 바라보다 수옥은 불쑥 "아저씨 서대문 계세요?" 물었다. 파출부가 눈을 휘둥그레 떴다.

"그걸 어떻게 알아요."

"거기서 온 엽서를 봤어요. 왜 들어가신 거예요."

"돈 오백만원 받을 것 있는 사람이 고소했어요."

"오백에 사람을 감방에 넣을 수도 있군요. 그런데 세검정에도 집이 있다더니 그걸 팔지. 이해가 안 가네."

파출부가 머리를 흔들었다.

"이름만 아저씨 것으로 돼 있지 미국 있는 동서 집인가봐요. 오늘은 은행에서 편지 왔는데 빚 독촉이겠지 뭐."

"이 집도 은행에 잡혔나요?"

수옥은 고개를 쳐들며 불안하게 상대방을 쳐다봤다. 파출부는 수옥이 전혀 모르는 사실을 얘기했다.

"이 집은 못 잡혀요. 이 땅이 시유진걸. 불하가 나올 때 사면 자기 것 되지만 팔기는 힘들어요. 누가 무허가 집을 사요."

368

수옥은 온종일 책을 들여다보다 밤 아홉시가 넘어 명현에게 전화했다. 머릿속으로 온갖 생각이 스쳐가, 본 것을 되풀이해서 읽기까지 했으나 무슨 내용인지 기억도 나지 않았다.

처음에 수옥은 미옥에게 전화하려 했다. 그러나 미옥이 놀랄까봐 제가 사정을 다 파악한 다음 얘기하기로 했다. 명현을 떠올린 건 지난번 전화한 이래 보고 싶기도 했을뿐더러 명현의 언니가 전에 집 문제로 큰 피해를 입은 것이 생각나서다. 은행에 저당잡힌 집에 명현의 언니가 세 들어 살았다. 그것을 뒤늦게야 알았지만 집은 석 달 뒤 은행에 넘어갔고 명현 언니네는 법적으로 피해를 보상받을 수 없었다.

전화는 마침 명현이 받았다. 귀에 익은 비음이 들려오자 수옥은 대뜸 "명현아, 수옥이야" 했다. "도깨비야." 명현도 반가워 소리치고 이어 어디서 어떻게 사는지 안부를 물었다. 수옥은 우이동에 이사온 것과 한 달 넘게 칩거하고 있는 심정을 대강 말했다.

"명현아, 나 그 집 정원이 너무 좋아서 오백이나 주고 들어갔어. 너도 와보면 반할 거야. 그런 집이니까 밖에 안 나오고도 살 수 있어. 그런데 알고 보니 그 집이 복잡해. 겉은 궁궐 같은데 무허가래. 은행에서 빚 독촉장도 날아와. 이런 일 처음이어서 걱정이 돼. 어떡하지."

"뭐라구." 명현이 혀를 차며 목소리를 높였다.

"넌 왜 늘 그 모양이니. 하긴 나도 할말은 없지만. 집 일은 언니한테 물어볼게. 언닌 그때 당해서 그 방면엔 훤해. 세 들기 전에 구청에 가서 뭘 떼봐야 한다던데. 너무 걱정하지 마. 걱정한다고 틀어진 일이 바로 되겠어? 방값 못 받게 되는 일이 있더라도 네가 그 정원인가 뭔가를 즐긴 대가라 생각해."

그런 일이 생긴다는 것은 상상도 하기 싫지만 또 일어날 수 있는 상황이었다. 오백만원을 잃는다는 것은 공기와도 같은 제 공간을 잃는다는 것. 수옥이 입 밖에도 내고 싶지 않은 말을 급소나 찌르듯 내뱉은 명현은 꼭 하루 만인 다음날 밤 아홉시에 전화했다. 수옥이 전화를 받자마자 언니 말에 의하면, 하고 서두를 꺼냈다.

먼저 등기소에서 가옥대장을 떼봐야 한다. 그 일은 형부 회사 단골인 심부름센터 사람들에게 시키겠다. 수옥이 너는 오늘 당장 복덕방에 집을 내놓아라, 그냥 내놓지 말고 급한 사정이 있으니까 빨리 빼달라 부탁하면서 복덕방비 외 십만원을 더 얹어주겠다고 제의하라, 이런 내용이었다.

"그러면 복덕방 사람들이 하자가 있구나 생각하고 더 안 해주면 어떡해."

수옥의 말에 명현은 "너는 그만큼 세상 살고도 무얼 몰라. 돈이 제일이야. 너한테 무허가 집을 좋다구나 하고 소개해준 것도 복덕방비 받으려고 한 거 아니겠어?" 이죽거렸다.

명현이 가옥대장을 떼는 즉시 연락하겠다며 전화를 끊자 수옥은 그제야 복덕방 주인이 야속하게 생각됐다. 복덕방 주인은 사람 좋아 보이는 중년의 부부인데 혼자 있는 아가씨니까 특별히 좋은 곳을 소개해야겠네, 운운하며 수옥이 고마워했을 정도로 친절하게 해주었다. 그들은 당연히 장사를 했으나 수옥은 뒷맛이 쓴 것이다.

집을 내놓으라는 말까지 듣자 수옥은 심란하여 아무 일도 잡히지 않았다. 은둔처 같은 외딴집을 찾아 한 달 반 동안 외부와 담을 쌓고 꿈같은 시간을 보냈다.

오후 늦게 목욕을 갔다 방에 돌아오면 뜰의 나무가 창을 통해 맞은편 벽에 화면처럼 비쳐 있다. 비밀을 품고 있는 듯한 얼기설기한 나뭇가지, 어둠 속에 침잠한 숲의 영상. 어느 때 수옥은 숲이 화면 속에 떠오르는 것을 지켜보기 위해 일부러 불을 켜지 않고 무릎을 세운 채 앉아 있기도 했다. 오롯이 숲의 침묵에 합일하는 그 순간은 무엇과도 바꾸고 싶지 않을 만큼 행복했다.

방에는 중고 집에서 산 장롱 한 짝—포마이카가 싫어서 겉을 얇은 마대로 붙인 가구와 책꽂이 하나, 침대, 석유난로 등 최소한의 살림도구만 있다. 감정의 군더더기를 잘라내고 화면과도 같이 막막한 하얀 공간에서 제사를 지내듯 시간을 바치는데……

수옥은 방을 서성거리다가 밖으로 나섰다. 쌀쌀한 초겨울의 밤 공기가 선뜻하게 뺨에 닿아왔다. 짙은 남빛 하늘엔 초승달이 고즈넉하게 걸려 있고 아카시아 가지 사이로 어느새 별들도 고개를 내밀고 있었다.

마당으로 나서자 인가의 불빛이 수목들 사이로 반짝였다. 묵묵히 마을을 감싸고 있는 산도 어슴푸레 눈에 들어왔다.

수옥은 주머니에 손을 찌른 채 한참 서 있었다. 일을 하다 말고 가끔 밤에 나오면 달과 나무와 소슬한 밤공기가 수옥에게 무언의 위로를 건네는 듯 느껴졌다. 너는 신의 버려진 아이가 아니라 우리가 이 자리에 서 있듯, 흐르듯, 그렇게 서 있고 흐르는 것이라고. 그럴 때면 수옥은 인가의 불빛에서도 친화력을 느꼈고, 살아 있으며 사라져갈 모두를 사랑할 수 있을 것 같은 생각이 들었다.

이 정원을 떠나야 한다니. 수옥은 머릿속으로 세차게 도리질했다. 바람이 머무는 뒷동산의 소나무숲, 마른 나뭇가지 사이로 밤마다 혼처럼 뜨는 별들, 황폐한 빈 뜰까지도 버릴 수 없었다.

무의지의 아름다움, 침묵, 관용, 순리의 지혜, 자연이 주는 그 모든 것을 가까이 바라볼 수 있다면 수옥은 다른 어떤 불편, 부당함까지도 견뎌야 할 것 같았다. 우선 등기소에서 서류를 떼보기 전까지라도 이 집에서 나간다는 결심은 미루고 싶었다.

찬 공기에 헛기침을 하며 층계로 내려서는데 갑자기 발바리가 짖어대기 시작했다. 화장실 뒤 나무에 묶여 있는 하얀 스피츠였다. 수옥이 빨래를 널러 가거나 연탄재를 버리러 가면 작은 동물은 사슬이 뻗는 한에서 미친듯이 날뛰었다. 그것이 반갑다는 표시여서 그때마다 수옥은 혼잣말을 하며 쓰다듬어주곤 했다.

발바리는 신음하듯 울었다. 배가 고픈 것도 같았고 수옥이 갑자기 붓을 팽개치듯 늘 묶여 있는 제 삶에 발작이 난 것도 같았다.

조용히 해, 조용히. 착하지. 수옥은 반쯤 내려간 층계에서 동산 쪽을 향해 조금 크게 말했다. 발바리는 여전히 짖어댔고, 그러자 갑자기 현관문 열리는 소리가 나더니 "시끄러워" 부르짖는 듯 날카로운 소리가 들렸다. 주인집 딸이었다. "시끄럽단 말야, 개새끼야."

다시 문이 소리 내며 닫혔다. 발바리는 조금 낮게 끄응 울었다. 그러고 보니 요즘 발바리의 발작적인 울음소리를 자주 들었다.

정원에 대한 대가를 치르듯 요 며칠 수옥은 이 집에서 또하나 큰 불편을 겪고 있었다. 시각적인 것이므로 불쾌감이라는 표현이 맞는다. 눈만 잠시 감으면 그 순간을 벗어날 수도 있지만 언제까지 그럴 수는 없는 노릇이었다.

화장실에 분뇨가 차기 시작했다. 그것이 한 군데로만 쌓여 변기에 거의 닿을 지경이 되었고 수옥은 화장실에 가는 일을 될 수 있는 한 줄였다. 하루는 참고 다음날은 목욕탕에 가서 화장실을 이용했다. 이젠 변비에 걸릴 지경이어서 내일은 주인집에 얘기하고 수옥이 부담해서라도 분뇨를 처리할 작정이었다.

명현과 통화한 지도 닷새가 지났다. 수옥은 생각난 김에 먼저 전화했다. 밤 아홉시였으나 명현이 없었고, 수옥은 명현이 들어오면 한밤이라도 좋으니 꼭 전화해줄 것을 상대방에게 부탁했다.

그날 밤 모처럼 텔레비전을 켰다. 명화 외엔 거의 보지 않지만 머리가 복잡한 날은 일부러 텔레비전을 틀어놓고 멍하니 앉아 보곤 했다.

　인형 같은 탤런트 세 명이 자매로 출연하는 일일연속극이 끝나
자 〈생산 경쟁의 비결〉이란 기획물이 방영되었다. 수옥은 불을 끄
고 침대에 누운 채 꼼짝하지 않았다. 오전 내내 밀린 빨래와 부엌
바닥 청소까지 했다. 피곤한지 한참 누워 있으니 몸이 가라앉는
것 같았다.

　잠시 잠이 들었나보다. 수옥은 고요 속에서 옷 스치는 소리 같
은 것을 들으며 어렴풋이 잠을 깼다. 누운 채 꼼짝 않고 귀만 곤두
세우고 있으려니 무언가 부딪치는 소리가 들렸다. 방구석에 작은
책상이 놓여 있는데 아마도 그것에 부딪친 듯했다.

　방엔 침입자가 있었다. 가슴이 뛰었으나 수옥은 가만 눈을 떴
다. 커튼을 치지 않은 서향 창 쪽만 희미하게 드러날 뿐 방은 어둠
속이었다.

　수옥은 순간 제가 텔레비전을 켜둔 채 잠이 든 것을 생각해냈
다. 그러나 아무 소리도 들리지 않고 팽팽한 긴장감만 감돌았다.
침입자가 텔레비전을 끈 것이 분명하다. 제 모습을 보이지 않기 위
해 끈 것이 틀림없었다.

　다시 물체를 더듬는 듯한 소리가 들렸다. 책장 쪽이어서 수옥은
책을 더듬나보다 생각했다. 전혀 보이진 않았지만 들리는 소리만
으로도 행동이 서툴게 느껴졌고 수옥은 좀 대담해져서 모로 돌아
누웠다.

침대 가까이 사뿐한 발소리가 다가왔으나 문이 열리면서 부엌으로 내려갔다. 수옥은 가만 숨을 내쉬곤 침착을 되찾았다. 사실 방엔 도둑이 훔쳐갈 만한 것이 없었다.

부엌에서 달그락 소리가 났다. 싱크대 위엔 설거지한 그릇을 얹어두었다. 어두워서 뭔지 모르고 그것을 더듬는 모양이었다.

문득 누군가에게 도둑 얘기를 들은 것이 생각났다. 좀도둑이 들어왔을 때 여긴 가져갈 게 없어요, 하면 나간다던가. 그 말이 수옥이 미처 작정하기도 전에 입에서 나왔다.

도둑이 숨을 죽이고 있는지 부엌에서 아무 소리도 들리지 않았다. 수옥은 다시 "가져갈 게 없어요" 다소 크게 말했다. 순간 침입자가 부엌문을 박차고 후딱 뛰어나가는 소리가 들렸다.

수옥은 일어나 방의 불을 켰다. 부엌 쪽은 내다보지도 않고 몸을 흠칫 떨며 방 문고리부터 먼저 걸었다. 오늘따라 방문을 걸지 않았다. 부엌문은 양쪽으로 나 있으나 그중 수돗가로 통하는 문은 잠기지 않았다.

수옥은 방을 휘둘러봤다. 달라진 것은 없었고 옷장을 열어볼 생각 같은 건 하지 않았다. 단지 낯선 사람이 방에 침입했다는 사실이 끔찍했다. 한참 우두커니 서 있는데 카페트 위에 떨어져 있는 빨간 볼펜이 눈에 띄었다.

수옥은 그것을 집어들며 좀도둑이 떨어뜨린 것이라고 직감으로 단정했다. 가운뎃손가락 크기만한 물건이었다. 수옥은 볼펜을 들여다보다 아무 생각 없이 돌출 부분을 눌렀다. 밑으로 심이 나오면서 볼펜 윗부분의 흰 면에 까만 수영복을 입은 여자 모습이 나타났다. 이번엔 그것을 돌려보고 거꾸로 세웠다. 그러자 까만 수영복이 막처럼 사라지면서 나체로 나타났다.

수옥은 그것을 쓰레기통에 버리려다 한 얼굴을 떠올렸다. 어쩌다 집에서 부딪치면 수줍으면서도 호기심 많은 눈으로 바라보던 아이. 도둑이라면 여자를 해쳤을지 모른다. 부엌 같은 데서 머뭇거리지도 않을 것이다. 순간 침입자의 뾰족한 송곳니가 흰 벽을 뚫고 눈앞에 확대되어 왔다.

간밤을 오도카니 앉아 지새다 네시가 넘어 잠자리에 들었는데 수옥은 전화벨 소리에 잠을 깼다. 아직 어둠 속이었고 수옥은 눈을 감은 채 더듬어 수화기를 들었다. 명현의 비음이 생경할 정도로 또렷하게 들렸다.

"미안해, 잠 깨워서. 나 명현이야."

"지금 몇신데."

"다섯시 좀 넘었어. 지금 새벽이야."

새벽이란 말이 혼몽한 의식을 뚫고 울려왔다. 명현은 모처럼 선배 집에 가서 밤새 떠들고 지금 막 집에 들어왔노라 했다. 응응, 수옥이 웅얼거리며 대꾸하자 "참 등기소에서 알아봤는데 말야" 뜸을 들이다 말을 이었다.

"그런 집은 없대."

계속해서 명현은 주민등록등본을 떼보겠다더라, 방은 복덕방에 내놓았느냐, 말을 이었지만 "그런 집은 없대"란 말만 귓가로 맴돌았다. 명현은 혼자 말하다 말고 잠자코 있는 수옥을 불렀고 수옥이 응응, 다시 대꾸하자 "지금 눈 와. 밖에 나가봐" 위로하듯 나지막이 말했다.

　"눈이 온다구? 눈 말야?"

　수옥이 떠지지 않는 눈을 손으로 누르며 밖으로 나갔다. 부엌문을 밀치고 마당으로 나서자 푸르스름한 대기 속에 은회색 나라가 눈앞에 펼쳐졌다.

　그것은 하나의 영상이었다. 시야의 것은 온통 눈으로 뒤덮여서 마을은 흔적도 없었고 그 순백의 땅을 두르고 산은 태초의 모습처럼 장엄하게 버티고 있었다.

　정원은 더욱 고혹적인 미개지였다. 메마른 땅도, 황량한 풍경 속에 혼자 푸른 잎을 떨치고 있던 소나무도 은총처럼 내린 눈의 옷깃에 감싸여 있었고, 작은 가지가지에도 눈이 더께로 내려앉아 그것들은 허공에 아름다운 성에를 이루고 있었다.

　수옥은 푸른 새틴이 드리운 거대한 무대에 외래인처럼 혼자 서 있는 듯했다. 마을도 집도 없었으며 정원만 여명 속에 신세계처럼 떠오를 뿐 수옥의 존재도 없었다.

(1984)

지푸라기

이날 갑자기 동구 선생 집에 간 것은 순전히 날씨 탓이었다. 황량한 아파트 단지에도 구석구석 풀잎이 솟아나고 맑은 대기 속에 햇빛은 수면제처럼 풀어져내려 벚꽃 핀 작은 보도는 몽환적으로 보였다.

방구석에 박혀 책을 읽기에는 너무 마력적인 날씨였다. 이런 날 인생은 온통 문밖에서 일어나고 있는 듯 생각된다. 몇백 년 전의 시공을 드나들며 사흘 내리 책만 읽었으나 이날은 활자가 죽은 벌레 같았고 보다 생생한 꿈을 만나고 싶었다.

어떤 산 인생을 만나러 가볼까나. 친구며 주변 사람들을 하나하나 떠올리는데 불현듯 동구 선생이 생각났다. 나는 즉시 마음을 정했다. 선생이 지난겨울 인도 여행에서 돌아온 것을 신문에서 보았다. 봄보다 화려한 선생의 그림을 보며 타지마할이 있는 신비한 이국 얘기도 들으리라.

동구 선생은 칠순의 나이에 단청만으로 그림을 그린다. 해방 전 이십여 년간 일본에서 화가 생활을 한데다가 정교한 세필에 장식성이 두드러져 일본화풍의 화가로 점찍혔으나 문인화에서 아직 벗어나지 못하는 한국화 화단에서 새로운 민화를 펼치며 독자적인 길을 걷고 있다. 새로운 민화란 전통미를 소재로 택하되 평면에서 재구성, 현대적 조형을 시도한 것으로 그 의욕만큼 그림은 훌륭하지만 사실 내게 닿아오진 않았다. 선생의 그림 속엔 내가 살고 있는 시간과의 충돌이 없다. 세상에서 한 발 비켜선 관조주의라 할까.

　자기 변신의 몸부림이며, 대가로 안주할 수도 있는 나이에 젊은 내가 질릴 정도로 왕성한 작업을 하는 것은 아무튼 대단한 일이었다. 이날 문득 동구 선생을 만날 생각을 한 것은 때도 없이 피는 미친 개나리의 생명력을 새 공기처럼 접하고 자극받고 싶었기 때문이다. 근래의 내 그림은 보는 사람이 살맛 안 난다고 투덜거릴 정도로 황폐해져가고 있었다.

　나는 즉시 선생에게 전화했다. 아들네와 함께 살지만 여느 때처럼 선생이 전화를 받았다.

　"선생님, 저 기주예요."

　나는 선생의 목소리를 듣자마자 소리치듯 말했고 상대편에서도 "아, 박선생" 하고 반갑게 맞받았다.

　"오늘 참 좋은 날이네. 무슨 바람이 불어서 전화를 다 해?"

"봄바람이 불잖아요. 오늘 수유리에 가고 싶어요. 방해가 안 된다면 선생님께 들렀으면 하는데요."

"미인이 오신다는데 방해라니. 빨리 오세요. 요즘 수유리 좋습니다."

선생의 말투가 예나 같아서 후후 웃음이 나왔다. 나는 전혀 미인이 아니지만 선생은 모든 여자를 미인이라고 불렀다.

점심시간이 지나서 가겠노라 하고 전화를 끊자 막상 수유리까지 갈 일이 막막했다. 내가 사는 천호동에서 버스로 간다면 두 시간 거리다. 차를 타면 유독 기름 냄새에 예민해져 두통이 생기고 밖에만 나갔다 오면 녹초가 되는 요즘의 내 건강을 생각하니 즉각 수유리행을 취소하고 싶기까지 했다.

가고 싶은 마음과 그렇지 않은 마음이 엇갈렸으나 나는 가기로 다시 작정했다. 건강 생각을 했지만 죽을병에 걸린 것도 아닌 다음에야 그건 핑계였다. 사실 선생을 만나고자 할 땐 이런 갈등이 늘 일어난다.

비 오는 날, 초록색 산을 그린 엽서를 보낸다든가, "무당하고 한번 살아봤으면 좋겠어, 신비스럽잖아" 장난스레 말한다든가, 한국 화단에서 일본풍 화가란 오명을 쓰고도 "난 이 나라에 아무 혜택도 받은 것이 없어요. 단지 혜택이 있다면 이 땅에 태어났다는 것이 혜택이지" 할 때의 선생이 좋았다.

반면 흘러간 낭만 시대의 사랑을 회고조로 되풀이해서 예찬한다든가 남녀 문제를 성性에만 결부시켜 말할 땐 거부감을 느꼈다. 세번째 결혼한 어느 화가 얘기가 나오면 "사람은 그지없이 좋은데 남자로서 결함이 있나봐. 그러니 여자가 가지"라고 단정할 때가 그랬다.

삼십 년 전 사건으로 여고 교사와 여고생의 동반자살, 일본의 조각가이며 시인인 다카무라 고타로와 그의 미친 아내 지에코와의 사랑 이야기는 몇 번이나 들었는지, 아내가 미쳐서 죽을 때까지 헌신적인 사랑을 했으며 시집을 바쳤다는 조각가 이야기는 아름다운 것이지만 그런 말 끝에 비약되는 결론은 나를 따분하게 만들었다.

세상에서 남녀의 사랑보다 값진 것이 없다. '인仁'이 무엇인가? 음양 두 사람이 모인 것이 '인仁'인데, 화합의 최초의 원인이다.

동구 선생이 말하는 사랑이란 결국 섹스 자체였다. 선생은 곧잘 여자의 순수를 찬미하지만 그래도 여자가 행복한 건 남자 품속이라는 말을 잊지 않았다.

인생을 터득했을 나이에 나온 말이지만 내게 그 말은 물위에 뜬 기름같이 스며들지 않았다. 내 생각은 '사랑 이전에 자아가 있다'였다. 사랑―성이 인생의 최고 가치라지만 그것은 순수한 만큼 너무 단순하다.

그렇다고 내가 사랑을 성과 정신, 이원론으로 나눈다든가 청교도적인 자로 재는 것은 아니다.

오히려 그 반대다. 일본에 다녀온 한 친구에게서 일본에선 남자가 여성 대용 성 기구를 전당포에 맡기면 그 다급한 사정을 알아 빌려달라는 대로 돈을 내준다는 말을 듣고 감탄했다. 서른몇 해를 보낼 동안 나름대로 인생을 겪은 만큼 사랑의 기쁨을, 쾌락을 모를 리 없다. 단지 그 자체만으로 만족하고 안주할 수 없다고 생각할 뿐이다.

나로서는 열렬한 사랑에 빠졌다 하더라도 정신을 충전시키는 내 작업이 없다면 무언가 미진해서 헤맬 것 같다. 밥을 먹어도 뱃속이 허전하게 느껴질 때처럼, 사랑은 의식의 위까지는 채워주지 못한다. 동구 선생 말대로 남자의 사랑만으로 절대 행복할 자신이 없다. 인생이 그렇게 단순할 수 있을까.

그리고 사랑이란 무어냐. 무엇보다 그것은 창조적 관계여야 한다는 게 내 생각이다. 사랑으로 서로의 인식을 넓히고 깨어가야 한다. 그러한 자극 없이 성적인 만족만을 주는 남자가 있다면 그 순간은 즐길지 모르나 이내 권태에 빠질 것이다. 이광수의 여주인공 식 사랑도 힘들거니와 채털리 부인이 될 수도 없다. 이 현대만큼 내 사랑의 형태도 복잡하다.

동구 선생과 연관된 이런저런 생각으로 시간을 끌다가 옷장을 열면서 나는 문득 윤선과 동행할 생각을 해냈다. 선생 집에 함께 가자고 하면 윤선도 좋아하지 않을까.

커튼을 내린 어두운 방에서 책에 줄만 긋고 있을 윤선이다. 소설가 지망생이면서 방송 스크립터 일을 불규칙적으로 떠맡고 있는데 어제도 윤선은 이 분밖에 안 걸리는 앞 동의 내 집에 와서 좋은 날씨를 아까워했다.

나는 옷을 갈아입고 곧장 윤선이 사는 뒤 동으로 갔다. 집으로 가지 않고 윤선의 방 창이 나 있는 뒤뜰로 가서 "윤선씨" 불렀다. 창은 열려 있었으나 커튼은 언제나처럼 드리웠다. 맨 아래 창에서 윤선의 얼굴이 이내 나타났다.

"아, 기주씨."

"내가 아는 화가 선생님이 수유리에 사는데 놀러가요. 산도 보고."

내가 불쑥 나타나 말했으나 윤선은 기다렸다는 듯 그래요, 하곤 창에서 사라졌다. 어지간히 몸이 뒤틀리나보다. 그녀가 편애하는 이상李箱처럼 '무인지경에서 그만이 하다가 그만두는 아름다운 복잡한 기술'을 부리는 소설 습작으로 세월을 잡지만 커튼 사이로도 봄바람이 밀려가 윤선의 가슴을 흩뜨린 것이 틀림없다.

윤선은 길이가 좀 짧은 디스코풍 청바지에 허리가 역시 길지 않은 회색 티셔츠를 입고 발목에 끈을 두르는 흰 구두를 신고 나왔다. 진지한 표정에는 어울리지 않는 복장 같아서 나는 퉁명스레 말했다.

"유행하는 옷도 다 입어요?"

"아, 이거."

윤선은 제 바지를 내려다보며 "애들이 사 온 거예요" 했다. "가르치던 애들?" 내가 묻자 예, 하고 고개만 끄덕였다.

여중 교사 시절의 제자들을 말하는 것 같은데 학교를 그만둔 지 삼 년이 지난 지금까지 왕래가 있는 줄은 몰랐다. 하긴 그간 서로 연락이 끊어져 있었고 지난가을 우리 가족이 천호동 아파트 단지로 이사오고 나서 우연히 버스 정류장에서 다시 만났다.

"애들이 벌써 대학생이에요. 하긴 내가 육 년간 선생 노릇을 했으니."

"이젠 정말 맞먹겠는데? 옷을 빌려 입고 가던 애들이 옷을 사오고."

윤선이 피식 웃었다. 윤선의 자취방에 와서 허락도 없이 옷과 구두를 바꿔 입고 나간 한 아이가 불량배들과 혼숙하다 적발된 사건을 내가 떠올렸기 때문이다. 그 일로 윤선은 사표까지 쓰게 됐지만 학생들로서는 큰 손실이었을 것이다. 윤선은 '가르치는 것도 예술이다'라고 말할 정도로 타고난 교사였다. 아이들을 혈육처럼 생각했는데 문제아들에겐 제 방을 흡연실로 공개하고 늘 상담을 해줬으며 일기장까지 서로 주고받았다.

"정말 세월 빠르다. 내가 선배 화실에서 그림 가르칠 때 윤선씨가 지나가다 우연히 들렀죠? 그림 배우겠다고. 그때 처음 만났으니 벌써 칠 년이 됐어."

"그동안 기주씨는 화실 차리고 전시회를 두 번 했고 나는 진을 빼 대로 다 빼곤 학교에서 몰려나고. 대학원은 어떻게 졸업했지만 강사 자리 하나 못 맡고 지금은 엉뚱한 일을 하네요."

"하기 싫은 일인가요?"

"일 자체는 재미있어요. 사람들 틈에 있는 것이 버거워서 그렇지. 우리 부의 국장님이 영국서 일 년 있다 왔는데 기획안을 들고 가면 웨이트, 하고 자기 일을 계속해요."

"기다리라고?"

"나중에야 기다리란 뜻이란 걸 알았어요. 처음엔 무게란 뜻의 웨이트로 알아들었어요. 그래서 웨이트, 할 때마다 정말 어떤 무게가 어깨를 누르는 것 같아 꼼짝도 못하겠데요."

"그거 뭔가 되겠는데? 두 가지 뜻의 웨이트. 현실의 압박감인 무게와 이데아인 기다림. 그걸 대립시키면 소설이 되겠네요. 우리 삶의 갈등구조가 바로 그거잖아요."

소설책 읽는 것이 유일한 취미여서 문학 애호가로 자처하고 있지만 내가 주제넘게 말했는지 윤선은 잠자코 있었다. 학교를 그만둔 후 신춘문예에 두 번 응모했으나 본심까지 올라가고 말았다. '실험정신은 높이 사나 지나치게 사변적이고 난해하다'라는 것이 심사평이었는데 나는 윤선의 소설을 본 적이 없지만 응어리진 관념의 단어를 가쁜 호흡으로 써 갈긴 그녀의 편지로 미루어보아도 어떤 소설을 쓰는지 짐작이 간다. 나는 생각난 김에 한마디했다.

"윤선씨는 글을 너무 어렵게 쓰지 않아요? 단어 선택부터가 너무 관념적이에요."

"난 이야기 위주의 소설은 흥미 없어요. 줄거리도 없고 의미도 없는 소설을 쓰고 싶어요. 그러면서 아름답고."

"그런 소설 나도 읽고 싶어요. 혼자 실험하지 말고 실험을 보여주세요. 애독자가 될 테니까."

"나보고 관념적이라지만 그게 내겐 현실이에요. 단지 그 관념을 재조립 못하고 그대로 내쏟아서 그렇지."

차에 오르자 윤선은 얘기를 돌려 동구 선생에 대해 물었다. 동구 선생 그림을 전혀 본 적이 없다는데 내가 선생을 알게 된 것도 미대 시절이다. 나는 부전공으로 한국화를 택해 선생의 수업을 받았는데 내가 우이동에 살 때 선생의 집에 가끔씩 놀러간 것이 인연을 이어주었다.

"칠십이 넘은 노장인데 고기로 치자면 날고기 같은 단청으로만 그려요. 보면 느끼겠지만 그림에 요기가 있어요. 묘해. 연옥 같기도 하고."

"그 나이에 그런 그림을 그리다니. 보진 않았지만, 신들린 사람 같아요. 탐미주의잔가요?"

"주의 같은 건 잘 모르겠고 아무튼 탐은 있어요. 여자를 보고 욕심이 없으면 그림도 못 그리게 될 것 같다고 하니까."

"하긴 괴테와 가와바타도 만년에 소녀를 사랑했다잖아요. 그런 사랑이 예술가의 시심을 충전시키나봐요."

"관념적으로 사랑이라면 아름답지만 칠팔십 노인의 성적 충동이라고만 생각해봐요. 내가 그 나이의 남자가 안 돼봐서 모르겠지만 상상으론 싫어요. 그런 나이라면 본능적 욕구에서 벗어나 대상을 꽃처럼 바라보며 감동하고 조용히 예찬하고 싶어요."

"작년에 우리 아파트 안에서 오십이 넘은 치과의사가 초등학생을 강간해서 애가 임신한 사건이 있었대요. 나이든다고 다 성인군자가 되는 건 아니에요. 그건 나이보다 타고난 성품, 기질과 더 연관 있을 거예요. 피카소가 짝사랑 때문에 눈물 흘린다고 생각해봐요. 얼마나 안 어울리나."

"하긴 문제는 나이가 아니라 그 사람 자체가 아름다운가 아름답지 않은가 그거겠지. 그 나이에도 아름다운 남성이 있다면 나도 유혹해보고 싶을지 모르지."

버스를 두 번 갈아타고 4·19 묘소가 있는 큰길로 들어서자 나는 즉흥적으로 내렸다. 종점까지 가야 하지만 산동네의 봄 공기를 흠씬 들이마시기 위해 세 정류장 먼저 내렸다.

신작로에 서자 우람한 산이 품에 안기듯 다가왔다. 수유리에서도 산이 정면으로 보이는 확 트인 이 길을 나는 가장 좋아했다. 비오는 날엔 이끼빛 산이 거대한 성령처럼 마을을 지키고 눈 오는 겨울엔 백의의 제왕으로 너른 가슴을 펼치고 문명을 굽어본다.

버드나무에도 연두가 무르익었다. 버들의 긴 머리채 사이로 햇빛도 휘감길 듯 투명하게 떨고 개울 건넛집 담 위엔 보랏빛 라일락이 숄처럼 걸쳐 있다. 긴 겨울을 죽은듯이 견디고 봄에 찬연히 꽃을 바치는 나무들, 사람들 발길에 차이면서도 길섶 어디든 제 목숨을 피우는 이름 없는 풀포기들, 그 자연의 생명력이 메마른 가슴에 물보라를 일으키는 듯했다.

개울가로 나비 한 마리가 날아간다. 올봄 들어 처음 보는 나비여서 나는 웃음 지으며 자리에 멈춰 섰다. 이젠 담담하다. 시간이 모든 것을 해결한다는 상투적인 문구도 있지만 그 죽음에 대한 기억도 시간 따라 스러지나보다.

그러고 보니 막냇동생 영주가 죽은 지 벌써 오 년째다. 영주의 뼛가루를 산에 뿌리고 나서는데 노랑나비 한 마리가 날아와서 그것을 보고 눈물을 쏟은 기억이 지금도 생생하다. 영주의 넋이 노랑나비가 된 것 같았다. 손에 쥐면 바스라질 듯한 얇은 날개. 영주는 그처럼 여린 혼이었는지 모른다.

어려서부터 내 손을 잡고 피아노를 치러 다녔던 영주는 재주가 많고 영리해서 내가 아꼈지만 집이 파산한 뒤 어두운 셋방에서 네 자매가 몸을 비비고 자면서부터 우리의 거리는 멀어졌다.

그때 나는 간신히 대학을 졸업하고 남의 화실에서 그림을 가르치고 있었고 영주는 술냄새를 풍기며 들어오는 조숙한 재수생이었다. 한밤에 가슴이 답답해서 문득 눈을 뜨면 부엌으로 통하는 문지방에 걸터앉아 한숨 쉬듯 담배 연기를 내뿜고 있는 영주를 몇 번인가 보곤 했다. 그뿐 아니라 영주는 곧잘 흐드득 울었다. 어둠 속에서 어린 영주가 숨죽이고 우는 소리를 들으면 온몸이 나락으로 떨어지는 듯했다.

나는 그런 영주를 외면했을 뿐만 아니라 미워했다. 그것은 내 청춘의 모습이었다. 피는 뜨거운데 아무것도 잡을 것이 없어서 머리 부딪히며 헤맸던 어두운 날의 기억이었다. 청춘은 왜 너에게 형벌로만 다가왔을까.

그 아이는 대학 2학년 때 사층 강의실 밖으로 몸을 던졌다. 기타 반에 들었으며 공책 한 권 가득 시를 써놓았던 영주였지만 뜨거운 가슴을 감당치 못해 허우적거리는 외로운 혼에게 그것들은 모두 지푸라기에 지나지 않았던가.

영주 모습을 떠올리자 송곳이 복병처럼 나타나 가슴을 후벼파는 듯하다. 데모가 연일 터졌고 그 시기에 과격한 학생들은 영주의 죽음을 정치적으로 돌려 시위하려 했다. 교수들은 문제 가정의 문제아로 일축했고 신문기자는 서울대학을 못 간 일류 여고 출신의 비관 자살이라고 보도함으로써 죽은 아이를 다시 바보로 만들었다. 이 기사를 보고 학도호국단에선 학교의 불명예라고 어머니에게 전화를 걸었다.

나는 그해 늦봄 어느 날 내 화구를 모두 불쏘시개로 태워버렸다. 내 적의를 담기엔 화면은 힘이 없었다. 나는 며칠 어두운 화실에서 목이 붓도록 담배를 피우며 가늘고 긴 다리로 빗질하듯 벽에 기어다니는 돈벌레를 지켜보았다. 눈에 띄면 쓸어서 문밖에 버린

벌레지만 그땐 가까이서 인간의 슬픔을 지켜주는 미물이 친구 같았다.

종점 뒤로 흐르는 개울을 건너자 산길 어귀에 있는 선생의 집이 나타났다. 선생이 손수 새긴 문패를 보고 초인종을 누르니 이내 문이 열리고 "어서 오세요" 안에서 낯익은 목소리가 들려왔다.

대문으로 들어서자 마루에서 나와 뜰 앞에 서 있는 선생의 모습이 눈에 들어왔다. 나갈 때나 집에서나 늘 헐렁한 바지 차림인데 윤선은 그 왜소한 모습이 뜻밖이었는지 찬찬히 선생을 뜯어보다 인사했다.

"어서 와요. 기주씨가 오려고 명자 꽃이 폈나보다."

현관 옆에 빨간 꽃이 한 무리로 피어 있었다. 개나리같이 긴 줄기마다 꽃이 피었는데 모양은 매화 비슷한 홑꽃이었다. 포도주 빛깔에 가까운 빨간색이 고와서 나는 손끝으로 그것을 어루만졌다. 선생은 "빛깔이 그럴 수 없이 곱지? 이따 갈 때 꺾어드리지" 했다. 나는 꽃줄기를 내려놓으며 "그냥 바라보는 게 좋아요" 고개를 내저었다.

가구 하나 없는 선생의 방에 들어서자 나는 지기 방에나 온 듯 안도의 숨을 쉬었다. 벽엔 인도풍의 직조 가방과 선생의 검은 베레모가 걸려 있고 아래에 낱개로 뜬 민화 달력 열두 개가 붙여져 있을 뿐 스님 방처럼 장식이 없었다.

불상이 스케치된 화선지를 맨 위로 해서 몇 장이 포개져 문 입구 쪽에 놓여 있고 물감 접시들이 그 옆으로 몰려 있는 걸 보면 작업을 하다 치워놓은 모양이었다. 그런 것이 귀찮아서 손님은 거의 마루의 소파에서 맞는데 우리는 특별대우를 받는 셈이었다.

엉거주춤 서 있는 윤선을 소개하고 자리에 앉자 선생은 방문을 열고 "작설차 좀 내다오" 큰 소리로 말했다. 활짝 열어젖힌 창으론 곧게 뻗은 맨가지 끝마다 손가락 같은 잎을 피운 후박나무가 보였고 흐드러진 앵두꽃도 눈에 들어왔다.

선생이 "따뜻한 데로 내려오세요" 하며 방바닥을 손으로 짚는데 그 옆에 엎어놓은 책이 눈에 띄었다. 『설국』 원서였다. 그렇지 않아도 오면서 가와바타 말이 나온 터라 윤선에게 책을 가리켰고 윤선도 웃었다. 선생은 책을 우리 앞에 펼쳐 보였다.

"난 이 책을 늘 머리맡에 두고 있어요. 자기 전이나 그림 그리다가도 잠깐 누워선 아무데나 펼쳐 봐요. 이걸 읽으면 구원을 받는 것 같아."

내가 부드러운 낯으로 웃자 선생은 동의를 구하듯 말했다.

"고마코 참 아름답지? 여자는 어찌 그리 순수할꼬."

"그래서 슬프잖아요."

"남녀의 캐릭터가 바뀌면 어떨까."

윤선의 말을 내가 잇자 선생이 빙긋 웃었다.

"기주씨는 강해서…… 그래도 결혼은 해야지."

엉뚱하게 결혼 말이 나왔으나 나는 잠자코 있었다. 나도 내 인생을 마음대로 하지 못하므로 그런 말이 나올 때면 할말이 없다.

"행복한 게 싫지?"

선생은 나를 빤히 보며 물었고 나는 웃음을 터뜨렸다. 이번엔
윤선이 불쑥 끼어들었다.

"이상주의자여서 그런 거 아닌가?"

나는 거창한 말이 멋쩍어서 반문했다.

"오히려 이상이 없어서 결혼 못하는 게 아닐까요."

며느리가 그사이 다기를 갖다놓았다. 선생은 말을 중단하고 각
잔에 두 번씩 차를 따랐다.

"작년 가을인가? 기주씨가 이 차 좋아한다고 내가 많이 구해놨
는데 오지도 않아."

선생은 표정 없이 말했으나 윤선이 소리 내어 웃었다. 아닌 게
아니라 지난 초가을 과꽃이 필 때 이 집에 오고 처음이다. 그때 잔
에 과꽃 이파리를 띄워 술을 마셨는데 술을 즐기지 않는 나는 한
잔만 비우고 작설차만 줄곧 마셨다. 그날 술이 불콰해진 선생이
"지금 가을꽃이 한창 필 텐데 기주씨와 여행이나 갔으면 좋겠다"
작업을 거는 건지 독백인지 모를 소리를 했던 것을 떠올리며 나는
인도 여행으로 얘기를 돌렸다.

"인도는 겨울에 다녀오셨죠, 한 달간요? 인도 얘기를 듣고 싶어
요."

"인도, 참 거대한 정신이야."

선생은 인도 말이 나오자 특별한 표시라도 해야 한다는 듯 눈을 잠시 내리감았다.

"지구 위의 모든 것이 끝나도 인도는 끝나지 않아요. 인도에는 영원이 있어요. 나는 신도 운명도 믿지 않는 사람이지만 인간이 재로 끝난다는 것은 믿기지 않아. 인도에 갔다 와서 내세가 있다고 믿고 싶어졌어. 후회 없이 죽으려면 인도에 꼭 가보세요."

"기주씨가 선생님 그림이 연옥 같대요."

나는 윤선의 말을 받아 "응, 내세 같구" 했다. 선생의 환상적인 원색 세계는 그런 것을 연상시켰는데 선생은 삶의 욕구 그 연장으로 내세를 말하고 있는 듯했다. 죽어서 그런 내세에 간다면 누군들 죽음을 두려워하랴. 인도에 가면 변할지 모르겠지만 나는 내세 같은 건 믿지 않았다.

선생은 인도 말끝에 요즘 인도 그림을 많이 그리노라 했다.

"보고 싶은데요." 선생은 내가 말하자마자 일어나 화선지가 개켜진 쪽으로 갔다.

눈부신 흰색 그림이 이내 우리 앞에 펼쳐졌다. 아래 화면엔 여인이 누워 있고 윗면엔 성자의 탄생을 예고하듯 화려한 장식을 등에 단 코끼리가 그려져 있었다. 마야부인의 태몽 장면이었다. 뒤의 그림은 힌두의 신이라고 화제畵題를 일러주었다. 여신과 교합한 채 서 있는 남신의 그림이었다.

"여기는 신들도 인간적이지?"

나는 그 말에 전에 본 그림 한 점을 떠올렸다. 육감적인 곡선의 여체를 앞에 두고 눈을 내리뜬 채 웃고 있는 부처의 그림이었다. 평론가는 노익장의 경지라고 서문을 썼지만 그것은 선생의 한결같은 철학이었다.

"회화는 구도라고 하셨죠. 구도가 완벽해요." 나는 회화 자체의 감상만 말하고 입을 다물었다.

우리는 세시가 채 못 되어 동구 선생의 집에서 나왔다. 선생이 술을 마시자 했다. "점심을 대접하고 싶었는데 하셨다니" 하며 "친구는 술을 얼마나 하세요" 윤선에게 물었다.

"전엔 한자리에서 소주 몇 병을 비웠어요. 좋은 술친구가 될 거예요."

"지금은 잘 못 마셔요. 통 안 마셨더니."

내 말에 윤선이 머리를 내저었으나 선생은 흡족하다는 표정을 지었다.

"술을 싫어하지만 않으면 술친구가 될 수 있어요. 기주씨는 술을 싫어해."

처음 왔던 대로 개울을 건너 버스 종점 밑으로 내려가자 석조장 옆에 계곡주점이란 간판이 아치처럼 걸려 있었다. 쥐똥나무로 울타리를 둘렀고 그 위로 연록의 참나무 잎이 무성히 드리운 걸 보면 숲의 일부를 주점으로 쓰는 듯했다. "아, 여기." 나는 혼잣말처럼 했으나 세 사람 다 약속이나 한 듯 계곡주점 입구로 들어섰다.

입구 왼편에 있는 목련나무가 먼저 눈에 들어왔다. 목련은 시들어 누런 잎이 땅에 쌓여 있고 두 송이만 남아 가지엔 잎이 돋아 있었다.

숲속의 주점엔 세 개의 탁자가 놓여 있었다. 주인 여자가 빈대떡을 부치는 입구 옆의 탁자는 비어 있고 안쪽의 탁자엔 두 남녀가 자리잡고 있었다. 우리는 가운데 자리에 앉았다.

선생은 맥주 세 병과 빈대떡을 시켰다. 나는 나뭇잎 사이로 하늘을 올려다보는 윤선에게 담배를 내밀었다. 선생이 켜준 불을 민망해하며 댕기곤 윤선은 혼잣말로 감동을 표시했다.

"아, 여기 좋네. 여행 온 것 같아."

"옛날에 버스가 다니지 않을 땐 더 좋았어요. 밤에 포장 안 된 큰길로 걸어가면 돌부리에 걸리기도 하고 정말 시골 같았어요. 개울물 소리를 들으며 하늘을 보면 별이 총총하고. 나는 산골에서 태어났으면 좋았을 텐데."

"기주씨는 도시 사람인데 자연을 그렇게 좋아해요. 나는 바닷가에서 얼마 떨어지지 않은 읍에서 살았지만 자연에 대해 별 감흥이 없는데 산은 산이고 물은 그냥 물이에요."

"자연이 아름답잖아? 신비스럽고. 새는 어디로 자꾸 날아갈까. 꽃이 피면 벌이 찾아드는 것도, 나비들이 희롱하며 날아다니는 것도 신비하고 아름다워. 난 기독교도는 아니지만 창세기를 가끔 생각해봐요. 아담과 이브처럼 살면 전쟁이 왜 일어나. 우리는 지금

본능과 너무 멀어져 있어. 쓸데없이 복잡하기만 하고."

선생의 말을 윤선이 받았다.

"우리가 본능이란 말을 많이 쓰지만 어느 학자의 보고에 의하면 본능이란 건 사실 없다고 해요. 본능 중에 가장 신비에 속하는 것이 동물의 새끼 보호본능인데 원숭이가 새끼를 낳자마자 서로 분리시켜 키웠더니 나중에 함께 키워도 자기 새끼를 쳐다보지도 않더래요. 또 오리 새끼가 알에서 깰 때 어미는 떼고 풍선을 띄워놓았더니 그놈이 커가면서 풍선만 따라다니더라는 거예요. 에덴의 아담과 이브도 본능 이전의 상태가 아닐까요?"

"새끼와 어미를 실험할 수 있을진 몰라도 남자 여자는 실험 못할 거야. 그러다 서로 눈 맞아버릴 텐데? 그리고 본능이 없으면 어떻게 지구가 존재해. 사람 사는 게 다 자연의 이치대롭니다. 그러니 기주씨도 결혼해서 행복을 찾아야 해."

"행복하면 얼마나 행복하겠어요. 또 불행하면 얼마나 불행하겠어요."

선생이 결혼 말을 두번째 했으므로 나는 정색을 했다. 선생은 딴전을 부리듯 주점 입구 쪽을 바라보며 혼잣말을 했다.

"세상을 깔봐서 그래."

동구 선생이 윤선에게 두 잔째 맥주를 따라주는데 안쪽에 앉아 있던 남자가 우리 자리로 다가왔다. 마흔이 채 못 돼 보이는 마르고 젊은 남자였고 인상이 나쁘지 않았다. 남자는 "잠깐 말씀드려도 될는지 모르겠습니다만" 하고 우리를 둘러봤다. "네, 하세요."
연장자인 선생이 선뜻 들어주겠다는 표시를 하자 "사실 저희 부부
가 날이 좋아서 이곳까지 나왔습니다"라며 운을 뗐다. 집안에 문
제가 있어서 산보를 하면서 얘기를 나누었는데 도무지 결론을 못
내리고 있노라고 핵심부터 말했다.

"옆에서 보니까 선생님과 제자분들이 함께 오신 것 같은데 좋은
말씀들을 나누시더군요. 그래서 저희들이 선생님께 얘기드리고
의견을 들었으면 싶어서요. 너무 번거롭게 하는 건 아닌지 죄송합
니다."

뜻밖의 제의였으나 호기심이 당겼다. 무슨 답답한 일이기에 생
판 모르는 옆자리 사람의 말까지 들어보겠다는 것일까. 서로 단절
된 도시 생활에서 흔치 않은 일이었다. 선생은 대뜸 "그러세요"
응하고 "이분들 훌륭한 분들이라고. 그럴 자격이 있는 사람들입니
다" 사족까지 붙였다.

남자는 진심으로 고마워하며 여자가 앉아 있는 자리로 갔다. 남
자가 우리에게로 오면서부터 줄곧 우리 자리를 지켜보던 여자는
나와 눈이 마주치자 눈인사를 했다. 머리에 금빛 망사 수건을 쓰고
가슴이 좀 드러나는 줄무늬 티셔츠에 까만 와이셔츠를 걸쳐 입고
있었다. 흰 얼굴에 윤곽이 또렷하고 골격이 튼튼해 보였으며 옷 탓
인지 화려한 인상이었다. 가정주부라기보다 정숙한 다방 여주인
같았다.

여자는 남자와 함께 남은 맥주 두 병을 들고 우리 자리로 왔다. 남자는 맞은편에 앉아 "집사람입니다" 하고 여자를 인사시켰다. 선생은 우리를 젊지만 대단한 사람이라고 치켜세우며 소개했다.

"그런 분들처럼 보였어요."

남자는 이날의 합석을 좋은 인연으로 생각해달라면서 선생 앞에 놓인 빈 잔에 맥주를 따랐다. 선생은 잔을 단숨에 비우고 여자에게 내밀었다. 여자는 받아 쥔 잔을 공손하게 선생 앞으로 되밀며 양해를 구했다.

"술을 잘 마시면 저도 좋을 텐데 술을 못합니다. 제가 선생님께 드리겠습니다."

술잔이 오가고 분위기가 자연스러워지자 남자는 그들이 결혼한 지 십 년째 되는 부부라고 말문을 꺼냈다. 그간 이런저런 일도 많았지만 그들은 여태 큰 소리로 싸워본 적 없는 금슬 좋은 부부라는 것부터 강조했다. 이어 박 정권 때 지방에서 꽤 높은 공직에 있었으나 모함으로 밀려났다는 부친 얘기를 꺼냈다.

"저희 아버님은 남에게 싫은 소리 한마디 못하고 마음은 그럴 수 없이 착한 분인데 울분과 좌절감이 컸던지 폭음으로 몇 해를 보냈습니다. 그 결과 관직에서 물러난 지 오 년째 되던 해 식도암 진단을 받게 됐습니다. 암 중에서도 악성인데 목구멍으로 무얼 삼키질 못하니 위에 연결된 호스로 영양분을 공급해야 했어요. 이부자리 가는 것부터 그 모든 수발을 집사람이 다 했지만 무엇보다 사람이 형태를 잃어가면서 죽는 것을 지켜본다는 일은 큰 고통이었을 겁니다."

서두를 보아하니 범속한 고생담이 이어질 듯했다. 남자는 맥주를 한 모금 마시고 부친이 돌아가신 뒤의 얘기를 계속했다. 가세가 크게 기울자 호구지책으로 여기저기서 빚을 내어 다방을 시작했는데 배운 경험도 없었으나 일 년은 그럭저럭 괜찮았어요, 하며 다음 사건을 예고했다.

칠 년 전 대구에서 일어난 총기 난동 사건을 기억하느냐, 물으면서 남자는 사건 경위를 간략하게 들려주었다. 군복무중인 군인이 변심한 애인과 마지막으로 만나기로 약속하고 탈영한 사건인데 총을 소지한 탈영병이 찾아온 곳이 바로 그들 부부가 운영한 다방이었다. 그 탈영병은 남자의 동생과 같은 내무반에서 생활했고 전에 그 다방에 놀러온 적이 있었다.

다방 이름이 '제비'라는 말을 듣자 그제야 사건이 어렴풋이 떠올랐다. 다방에 함께 나간 여자의 오빠와 종업원 한 명이 즉사하고 몇 시간 인질로 잡고 있던 여자를 끌고 창으로 뛰어내리려 했던 탈영병은 결국 잡혔다. 여자는 그뒤 정신병원에 들어갔다는 기사를 본 기억도 나는데 제비다방 주인과 마주앉아 있고 보니 신문에 보도되는 사건이 멀리서 일어나는 일들만은 아니구나, 생각되었다.

그 일로 다방은 쑥밭이 되었고 다행히 집사람은 다치지 않았지만 충격이 몹시 컸다. 어머니는 두 달 뒤 고혈압으로 쓰러지셨다고 남자는 그 뒷얘기를 침착하게 했다.

"이런 우여곡절이야 사람 사는 데엔 크고 작게 있게 마련이지만 저희는 서울로 올라와 다시 시작했습니다. 다행히 저는 이재理財에 밝은 편이라 친구 사업을 도와 일으켰습니다. 생활은 그런대로 꾸려나갔고 부부 사이는 변함없었습니다. 집사람 역시 저를 위해 모든 것을 잘 견뎌주었습니다."

"네, 사실 그랬습니다."

성실하게 자신들의 인생을 얘기하는 남자 옆에서 여자는 조용히 고개를 끄덕였다. 감동을 줄 정도로 진지한 모습들이었고 우리는 남자의 미처 끝나지 않은 얘기에 계속 귀를 기울였다.

"저는 삼 형제 중 맏이입니다. 부모님이 돌아가신 뒤 동생들을 데리고 살았습니다. 그동안 동생 둘을 결혼시키고 이젠 좀 홀가분해졌지요. 형 구실도 할 만큼 다 했고 뜰 한 모퉁이에 토란을 심을 수 있을 정도로 생활에도 여유가 생겼어요.

집사람은 집사람대로 새로운 일을 찾고 싶었는지 어느 날, 신앙을 갖고 싶다고 해요. 그동안 하루하루 허덕이며 살았으니 이젠 정신적인 믿음을 찾고 싶다고요. 원래 조용한 것을 좋아하는 사람인데 사실 그동안 쉴 틈도 없이 집안일에 매달려왔지요. 저는 늘 바깥일을 하고 제 생활에 충족해서 신앙을 별로 필요로 하지 않았습니다만 집사람에겐 하고 싶은 대로 하라고 했습니다. 집사람은 집회에도 나가고 책도 열심히 보았지만 우리 생활엔 변동이 없었습니다. 전에 심했던 두통이 없어졌다고 해서 저는 오히려 집사람의 신앙생활을 좋아했습니다. 그런데 보름 전입니다. 집사람이 갑자기 일 년만 집을 떠나고 싶다는 말을 꺼냈습니다. 신앙생활을 더 돈독히 하겠다고요. 너무나 뜻밖의 말이었습니다. 납득할 수가 없었습니다. 아무리 신앙이 중요하다지만 어떻게 그걸 허락하겠습니까. 일 년이 안 되면 반년이라도 좋다지만 저는 절대 보낼 수 없다고 했습니다. 제가 무리한 겁니까? 집사람은 그날부터 계속 저를 설득시키려 하고 있어요."

긴말은 아니었으나 사정은 대강 짐작되었다. 남자는 목이 타는지 남은 맥주를 단숨에 마셨고 선생은 남자의 빈 잔에 맥주를 채우며 빙긋 웃었다.

"참 좋은 분들이네. 사랑하면 됐지. 그것처럼 좋은 일이 있나."

"정말 좋은 분들이네요."

선생에 이어 나는 그들에 대한 호감부터 표시했다. "그래요." 윤선도 거들자 남자는 "선생님들이 그렇게 말씀해주시니 고맙습니다" 가식 없이 말했다.

여자는 그 옆에서 고개를 숙여 보였다. 우리의 호의에 힘을 얻은 듯 여태 남편을 하늘같이 의지해왔고 사랑했고 지금도 변함없다고 전제한 뒤 이번엔 자기 입장을 또박또박 얘기해나갔다.

"아까 제 남편도 말했지만 저는 시동생 둘을 결혼시켰습니다. 일일이 말할 수 없습니다만 부모 못지않았다고 자부합니다. 내 구두 한 켤레 못 사 신어도 시동생 용돈은 잊지 않고 주었습니다. 집까지 잡히면서 사업 자금도 대주었습니다. 실패하고 다시 손을 내밀었을 때도 싫은 내색 않고 발바닥이 아프도록 돈을 돌리러 나다녔습니다. 한창 가난할 때 결합해서 저희 부부는 결혼식도 못했지만 시동생 결혼 땐 혼숫감을 장만해 떳떳이 예식장에서 여러 사람들의 축복을 받도록 했습니다. 저희들로서는 정말 한껏 다 한 셈이죠. 그러나 시동생들은 그걸 너무나 당연하게 여겼습니다. 형님은 식을 올리지 않았으니 형님 먼저 올리십시오, 말 한마디 하지 않았습니다. 둘째 시동생이 결혼한 날 밤 저는 어금니를 물고 울었습니다. 그럴 수가 있을까요. 저도 사람입니다. 늦게나마 면사포를 써보고 싶은, 저도 여자입니다."

여자의 큰 눈에 눈물이 돌았다. 사정을 보니 동거부터 한 부부인 듯한데 면사포를 쓰고 싶다는 소박한 원을 이해할 수는 있었다. 남자는 물끄러미 여자를 보다가, 집사람이 고생한 건 정말 미안하게 생각하고 있다, 자기 사람에게 잘해주고 싶지 않은 남자가 어디 있겠느냐며 자기대로 힘들었다는 표정으로 나직이 한숨을 쉬었다. 그리고 잠시 후 여태 하지 않았던 얘기를 꺼냈다.

우리는 아직 아이가 없다. 부모 입장에선 장손을 몹시 기다리게 되고 내게 독촉도 했지만 나는 그 점에 대해 한 번도 집사람에게 압박감을 준 적이 없다. 노력해도 낳을 수가 없다면 그건 팔자가 아니겠느냐, 그것 때문에 고민도 했지만 헤어진다는 건 상상도 하지 않았다고 머리까지 흔들었다. 그만큼 부인을 이해했고 신앙도 가지도록 했고 자신이 할 수 있는 한 포용했다는 것이 결론이었다.

남자는 여자의 약점처럼 보이는 아이 문제까지 비추었다. 여자는 그것을 수긍해서인지 무심히 흘려서인지 그 말에 개의치 않고 떠나야겠다는 말을 되풀이했다.

"이 사람은 제가 다시 돌아오지 않는다고 생각하지만 저는 꼭 돌아옵니다. 제 행동은 어떤 믿음에서 나온 것이기 때문에 거짓이 없습니다."

"부인은 지치신 것 같아요. 잠시 집을 떠나 있겠다는 말은 같은 여자 입장에서 이해할 수 있어요."

여태 두 사람의 얘기만 듣고 있었던 나는 한마디라도 해야 할 것 같아서 입을 뗐다. 아무리 사랑하는 사이라도 혼자 보내고 싶은 시간이 있다. 사랑도 휴식이 필요하지 않겠느냐고. 또 보낼 수 없다는 말도 이해 안 되는 건 아니다. 가정의 질서가 깨어지는 데에 대한 두려움에서도 부인을 보내기가 쉽지 않을 것이라고.

아무튼 나는 조심스레 결론을 보류했으나 선생은 주문을 외듯 또다시 "사는 게 다 똑같아. 사랑하면 행복한 거지" 말했다. 이런 자리에서 사랑 지상주의는 문제 밖의 것이건만 선생은 어쩔 수 없이 노인이라는 생각이 들었다.

여태 부부 얘기를 심각한 표정으로 듣고 있던 윤선이 그제야 나섰다.

"보내줄 수도 있어요. 이분은 휴식이 필요한 거예요. 충분히 쉬고 나면 다시 돌아올 거예요. 떨어져 있는 동안 서로의 존재를 확인할 수 있고 그러면 보다 절실하고 아름다운 관계가 될 거예요."

"글쎄요."

남자는 회의적으로 중얼거렸다. 윤선은 돌아올 거라고 말했지만 그 점은 쉽게 단언할 성질이 아닌 것 같았다. 여자는 동지를 만난 양 윤선에게 미소를 띠어 보이곤 색다른 실화를 들려주었다.

삼 년 전 한동네에 사는 무당과 마주친 얘기였다. 머리를 거의 스님처럼 짧게 잘랐고 두 눈이 호랑이처럼 번쩍거렸다고 무당의 특이한 외모부터 먼저 설명해서 우리의 호기심을 돋우었다.

"아주 영험하다는 말을 들었습니다만 그 눈을 보고 나도 모르게 신수를 봐달라고 했습니다. 마음이 답답하던 때였어요. 그런데 그 무당이 나를 한참 바라보더니 당신 눈이 무서워 못 쳐다보겠다, 하는 겁니다. 긴말도 않고 큰일을 할 사람이 왜 그러고 있느냐, 해요. 그게 무슨 뜻인지는 확실히 몰랐지만 무언가 쿵 하고 가슴에 부딪쳐왔습니다. 그뒤 저는 신앙을 갖게 됐습니다. 눈을 뜬 거죠. 이제 저는 제 일을 하고 싶습니다. 사람에게는 다 때가 있잖습니까. 제가 잠시 떠나겠다는 것은 남편에게 불만이 있어서가 아닙니다. 바람이 난 것도 아니고 신앙인으로서 참된 생활을 하기 위해섭니다. 그 원이 풀리면 일 년 뒤 틀림없이 남편 곁으로 돌아올 겁니다."

나는 한 잔도 못 비운 맥주를 찔끔 마셨다. 무당 얘기는 여태 귀

기울였던 얘기들마저 비현실적으로 만들 만치 엉뚱하고 황당했다. 여자는 무당 얘기를 하면서 눈을 부릅떴으나 그것은 순진한 눈이었지 결코 무섭지 않았다. 나는 "부인의 신앙은 어떤 건데요" 하고 아까부터 궁금했던 것을 물어보았다.

"네, 미륵신앙입니다."

미륵, 미륵이란 말을 듣자 순간 귓불이 내 팔뚝만한 거대한 은진미륵이 떠올랐다. 석가 입멸 후 오십구억칠천만 년 뒤 이 사바세계에 출현한다던가? 오천 년 역사 속에 핏줄처럼 이어져온 어머니 같은 이름이지만 여자의 입에서 미륵이란 말이 나온 것은 뜻밖이었다.

"무얼 믿든 믿는 것은 좋습니다. 집회에도 나가게 하고 저는 아무것도 간섭하지 않겠습니다. 그러나 가정을 가진 사람이 집을 완전히 떠나서 신앙생활을 한다는 건 납득이 안 갑니다. 다시 돌아온다지만 사람 일은 믿을 수가 없어요."

"왜 나를 못 믿으세요. 여태 한 번이라도 당신 뜻에 어긋난 행동을 한 적이 있었나요."

여자가 안타깝다는 듯 고개를 내젓자 남자는 팔을 탁자에 고인 채 잠시 눈을 감았다.

"당신을 못 믿겠다는 게 아니라 일을 못 믿겠다는 거야. 나 자신부터 못 믿어요. 기다릴 자신이 없어요."

"그러면 나를 아주 보내주세요. 당신이 자신이 없다면 헤어져도 좋습니다. 나를 보내만 준다면 당신이 어떻게 하더라도 결코 후회하지 않을 겁니다."

맥주를 세 잔째 비우고 약간 상기된 윤선은 눈을 치뜨고 여자를 바라보았다.

"그러니까 자신은 큰일을 할 사람이라는 거죠? 그동안 시동생 뒷바라지나 했지만 이제는 자기 잠재력, 능력을 한껏 발휘하겠다, 이거죠? 작은 인연에 매여서는 방해가 되니까 잠시라도 집을 떠나겠다는 거죠? 남을 돕기도 하면서 자기 성취를 하겠다는?"

"그렇죠."

여자의 입장에서 말한 것은 분명하지만 윤선의 말은 비약이었다. 여자도 윤선의 말이 제 생각을 앞지른 것을 느꼈는지 얼떨떨한 표정으로 대답했다.

"그런데 가신다는 곳은 어딘데요. 물어도 좋은지 모르겠지만."

"십선도를 닦아야 합니다. 우리 인간은 너무 타락해서 십악업만 지었어요. 그것을 닦아야 세상이 구원받습니다."

나는 구체적인 장소를 물었으나 여자는 교리를 말했다. 십선도란 것은 십계명 같은 것이려니 짐작되는데 생활 속에서도 교리를 지킬 수 있잖아요, 말하려다가 그만두었다. 이따금씩 인생에서 도망치듯 절간으로 들어가곤 하는 내가 그런 말을 할 수는 없었다. 또 여자의 결심은 이미 굳은 듯 보였다. 하늘처럼 의지했다는 남편에게서마저 떠나려 하지 않는가.

우리가 계속 탁구공을 튕기듯 말을 주고받는 동안 선생은 술만 마셨다. 이따금 양미간을 모은 채 눈을 감고 있는 걸 보면 오가는 말들이 골치 아프게 여겨진 것이 틀림없다. 선생은 빈 맥주병을 눈으로 헤어보곤 끝낼 채비를 했다.

"자, 남은 술 마시고 일어서자. 좋은 분들이야. 이런 봄날 부부가 산보 나와서 대화를 나누고 아름답잖아."

"선생님, 고맙습니다. 바쁘실 텐데 저희 얘기를 다 들어주셔서 참고가 많이 됐습니다."

부부가 다 수긍할 만한 결론은 끝내 나오지 않았고 남자도 계속 얘기할 수는 없다고 생각했는지 일어설 기미를 보였다. 남자가 시계를 들여다보자 여자도 일어섰다. 나는 그들에게 미안한 생각이 들어 "두 분 다 진실한 분이라는 건 알겠어요" 하고 말끝을 흐렸다.

그들 두 사람 다 이해할 것 같았으나 무엇을 어떻게 조언해야 할지 막막했다. 내가 남자라면 나 역시 여자를 보내려 하지 않을 것이다. 남자는 여자가 이렇게 되기까지의 원인을 잘 모르는 듯했으나 나는 여자 가슴에 뚫린 구멍이 무엇인지 알 것 같았다.

부부가 먼저 가겠노라고 고개 숙여 인사하자 선생도 일어나 "그러세요. 두 분 행복하세요. 오늘 좋은 날입니다" 깍듯이 인사말을 했다. 선생은 행복의 전령처럼 마지막까지 행복이라는 말만 되풀이했다. 여자가 떠나는 것이 살길이라고 굳게 믿고 있는 윤선은 끝내 남자가 수긍하지 못하는 것이 안타까운지 "부인 자리에 서보셔야 심정을 알 거예요" 의리 있게 한마디 던졌다. 여자는 윤선의 손을 마주잡았다.

"정말 고맙습니다. 만나서 반가워요."

깊은 감사의 뜻이 여자의 큰 눈에 넘쳤다. 여자는 주점 입구의 목련나무 밑에 서서 나와 선생에게 눈인사를 했다.

그들이 등을 돌리려는데 나는 저, 하고 여자를 불러 세웠다. 얘기를 나누다 말았지만 정작 중요한 것을 빠뜨렸다는 생각이 들었다.

"신앙에 대해 좀더 얘기했더라면 좋았을 텐데. 그걸 알고 싶은데요."

여자는 최면이라도 걸 듯 나를 정시했다.

"미륵님이 언젠가 오신다는 거죠. 곧 세상에 오실 겁니다." 여자의 얼굴이 빛난다고 생각하는 순간 누렇게 시든 목련 이파리가 허공으로 떨어졌다. 나는 멍하니 여자를 바라보았고 잠시 후 부부는 시야에서 사라졌다.

안주로 시킨 빈대떡이 거의 손대지 않은 채 남아서 선생은 주인 여자에게 그것을 데워달라고 내주었다. 또 맥주 두 병을 더 시켰으나 나는 만류하지 않았다.

겨우 두 잔을 비우고선 나는 나른한 기분으로 잠자코 앉아 있었다. 목련나무 밑에 서 있던 여자의 모습이 자꾸 눈앞에 떠올랐다. 나는 생각에 잠겨 있었고 윤선은 윤선대로 말없이 담배만 피웠다.

술이 나오자 선생은 그것을 나와 윤선의 잔에 가득 따랐다. 선생은 내가 채운 술잔을 들고 목련나무에 남은 한 송이 꽃을 물끄러미 바라보았다. 목련이 추억을 불러일으켰는지 자신의 청년 시절에 휴양차 옥천사에 묵었을 때의 얘기를 했다.

"달밤에 귀신처럼 피어 있는 자목련을 보고 홀린 듯 화구를 들고 나가 그림을 그렸어. 계곡에 붓대를 씻으면서 달이 넘어갈 때까지 몰아 경지에서 화폭만 들여다봤지" 하고 꿈꾸듯 허공을 바라보았다.

나는 이제 그런 감흥만으로 그림을 그릴 수 없을 것 같다고 말했다. "자연은 자연이고 회화는 회화니까." 이어 선생님도 산수화를 보면 돌아선다고 했지만 사실 이 시대에 산수화를 그리는 것은 가짜 행위라고 못박았다. 사람이 자연의 일부이나, 자연을 역행해서 살고 있는 현대 사람들이 진정한 산수화를 그릴 수 없다고.

그림에 관한 말을 하고 나자 내 황폐한 화면이 떠올라 마음이 무거워졌다. 나는 자화상을 일 년이 돼가도록 아직 완성치 못하고 있다. 삼백 호의 화면엔 손수건만한 창을 등지고 내가 앉아 있다. 인물 주위엔 온통 형태를 알 수 없는 사물들이 회청색, 암황색으로 짓뭉개져 있다. 말하자면 산업 쓰레기 속에 내가 묻혀 있다. 얼굴도 거의 형체를 알아볼 수 없이 문질러져 있고 꿈틀거리는 의식인 양 손만 움직인다. 손이란 표정이 풍부한 인체 부분이어서 나는 한 달이나 손에 매달렸는데 손만 살아 있는 미완성 자화상은 외면하고 싶을 정도로 섬뜩했다. 하긴 이 시대에 산수를 치는 행위가 가

짜인 만큼 내 화면이 자연을 배반하는 언어로 짓이겨졌다 하더라
도 이상할 것이 없다. 나는 선생에게 모처럼 내 그림에 대한 고민
을 말했다.

"요즘 제 그림이 너무 두터워져요. 아파트니 사람들 표정이니
세상이 너무 매끄러워서요. 매끄러운 게 싫어서 마티에르가 심해
요. 그게 내가 할 수 있는 최선의 표현이지만 또 예술의 한계로 느
껴져요."

"세상과 화해하지 못해서가 아닌가?"

윤선의 말에 나는 날카롭게 대꾸했다.

"아까 그 여자처럼 미륵 출현을 기다리며 가짜 화해를 하나요?
선생님처럼 내세를 그릴 수도 없어요. 예술은 내 뿌리를 찾으려
는 노력이기도 한데 예술이 구원이 될 수 있을까란 물음이 절실할
때, 그토록 절망적일 땐 예술도 지푸라기같이 여겨져요. 그만큼 인
생이 준열하달까. 그런 인생을 성찰해야 하기 때문에 예술로선 가
짜 화해를 할 수 없어요. 그 여성은 가짜 미친 상태에 있어요. 저
나름대로 희생하며 살았으나 뒤늦게 제 삶에 허망함을 느낀 거예
요. 난 그런 유형을 많이 봤지만 그 여성은 뻥 뚫린 구멍을 메우기
위해 지푸라기를 잡듯 미륵을 찾은 거예요."

"난 그런 것까진 못 느꼈는데. 여성도 자기 삶을 자유롭게 선택
해야 한다는 생각으로 아까 그 부인을 이해했거든요."

윤선은 오랜만에 열변을 토한 나를 유심히 바라보았고 나는 선

생에게 화살을 돌렸다.

"아까 그 부부는 아주 평범한 사람들이에요. 그들을 기준으로 봐도 남녀의 사랑 혹은 성이 절대가 될 수는 없잖아요. 그게 아니라면 그 여성은 성에 만족을 못해서 종교에 미친 걸까요."

선생은 베레모를 벗어 숱 없는 머리카락을 다듬었다.

"다른 사람 얘기는 잘 모르겠어. 다만 나는 버러지같이 살다 가고 싶어요. 큰소리치지 않고 참으로 사랑하면서. 그림은 안 그리면 못 살 것 같으니까 그렇지만 사랑 말고는 없어."

추가시킨 맥주 두 병을 다 비우고 밖으로 나서자 명주실같이 눈부신 한낮의 햇살은 어느새 오렌지빛 여운을 띠고 있었다. 석수장이의 비석 깎는 소리가 햇살과 함께 땅속으로 스러지는 것 같았고 산에는 깊은 그늘이 드리워 보랏빛 음영을 띠고 있었다.

주점에서 석조장 쪽으로 걸음을 옮기려는데 보도에 쭈그리고 앉아 있는 한 여자가 눈에 들어왔다. 마흔이 채 안 되어 보이는, 연갈색 셔츠를 입은 여자는 손으로 땅바닥을 문지르고 있었다. 나는 그 옆에 다가가서 여자가 하는 짓을 가만 지켜보았다.

처음엔 무엇을 찾는 줄로 생각했으나 여자는 손가락으로 흙먼지를 한쪽으로 밀어가고 있었다. 꽤 오래 그 일을 한 듯 주위엔 군데군데 흙먼지며 나무 부스러기들이 작은 더미를 이루고 있었다. 그뿐 아니라 내 발 앞엔 쓰레기를 모은 비닐봉지까지 놓여 있었다.

여자는 내가 옆에서 지켜보는 것도 의식하지 않을 정도로 그 일에 몰두해 있었다. 티끌을 모아놓고도 행여나 그것이 흩뜨려졌을까봐 금방 손으로 훔친 땅을 또다시 훑곤 했다. 길지 않은 머리를 고무줄로 껑충 묶고 맨허리를 드러낸 채 쭈그리고 앉아 있는데 성실한 아이 같은 그 표정을 보면 세상의 티끌이란 티끌은 다 모을 것 같았다.

선생은 종점 쪽으로 몇 걸음 떼고 있었으나 나는 건너편 정류장에서 차를 타겠노라 소리쳐 말하고 길을 건너갔다. 내가 계속 뒤돌아보자 윤선도 뒤돌아보며 "미친 여잔가봐요" 하고 고개를 갸웃했다. 나는 문득 세상이 더러워서 저러나? 생각했으나 윤선은 "결벽증이 심했나봐요" 하고 추측했다.

정류장은 종점을 바로 지척에 둔 거리였다. 정류장에 서서 무심히 길 건너편 쪽을 보는데 주점 앞 보도에 쭈그리고 앉아 있던 여자가 두리번거리며 길을 건너고 있었다. 여자는 옥수수 무늬의 왜바지를 입고 있었다. 바지가 깃발처럼 펄렁거려 껑충한 옥수수가 걸어오는 것 같았다. 여자는 비닐봉지를 들고 태무심한 표정으로 길을 건너 우리가 서 있는 정류장 쪽으로 걸어내려왔다.

정류장의 푯대 옆에 은행나무 가로수가 있어서 나는 한 손으로 나무를 잡았다. 이제 잎이 막 돋아나 짙푸르지 않은 연록의 나무가 소년같이 풋풋했다.

마름모꼴 은행잎을 올려다보다 고개를 돌리는데 옥수수 같은 여자가 내게서 시선을 떼지 않은 채 다가오고 있었다. 윤선은 한 발짝 비켜서며 여자가 지나가도록 했고 나는 호기심과 두려움이 반반 섞인 마음으로 어정쩡하게 서 있었다. 여자는 내 코앞에 바짝 다가와선 "나무에 손을 대지 마" 잠꼬대하듯 말했다. 나는 여자가 실성했다는 사실도 잊고 "왜요?" 물었다.

"나무에 손때가 앉아서 나무가 안 자라. 사람들이 자꾸 손을 대면 숨구멍이 막혀서 안 자란단 말야."

나는 나무에서 슬그머니 손을 떼고 막 잡고 있던 부분을 들여다보았다. 정말 그 언저리엔 거뭇한 손때가 묻어 있었다. 정류장 앞의 가로수여서 사람들이 손을 많이 댄 듯했다. 여자는 안주머니에서 작은 휴지 뭉치를 꺼내 나무에 문질렀다. 그 휴지도 길에서 주운 것인지 깨끗하진 않았지만 나무를 닦은 부분이 거뭇해졌다.

여자는 만족한 표정으로 휴지를 다시 안주머니에 집어넣고 내 옆으로 스쳐갔다. 아무 일도 없었던 듯 태연하게 정류장 아래로 걸어갔다. "이상한 사람이네." 윤선은 여자의 뒷모습을 바라보며 머리를 갸웃했고 선생은 "재미스럽잖아. 훌륭한 분이야" 농담이면서 진담 같은 말을 했다.

무심결에 나는 나무에 또 손을 대려다 급히 손을 내렸다. 그리고 매끄럽지 않으나 고른 나무 표피를 보며 덧칠만 된 내 화면을 떠올렸다. 그 행위보다는, 메시지도 없지만 아름다운 소설을 쓰고 싶다는 윤선의 관념적 미학보다는, 또 사랑과 예술로 자기 구원을 하고 그 행복한 삶의 연장으로 내세를 그리는 선생의 관조주의보

다는 미친 여자의 티끌 지우기가 한 발 더 앞선 행위가 아닌가 생
각하며 버스 한 대를 그냥 보냈다.

(1984)

나는 너무 멀리 왔을까

레스토랑 내부—낮

실내는 어둡고 한 쌍의 남녀가 차지한 식탁만 조명을 받은 듯 드러나 있다. 두 사람이 자리잡은 식탁엔 음식이 담긴 접시가 놓여 있다. 둥근 식탁이지만 두 사람은 거의 나란히 앉아 있다. 긴 생머리를 곱창 리본으로 묶은 여자는 눈을 가늘게 뜨곤 남자를 주시하고, 남자는 접시를 밀어놓은 채 허공을 보며 독백하듯 무어라 말한다. 여자가 순간 그의 입술에 재빠르게 입맞춤한다. 새 부리처럼 뾰족하게 닿는 여자의 입술.

남자는 주춤하다 여자의 시선을 의식하며 다시 말을 계속하는데 여자가 또다시 남자의 입에 입맞춤한다. 사랑스러워서가 아니라 말을 막으려는 의도 같다. 순간 낭패한 표정으로 무력하게 하얀 식탁보를 바라보는 남자. 남자의 시선을 따라가는 카메라. 흰 식탁보 클로즈업 숏.

눈부시게 흰 식탁보가 쏟아진 물감처럼 시야에 번진다. 밝고 부드러운 빛이 포대기같이 그를 감싸는 듯하다. 그에게 입맞추던 여자도 사라져, 안도하며 빛의 공간을 유영하는데 삼파장 등이 눈에 들어왔다. 책꽂이의 책들과 책상. 빛들이 은하수처럼 흐르는 컴퓨터 화면이 그의 동공에 스쳐가자 관(觀)은 꿈을 꾼 것을 알았다. 불을 켜둔 채 잠이 들었나보다.

관은 눈을 뜨려다 몽롱한 상태로 뒤돌아 누웠다. 선잠에서 깬 탓에 눈꺼풀이 무거웠다. 다시 어둠 속에 숨죽이고 있으려니 꿈에서 본 오의 모습이 보름달처럼 떠올랐다. 오가 달처럼 그를 내려다보고 있었다. 둥근 식탁에서도 나란히 앉아 있었지만 무언가 어긋나 보이던 두 사람. 관이 무대라고 생각한 장면들은 꿈이었다.

관과 오가 식탁에서 거의 나란히 앉은 것은 얼굴을 마주보지 않기 위해서가 아닐까. 관은 꿈에서 무슨 말을 했던 것일까. 관은 앞을 바라보며 감상 없이 말하고자 했을 것이다. 우리가 두 번의 밤을 함께 함께 보낸 것은 〈영 러버〉와 〈빵과 장미〉 때문이었다고. 좋은 영화의 여운이 두 방랑자를 뒤따라왔다고. 그것뿐이라고. 너를 싫어하지 않았지만 좋아했다 말할 수도 없다고. 다소 위악적이지만 위선보다는 위악이 진실에 가까운 법이다.

옆으로 돌아누우니 삼파장 빛이 눈 속으로 파고들었다. 오전에 영화사에 나갔다가 그가 감독으로 데뷔할 작품의 제작자가 프로젝트를 포기했음을 전해들었다. 단편영화제에서 두번째 상을 받자 영화사에서 불러 시나리오 계약을 했다. 거의 이 년 걸려 5고까지 고쳤으니 관도 더이상 어찌할 수 없다. 위로하느라 함께 낮술을 마셨던 피디가 약속이 있다면서 일어나자 관도 택시를 잡아타고 집에 들어왔다. 습관처럼 메일을 체크하고 무력증에 침대에 잠시 누워 있다가 잠이 들었다. 낮술에 머리가 아프더니 달갑지 않은 꿈까지 꾸었다. 꿈을 털어버리려고 자리에서 일어나려는데 별안간 〈금지된 장난〉의 멜로디가 울려왔다. 정적을 깨뜨리는 투명한 음률이 괴기스럽기까지 했지만 늘 듣는 휴대폰 벨소리였다.

벽시계를 흘긋 보니 네시가 넘었다. 동향에다가 버티컬이 드리워져 빛이 거의 들어오지 않지만 날이 저물진 않았다. 관은 침대에서 몸을 일으켜 컴퓨터 옆에 놓인 휴대폰을 집어들었다.

"여보세요?"

"정관?"

"누구십니까?"

정관씨도 아니고 관아, 라고 부르지 않는 걸 보면 사무적인 일로 찾는 것도 아니고 친한 사람도 아니다. 낮게 가라앉은 꺼칠한 목소리가 왠지 신경에 거슬렸다.

"나, 닥터 박이야."

"닥터?"

"여기 미국이야. 엘에이에 있는 닥터 박, 전에 여기 왔지 않나."

엘, 에이라는 발음이 뱀처럼 미끄럽게 귓가를 스쳤고 관의 눈썹 끝이 곤두섰다. 관은 얼떨떨한 채로 아, 하고 기억한다는 표시를 했다. 미국에 사는 조카가 교통사고로 죽었다는 연락을 받고 누이에게 갔을 때니 오 년 전이었을 거다. 그때 이웃에 산다는 한국인 의사를 미국인 매부로부터 소개받았다. 키가 작지만 다부져 보이던 비뇨기과 의사였다.

"웬일입니까. 제 연락처는 어떻게 알구요. 미국에서."

반가운 것이 아니라 놀라서 관은 그것부터 물었다.

"며칠 전 수자씨 집에 전화했더니 가르쳐주더군. 자네 소식을 알려주면서."

"저도 몇 년 만에 그 댁에 연락했습니다. 새해에 영화 일로."

수자씨는 누나 친구였다. 닥터 박이 수자씨를 아는 것은 엘에이에서 수자씨가 운영하는 헬스클럽의 오랜 단골이기 때문이다. 누나네는 벌써 엘에이를 떠났지만 닥터 박은 수자씨 부부와 연락하며 사는 모양이었다.

"나를 찾진 않았나?"

그럴 리가. 자만심이 깃든 말투에 관은 양미간을 찌푸렸다.

"누나와 연락한 지도 오래됩니다."

"무심하시구먼."

"그래, 어떻게 지내세요. 병원은 잘되구요?"

"의사가 굶을 일 있겠나."

반은 건성으로 반은 예의로 근황을 물었을 뿐이다. 더이상 할말이 없어 입을 다물자 닥터 박이 목소리를 한 음 낮추었다.

"요즘도 번역하고 시나리오 쓰나?"

"직업이니 변할 게 없군요."

닥터 박은 수자씨로부터 관의 근황에 대해 들었을 것이다. 수자씨가 관에게 이것저것 물었으니까. 결혼 말도 어김없이 나왔고. 올해 서른여덟이 된 노총각을 수자씨는 친누나처럼 걱정했다. 저쪽에서 아무 소리가 들려오지 않자 관이 불쑥 물었다.

"거긴 지금 몇십니까?"

"자정이 막 지났지. 사방이 고요한 화이트 나이트야. 눈이 온다구. 아주 오랜만에!"

"겨울이니까요. 한국에도 눈이 가끔 오죠."

관은 감정 없이 말하곤 엉덩이를 걸치고 앉은 침대에서 일어나 버티컬을 들췄다. 밖은 아직 밝고 아파트 길옆으론 눈이 쌓여 있었다. 서울에도 어제 아침까지 눈이 내렸다. 닥터 박의 목소리가 어둠처럼 다가섰다.

"한 달 전 샌프란시스코에 갔어. 우리가 들렀던 바에도 갔지. 생각나?"

관은 잠자코 있었다. 닥터 박이 관의 친구가 사는 샌프란시스코에 관을 데려다주었지만 관은 친구 집에 가지 않고 닥터 박과 사흘을 돌아다녔다. 일이 이상하게 빗나갔다.

"미국 올 일 없어?"

"특별히 갈 일 없습니다."

"샌프란시스코에서 살고 싶다면서."

"살 만한 곳이죠."

닥터 박의 차로 샌프란시스코를 돌아볼 때 관은 자연이 인공을 품어주는 듯 관대하며 섬세한 그 도시에 감탄했다. 인간으로 태어났다면 이런 선택된 환경에서 삶의 풍요로움을 누리며 살아야 마땅하다고 생각했다. 자유의 도시답게 샌프란시스코에서 맨 처음 관의 눈에 띈 것은 입술에 검은 루주를 바른 금발의 여자였다. 햇빛이 흩날리는 거리에 서 있던 검은 루주의 여신.

If you're going to San Francisco, be sure to wear some flowers in your hair.

샌프란시스코에 가면 머리에 꽃을 꽂으세요— 환청인가 했으나 노래가 흘러나온 곳은 휴대폰이었다. 닥터 박이 정확하나 딱딱한 이민자의 영어 발음으로 노래를 흥얼거리고 있었다. 관보다 일곱 살 위인 그는 한국에서 레지던트 과정을 마치고 서른에 미국으로 유학 가서 그대로 영주권자가 되었다. 닥터 박이 노래를 멈추고 한숨 쉬듯 말했다.

"I miss San Francisco."

60년대 중반에 히피 운동이 일어난 샌프란시스코. 게이들의 구역, 카스트로 디스트릭트가 있고 공항 벽면에 에이즈로 죽어 간 친구를 추모하는 조사들이 작품처럼 걸려 있는 샌프란시스코. You're gonna meet some gentle people there. 젠틀 피플은 누구인가? 기존의 관습을 거부하는 자유주의자? 게이까지 포함된 히피들? 흰머리가 나기 시작한 마흔다섯의 한국인 이민자, 게이인 닥터 박도 샌프란시스코를 그리워하고 있었다. 그만의 자유를 찾아 정착한 미국 땅에서. 그건 관으로 하여금 그들의 여행을 상기시키기 위한 우회적인 수법이 아닌가.

닥터 박이 게이라는 건 매부가 말해주어서 알고 있었다. 보수주의자 소시민인 매부가 그 사실을 알려준 것은 경고인지 모르지만 관은 한 귀로 흘려들었다. 세상에 관을 놀라게 할 일이 있을까. 중학교 때 함께 기차를 탔던 친구가 충돌 사고로 기차에서 먼저 뛰어내리다 한 팔이 잘렸다. 잘린 팔에서 쏟아지던 피를 제 손으로 받은 뒤로 관은 그 무엇에도 놀라지 않았다. 운명은 마음만 먹으면 한 팔 정도는 서슴없이 베어버린다. 천사 같은 조카도 그렇게 데려갔다. 각자 주어진 인생이 있듯이 게이도 그에게 주어진 인생일 뿐.

닥터 박이 술을 마시는지 식도로 액체 넘어가는 소리가 들려왔다. 관은 수화기를 든 채 팔을 뻗어 담배를 집어 물었다. 왜 이 전화를 받고 있어야 하는지, 왜 끊지 못하는지 알지 못한 채로. 바람 스치듯 스쳐간 인연이라 까마득히 잊고 있었건만 오 년이 지나 전화해서 샌프란시스코가 그립다고? 담배 연기를 들이마시자 처음 피우는 것처럼 속이 메슥거렸다. 술을 넘기며 침묵을 지키던 닥터 박이 화제를 돌렸다.

"참 우연히 〈유리새〉라는 동승 얘기, 비디오로 봤어. 한국 비디오 가게에서 제목만 보고 빌렸는데 '각색 정관'이라고 이름이 나오더군. 이름이 특이하니까 동명이인은 아니겠지. 그런 영화나 각색하니 돈을 어떻게 벌겠어."

"돈 벌 야망 없습니다. 팔자에 없는 걸 갖겠다고 머리 굴릴 시간도 없구요."

"돈 벌려고 일하는 것 아니면 뭐하러 거기 죽치고 있어. 미국 와. 캘리포니아 해안도로 드라이브도 하고. 선셋 타임이 환상적이야. 여름휴가 때 태양이 작열하는 키웨스트 해안을 달려도 좋지."

정말 한가한 부르주아 직종이군. 관은 짜증을 누르며 담배를 비벼 껐다.

"요금 많이 나오겠어요. 대강 하시죠."

"김빠지는 소리 하네."

"배부른 닥터와 고달픈 시나리오 작가와 차원이 같겠습니까. 저는 밥줄을 위해 일해야겠습니다."

전화를 끊겠다는 소리였으므로 닥터 박은 더이상 말을 잇지 못했다.

"멀리 살지만 가끔씩 연락하자구."

달갑지 않은 소리였으나 관은 그러십시오, 했다. '당신이 싫다'고 직선적으로 말한다면 오히려 관답지 않은 짓이었다.

실타래를 풀 때 한번 엉키면 전부가 걷잡을 수 없이 헝클어지기 십상이다. 생각지도 않게 엘에이에서 온 전화를 받고 나자 관의 머릿속이 수세미처럼 헝클어졌다. 시나리오는 보류되었고 오는 결혼을 독촉하듯 꿈에까지 나타났다. 거기다 무의미한 과거의 인연이 꼬리를 잡듯 엘에이에서 지구를 가로질러 서울 가리봉동 골목까지 전파를 보냈다. 그럴 만한 권리라도 있다는 듯.

오 년 전 만났던 비뇨기과 의사의 존재를 관은 선뜻 실감하지 못했다. 그동안 까마득히 잊고 있었고 또 잊었다고 믿고 싶었다. 뒤통수를 치듯 나타난 비뇨기과 의사의 모습을 떠올리려니 『이상한 나라의 앨리스』에 나오는 체셔 고양이처럼 미소만 허공에 그려졌다. 다음으로 두 귀와 머리를 허공에 그려보았으나 얼굴은 해파리처럼 부유하고, 쓰레깃더미에 던져두었던 어떤 기억이 거미처럼 기어나와 그물을 치기 시작했다.

바다가 보이는 샌프란시스코의 호화판 호텔에서 닥터 박과 머물렀던 사흘. 대마초와 술을 번갈아 들이마시며 성냥을 켜면 화약이 불붙는 듯한 환청을 들었고, 씨름하듯 맞붙어서 땀을 흘렸던 두 육신도 종말을 맞듯 폭발할 것 같았다. 관에게 그것은 육욕의 모험도 금기에 대한 충동도 아니었다. 닥터 박의 파트너가 된 것은 순전히 방기였다.

눈 부릅뜨고 살아도 삶에는 늘 덫이 숨겨져 있지 않는가. 태무심한 관에겐 경계와 방어도 천성에 맞지 않는 발버둥질이었다. 삶에서 몇 번 가슴을 차이고, 영화 대사처럼 인간이 행복하기 위해 태어난 게 아니란 걸 깨닫게 되면 흐르는 물결에 가랑잎처럼 몸을 맡기고 싶을 때도 있는 법이다. 관이 세상에서 유일하게 사랑한다고 말했던 조카는 운명조차 수갑으로 채워진 듯 차 안에서 박살났고, 관은 게이 바에서 피냄새를 지우며 어지럼증에 몸을 맡겼다. 누가 죽어가거나 말거나 아름다운 샌프란시스코에서 견딘다는 긴장감이 무너지자 관은 자신을 내동댕이쳤다. 결코 동화될 수 없는 이방의 세계에.

갈증을 느낀 관은 냉수를 한 잔 들이켜고 곧장 밖으로 나섰다. 찬 공기를 마시고 싶었다. 해가 스름스름했지만 날은 충분히 밝았다. 연이틀 내린 눈으로 세상이 하얗게 덮였지만 관이 어제 후배 영우의 메일을 열어보고 한낮에 나섰을 땐 거리의 눈이 이미 치워져 스티로폼 조각처럼 쌓여 있었다. 야산 쪽 마을로 가는 길에도 눈이 차바퀴에 더럽혀져 있었다.

이른 아침 눈을 뜨니 천지가 개벽한 듯 온 세상이 눈으로 하얗게 덮였어요. 태초의 빛 같은 순백의 세계를 바라보며 저 길로 끝없이 걸어가면 자작나무 숲이 길게 뻗어 있는 시베리아라고, 눈이 시리도록 푸르다는 바이칼 호수가 나온다고, 그런 공상을 하며 잠시 날았습니다. 영화도 이런 일탈의 꿈일까요. 촬영을 기다리는 〈하안으로 가는 길〉은—

이 영화로 관이 감독 데뷔를 한다면 영우에게 촬영을 맡길 예정이었다. 전에 단편영화를 함께 찍어서 호흡이 잘 맞았다. 관의 시나리오를 읽고 배경이 겨울이라 근사한 설경을 찍을 수 있겠다고 좋아했다. 상처한 중년의 사내가 어릴 때 까닭 없이 기피했던 교사가 일러준 '하안'이란 지명을 화두인 양 찾아가는 로드무비인데, 눈에 덮여 사라진 하안 풍경을 찍기에 최적의 겨울이라고 격려했다. 메일을 보낼 때만 해도 영우는 시나리오 개발이 엎어지리라곤 생각지 못했을 것이다. 위대한 자본의 힘! 관은 마트 쪽을 바라보다 발길을 돌려 다시 아파트 안으로 들어갔다. 담배를 사러 가던 참이었으나 엘리베이터를 타고 꼭대기 층인 17을 눌렀다. 해가 지기 전에 옥상으로 가기 위해서였다.

옥상엔 아무도 발 딛지 않은 눈밭이 하얀 포대기처럼 펼쳐져 있었다. 더럽히고 싶지 않아 결벽의 공간에 주저하며 발을 내디뎠으나 정복자의 발도 자취를 감추었다. 관은 눈이 시리도록 빛을 발산하는 순백을 음미하다가 가만 몸을 뉘었다. 잠에서 깨기 전 그를 감쌌던 빛, 물보라처럼 피어나던 빛의 부드러운 감촉이 기억 속에서 되살아났다.

천국처럼 밝고 편안한 그 빛은 관이 초등학교 5, 6학년 때까지 꿈속에서 보았던 세계이다. 아이는 구름밭에 누워 있는 듯 안락하여 아메바처럼 꼼지락거렸다. 그러다 갑자기 세상이 기울어지면서 어두운 곳으로 미끄러져 내려갔다. 천 길이나 되는 우물로 빠져드는 듯한 나락이었다. 안 내려가려고 밀고 차며 발버둥쳤지만 순대 같은 통로로 밀리듯 빠져나가 숨이 막히고 죽을 것 같았다.

관은 어릴 때 그 꿈을 되풀이해 꾸었고 깨어날 때마다 서럽게 울었다. 어른들에게도 꿈에 대해 설명할 수 없었으므로 사내자식이 운다고 아버지에게 핀잔받기도 했다. 먼 뒷날에야 깨달았지만 그건 관이 태어날 때의 기억이었다. 거대한 형광등이 켜진 듯 환하고 고요했던 출구, 아이는 어머니 몸밖으로 밀려나와서도 충격에 싸인 듯 울지 않았다. 의사가 발목을 잡고 머리를 찬물 더운물에 번갈아 담근 뒤에야 울기 시작했다. 중학생 때 할머니에게 이 말을 들었을 때 관은 아이가 천국 같은 어머니 뱃속에서 혼돈의 세상으로 내려온 것을 알았다.

눈 위에 누워 하늘을 올려다보니 구름 한 점 없어 호수가 반사된 듯했다. 일몰을 앞둔 시각이라 하늘 빛깔도 서늘하지만 호수를 손으로 휘저으면 온천처럼 따뜻할 것 같았다. 온양 부근에서 살았던 초등학교 시절 관은 곧잘 온천물에서 놀았다. 옷을 더럽혀 오는 아들이 못마땅한 아버지가 관을 끌고 가려다 팔이 빠지게 한 기억도 생생하다. 아버지의 자전거에 실려 접골사에게 갈 때 관은 자전거가 뒤집혀 아버지 다리가 부러지기를 바랐다. 그러면 아버지로

부터 달아나리라. 아버지 없는 세상으로 가면 젖과 꿀이 흐르는 가나안이 펼쳐질 것 같았다.

아버지가 돌아가신 지 십 년이 지났건만 가나안은 어디 있나. 저 하늘 호수를 끝없이 걸어가면 가나안이 나올까. 이 눈밭을 끝없이 걸어가면 은자가 사는 하얀 자작나무 숲이 펼쳐질까. 천국이 보일까.

눈目 속에 자작나무 숲이 하얗게 흔들리는데 문득 정초에 재연이 보낸 말다래 엽서가 생각났다. 자작나무 껍질로 만들었다는 천마총 출토 말다래. 하늘 위쪽을 흘긋 보니 천마에 그려진 무늬 같은 하얀 반달이 떠 있는데 먹구름이 걷히듯 관의 가슴이 환해졌다. 관은 눈밭에서 등이 젖는 줄도 모르고 시베리아 벌판에 뜬 반달 같은 여자에 대한 그리움에 사로잡혔다.

겨울 강변

러시아 장교복 같은 더블 단추 코트에 담비 모자를 쓴 젊은 여자, 복장이 여자를 성숙하게 보이도록 하지만 추위에 발그레한 코와 선한 눈매가 소녀 같다. 여자는 얼어붙은 강을 배경으로 서 있는데 얼음 사이로 흐르는 강물과 허허벌판이 여자의 뒤로 펼쳐져 있다. 몸을 반쯤 돌려 얼음 벌판을 바라보는 여자.

여자: 하얼빈의 겨울은 영하 이삼십 도야. 침을 뱉으면 그대로 얼어붙지. 더럽고 질척거리는 것들도 다 얼어붙으니까 깨끗하기도 해. 이곳에선 외로움조차 그렇게 얼어붙어서 감정도 고체화되는 것 같아. 오늘도 쑹화강에 나와 저 막막한 벌판을 바라보며 소냐도 생각하고 안중근도 생각했어. 이 멀리까지 와서 사람 하나 쏘아 죽인들 무엇이 바뀌랴. 안중근은 이토 히로부미를 죽여도 안 된다는 걸 알았을 것 같아. 이 거대한 자연 앞에 서면 인간존재가 하찮다는 걸 알게 되니까. 인간의 발버둥이. 조선의 독립투사도 그저 으악. 소리 한번 지르고 싶은 심정으로 총을 쏘았을 거야. 하얼빈은 그런 곳이야. 정말 춥고 외로워. 정신의 유형지라는 말도 사치야. 아무것도 위로가 되지 않고 아무도 내 존재와 연결되지 않아. 몇 번 살을 섞으며 근친상간인 체했지만 너도 멀고먼 앨라배마였을 뿐이야. 내가 언 손을 비비며 고독이란 본질에 떨고 있을 때 넌 뭘 했니.

캄캄한 어둠 속으로 갑자기 하얀 각설탕 같은 창들이 떠오르면서 아파트 단지가 이어졌다. 관이 장소를 확인하듯 차창에 얼굴을 대고 밖을 바라보는데 안내방송이 나왔다. 잠시 후 이 열차는 경주역에 도착하겠습니다. 경주역에서 내리는 손님은 잊으신 물건 없이 안녕히 가십시오……

차에 타자마자 한숨 자고 김천에서 눈을 떴다. 그사이 맥주를 마시며 이런저런 생각에 잠겼을 뿐인데 벌써 경주에 도착했다. 관은 창가에 걸린 외투를 들곤 손에 쥐고 있던 사진을 넣으려다 다시 들여다보았다. 더블 단추가 달린 외투에 회색 베레모를 쓴 여자가 청록의 불빛이 새어나오는 원통 지붕 건물을 배경으로 밤거리에 서 있다. 러시아풍의 건물은 얼음 조각이다. 하얼빈 사람들이 쑹화강 얼음으로 자금성이나 만리장성을 만들어 전시하는 빙등제 축제라고 했다.

이마를 덮은 앞머리와 베레모, 외투 위로 두른 체크 목도리. 소녀티가 가시지 않은 얼굴이 이혼까지 치른 서른일곱 살이라고는 믿기지 않았다. 재연은 얼음 나라의 앨리스같이 분홍 불빛이 새어나오는 동화의 거리에 서 있다. 헤이룽장대학에 초빙 연구원으로 가서 일 년간 머물렀던 재연은 관에게 몇 번 편지를 보냈다. 사진은 관의 요청으로 재연이 지난봄에 보낸 것이다.

재연이 작년 정월 김포공항에서 하얼빈으로 떠날 때 관은 그가 번역한 『이상한 나라의 앨리스』 속에 천 불을 끼워 재연의 가방에 넣어주고 작별인사를 했다. 처음엔 이메일도 자주 보내고 보름에 한 번꼴로 하얼빈으로 전화하다가 관의 게으름 탓에 간격이 뜸해지고 크리스마스 날 마지막 통화를 했다. 재연은 정월에 한국으로 돌아왔고, 관도 만나지 않은 채 경주로 내려갔다. 경주에 있는 대학에서 강의 생활을 시작한다고 전화로만 알려왔다.

마중나온 몇 사람들만 서성거리고 있을 뿐 역광장은 썰렁했다. 밤공기가 차가웠으나 추운 날씨는 아니었다. 관은 역사에서 걸어 나오다 뒤돌아 하늘을 올려다보았다. 보름이 가까워지는지 둥근 달이 떠 있었다. 역 앞으로 뻗어 있는 시가지는 지방도시의 평범하고 조촐한 모습이었으나 수제품 냄새가 나는 경주역이란 현판의 글씨체와 광장 한편에 서 있는 탑과 역사 위로 떠오른 보름달이 고도의 정취를 주는 듯했다.

관은 광장에 서서 휴대폰을 열었다. 기억 번호 1번을 누르니 이내 신호가 울렸고 관은 숨죽인 채 기다렸다. 새 전화번호를 입력한 지 얼마 되지 않지만 1번은 재연이 하얼빈으로 떠나가기 전에도 재연의 차지였다. 이것이 너와 나에게 무슨 의미가 있을까마는. 귀에 익은 비음이 들려오자 관은 "나야" 말했다.

"관? 웬일이야."

"여기 경주야."

"정말?"

재연은 믿어지지 않는다는 듯 말꼬리를 올렸고 관은 하하, 웃었다.

"지금 기차에서 내렸다. 이제 아홉시야. 자기엔 너무 이르잖아. 오늘 가기 전에 얼굴 좀 보면 안 될까."

"웬일이야, 갑자기 경주엔."

관은 촬영 헌팅이 있다고 생각나는 대로 말했다. 일과 상관없이 재연을 만나러 경주로 왔지만. 재연은 잠자코 있더니 나가겠다는 말 대신 장소를 일러주면 찾아올 수 있는지 물었다. 관이 걸어오면 서로 비슷하게 도착할 것이라고 했다.

재연이 찾으라고 한 '테라스'는 봉황대와 마주보고 위치한 이층 경양식 식당이었다. 전면을 유리로 배치한 회색 지붕의 단아한 건물인데 이름처럼 뜨락과 잘 어울렸다. 봉황대가 한눈에 들어오는 창가에 자리잡고 관이 담배를 피우고 있으려니 재연이 입구로 들어섰다. 갸름한 얼굴과 단발머리는 그대로이나 소냐 같은 담비 모자도 앨리스 같은 베레모도 쓰지 않았다. 전보다 여윈 듯 보이는 재연은 관 앞에 서서 한 손을 내밀었다. 관도 빙긋 웃으며 악수했다. 차가운 손이었다. 재연이 관의 머리카락 한 가닥을 손으로 당기곤 자리에 앉았다. 귀 뒤로 넘긴 관의 머리가 재연의 머리만큼 길었다.

"바쁘니?"

"아니, 아직 방학중이지만 난 연구소 소속이니 매일 학교에 나가. 방학중이라 조용해서 더 좋기도 해."

"경주에 내리니 도시가 조용해서 내 몸이 엿가락처럼 늘어나는 것 같아. 잠깐 걸었는데도 흐느적흐느적, 그랬어."

재연이 소리 없이 웃으며 고개를 뒤로 젖혔다. 제 목도 늘어났는지 확인하듯.

"하얼빈에서 지난달 서울로 돌아오니 갑자기 가마솥에 들어온 듯하더라. 서울도 춥지만 가는 데마다 난방을 지나치게 해서 숨이 막혔어. 어떤 선물가게에 들어갔을 땐 들큼한 양초 냄새에 속이 메슥거렸어. 잉여의 부르주아지 냄새 ─ 머리를 후려치는 듯한 찬 공기가 그리웠고 난 서둘러 경주로 내려왔어. 경주의 비어 있는 들판을 걸어가면 시베리아에서 불어오는 바람 한 자락이라도 잡을 수 있을 것 같았어. 먼먼 옛날부터 모든 것들이 경주로 흘러왔으니까. 서울은 나를 해체시키지만 경주는 나의 겨울까지 받아들이니까."

종업원이 다가와서 관은 맥주 두 병을 시켰다. "안주는요?" 권해서 재연에게 물으란 손짓을 하니 재연이 마른안주를 시켰다. 관은 담배에 불을 붙여 물고 창밖으로 봉황대를 바라보았다. 고목이 뿌리를 드러내고 서 있는 천오백 년 전의 고분이 문명의 시설을 굽어보며 공존하고 있었다. 나의 겨울…… 관의 가슴속에도 할말이 그득한 것 같지만 세월이 켜켜이 쌓여 있는 고분을 바라보니 말이 입안에 맴돌았다.

러시아에서 영화 공부를 하고 돌아온 조감독이 있어. 러시아의 겨울은 정말 춥다고, 그 춥고 긴 겨울을 보내고 있으면 슬프다고 그러더라. 난 그게 무슨 말인지 알 것 같아. 희망이 무언지 모르지만, 희망이 있는지 없는지 모르지만 춥고 긴 겨울을 견디며 살아나가야 한다는 것, 그 원초적인 삶의 슬픔을 알 것 같아. 네가 얼어붙은 쑹화강에 서서 거대한 자연 앞에서 으악, 소리지르고 싶었던 것도 그 대적할 수 없는 슬픔 때문이겠지. 나도 늘 견뎌왔지만 너의 슬픔 앞에서 속수무책이었구나.

종업원이 맥주와 안주를 가져왔다. 관은 재연의 잔에 술을 따라주고 제 잔에도 가득 부었다.

"외가인 경주에 와서 좋겠네."

"내 뿌리로 돌아온 것 같아. 전부터 경주에 살고 싶다고 생각했는데 운좋게 자리가 났어. 그럴 땐 삶이 불공평하지만은 않구나 싶어."

재연은 맥주를 마시며 창밖에 눈길을 주었다. 달은 보이지 않지만 황색 등으로 음영이 드리운 봉황대의 느티나무 고목이 꿈틀거리는 듯했다.

"어릴 때 경주에 와서 능에서 놀던 기억은 나. 지금은 능이니 고분이니 하지만 그때는 그저 동산이었어. 산 너머 작은 집에 가듯 고분 위를 오르내리고 달이 뜨면 고분 위에 올라가 달구경하고. 집 뒤에 고분들이 있었으니까. 봉황대에서 숨바꼭질하던 기억도 나. 억새밭도 있었고 비탈에 납작 엎드리면 보이지 않아서 숨바꼭질하기에 좋은 장소였어. 정월 보름에 남자아이들은 봉황대 위를 뛰어다니며 숯을 피운 깡통을 돌리고. 내가 코흘리개 때 엄마가 아파서 일 년간 외갓집에서 자랐거든. 지금은 이런 것도 추억인 양 말하지만 그때는 엄마랑 떨어져 있는 게 아픔이었어. 외갓집에서 잘해줬지만 아무도 엄마를 대신할 수는 없잖아. 그 상처가 컸는지 여고를 졸업할 때까지 다시 경주에 가지 않았어."

"예민하기는. 그 상처의 기억이 너를 사학자로 만든 거 아냐. 감 나무가 있는 경주의 외갓집 마당에서 엄마 없이 혼자 놀던 아이의 그늘이. 상한 조개에서 진주가 자란다고."

"넌 늘 시나리오를 쓰지. 하긴 그 말도 틀리지 않아."

돌담 밑에 떨어진 감꽃들을 치마에 주워모으는 계집아이. 양 갈 래로 땋은 머리를 갸웃하며 햇볕에 눈썹을 찡그리는 아이 모습은 사랑스러웠을 것이다. 관은 누이동생을 추억하듯이 재연의 어린 시절을 눈앞에 그렸다. 재연은 편강을 집어먹으며 지금은 외가 식 구도 흩어져서 외삼촌 한 분만 안강에 살고 있다고 일러주었다.

"경주에 온 첫날 비가 왔는데 여기 테라스에 혼자 앉아 있었어. 비가 아크릴 덮개 위로 떨어지며 무수한 동그라미를 그리는데 하 늘로 뻗은 젖은 나뭇가지에 곧 잎이 피어날 것 같았고 내가 살아나 는 듯 느꼈어. 구원을 받은 것 같았어."

"전화 한 통 없이 이젠 경주에 숨어살 거지?"

"아무도 찾지 않고 실종자처럼 묻혀 있을 거야. 올해 안에 박사 논문을 마무리하면서. 그것과 연관 있는 짧은 논문 한 편을 역사학 지에 발표하려고 경주 오자마자 썼고. 신라 국혼國婚에 대한 연구 야. 후발국인 신라가 통일까지 이룰 수 있었던 것은 외교적인 전술 에 힘입은 바 크지만 신라의 대외관계에서 특히 국가 간의 혼인에 주목했지."

혼인이란 단어가 관의 흥미를 끌었다. 관이 논문에 대해 알고
싶어하니 재연이 간략하게 설명했다.

"정략적인 차원에서 국가가 주도한 혼인이란 의미로 국혼이라
는 용어를 사용했어. 14대 유례이사금 때 왜가 네 번이나 신라를
침범하고 16대 흘해왕 때 혼인을 요청하자 왜의 침입을 막기 위
해 아찬 급리의 딸을 보내. 21대 소지왕 때는 백제 동성왕이 사신
을 보내 혼인을 요청하자 이벌찬 비지의 딸을 시집보내어 고구려
의 남하에 대비한 군사적인 공조관계를 형성해. 23대 법흥왕 때에
는 가야의 혼인 요청에 응하고 낙동강 유역 진출의 발판을 마련하
는데 십 년 뒤 532년에 금관국 왕이 신라에 항복하지. 진흥왕 때
에는 백제와 고구려가 싸우는 틈을 타서 신라가 백제의 동북쪽 변
경을 빼앗아 신주新州를 설치해. 이러한 와중에 백제 성왕의 딸과
진흥왕과의 국혼이 이루어져. 신라는 삼국 중 가장 작은 나라였
어. 뒤처진 신라가 국혼의 정책적 기능을 적절히 이용하여 국가적
위기도 벗어나고 한반도의 패권을 차지하게 되는 과정이 흥미 있
지."

재연은 이어 가야의 혼인 요청에 신라가 이벌찬 비조부의 누이
를 보내면서 시종 백여 명을 함께 보냈다는 『일본서기』의 기록을
들려주었다. 이들은 여러 현에 분산되어 신라의 옷을 입었고 이것
이 말썽이 되자 신라는 여자들을 돌려달라고 하면서 오히려 가야
의 여러 성을 빼앗았다.

"결국 신라는 가야와의 혼인을 통해 친신라적인 성향을 만들고 가야 내부의 정세를 염탐했다고 할 수 있어. 낙랑공주와 호동왕자 이야기도 정보 수집에 이용된 국혼의 예지."

"국혼만 그런 게 아냐. 인류의 결혼 제도부터 서로의 욕구와 이익에 부응해 정착된 거래잖아. 여자들은 새끼를 보호해주고 먹을 것을 제공해줄 동반자가 필요했고 남자들은 성적 대상을 소유하고 자식을 낳아 가족이란 자기 세력을 불려나간 거지. 진화생물학이 일찍이 지적한 것처럼."

"진화생물학이 진리의 전부라고는 생각하지 않아. 인류의 생존 현상을 이익이란 물질의 잣대로 추적하니 살벌하기까지 해. 선조들이 익혀온 오랜 학습이 우리 뇌를 형성했다지만 인간다운 미세한 감정의 결 같은 건 흔적도 없어. 그녀는 처음부터 널 좋아했던 것 같아. 너도 그녀를 싫어하진 않았을 거야. 생각지도 않았던 결혼 문제가 파도처럼 코앞에 밀려오니 자유를 박탈당한 기분에 새장에 갇힌 새처럼 발버둥치는 것뿐이야. 옛날엔 상대가 누군지도 모르고 결혼했지만 잘들 해로했어. 현실을 직시하고 환상을 갖지 않으면 잘 살아갈 수 있을 거야. 오히려 너처럼 부적격자로 보이는 사람이 더 잘 적응할지 몰라. 제도가 주는 안정감이 있으니까. 언제 결혼할 거니."

관은 두번째 잔을 비우고 담배를 입에 물었다. 작년 크리스마스에 관은 국제전화로 오와의 문제를 재연에게 고백했다. 이게 선물

이니? 재연은 말하면서 피식 웃었다. 그로부터 보름 뒤 오가 전화
하여 아버지가 만나고 싶어한다는 말을 전했다. 오는 마피아의 딸
처럼 임신을 온 가족에게 알렸다. 오의 아버지가 관에게 할 말은
초등학생이라도 추측할 수 있다. 조신한 내 딸을 이렇게 만들었으
니 사내로서 책임을 지라는 거지. 미성년자도 아니고 배에 군살이
붙기 시작한 남녀가 합의하에 성인의 잠을 누렸건만 강아지처럼
끌려가 결혼이란 족쇄를 차란 말이지.

관도 할말이 있었지만 오의 아버지 앞에서 절대 그렇게 말할 수
없다는 것도 알고 있었다. 이곳은 동방예의지국이 아니던가. 오의
아버지 앞에서 죄인처럼 앉아 있을 생각을 하니 관은 한심해서 한
강에라도 뛰어들고 싶었다.

관은 담배 연기를 내뿜으며 연극영화과 대학 후배인 오를 이 년
만에 우연히 극장 로비에서 만난 일을 새삼 떠올렸다. '아메리칸
뉴웨이브 시네마전'을 상영한 날이었다. 그날 관과 오는 한 극장에
서 각자 〈영 러버〉를 보았고 존과 메리처럼 하룻밤을 보냈다. 그들
처럼 풋풋한 청춘도 아니었고 이름도 모르는 사이는 아니었지만.

오를 다시 만난 것은 그로부터 한 달 뒤였다. 오는 친구와 부산
영화제에 가려고 켄 로치 감독의 〈빵과 장미〉를 예매했는데, 친구
에게 일이 생겨 티켓이 남으니 함께 보러 가지 않겠느냐고 관에게
물었다. 부산에서 촬영중인 친한 조감독이 영화제를 보러 오라고
한 터라 "그럼 바닷바람이나 쐴까" 혼잣말을 하곤 관은 사흘 뒤

부산으로 내려갔다. 그리고 지난 12월 초, 오는 이른 싸락눈이 내린 날 다시 연락하여 "나도 실감나지 않지만―" 하고 낯선 소식을 알렸던 거다.

오로 말할 것 같으면 남자 백 명을 채운다고 공언하고 다닌 진보 페미였다. 가부장 사회에서 여자는 성적 행동이 우선되어 순결한 여자와 비순결한 여자란 이분법으로 나뉜다는 것이 오가 공감한 페미니즘이었다. 여자들조차 가부장 이데올로기를 내면화하여 정숙을 팔찌처럼 끼고 다니니 자신은 여성에게 가해지는 성적 억압을 공개적으로 무시하겠다고 공언한 터였다.

급진적 여성해방주의자라고 자처하는 오가 관은 밉지 않았다. 자유주의자 관도 반체제였다. 오의 그 과장법도 탈인습의 자유 선언이 아닌가. 관이 여자였다면 자매애를 느끼며 나는 열 다스를 채우겠어, 하고 동조했을지 모른다. 적어도 오는 요조숙녀연하지 않아서 말이 통할 것 같았다.

여성해방주의자 오는 임신을 알리면서 돌변했다. 미안하다, 관은 머리까지 조아리며 병원에 동행하겠다고 했지만 오는 유산을 거부했다. 네가 뿌린 생명에 책임을 져달라고 했다. 자신도 태중의 생명을 감히 꺾을 권리가 없다고 했다. 생명주의자로 돌변한 오 앞에서 관은 파렴치한이 되었다. 그렇다고 결혼을 약속할 수 없었다. 관에게 결혼 약속이야말로 무책임이었다. 가족을 책임질 경제력부터 전혀 준비된 것이 없었고 무엇보다 일상적 삶에 자신을 던질 의지가 없었다. 그것을 알기에 서른여덟이 되도록 결혼을 밥같이 보았던 관이 아닌가.

그러나 오가 그녀의 아버지를 만나라고 말했을 때 기둥 하나가 가슴속에서 우지끈 쓰러지는 소리를 들었다. 그것은 스페어타이어처럼 대기하고 있던 체념이란 왕녀의 빗자루질이었다. 너의 아버지를 왜 만나야 하지? 묻는 대신 관은 오에게 결혼 날짜를 잡으라고 말했다.

임신을 해서 결혼한다는 말을 관은 살아오면서 수없이 들었다. 삼촌도 그랬고 누나 친구도 그렇게 서둘렀다. 텔레비전 드라마도 이런 얘기들을 재탕했다. 삼류 극 같은 인생들. 브루투스 너마저도! 결혼 제도 같은 건 없어야 해. 난 가부장이 되고 싶지 않아. 굶어도 홀로 평화롭게 허기를 음미하고 싶어. 머릿속에서 들끓는 생각들을 다독이며 관은 거품이 넘치도록 제 잔에 맥주를 따랐다.

"내 결혼식 날 올 거지? 차 가지고 와서 기다리고 있다가 식 끝나면 나랑 도망가자. 결혼을 꼭 해야 한다면 만인 앞에서 식은 하겠어."

"영화 〈졸업〉 안 본 사람 있겠니. 정말 무책임해."

"무슨 책임! 어떤 일이 생겼어. 다른 일들과 같이 그냥 생긴 거야."

관은 〈졸업〉의 대사를 외웠다. 알코올중독자인 유부녀와의 관계에 대해 더스틴 호프먼이 그녀의 딸에게 해명하며 한 말. 그건 군더더기 없는 진실이었다. 그녀의 남편에게도 말했다. 무의미해요. 악수를 한 것과 같다구요. 닥터 박과의 일도 다른 일들과 같이 그렇게 생긴 거다.

"딸을 사랑하게 됐는데 전에 그 엄마와 의미 없이 몇 번 잔 적이 있다고 사랑을 포기해야 하니? 인간은 본래 불완전하고 믿을 수 없는 존재야. 성자가 아닌 다음에야 누구든 실수하고 죄도 지을 수 있어. 경박해서 실수를 저질렀다 하더라도 그 과거 때문에 미래까지 저당잡혀야 하나?"

관은 며칠 전 엘에이에서 걸려온 두번째 전화를 상기하며 자기 혐오를 느꼈다. 세상은 욕망의 지뢰밭, 나도 더스틴 호프먼처럼 졸업을 하고 싶어. 세상에 널려 있는 함정들을 건너뛰고 미성년의 삶을 졸업하고 싶어. 새 출발을 하고 싶어. 관은 재연이 어깨라도 쳐주길 바랐으나 재연은 늙은 여자처럼 쓴웃음을 지었다.

"발버둥쳐봤자 우리는 유교의 자식들이야. 넌 도망은커녕 축하객들에게 감사하다고 샴페인을 부어줄 거고 몇 달 뒤엔 아들 사진을 지갑 속에 넣어 다니며 만나는 사람마다 보여줄 거야. 널 닮았다고. 평범한 자신을 지금은 참을 수 없겠지만 모두가 결국은 평범한 행복을 찾아가는 일상인이 될 뿐이야. 더이상 엄살떨지 말고 결혼식을 기쁘게 치르길 바라."

"그래, 제도를 거부할 것만은 아니네. 이혼이란 제도도 있지!"

관은 끝내 시니컬하게 대꾸했다.

밤늦도록 보문호수를 서성거리다가 새벽녘에 눈을 붙인 관은 재연의 전화를 받고야 잠에서 깼다. 재연이 호텔로 찾아와 함께 점심을 먹고 문무대왕릉이 있는 감포 쪽으로 향했다. 재연은 대왕암에서 정월 보름 행사가 있다고 알려주었다. 몇 년 전 대왕암에서 본 정월 보름 밤 풍경이 아름다워 다시 보고 싶다고 했다.

보문단지에서 출발한 지 얼마 되지 않아 도로 왼편으로 호수가 나오는데 겨울 하늘 아래 물빛이 청정했다. 재연은 덕동댐이라 가르쳐주고 경주 시민들의 식수원이지만 삼 년 전엔 가뭄으로 호수가 바닥을 드러낸 적도 있다고 말을 이었다.

"그때 빨간 승용차 한 대가 댐 바닥에서 형체를 드러냈대. 그것도 두 사람이 탄 채로. 두 사람의 신원을 조사해보니 남자는 기혼자이고 옆에 탄 여자는 간호사인데 부인이 아니었대. 사고로 차가 빠졌을지도 모르고 여자가 우연히 남자의 차에 탔을 수도 있지만 동반자살로 결론이 났대. 정말 자살이었을까?"

인간이 사랑 때문에 죽지는 않는다. 인간은 희망의 노예이므로 저마다 자신이 살아남을 수 있는 특정한 방식을 스스로 찾아낸다. 사랑으로 삶의 의미를 만들어내는 체호프의 「귀여운 여인」도 사랑을 잃으면 본능적으로 다른 대상을 찾아낸다. 인간의 사랑에 과연 절대성이 있을까. 그건 자기최면이며 집착이 아닐까.

몇 년 전인가 젊은 기혼남이 그의 애인과 동승한 채 차를 폭파시켜 자살한 사건이 있었다. 그 뉴스를 보고 관은 사랑 앞에서 가정이며 자신의 생명까지 포기할 수 있었던 남자에게 압도당했다. 그 맹목성에 대해. 관에게 결여된 것은 맹목이 아닌가. 무모했을지 언정 맹목적이 된 적은 없다. 사랑이든 무엇이든 결사적으로 매달려본 적이. 관은 수장된 차를 찾기라도 하듯 호수를 굽어보며 대사처럼 읊조렸다.

"경주 시민들은 제의처럼 사랑의 순교자들 피와 살을 마셨군. 가톨릭 신자들이 예수의 피와 살인 밀떡을 영성체로 받아 모시듯."

아늑한 황용사 골짜기와 감은사지를 둘러보고 대왕암 어귀로 들어설 땐 햇빛도 기울어가는 시각이었다. 청명한 겨울 하늘 아래 잉크빛 바다가 가슴을 씻어주는 듯했지만 주차장은 대형 버스들과 인파로 붐볐다. 입구에서부터 몸을 부딪치며 걷는데 오징어, 멸치 등 온갖 건어물을 파는 노점들이 늘어서 있고 손뼉을 치며 떠드는 약장사 앞에는 사람들이 몰려 있어 완연한 장날 분위기였다.

바다가 시네마스코프처럼 펼쳐져 있는 해변에도 장이 선 듯 인파로 북적거렸다. 승려는 금속성 잡음이 울리는 마이크로 방생 법회를 하고, 울긋불긋한 옷차림의 한 무리 신도들은 대왕암을 마주 보며 두 손 모아 절했다. 무당은 여기저기 휘장을 둘러놓고 북을 치며 굿을 벌이는데 상에 놓은 돼지머리 주둥이엔 만원짜리가 물려 있었다. 아낙이 상에 돈을 놓을 때마다 징소리가 커지고, 고무같이 투명한 두 귀를 세운 채 돼지는 눈을 감고 파도 소리를 감상하고 있었다.

모래사장엔 가족들이 늘어앉아 하염없이 촛불을 지키지만 초는 바람막이 조약돌을 시커멓게 그을렸다. 굿판의 징소리와 승려의 염불 소리가 철썩이는 파도 소리에 뒤섞여 불협화음을 이루었다. 한쪽에선 할머니가 액땜용으로 헌 옷가지들을 태우느라 검은 연기가 바람에 흩어지고, 낮을 밝히는 수많은 초들로 파라핀 냄새가 바닷가에 진동했다. 코를 막으며 관은 돗자리에 앉아 염불하는 승려 옆에 다가섰다.

나라를 지키고자 동해 바다 가운데 뼈를 묻으신 문무대왕전에 전합니다. 죄 많은 우리 중생들 백배 사죄하오니 대왕님도 용왕님도 굽어살펴주시고 불쌍히 여기시고⋯⋯

염불에 맞추어 신도들이 가족 이름과 주소가 적힌 종이를 안고 원을 지어 돌기 시작했다. 수십 개의 촛불이 켜진 모래 구덩이는 흘러넘친 촛농으로 유황 온천처럼 끓고 있었다. 물통 속에서 자라와 뱀장어는 살지도 못할 방생을 기다리고, 젖은 치마를 들어올린 한 아낙은 부푼 명태 세 마리를 든 채 옆으로 걸어갔다. 바닷가에도 사람들이 어설프게 미꾸라지를 던지며 방생하는데 살진 갈매기들이 수면 위로 낮게 날며 먹이를 탐색했다.

완연한 아수라장이었다. 신성한 보름 제의를 상상하고 따라왔으나 무질서하고 혼탁한 인간 부대의 정경이 연옥 같기도 했다. 끔찍하군. 관의 혼잣말을 듣고 재연이 태연하게 말했다.

"고달픈 서민들이 정월 보름을 기다려 액막이하겠다고 우르르 달려온 거야. 신산한 삶들이 영험한 문무대왕전에 기도하면서 복을 빌려고. 다 너같이 고상하지 않아."

재연은 바다 쪽으로 몸을 돌리고 대왕암을 바라보았다. 소란한 뭍의 정경과는 달리 바다는 청정하고 갈매기들이 하얗게 내려앉은 대왕암은 거대한 알 같았다. 죽어서도 나라를 지키고자 동해에 묻힌 갸륵한 군주, 그 영령의 환생을 기다리듯 새들이 바위 알을 품고 있었다. 해는 벌써 지고 하늘은 회색으로 가라앉는데, 바닷바람이 찬지 재연이 목도리를 고쳐 매었다.

"저 속에 뼈를 묻었건 뿌렸건 수중릉이라니 근사해. 파도 소리 들리는 묘지라니 영웅답지. 북구신화에 나오는 미의 신 발데르의 장례도 신의 의식답게 장엄해. 시신을 배에 싣고 불을 질러 바다로 보냈대. 그렇게 흔적 없이 사라질 수 있다면 바다에서 죽어도 좋겠어. 넌 죽으면 어디 묻히고 싶어? 그런 생각 해본 적 있어?"

"신라 왕도 아니고, 시신을 남겨서 어쩌겠다고. 죽을 때가 되면 인도 가서 갠지스강에서 화장하겠어."

"그러지 말고 강가에 예쁜 고인돌 무덤을 만들어. 내가 가르쳐줄게, 이렇게 말야."

재연은 쪼그리고 앉더니 길쭘한 돌 두 개를 주워 모래 속에 세웠다. 그 위에 납작한 조개껍질을 얹으니 고인돌 무덤 형태가 만들어졌다. 아이처럼 천진하면서 진지한 표정으로 재연은 죽음의 소꿉

장난을 하는데 관은 와락 여자를 안아주고 싶었다. 재연의 엷은 갈빛 외투에 꽂힌 금빛 매미 장식이 그제야 관의 눈에 들어왔다. 금빛 매미는 외투 색깔과 조화되어 나무에 붙어 있듯이 자연스러웠다. 관은 모래사장에 주저앉으며 매미 브로치를 눈으로 가리켰다.

"무슨 브로치야? 매미 장식은 처음 봐."

"헤이룽장대학에 연구원으로 머물렀던 그리스 학자가 선물로 준 거야. 내가 한국 돌아올 때. 옛날에 아테네 사람들은 금으로 만든 매미 장식을 머리에 꽂고 다녔대. 그러면 자신의 조상이 매미 장식을 통하여 부활한다고 여겼대."

"그 남자가 널 좋아했구나. 연애했니."

"질투하는 거라면 우스워. 너답지 않으니까."

나다운 것이 무언데. 관은 자기 정체의 불확실성을 느끼며 자문했다. 처음 재연과 잔 날 근친상간을 한 듯 미묘한 기분에 휩싸여 더이상 재연을 안을 수 없었다. 나의 쌍생아. 나의 앨리스. 내 존재를 채워준 여자는 넌데 우리는 어디로 가고 있나. '나'는 너무 멀리 온 것일까. 관은 때때로 생각 없는 아이처럼 자신의 행위에서 '나'를 인식하지 못했다. 행위와 그 사이에 틈새가 벌어져 있었다. 그 결과는 오늘 같은 혼돈, 냉철한 현실이 아가리를 벌리고 있는 혼돈이었다.

갑자기 예리한 날이 가슴 한가운데를 가로지른 듯 아픔을 느꼈고 관은 자신이 재연을 사랑하고 있음을 깨달았다. 이날까지 한 번도 제 것이라고 생각해본 적이 없는 그 추상의 단어가 불꽃처럼 가슴에 솟아난 것이 믿기지 않았다. 관은 모래 위에 검지로 '재연아' 썼다.

"우리가 결혼했어야 하는 거 아냐? 나란 인간은 정말 수술을 받아서라도 개조를 했어야 해. 정관수술을. 너도 내 아이를 가지고 책임지라고 하지 그랬어. 그러면 난 못 이기는 척 너랑 살면서 아침마다 머리맡에서 이 우연의 행운에 대해 남몰래 회심의 미소를 지을 텐데."

"자책하지 마. 슬퍼할 수도 없어. 난 결혼도 했고 이혼도 했어. 이젠 결혼도 이혼도 두려워. 네가 같이 살자고 했어도 그럴 수 없지. 우리는 행복을 믿지 않는 회의懷疑의 남매잖아. 머뭇거리면서 얽히고 공허를 확인하면서 매듭을 끊고, 다시 그렇게 되풀이하고 싶지 않아."

수리수리 수리수리 사바하. 귀에 익은 염불이 등뒤로 울리는데 신도들이 들고 있던 종이를 타오르는 솔가지 더미에 던졌다. 종이는 순식간에 재가 되었고 검은 나비떼처럼 허공으로 날아갔다. 허공을 지켜보던 재연이 목도리를 풀어 불길 속으로 던졌다. 띠처럼 긴 검은 목도리는 솔가지 위에서 너울거리며 타오르고 재연은 결연하게 입을 다문 채 주시했다. 관은 재연의 팔을 잡으려다 뜨거운 불길로부터 등을 돌렸다. 내 사랑을 너는 액처럼 태워버리는구나.

허청거리며 몇 발자국 걸어가니 휘장이 쳐진 간이 막사가 나타났다. 그 안에서 북소리가 낮게 규칙적으로 울려왔다. 굿을 하는 모양이었다. 앞으로 지나가다가 무심코 안을 들여다보니 상에 백설기와 과일, 미나리, 술병과 부적이 놓여 있고, 한 여자가 서서 수제비 알 굴리듯 두 손을 비비며 바다를 향해 절하고 있었다. 여자는 눈을 감은 채 기도하면서 물고기처럼 입을 벌려 하품하고 박수는 바닥에 앉아 눈을 희번덕거리며 양손으로 북과 징을 동시에 쳤다. 높고 낮은 징소리가 장단에 맞추어 일정한 음률로 울리는데, 북소리가 심장의 박동 소리 같아서 관은 저도 모르게 가슴을 눌렀다.

그때 가까이서 〈금지된 장난〉의 멜로디가 울렸다. 투명하고 가냘픈 실로폰 소리로, 그건 관의 주머니에서 울리는 휴대폰 벨소리였다. 관은 바다 쪽으로 걸어가면서 휴대폰을 받았다. 뜻밖의 목소리가 귀에 울렸다.

"여기 엘에이야, 닥터 박."

"웬일입니까. 여기까지."

"거기가 어딘데."

관은 비아냥거렸다.

"여기가 어딘지를 말할 필요도, 내가 어디 있는지 알 필요도 없죠. 한가하군요. 연락을 이렇게 자주 하는 걸 보니."

"한가하다고 아무한테나 연락하나. 내가 좋아하니까 하지."

난 스토커 같은 인간을 좋아할 수 없어. 관은 피로를 느끼며 저 물어가는 바다를 바라보았다. 닥터 박은 지난번에도 물었던 것을 되풀이했다.

"영화는 어떻게 됐나. 감독으로 데뷔한다던데."

"잠시 보류됐어요. 제 시나리오가 너무 고상해서요."

"영화 한 편 만드는 데 보통 제작비가 얼마나 드나?"

"왜요. 영화 투자까지 하시렵니까."

"할 수도 있지. 유망한 예술가의 뒤를 밀어주면 돈을 보람 있게 쓰는 것 아냐?"

관은 흐흐 웃었다. 위대한 의술로 부를 거느리는 닥터가 이제 신인 감독을 위해 투자자로 나설 모양이었다. 돈이면 구세주가 될 수 있는 세상이니. 위압감을 주는 거칠한 목소리가 미국이라는 거리감을 느끼지 못할 정도로 선명하게 들려왔다.

"나 보름간 휴가 내서 일본 온천 지대를 여행하려고 해. 나랑 함께 규슈 지방 여행 가지. 일본에서 만나도 되고 아니면 내가 한국으로 데리러……"

닥터 박의 말과 뒤섞여 북소리가 갑자기 빠른 간격으로 울려왔다. 뭍을 바라보니 머리에 검은 띠를 두른 무당이 붉은 치마에 남색 쾌자를 걸치고 위로 솟구치듯 모래사장에서 뛰어오르고 있었다. 신이 내린 모양이었다. 관의 몸도 위로 솟구치는 듯했고 피가 머리로 몰리는 기분이었다.

"온천이라구요? 좋아하는 여자와 샤워할 시간도 없습니다."

"관, 미국 와서 요리해주고 같이 살아."

샌프란시스코에서 닥터 박이 취미를 물어서 요리라고 했다. 요리는 먹기 위해서보다 시간을 잊는 방법으로, 주방에서 칼질하며 몰입하곤 했다. 그것도 재연을 가끔씩 불러 나눠 먹은 것 외에 누구를 위해 한 적이 없다. 나더러 당신을 위해 매일 식탁을 차리라고? 요리를 바치고 싶을 만큼 혼이 아름다운 사람도 물론 있겠지.

사레에 걸린 듯 침을 뱉어내는데 삼색 깃발을 한 손에 쥐고 무당이 바다를 향해 뛰어갔다. 한 여자도 같이 달려가 바다로 뛰어드는 무당을 만류하니 무당이 젖은 쾌자를 치켜들고 물 밖으로 걸어나왔다. 무당은 두 팔을 수평으로 쳐든 채 뛰어오르다가 이내 쓰러지듯 주저앉아 통곡하는 시늉을 했다. 삶의 업, 올가미 같은 인연! 정작 내 사랑은 소리도 없이 재로 타버렸는데 보름 뒤엔 원치 않은 지아비의 식을 올려야 한다. 쾌락주의자는 가난한 예술가의 영혼을 사겠다고? 설사 누가 침대에서 미쳐 사랑한다 속삭였다 하더라도 오 년 뒤 망령처럼 나타나 요리해달라고?

머나먼 로스앤젤레스에서 구름을 거쳐 바람을 거슬러 대한민국 남쪽 용당리 바닷가로 찾아온 전파. 그 곡절 많은 길을 생각하면 애틋하기까지 하지만 관은 휴대폰이 밀정이라도 되는 양 박살내고 싶었다. 보이지 않는 연이 발목이라도 끌어당기듯 관은 모래를 걷어차며 비틀거렸다.

뭍의 소란도 어둠에 묻혀가고 모래 구덩이에서 타오르는 촛불들이 먼발치서 석기시대 불씨같이 가물거렸다. 하늘이 바다로 침투하듯 회청색 장막을 내리고 있는데 보름달 가운데로 구름이 끼어 달조차 두 개의 반달로 분열된 듯했다. 검푸른 지평선에 불빛이 깜박이고 선박 한 척이 환생한 거북처럼 수평선 위로 기어가듯 천천히 움직였다.

관이 꼼짝 않고 서서 수평선을 바라보니 환생한 거북이 아니라 거인이 수평선 위에 떠 있었다. 그것은 왕이 처음으로 즉위하고 용삭 신유에 사비수 남쪽 바다에 나타났다는 여자의 시체였다. 몸 길이가 73척이요, 발 길이가 6척이요, 생식기가 3척이나 된다는. 아까 재연이 들려준 『삼국유사』 문무대왕편 첫 기사가 환각처럼 눈앞에 떠오른 거다.

사비수 남쪽 바다의 여자 시체는 백제의 죽음, 그 상징이지만 불기 2545년 정월 보름 용당리 앞바다에 떠오른 시체는 신라의 죽음이었다. 회의의 누이인 재연은 신라 천년 고도로 흘러와 자신의 뿌리를 찾으려 하지만 이 난장판 속에 신라는 없다. 바다가 좁다는 듯 검푸른 수평선에 미동도 않고 누워 있는 거인을 보름달이 비추는데 그것은 여자가 아니라 생식기가 거세된 자신의 시신이었다.

(2001)

발 없는 새

요즘은 그런 일이 거의 없지만 옛날엔 아침부터 뜬금없이 멜로디가 입에서 흘러나와 종일 맴돌곤 했다. 어느 날은 〈렛 잇 비〉가 어느 날은 〈세뇨야〉 등 생각지도 않은 노래들이 튀어나왔다. 이렇듯 특정 곡이 자신의 의지와 상관없이 입에서 반복되면 '그날의 주제가'가 되었다.

이와는 좀 다르지만 한 단어에도 순간 '필'이 꽂히면 숙제처럼 종일 생각이 고리처럼 이어진다. 마치 소시민에게 그때그때 관성을 되돌아보게 하듯이. 지난가을 우연히 잡지를 들춰보다가 '순지의 식탁'이란 화보가 눈에 들어왔다. 어느 지역의 풍경과 함께 특산물을 소개하는데 그 지역서 만든 인스턴트 쌀국수를 순지의 요리처럼 화보에 내놓았다. 투박하지만 기품 있는 갈색 도자기 그릇, 면 위에 부케처럼 얹혀 있는 노란 국화 세 송이, 리넨 식탁보

위에 정물화처럼 놓인 수입 망고 두 개와 칠기 수저.

이천원의 인스턴트 쌀국수도 연출만 하면 고급 레스토랑 식사가 된다는 건가. 순지는 늘 그런 식으로 분위기만 내고 높은 수입을 챙긴다. 갖가지 색의 삼각 천을 문양처럼 드문드문 박은 천연 염색 모시 커튼을 창 앞에 늘어뜨리고, 골동이 된 다듬잇돌을 집안에 배치한 인테리어로 책도 출판했다. 호경제의 잉여로 외양에 눈 돌리는 중산층의 욕구를 감지한 덕분에 손에 물 한 방울 튀지 않고 어엿이 프로가 되었다. 잉여의 분위기로 말이다. 유명의 허명인가.

그날 집힌 잉여란 단어 때문인지 영서가 십오 년 전 도서관에서 근무한 첫해가 퇴근길에 떠올랐다. 소도시 도서관의 텅 빈 대출실에 앉아 아침부터 책을 읽으며 시간을 보낼 때면 신선놀음인가 싶었다. 교수이며 베스트셀러 '문화기행'의 저자는 "길은 감포 가는 길로 가고 싶고, 사서라면 시골의 공공도서관 사서가 되고 싶다"는 글을 언젠가 인터넷에 올렸다. 업무가 단순했던 그때만 해도 그가 동경하는 시골 도서관 같았다. 공무원으로서 첫 직장이라 이렇게 편히 근무하면서 월급을 받아도 되는 건가 과다한 양심의 반문을 하기도 했다. 책을 많이 읽는 만큼 사서의 소양도 쌓거니와 도서관의 사회적 기능과 행정이 늘어나면서 초심자의 마음이 사라졌다.

이날도 출근하여 시민을 위한 인문학 강좌 프로그램을 짰다. 5월 마지막 주 나흘간 열리는 문화행사의 주제는 '변방에서의 정체성'

으로 정했고, 각 분야별로 강사를 찾았다. 신라의 천년 수도였다가 고려 때부터 변방으로 퇴락해간 고도의 특성에 맞추었다. 영서처럼 근무지를 자원한 경우도 있지만 발령받은 외지인은 물론 토박이도 소도시에서의 삶에 박탈감을 보이곤 했다. 이곳 한방 대학병원에서 처음 진료받을 때가 생각난다. 젊은 한의사가 능숙하게 침을 놓으며 경주 생활을 좋아하느냐 물었다. 조용해서 만족한다고 하니 그는 머리를 흔들었다. "피가 끓어요." 비어 있는 폐허의 유적지를 거닐며 '피로사회'에서 잃어버린 나를 돌아보기엔 젊음의 피가 너무 뜨거웠을까.

수서한 책 한 권을 빼 들기 전엔 여느 날과 다름없는 하루였다. 사무실에 가서 볼일을 보고 돌아오니 정리실에 북 트럭 두 대가 놓여 있었다. 보름마다 주문하는 책이 들어왔다. 북 트럭 아래위로 신간이 빼곡히 꽂혀 있고 장비 담당 현주씨가 컴퓨터 작업을 하고 있었다. 영서는 습관적으로 신간들을 훑어보았다. 새책이 들어오면 표지라도 봐야 한다. 위 칸에 꽂힌 책등에서 영서는 눈을 사로잡는 활자를 이내 발견했고 그 특별한 이름을 보자 반사적으로 책을 빼냈다. 張國榮. 흰 하드커버 표지엔 그의 얼굴이 동전 크기로 박혀 있었다. 그 위에 '그 시절 우리가 사랑했던 장국영'이라는 제목이 쓰여 있었다.

영서는 책을 들고 자리로 가 앞장부터 들춰보았다. 서문을 속독으로 읽으니 장국영의 열렬한 팬인 영화 담당 기자가 장국영 십 주기를 맞아 홍콩서 취재하여 쓴 책이었다. 무심히 수서했지만 2003년 4월 1일 홍콩에서 들어온 외신을 영서는 물론 기억하고 있다. 장국영이 사십칠 년의 생을 만우절에 마감한 것을. 그때 영서는 서른일곱이었고 홍콩 영화를 보며 청춘기를 보낸지라 그 세대의 한 아이콘인 장국영의 죽음과 함께 '우리의 젊음'도 마감된 것을 알았다.

며칠 뒤 영서는 베이징에 전화했다. 남편은 박사논문 준비중이었고 중국에 퍼진 사스로 모든 학교가 휴교 상태였지만 대학 기숙사에 남아 있었다. 영서는 사스가 가라앉을 때까지 한국에 나와 있으라고 했지만 남편은 "김치 먹는 한국인은 사스에 안 걸린다더라. 걱정 말라"고 했다. 그 소문에 중국인도 김치를 사는 통에 마트에 김치가 동이 났다고 남편은 힘주어 말했다. "그래도 와야 되잖아." 영서는 그 말을 하다 갑자기 목이 메어 친정 엄마에게 수화기를 넘겼다. 육 년째 떨어져서 잘 견뎌왔는데 외로움이 복받쳤던 것일까. 장국영 여파인지도 몰랐다. 남편은 그것도 모르고 논문 얘기만 했다.

책을 훑어보다 〈아비정전〉 스틸 사진에 시선이 머물렀다. 오른 페이지엔 그 유명한 맘보 춤 장면이 아홉 컷 실려 있고 왼 페이지 여백엔 아비의 대사만 네 줄의 푸른 고딕체로 섬처럼 떠 있었다.

세상에 발 없는 새가 있다더군.

늘 날아다니다가 지치면 바람 속에서 쉰대.

딱 한 번 땅에 내려앉는데

그건 바로 죽을 때지.

발 없는 새― 대사를 읽으니 생모를 만나러 필리핀에 갔다가 발
길을 돌려야 했던 아비의 뒷모습과 삶의 진창에서 걸어나와 참담
한 눈빛으로 인력거에 앉아 있던 〈패왕별희〉의 여장 남자 데이가
생생히 떠올랐다. 옷깃에도 묻어 있는 공허와 절망, 그 밑에 깔린
두께를 알 수 없는 슬픔과 고독. 그는 아비 자체, 데이 자체 같았
다. 호텔 창으로 몸을 던진 자기 해체의 절망은 속옷 바람으로 홀
로 맘보 춤을 추던 아비의 나르시시즘과 어떤 연관이 있을까. 나르
시시즘의 극단에 더이상 세상과 화해할 수 없는 절해고도의 자아
가 죽음의 얼굴로 웅크리고 있었던가. 이십여 년을 의연하게 동행
했다는 동성의 연인조차 외면하고. 사랑도 구원이 될 수 없었다.

영서는 열시가 넘어 이주사主事와 현주씨와 함께 남산으로 출발
했다. 원예학과 명예교수로 이십 년 전 퇴임한 신재호 박사의 소장
전공서를 이날 기증받기로 했다. 지방대학 생명과학과 교수인 사
위가 도서관장의 지인에게 한 달 전부터 장인의 기증 의사를 전했
다. 신박사는 노환으로 병원에 입원중이라 사위가 어제 장인의 거
처에 내려와 기증 증서를 받고 기념촬영도 했다. 전공 관련서가 잡
지까지 합쳐 이천여 권이라지만 소장가치가 없는 책은 도서관에

서 가져갈 수 없다고 알렸다. 사위는 건질 만한 육백여 권을 공식적으로 기증하고 나머지는 도서관에서 처리해주기를 당부했다.

화창한 4월 중순이었다. 여느 해보다 기온이 높아 벚꽃이 일찍 만개했고 며칠 전 비가 와서 시내엔 꽃이 거의 졌다. 남산 쪽 벚나무 가로수에는 채 지지 않은 꽃들이 아른하게 매달려 있었다. 포석정을 지나 솔숲 사이로 난 오솔길로 들어서니 왼편에 허름한 집 한 채가 나무 울타리 안에 묻혀 있었다. 그 앞을 지나자 샛길이 양 갈래로 나뉘었다. 왼편엔 '힐링 캠프'란 푯말이 붙어 있고 오른편은 밭을 지나 소나무가 늘어선 오르막길인데 이주사의 스타렉스가 솔숲으로 들어섰다.

남산으로 가는 길이라 민가가 없을 듯하지만 차에서 내리니 이내 창고용 간이 막사가 보였다. 노란 영춘화가 피어 있는 뜰 안쪽으로 내려서자 컨테이너가 눈에 들어왔다. 차양을 단 컨테이너 앞에 간이탁자와 비닐이 뜯긴 의자가 놓여 있었다. 컨테이너 창틀과 문 옆으로 낡고 살이 부러진 우산들이 몇 개나 걸려 있고 허공에 붙박인 원형 빨래걸이엔 양말 두 짝이 매달려 있었다.

사람이 사는 건가. 가스통과 고무통, 헌 장갑과 모자, 금이 간 안경 등이 여기저기 널려 있는 풍경은 어수선했다. 컨테이너도 두 개가 나란히 설치돼 있고 겨울철 보온을 위해 철제 벽면에 씌워놓은 덮개는 반이 떨어져나가 너덜거렸다. 아무 정보 없이 이곳을 발견했다면 고물장수의 거처로 짐작했을 거다. 남산이 다가서는 마

당을 등진 살림집만 본다면 조경이란 단어와 어울리지 않는 정경
이었다. 사위에게 기증 증서를 전하러 어제 이곳에 왔던 이주사에
게 "여기 맞아요?" 하고 영서가 묻는데 한 남자가 마당으로 걸어
왔다.

"아, 도서관에서 나오셨죠?"

붉고 큰 얼굴에 비해 눈이 작고, 팽팽한 와이셔츠 안의 몸집이
다부져 보이는 중년 남자였다. 이주사가 자기소개를 하자 "저는
신박사님 사위와 친구 됩니다" 하고 명함을 내밀었다. "요나힐링
센터 원장 김관주. 동방성가대 단장." 태권도 사범 같은 인상이지
만 목소리가 우렁차서 성가대원인가보다. 교회 집사일지도 모른
다. 힐링센터 원장이 컨테이너 문을 열었다.

"박사님이 올 2월에 갑자기 입원하셔서 여기 땅을 제가 관리하
고 있어요. 전부 인수했거든요. 요 앞에 있는 힐링센터도 몇 년 전
박사님 사위를 통해 매입했죠. 여기도 곧 힐링 캠핑장 작업에 들어
갑니다."

언젠가부터 부쩍 자주 사용하는 '힐링'이란 단어. 치유도 유행
이 될 수 있는 건가. 힐링센터 원장은 땅 소유자로서 모든 권한을
인계받은 듯했다. 그를 따라 신을 신은 채 안으로 들어가니 한낮인
데도 실내가 어두웠다. 컨테이너의 절반은 문을 달아 방으로 사용
한 듯하고, 서재의 세 벽면에 설치된 여섯 단 앵글 책꽂이엔 책이
천장 아래까지 들어차 있었다. 방문 앞에 서 있던 영서는 무심히

방안을 들여다보았다. 구식 장롱과 책상, 오래된 TV가 놓여 있고 몇 벌의 바지와 스웨터, 낡은 점퍼가 무더기로 침대 겸용 소파 위에 쌓여 있었다. 그 공간을 빼면 겨우 한 몸 움직일 만했다. 가족과 떨어져 박사님은 언제부터 이렇게 혼자 살았을까.

실내에서 맨 먼저 눈에 들어온 것은 시계였다. 윗단 앵글엔 둥근 벽시계가 여섯 개나 걸려 있고 선반과 문 위, 책상 위에 각기 놓인 뻐꾸기시계 네 개도 눈에 들어왔다. 작은 탁자 위에는 둥근 벽시계 세 개가 포개져 있고 벽에 나란히 걸린 팔각형, 사각형 시계까지, 눈으로 세어보니 모두 열일곱 개였다. 영서는 스마트폰을 꺼내 시간을 보았다. 열시 오십분. 서재의 시계들은 지구상의 다른 나라인 듯 저마다 다른 시각으로 멈추어 있고 문 위에 놓인 뻐꾸기시계만 현재 시각을 가리키고 있었다. 컬렉션이라기엔 너무 평범한 시계들. 검소와 절약이 몸에 밴 구세대라 기념행사에서 선물로 받은 것들을 우산처럼 쌓아둔 건지 모른다. 벽면 한쪽엔 '광명석유' 광고가 박힌 1월 달력이 붙어 있었다. 1월까지는 이 살림방에서 주인이 거처했나보다. 원장이 서두르듯 말했다.

"이 책들 전부 가져가실 거죠? 컨테이너도 치워야 하거든요."

"일단 육백 권 추리겠습니다. 상태가 좋은 책만 기증받기로 박사님 가족과 협의했어요."

"나머지도 도서관서 처리해주세요. 남은 걸 불쏘시개 할 수도 없고."

458

"나머지까지 저희가 처리합니다."

가족도 새 주인도 애물단지나 되듯 책을 처분하려 했다. 필요치 않은 사람에게 책은 자리나 차지하는 성가신 짐일 뿐이다. 힐링센터 원장이 밖으로 나가자 현주씨가 이주사와 영서에게 면장갑을 주었다. 꽂힌 책들의 팔십 퍼센트가 조경, 원예, 식물에 관한 일본 서적이었다. 원예학 전공의 책 주인은 도쿄 유학생 세대이다. 누렇게 바랜 책들은 한눈에 둘러봐도 출판연도가 오래된 책들이었다. 책 위엔 먼지가 쌓여 있고, 천으로 제본한 밤색 표지의 책등은 삭아서 뜯어져 있었다. 책이 꽂힌 선반 앞 공간엔 십원짜리 옛 동전이 가득찬 드롭스 통, 명함들, 고무 밴드로 묶은 사등분된 전단지, 안티플라민과 영양제 센트룸이 놓여 있었다. 세 묶음의 전단지는 뒷면의 백지를 메모지로 쓰려고 자른 것 같았다. 손자로 보이는 아이의 사진과 2007년 개근상 상장이 그나마 생기와 온기를 띠고 있었다.

세 사람은 반듯한 책들을 골라 무더기로 내려놓았다. 책에는 이력이 난 사서들이라 오래 걸리지 않아 육백여 권의 책을 골랐다. 남자인 이주사가 가지런히 책을 쌓아올려 밴딩기로 묶었다. 창으로 비치는 햇살에 먼지가 회오리치듯 빨려갔고 영서는 문 입구로 물러나 마스크를 벗었다. 창의 프레임 안에 박힌 남산과 뜰의 나무가 그제야 눈에 들어왔다. 영서는 자라나는 감나무 새잎들을 보며 색이 짙지 않고 연둣빛이 더 나므로 단감나무라고 단정했다. 청도

시가에서 늘 보는 단감나무.

창밖에는 온 생명이 물을 올리는데 컨테이너 서재에는 고장난 뻐꾸기시계들과 묵은 은행 통장, 버림받은 책들만 쌓여 있었다. 봄의 변방이었다. 노주인은 시간의 변방에서 달려가는 시침처럼 순간순간을 살고자 했는지 모르지만 영원한 은신처는 없지. 육체는 구순의 문턱에서 닳은 톱니처럼 고장났다. 자식과 떨어져 홀로 컨테이너에 살면서도 박사님은 왜 무용해질 전공서적을 진작 처리하지 않았을까. 죽는 날까지 놓칠 수 없는 최후의 보루였나. 꺼꾹, 난데없이 뻐꾸기 소리가 울려 시계를 보니 열두시 이십분이었다. "자가 미쳤나." 이주사가 포장을 마무리하다 너털 웃었다. 아닌 게 아니라 뻐꾸기 소리가 딸꾹질 같아서 심심한 뻐꾸기가 장난을 치는 듯했다.

밖으로 나가서 영서는 뜰 앞의 느티나무 아래 섰다. 안쪽의 컨테이너 앞에는 작은 때죽나무 세 그루가 나란히 서 있었다. 자세히 보니 가지치기가 되어 나무가 단정했다. 노학자가 입원하기 전 손질했나보다. 풀들이 여기저기 깔려 있는 마당은 훤하게 드러나 있고, 그 한가운데에 곧게 뻗어 자란 느티나무 한 그루가 우아하게 서 있었다. 드넓은 마당에 느티나무를 심은 것은 적절해 보였다. 그늘을 드리우기 위해 심는 나무였다. 원예학자의 뜨락은 다르겠지. 뜰 맨 안쪽에 철망을 둘러 만든 꽤 큰 개집은 비어 있고, 그 옆으로 대지의 경계선을 따라 울타리를 겸한 탱자와 사철나무, 등나무, 팽나무, 은행나무 들이 심어져 있었다.

서편 가장자리를 걸어가며 나무들을 둘러보다가 모서리를 돌았다. 컨테이너 앞으로 펼쳐진 마당과 그 위쪽 둔덕의 경계에 심어진 수종은 매화와 살구나무, 뽕나무처럼 열매를 먹는 과실수이거나 불두화, 배롱나무처럼 꽃이 화려한 나무였다. 뼐 같은 배롱나무 줄기를 만져보다 언뜻 위를 올려다보니 거대한 눈송이가 허공에 쏟아지고 있었다. 4월에 내리는 눈이라니. 눈이 시려 안경을 고쳐 쓰니 그건 봄볕에 부서지는 수백 송이의 산목련이 아닌가. 환영처럼 꽃을 쏘며 생시에 서 있는 거목들을 세어보니 아홉 그루였다. 무연한 하늘에 산화하는 꽃의 폭발음이 적요를 가르고 파장을 일으켰고, 순간 가슴에서 무언가 빠져나가 영서는 허물처럼 서 있었다. 그건 나비, 굶주린 허무의 나비였다.

"박여사, 박영서씨."

등뒤로 부르는 소리가 들려 돌아보니 분관의 김계장이다. 오전에 남산으로 출발하기 직전 그가 전화했다. 신박사에게 기증받은 책을 다시 보고 싶다고. 영서가 지금 출발한다고 일러주니 그는 두어 시간 뒤에 가겠노라 했다. 김계장의 관심은 육백 권을 빼고 남은 책이었다. 책 인계 소식을 전해듣고 김계장은 이미 지난 주말 이곳에 다녀갔다. 자타가 인정하는 애서가이니 얼마나 궁금했을까. 사서가 책을 사랑한다면 당연시하겠지만 김계장의 경우 유별나다고 할 수밖에 없다. 도서관 공간이 한정되어 해마다 두 차례

오래된 책들을 골라 서가에서 빼는데 그것이 안타까워서 목록을 보며 이건 빼지 마라 저것도 좋은 책이다, 저지를 했다. 헤밍웨이 책도 대출자가 없어 미국의 도서관 서가에서 사라진다는데 하물며 낡은 책을 어쩌랴. 책에 대한 애착도 시인 기질일까. 김계장이 전부터 혼자 시를 쓰고 있다는 건 알 만한 사람은 다 알고 있었다. 김계장이 옆으로 다가와 넌지시 말했다.

"포장한 것 말고 다 버리는 건가? 나머지 책 필요 없는 거지요? 내가 가져가도 되지요? 분관에 갖다놓든 고물상에 팔아먹든 상관없는 거지요?"

"마음대로 하세요. 다는 못 가져갈 테니 나머지는 폐지 장수 불러서 처분하면 돼요. 여기 땅 새 주인도 책들 다 처분해달라고 신신당부했어요."

"알아서 할게요. 왜 박사님 가족은 평생 가지고 있던 귀한 책을 헌 짚신 버리듯 하나. 사위는 생명과학과 교수라면서 식물 관련 책들을 귀하게 생각 안 하나. 딸은 와보지도 않고 남편한테 다 맡기나. 내 자식이 저런다면 어째야 하나. 아니, 내 생각이 잘못된 거야. 돈도 안 되는 고리짝 같은 서책, 당연히 버리는 거지. 애석해하는 내가 이상한 거지."

또 시작이다. 책 자체를 애호하는 진정한 사서이며 무언가에 늘 가슴 저리는 진정한 감성의 인간이지. 그 진정성에 알코올이 들어가면 같은 말이 되풀이되는 동영상을 펼친다. 시 외곽 소도서관에서 근무할 땐 술이 덜 깬 얼굴로 출근해도 코 묻은 아이들을 보면 데려가서 짜장면을 사주곤 했다. 도서관이 있는 고아원은 없나 찾아보라고 권했지만 김계장이 오늘 영서처럼 장국영 십 주기 책을 보았다면, 고독한 스타가 지상을 떠난 4월에 또 한잔 소주를 걸쳤을 것이다.

김계장이 실컷 책을 고르도록 놔두고 본관의 사서들만 남산에서 돌아왔다. 늦게 먹은 점심이 체했는지 영서는 속이 좋지 않았고, 잠시 일손을 놓은 채 서고에 들어온 원예학자의 책을 훑어보았다. 정리는 시간이 걸릴 테지만 책을 고를 때 제목도 제대로 볼 틈이 없었다. 원색 도감 원예식물, 造園의 역사, 農의 미학, 공간의 경험, 일본 원색 잡초 도감, 樹木, 사료작물 생태학, 庭園に死す ―

영서는 십자로 묶은 끈을 벌려 『일본 원색 잡초 도감』을 꺼냈다. 첫 장을 들추니 오른편 위 여백에 찍힌 네모 도장이 눈에 들어왔다. 申齋昊. 소장자 이름이 찍힌 장서인이었다. 낙관처럼 멋진 예서체의 붉은 도장이 책에 무게를 더하는 듯했다. 천천히 페이지를 들추니 서문과 목차가 나오고 25페이지부터 쇠뜨기를 시작으로 잡초 이름과 그림, 설명이 붙어 있었다. 페이지마다 양쪽으로 네다섯 개의 잡초명이 나오는데 어디를 들춰도 일본어 표기 밑에 줄을 긋고 일일이 '꿩이밥' '나도생강' 등 한글 이름을 달아놓았다. 사전식 나열이 끝나는 351페이지의 타래난초까지 빠짐없이 한글 이름을 써놓아 놀라웠다. 줄잡아서 천삼백여 가지 잡초의 이름을 써놓은 셈이다. 원예학자의 철저한 공부였다.

이번엔 옆에 놓인 책 묶음에서『원색 도감 원예식물』을 빼냈다.
한 손으로 들 수 없을 만큼 크고 묵직한데 첫 페이지엔 역시 도장
이 찍혀 있었다. 제목과 '재판을 찍으며'가 서문처럼 쓰여 있고, 이
어 무희의 치마처럼 대담하고 화려한 원색 식물 그림이 펼쳐졌다.
양 페이지 다 절반은 꽃 그림으로 채워져서 책을 펼치면 꽃들이 글
자를 감싸고 만발해 있는 형상이었다. 세상의 꽃이란 꽃은 다 모여
서 육백 페이지가 넘는 책은 마치 우기의 밀림을 품고 있는 듯했
다. 극락이 여기 있었다. 천상의 넝쿨이 그네를 뛰었다. 진시황이
찾던 불로초도 평범사平凡社의 이 마법 속에 잠자고 있을 것 같았
다. 원예학자는 마음의 투시원장透視垣牆으로 무릉도원을 드나들
었다. 환히 보이는 낮은 담? 주인이 책에 꽂아둔 달력 뒷면의 조각
메모지에는 원서에서 본 한자를 공부한 흔적이 있었다.

透視垣牆. 垣: 담 낮을 원, 牆: 담 장＝墻.

아프던 명치도 어느새 풀렸으나 영서는 한 권만 더 보기로 했
다. '庭園に死す'란 제목이 호기심을 끌었다. 직역하면 '정원에서
죽다'이지만 그런 뜻이 아닌 것 같았다. 정원에 목숨을 바치다, 전
력을 다하다, 그런 뜻이 아닐까. 일본다운 제목이 아닌가. 책을 들
추니 교토의 수학원修學園, 나라의 자광원慈光園 등 유명한 정원 사
진이 나뭇가지 하나도 살아 있는 듯한 뛰어난 인쇄술로 눈을 사로
잡았다. 이십 년 전 출판된 책의 서문부터 보니 중간 문단에 붉은

줄이 쳐 있었다. 영서는 짧은 일본어 실력으로 더듬어 읽었다.

"고대의 귀족들은 정원들을 바라보며 내세를 상상하였다. 사막 지역에 조성된 이슬람의 물의 정원도 그러한데 감미로운 쾌락과 같은 조용한 죽음이 다가오는 것 같다. 알람브라궁전의 아름다움은 시간을 멈추게 하는 듯한 전율을 준다."

자연을 재단하여 문명을 만들고 그 속에서 탐미적인 죽음까지 교감하는 인류. 노원예학자도 정원에서 감미로운 쾌락과 같은 조용한 죽음이 다가오기를 기다린 것일까. 목련나무 뿌리를 베개 삼아 눈송이처럼 떨어지는 꽃을 맞으며. 장서가는 오십 리마다 이정표를 세우듯 50, 100, 150페이지에 어김없이 인장을 찍어놓았다. 세 권이 같으니 그의 모든 책이 그럴 것이다. 책을 덮기 전 무심히 맨 뒷장을 펼치니 반으로 자른 전단이 세로로 끼어 있었다. '입시미술은 미술과 다릅니다'. 미술학원 광고문인데 무슨 뜻인지 알쏭했다. 전단 뒷면을 흘긋 보니 누렇게 바랜 신문기사가 붙어 있었다.

'자식에게 부담 주는 노년기 10대 질병과 예방법'.

그 밑에 누구나 상식으로 아는 병명들이 나열돼 있고 기사 중 정기적인 뇌동맥 검사, 근력운동, 친구와 어울리기, 긍정적 마음 갖기 등에 빨간 줄이 그어져 있었다. 맨 밑의 종이 여백에는 귀뚜라미 보일러 AS 대리점 전화번호와 1월 14일의 지출이 적혀 있었다. 회덮밥 2人 14000, 딸기잼 6750, 회충약 2000.

퇴근을 십 분 앞두고 김계장이 메일을 확인하라는 전화를 했다.

시인은 아날로그식을 고수하겠다며 계속 알뜰폰을 사용하고 아직까지 문자 보내는 법도 모르고 있었다. 19세기에 살았더라면 좋았을까. 용건도 없는데 갑자기 무슨 메일일까. 흔치 않은 일이라 영서는 알았다고 한마디만 하고 막 끄려던 컴퓨터로 메일을 열었다. 뜻밖에도 김계장은 시를 보냈다.

남산서방南山書房
— 원예학자의 마지막 거처에서

김우복

경주 남산 가르마 같은 오솔길 지나
뒤 울은 오죽烏竹으로 두르고
앞 울은 목련꽃 구천九天으로 피었네
컨테이너 안, 모서리까지 빼곡 찬 서책들
멈춰버렸거나, 흩어진 병아리처럼 돌아가는 시곗바늘들
그중 한 마리 뻐꾸기가 운다, 치매 걸려 수시로 시時를 모른 채

공空을 조경造景하는 저 울음 속
책 하나 애비 잃은 듯 철퍽,
삭은 먼지 토하네

살림방 앞 때죽나무 삼 형제는 우두커니
누군가를 기다리며 귀만 열어놓고,
주인은 칠불암 갔는지, 용장사 갔는지

서가에 허물처럼 남아 있는 책들
이제, 하산下山의 바라춤으로 적멸을 꿈꾸어야 할 때
구십 생애 노학자 설계도가 바로 너희들이었을 터
어느 나무, 풀 한 포긴들 영원할까마는
젊어도 오래되면 버려지는 세상에
신장神將일랑 바라지는 말게나

땅거미는 점점 옥죄어오는데
서치書癡가 마지막 보듬어보는 것은
차마 날아가지 못한 묵은 책 향기

　같이 근무한 지 십 년이 넘었지만 시를 보여주는 건 처음이었
다. 남산에 먼저 다녀와서 시상이 떠오른 모양이다. 남은 책을 마
음대로 처리하라 했더니 원예학자의 먼지 쌓인 서가에서 초고를
다듬었나보다. 세 군데 수정을 했는데 치매 걸린 뻐꾸기로 노학자
의 변경을 절묘하게 그렸다. "공을 조경하는" "하산의 바라춤으로
적멸을" 같은 불교적 사유는 시에 깊이를 더한 듯했다.

시는 좋다만 그럼에도 시는 시고 현실은 현실이야. 난 시인이 아니어서 남루한 현실을 직시할 거야. 자신의 이상국인 정원을 세워도 자식에게 부담 주지 않기 위해 근력운동을 해야 하고 회충약도 먹어야 하는 현실. 오십 페이지마다 출석부처럼 인장이 찍힌 원예학자의 책을 더이상 보지 않으리라. 영서는 앞에 놓인 칼슘제 한 알을 삼키고 책상을 정리한 뒤 남편에게 문자를 보냈다. "오늘 들어올 때 가져오는 거 잊지 않았죠."

영서는 퇴근길에 초록마을에 들러 한산도의 무농약 땅두릅과 건표고, 딸기와 주문해놓은 백 퍼센트 카카오 파우더를 사고 죽집에 들러 단팥죽 이 인분을 포장해 집으로 돌아왔다. 국산 팥인데다 많이 달지 않아서 남편도 좋아하는 간식이었다. 거구의 시어머니가 요리하는 것을 즐기지 않아 시가의 부엌 찬이 단출했지만 둘째 아들인 남편은 입이 짧고 까다롭기가 영서를 앞섰다. 초록마을을 드나드는 영서를 보고 한 직원은 "두 식구라서 입맛대로 사는 거야" 했다. 친환경 가게가 사치라는 뜻이었다. 영서는 그저 반자연적인 식품에 거부감을 가지고 있을 뿐이었다. 아이까지 있다면 식비 지출이 많아 엥겔지수가 높은 가구가 될지 몰랐다. 궁금한 책은 통장이 바닥나도록 사는 남편의 지출만 아니라면.

아파트 주차장을 나서다가 경비 아저씨를 만났다. "아까 택배 왔어요. 가져가시죠." 경비를 뒤따르며 "또 책이죠" 하고 영서가 시큰둥 말하니 경비가 되레 두둔했다.

"교수님이 책을 안 보면 누가 봅니까. 우리 같은 무식꾼은 공부만 하는 민교수님이 존경스러워요."

"별말씀을요."

정확히 말하면 남편은 교수가 아니라 시강이다. 교수 임용 제한 나이인 오십 세가 넘었으니 평생강사 평강이 되겠지만 두 사람 다 개의치 않으므로 호칭은 내버려둔다. 선생님, 사모님 칭호가 보편화된 권위주의 사회이고 학생들도 교수님이라 부르니까. 택배는 물론 인터넷 서점에서 민정우씨에게 보낸 책 보따리였다. 일주일이 멀다 하고 오는 책 택배, 보고 싶은 마음도 없다. 영서는 현관에서 서재로 곧장 들어가 택배를 방바닥에 밀어놓았다. 책상 위를 흘긋 보니 앉아서 팔을 놓을 정도의 공간만 빼고 백 권이 넘는 책들이 ㄷ자 블록처럼 에워싸여 있었다. 영락없이 보루다. 강의를 위한 광범위한 공부이지만 그 모습을 위에서 내려다보면 책 속에 호두 같은 뇌가 박혀 있는 그림이 될 것이다. 책상에는 읽다 둔 『밖에서 본 한국사』가 엎어져 있다. 책을 읽기엔 눈이 흐린 나이가 되면 우주에서 본 지구사를 생각하며 책장을 정리하려나.

지난주만 해도 남편은 책상에 티 포트를 올려놓고 차를 마시며 작업했다. 어느새 책이 이렇게 불어난 것일까. 여덟 단으로 손수 짠 서른세 개의 책장에는 천장까지 책이 꽉 찼다. 한 권도 비집고 들어갈 틈이 없으니 책장 앞바닥에 진열되고 안방과 거실까지 책장이 진출해서 다시 책상 위로 올라갔다. 만물박사란 별명은 그냥 얻어진 게 아니다. 노동운동을 하다 신생 정당에 들어갔고, 학문으로 방향을 돌려 뒤늦은 중국 유학을 칠 년 만에 마쳤다. 철학박사 학위와 함께 선박으로 도착한 책이 예전의 서른두 평 아파트를 점령군처럼 장악했는데, 책이 계속 불어나자 몸에 부딪칠 지경이었다.

사 년 전인가 남편이 책을 잔뜩 사 온 어느 날 영서는 라면 박스 두 개를 가져와 제 책들을 무차별로 쓸어 넣었다. 대학원 논문 주제였던 작가 테오도어 폰타네에 관한 자료들과 독일어 문법책, 원서들과 문학이론서, 독어사전, 창간호부터 모은 문학 계간지들을 과감하게 제 책꽂이에서 뽑아냈다. 남편은 어리둥절한 눈으로 바라보다가 박스를 들고 현관으로 나가려는 영서 앞을 막아섰다. "와 이라는데, 갑자기." "책이 뭔데 못 버려. 당신이 안 버리면 내라도 버려야지. 책에 눌려 죽겠어." 영서는 남편 팔을 뿌리치다 봇물이 터진 듯 엉엉 울면서 두 박스를 차례로 내다버렸다.

어차피 무용해진 전공서적이지만 청춘기의 발자취였다. 신입생 때 그와의 연애로 성적이 처지자 영문학 대신 택한 독문학이었다. 대학원 시절엔 유학도 생각했지만 결혼으로 포기했다. 독어, 불어가 사양길로 들어서니 취업도 힘들어 사서가 되었다. 한때는 독어를 잊어버리지 않기 위해 책상 앞에 사전을 두고 빔 벤더스 감독의 〈베를린 천사의 시〉 DVD를 계속 보았다. 남편은 이 모든 과정을 알고 있다. 중국 버스표도 버리지 않고 책갈피에 끼워두는 활자 애착증이라 영서의 결단에 놀라겠지, 했지만 오산이었다. 일주일도 안 되어 영서의 빈 책꽂이에 남편 책이 꽂히기 시작했다. 영서는 이내 체념했지만 더이상 제 책은 사지 않았다. 도서관에서 책에 묻혀 있다 집에 돌아오면 책꽂이가 닥나무 숲길을 만들고 있으니 전생에 글에 굶주렸던 서생이었나.

하긴 영서도 굶주린 듯 책을 읽은 시기가 있었다. 단기과외도 했던 독어 강사 시절엔 시간만 나면 시내 서점에 가서 밤늦도록 서서 책을 읽곤 했다. 정신세계사 책부터 증산교까지 주로 종교서적을 읽었는데 광물학자며 수학자로 명상 상태에서 천국과 지옥을 오갔다는 스베덴보리와 미국의 예언자 에드거 케이시는 지금도 기억하고 있다. 그들의 윤회사상은 불교와 비슷하여 흥미로웠는데 서점에서 종일 머리 숙이고 이런 책을 읽은 다음날이면 머리가 깨지는 듯 아팠다. 영적 세계를 다루는 종교서들은 보다 초월적이어서 관심을 끌었지만 살 필요를 느끼진 못했다.

데친 땅두릅과 표고탕수를 식탁에 차리고 초고추장을 만드는데 남편이 돌아왔다. 한 손엔 늘 들고 다니는 서류가방을, 또 한 손엔 식빵이 들어갈 만한 크기의 종이봉투를 들고 있었다. 제과점이나 양품점 쇼핑백 같지 않았다. 곧장 서재로 간 남편이 가방을 놓고 나오는데 손이 비어 있었다. "거기 들었어요?" 영서가 묻자 그는 시계를 풀어 다시 방에 가더니 작은 봉투를 들고 나왔다.

"학교서 걸어나오는데 미술사 김선생이 역까지 태워주겠다고 해서 탔지. 기차 타고 자리에 앉는데 옷 생각이 나데. 다음주에 강의 있으니 내주에 꼭 찾아줄게."

영서는 대꾸 않고 쳐다보기만 했다. 이번이 두번째다. 삼세번을 채우겠다는 건가. 영서는 이십일 전 남편이 강의하는 대학이자 모교에 갔다가 학교 앞 양품점에서 오랜만에 모직 재킷을 샀다. 집에 와서 보니 녹색 계통의 재킷이 체크와 함께 두 벌 있었다. 녹색을 좋아해서 무심히 고른 모양이나 청색으로 바꾸고 싶었다. 가게에 전화하니 청색 재킷은 팔렸지만 사흘 뒤 다시 갖다놓겠다며 그때 오라고 했다. 마침 다음날 남편의 강의가 있어서 그편으로 먼저 옷을 보냈는데 그는 이런저런 이유로 찾아오는 걸 잊어버렸다.

"사람이 어떻게 그럴 수가 있어요? 다음주면 봄이 다 가잖아. 올봄에 입으려고 산 건데 입지도 못하겠어. 명품을 사달라는 것도 아니고 내 돈으로 산 옷 교환만 해달라는데 그것도 못해? 자기 책이라면 지게를 지고도 올 거면서."

영서는 쌀쌀하게 말하고 돌아서려다 남편 손에 들린 작은 봉투를 흘긋 봤다. 그건 뭐예요? 그제야 남편이 봉투에서 물건을 꺼내는데 CD가 다섯 장이나 들어 있었다.

"아, 며칠 전 주문한 CD 갖다놨다고 어제 문자 왔길래 강의 전에 들러 가져왔지."

남편은 CD를 내밀었지만 영서는 손으로 밀쳤다. 민정우씨에게 책 말고 또하나의 컬렉션이 있으니 그건 CD였다. 클래식부터 재즈, 가요까지 다양하기도 했다. 몇 년 전에는 웅산과 나윤선 CD를 밤낮 듣더니 작년엔 갑자기 베토벤의 격정적인 크로이처 소나타를 시도 때도 없이 틀어서 영서가 혼자 들으라고 당부하기도 했다.

"당신은 사람이 너무 편중돼 있어. 금강경 독송만 들을 게 아니라 싸이와 K팝도 들어봐. 한 시대의 문환데."

"편중? 편중된 사람이 누군데요. 당신은 대학서 강의하니까 애들 정서에 발맞추는 척하지만 B급 문화를 나까지 얼마나 들으라고. CD장도 꽉 찼던데 내 것 비워줄게."

영서는 주방 뒤 다용도실로 가서 빈 박스 하나를 꺼냈다. 저녁이고 뭐고 입맛이 달아났다. 그것을 거실에 놓인 장식장 앞으로 들고 가 맨 아래에 꽂혀 있는 LP판들을 모조리 뽑아냈다. 80년대에 누가 칠십만원 주고 산 것을 영서가 삼십만원에 물려받은 판소리 시리즈와 진도굿, 단가 등 전통음악 레코드들, 바흐의 파이프 오르간과 바로크 음악들, 영서가 좋아했던 〈저기 위쪽에 그의 방이 있네〉가 포함된 밀바의 독일어 노래집과 김민기의 〈아침이슬〉까지. 들어낼 때마다 속이 쓰렸지만 영서는 입을 악다물고 박스를 채웠다. 민정우씨도 이번엔 놀랐는지 당황한 얼굴로 영서의 팔을 잡았다.

"와 그라는데 또. 그만두자. 내가 잘못했다."

"뭘 잘못해요. 세상 이치 다 아는 만물박산데. 오늘 도서관에서 전직 교수인 원예학자가 기증한 전공서를 받으러 나갔어. 구십세 노학자야. 삼능 숲속의 컨테이너가 살림방인데 앵글로 짠 서가에 책들이 천장까지 쌓여 있어. 먼지가 수북하고 책은 삭아서 떨어질 지경이야. 컴컴한 살림방에 고장난 시계를 몇 개나 걸어놓고 책만 쌓아놓고 혼자 사셨대. 당신 생각이 났어. 내가 없으면 당신도 그렇게 될 거야. 병원에 실려가면서야 책을 기증해달라고 유언할 거야. 자식이 있어도 버려질 책. 그게 애착, 집착의 결말이야. 책? CD? 지식? 무덤에 아무것도 못 가져가요. 이거 봐."

영서는 남편 팔을 뿌리치고 현관문을 나섰다. 처음엔 화가 났지만 한 상자 들고 나오니 한숨만 나왔다. 언젠가 해야 할 일이다. 레코드를 듣지 않은 지 몇 년이 되지 않았나. 곧 골동품이 될 것이다. 엘리베이터를 타고 박스를 내려놓으니 붉고 푸른 꽃무늬 원피스를 입은 백발 할머니가 음식물 쓰레기통을 들고 있었다. 할머니의 화려한 옷을 보자 이 년 전 돌아가신 시어머니가 문득 생각났다.

옛날 여자치고 체구가 크고 목소리가 걸걸해서 남성적으로 보이지만 시어머니는 옷 탐이 심했다. 아들들이 용돈을 주면 어김없이 옷을 샀고 장 속엔 빼내기도 힘들 만치 옷이 가득했다. 며느리가 넷이지만 단 한 번도 옷 준다는 말을 하지 않더니 암 투병 하다 푸른 환자복을 입은 채 세상을 떠났다. 여자의 발판인 양 쌓아둔 옷만 남기고. 두 발이 있기에 존재의 발판이 필요한 인간은 부와 쾌락, 명예와 미를 끝없이 탐하지만 시간은 살아 있는 모든 것을 무등 태우고 소멸을 향해 번지점프한다.

영서는 쓰레기수거장에 박스를 내려놓고 미련을 갖지 않기 위해 얼른 자리를 떴다. 누군가 가져갈 것이다. 팔든 감상하든 원하는 사람이 쓰면 된다. 남편은 또 그 자리에 CD장을 만들어 채울 것이다. 영서는 손을 털고 아파트 단지 밖으로 나가 논길을 따라 걷기 시작했다. 하늘은 벌써 어둑어둑했다. 가로등이 밤의 무게를 지탱하듯 일렬로 서서 파리한 빛을 뿜고 있었다. 아직 4월이나 낮에는 콧등에 내려앉는 햇살이 다가올 더위를 예감케 하지만 날이 저무니 대기가 푸른 뺨을 내민 듯 선뜩했다.

남쪽 하늘 한쪽엔 먹장구름이 밤의 이불처럼 낮게 깔려 있는데 순간 짙은 주황빛 섬광이 먹장구름 속에 접시처럼 솟아 두 번 짧게 번뜩이고 사라졌다. 가깝게 느껴지는 거리여서 계속 지켜봐도 구름 밖으로 빛을 깜박이며 꼬리를 물고 달려가는 비행기 같은 건 없었다. 조명탄이나 도깨비불은 더더욱 아니다. UFO? 영서는 입술을 물고 주황색 섬광이 사라진 먹장구름만 뚫어지게 바라보았다. 저녁 뒤 늘 함께 산보하는 남편이 옆에 있다면 핀잔을 줄지 모르지만 번뜩이다 제 존재를 감추는 UFO도 있다고 하지.

UFO 얘기는 중학교 때부터 들어왔다. 수백만 개의 행성에 외계 생명체가 있을 거라는 상상은 황당하게 여겨지지 않았다. 아폴로 11호에 탔던 승무원도 지구 밖에 있을 때 자신을 지켜보는 존재가 옆에 있다는 느낌이 들었다고 했다. 인간은 고립되거나 독립된 존재가 아니라고. 교황청도 신의 자식들이 지구에만 있는 것이 아니고 지적인 고등 생물체가 가까이 있다고 발표하지 않았나. 필립 K.

딕의 소설 『화성의 타임슬립』에서 그려진 검은 피부의 원주민 블리크맨을 떠올리는 것도 아니다.

영서가 고개를 무심히 동쪽으로 돌리는 순간 아까와 같은 진한 주황빛 섬광이 접시처럼 다시 번뜩이고 사라졌다. 탐색하듯, 저를 지켜보는 한 지구인에게 제 존재를 인식시키듯. 배회하는 UFO인가. 기대치 않았던 세번째 출현에 영서는 상기되었다. 가로등 밑에서 주황빛이 사라진 허공을 눈으로 한참 더듬다 영서는 특별한 존재와 소통하려는 듯 잊고 있었던 독어를 천천히 발음했다.

"Bruder von Jupiter, Bist Du auch ein Vogel ohne Fuesse?"

목성의 형제여, 너도 발 없는 새니?

(2013)

멀리 떠나와야만 알게 되는 것들

신수정(문학평론가)

1. 「숲속의 방」을 넘어

어떤 작가에게 자신의 대표작은 자부심의 근거이자 부담이 되기도 한다. 1985년 『세계의문학』 가을호에 발표된 강석경의 중편 「숲속의 방」을 두고 하는 말이다. 작가에게 '오늘의작가상'의 영예를 안긴 것은 물론, 1990년대 초 공지영 각색, 최진실 주연의 동명 영화로도 만들어져 대중의 사랑을 한몸에 받기도 했던 이 소설을 제외하고 그녀의 문학을 이야기하기는 쉽지 않아 보인다. 그러나 그런 만큼 이 소설이 강석경의 다른 소설들에 대한 접근을 가로막는 걸림돌이 되어온 것도 사실이다. 그녀가 「숲속의 방」을 발표하기 이전부터 중요한 작품들을 여럿 발표한 주목받는 신예였으며 그 이후에도 최근에 이르기까지 굵직굵직한 장편소설들과 다양한 유형의 단행본들을 끊임없이 내놓고 있는 현역이라는 점을 상기할 때 이는 아쉬운 일이 아닐 수 없다.[1] 그녀의 문학의 전모를 포착하기 위해 우리는 「숲속의 방」을 넘어 다른 작품들에도 눈을 돌려야 할 필요가 있는 듯하다. 강석경의 중단편선집은 이러한 고민에서 기획된 것이다.

이 선집은 일차적으로 그녀의 소설을 되돌아보는 시간여행을 의도한다. 그러나 이 여행은 그녀의 소설의 의의와 아름다움을 '확인'하는 과정이 아니라 그것들을 새롭게 '발견'하는 시간이 되기를 원한다. 발표순으로 작품을 배치하고 당대적 맥락과 평가를 중시하는 한편, 선정된 소설들이 지금 이곳의 우리 현실과 어떤 대화를 나눌 수 있을지 그 가능성의 확장에 관심을 기울이는 것은 그 때문이다. 이 목록을 통해 이제까지의 그녀의 소설 가운데 소위 정전으로 여겨지는 작품에 대한 다시 읽기뿐만 아니라 지금 이곳의 여성문학과 그녀의 소설이 맺고 있는 공통의 지평이 확인될 수 있다면 가외의 기쁨이 될 것이다. 문학의 역사가 과거에서 미래로의 하강을 멈추고 미래에서 과거로 역류하는 상승의 기운으로 번쩍일 수 있는 것은 바로 이런 순간들임을 믿어 의심치 않

---

1) 강석경은 등단작 「빨간 넥타이」(1973)부터 최근작 「가멸사」(2018)에 이르기까지 제목이 바뀌거나 개작된 작품들을 제외하고도 총 32편의 중단편을 발표한 바 있다. 여기에 6편의 장편소설과 인터뷰집, 기행문, 동화, 콩트 등의 장르까지 포함하면 작품 수가 더 늘어난다(부용, 「강석경 소설에 나타난 개체성 연구」, 서울대학교 석사논문, 2019 부록 참조).

는다.

2. 머리 깎인 삼손의 분노 혹은 사랑의 정치학

「근根」(1974)²⁾의 주인공 김창기는 "갈라진 논바닥에 밤새워 논
물을 대면서도 농사꾼은 시킬 수 없다"(10쪽)는 어머니의 강렬한
염원에 힘입어 고향을 떠나 서울의 공고를 졸업한 뒤 아동회관의
과학공작부에 취직하는 데 성공한 사내다. 그러나 서울에서의 삶
이 그에게 행복을 가져다줄 수 있었던 것은 아니다. 겨우 네 학급
을 가진 시골 학교지만 그래도 그곳에서 일등을 놓치지 않았던 그
는 서울에서는 반평균이 떨어질 때마다 담임에게 '하숙비 값도 못
하는 놈'이라는 소리를 들으며 엉덩이를 맞기 일쑤였고, 그나마
뛰어난 손재주 덕분에 간신히 취직하게 된 아동회관에서는 그가
소속된 부서가 없어지는 바람에 느닷없는 감원 대상자가 되었으
며, 그로 인해 "기술자라면 매일 진수성찬을 먹는 줄"(20쪽) 알고
결혼한 아내가 도망치는 사태가 벌어진다.

이 시기 강석경의 소설에서 이런 유형의 인물을 발견하기란 어
렵지 않다. 등단작 「빨간 넥타이」(1973)의 태석민은 한때 빨간색
에 심취해 친구들로부터 '태석민의 적색시대'라는 놀림을 받던 미

---

2) 작품 표제 뒤에는 발표 연도를 덧붙이기로 한다. 발표 시기는 텍스트를 그 바깥
으로 연결하는 해석적 지표라고 할 수 있다. 작품 인용시에는 쪽수만 부기한다.

대생이었지만 지금은 광고대행사의 조직문화에 적응하기 위해 눈에 띄지 않는 파란색 속에 숨어버린 사내이고, 「오픈게임」(1974)의 장달삼 역시 신춘문예에 시나리오가 당선된 문학청년이었지만 지금은 처세에 능한 광고대행사 상무이사가 되어 정작 하고 싶은 말은 술집 아가씨 앞에서만 횡설수설하고 마는 위인이다. 잡지사 'GG'의 직원인 「달리는 황제」(1977)[3]의 태경이나 출판사 '이삭'의 편집부장인 「아브라함 아브라함」(1983)의 정무까지 염두에 둔다면, 초창기 강석경 소설 속 '머리 깎인 삼손'의 리스트는 더 늘어난다. 이들은 대개 광고 회사나 잡지사, 출판사 등 당대 막 새롭게 부상하기 시작한 대중소비사회의 첨단 직종에 종사하는 직장인으로서 밥벌이를 위하여 자신들의 재능이나 관심사를 도외시한 채 조직의 얼굴을 한 자본의 요구를 묵묵히 감당하고 있는 자들로 그려지고 있다. 그런 점에서 이들은 당연히 동 시기 산업노동자들을 주인공으로 내세운 일군의 소설들, 가령 황석영이나 조세희의 소설에 나타나는 노동자들과 자못 다른 양상을 보일 수밖에 없는 것도 사실이다. 일용직 노동자의 각성의 순간이나 공장노동자들의 계급적 적대를 그린 황석영이나 조세희의 소설이 척박한 현실에 대한 개선의 의지와 비슷한 상황에 놓인 인물들 사이의 공감과 연대에 호소한다면, 강석경의 소설은 기존의 논자들이 지적한 것

---

3) 단행본 『밤과 요람』(민음사, 1983)에 수록될 때 '맨발의 황제'로 제목이 바뀌고 내용 일부가 수정되었다.

처럼 자본에 무릎 꿇은 현실에 대한 체념과 경멸이 두드러지고 고독한 단독자의 진정성에 의존하는 경우가 많다.

그러나 그렇다고 해서 강석경의 소설이 패배의식에 젖어 있다거나 현실과의 긴장감을 상실하고 있다고 할 수는 없다. 오히려 상황은 그 반대라고 할 만하다. 「근」의 독특한 지점이 바로 이 부분이다. 표제에서 유추할 수 있듯이 「근」은 소외된 본성과 뿌리에 대한 자각 및 그 근원적 힘의 복원을 주제로 내세우고 있다. 이 과정은 소설의 말미에 제시되는 두 가지 분노를 통해 표면화된다. 우선 세상으로부터 소외되고 무시되어온 삶을 한순간의 괴력 표출을 통해 전복하는 '언청이 형' 창덕의 분노.

다시 맞붙는 만득이를 향한 형의 눈빛은 늦가을의 태양처럼 타들어가고 있었다. 그것은 만득이에게 향하는 것이 아니었으며 나에게, 구경꾼 모두에게, 세상 전부에게 향하는 노기였다. 이 괴이한 장면을 지켜보며 마을 사람들은 완전히 넋이 빠졌다. 사방은 죽은듯이 고요했고 아이들도 찍소리 없었다. 으르렁거리는 형의 괴성과 성난 사자를 피할 길 없는 초라한 만득이의 신음소리만 맑은 가을하늘 아래 울리고 있었다.
저것은 결코 씨름이 아니다. 저것은……(27쪽)

추수가 끝난 뒤 열린 씨름대회에서 창덕은 동네의 최고 장사 만득을 상대로 싸움을 감행한다. 그의 싸움은 화자 '나'가 정확하게 짚고 있는 것처럼 씨름이 아니라 '세상'을 향한 '노기'의 표출이라고 할 만하다. 거구의 '영웅'이 내지르는 분노의 '괴성'이 주변을 압도하고 비굴한 인간의 신음소리가 흘러넘치는 위 인용문의 정황은 이 싸움의 신화적 성격을 웅변한다. 싸움에 승리한 창덕이 만득 일파의 습격으로 죽임을 당하는 장면에서 이러한 의미는 그 절정에 달한다. 신화 속 영웅이 자신의 본성을 확인하는 순간 몰락할 운명에 처하게 되는 것과 마찬가지로 창덕 역시 자신이 누구인지 입증하는 데 성공했기 때문에 죽임을 당하게 된 것이다. 그러나 이 죽음은 세상을 향한 '나'의 분노로 전환됨으로써 또다른 의미를 띠게 된다. 소설의 말미에서 도무지 짖는 법이라곤 모른 채 인간들이 먹다 남긴 갈비뼈를 게걸스럽게 핥아대는 주인집 '발바리'에게 약 먹은 쥐를 던져주는 '나'의 행위는 단순한 일탈적 범행이 아니라 자신의 나약한 본성과 결별하고자 하는 윤리적 고투에 해당한다. 전국기능대회 특상 수상을 계기로 복직을 제안하는 아동회관의 뻔뻔한 유혹(갈비뼈)에 저항하는 '나'의 싸움이 이 '범행'으로 대행되고 있기 때문이다. '나'는 발바리를 죽임으로써 마침내 자기 안의 '발바리성'과 결별한다.

「엘리께여 안녕」(1980) 역시 이런 맥락에서 다시 조명해볼 필요가 있는 소설이다. 여행사 안내인으로 근무하는 최동석은 러시아어 전공자이지만 모종의 문제로 제적되는 바람에 대학을 중퇴

한 상태다. 그러나 그는 자신의 행동을 후회하지 않는다. "어떠한 것에도 그것을 획득하기 위해선 투쟁이 필요"할 뿐만 아니라 "투쟁이라고 과격하게 말하지 않더라도 자신이 사랑하는 것을 스스로 이끌지 않으면 영원히 놓친다는 법칙"(54쪽) 정도는 알고 있기 때문이다. 이 소설은 강석경의 다른 어떤 소설보다 이 투쟁과 사랑의 변증법을 긍정적으로 그려내고 있는 작품이라고 할 수 있을 텐데, "손에 흙이 묻더라도 쇠사슬을 쥐었어야 했다는 자각"을 사랑의 법칙으로 계시하며 "사랑을 소유하려면 자신을 그 사랑에 던져야 한다"(55쪽)고 일갈하는 주인공 동석의 '사랑론'은 「근」의 김창기의 '분노'를 한 단계 승화시키고 있다는 인상도 준다. 이 소설이 발표된 시기에서 짐작할 수 있듯이 아마도 1970년대 후반에서 1980년대에 이르는 한국사회의 정치적 각성에서 비롯되었을 이 단단한 '사랑의 정치학'은 강석경 소설에서 단연 이채를 발하는 것이 사실이다. 값싼 한국 항공편을 이용하려다 비행기 고장으로 공항에 발이 묶인 필리핀 여성 엘리께가 동석의 도움으로 뒤늦게나마 파리행 비행기를 탈 수 있게 된 데 거듭 감사해하며 눈물을 흘리자 그가 하는 말, "왜 고마워하는 겁니까? 당신은 진작에 떠나야 했어요. 왜 당신은 우리에게 항의하지 않는 겁니까? 미세스 엘리께, 잘 가요. 당신이 뒤늦게 한국을 떠난 것을 항상 기억해요. 잊지 말아야 해요"(79쪽)라는 말이 남다른 울림을 갖는 것은 그 때문이다. 동석의 사랑론은 일본인 관광객을 상대로 한 기생관광이 판을 치고, 중동으로 취업 비자를 받아 나가는 노동자들로 공항이 고속버스 터미널처럼 시끄러운 당대의 현실을 도외시하지 않는다. 이 현실의 차원에서 볼 때, 엘리께와 우리는 구별되지 않는다. 우리는 엘리께다. 그러나 필리핀인 엘리께는 우리에게 경멸과 무시의 대상일 뿐이다. "글쎄, 그쪽 애들한텐 너무 친절을 베풀어도 안 된다니까. 찰떡같이 달라붙어 귀찮게 하잖아. 식민지 근성이야."(76쪽) 여행사 동료의 말을 통해 드러나는 우리의 이중성은 동석의 분노를 통해 그 자가당착을 통렬하게 드러낸다. 그의 '사랑의 투쟁론'이 사십 년이 지난 오늘까지도 여전히 유효하다면 그것은 바로 이와 같은 작가의 예리한 정치 감각에 힘입은 바가 클 것이다. 우리는 여전히 이 식민성의 후예들이다. 「엘리께여 안녕」은 우리의 이 이중성에 안녕을 고하고 싶었던 것인지도 모르겠다.

3. 거미의 집, 아버지의 집과 다른

자전적 허구에 가까운 「저무는 강」(1982)[4]의 배경은 대구 침산

---

4) 애초 '폐구(閉口)'라는 제목으로 발표된 이 소설은 『밤과 요람』(책세상, 2008)에 다시 실리면서부터 지금의 제목으로 개명되었다. 애초의 제목이 어둡고 절망적인 현실을 직접적으로 환기하고 있다면, 바뀐 제목은 한 가정의 조용한 몰락을 인생의 상징으로 드러내는 데 보다 적합해 보인다.

동 공단 일대다. "공장 위로는 들판과 방천이 펼쳐져 있"고 "염색 공장에서 흘러나오는 색색 가지의 고운 물감이 방천을 물들이곤" (80쪽) 하는 침산동의 풍경은 이 소설의 주제와 관련하여 중요한 상징으로 작용한다. 입사의 경험과 더불어 유년의 순수가 '오염' 된 세계에 노출될 수밖에 없는 통과의례의 비애가 '방천'을 물들이는 염색 물감의 이미지에 힘입어 감각적으로 현현되고 있기 때문이다. 그런 의미에서 기존의 논의가 이 소설을 성장소설로 분류해온 것은 그 나름의 합당한 이유가 있어 보인다. 그러나 그 경우 성장을 둘러싼 남성적 폭력의 양상이 제대로 드러나기 어렵다는 점에서 아쉬움이 없는 것은 아니다. 최근의 젊은 여성작가들의 소설과 강석경의 소설이 만나는 지점을 확인하기 위해서라도 이 부분은 조금 더 강조될 필요가 있어 보인다.

초등학교 3학년인 화자 '나'에게는 중학생인 형과 두 살 위인 누나, 그리고 소아마비에 걸려 다리 한쪽이 짧고 가느다란 여동생이 있다. 비누 공장 사장인 아버지의 사택에 사는 '나'는 또래 아이들을 공장으로 불러들여 놀며 대장 노릇을 하지만 그것이 꼭 즐겁지만은 않다. 집안을 관통하는 어떤 분위기 때문이다. 자주 집을 비우고 서울 '출장'을 가는 아버지로 인해 엄마의 좌절과 불안은 가중되고 가정의 평화는 서서히 깨져간다. "서방은 기생년한테 미쳐서 저래 있지. 아 하나는 다리가 저렇고 이년이 무신 죄가 많아서 이러노. 돈 많아도 소용없소. 어떤 때는 공장에서 비누 찍는 소리가 밑 없는 절구에 방아 찧는 것같이 들리요. 돈도 비누 거품이제. 콩나물죽을 묵어도 마음이 팬해야지."(98쪽) '나'의 가정에 관한 한 돈이 꼭 행복을 가져다주는 것은 아니다.

성과 관련한 남성적 권력의 폭력적 양상, 예컨대 가부장의 불륜이나 이중결혼의 상태는 작가의 자전적 이력뿐만 아니라 다른 여러 작품에서도 발견되는 강석경 소설의 중요한 모티프 가운데 하나다. 돈을 버는 수완이 뛰어난 아버지는 돈이 자식들의 삶의 질을 향상하는 수단이라는 사실을 모르지 않는다. "아부지 돈 많이 벌어야지 맛있는 거 사주지. 차도 태야주고, 쪼끔만 기다리라."(105쪽) 그러나 그는 돈에 의존해서 가부장의 지위를 유지하려는 만큼 자신의 부에서 기원한 권력을 자제할 마음도 없다. 그에겐 타인과 구별되는 독점적 부의 획득뿐만 아니라 성적 방종 역시 마땅히 누려야 할 권리 가운데 하나일 따름이다. 자신의 불륜을 질책하는 아내에게 그가 하는 말, "너거 아부지도 첩 얻었는데 나는 와 못 그라노"(99쪽)는 이 남성적 권력의 유구한 역사를 다시 한번 환기한다. 임춘앵 국악단의 악극 공연에서 벌어진 누나 명애에 대한 '아버지 같은 남자 어른'의 성추행이나, 병석에 누운 남편을 수발하며 가계를 꾸려가는 봉이 엄마의 '비누 빼돌리기'를 눈감아주는 대가로 은밀한 만남을 요구하는 공장장의 직권남용 등 「저무는 강」에는 권력형 성폭력을 휘두르는 남자들의 행태가 곳곳에서 발견된다. 아직 중학생에 불과한 형 종호가 시골에서 올라온 정택을 하인처럼 부리다가 그가 파놓은 덫에 걸려들어 점차 왜곡된 어른으로 커나가는 대목은 남성적 권력이 어떻게 모방, 계승되는지 보여주는 사례라고 할 수도 있을 것이다. 빈부와 세대를 막론하고 「저무는 강」의 남성들은 자신들의 성적 방종에 관한 한 지극히 당당하고 뻔뻔스러운 태도로 일관한다.

「동백꽃」(1978)도 이 범주에서 크게 벗어나지 않는다. 이 소설 속 아버지 역시 어머니를 두고 '이북 여자'와 서울에서 이중결혼 생활을 유지한다. 그가 평생 한 일은 돈에 인색했던 선친의 유산을 '체계적으로 낭비'하는 것에 불과하다. 「거미의 집」(1983)의 삼촌도 마찬가지다. 서사의 진행과 더불어 화자인 '나'의 아버지임이 드러나는 '삼촌'은 소설이 끝날 때까지 한 번도 자신을 '아버지'로 칭하지 않는다. 그는 한밤에 용순 누나의 방에서 나오는 인물이지만 정작 그녀가 임신했다는 사실을 안 순간 그녀 스스로 집을 나가도록 만든다. 순자 누나와 '나'의 엄마에게 그러했던 것처럼.

이 가부장들은 가족 구성원들의 삶을 송두리째 갉아먹는 치명적인 존재라는 점에서 주의를 요한다. 특히 이들로 인해 깊은 내상을 입게 되는 아내와 딸들의 고충은 강석경 소설의 또다른 모티프라고 할 만하다. 「저무는 강」의 엄마는 '스리나' 없이는 잠을 잘 수 없고, 늘 말이 없는 딸 명애 역시 "쇠모자 쓴 거걸이 머리가 아프다"(141쪽). 소설의 마지막에서는 그녀가 정택의 성폭력의 대상이 될 것이라는 사실이 암시되는데, 이로써 외할머니와 어머니, 그리고 그녀에 이르는 남성적 폭력의 역사가 장대하게 드러난다. "오전 대부분의 시간을 화초를 돌보는 데 쏟"으며 "거름을 주고 잎을 닦는 신성한 노동"을 통해 "몰입의 희열"을 느껴오던 「동백꽃」의 엄마는 남편의 불륜으로 고통스러워하다가 그가 집을 비우자 "수도자처럼 앉아 다듬이질을"(36쪽) 한다. 한때 아버지를 경멸했던 큰딸 혜인은 그림에 대한 자신의 욕망을 억누른 채 시골 학교 미술 교사로 가족의 생계를 책임지고 있고, 시인인 둘째 혜배는 다니는 직장마다 일 년을 못 채우고 그만두다 결국 집을 나가 원고지만 끼적이고 있다. 여고를 졸업하고 스스로 진학을 포기한 채 외출도 하지 않던 막내 혜련은 우울증이 극심해 정신병원을 들락거리는 지경이다.[5] 「동백꽃」은 그 표제에서 짐작할 수 있듯이 이들의 삶을 따뜻한 동화의 한 장면처럼 그리는 측면이 있지만, 그렇다고 해서 이 가족의 일상이 결코 훈훈하기만 한 것은 아니다. 혜련의 우울증은 그들의 일상이 면도날 위를 걸어가는 것마냥 아슬아슬하고 위태롭다는 사실을 끊임없이 상기시킨다. 「거미

---

5) 세 자매의 이야기라는 점에서 「동백꽃」은 「숲속의 방」의 전신이라고 할 수도 있을 것이다. 「동백꽃」의 혜인은 「숲속의 방」의 미양으로, 혜배와 혜련은 소양의 모습으로 다시 등장한다고 해도 무방하다. 특히 "혜련이도 그때는 비 오는 날 레너드 코언의 노래를 온 집이 울리도록 틀어대는 사춘기 소녀였을 뿐이다"(36쪽)라는 대목은 이후 「숲속의 방」의 소양을 통해 다시 한번 반복된다. 소품에 가까운 「동백꽃」을 강석경 소설의 원형으로 이해할 만한 근거가 여기에 있다.

의 집」의 숙모라고 다를까. 〈상처의 부르스〉로 유명한 가수 민정 구를 아버지로 둔 숙모는 평생 아버지의 스캔들로 상처를 입었으 리라 짐작되는데, 소설에 나타나는 그녀의 결벽증은 그로부터 말 미암은 증상으로 유추된다. 그녀 역시 남편의 성적 방종과 폭력적 방치로 고통받는다.

이런 세계에서 성장은 어떤 의미를 지니는 것일까. 「저무는 강」 과 「거미의 집」의 소년들은 자라서 어떤 어른이 될 것인가. 이 질 문은 강석경 소설의 현재 의미를 생각할 때 아주 중요하다. 우리 는 잠정적으로 「저무는 강」의 준호가 형보다 누나와 더 가깝게 지 내고, 「거미의 집」의 수영이 삼촌보다 숙모에게 더 의존하고 있 다는 점에서, 이 소년들이 아버지의 역사를 대물림하지는 않으리 라는 예감을 받을 수도 있을 것이다. 그러나 이 궤도로부터의 이 탈이 손쉬워 보이지는 않는다. 「저무는 강」의 준호가 엄마가 집 을 비우며 집을 잘 지키라고 당부하자 "집을 지킬 남자가 나밖에 없다고 생각하자 눈물이 솟으려 했다"(141쪽)라고 고백할 때, 그 리고 「거미의 집」의 수영이 "삼촌이 싫다. 큰삼촌은 결코 내 아버 지가 아니다"(296쪽)라고 진저리를 치면서도 친정으로 돌아가는 숙모를 붙잡지 못하고 "주춤하다 그대로 페달을 밟"(303쪽)으며 자전거를 타고 멀어져갈 때, 이 짐작은 확실한 예감으로 되돌아 온다. 아마도 그들은 성적 방종을 남성적 특권으로 오해하는 아 버지나 삼촌 같은 어른이 되지는 않을 것이다. 그러나 그럼으로

써 그들은 이 남성적 권력이 가하는 위협에 노출될 가능성도 적지 않을 것이다. 「저무는 강」의 가정교사[6]나 「거미의 집」의 작은 삼촌[7]처럼.

"곤충도 그래요. 새끼 거미는 적당한 때가 되면 민들레씨처럼 뿔뿔이 흩어져요. 새끼 거미들은 높은 가지에 오르내리며 날줄을 짜내고 그것이 바람에 날릴 때 함께 묻어 떠나갑니다. 다른 이웃에게 폐를 끼치지 않고 자신이 살아갈 곳을 차지하기 위해서죠. 또 거미는 아무것도 배우지 않고도 스스로 줄을 쳐서 집을 짓고 삽니다. 거미줄을 자세히 한번 보세요. 얼마나 복잡한지. 거미는 곡예사이면서 건축하는 기술자예요."(270쪽)

---

6) 이 가정교사의 캐릭터는 당대의 비판적 지식인의 형상으로 드러난다는 점에서 흥미로운 면이 적지 않다. 그는 "부르주아가 뭐냐고? 형편없이 배가 부른 인간들이지. 너도 배우지, 나누기 말이야. 나누기를 제대로 못하는 인간들이란 말이야. 뱃속을 청소하지 않으니 기생충이 생길 수밖에"(128~129쪽)라고 '나'에게 가르치는 인물이자, 집안일을 돌보는 금순에게 형이 숭늉을 가져오라고 할 때 "물 정도는 제 손으로 떠먹어. 금순씨가 네 종은 아니잖아"(115쪽)라고 나무라는 사람이다. 소설의 말미에서 그는 형이 쏜 엽총에 맞아 한쪽 팔을 다친다. 미약하나마 남성적 권력의 남용을 제한하고 가로막던 그의 존재가 사라짐으로써 「저무는 강」의 세계는 정택으로 대변되는 야만적 폭력의 횡행에 무방비 상태가 된다. 이 소설이 출구 없이 꽉 막힌 1980년대의 폭압적 현실에 대한 알레고리로 읽히는 측면은 여기에서 말미암는다.

7) 언제나 까만 옷을 입고 말이 없는 작은삼촌은 '17세기의 수도원을 거니는 사람'에 비유된다. '범처럼 번쩍이는 눈으로' 새벽마다 아카시아 숲길을 헤매다 들

그러나 강석경은 이 소년들을 완전한 비관 속으로 던져 넣지는 않는다. 수영은 '다른 이웃'에게 폐를 끼치지 않고도 자신이 살아갈 곳을 차지하는 '거미의 집'을 꿈꾼다. 이 거미와 같은 삶은 '아무것도 배우지 않고도 스스로 줄을 쳐서' 새로운 집을 지을 수 있는 능력과 무관하지 않다. 이 능력에 대한 갈망이 사라지지 않는 한, 소년들은 아버지와 다른 형태의 새로운 집을 지을 수도 있을 것이다. 비록 그것이 한순간의 바람에 날아가버릴 수 있다고 하더라도.

4. 기지촌 '비즈니스 걸'과 핏줄의 아이러니

「밤과 요람」(1983)[8]과 「낮과 꿈」(1983)은 강석경의 소설을 이야기할 때 빼놓을 수 없는 작품이다. '밤과 낮' '요람과 꿈'이라는 두 개의 대립 항목으로 연결된 이 작품들은 1980년대 기지촌 여성들의 삶을 소설화한 한국문학사의 대표적인 작품이라고 할 만

어오던 그는 형의 폭력을 대속하는 희생양의 기능을 수행한다. 군대에서 탈영을 감행하다 붙잡힌 후 결국 '병'에 걸려 기도원에 유폐되어 있는 그의 정황 역시 이와 무관해 보이지 않는다.

8) 「밤과 요람」은 '세인트 써니'라는 제목으로 1983년 2월 서울신문에 한 달간 연재한 것을 수정 보완한 작품이다.

하다. 그런 만큼 이 소설을 두고 기존의 논의도 분분한 편이다. 「밤과 요람」의 초점화자 선희가 이종사촌을 만나기 위해 기지촌을 방문했다가 "허무의 의지"(239쪽)로 이곳의 삶을 선택하게 되었다는 대목이나 「낮과 꿈」의 화자 '나'가 미군부대에 취직한 중학 동창을 우연히 만난 일을 계기로 기지촌 생활을 시작하게 되었다고 회고하는 대목 등은 '민족의 희생양'으로 재현되던 당대 남성작가들의 소설 속 여성들의 처지와 결을 달리하는 만큼 논란의 대상이 되는 경우가 적지 않았다. 이를 강석경 소설의 고유한 개성으로 받아들이느냐, 현실 인식의 결여로 비판하느냐는 지금도 여전히 선뜻 답하기 곤란한 문제인 듯하다. 그러나 여성의 육체를 민족과 국가의 대체물로 사고하는 방식을 비판적으로 바라보는 최근의 페미니즘의 맥락에서 볼 때, 기지촌 성매매 여성에 대한 민족적 '연민'을 배제하고 그들 개인의 '자유의지'를 강조하는 강석경의 문제의식은 선구적인 면모가 두드러진다고 할 수도 있을 것이다.

「밤과 요람」과 「낮과 꿈」을 다시 읽을 때 가장 눈길을 끄는 점은 이 소설이 포착하고 있는 '비즈니스' 감각이다. 「밤과 요람」의 선희는 십오 불밖에 없다던 미군이 지갑 속에 팔십 불을 감추고 있다는 사실을 알아채자 이십 불만 남기고 나머지를 자신의 몫으로 챙기고, 그 결과로 경찰서에 끌려가 열 시간 동안이나 붙잡혀 있게 되지만 조금도 양심의 가책을 느끼지 않는다. 「낮과 꿈」의 '나'

는 한 달 뒤 임기를 마치고 본국으로 돌아가는 미군 오버턴과 살림을 차리고 있는데, 귀국하기 나흘 전 맡겨둔 카메라를 돌려달라는 그에게 거짓말을 하며 카메라를 돌려주지 않는다. 격분한 그는 '나'에게 폭력을 가하고 '나'는 그와 몸싸움을 벌이다가 파출소에 그를 고발한다. "배기, 난 정말 널 좋아했어. 결코 비즈니스 걸로 생각하지 않았어. 그런데 넌 비즈니스 걸처럼 거짓말을 하고 카메라를 돌려주려 하지 않았어. 난 배신감을 느낀 거야. 이제 카메라를 돌려주지 않아도 돼."(338쪽) 오버턴은 자신의 폭력이 사랑의 배신으로 인한 것임을 역설하지만 '나'는 '회심의 미소'를 지을 뿐 그의 감정에 말려들지 않는다. '나'는 그가 비행기를 타기 전 전화를 해서 이백 불을 주겠다고 하자 바람처럼 달려가 돈을 받고 그제야 그에게 격렬한 입맞춤을 한다.

강석경 소설이 기지촌 여성들의 행태를 도덕적 잣대로 판단하고 있지 않다는 점은 다시 한번 강조할 만하다. 「밤과 요람」의 선희는 인색한 미군에게 화대마저 뜯기는 희생양이 아님과 동시에 부자 미군의 돈이라면 일단 뜯어내고 보는 불한당도 아니다. 그녀는 합당한 금액만 챙길 뿐 미군의 지갑에 '이십 불'을 남겨놓는 것을 잊지 않는다. 「낮과 꿈」의 '나' 역시 오버턴의 성노예가 아니다. 그들은 합의하에 살림을 시작했고, 소소한 소란은 있었으나 어쨌든 상황의 변화와 함께 계약을 종료한다. 그녀들에게 과다 투여된 민족적 정동이 사라지는 순간 생계의 현장에 서 있는 직업여성들의 민낯이 투명하게 드러나는 효과가 발생하는 것이다.

물론 이 말은 그녀들의 육체에 새겨진 국가의 생체 권력의 양상을 도외시할 수 있다는 이야기가 아니다. 이 소설에는 '멍키 하우스'(수용소)를 비롯하여 이 '사업'에 대한 국가의 개입을 유추할 수 있는 대목들이 적지 않다.[9] 경찰서에 잡혀간 선희를 빼내기 위해 장마담이 경찰에게 하는 말, "나라를 위해 외화를 벌어들이는 사람인데 잘 봐줘야죠"(176쪽)는 이 여성들이 결코 자유로운 '개인사업자'가 아님을 암시하기에 부족함이 없다. 그녀들은 국가의 관리하에 있는 '외화를 벌어들이는 사람'들이다. 아침 일곱시에 일어나 대청소를 하고 식사 당번이 준비한 아침을 먹은 뒤 페니실린 주사를 맞는 멍키 하우스에서의 하루 일과 역시 규율 권력의 개입을 전제로 하지 않는다면 이해되지 않는다. 국가는 가능한 한 최대의 국익을 창출하기 위해 그녀들의 몸을 관리하고 통제하며, 이를 통해 거대한 외화벌이 사업장 가운데 하나인 기지촌을 유지해나간다.

골목에서 한길로 막 나서려는데 두 여자가 연이어 골목으로 뛰어갔다. 한길은 다른 때보다 번잡한 것 같았고, 긴장된 공기가 감

---

9) 이에 대해서는 차미령의 「여성 서사 속 기지(촌) 성매매 여성의 기억과 재현―강신재, 박완서, 강석경 소설과 김정자 증언록을 중심으로」(『인문학연구』 58집, 2019)를 참조할 만하다.

돌았다. 몇 발짝 앞에 한 남자가 보도를 바라보고 서 있었다. 선희는 그제야 오늘이 토벌 날인 줄 깨달았다. 이곳에 있는 수백 명의 여자들 중 패스가 없거나 검진을 받지 않은 여자들을 추려내는 일이었다. 보건소 직원이 선희 앞으로 손을 내밀었다.(236쪽)

기지촌의 여성들을 상대로 한 '토벌'은 수시로 벌어지는 기지촌의 일상에 가깝다. 누구든 국가가 발급한 '패스'를 지니고 있지 않다면 이 공간에서의 자유를 보장받을 수 없다. 그녀들은 국가의 '검진'에 의해 자신의 몸의 안전을 보장받을 때만 비로소 하나의 개인으로 존재한다. 미국인 애인과 함께 있다고 해서 이 통제의 시선에서 벗어날 수 있는 것은 아니다. 가벼운 산책길에 패스를 가지고 나오지 않은 선희는 마크가 자신의 집에서 패스를 가져와 보건소 직원에게 보여준 다음에야 비로소 멍키 하우스행 마이크로버스에서 벗어날 수 있게 된다. 그녀들은 사람이 아니라 외화벌이의 수단이기 때문이다.

소설 속에 등장하는 온갖 약물들, 옵타리돈이나 마리화나 등이 남다른 의미를 지니는 것도 이런 맥락에서다. "잔다나 스피츠도 피워대고 약기운에 오층에서 뛰어내리다 엉덩이뼈를 부러뜨리기도 했고. 그동안 이판사판 다 겪었는데 뒤늦게 마리화나가 단속에 걸려서 교도소까지 갔네"(190쪽)라는 「밤과 요람」의 기순의 이야기가 아니더라도 약물은 기지촌의 여성들이 자신들의 처지를 잊기 위해 상용하는 일시적인 처방책이다. 그녀들은 오로지 약물이 허용하는 범위 내에서만 일시적인 자유를 누린다. 갓난아이를 양자로 보낸 후 비만 오면 인형을 안고 골목길을 방황하는 모나 밤새 잠을 자지 않고 있다가 다시 돌아오지 않을 듯 흰 비옷을 입고 거리로 나서는 미라는 이 사실을 공공연하게 확인시켜준다. 「낮과 꿈」의 '나'가 오버턴의 바람으로 '병'에 걸려 멍키 하우스로 가게 되었을 때 부아가 치밀어 제일 먼저 한 일도 욥타리돈 서른 알과 소주 한 병을 사는 것이었다. 그녀는 "소주에 옥순이 스무 알을 삼키곤 침대에서 뻗어"(305쪽)버린다.

그러나 이보다 더 끔찍한 것은 언제 어디에나 숨어 있는 죽음의 징후다. 「낮과 꿈」에는 두 개의 죽음이 등장한다. 한국 남자를 기둥서방으로 둔 미라와 어떻게 해서든 미국에 가겠다는 맹목적 집착을 내보이며 흑인 레즈비언과의 결혼을 서두르던 순자의 죽음이 그것이다. 미라는 "미군하고 실컷 놀다가 섹스도 찌꺼기로 주었다"(325쪽)며 분노를 표출한 한국인 기둥서방에 의해 "연탄집게로 거길 찔"(324쪽)려 잔인하게 죽임을 당한다. '양놈의 찌꺼기'만 주었다는 민족적 열등감은 남성적 우월감과 뒤섞여 미라를 죽음으로 몰고 가는 원인으로 기능한다. "우리가 외로운 걸 누가 알아줘. 씨팔, 전부 이용할 생각만 하는데. 덜렁이네 집에 중학 동창이라는 여중 선생이 자주 오는데 올 때마다 미제 물건 부탁한대. 내가 덜렁이라면 그년 머리채를 잡고 쫓아버리겠다. 하긴 어떤 색시들은 지네 집 식구한테도 뜯기더라. 불쌍하게는 생각 못할 망정 가랑이 찢어지게 번 돈을 학비로 가져가야 되겠어? 핏줄이고 뭐고 웬수야 웬수."(325쪽) 애자의 말처럼 그녀들의 육체에 빨대를 꽂고 양분을 뽑아가는 '핏줄'의 횡포는 강석경의 기지촌 소설이 포착하고 있는 가장 생생한 '아이러니'라고 할 만하다. "어려서부터 남의 집에서 품팔이"를 하고 "커서는 식모살이를 하다 주인에게 강간"(333쪽)[10]을 당하기도 했던 순자가 술에 취해 혼자 비틀거리다 술집 이층 계단에서 굴러떨어졌을 때, 수술을 위해 불려온 가난하고 무지한 부모들은 그녀를 내버려둔 채 슬그머니 사라지고 그녀는 결국 뇌 파열로 죽고 만다. 가족들에게조차 충분히 애도받지 못한 그녀의 죽음은 그녀가 죽었다는 소문이 나돌면서 클럽에 손님이 들지 않은 것을 제외하면 이 세상 어디에도 어떤 흔적도 남기지 못한다. 그녀들이야말로 우리의 바깥, 불가시적 존재, 아무도 아닌 자의 전형이라고 할 수 있을 것이다. 1980년대를 뒤덮고 있던 국가주의와 민족주의의 강철 대오를 생각하면 기지촌 여성의 문제를 이러한 방식으로 드러냈다는 사실 자체가 기적처럼 여겨지는 면도 없지 않다. 이 소설들을 미래를 향해 열어

---

10) 「거미의 집」에서 삼촌에게 강간을 당한 뒤 집을 나간 순자 누나의 이후의 삶이 「낮과 꿈」에 재현되어 있다고 하면 너무 과한 추정이 될까. 이 동명의 네이밍은 우연만은 아닌 것으로 보인다. 강석경 소설이 지속적으로 관심을 기울이는 주제가 무엇인지 확인해볼 수 있는 대목이기도 하다.

두고자 하는 것은 이러한 연유에서다.

5. 허망한 예술, 준열한 인생

세속의 일상에서 물러나 자신만의 세계에 침잠하는 예술가의
형상은 강석경 소설에서 그리 낯선 편은 아니다. 어쩌면 그녀의
소설 대부분이 구도자의 행각에 가까운 예술가의 자기 구원의 과
정을 그리고 있다고 해도 과언이 아닐 것이다. 「지상에 없는 집」
(1984)의 수옥이나 「지푸라기」(1984)의 '나' 등으로 대변되는 이
예술가들은 기꺼이 고독을 감내하며 혼자만의 삶을 추구한다. 그
러나 흥미로운 것은 이들의 삶을 바라보는 작가의 이중적 시선이
다. 강석경은 예술가들의 삶에 대한 공감과 동조에서 출발하여 어
느 순간 이들의 작업의 허망함을 드러내는 경향이 없지 않다. 자
신만의 은밀한 공간에서 오로지 그림만 그리고 싶다는 열망에 사
로잡혀 정원이 아름다운 우이동 골짜기 집의 구석진 방으로 이사
를 감행한 수옥이 점차 겉으로 보이는 것과는 다른 주인집의 사정
과 함께 그 집이 무허가 주택으로 가옥대장에도 등재되지 않은 집
임을 알게 되는 「지상에 없는 집」이나, 어느 화창한 봄날 윤선과
더불어 인도에서 돌아온 동구 선생을 만나러 간 '나'가 귀가하는
길에 '나무에 손때가 앉아 나무가 자랄 수 없으니 나무에 손을 대
지 말라'는 '미친 여자'를 마주하고 자신의 예술이 "미친 여자의

티끌 지우기"(414쪽)보다 앞선 행위가 될 수 있는지 고민하는 「지푸라기」는 그 전형을 보여준다. 예술을 '지상에 없는 집'이나 '지푸라기'에 빗대는 발상 자체가 이러한 인식과 무관하지 않음은 말할 것도 없다.

> 여자는 햇살이 따스한 한낮엔 이따금씩 아이를 업고 수옥의 방에서 마주 보이는 배나무 밑을 서성거렸다. 그때마다 여자는 가는 목소리로 자장가를 불렀는데 노랫소리가 들려오면 수옥은 창가로 가서 소녀같이 이마를 덮은 앞머리와 꽃분홍색 누비포대기를 눈여겨 바라보았다.
> 한때 수옥도 그런 여자가 되고 싶었다. 착하고 단순하게, 풀잎처럼 사는 여자. 꼼지락거리는 아기 손가락을 만지며 햇살 아래서 행복해하는 여자. 그것을 생각하며 여자의 자장가를 들은 어느 날은 화면을 손톱으로 긁어버리고 싶은 충동을 느꼈다.(361쪽)

한때 사랑을 한 적도 있고 결혼하자는 이야기를 들은 적도 있지만, 세상에서 말하는 행복은 자신에겐 "진열장 속의 케이크" 같은 것이라며 오로지 정원의 소나무처럼 "외롭게 뒤틀린 채 고집스레"(364쪽) 자신의 작업을 이어가는 삶을 고수하던 수옥이 젊은 새댁과 아이의 출현 앞에서 흔들리는 이 대목은 「지상에 없는 집」에 미묘한 생기를 부여한다. 무엇보다도 그녀가 자신도 한때 '그

런 여자가 되고 싶었다'고 할 때의 '그런 여자'가 '꼼지락거리는
아기 손가락을 만지며 햇살 아래서 행복해하는 여자'로 특정될 때
이 정서는 더욱 배가된다. 그림을 그리는 일이 다른 누구의 것도
아닌 "저만의 언어"를 갖는 과정이자 "땅 뺌 재기를 하며 제 땅
을 늘이듯 붓으로 제 공간을 만들어"(363쪽)가는 행위라고 믿어
온 그녀의 예술적 신조가 '착하고 단순하게 풀잎처럼 사는 여자'
의 일상 앞에서 무너져내리는 장면은 강석경의 '예술지상주의' 소
설의 이면이라고 할 만하다. '그런 여자'로 대변되는 일상의 충격
이 있는 한 '화면을 손톱으로 긁어버리고 싶은 충동'은 쉽게 사라
지지 않을 것이다.

「지푸라기」에서 '나'가 종교상의 문제로 잠시 집을 떠나 있고자
하는 아내의 요구를 들어줄 것이냐 말 것이냐 상담을 요청하는 남
편에게 아내의 자유로운 선택에 확고한 지지를 보내는 윤선과 달
리 쉽게 단언을 내리지 못하고 망설이는 것 역시 이러한 충동과
관련이 있어 보인다. '나'는 부부가 돌아간 뒤 동구 선생과 윤선에
게 아내의 열망을 '가짜 미친 상태'로 규정한다. 남편과 시댁을 위
하여 희생해온 아내가 뒤늦게 삶의 허망을 절감하고 미륵신앙에
열중하기 위해 일 년 동안의 출가를 결심하는 것이 진정한 자아를
찾기 위한 탐색의 여정이 아니라 다만 그녀의 내면의 구멍을 메우
기 위한 지푸라기를 잡는 행위에 불과하다는 것이다. "예술이 구
원이 될 수 있을까란 물음이 절실할 때, 그토록 절망적일 땐 예술

도 지푸라기같이 여겨져요. 그만큼 인생이 준열하달까. 그런 인생을 성찰해야 하기 때문에 예술로선 가짜 화해를 할 수 없어요." (410쪽) '나'는 지푸라기 같은 가짜 구원 대신 '준열한 인생' 편에 서기를 선택한다.

이 '준열한 인생'에 대해서라면 「날궂이」(1982)를 살펴보지 않을 수 없다. '장단점'의 뜻조차 헷갈리는 무식한 남편의 콤플렉스에 시달리다가 아들을 두고 집을 나온 지압사 인숙의 시점으로 주인집까지 합쳐 일곱 세대에 이르는 한집 식구들의 어느 하루를 그리는 이 소설은 비교적 소품에 속하지만, 이 '준열한 인생'에 관한 생생한 보고서라는 점에서 새로운 의미 부여를 요하는 측면이 있다. "호적에도 오르지 못한 둘째 부인인데 남편이 바람까지 피워서 늘 신경질적"(151쪽)인 인숙의 고객 수의사댁부터 깔끔한 외양 뒤에 빚투성이 인생을 숨겨두고 그것을 도저히 감당할 수 없게 되자 도망을 가버리는 신아 엄마, 운전수 안씨 마누라, 헝겊으로 만든 강아지 인형을 아이 대신 들고 다니는 '가짜 재롱이 엄마', 낳자마자 데려가서 얼굴도 기억하기 힘든 아들이 홀트 양자회에 의해 캐나다로 입양된 미스 박 등 이 소설에는 제 나름의 준열한 인생에 몸부림치는 무수한 인간 군상이 가득하다. 신아 엄마네 방에 새로 이사온 여자와 안씨 마누라가 하이타이를 두고 서로 손찌검까지 해가면서 싸우는 장면이나 운전수 안씨가 자신의 택시 뒷자리에서 주워온 아이를 둘러싸고 한집 식구들이 제각

각의 상념에 빠져드는 대목 등은 이 소설의 제목인 '날궂이'[11]의 의미와 더불어 '산다는 것'에 대해서 다시 생각해보게 되는 계기로 작용한다. "온종일 날이 흐리더니 밤부터 비가 내리기 시작했다. 주인 방에서 텔레비전 소리가 희미하게 들려올 뿐 집은 조용하다. 낮에 손찌검까지 하고 싸우던 여자들도 모두 제 방으로 들어갔다. 펌프를 잣는 사람도 없고 마당은 텅 비었다."(159쪽) 무의미한 푸닥거리 같은 날궂이가 지나가면 비와 함께 일순간 모든 것이 사라지는 순간이 찾아온다. 그런 의미에서 날궂이야말로 예술의 본질에 가까운 것인지도 모른다. 강석경은 이 '날궂이'를 통해 예술과 일상의 경계가 한순간 사라지는 텅 빈 적요의 경지를 보여주었다.

6. 멀리 떠나와야만 알게 되는 것들

이제 2000년대 이후 강석경의 소설을 간단하게 돌아보면서 그녀의 소설과 함께한 시간여행을 마무리하기로 하자. 강석경은 장편소설 『가까운 골짜기』를 펴낸 뒤 1989년 1월부터 5월까지 인도

---

11) 날궂이는 "날씨가 궂은 때에, 집안에서 음식을 장만하여 먹거나 이야기를 하면서 시간을 보냄"이라는 사전적 의미를 지니고 있지만 대개의 경우 "마을 회관에서 칼국수를 만들어 날궂이를 벌인 덕에 주민들이 모처럼 한자리에 모였다"라는 용례와 같이 시끌벅적하고 소란스러운 행위를 가리키는 의미로 사용되는 경우가 더 많다.

를 다녀와서 기행문 『인도기행』(1990)을 세상에 선보인다. 인도에 대한 그녀의 관심은 이에 그치지 않고 이듬해부터 일 년에 걸친 두 번째 인도 체류로 이어진다. 그후 그녀는 서울을 떠나 경주에 자리 잡는데, '인도-경주'로 이어지는 거주 공간의 변화는 이후 그녀의 소설세계에도 많은 영향을 미치게 된다. 1990년대 이후 그녀의 장편소설들, 이를테면 『세상의 별은 다, 라사에 뜬다』(1996)나 『내 안의 깊은 계단』(1999), 『미불』(2004) 등은 이 공간적 이동을 전제로 하지 않는다면 그 의미를 제대로 이해하기 어려운 부분도 적지 않다.

도심 한가운데 솟아 있는 능은 나의 뇌리에 지울 수 없는 인상을 남겼다. 대부분의 묘역이 산이나 들판 등 주거지와 멀리 떨어진 곳에 조성돼 있지만 경주의 거대 능들은 월성 가까이 도심인 황남동과 노서동에 자리잡고 있었다. 낮은 빌딩 사이로 능이 솟아 있는 풍경을 신라백화점 오층 엘리베이터 안에서 보았을 땐 감탄사가 새어나왔다. 산 자와 죽은 자가 인류의 가족으로 더불어 있다니. 고분들은 인고의 시간을 견디며 이지러지기도 하고 주검은 어느덧 대지로 돌아가 둔덕 같은 자연 자체가 되어 있었다. 생멸의 순환과 우주의 질서를 보여주는 풍경은 근원적이어서 강렬하게 가슴에 다가섰다. 어릴 때 수학여행으로 토함산에 올라가던 기억 말고는 경주와의 첫 만남이었으나 십 년 뒤 나는 귀향병처럼 이곳으로 돌아

왔다.[12]

경주에 대한 첫인상을 도심지에 무심하게 자리잡고 있는 능에서 찾고 있는 이 글은 소위 강석경의 '경주 시대'가 '고분' 혹은 고분들의 '인고의 시간'과 무관하지 않음을 보여준다. '생멸의 순환'과 '우주의 질서'가 새겨진 이 고분의 상상력은 장편소설, 특히 고고학자를 주인공으로 내세운 『내 안의 깊은 계단』에서 유감없이 발휘되고 있는 편이나, 2000년대 이후의 단편소설들, 가령 2001년 21세기문학상 수상 작품인 「나는 너무 멀리 왔을까」(2001)[13]와 「발 없는 새」(2013), 그리고 「가멸사」(2018) 등에서도 그 자장을 확인해볼 수 있다. 두 편의 단편소설 「나는 너무 멀리 왔을까」와 「발 없는 새」를 통해 강석경의 2000년대 이후의 작업이 어떤 양상을 보이는지 확인함으로써 그녀의 문학을 가없는 미래의 시간 속으로 열어두고자 한다.

우선 이 소설들에서 두드러지는 것은 생의 전환기에 처한 주인공의 실존 상태다. 「나는 너무 멀리 왔을까」의 정관은 단편영화제

---

12) 강석경, 『이 고도를 사랑한다』, 난다, 2014, 11쪽.

13) 『현대문학』 2001년 6월호에 '觀'이라는 표제로 발표되었으나 21세기문학상 수상작품집에 실으면서 「나는 너무 멀리 왔을까」로 제목을 바꾸었다. 애초의 제목이 주인공(정관)의 이름과 불교적 의미를 중첩시킴으로써 한 사람의 인생의 비의를 확인해보려는 의도를 드러내고 있다면, 개명한 제목은 그 자체 작품 전체의 내용을 포괄하기에 더 적절하다는 느낌도 없지 않다.

에서 두 번 수상하고 장편영화 데뷔를 눈앞에 둔 감독 지망생인데, 느닷없이 이 년 동안 5고까지 수정한 자신의 시나리오가 제작자들에게 보류당했음을 통보받는다. 그는 임신한 애인 오에게 결혼을 재촉받는 꿈을 꾸다가 오 년 전 샌프란시스코에서 만나 사흘간 '육욕의 모험'을 함께했던 게이 의사 닥터 박의 갑작스러운 안부전화를 받고 잠을 깬다. 「발 없는 새」의 영서는 경주에 있는 도서관의 사서다. 십오 년 전 도서관에 처음 출근할 때는 '신선놀음'으로 여겨졌던 사서직이 이제 도서관의 사회적 기능과 행정이 늘어나면서 시들해진 지 오래다. "노동운동을 하다 신생 정당에 들어갔고, 학문으로 방향을 돌려 뒤늦은 중국 유학을 칠 년 만에 마"치고 철학박사 학위를 따서 돌아온 남편은 귀국할 때 "선박으로 도착한 책이 예전의 서른두 평 아파트를 점령군처럼 장악"(470쪽)할 정도의 짐을 가져왔는데, 이후에도 계속 책과 CD 등을 사들임으로써 영서의 공간을 잠식해버린다. 정관과 영서가 처한 숨이 막힐 정도로 답답한 상태는 그들에게 새삼 "나다운 것이 무언데"(435쪽) 자문하는 계기가 된다.

경주의 시공간이 이 질문의 탐색지로 선택되는 것은 강석경의 최근의 행보에 비추어 자연스러워 보인다. 「나는 너무 멀리 왔을까」의 정관은 자신과 '쌍생아' 같은 존재인 재연을 찾아 경주로 내려오고 그녀와 함께 정월 보름 행사에 참가하면서 자신의 과거가 '나'를 인식하지 못한 행위의 결과였음을 절감한다. 「발 없는 새」

의 영서는 노환으로 입원한 원예학 박사 신재호 교수가 도서관에 기증하기로 한 책들을 살펴보기 위해 삼릉의 컨테이너를 방문했다가 그가 남긴 책을 들춰보며 "자신의 이상국인 정원을 세워도 자식에게 부담 주지 않기 위해 근력운동을 해야 하고 회충약도 먹어야 하는" 인간 실존의 "남루한 현실"(468쪽)을 직시하게 된다. "두 발이 있기에 존재의 발판이 필요한 인간은 부와 쾌락, 명예와 미를 끝없이 탐하지만 시간은 살아 있는 모든 것을 무등 태우고 소멸을 향해 번지점프한다"(474쪽)는 사실을 깨닫게 된 것이다.

경주의 고분으로부터 나온 영겁의 시간에 대한 사유는 이리하여 일종의 탈속의 경지에 이른다. 「나는 너무 멀리 왔을까」의 재연은 그녀와 결합하지 못한 지난 시간을 후회하는 관에게 자신들은 행복을 믿지 않는 '회의의 남매'임을 주지시키며 자신의 목도리를 풀어 불길 속으로 던져 넣는다. 그의 사랑을 '액'처럼 태워버림으로써 '올가미 같은 인연'으로부터 자유로워지고자 한 것이다. 「발 없는 새」의 영서 역시 한때 자신의 영혼을 가득 채웠던 책과 CD를 쓰레기수거장에 내다놓는다. 무덤에는 아무것도 가져가지 못한다는 사실을 확인했기 때문이다. 소멸을 잊지 않는 삶, 도심 한가운데 능이 놓여 있는 풍경, 산 자와 죽은 자가 인류의 가족으로 더불어 있는 경주의 일상은 죽음에 대한 사유를 소환하기를 잊지 않으며 강석경의 소설에 형이상학적 깊이를 부여한다. 1970년대부터 최근에 이르기까지 거의 오십 년에 육박하는 그녀의 글쓰기는 마침내 삶의 비의를 담지한 현자의 혜안으로 번쩍이게 되었다. 그 길의 어디쯤, 우리도 떠나온 삶의 의미를 한순간 붙잡을 수 있을지도 모른다. 어쩌면 멀리 떠나와야만 알게 되는 것들도 있을 것이다. 그녀는 말한다. 그것이 소설의 길이라고.

강석경

1951년 대구에서 태어나 이화여대 조소과를 졸업했다. 1974년 제1회 『문학사상』 신인상에 단편소설 「근(謹)」 「오픈게임」이 당선되면서 작품활동을 시작했다. 소설집 『밤과 요람』 『숲속의 방』, 장편소설 『청색시대』 『가까운 골짜기』 『세상의 별은 다, 라사에 뜬다』 『내 안의 깊은 계단』 『미불』 『신성한 봄』, 산문집 『일하는 예술가들』 『인도기행』 『능으로 가는 길』 『저 절로 가는 사람』 『이 고도를 사랑한다』 등이 있다. 오늘의작가상 녹원문학상 21세기문학상 동리문학상을 수상했다.

문학동네 한국문학전집 028
나는 너무 멀리 왔을까
ⓒ강석경 2021

초판 인쇄 2021년 7월 28일
초판 발행 2021년 8월 20일

지은이 강석경

펴낸곳 (주)문학동네
펴낸이 염현숙
출판등록 1993년 10월 22일 제406-2003-000045호
주소 10881 경기도 파주시 회동길 210
전자우편 editor@munhak.com | 대표전화 031) 955-8888 | 팩스 031) 955-8855
문의전화 031) 955-3578(마케팅) 031) 955-8864(편집)
문학동네카페 http://cafe.naver.com/mhdn | 트위터 @munhakdongne
북클럽문학동네 http://bookclubmunhak.com

ISBN 978-89-546-8147-6 04810
        978-89-546-2322-3 (세트)

www.munhak.com